BASTEI
LÜBBE
TASCHENBUCH

Titel in der Regel auch als E-Book erhältlich.

Über die Autorin:

Jeri Smith-Ready ist Autorin von Urban Fantasy und Romantic Fantasy. Wenn sie gerade nicht schreibt, findet man sie bei Twitter – oder beim Nachdenken übers Schreiben. *VAMPIRE SOULS – NACHTRAUSCH* ist der erste Teil ihrer Urban-Fantasy-Serie über den Vampir-Radiosender WVMP. Smith-Ready lebt mit ihrem Ehemann, mit zwei Katzen und ihrem Windhund in Maryland.

Jeri Smith-Ready

Vampire Souls – Nachtrausch

Roman

Aus dem Amerikanischen von Beke Ritgen

BASTEI
LÜBBE
TASCHENBUCH

BASTEI LÜBBE TASCHENBUCH
Band 20641

1. Auflage: März 2012

Dieser Titel ist auch als E-Book erschienen

Vollständige Taschenbuchausgabe

Bastei Lübbe Taschenbuch in der Bastei Lübbe GmbH & Co. KG

Deutsche Erstausgabe

Titel der amerikanischen Originalausgabe: »Wicked Game«
Originalverlag: Pocket Books. A Division of Simon & Schuster, Inc., New York

Textredaktion/Lektorat: Sabine Biskup
Titelillustration: © shutterstock/Marilyn Volan;
© iStockphoto/101dalmatians
Umschlaggestaltung: Manuela Städele
Autorenfoto: Copyright © 2006 Szemere Photography
Satz: hanseatenSatz-bremen, Bremen
Gesetzt aus der Adobe Caslon
Druck und Verarbeitung: GGP Media GmbH, Pößneck
Printed in Germany
ISBN 978-3-404-20641-4

Sie finden uns im Internet unter
www.luebbe.de
Bitte beachten Sie auch: www.lesejury.de

Der Preis dieses Bandes versteht sich einschließlich
der gesetzlichen Mehrwertsteuer.

Für Donna und Ted, den Gurus meines Rock-'n'-Roll-Erstkontakts.

Danksagungen

Großer Dank gebührt meiner Familie, die mich trotz meiner außergewöhnlich geringen Musikalität stets in meiner Liebe zur Musik bestärkte.

Dank gebührt darüber hinaus Rob Staeger, Cecilia Ready, Tricia Schwaab, Barbara Karmazin, Rob Usdin, William Parris, dem Präsidenten von Radio Broadcast Inc., und Gerard W. Weiss, Lieutenant Colonel der U. S. Army im Ruhestand, für ihre sachkundigen Anmerkungen zu der Geschichte, die hier erzählt wird, und für ihre Unterstützung bei den Recherchen zu diesem Buch. Alle noch vorhandenen Fehler gehen auf mein Konto und sind möglicherweise einem vorübergehenden Absinken des Koffeinspiegels geschuldet.

Zu danken habe ich auch den hart arbeitenden Leuten von Pocket Books, die bei der Geburt dieses Romans halfen: Louise Burke, John Paul Jones, Josh Karpf, Lisa Litwack, Jean Anne Rose, Don Sipley und Anthony Ziccardi.

Meiner Verlegerin Jennifer Heddle bin ich besonders zu Dank verpflichtet. Sie hat außergewöhnliche Vorstellungskraft bewiesen und ein Verständnis an den Tag gelegt (und Nachsicht, was das Muscle-Shirt angeht), das all ihre anderen guten Eigenschaften noch übertrifft. Im selben Maße dankbar bin ich auch meiner unerschrockenen Agentin Ginger Clark, die von Beginn an von der Geschichte, die ich zu erzählen hatte, überzeugt war. Ihr beide seid der Hammer!

Vor allen anderen aber gehört mein Dank meinem eigenen *Guitar Man* Christian Ready für seine Liebe und seine Unterstützung. Er ist der lebende Beweis, dass es auf der Welt Dinge gibt, die sich nicht erschöpfen oder von sich aus vergehen.

Playlist

I'll never Get Out of These Blues Alive, John Lee Hooker
Read My Mind, The Killers
About A Girl, Nirvana
Flower, Liz Phair
Hard to Handle, The Black Crowes
Eight Miles High, The Byrds
Blue Suede Shoes, Carl Perkins
Helter Skelter, The Beatles
Uncle John's Band, Grateful Dead
I'm So Glad, Skip James
Baby, Please Don't Go, Big Joe Williams
Gallows Pole, Lead Belly
Dreadlocks in Moonlight, Lee ›Scratch‹ Perry
Three Little Birds, Bob Marley and The Wailers
Ciara, Luka Bloom
Two Hearts, Chris Isaak
Drain You, Nirvana
The Rain Song, Led Zeppelin
Isis, Bob Dylan
Fearless Heart, Steve Earle
The Old Man Drag, The Pogues
Rock 'n' Roll Lifestyle, Cake
More Human than Human, White Zombie
God Given, Nine Inch Nails
Melt!, Siouxsie & the Banshees
She's a Rebel, Green Day

Norwegian Wood, The Beatles
10:15 Saturday Night, The Cure
Running Day: Requiem for the Rockets, Neil Young and Crazy Horse
I'm No Angel, Greg Allman
Girlfriend, Matthew Sweet
Low, Cracker
Human Touch, Bruce Springsteen
A Thousand Kisses Deep, Leonard Cohen
Sleep to Dream, Fiona Apple
Mean Woman Blues, Elvis Presley
(Don't go back to) Rockville, R.E.M.
Crazy Love, Van Morrison
Burning for You, Blue Oyster Cult
It's only Rock 'n' Roll (but I Like It), The Rolling Stones

Wenn eine Lüge nur oft genug wiederholt wird,
glaubt selbst der sie, der sie erzählt hat.

J. R. »Yellow Kid« Weil,
Trickbetrüger und Hochstapler

1

It's only Rock 'n' Roll (but I Like It)

Der Fluch, der auf einer Familie liegt, stirbt nie; er existiert auf immer und ewig. Die griechische Mythologie erzählt vom Fluch, der auf dem Geschlecht der Atriden lastete: Alles begann mit einer Suppe. Der Ahnherr der Familie kredenzte den Göttern den ersten Gang der Tageskarte in bester Klugscheißermanier: Die Fleischeinlage war der eigene Sohn. Seitdem ging es mit den Atriden ständig bergab. Heute bringt der Fluch die Mitglieder dieser Familie vielleicht nur noch dazu, sich gegenseitig keine Geburtstagskarten mehr zu schicken.

Ich weiß nicht, wie finster der Fluch, der auf dem Geschlecht der Griffin lastet, in der Alten Welt einst begonnen hat. Mich jedenfalls schlägt er im Hier und Jetzt mit einer besonderen Gabe. Ich beherrsche die Kunst der Verführung. Im Alltag unserer normalen Welt heißt das: Verkauf und Vertrieb oder stylisch gesprochen: Sales und Marketing. Ich nenne es daher gern: S&M.

Der schlacksige Typ in den Dreißigern hinter dem Schreibtisch überfliegt meinen Lebenslauf. Viel zu lesen hat er nicht; der Lebenslauf ist knapp ausgefallen. Während der Typ im Takt der Blues-Rhythmen nickt, die aus dem Lautsprecher an der Wand kommen, wippt sein kurzes dunkles Haar ihm gegen die Stirn. Unbewusst klopft er mit den Fingern synchron denselben Takt auf der Holzplatte des Schreibtisches, der uns voneinander trennt.

Die Andenkensammlung in diesem winzigen Büro würde jedes Hard Rock Café beschämen. Neben dem einzigen, allerdings verrammelten Fenster steht ein lebensgroßer John Lennon. Er blickt mir direkt in die Seele – und gleich daneben ein Jerry Lee Lewis ebenso direkt in den Ausschnitt.

»Also, Ciara …« David, so hat er sich vorgestellt, wirft mir einen ernsten Blick zu. »Warum wollen Sie …«

»Es wird Kih-ra, nicht Ssi-eera ausgesprochen.« Mechanisch leiere ich die Aussprache-Korrektur herunter. Dabei versuche ich, so höflich wie möglich zu klingen. »Nicht so wie die Gebirgskette also.«

»Entschuldigung. Ich bin mir ziemlich sicher, das passiert Ihnen ständig.« Er dreht das Blatt um, um einen Blick auf die zweite Seite meines Lebenslaufes zu werfen. Gähnende Leere. Er lüpft meine Bewerbungsmappe, wahrscheinlich auf der Suche nach einem weiteren Blatt. »Wo findet sich denn Ihre weitere Berufserfahrung?«

Ich schenke ihm mein entwaffnendstes Lächeln. »In der Zukunft, hoffe ich.«

Er blinzelt. Dann schaut er wieder auf den Lebenslauf und hebt dabei seine Augenbrauen. »Tja, jedenfalls liest sich Ihre Bewerbung flüssig.«

Das liegt zweifellos an der Sechzehn-Punkt-Schriftgröße, die ich gewählt habe, um die eine Seite auch wirklich voll zu bekommen.

David inspiziert die Zeilen erneut: Seine grünen Augen huschen hin und her, verzweifelt auf der Suche nach einem Aufhänger für ein Vorstellungsgespräch. »Ciara. Interessante Schreibweise.«

»Ist irischen Ursprungs. Es bedeutet so viel wie ›dunkel und geheimnisvoll‹.« Ich drücke den Rücken durch und setze mich so in Szene: helles, rotbraunes Haar, geflissentlich harmloser Blick. »Auf mich allerdings trifft weder das eine noch das andere zu.«

Davids Mundwinkel verziehen sich zu einem kurz angedeuteten Lächeln. Dann legt er den Lebenslauf beiseite und schlägt meine Bewerbungsmappe auf. Während er den Inhalt durchgeht, drückt er mit dem Daumen unablässig auf das Ende seines Kugelschreibers. Mine rein, Mine raus, ein Stakkato von Klicklauten, das mein Nervenkostüm ziemlich verschleißt. Ich widerstehe dem Drang, meine feuchten Handflächen an meinem einzigen Outfit für Bewerbungsgespräche abzuwischen.

Die Klimaanlage surrt und klackert vor sich hin. In ihrem Luftstrom flattern gleich über meinem Kopf Backstage-Ausweise. Sie hängen wie Weihnachtsdekoration am Geweih eines Hirsches, der stocksauer dreinblickt.

»Ihr erstes Studienprojekt liegt bereits sechs Jahre zurück«, sagt David. »Ich gehe davon aus, dass Sie das Sherwood College seitdem nicht regelmäßig besucht haben. Das ist doch richtig, oder?«

Meine Schultern verspannen sich. »Ich habe mir eine Auszeit genommen.« Upps, eigentlich sollte das hier eine Übung in Ehrlichkeit werden. »Ich meine, ich habe das Studium unterbrechen müssen, um Geld für die Studiengebühren zu verdienen.«

Er nickt mitfühlend. »Studieren ist eine teure Angelegenheit. Ich habe der Army vier Jahre meines Lebens gegeben – im Tausch gegen einen Hochschulabschluss.«

»Die Army, wow! Haben Sie in der Zeit jemanden töten müssen?«

Er sieht mich mit einem Mal scharf an. Und mich lässt meine Idiotie zusammenschrecken. Diese Idiotie ist ganz klar eine Folge meines angeschlagenen Nervenkostüms. Normalerweise ist es Absicht, wenn ich ein Bewerbungsgespräch verpatze. Die Tatsache, dass ich dieses Mal den Job tatsächlich haben möchte, bereitet mir Magenschmerzen.

Davids Gesicht entspannt sich wieder. Er grinst. »Sollte nicht *ich* hier die Fragen stellen?«

»Entschuldigung. Tut mir echt leid. Fragen Sie, was immer Sie wollen!« Solange Sie nichts über mich wissen wollen.

»Warum möchten Sie gern bei WMMP arbeiten?«

Natürlich habe ich gewusst, dass diese Frage kommen würde. Daher habe ich an einer überzeugenden Antwort gefeilt, seitdem David über die Jobbörse meines Colleges auf mich aufmerksam geworden ist.

»Ich stehe einfach auf Rock 'n' Roll.« Scheiße, klingt das abgedroschen! Ich reibe mir die Nase und blicke in eine andere Richtung. »Ich durfte solche Musik als Teenager nicht hören. Aber ich habe es trotzdem getan. Nachts habe ich unter meiner Decke mit dem Walkman Kassetten angehört, die ich geklau… äh, die … ich mir geliehen … na ja, die ich eben geklaut habe.« Diese Sag-die-Wahrheit-Kiste ist schwieriger als erwartet. »Na, jedenfalls habe ich mir gedacht, bei einem Lokalsender bin ich vielleicht nicht gezwungen, gleich meine Seele zu verkaufen, anders als bei einem der großen Unternehmen in der Unterhaltungsbranche. Außerdem ist morgen ja schon der erste Juni, und ich bin wirklich verzweifelt. Wenn ich nach diesem Sommer kein Praktikum vorweisen kann, kann ich meinen Abschluss nicht machen. Und wenn ich nicht bald raus aus dieser Stadt komme, dann …« Ich klappe den Mund zu, etwa drei Sätze zu spät.

David blinzelt, blinzelt noch einmal und noch einmal. Gerade beginne ich mich zu fragen, ob die Klimaanlage seine Kontaktlinsen ausgetrocknet hat. Er seufzt, quasi durch die Nase, und gibt dabei einen Laut von sich, der wohl sagen soll: *Warum nur verschwende ich meine Zeit mit diesem Mädchen?* Verzweifelt und in aller Hast suche ich nach einem neuen Aufhänger für das Gespräch.

Auf dem Schreibtisch zwischen uns steht ein Foto von einem mit Auszeichnungen geschmückten Chihuahua gleich neben einem Kalender mit dreihundertfünfundsechzig Oscar-Wilde-Zitaten. Ich schiele auf das heutige und lese: *Mir sind Menschen lieber als Prinzipien, und Menschen ohne Prinzipien sind mir das Liebste auf der Welt.*

Ich blicke auf, schaue David an, dann wieder das Foto und den Kalender. »Niedlicher Hund.«

»Oh. Äh, das ist nicht mein Schreibtisch.« Er stößt sich mit dem Drehstuhl ein paar Zentimeter von der Tischkante ab. »Das ist Franks Schreibtisch. Er ist der Leiter für Verkauf und Vertrieb, der Marketing-Chef also.« David schiebt den herzförmigen Rahmen des Chihuahua-Fotos hin und her. »Ich bin nicht … Sie wissen schon … nun …«

Ich nehme an, das Wort, nach dem er sucht, ist ›schwul‹.

»Gehört Ihnen der Sender?«

»Ich bin der Geschäftsführer. Die Eigentümerin ist …«, Davids Blick wandert über meine Schulter, hin zu einer geschlossenen Bürotür, »… nicht anwesend. Tja, Terminprobleme.«

Einen Moment warte ich darauf, dass er etwas ausführlicher wird. Aber David zupft nur an den Hemdärmeln unter seinem Sportsakko und wechselt das Thema.

»Ich bin außerdem der Programmleiter. Sicher wissen Sie bereits, dass WMMP tagsüber vorproduzierte Talk-Shows, Infomercials und Shopping-Sendungen bringt. Nachts aber …« David blickt auf den Lautsprecher an der Wand, als ob dieser eine heilige Reliquie wäre. »Da erwacht WMMP zum Leben.«

Soso. »Möchte Frank denn auch noch ein Vorstellungsgespräch mit mir führen?«

»Die Personalentscheidungen des Senders treffe ich. Frank wäre gern zu uns gestoßen. Aber er verabscheut die …« Wieder huscht Davids Blick zur Treppe hinter mir. »Er verabscheut es, abends oder nachts zu arbeiten.«

Ich werfe einen prüfenden Blick auf die wuchtige Uhr mit Holzgehäuse, die auf dem gemauerten Kaminsims steht. 21.30 Uhr. »Warum haben Sie denn das Vorstellungsgespräch auf eine so späte Zeit gelegt?«

»Ich möchte, dass jeder Bewerber für das Praktikum die Moderatoren unserer Sendungen kennenlernen kann. Und nur um diese Zeit sind sie alle … hier.«

Aha. Meine erste Amtshandlung als Praktikantin der Marketing-Abteilung würde der Vorschlag sein, Musik dann zu senden, wenn die potenzielle Hörerschaft auch wach ist, um sie zu hören.

David schiebt Lebenslauf und Bewerbungsmappe ineinander und stößt die Kanten auf der Schreibtischplatte zusammen. Die Bewegung hat etwas Endgültiges, ganz so, als wolle er mir gleich dafür danken, dass ich vorbeigekommen bin.

Die aufkeimende Panik sorgt für einen Schnellstart meiner Sprechwerkzeuge. »Ich weiß, mein Lebenslauf ist ein bisschen kurz, aber ich kann das erklären.«

»Nicht nötig.« Er faltet die Hände, die Finger bilden ein Dach, die Daumen klopfen gegeneinander. »Wissen Sie eigentlich, warum ich gerade Sie wegen des Jobs angerufen habe?«

Ich war zu ängstlich gewesen, ihm diese Frage zu stellen. Jetzt zögere ich, einfach draufloszuraten.

David fährt fort: »Ihre Lebensgeschichte weist darauf hin, dass Sie Verständnis für – wie soll ich es ausdrücken? – nun, für die Sichtweise von gesellschaftlichen Außenseitern haben.«

Meine Eingeweide werden bleischwer. Er hat meinen Hintergrund geprüft.

»Für welche Art von Außenseitern?«, frage ich unschuldig.

»Für Außenseiter, denen es an Rücksichtnahme auf …«, er spreizt die Daumen ab, »… auf die bürgerlichen Moralvorstellungen mangelt.«

Ich lehne mich in meinem Sessel zurück. Meine Bewegungen sind langsam – als zöge ich mich vor einer Giftschlange zurück. »Man hat mir nie etwas zur Last legen können.«

»Das weiß ich.« Beschwichtigend streckt David die Hände aus, Handflächen nach unten, so als wolle er mich auf die Sitzfläche pressen. »Was ich meine, ist …«

»Danke, dass Sie sich die Zeit für mich genommen haben.« Ich stehe auf, greife nach meiner Handtasche an der Rückenlehne des Besuchersessels. »Ich habe unsere kleine Unterhaltung wirklich genossen. Aber ich glaube, ein anderes Stellenangebot dürfte besser zu mir passen.« Ich steuere den Ausgang an.

»Warten Sie!« Er fängt mich ab, hat die Hand auf der Tür, ehe ich sie öffnen kann. »Was ich sagen wollte, ist, dass mir Ihre Vergangenheit egal ist. Niemand hier interessiert sich dafür.«

Mein Verstand wägt ab, wie viel David wissen kann. Eine Recherche auf legaler Basis erbrächte nichts allzu Belastendes. Meine Strafakte mit Jugendvergehen ist gelöscht worden, als ich achtzehn wurde. In den sechs Jahren, die seitdem vergangen sind, bin ich nie erwischt worden. So in etwa jedenfalls.

»Wir können Ihnen leider nicht sonderlich viel zahlen.« David macht eine Handbewegung in Richtung meines Lebenslaufs. »Aber ausgehend von Ihrer Adresse dürften Sie auch nicht viel brauchen.«

Hat er da gerade meine Nachbarschaft beleidigt? Begreift er nicht, dass ich über dem besten Pfandhaus der ganzen Stadt wohne?

»Sie würden dann dort drüben sitzen.« David zeigt auf einen kleinen Schreibtisch in Kaminnähe, genau gegenüber von Franks. Hinter dem Schreibtisch steht ein Kopierer, der so alt ist, dass ich glatt davon ausgehe, er funktioniere per Handkurbel.

»Kommen Sie!« Plötzlich ist David so schnell an mir vorbeigegangen, dass ich vor Schreck zusammenfahre.

Er steigt die knarrende Holztreppe hinunter, die zwischen zwei geschlossenen Bürotüren ins Untergeschoss des Senders führt. Ich folge ihm, wobei ich versuche, mir nicht allzu viele Hoffnungen zu machen. Vielleicht war sein ganzes Gerede darüber, mich einzustellen, nur hypothetisch gemeint, also in etwa wie: *Klar, würden Sie an diesem Schreibtisch arbeiten, wenn all die anderen Bewerber für den Job von einer Riesenkakerlake ge-*

fressen werden. Ich zwinge mich, nicht an die Dinge zu denken, die ich würde tun müssen, wenn ich für diesen Sommer keinen Job kriege. Dinge, die man nicht in einen Lebenslauf packen sollte.

Am Fuß der Treppe legt David die Hand auf den Knauf einer geschlossenen Tür. Er holt rasch, aber tief Luft, als wolle er etwas Bedeutsames von sich geben. Aber die Worte kommen ihm nicht über die Lippen. Stattdessen schüttelt er den Kopf.

»Wahrscheinlich ist es das Beste, wenn Sie ihnen ganz unvoreingenommen begegnen. Wenn die DJs einverstanden sind, haben Sie den Job.«

Ich nicke. Klar, also alles schön zwanglos und ohne Druck.

David öffnet die Tür und lässt mich in eine schmal geschnittene, nur schlecht beleuchtete Lounge vorgehen. Eine dicke Wolke aus kaltem Zigarettenrauch wabert vor der Halogen-Lampe in der gegenüberliegenden linken Ecke. Das Licht der Lampe nimmt dem Raum ein wenig von seiner schattenhaft-fahlen Dunkelheit.

Meine brennenden Augen brauchen einen Moment, um sich an die Lichtverhältnisse zu gewöhnen. Ich strenge mich an und werfe einen ersten Blick auf eine Gruppe von …

Freaks.

Auf eine Gruppe besonders erlesener Freaks allerdings. Es sind alles herzzerreißend schöne Menschen. Dass Radio nur etwas für die Ohren ist, wird so geradezu zu einer Tragödie. Und jeder dieser Freaks sieht aus, als sei er aus einer anderen Zeitmaschine gekrochen.

David schiebt mich von der Türschwelle, auf der meine Füße ihren Dienst versagten, in den Raum hinein. »Ciara Griffin, darf ich Ihnen den Stolz von WMMP vorstellen!«

Drei Männer und eine Frau spielen Poker an einem Tisch, der von Plastik-Jetons und leeren Flaschen übersät ist. Die vier mustern mich; ihr Misstrauen lässt sich mit Händen greifen. Vielleicht liegt das an meinem Bewerbungsoutfit: In Marineblau sehe ich aus wie eine FBI-Agentin.

»Spencer, Jim, Noah, Regina.« David geht die Tischrunde von links nach rechts durch. »Sie können sie duzen, die DJs legen keinen Wert auf Förmlichkeiten. Ach, und das da hinten ist Shane.«

Auf dem schmalen Zweiersofa gleich unter der Lampe liegt ein Typ in ausgeblichenen, zerschlissenen Jeans. Er scheint zu schlafen. Der rechte Arm liegt über seinem Gesicht. Ein Bein ist angewinkelt, der zugehörige Fuß liegt auf einem Kissen; das andere Bein hängt vom Sofa herunter.

David greift meinen Ellbogen, um mich noch ein paar Schritte in den Raum hineinzuführen. »Ich hoffe, Ciara wird unsere neue Praktikantin im Marketing.«

Die offenkundige Feindseligkeit verschwindet aus den Gesichtern der vier wachen Djs und wird durch eine distanzierte Höflichkeit ersetzt. Versuchsweise setze ich ein Lächeln auf, ermutigt von der geringfügigen Bereitschaft, mir gegenüber aufzutauen.

»Spencer macht unsere Fünfziger-Jahre-Sendung«, erklärt David. »Die Zeit, in der der Rock 'n' Roll geboren wurde.«

Ein Kerl in weißem Oberhemd und schwarzen Hosen steht auf, um mich zu begrüßen. Dabei faltet er schier endlos lange Beine, bisher unter dem Tisch versteckt, auseinander. Sein tiefrotes Haar ist zu einer Elvistolle zurechtgegelt. Er drückt die Hand, die ich ihm entgegenstrecke.

»Na, Baby, wie geht's, wie steht's?« Spencers gedehnte Südstaaten-Sprechweise und seine tadellose Kleidung verleihen ihm den Anstrich eines Gentlemans, was allerdings nicht recht zur ungezähmten Wildheit seines Blicks passen will.

»Passt schon, Daddy-O.« Es rutscht mir einfach so heraus. Anstatt mir die Antwort krummzunehmen, lächelt Spencer und nickt zufrieden.

Der Nächste am Tisch springt auf, und ich habe mich gerade genug unter Kontrolle, um nicht vor ihm zurückzuweichen.

»Das ist unser Jim«, meint David.

»Hi! Du, deine Mappe war 'ne Schau, Mann.« Jim umarmt mich. Seine langen braunen Locken und das Batikhemd riechen nach Marihuana und Patschuli. »Ich kann's beurteilen. Ich war auch auf der Kunstakademie.«

»Danke, aber ich bin keine Künstlerin.« Schnüffelt er da an mir?

Jim tritt einen Schritt zurück und betrachtet mich aus einer Armlänge Entfernung. »Aber wie hast du dann die Entwürfe so dufte hingekriegt?«

»Die Entwürfe für meine Kursprojekte am College? Na, die habe ich natürlich am Computer gemacht.«

Er kneift die Augen zusammen, so verwirrt ist er. »Am was …?«

David räuspert sich laut genug, um mein Bullshit-Frühwarnsystem auf Alarmstufe Gelb gehen zu lassen. Was zum Teufel geht hier ab?!

Plötzlich huscht Erleuchtung über Jims Gesicht. Er schnippt mit den Fingern. »Ach, genau! Na, zu meiner Zeit haben wir das alles noch mit der Hand machen müssen.«

Mit gerunzelter Stirn schaue ich ihn prüfend an. Er sieht nicht mehr als ein paar Jahre älter aus als ich. Sie sehen alle nicht viel älter aus als ich.

»Zu deiner Zeit?«

Der dritte Typ lässt die Stuhlbeine über den Boden kratzen, als er aufsteht. Ich wende mich ihm zu, erleichtert, Jim zu entkommen, dessen raumgreifende Art offenkundig keine Grenzen kennt.

»Ich bin Noah.« Die Stimme des Mannes rollt über mich hinweg und hüllt mich ein wie eine warme jamaikanische Brise. »Is' mir 'n Vergnügen, dich kennenzulernen, hübsche Lady.« Er streckt die Hand über den Tisch aus, greift sich meine und zieht sie an seine vollen Lippen. Er trägt eine dunkel eingefasste Brille, die ziemlich weit unten auf dem Nasenrücken sitzt und seinen Blick weicher macht. Unter diesem Blick wird mir ganz unprofessionell träumerisch zumute. Eine Strickmütze in den Farben Grün, Gelb und Rot balanciert auf seiner stattlichen Fülle von Dreadlocks, die ihm weit über die Schulter reichen. Ich bin erleichtert, dass die Siebziger hier durch den Reggae und nicht die Discomusik repräsentiert werden.

»Also, ich bitte dich! Lass sie verdammt noch mal in Ruhe, du *Wanker*!« Trotz des britischen Ausdrucks spricht die Punk-Goth-Frau – zweifellos Regina – mit echt breitem Mittelwest-Akzent. Unter einem dichten Schopf aus schwarzem, stachelig abstehendem Haar befindet sich ein Gesicht, das als Studie für Einfarbigkeit dienen könnte: schwarzer Eyeliner und schwarzer Lippenstift, die die Perfektion ihres Porzellanteints nur noch unterstreichen.

Regina bedenkt mich mit einem stylischen Chin-Tilt, einem kurzen Aufwärtsrucken des Kinns zur Begrüßung, und einem »Jou!«. Erst dann dreht sie sich zu Shane um. »Du könntest jetzt so tun, als würdest du aufwachen.«

Er lässt den in Flanell steckenden Arm vom Gesicht gleiten und wendet uns den Kopf zu. Zum ersten Mal an diesem Abend hole ich tief Luft. Shanes warmer Blick und sein schiefes Lächeln geben mir das Gefühl, als wäre ich wirklich *da* und nicht bloß Dreck, den jemand auf dem Teppich hinterlassen hat.

»Hey.« Shane lässt seine abgewetzten Doc Martens vom Sofa rutschen und steht langsam auf. Selbst mit der lässigen Haltung der Grunge-Anhänger ist er größer als die anderen DJs. Während er auf mich zukommt, wirft er den Kopf zurück, um eine Strähne seines nackenlangen, hellbraunen Haars aus der Stirn zu bekommen.

Als sich unsere Hände berühren, schreckt er zusammen, als ob ich ihm einen Schlag versetzt hätte. Er spricht meinen Namen ganz korrekt aus und sagt ihn so leise, dass ich mich frage, ob noch jemand in diesem Raum gerade schläft. Dann wird sein Blick kühler, und er wendet sich halb von mir ab, die Hände in den Taschen.

Oh, er ist schüchtern. Wie liebenswert, zum Knuddeln schön, zum In-die-Tasche-stecken-und-mit-nach-Hause-tragen!

Oder besser doch nicht, als mein Blick auf Regina fällt, deren Augen mich gerade in dünne Streifen schneiden. Shane muss wohl ihr Typ sein. Wahrscheinlich kann sie in Sekundenbruchteilen jedes der sechs Gesicht-Piercings in eine Waffe verwandeln.

Ein enormer Stapel Jetons türmt sich vor ihr auf, gleich neben einer offenen Flasche Tequila. »Wer gewinnt denn?«, frage ich in dem Versuch, sie auf meine Seite zu ziehen.

»Ich habe 292 Dollar«, erwidert Regina. »Jim hat 46, Noah 167 und Spencer 98. Nein, Moment … 99.«

»Shane war früh raus aus dem Spiel«, erklärt Jim. »Nicht, dass er viel Startkapital gehabt hätte.«

Der Flanellhemd tragende Typ, um den es geht, wendet sich an David. »Sie ist in Ordnung. Kann ich jetzt gehen?«

»Klar. Danke fürs Kommen.«

Jim fischt einen Schlüsselbund aus der Tasche und wirft ihn Shane zu. »Gute Jagd. Und denk daran, nichts von dem Niedrig-Oktan-Scheiß dieses Mal!«

Shane geht in Richtung Tür und wirft mir dabei einen anerkennenden Blick zu. Mein Blick folgt ihm, aber ich wende nicht den Kopf. Ich gratuliere mir zu so viel Selbstbeherrschung.

»Und was denkt der Rest von euch?«, fragt David. »Sollen wir sie engagieren?«

Der Rest von ihnen mustert mich, als wäre ich eine Kuh auf einer Landgut-Auktion. Ich bemühe mich, nicht zu muhen.

Die vier Moderatoren tauschen Blicke, dann nicken sie, mehr oder weniger im Einklang miteinander. David reibt sich die Hände und setzt zu einer Erklärung an.

»Moment!«, stoppt ihn Spencer. »Was ist mit Monroe?«

David verlagert sein Gewicht von einem Fuß auf den anderen. Dann schüttelt er den Kopf. »Ich möchte seine Sendung nicht unterbrechen.«

»Wer ist Monroe?«, frage ich David.

Er zeigt auf eine geschlossene Tür in der Ecke, über der das Schild AUF SENDUNG rot leuchtet. »Er moderiert die *Midnight Blues Show.*«

»Aber es ist doch erst halb zehn.«

»Die Sendung beginnt um neun und endet um Mitternacht. Dann übernimmt Spencer, schließlich Jim von drei bis sechs. Allerdings passiert das im Wechsel mit der anderen Schicht, also sind's die drei in jeder zweiten Nacht. In den anderen Nächten sind Noah, Regina und Shane dran, nach demselben Zeitplan.«

Die DJs nehmen ihre Karten wieder auf und machen uns damit deutlich, dass wir entlassen sind. David winkt mich zur Treppe, die uns wieder nach oben führt.

Er schließt die Tür hinter uns und deutet mit dem Daumen über seine Schulter. »Haben Sie begriffen, was sie sind?«, flüstert er.

Es klingt wie eine Fangfrage, also schüttele ich den Kopf.

»Eine echte Revolution!« David bekommt große Kulleraugen, so begeistert ist er. »Jeder von ihnen kommt aus einer Zeit, in der ein neuer Sound den Zeitgeist einer ganzen Generation verkörpert und die Welt glatt umgehauen hat!«

Wieder Alarmstufe Gelb. »Was meinen Sie damit, dass die DJs aus einer Zeit kommen …«

»Musikalisch gesehen.«

»Was soll dann die Verkleidung? Ist das jetzt mir zuliebe gewesen oder sind die gerade alle auf dem Weg zu einer Klischee-Convention?«

David schenkt mir ein verschlagenes Lächeln. Anscheinend

ist er der Meinung, *sein* Name sollte ›dunkel und geheimnisvoll‹ bedeuten.

»Das wird Ihnen alles noch klar werden.« Er stapft die Treppe hinauf. »Wichtig ist nur, dass Sie Verständnis für die Musik haben, für die diese DJs da drinnen leben, und auch für die Geschichte, die dahintersteckt.«

Ich beeile mich, David einzuholen. Die weiße Farbe blättert vom Geländer, als ich mit der Hand darüberfahre. »Ich bin nicht gerade das, was man einen Rockologen nennen könnte …«

»Machen Sie sich keine Sorgen deswegen! Unwissenheit ist die Krankheit unserer Welt, die sich am leichtesten kurieren lässt.« Auf der obersten Stufe angelangt, wendet er sich nach rechts und öffnet die Tür zu einem geradezu winzigen Eckbüro. Licht flackert auf.

Ich stelle mich neben David und sehe, wie er mit dem Finger an Buchrücken entlangfährt, die eng an eng auf einem die ganze Wand einnehmenden Regal stehen. Er zieht einen alten Schinken nach dem anderen heraus und stapelt sie auf einem kleinen runden Tisch. David hört erst auf, als der Stapel größer ist als ich.

»Oh.« Er legt seine Hände auf den Stapel Bücher. »Sie haben noch gar nicht Ja gesagt. Zu dem Job.«

Ich kann es mir nicht leisten, zu hinterfragen, warum sie mich nach einem solch nichts sagenden, oberflächlichen Einstellungsgespräch haben wollen. Es ist geradezu hirnrissig. Das Ganze ist so seltsam, dass ich eine Frage doch noch loswerden muss.

»Was ist eigentlich mit der Zukunft?« Ich zeige auf den gerahmten Flyer des 69er-Konzerts der Grateful Dead im Fillmore West. »Das hier ist ein richtiges Museum. Was ist denn mit der Gegenwart? Und mit dem Morgen?«

David seufzt. »Haben Sie in letzter Zeit Radio gehört? Ganz ehrlich.«

»Nein.«

»Warum nicht?«

Ich zucke mit den Schultern. »Zu viel Werbung.«

»Und?«

»Die Musik ist langweilig.« Ich ziehe meinen MP3-Player aus der Handtasche. »Bei diesem Ding weiß ich wenigstens, dass ich richtig gute Sachen zu hören kriege.«

»Genau. Die Musik aus dem Radio klingt immer gleich, weil große Konzerne die Radiosender übernommen haben und überall denselben weichgespülten Mist über den Äther jagen.« David beugt sich vor, seine Stimme ist leise, klingt gelassen. »Auf WMMP läuft nie weichgespülter Mist, ganz egal welcher Art. Hier legen die DJs auf, was sie und nur sie wollen, nicht was irgendein Firmenmanager oder Promoter einer Plattenfirma ihnen vorschreibt. Wissen Sie, wie selten das ist?«

»Lassen Sie mich raten: extrem selten, richtig?«

David nimmt das oberste Buch vom Stapel, *The Rock Snob's Dictionary*, und streicht liebevoll über den brüchigen Rücken. »Dieser Ort ist ein Geschenk für Leute, die Musik lieben. Das ist nicht mein Verdienst. Alles hier gehört denen da unten.« Er zeigt auf den Boden. »Aber die Leute draußen wissen nichts von ihnen, jedenfalls noch nicht. Die Eigentümerin ist gerade dabei, ein Vermögen auszugeben, um unsere Reichweite zu vergrößern, damit auch Hörer in D.C., Baltimore und Harrisburg uns empfangen können.«

»Das ist doch gut, oder nicht?«

»Vielleicht nicht.« David klopft mit dem Buchrücken auf den Tisch. »Sie macht es, um den Sender für Käufer attraktiver zu machen. Ein Großkonzern aus der Kommunikationsbranche namens Skywave hat das ganze letzte Jahrzehnt damit zugebracht, Hunderte von Radiosendern zu schlucken.«

»Und WMMP ist der nächste?«

David nickt. »Die Eigentümerin droht damit, an Skywave zu verkaufen, sollten sich die Umsätze nicht bis zum Labor Day vervierfachen. Und dann sitzen wir ab September alle auf der

Straße.« David wirft das Buch zurück auf den Stapel. »Frank braucht ein weiteres Paar Beine bei der Laufarbeit fürs letzte Gefecht in Sachen Marketing. Ausgehend von dem, was Sie im College gemacht haben, Ihrer Mappe und Ihrer Energie halte ich Sie für die perfekte Besetzung.«

Bloß kein Druck, wieder mal. Ich werfe einen Blick auf den Bücherstapel. »Die sind für mich?«

»Wenn Sie erfolgreich verkaufen wollen, müssen Sie das Produkt kennen.« Beim Wort ›Produkt‹ verzieht David den Mund. Anscheinend berührt es ihn schmerzlich, von Musik als Ware zu sprechen.

»Sie haben meine Frage, was mit der Gegenwart und der Zukunft ist, noch nicht beantwortet.«

Er wendet den Blick ab, das Gesicht starr. »Wenn Skywave die Zukunft ist, sollten wir wohl alle besser in der Vergangenheit bleiben.«

Unschlüssig und ein wenig verzweifelt schnappe ich mir den Stapel Bücher. »Machen Sie mir bitte die Tür auf?«

»Warten Sie!« Er streckt mir die Hand entgegen. Ich will schon danach greifen, um unseren Handel zu besiegeln, aber er schlägt meine Hand aus. »Nein! Geben Sie mir das Ding da!« Er zeigt auf den MP3-Player, der aus meiner Handtasche ragt.

»Machen Sie Witze?!«

»Hören Sie stattdessen lieber mal zwei Wochen unseren Sender! Mit Ihrem ersten Gehaltsscheck bekommen Sie von mir einen besseren Player, mit mehr Speicher und anderen Songs – als kleine Aufmerksamkeit des Hauses.«

Ich reiche David den Player. »Einer, der Videos abspielen kann, wäre großartig.«

Er lacht und schiebt meinen Player in eine Lücke auf einem der Regalbretter. »Wir sehen uns dann morgen früh um 8.30 Uhr.«

Ich schleppe die Bücher raus auf den Parkplatz. Dabei versuche ich, nicht allzu sehr unter deren Gewicht zu schwanken.

»Und ziehen Sie sich was Anständiges an!«, ruft David mir hinterher. »Das hier ist ein Radiosender, keine Versicherungsgesellschaft.«

Ich werfe ihm ein dankbares Grinsen zu, während er winkt und die Tür schließt.

Der feinkörnige Splitt auf dem Parkplatz knirscht unter meinen Füßen, ein lautes Geräusch in der Stille dieser Sommernacht. Kein Verkehrslärm ist zu hören. Denn der Sender liegt nicht ganz zwanzig Kilometer außerhalb von Sherwood, einer recht kleinen Stadt in Maryland. Der Highway liegt vierhundert Meter weit weg hinter einem dichten Waldstück.

Ich lehne den Bücherstapel gegen den Kotflügel meines abgewrackten Autos und wühle nach meinen Schlüsseln. Meine Handtasche fühlt sich seltsam groß und leicht an ohne den MP3-Player, den ich schon jetzt vermisse. Vielleicht kann ich mir den von meiner Freundin Lori borgen …

Schritte hinter mir auf dem Schotter. Sicher ist es David mit noch ein paar Büchern.

»Ehrlich«, beginne ich, während ich mich zu ihm umwende, »das sind mehr als …«

Das Wort ›genug‹ bleibt mir in der Kehle stecken.

Da ist niemand. Das einzige Licht kommt von einer orangefarbenen Lampe am Eingang der Sendestation, gleich neben der Tür. Es taucht meine Hälfte des Parkplatzes in ein mattes Bernsteingelb. Der Sendeturm überragt Gebäude und Parkplatz, seine blinkende rote Signallampe zu weit oben, um hier unten noch Licht zu spenden.

Die andere Seite des Parkplatzes liegt im Dunkeln. Dorthin starre ich, die Muskeln starr vor Schreck, die Augen schreckgeweitet blicke ich hin und her. Ich fühle mich wie ein Baby-Kaninchen, das hofft, das Raubtier sähe es nicht, wenn es nur still hält.

Klar doch! Jemand, der mich verfolgt, wird sicher denken, ich wäre durch eine Schaufensterpuppe ersetzt worden! Granatengeile Strategie!

Da es keine anderen Gebäude in Hörweite eines Schreis gibt, sollte ich wohl besser mit dem Auto flüchten oder zurück in den Sender gehen. Die Vorstellung, meinem neuen Boss etwas von komischen Geräuschen draußen auf dem Parkplatz vorzuwinseln macht mir die Entscheidung leicht.

Ohne mich zum Auto umzudrehen, taste ich nach dem Schloss für den Kofferraum, stecke den Schlüssel hinein. Der Kofferraum springt auf, ich lasse die Bücher hineinfallen, ehe ich den Kofferraumdeckel wieder zuschlage. Ich stolpere rückwärts auf die Fahrertür zu.

Da. Ein Luftzug an meinem Ohr, viel zu kalt für eine Sommerbrise. Ich fahre herum, um den Stalker zu sehen und sehe …

Nichts. Wieder.

Ich unterdrücke ein Aufkreischen, öffne die Autotür und falle hinein, wobei ich einen schnellen Kontrollblick auf die Rückbank werfe. Mit dem Ellenbogen drücke ich die Türverriegelung hinunter, um gleichzeitig den Motor anzulassen und den Rückwärtsgang einzulegen. Schottersteinchen spritzen unter meinen Reifen auf und prasseln gegen den Unterboden meines Wagens.

Die Zufahrt zum Sender wird in der baumbestandenen Dunkelheit zu einem langen Tunnel aus Scheinwerferlicht. Erst als ich die Hauptstraße erreiche, geben meine Lungen die angehaltene Atemluft wieder frei.

Kein Wunder, dass Frank nicht gern nachts arbeitet.

Etwa zu dem Zeitpunkt, als ich in die Innenstadt von Sherwood einfahre, haben meine Hände aufgehört zu zittern. Nachdem ich meine Straßenseite nach verdächtigen Individuen abgesucht habe – es sind irgendwie mehr als sonst –, angele ich die Hälfte von Davids Büchern aus dem Kofferraum und steuere auf mein Apartment zu, das im Stockwerk über Deans Pfandhaus liegt. Es ist tatsächlich das beste der ganzen Stadt, was ein riesiges rot-weißes Schild im Schaufenster beweist: KEIN DIEBESGUT. Dean hätte auch gleich noch ZWINKER-ZWINKER darunter schreiben können.

Ich gehe durch die zweifach verriegelte Tür, die gleich neben dem Eingang zum Pfandhaus liegt. Ich poltere die dunkle Treppe hinauf – ich habe Dean schon seit Wochen bekniet, die kaputte, aber für mich nicht erreichbare Glühbirne im Treppenhaus zu wechseln. Erst dann stehe vor einer weiteren Tür, wieder zweifach verriegelt, die zu meinem Apartment führt.

Die abgestandene heiße Luft schnürt mir die Kehle zu. Ich haste drei Schritte durch die Diele zu meinem Schlafzimmer hinunter, wo mein einziges Klimagerät ins Fenster eingelassen ist. Einen Augenblick später liegt mein Hosenanzug zusammengeknüllt in der Ecke; ich stehe in Unterwäsche vor dem Ding und lasse die kühle Brise jeden einzelnen panikinduzierten Schweißtropfen trocknen.

Sobald ich mich bis zum Bibbern abgekühlt habe, schalte ich meinen Computer ein und stelle die Verbindung zum Internet her. Um dem nun folgenden Kreischen und Schrillen des Modems zu entgehen – als ob ein Android ausgeweidet würde! –, begebe ich mich rasch in die Küche.

Ich öffne den Kühlschrank und finde ein einsames Bier, das nach Gesellschaft verlangt. Es findet die ideale Begleitung in einem Stück übrig gebliebener Pizza.

Zurück im Schlafzimmer sind meine E-Mails tatsächlich alle heruntergeladen. Im Eingang ganz oben auf der Liste findet sich eine Nachricht von David, die erst vor ein paar Minuten abgeschickt worden ist:

HÖREN SIE DENN AUCH ZU?

»Ja, klar doch!« Ich stelle meinen Radiowecker auf Radio-Empfang um und suche nach der Frequenz von WMMP (Wissen die eigentlich, dass ihr Kürzel sich wie ›Wimp‹ liest, also Weichei?). Ich suche den unteren Bereich der Frequenzskala ab, bis der Sound einer Mundharmonika aus den kleinen Lautsprechern dringt.

Ich kehre zu meinen E-Mails zurück und bemerke, dass einer der Ordner im E-Mail-Eingang fett unterlegt ist. »M (1)« steht da, was heißt, ich habe eine Mail von jemandem, den mein Programm automatisch in den ihm zugeordneten Unterordner ›M‹ speichert. Offenkundig hat sie die Wachen davon überzeugt, ihr wieder Computerzugang zu gewähren.

Die Nachricht verbirgt sich aus Sicherheitsgründen hinter einer ganzen Wand aus Maus-Klicks. Nach einigen Minuten des Zögerns, in denen es in meinen Eingeweiden rumort, lasse ich die Mail, wo sie ist.

Kurz vor Mitternacht schicke ich meine letzte ›Ich habe endlich einen Job!‹-Mail ab; sie geht an meine ehemaligen Pflegeeltern. Ich strecke mich gerade über die Stuhllehne hinweg, um meine Wirbel knacken zu lassen, da bemerke ich, dass das Radio schweigt. Ist das Signal weg? Ich schnappe mir mein Bier und durchquere den Raum, um zu checken, ob der Stecker wieder aus der alten Steckdose gerutscht ist. Das Ding ist so alt, dass es jede Brandschutzverordnung vergewaltigt.

Dann eine Stimme, weich und sanft, die sagt: *»I'll never … never get out of these blues alive.«* Einen Augenblick frage ich mich, ob die Stimme diesem Monroe gehört – Ich habe dem Programm bisher nicht genug Beachtung geschenkt, um zu wissen, wie seine Stimme klingt. Dann setzt behutsam die Gitarre ein, gefolgt von vereinzeltem Applaus. Das eben Gesagte muss der Name des Songs gewesen sein.

Ein langsamer, aber eindringlicher Beat des Schlagzeugs begleitet jetzt die Gitarre und schlägt mich in seinen Bann, noch ehe das erste Wort gesungen ist. Ich setze mich aufs Bett, ganz behutsam, als reiche schon eine einzige zu rasche Bewegung, um den Bann zu brechen.

Die Stimme des Sängers streicht über mich hinweg, um mich herum. Sie klingt nach viel schwarzem Kaffee, Zigaretten und dem vergeblichen Versuch, Schlaf zu finden, wenn man Kummer hat.

Voller Leidenschaft gesellt sich ein Klavier zu Schlagzeug und Gitarre und widersetzt sich der Untergangsstimmung des Textes. Ich schließe die Augen, und schon bin ich da: in einer schummrigen, verrauchten Bar, wo Einzelgänger sich mit schweren Lidern im Takt wiegen, gefangen in Gedanken an die, die sie verloren haben. Ich schlucke den letzten warmen Schluck Bier hinunter und wünschte, ich hätte noch eine Flasche.

Das Lied endet. Applaus brandet auf. Ich schalte das Radio aus, ehe eine andere Stimme den Platz des Sängers einnehmen kann. Dessen ansteckende Rastlosigkeit prickelt unter meiner Haut und vertreibt meine Müdigkeit. Ich kann mich jetzt nicht ins Bett legen. Selbst die weichen, kühlen Laken würden meine Nerven blank scheuern.

Ich ziehe die Rollos hoch und spähe aus dem Fenster. Sherwoods stille Straßen locken mich hinaus, flehen mich an, eine letzte Runde zu drehen, ehe das normale Leben einen einschnürt wie eine Zwangsjacke.

In einem immer schneller werdenden Rhythmus klopfe ich mit den Fingernägeln auf die hölzerne Fensterbank und warte auf jemanden, irgendjemanden, der vorbeigeht. Aber in einer kleinen Stadt wie dieser gibt es um diese Uhrzeit auf Bürgersteigen und engen Nebenstraßen keine Beute.

Im Übrigen gehe ich immer weit fort von zu Hause auf die Jagd.

2

Won't Get Fooled Again

Mein Schreibtisch im Büro ist leer, oben auf der Platte ebenso wie in den Schubfächern. Ich sollte vielleicht nicht zu viel von meinem ersten Arbeitstag erwarten. Aber wie soll man den amerikanischen Traum von maximaler Produktivität erfüllen ohne einen Computer – oder ohne einen Stift?

David schien erleichtert, mich zu sehen, als ich vor wenigen Minuten hereinschneite. Aber dann musste er ins Studio hinunterrennen, um auf ein anderes Programm umzustellen. Mich ließ er aufgaben- und stiftlos zurück.

Meinem Arbeitsplatz gegenüber steht ein niedriger Metallschrank. Auf ihm befinden sich ein antikes Faxgerät und das eingerahmte Griffbrett einer Gitarre, die Pete Townsend höchstpersönlich zertrümmert haben soll. Ich mache mich auf zum Schrank; die Sohlen meiner Sandalen klatschen beim Gehen auf den naturbelassenen Hartholzboden.

Die Schranktüren öffnen sich quietschend und geben den Blick auf jede Menge Kartons mit Büromaterial frei. Volltreffer! Das ist ja wie Shoppen, ohne bezahlen zu müssen.

Während ich mich durch hauptsächlich leere Kartons arbeite, nimmt mein Enthusiasmus deutlich ab. Jetzt fühlt sich dieser Job an wie Shoppen in der alten Sowjetunion.

Schwere Schritte sind auf der Treppe hinter mir zu hören; jemand hat sich auf den mühsamen Weg nach oben gemacht. »Wir haben Stifte in allen Farben – schwarz, schwarz und schwarz.«

Ich drücke die Schranktür weiter auf und kann nun einen blassen, dicklichen Mann mit blondem Haar dabei beobachten, wie er auf den anderen Schreibtisch zugeht. Er reißt die aktuelle Seite des Oscar-Wilde-Kalenders ab und liest das Zitat des Tages. »Hmm.« Offenkundig ist es nicht eines von Oscars witzigeren Bonmots.

»Sie müssen Frank sein.« Ich versuche, mich so geschäftsmäßig zu geben, wie ich angesichts auf den Boden klatschender Sandalen nur kann, gehe zu ihm hinüber und strecke ihm die Hand entgegen.

Seine Mundwinkel wandern nach unten. Es wirkt, als sei dies ihr naturgegebener Platz. »Eigentlich Franklin.« Er stellt den Kalender wieder zurück auf den Schreibtisch. »Aber alle nennen mich immer nur Frank, auch wenn mir das gar nicht passt.«

»Ich habe dasselbe Problem.«

Zum ersten Mal sieht er mir direkt in die Augen. »Jeder nennt Sie Frank?« Er sagt das so trocken und ausdruckslos, dass der Witz schon durch den Fußboden geschlagen und im Keller gelandet ist, ehe ich auf die Idee komme zu lachen.

»Ich meinte, dass alle meinen Namen falsch aussprechen.«

Frank(lin) wirft einen Blick auf meinen Lebenslauf, den David wohl für ihn auf den Schreibtisch gelegt hat. »Was ist so schwierig an ›Ciara‹?«

Er spricht den Namen richtig aus: Kih-rah. Wir werden sicher die besten Freunde.

Endlich schüttelt Franklin mir die Hand. Er ist größer und jünger, als ich zuerst gedacht habe. Seine lässige, etwas eingesackte Körperhaltung hatte mich in die Irre geführt. Er ist bestimmt 1,85 m groß und sicher nicht älter als Mitte dreißig. Seine Kleidung – unter dem grauen Jackett ein geschäftsmäßiges Oberhemd und eine blau-schwarze Krawatte – sieht ordentlich aus. Aber alles hängt irgendwie lustlos an ihm, so, als sei er zufällig an diese Kleidungsstücke geraten. Vielleicht fehlt Franklin auch einfach nur eine Dosis Koffein.

»Soll ich Ihnen eine Tasse Kaffee bringen?«

Er seufzt und verdreht die Augen. »Setzen Sie sich!« Er zeigt auf den Besuchersessel, auf dem ich gestern Abend schon während des Bewerbungsgesprächs gesessen habe. Er selbst lässt sich in seinen Drehstuhl hinter dem Schreibtisch fallen.

»Habe ich etwas Falsches gesagt?«

»Na fein, dann setzen Sie sich eben nicht!« Er blickt mich aus grauen Augen an. Sein Blick kombiniert grundlegendes Wohlwollen mit Überdruss aus tiefster Seele. »Ciara, Sie sind hier, um etwas über Marketing und Sales zu lernen und dabei mitzuhelfen, diesen Radiosender vor der Vergessenheit zu retten. Sie sind nicht hier, um jemanden zu bedienen.« Sein leichter Akzent und sein schleppendes Sprechen weisen ihn als Einheimischen aus. »Sie holen für niemanden Kaffee außer für sich selbst, Sie kopieren und faxen auch für niemand anderen hier. Kapiert?«

»Kapiert.«

»Wenn einer von den Radiomoderatoren da unten …«, er deutet auf den Fußboden, als lebten sie unter dem Gebäude, »Sie um mehr bittet, als ihm einen Stift zu leihen, sagen Sie mir das bitte! Selbstverständlich nachdem Sie demjenigen gesagt haben, er solle sich verpissen.«

Ich setze mich auf den Sessel und ziehe ihn näher an Franklins Schreibtisch heran. »Wie läuft das eigentlich mit denen? Laufen die immer so herum?«

Für die Antwort beugt er sich zu mir herüber. Dann klappt er plötzlich den Mund wieder zu. Und dann: »Haben Sie die Bücher gelesen, die David Ihnen mitgegeben hat?«

»Nein. Die habe ich doch erst gestern Abend bekommen.«

Ein paar Sekunden lang studiert Franklin mein Gesicht. Währenddessen trommeln seine Finger bedächtig einen Rhythmus auf die Stuhllehne.

»Warten Sie einen Augenblick!« Er steht auf, geht mit schweren Schritten die Treppe hinunter.Dabei gelingt ihm das Kunststück, gleichzeitig beunruhigt und apathisch zu wirken.

Ich habe kaum die Zeit, über das heutige Oscar-Wilde-Zitat zu kichern (Ich würde alles auf der Welt tun, um meine Jugend zurückzuerhalten, außer mich zu bewegen, früh aufzustehen oder ehrbar zu werden), ehe David die Treppe hochgestürmt kommt.

»Ciara.« Beinahe hätte er meinen Namen mit drei Silben ausgesprochen. Gerade so gelingt es ihm, den Fehler zu kaschieren, indem er sich am Kinn kratzt. »Haben Sie denn wenigstens das Material durchgeschaut, überflogen, irgendwas?«

Momentan liegen die Bücher in meiner Diele, genau da, wo ich sie gestern Abend fallen gelassen habe. »Warum ist das denn so wichtig?«

Er verschränkt die Arme vor der Brust und tritt von einem Fuß auf den anderen. »Es ist wichtig, dass Sie verstehen, was wir sind … ich meine, wer wir sind und vor welchen Herausforderungen wir stehen in der heutigen, äh – Geschäftswelt.« Er reibt sich den Nacken. »Nur so können Sie eine von uns werden.«

Ich bin aber keine von ihnen. Ich bin nur eine Praktikantin. Aber ich bin bereit, allem zuzustimmen, wenn er nur aufhört, sich aufzuregen.

»Welches Buch, welche Seite? Ich schau sofort nach, wenn ich heute Abend nach Hause komme.«

»Nein, jetzt.« Mit einer Kopfbewegung verweist er auf meinen leeren Schreibtisch. »Ihr Computer kommt nicht vor Montag. Also gehen Sie jetzt nach Hause und fangen an zu lesen! Rufen Sie mich an, wenn Sie draufgestoßen … wenn Sie zu Ende gelesen haben!«

Ich sehe den einen Meter hohen Stapel Bücher vor meinem inneren Auge. »Alle zu Ende gelesen habe, wirklich alle?«

»Sie werden merken, wann Sie aufhören können.«

Selbst Davids kryptische Bemerkungen können mir einen bezahlten Tag am Pool nicht vermiesen.

Ich bin schon halb aus der Tür, als ich mich daran erinnere, dass ich David noch etwas fragen wollte. »David, von wem ist dieser Song *I'll Never Get Out of These Blues Alive*?«

Er dreht sich mit einem breiten Stolzer-Papa-Lächeln zu mir herum. »Von John Lee Hooker. Monroe spielt ihn jede Nacht zum Abschluss. Hat er Ihnen gefallen?«

Ich zucke mit den Schultern. »War ganz in Ordnung.«

Davids Grinsen verrät mir, dass er meine gewollte Untertreibung durchschaut. »Sie werden Ihren Job lieben, das prophezeie ich Ihnen!«

Ich liebe meinen Job. Noch niemals zuvor war ich in der Lage, so etwas zu sagen. Aber gerade jetzt, wo ich am Pool der Apartment-Anlage meiner Freundin Lori lümmle und einen Pfirsich-Eistee schlürfe, liebe ich meinen Job.

Meine Eieruhr piept, und ich drehe mich auf den Bauch und brate noch zehn weitere Minuten in der Sonne. Mein Rücken braucht immer etwas länger, um braun zu werden, als meine Vorderseite. Wenigstens werde ich nicht rot und sommersprossig wie die meisten Mädchen irischer Herkunft. Mein Vater hat mir einmal gesagt, ich hätte Zigeunerblut in den Adern. Aber es gibt keinen Grund zu der Annahme, dass diese eine unter all seinen anderen Behauptungen der Wahrheit entsprechen könnte.

Ich greife mir das nächste Buch aus dem Stapel. »Die *Encyclopedia of Rock and Roll*?«

»Wie kann man von dir erwarten, dass du ein ganzes Lexikon durchliest?«, fragt Lori von der anderen Sonnenliege aus.

»Er sagte, ich soll's überfliegen.« Ich blättere die Seiten mit dem Daumen durch, fast so schnell wie bei einem Daumenkino. »Ich überfliege es gerade.«

»Oh-ha!« Lori setzt sich auf und reibt sich den Nacken. »Ich fürchte, ich hab mir einen Sonnenbrand geholt.«

»Schmier noch mehr von dem Zeug mit Sonnenschutzfaktor 40 drauf! Du vergisst ständig, dass du der nordische Typ bist.«

»Finnisch.«

»Na, für's Finish ist es noch ein bisschen früh. Ich hab ja gerade erst angefangen.«

Sie gibt einen Grunzlaut von sich und bespritzt mich mit dem Inhalt ihrer Plastikflasche. Ich ziehe rasch eine Handtuchecke über die Enzyklopädie, um sie vor Eistee-Spritzern zu schützen. »He, pass doch auf!«

»Wortspiele machen dich zu einem von Rechts wegen vertretbaren und damit berechtigten Ziel.«

Ich wende mich wieder dem Buch zu. Aber gegen das gleißende Licht der Sonne auf den weißen Seiten hilft nur, die Augen zusammenzukneifen. Ich falte die Hände über meinen Augen, um mir selbst etwas Schatten zu spenden.

Damit ich wach bleibe, frage ich Lori: »Wie geht's denn mit der Geisterjagd voran?«

»SPIT ist gerade dabei, Geld für das Sherwood-Schlacht-Denkmal zu sammeln. Der Stadtrat denkt, wir haben sie nicht alle, aber er nimmt nur allzu gern unser Geld an. Außerdem werden mehr Touristen hierherkommen, wenn wir zeigen, dass Sherwood von Geistern heimgesucht wird. Alle profitieren davon.«

»Nur die Geister nicht. Vielleicht sollte man sie besser in Ruhe lassen.«

Lori lacht. »Behandle mich ja nicht von oben herab, Skeptik-Girl!« Sie lässt es wie den Namen eines Oberschurken im Comic klingen.

Obwohl ich den unbändigen Drang verspüre, die Augen zu verdrehen, unterstütze ich Loris Besessenheit, was Geister aus der Zeit des Amerikanischen Bürgerkriegs angeht. *Irgendwas* muss man ja machen, wenn man Geschichte studiert hat. Darüber hinaus sorgt diese Geistersache dafür, dass meine beste

Freundin auch noch zwei Jahre nach dem College-Abschluss in der Stadt bleibt, hier bei mir und bei SPIT, dem Sherwood Paranormal Investigation Team, das dringend einen neuen Namen braucht. Sherwoods Untersuchungsteam des Paranormalen, schön und gut! Aber SPIT? Rotz?!

Meine unheimliche Begegnung auf dem Parkplatz gestern Nacht kommt mir in den Sinn. Im hellen Sonnenschein fühlt sich das Ganze richtig dämlich an. Trotzdem muss ich meine Frage einfach loswerden. »Gehen wir mal davon aus, es gäbe wirklich Geister in Sherwood.«

»Es *gibt* wirklich Geister in Sherwood!«

»Okay. Aber wie würde sich die Begegnung mit einem Geist anfühlen?«

Lori beschattet ihre Augen mit der Hand und schaut mich an. »Soll das ein Witz sein?«

Ich erzähle ihr von der merkwürdigen, kalten Präsenz, die ich gestern wahrgenommen habe. Lori steht der Mund offen. Ihr Unterkiefer fällt herunter, als habe sie die Kontrolle über ihre Muskeln verloren.

»Wow, ich sterbe vor Neid!« Sie greift nach ihrer Eistee-Flasche, als wolle sie mich noch einmal bespritzen. »Du glaubst nicht einmal daran und machst trotzdem eine Geistererfahrung! Das Einzige, was ich je gespürt habe, ist ein Zucken im Ellbogen. Und das war, wie sich herausstellte, ein Nervenleiden.«

»Komm schon! Dafür muss es doch eine Erklärung geben! Wenn ihr ermitteln würdet, welche Möglichkeiten würdet ihr dann ausschließen?«

Sie tippt sich mit dem Hals ihrer Plastikflasche ans Kinn. »Wegen der vielen Bäume rundherum könnte es auf dem Parkplatz zu ganz natürlichen Temperaturschwankungen kommen. Das könnte den kalten Luftzug durchaus erklären. Das Flüstern könnte auch der Wind im Laub der Bäume gewesen sein. Und jeder weiß, dass von Sendestationen massive elektromagnetische

Felder ausgehen. Das klingt nach der perfekten Mixtur, um einen gruseligen, aber unbegründeten Schrecken auszulösen.«

»Gut.«

»Ich könnte SPIT bitten, das für dich zu überprüfen.«

»Nein, nein! Ich will nicht, dass mein Boss denkt, ich sei verrückt.« Und ich will nicht von mir selber denken, ich sei verrückt.

Lori greift nach ihrer Uhr und stöhnt auf. »Zeit, arbeiten zu gehen!« Sie steht auf und faltet ihr Handtuch zusammen. Es ist gut, dass sie endlich aus der Sonne geht. Ihr Gesicht ist bereits so rot wie das eines Marathonläufers, der gerade eben die Ziellinie erreicht hat. »Gehst du nachher noch auf einen Drink in die Bar?«

»Klar doch. Danke für den Einblick in die Geisterwelt.«

»Du wirst noch glau...auben!« Sie summt die Titelmelodie von *Akte X*, während sie in ihren Flip-Flops davonschlurft.

Ich überfliege die fett gedruckten Einträge in der Mega-Enzyklopädie. Bisher keine ungewöhnlichen Fakten, nichts, was mir einen Hinweis auf das große Ziel von *Wimp*-Radio geben kann.

Meine Badetasche ist vollgestopft mit ungelesenen Büchern: zwei Bände über die Geschichte des Rundfunks, ein Buch über Frauen im Rock 'n' Roll und ein abgegriffener, aber trotzdem prächtiger Bildband über amerikanische Folkmusik und Roots-Rock.

In dem Bildband steckt etwas, das ihn zusätzlich dicker macht – etwas, das dick genug ist, um selbst ein Buch zu sein.

Ich ziehe den blinden Passagier heraus. Es ist eine umfangreiche Broschüre. Die Rückseite ist gelb und bietet als Information nur das Copyright-Datum von 1954. Ich schlage das Büchlein auf.

»Oh, wie niedlich!«

Der Titel, gesetzt in einfacher Maschinenschrift, lautet: *Die*

Wahrheit über Vampire. Das Heft sieht aus wie eine Informationsbroschüre, als wäre sie Teil einer staatlich geförderten Reihe zur Panikmache unter der Bevölkerung, mit Titeln wie: *Marihuana – Sprungbrett in die Verzweiflung* oder *Es sind nicht nur große Schuppen – Wie man Kopfläuse erkennt.*

Die Broschüre besteht aus dreißig Seiten Dünndruckpapier, der Text ist in kurze Kapitel unterteilt. Ich lehne mich auf der Sonnenliege zurück und beginne zu lesen. Das Heftchen ist nicht Teil von Davids Lehrplan, da bin ich mir sicher. Aber es wird mich höchstens nur zehn Minuten kosten, es durchzulesen.

Ja, ja, sie ernähren sich von Blut … okay, sie können nicht im Tageslicht existieren, bla-bla-bla, sind sehr manipulativ, et cetera, et cetera. Klingt für mich sehr nach rezitierten Klischees – Anne Rice mal eben aufgewärmt. Aber, hey, schließlich verschlinge ich diese trendigen Vampirromane, als wären es heroingetränkte Kartoffelchips! Allein zu Unterhaltungszwecken lese ich also weiter.

Ich blättere vor und suche nach der großen bösen Wahrheit über Vampire. Dem Zeitgeist der Fünfziger entsprechend, wird hier als Wahrheit höchstwahrscheinlich die Infiltration der Blutbanken durch Kommunisten verkauft. Dieses Heftchen riecht geradezu nach der McCarthy-Ära.

Eine Überschrift lautet: *Zeitgebundenheit.* Hmm, das ist ja mal was Neues. Ich greife nach meinem Eistee.

Bis zum Mund komme ich mit der Flasche gar nicht, weil sämtliche meiner Muskeln erstarren. Die Worte hallen in meinem Kopf wider. Es ist, als würde ich dem Kommentator einer Dokumentation lauschen:

Vampire bleiben in der kulturellen Ära haften, in der sie den Tod fanden. Sie selbst sprechen von dieser Ära als persönliche ›Lebenszeit‹. Zum Erhalt des geistigen Wohlbefindens wird ein Vampir Sprechweise und Kleidung seiner Lebenszeit beibehalten und damit den

Konventionen dieser Ära huldigen. Ein weiblicher Vampir aus den zwanziger Jahren wird beispielsweise den Flapper leben, also den flatterhaften, frechen Stil dieser Zeit, wird die damals modischen Kurzhaarfrisuren und kurzen Röcke bevorzugen und behaupten, dass ›schwofen zu gehen‹ – sich also mit wechselnden Geschlechtspartnern zu vergnügen – einfach ›knorke‹ sei.

Da das moderne Leben stets in die sorgfältig konstruierte Wirklichkeit des Vampirs einbricht, rebellieren Vampire häufig gegen das damit einhergehende Gefühl von Machtlosigkeit. Eine harmlose Reaktion darauf kann aus pathologisch zwanghaften Verhaltensweisen bestehen, da diese die Illusion von Kontrolle hervorrufen.

Es sollte jede Möglichkeit ergriffen werden, dem gesetzestreuen Vampir ein Mittel zu geben, mit dem er oder sie den Kontakt zur Vergangenheit und gleichzeitig den zur Gegenwart pflegen kann. Nur das hat nämlich zur Folge, dass die Lebensspanne eines Vampirs sich verlängert und möglicherweise katastrophalen Unruhezuständen vorgebeugt wird. Viele Vampire eines gewissen Alters nutzen unser Netzwerk von Schutzhäusern, um einen Ort zu haben, an dem sie langsam vergehen können, ohne eine Gefahr für sich und andere darzustellen.

Mit roter Farbe stand an den Rand getippt:

Anmerkung: Bei Vampiren mit gewissen Merkmalen – hierzu gehören psychische Instabilität während der Lebenszeit, extreme Jugend oder hohes Alter zum Zeitpunkt der Verwandlung ebenso wie einige unbekannte Faktoren – ist damit zu rechnen, dass sie auf die sich wandelnde Welt mit Gewalttätigkeit reagieren. Da es die oberste Pflicht eines Agenten ist, menschliches Leben zu schützen, sollte er Vorsichtsmaßnahmen ergreifen, was Präventivmaßnahmen mit einschließt (vergleiche hierzu im Leitfaden: Kapitel 16: ›Beseitigung‹).

Wie bitte?!

Das also hatte ich lesen sollen! David glaubt, die DJs seien Vampire. Die DJs glauben, sie seien Vampire.

Nein, niemand mit solchen Wahnvorstellungen lebt außerhalb einer psychiatrischen Klinik! Das Ganze muss eine Show sein. Ein Scherz. Ein Scherz, der kein Stück lustig ist.

Ich schaue mir das Heftchen noch einmal genau an. Das Papier sieht nicht nur alt aus, es fühlt sich auch brüchig an und riecht muffig-verstaubt wie ein Dachboden. Also haben sie altes Papier verwendet – und eine Schreibmaschine, denn die Seiten würden sich in einem Drucker oder Kopierer sofort in ihre Bestandteile auflösen.

Warum betrieben sie so einen Aufwand, bloß um die Neue auf den Arm zu nehmen? Haben sie diese Farce auch für die anderen Stellenbewerber durchgespielt?

Ich balle die Hände zu Fäusten, zerknülle die Broschüre. Vielleicht gab es gar keine Mitbewerber. Schließlich hat David *mich* wegen des Vorstellungsgesprächs angerufen, nicht ich ihn. Warum? Wegen meiner Vergangenheit, hat er behauptet. Aber wie viel kann er tatsächlich über meine Vergangenheit wissen?

Und was verflucht noch mal hat das alles mit Vampiren zu tun?

Es ist egal. Wenn es nach Fisch stinkt, wie ein Fisch schwimmt und quakt wie ein … na gut, in jedem Fall aber stinkt die ganze Sache zum Himmel! Wir überspringen Alarmstufe Orange und gehen gleich auf Alarmstufe Rot.

Ich hole mein Handy heraus und wähle Davids Nummer, die mitsamt seines Namens sorgsam im Deckel des Bildbandes geschrieben steht.

Niemand geht ran. Das macht's noch leichter.

»David, entschuldigen Sie bitte, dass ich es einfach so auf Ihrer Mailbox hinterlasse, aber ich habe eine andere Anstellung gefunden.« Jetzt sollte ich wohl noch etwas Nettes hinzufügen.

»Danke dafür, dass Sie mich in die engere Wahl genommen haben.« Oje. Ich versuch's noch mal. »Ich meine, danke, dass Sie mir den Job beim Sender angeboten haben. Ich glaube, die Arbeit hätte mir durchaus Spaß gemacht.«

Ich klappe das Handy rasch zu, ehe meine Stimme verrät, wie hin und her gerissen ich bin. Es ist an der Zeit, wieder die Stellenangebote zu durchsuchen.

Als ich den Poolbereich verlasse, stopfe ich *Die Wahrheit über Vampire* in den Mülleimer, wo sie hingehört.

3

Run like Hell

Das Smoking Pig ist gerammelt voll mit den üblichen Freitag-Abend-Gästen – größtenteils College-Studenten, die in der Stadt geblieben sind, um Ferienseminare zu belegen oder ihren Eltern zu entgehen. Das Pig ist aus alten Mühlenteilen gebaut worden: Früher hat es in der Umgebung so viele Mühlen gegeben, wie es schwarze Punkte auf einem Dalmatinerfell gibt. Um noch für etwas Atmosphäre zu sorgen, liegen verrostete Teile von Landmaschinen auf den dunklen, hölzernen Deckenbalken.

Nachdem ich den ganzen Nachmittag damit verbracht habe, die Aushilfsjobs durchzusehen (Burger-Patties wenden gegen Betonmischer fahren), brauche ich einen Drink. Ich quetsche mich durch die Menge hindurch bis zum Messinggeländer der Theke und winke Lori an der Kasse zu. Sie hebt einen Finger. Während sie die Bestellungen eintippt, wiederholen ihre Lippen lautlos jeden einzelnen Posten. Dann kommt sie zu mir herüber, ihr hellblonder Pferdeschwanz hüpft fröhlich auf und ab.

»Du hast toll Farbe gekriegt!«, brüllt sie gegen den Lärm der Menge und den neuesten Song der Killers an. Sie hebt ihren Pony und dreht ihr Kinn ins Licht. »Kann man sehen, dass ich eine Sonnenbrille getragen habe?«

»Ein wenig.« Loris Gesicht sieht aus, als sei sie die Negativvariante eines Panzerknackers. Ich sollte sie tagsüber wirklich nicht hinauslassen. Der Gedanke erinnert mich wieder an die Vampire, also nichts wie weg mit dem Thema.

Lori wischt mit einem Lappen über das blank polierte Holz der Theke. »Was darf ich dir bringen?«

»Etwas Starkes – pur, bitte.«

Sie schaut mir prüfend in die Augen, die vom Anstarren der Jobangebote ganz rot sind – das weiß ich. »Was Starkes, ja, aber sicher nicht pur! Du brauchst mehr als reinen Alkohol.« Sie greift nach der Flasche Kahlua und dann nach dem Wodka Vanilla. »Ein Chocolatini wird dich aufmuntern.«

»Woher weißt du, dass ich Aufmunterung gebrauchen kann?«

»Der sechste Sinn eines jeden Barkeepers.« Ihre Hände wandern über die Reihe von Flaschen vor ihr, ehe sie Grand Marnier, Frangelico und Bailey's Irish Cream herausholt.

»Sieht aber teuer aus.«

»Der Boss ist heute krank, also geht der Drink aufs Haus. Aber das heißt auch, wir sind einer zu wenig. Deswegen herrscht hier das Chaos! Es ist der Wahnsinn – zwei Junggesellinnen-Abschiede auf einmal.« Sie schüttelt den Drink im Shaker durch und gießt den Inhalt in das Glas vor mir. »Sobald es sich etwas gelichtet hat, kannst du mir erzählen, was los ist.« Sie winkt mir zu und hastet davon.

Ich suche die Menge nach jemandem ab, den ich kenne – oder den ich gern kennenlernen würde. Ein bekanntes Gesicht taucht in meinem Blickfeld auf, hinten am anderen Ende der Theke. Doch bevor ich einen zweiten Blick wagen kann, torkelt eine üppig bestückte Brünette mit Hochzeitsschleier auf mich zu und nimmt mir die Sicht.

»O mein Gott. Ciara Griffin?«

Und ich dachte, mein Tag könnte nicht noch schlimmer werden! Ich zwinge mich zu einem Lächeln und schnippe mit den Fingern, so als ob ich nach dem Namen meiner ehemaligen Wohnheimgenossin suchen würde. »Joanne, nicht wahr?«

Sie haut mir auf die Schulter. »Nee, nicht doch – Jolene! Dass dir das entfallen ist! Na, wir hatten ja auch nur sämtliche Wirtschaftskurse zusammen.« Sie wiehert los. »Okay, die, bei denen du aufgetaucht bist.«

Ich reibe meine Schulter und denke daran, dass Jolene und andere Studentinnen aus ihrer Verbindung mir während des gesamten zweiten Collegejahres an jedem Sonntag Flyer unter der Tür durchgeschoben haben – mit Sonderangeboten des Discounters um die Ecke. Sie wollten mich unbedingt wissen lassen, was sie von meinen Klamotten hielten. Im Gegenzug habe ich immer ihre Handtücher durch die Toilette gezogen, wenn sie unter der Dusche waren. »Und wie geht's dir so?«

»Großartig! Ich wurde gerade befördert und bin mit einem großen Marktforschungsprojekt betraut worden. Außerdem heirate ich.« Sie streckt mir ihre Brust entgegen. Da sehe ich, dass auf ihrem weißen Tank-Top in schwarzen Lettern BRIDE 2B, *Zukünftige Braut*, geschrieben steht.

»Glückwunsch. Ich ... freue mich für dich.« Angesichts ihrer echten Designer-Schuhe und engen Kunstlederhose fühle ich mich in meinen Marken-Imitaten und dem Minirock aus der letzten Saison wie ein modisch desorientierter Bauerntrampel.

»Und was machst du momentan so?«, fragt Jolene mich.

»Tja, ich ...« bin, sechs Jahre später, immer noch auf dem College, ohne Arbeit und ohne Aussicht, vermittelt zu werden, ohne Verlobten, ohne Freund oder auch nur einen Hamster, der mir zwei Nächte am Stück Gesellschaft leisten würde.

Eine der goldenen Halbkreolen verfängt sich in Jolenes Schleier. Als sie ihren Kopf zur Seite neigt, um den Ohrring zu befreien, erblicke ich das bekannte Gesicht wieder, auf das Jolene mir die Sicht genommen hatte.

Shane.

Ganz plötzlich fällt mir eine Antwort ein. »Ich arbeite mit ihm zusammen – da drüben.«

Jolene späht in die angedeutete Richtung und stößt einen anerkennenden Pfiff aus. »Der ist ja richtig süß! Geheimnisvoll.«

Das trifft es ziemlich genau – Shane scheint allein inmitten einer Insel aus Stille zu sitzen. Die Frau auf dem Barhocker neben ihm drückt das Kreuz durch und starrt in seine Richtung. Aber Shane ignoriert sie. Schließlich gibt sie auf und wendet sich wieder ihrer Freundin zu.

Meine ehemalige Kommilitonin studiert indes Shanes Äußeres. Sein charmant zerzaustes Haar hat im Licht einen goldblonden Glanz. Er trägt ein ähnliches Outfit wie gestern Abend, allerdings ein anderes T-Shirt unter dem frischen Flanellhemd.

Jolene dreht sich wieder zu mir um. »Du arbeitest also für eine Holzfirma?«

Ich tue so, als wäre mir der Scherz entgangen. »Für einen Radiosender. Er ist Moderator bei WMMP, wo ich die Marketingabteilung leite.«

Jolenes angetrunkener Gesichtsausdruck wandelt sich zu einem durchtriebenen Lächeln. »Stell mich ihm vor!«

»Ich dachte, du bist verlobt.«

»Und das ist mein Junggesellinnen-Abschied. Das entschuldigt alles.« Mit einer betonten Geste dreht sie den Stein ihres Verlobungsrings nach unten in die Handfläche.

»Ich glaube, er hat eine Freundin.«

»Ist sie hier?«

Die Vorstellung, wie Regina hier im hoffnungslos bürgerlichen Smoking Pig abhängt, lässt mich grinsen. »Das bezweifle ich.«

»Also nicht da, ganz genau wie mein Verlobter! Wie absoluuut passend!«

Die Braut stößt ein wieherndes Gelächter aus und zieht mich hinter sich her ans andere Ende der Theke. Ihr Verlobungsring, um genau zu sein, der Ewigkeit symbolisierende Diamant im Tropfen-Schliff, schneidet tief in die zarte Haut zwischen meinen Fingern ein. Jolene hat mehr Kraft, als der erste Blick verrät – dabei lässt schon der erste Blick vermuten, dass sie in der Lage ist, einen Buick zu stemmen.

Kurz bevor wir Shane erreichen, grüßt sie ihre Brautjungfern über die Theke hinweg mit einem allseits bekannten Handzeichen: Zeigefinger und kleiner Finger aus der Faust hochgestreckt. Die Mädels brechen daraufhin gemeinschaftlich in ein Gegröle aus, das jedem Strip-Lokal alle Ehre gemacht hätte.

»Hey, hallo!«, sagt Jolene schließlich zu Shanes linker Schulter. Die Schulter verspannt sich beim Klang ihrer Stimme, aber ansonsten zuckt Shane nicht einmal mit der Wimper. Jolene fächert sich daraufhin mit der Serviette, die neben seinem Drink liegt, Luft zu. »Hach! Ist richtig heiß hier drinnen – oder bist du das etwa?«

Immer noch keine Reaktion. Sie streckt die Hand aus, um ihn an der Schulter zu berühren. Aber ein paar Zentimeter davor zuckt die Hand zurück, als ob sie den direkten Befehl von Jolenes Hirn lieber verweigere. Kluge Hand.

Endlich gibt Jolene auf und dreht sich zu mir um. Sie zeigt mir einen Schmollmund.

Ich schaue sie finster an. »Lass ihn einfach in Ruhe!«

Beim Klang meiner Stimme dreht Shane mir das Gesicht zu; mit einem Mal wirken Kopf und Hals so gelenkig, als gehörten sie einer Gottesanbeterin auf der Jagd. So, wie Shanes Hände die Bierflasche umfassen und seine Ellbogen auf das Messinggeländer der Theke gestützt sind, ist die Ähnlichkeit mit dem Insekt geradezu unheimlich. Ich mache einen Schritt zurück.

Eine Sekunde nachdem seine Augen in meine blicken, werden sie sanft, verlieren diesen Lass-mich-verflucht-noch-mal-zufrieden!-Ausdruck. »Ciara.«

»Wow, ihr kennt euch ja wirklich.« Der Braut-osaurus glättet den Schleier. Ich frage mich, wozu Jolene ihren Ring versteckt hat, wenn sie immer noch das Ding da auf dem Kopf trägt. »Ich bin Jolene. Und du?«

Shane mustert mich kurz von oben bis unten, dann verändert er seine Sitzposition auf dem Hocker so, dass er uns anschauen kann. Das heißt, *mich* anschauen kann. Jolene hat er bisher keines Blickes gewürdigt.

Ich werfe ihm ein entschuldigendes Lächeln zu. »Tut mir Leid, dich zu belästigen, Shane.«

»Shane!« Jolene versucht, ihren beachtlichen Hintern auf seinem Schoß zu parken. »Richtig schöner Name. Hast du Lust zu feiern, Shane?«

Shane blickt in das Dekolleté, das sie ihm darbietet. Er zieht die Augenbrauen zusammen; sein Blick bleibt für einen Moment an Jolenes Vorzügen hängen. Ich für meinen Teil habe plötzlich das Verlangen, Jolene ihren Schleier um den Hals zu legen und ihn festzuziehen, bis sie das Bewusstsein verliert.

»Wir haben eine Limousine und außerdem ein Hotelzimmer in der Stadt«, sagt Jolene – natürlich nicht zu mir. »Da ist jede Menge Platz.«

Zu meiner Bestürzung steht Shane auf. Er schiebt sich enger an Jolene heran, was ihr die Gelegenheit gibt, sich an seine Brust zu drücken. Ich wünschte, Regina käme herein und würde dieser Tussi das Maul mit den eigenen Zähnen stopfen.

Shane formt mit den Lippen lautlos das Wort Hilfe über Jolenes Kopf hinweg.

»Komm und tanz mit uns!« Jolene schmiegt sich an Shanes Hüften, ein wenig wacklig auf den Beinen. »Meine Freundinnen finden dich bestimmt endgeil, glaub mir. Ich verspreche, wir machen auch nicht zu viele Fotos!« Diese letzte Bemerkung findet sie saukomisch.

Voller Bedauern nehme ich einen letzten Schluck von meinem Martini und warte, bis der nächste Typ hinter mir vorbeigeht. Als es so weit ist, trete ich dem Auserwählten mit aller Kraft auf den Fuß. Er heult auf und gibt mir einen Stoß vorwärts, und mein Drink ergießt sich in all seiner schokoladigen Herrlichkeit über Jolenes blendend weißes Tank-Top.

Sie kreischt auf. »Du verdammte Zicke! Das hat meine Trauzeugin eigenhändig gestaltet!«

»Entschuldige bitte.« Ich wische an ihrem Top herum und

sorge so dafür, dass die Flüssigkeit besser ins Gewebe eindringt. »Geh schon mal vor zur Toilette, ich komme gleich nach und helfe dir, das auszuwaschen.«

»Das wär auch besser für dich!« Sie stolpert in Richtung Toiletten davon, wobei sie Schoko-Martini-Tropfen aus ihrem Schleier schüttelt. »Beeil dich!«

Sobald sie außer Sicht ist, packe ich Shanes Hand. »Lass uns verschwinden!«

Wir machen uns durch einen Seiteneingang davon, der in einen langen Flur führt. Hastig zerre ich Shane den halben Gang hinunter, bis ich begreife, dass wir vor einer betrunkenen Bald-nicht-mehr-Junggesellin flüchten und nicht vor der Mafia.

Als ich Shanes Hand loslassen will, umfasst er mein Handgelenk und zwingt mich, stehenzubleiben. »Danke«, sagt er. »Ich schulde dir was.«

Ich versuche nicht dorthin zu schauen, wo wir uns gerade berühren – Haut an Haut. »Das war das Mindeste, was ich tun konnte.«

»Ist sie eine Freundin von dir?«

»Eigentlich eher eine Erzfeindin. Aber mir tut der arme Typ Leid, dem ich auf den Fuß getreten bin.«

»Kollateralschaden«, meint Shane.

»Ich wusste nicht, wie ich Jolene sonst loswerden sollte. Es war ihr einfach egal, dass du sie ignoriert hast.«

»Ich hatte darüber nachgedacht, ob ein bestimmter Blick von mir sie wohl vertreiben könnte. Aber das will gut überlegt sein.« Sein Blick wandert über meine Schulter hinweg ins Leere. »Das klingt vielleicht komisch, aber manche Leute flippen ein bisschen aus, wenn ich sie direkt anschaue.«

»Oh!« Ich habe gerade genug Martini intus, um fortzufahren: »Weil du ein Vampir bist.«

Er lässt mein Handgelenk los und lehnt sich an die Wand. »Dann weißt du es also.«

»Ich habe die Broschüre gelesen.«

»Und was hältst du davon?«

»Ich habe gekündigt.«

»Oh!« Er nickt. Dann dreht er sich um und schlendert den Flur hinunter auf den Ausgang zu. Sein Gang besitzt eine gezähmte Schnelligkeit, wie bei einem Windhund an der Leine. Ich hole ihn ein, um zu sehen, wie er auf mein Angebot, ihn zu begleiten, reagiert. Außerdem führt der Weg zum anderen Ausgang direkt durch die Bar.

Nach wenigen Schritten fragt Shane: »Hast du gekündigt, weil du nicht mit Vampiren oder weil du nicht mit Verrückten zusammenarbeiten möchtest?«

»Ihr seid keine Vampire, und ihr seid nicht verrückt. Das alles ist ein krasser Scherz. Ich habe einfach nur einen besseren Job gefunden, so sieht es aus.«

»Was denn für einen Job?«

»Als Kundenbetreuerin für eine PR-Firma in D. C.«

»Die Strecke zu pendeln wird sicher die Hölle. Trotzdem Glückwunsch.« Shane öffnet die Glastür am Ende des Ganges, der uns in einen schmerzhaft hell erleuchteten Spirituosen-Laden entlässt. Sein erster Weg führt zur Bierkühlung. »Möchtest du etwas für den Weg?«

»Für den Weg wohin?«

Er schaut mich durch die geöffnete Kühlschranktür an. Sein Atem lässt das kalte, klare Glas kreisförmig beschlagen. »Zu dir.«

Normalerweise hätte ich bei jemandem, der so aussieht und sich so bewegt wie Shane, sofort geschnurrt: »Je eher desto besser.« Aber selbst ich kenne Tabus. Männer beispielsweise, die unter die Kategorie Psycho fallen, sind eindeutig tabu.

»Was ist das denn für eine Sache, die zwischen dir und Regina läuft?«

Shane schließt die Kühlschranktür und lehnt sich gegen eine

Pyramide übereinandergestapelter Zwölfer-Packs. »Regina und ich habe eine besondere Art von Beziehung.«

»Beinhaltet diese besondere Art von Beziehung auch Sex?«

Shane schaut zu dem schlaksigen Typen hinter der Ladentheke hinüber. Der Typ beobachtet uns unverhohlen und ohne dabei rot zu werden. Shane wendet sich wieder mir zu. »Nicht mehr.«

»Wie lange schon nicht mehr?«

Mit zusammengekniffenen Augen blickt er zur Decke hinauf, als ob dort die Antwort stünde. »Ungefähr seit zwei Jahren nicht mehr.«

Er sagt die Wahrheit. Ich habe einschlägige Erfahrung darin, Lügner zu erkennen.

Dennoch traue ich Shane nicht genug, um ihn mit nach Hause zu nehmen. Jedenfalls jetzt noch nicht.

Ich mache einen Schritt nach vorn und öffne meinerseits den Kühlschrank. »Lass uns ein Stück laufen!«

Wir schlendern die Main Street entlang und schlagen dabei ungefähr die Richtung zu meinem Apartment ein, gehen aber nicht den direkten Weg dorthin. Die Innenstadt von Sherwood umfasst gerade mal vier mal drei Blocks. Wir müssen also schon bald wieder kehrtmachen.

Die Nacht ist drückend, sehr schwül, und das Popcorn, das wir in dem Laden gekauft haben, dörrt meinen Mund aus. Ich brenne förmlich darauf, das erste Bier hervorzuholen. Aber jedes Mal, wenn ich so weit bin, taucht ein Streifenwagen auf und fährt langsam vorbei, so langsam wie ein Hai, der auf Beute aus ist. Die Polizei hat hier wenig zu tun, außer sich ab und zu um Ruhestörungen und betrunkene Studenten zu kümmern. Ihre Anwesenheit ist deshalb eher lästig als beruhigend.

»Was warst du denn, bevor du ein Vampir-DJ wurdest?«

»Etwas, das sehr viel monströser war. Ich war Hochzeits-DJ.« Er zieht seine Brieftasche aus der Jeans und drückt mir eine ramponierte Visitenkarte in die Hand.

MCALLISTER MUSIC, YOUNGSTOWN, OHIO. Aha, war mir doch gleich so, als hätte ich einen leichten Nordost-Ohio-Akzent wahrgenommen, Pittsburgh wahrscheinlich.

»Hörst du denn immer noch den schönen Hochzeitswalzer im Schlaf?«

»Eigentlich galt ich als ein DJ für coole Paare. Sie wussten, dass ich auflegen würde, was sie sich wünschten und nicht ihre Eltern.«

Ich drehe die Karte um. In kleinen Blockbuchstaben steht dort: KEIN ENTENTANZ.

»Das Problem war nur«, fährt Shane fort, »dass normalerweise die Eltern für die Hochzeiten zahlen. Also hatte ich schon bald den Ruf, schwierig zu sein.«

»Ich kann mir dich nicht im Smoking vorstellen.«

»Ich auch nicht – was nicht gerade hilfreich war.«

Wir unterbrechen unseren Spaziergang, um uns vor der Stadtbibliothek auf eine Bank zu setzen. Dort gibt es von Hecken und Bäumen gesäumte Kieswege, also so etwas wie einen kleinen Park. Tagsüber hängen hier Obdachlose herum, weil das Asylheim dann geschlossen hat. Aber um diese Uhrzeit ist der Park wie leergefegt.

»Was hat es eigentlich mit diesen Junggesellinnen-Abschieden auf sich?«, fragt Shane.

»Du meinst, warum verwandeln sich ansonsten sittsame Frauen plötzlich in sexwütige Flittchen? Weil das ihre letzte Gelegenheit ist, sich noch einmal schlecht zu benehmen und ganz böse Mädels zu sein – nun, für manche ist es auch die erste Gelegenheit.«

Shane brummt skeptisch. »Ich habe die Selbstverliebtheit, in der Bräute schwelgen, aus jedem nur erdenklichen Blickwinkel betrachtet. Meine Schwester beispielsweise hat meinen Vater dazu gebracht, eine dritte Hypothek aufs Haus zu nehmen, nur damit er ihr eine genauso große Hochzeit ausrichten konnte, wie all ihre reichen College-Freundinnen sie gehabt hatten. Das war ziemlich abgefahren, weil sie ansonsten jemand war, der mit beiden Beinen auf dem Boden der Tatsachen stand.«

Ich bleibe an der Zeitform des Verbs hängen. »Stand? Was heißt das? Ist sie noch … ähm, unter uns?«

»Oh ja, sie ist quicklebendig, wenn du das meinst.« Er fingert an der Falz der Papiertüte herum, in der unsere Einkäufe aus dem Spirituosen-Laden sind. »Ich habe nur keinen Kontakt mehr zu ihr.«

Ich lasse ihm einen Moment Zeit in der Hoffnung, er würde etwas ausführlicher. Doch danach steht ihm anscheinend nicht der Sinn. »Lebt deine Familie denn noch in Youngstown?«

»Soweit ich weiß, ja.«

»Aber du hast keinen Kontakt mehr zu ihr.«

Er stützt einen Ellbogen auf die Rückenlehne der Bank. »Ich hätte eine Erklärung dafür, aber du wirst nur darüber lachen.«

»Wieder die Vampir-Geschichte, oder?«

Er stellt die Tüte mit dem Bier ab und blickt mir direkt in die Augen. Der Baum neben unserer Bank wirft seinen Schatten genau dorthin, wo Shane sitzt. Aber Shanes leuchtend hellblaue Augen scheinen sich geradezu in meine hineinzubrennen. Ich erinnere mich daran, dass dem Blick eines Vampirs eine gewisse Macht zugesprochen wird.

Jetzt wegzuschauen würde mich als abergläubisch outen. Also tue ich es nicht. Ich erwidere den Blick, die Augen zu schmalen Schlitzen verengt, und fordere Shane so heraus. Er starrt mich weiter an.

»Ich weiß ja nicht, was du glaubst zu …« Meine Stimme versagt. Ich vergesse, was ich eben sagen wollte. Es ist auch völlig egal. Nach und nach werden all meine Muskeln im Gesicht schlaff, und die Welt verschwimmt vor meinen Augen. Aber ich kann nichts dagegen tun. Ich will auch gar nichts dagegen tun. Ich möchte einfach nur für immer hier auf dieser Bank sitzen.

Shane beugt sich vor und bringt sein Gesicht ganz nah an meines. Meine Haut wird ganz heiß; meine Hand langt nach dem Saum seines Hemdes, um ihn näher zu mir heranzuziehen.

»Es kommt jemand!«, flüstert er mir zu.

»Da ist sie!«, kreischt eine Person hinter mir.

Ich blinzle heftig, drehe mich um und sehe Jolene und ihre Rotte zukünftiger Brautjungfern. Sie gehen schnellen Schrittes mitten auf der verlassenen Straße und sind bereits in Formation: wie eine Düsenjäger-Staffel, die einen einsamen Jet ausgemacht hat und verfolgt.

Neben mir eine Bewegung: Es ist Shane, der sich lautlos und schnell zwischen mir und den Kleinstadt-Gang-Weibern positioniert.

Lässig rutsche ich von der Bank hinunter. »Ich kann selbst auf mich aufpassen.«

»Allein gegen neun?«

»Was sollen die mir schon ... heilige Scheiße!«

Jolene schwingt ein Messer mit gezackter Klinge. Ich erkenne es als das, was Lori benutzt, um Früchte für die Cocktails zu schneiden. Immer noch zieren Schokoladenflecken Jolenes nasses Tank-Top.

Ich wende mich Shane zu. »Lass mich das Reden übernehmen, nicht dein Testosteron! Ich möchte hier nichts lostreten, dem Blutvergießen und eine Gefängniszelle folgen.«

Er verschränkt die Arme vor der Brust und stellt sich breitbeinig neben mir auf. »Ich bin jedenfalls da, wenn du mich brauchst.«

Der Schwarm bleibt genau vor uns stehen. Die Brautjungfern

imitieren sogleich Shanes Defensivhaltung. Ich frage mich, ob sie alle Barzubehör als Waffen dabeihaben, Eiszangen vielleicht oder einen Messbecher aus Metall. Ich verspüre wenig Lust, mich mit einem Barsieb verprügeln zu lassen.

Jolene fuchtelt mit dem Messer vor meiner Nase herum. »Du hast meine Party ruiniert. Das wirst du büßen, ihr beide werdet mir das büßen!«

»Ich habe mich doch entschuldigt. Was willst du noch von mir?«

»Ich will dein T-Shirt.«

Mein rotes Lieblingsshirt? Das kann sie vergessen! »Es wird dir nicht passen.«

Sie kommt einen Schritt auf mich zu. »Was meinst du mit ›es wird nicht passen‹?«

»Es wird dir nicht passen, weil ich …«, das Gegenteil von einem ausgewachsenen Kalb bin, »… weil ich kleinere Brüste habe.«

Jolene begutachtet meine Figur; ihr Blick zeigt wachsenden Zweifel. »Gib es mir trotzdem!« Wieder fuchtelt sie mit dem Messer herum, allerdings schon mit weniger Überzeugungskraft als zuvor.

»Dann gib mir deins! Wir tauschen.«

Sie packt den Saum ihres Tops. »Aber meine beste Freundin hat es für mich gemacht.«

»Ich schick es dir morgen mit der Post zurück.«

»Gib mir einen Grund, warum ich dir trauen sollte!«

»Du weißt, wo ich arbeite.« Ich hoffe, Shane lässt mich jetzt nicht hochgehen, weil er mir einen fragenden Blick zuwirft. »Warum im Übrigen sollte ich ein Zukünftige-Braut-Shirt behalten wollen? Ich bin nicht verlobt. Das wäre, als würde ein Red-Sox-Fan eine Yankee-Kappe klauen.«

Das vorgebrachte Argument hat gerade genug Logik für einen alkoholbenebelten Verstand. Langsam nickt Jolene; ihr Blick bekommt etwas Verletzliches. »Versprochen, dass du es mir schickst?«

»Ja, klar, per Express. Können wir jetzt von der Straße runter? Jemand könnte sie zum Autofahren benutzen wollen.«

Wir gehen in den kleinen Park vor der Bibliothek. Ich deute auf zwei kleine Gebüsch-Gruppen, die sich am Weg gegenüberstehen. »Wir können uns hinter den Büschen da umziehen. Shane macht den Überbringer.«

Jolene strahlt bei dem Gedanken, er könne sie halbnackt sehen. Sie beeilt sich, hinter dem Gebüsch auf der rechten Seite zu verschwinden. Ich sammle Bier und Popcorn von der Bank und ziehe mich dann hinter das andere Gebüsch zurück. Die Schlägertruppe der Braut hält Wache.

Ein paar Minuten später erscheint Shane mit dem weißen Top.

»Was hat so lange gedauert?«, frage ich ihn.

»Die Umstände haben mehr Zeit erfordert.« Er dreht sich zur Straße um, als sich ein Auto nähert. »Cops!«

Und tatsächlich: Ein Scheinwerferlicht streift über die Klinkerfassade der Bibliothek, dann hält der Lichtkegel inne. Mit dem typischen Geräusch wird eine Autotür geöffnet.

Ich schnappe mir die Tragetasche und haste davon, vom Bibliotheksgebäude fort in Richtung Parkplatz. Obwohl ich wegen meines Herzschlags Shanes Schritte nicht hinter mir hören kann, weiß ich genau, dass er da ist. Sein Schatten hält mühelos mit meinem Schritt.

Der Kiesweg windet sich den Hügel hinunter und um das Gebäude herum. Beinahe wäre ich gegen eine hüfthohe Absperrung gerannt, die Skateboarder davon abhalten soll, ungebremst in die Autos auf dem Parkplatz zu rasen. Mit der Leichtigkeit eines Olympia-Hürdenläufers springt Shane über die Barriere.

»Wohin jetzt?«, fragt er.

Ich schätze, ich nehme ihn jetzt wohl mit nach Hause. Ich

will ihm gerade mit einem Wink zeigen, er solle mir folgen, da bemerke ich, was er immer noch in der Hand hält.

Von der anderen Seite des Gebäudes kreischt Jolene meinen Namen gefolgt von einer langen Schimpftirade, die gipfelt in: »Du raffgierige, hinterhältige, Tops-abziehende Schlampe!«

4

Just what I Needed

»Wir sollten dem Bier erst mal ein bisschen Ruhe gönnen.« Ich packe das Sixpack in meinen Kühlschrank. »Ist ja ziemlich durchgeschüttelt worden, als wir uns von den Cops abgesetzt haben.«

Shane reicht mir Jolenes Top. Ich stecke den Stöpsel in die Küchenspüle und drehe den Kaltwasserhahn auf.

»Ich hoffe, sie hat es nicht schon mit warmem Wasser versucht. Das konserviert die Flecken nur.« Ich weiche das Top ein und reibe vorsichtig über die braunen Flecken. »Das Top ist mir eigentlich zu groß. Aber ich könnte ja drin schlafen.«

»Du hast doch gesagt, du würdest es ihr schicken.«

»Hat sie mir etwa ihre Adresse gegeben? Na bitte! He, was meinst du, was sie mit ›ihr beide werdet mir das büßen‹ wohl gemeint hat?«

Shane gibt das Geräusch-Äquivalent eines Achselzuckens von sich.

Ich streiche über mein Haar und zwirble es im Nacken zusammen, ehe ich es wieder über meine Schultern fallen lasse. »Tut mir leid, dass es hier drin so heiß ist. Nur das Schlafzimmer hat ein Klimagerät.« Ich frage mich, ob Shane jetzt vielleicht meint, meine letzten Worte seien eine versteckte Aufforderung gewesen. Ich frage mich selbst, ob sie das waren.

Er scheint mich aber gar nicht gehört zu haben. Er ist nämlich damit beschäftigt, sämtliche Wände nervös mit den Augen abzusuchen.

»Ich wohne allein hier, wenn es das ist, was dich beunruhigt.«

Shane setzt ein verlegenes, schiefes Lächeln auf. »Ich wollte, ähm, … ist auch egal.«
»Wonach hast du gesucht?«
Er reibt sich über den dunkelblonden Drei-Tage-Bart. »Kruzifixe?«
Ich lache. »Mach dir keine Sorgen!«, versichere ich ihm im dramatischen Flüsterton. »Es gibt keine Kruzifixe hier.«
Er entdeckt das mit Fotos vollgestopfte Album, das auf dem Couchtisch liegt. »Darf ich da mal reinschauen?«, fragt er mit der ungeduldigen Wissbegier eines Kindes.
»Na klar.« Kein Kerl je zuvor hat sich mein Fotoalbum zu Gemüte führen wollen. Ich knipse die Leselampe an und geselle mich zu Shane auf die Couch. Mit großer Geste schlägt er das Album auf, so als enthalte es die Geheimnisse des Lebens.
»Wessen Hunde sind denn das?«
»Eigentlich nicht meine. Ich habe damals bei einer Gruppe mitgemacht, die streunende Tiere rettet. Ich war Hundepatin. Das heißt, ich habe Geld für diese Hunde gespendet, damit sie im örtlichen Tierheim bleiben können und nicht im Tierasyl landeten, wo man sie vielleicht eingeschläfert hätte.« Ich blättere um. Die nächste Seite zeigt, ziemlich unscharf, ein großes weißes Etwas. »Das ist Banjo. Letzte Woche hat er sein letztes Heim gefunden.«
Shanes Augen werden groß. »Ist er gestorben?«
»Nein, er wurde vermittelt und hat jetzt ein neues Zuhause. Samstags war ich immer im Tierheim und hab ihn trainiert, ihm beigebracht zu gehorchen, damit er leichter zu vermitteln ist. Heutzutage reicht es nicht mehr, einfach nur niedlich zu sein.«
Shane wirft mir einen amüsierten Seitenblick zu, und ich frage mich erneut, was er glaubt, wovon ich spreche. »Das ist wirklich nobel von dir.«
»Nein.« Ich lasse das Album los. »Ich wollte mir nur selbst beweisen, ich sei ein guter Mensch.«

»Blödsinn. Deiner Wohnung nach zu urteilen,kannst du dich selbst kaum ernähren, geschweige denn ein Rudel Hunde.«

»Was ich zum Überleben brauche, besorge ich mir schon.«

Dieses Mal sieht er mich lange an. »Zum Beispiel durch einen Job bei einer Mega-PR-Agentur in D. C.?«

Sein Röntgenblick treibt mich vom Sofa hinunter und davon in Richtung Kühlschrank. »Das Bier wird jetzt wohl lange genug gestanden haben.«

Ich höre, wie Shane mehrere Seiten voller Hundebilder durchblättert, während ich zwei Flaschen Bier von ihren Kronkorken befreie. Aus einem Flaschenhals schäumt das Bier heraus. Das meiste davon kann ich mit dem Mund auffangen. »Willst du ein Glas?«

Keine Antwort. Ich schaue hinüber zu Shane und sehe, dass er an einer Seite mit Fotos hängengeblieben ist.

»Sind das Sonnenauf- oder -untergänge?«, fragt er.

»Beides.« Ich kehre zum Sofa zurück und stelle die Bierflaschen auf den Tisch. Zwei ungeöffnete Briefe dienen als Bierdeckel. »Mein Schlafzimmer liegt im Norden, also sehe ich im Sommer die Sonne über dem Campus aufgehen.«

»Dann bist du also ein Morgenmensch.«

»Ich bin ein Morgenmensch und ein Nachtmensch. Ich muss also ein Mensch der kurzen Nickerchen sein, ansonsten wäre ich vor allem ein sehr müder Mensch.« Na großartig: Jetzt rede ich auch noch Müll! Außerdem erwähne ich zum zweiten Mal mein Schlafzimmer, ohne dass eine Reaktion von Shane kommt.

Er greift auch nicht nach seinem Bier. Er starrt die Sonnenaufgänge an. Ich nutze die Gelegenheit und studiere sein Profil, zumindest den Teil, den ich unter seinem Haar erkennen kann. Er hat scharf geschnittene Züge, ein energisches Kinn; seine Nase gleicht einer Sprungschanze – ein perfekter Neigungswinkel mit einer leichten Aufwärtsbewegung am Ende. Wäre meine

Nase eine Sprungschanze, sämtliche Skispringer würden herunterstürzen und einen tragischen Tod erleiden.

Ich räuspere mich. »Wenn du lange genug bleibst, kannst du den Sonnenaufgang hier selbst bewundern.«

Er blickt mich an, mit zusammengezogenen Augenbrauen. »Ich kann nicht bis Sonnenaufgang bleiben.«

Seine Sendung, klar. »Du musst ab drei arbeiten, richtig?«

»Richtig. Arbeiten.« Er lässt den Blick durchs Wohnzimmer schweifen. »Wo ist denn deine Anlage?«

Dieses Mal sage ich es so selbstverständlich und beiläufig, wie ich nur kann: »In meinem Schlafzimmer.«

»Oh.« Er konzentriert sich wieder ganz auf das Fotoalbum. Aber seine Hände zittern, und während er die Seiten umblättert, zeigt er den Fotos gegenüber keinerlei Reaktion.

Na, dann mal los!

»Möchtest du gern sehen, was ich so zu bieten habe?«

Er schaut auf.

»Musiktechnisch«, füge ich rasch hinzu.

Eine ganze Weile mustert er mein Gesicht, so, als sei er sich nicht sicher, was es dort zu sehen gibt. Etwas an mir beunruhigt ihn, aber vielleicht auf eine gute Art.

Seine Hand streift meine. Ein Prickeln durchfährt mich. Ich gebe ein Geräusch von mir, das halb wie Husten, halb wie Schluckauf klingt. Ausgesprochen anziehend.

Ich stehe auf und gehe in Richtung Flur. »Hier entlang bitte«, sage ich, so geschäftsmäßig wie ein Fremdenführer auf Sightseeing-Tour.

Ich durchquere das dunkle Schlafzimmer und knipse die Nachttischlampe an. Sie verströmt lediglich gedämpftes Licht. Das Letzte, was ich möchte, ist, mein verwahrlostes Leben dem harten Licht der Deckenleuchte auszusetzen.

»Auch hier keinerlei Kreuze«, versichere ich Shane mit einem nervösen Lachen.

Er setzt sich auf den Boden vor das Regal mit meiner CD-Sammlung und begutachtet diese. »Deine Sammlung ist ganz schön hip.«

Ich winde mich innerlich bei diesem längst überholten Slangausdruck. Dann streife ich meine Schuhe ab und lege mich quer aufs Bett, am Fußende – mein Kopf genau da, wo Shane sitzt.

»Die sind ja durcheinander.« Er greift sich einen großen Stapel meiner CDs.

»Was machst du da?«

»Ich ordne sie.« Er beginnt meine CDs auf kleine Stapel zu verteilen. »Alphabetisch, ja, ist das okay?«

»Also, ehrlich, du musst jetzt wirklich nicht …«

»Ich fang zuerst mal alphabetisch an. Vielleicht können wir sie ja später noch nach Stilrichtungen umsortieren.«

Shane muss, so scheint es, den Abschnitt in *Die Wahrheit über Vampire* gelesen haben, in dem es um pathologisch zwanghaftes Verhalten ging. Er zieht die Show also konsequent für mich durch, was auch den Gebrauch des Wörtchens hip erklären würde.

Plötzlich hält er inne und betrachtet eine CD in seinen Händen. Die Foo Fighters.

Ich versuche, mich nützlich zu machen. »Das kommt unter F.«

»Dave Grohls neue Band«, haucht er.

»Na, neu ist anders.« Sollte er das nicht wissen? »Wirklich anders.«

»Er war der Drummer von Nirvana.«

»Ich weiß. Ich habe schließlich auch in den Neunzigern gelebt!«

»Ich auch«, sagt er mit einem leicht bitteren Unterton.

»Willst du die jetzt gern hören?«

»Nein.« Er legt die CD weg, als könnte sie hochgiftig sein.

»Dann leg was anderes auf. Irgendwas schön Entspannendes.«

Womit ich eigentlich etwas Verführerisches meine. Trotz all seiner seltsamen Eigenheiten kann ich nicht aufhören, Shane anzuschauen. Ich frage mich dabei, wie er wohl von einigen anderen Positionen aus aussehen mag.

Shane legt Nirvanas *Unplugged* auf.

Nach kurz aufbrandendem Applaus pulsieren die ersten Akkorde akustischer Gitarre von *About a Girl* durch mein Schlafzimmer. Shane hört einen Augenblick lang zu. Dann dreht er die Lautstärke herunter.

»Du hältst mich für verrückt«, sagt er ruhig und schaut mich dabei nicht an.

»Nein, ich halte dich für komisch. Aber der Witz bringt es langsam nicht mehr.«

»Ich nehme dir nicht übel, dass du es nicht glaubst – also, dass ich ein Vampir bin.« Es klingt ein wenig gestelzt, wie er das so sagt, wie ein Satz, den jemand in einer Fremdsprache von sich gibt. »Es klingt ja auch ziemlich krank.«

»He, ich weiß was! Ich fessle dich an die Bettpfosten und warte bis Sonnenaufgang. Wenn du dann in Flammen aufgehst, ist das der Beweis, dass du mich nicht auf den Arm genommen hast.«

Sein Kopf ruckt zu mir herum, und ich schwöre, dass ich einen Moment lang echte Angst in seinem Blick sehe. Dann blinzelt er und widmet sich wieder den CDs. »Hilfst du mir eben?«

Ich seufze und rutsche vom Bett. »Sicher doch. Wie könnte man seinen Freitagabend besser verbringen.«

»Wir haben hier vier Stapel.« Er tippt auf jeden der vier. »A bis G, H bis N, O bis T und dann der Rest.«

»Basiert diese Aufteilung auf statistischen Erhebungen über die alphabetische Verteilung von Bandnamen, werden also die vier Stapel nachher alle gleich hoch sein?«

Er sieht mich ehrfürchtig an. »Nein, aber das ist eine wirklich fantastische Idee!«

Ich nehme eine Handvoll CDs aus dem Regal und beginne mit dem Sortieren. »Also worauf beruht das System nun? Es handelt sich nicht um dieselbe Anzahl von Buchstaben pro Stapel, denn sechsundzwanzig ist nicht durch vier teilbar.«

Er zögert. »Das klingt wahrscheinlich ziemlich blöd.«

»Sag's mir trotzdem!«

»Nein, du lachst mich sicher aus.«

»Ich verspreche dir, ich tu's nicht.«

Er rückt die CDs gerade, die ich soeben auf den H-bis-N-Stapel gelegt habe. »Als ich klein war, hatte ich eine magnetische Buchstabentafel, von Fisher-Price oder so was. Die Buchstaben waren in vier Reihen geordnet, jede Reihe hatte eine andere Farbe. Ich habe das Alphabet immer noch nach diesen Farben sortiert im Kopf.« Shane schaut mich an. »Nur für den Fall, dass du noch Zweifel daran hattest, dass ich ein Freak bin.«

Tatsächlich macht es Shane für mich noch menschlicher. Ich halte eine CD hoch. »Welche Farbe hat M?«

»Rot.« Er nickt beifällig über die getroffene Wahl. »Mudhoney. Nicht schlecht.«

Ich fühle mich geschmeichelt angesichts der geäußerten Anerkennung eines Rockmusik-Profis. Ich unterdrücke ein entsprechend geschmeicheltes Lächeln und beuge mich vor und über Shane hinweg, um die CD auf den zweiten Stapel zu legen.

Als ich den Arm zurückziehe, streift mein Ellbogen Shanes Knie – aus Versehen natürlich. Für einen Sekundenbruchteil sortiert Shane meine CDs langsamer, aber dann macht er weiter wie gehabt.

Wie wir so nebeneinandersitzen, sind wir fast gleich groß – was heißt: Shane hat einfach sehr lange Beine. Trotzdem hat er keine Mühe, sie zum Schneidersitz zusammenzufalten. Ich mag Kerle, die beweglich sind.

Aus der Art und Weise, wie er die CDs hält und verteilt, kann ich außerdem ableiten, dass er Linkshänder ist. Demnach mit dominanter rechter Gehirnhälfte, also vielleicht der kreative Typ. Dann wäre es nur seltsam, dass er auf Buchstaben fixiert ist, was ein typisches Zeichen für die Dominanz der linken Gehirnhälfte ist. Das Ganze macht mich noch misstrauischer.

»Es ist echt seltsam«, sagt Shane. »Ich höre die Musik der anderen DJs wirklich gerne, aber sie verstehen meine nicht. Es kommt mir immer so vor, als ob sie sie gar nicht richtig hören könnten.«

Ich versuche ein locker-flockiges Lachen. »Macht einen sicher einsam, wenn man so zwischen Dinosauriern lebt.«

Shane lächelt nicht. »Ich verwandele mich auch gerade in einen. Jedes Mal, wenn ich das Radio anmache – also ich meine, nicht unseren Sender, sondern einen der anderen –, fühle ich mich echt verloren in der Gegenwart.« Er runzelt die Stirn, als er meine Limp-Bizkit-CD in der Hand hält. »Ich finde, es klingt nicht mal wie Musik.«

Ich angle die aktuelle Scheibe der White Stripes vom U-bis-Z-Stapel herunter. »Lass mich dir etwas richtig Endgeiles vorspielen, dann merkst du sicher gleich …«

Ich bremse mich gerade noch rechtzeitig. Da spiele ich doch tatsächlich sein Spiel mit und tue so, als ob sein Wirklichkeitsempfinden wahr wäre!

»Warte mal 'nen Augenblick«, sage ich also. »Wenn du in der Vergangenheit feststeckst, wie kannst du dann wissen, dass es die Vergangenheit ist? Muss es nicht so sein wie bei den wirklich verrückten Leuten, die nicht wissen, dass sie verrückt sind?«

Shane lehnt sich gegen die Seite des Betts. Er denkt nach. »Weißt du, eigentlich hast du Recht.«

Ich grinse. »Siehst du! Ich hab dir doch gleich gesagt …«

»Solange es mich stört, kann's bei mir noch nicht so schlimm sein.« Sein Tonfall ist immer noch ernst. »Die anderen aber sind so verloren, die wissen es nicht einmal mehr.«

Ich seufze. »Das ist nicht ganz das, was ich meinte.« Ich beuge mich wieder vor, an ihm vorbei, um nach dem nächsten Schwung

CDs zu greifen. Dieses Mal streife ich ihn mit voller Absicht, und zwar nicht nur mit meinem Arm. Ich riskiere einen Blick auf sein Gesicht.

Shane schaut mich an, dann die CDs, dann wieder mich, und so geht es noch ein paarmal. Irgendetwas hakt noch. Ich beobachte ihn aufmerksam. Seine Atemfrequenz wird unregelmäßiger.

»Lass mich dir helfen, eine Entscheidung zu treffen!« Ich greife nach seinem Hemdkragen und ziehe ihn für einen Kuss zu mir heran.

Unsere Lippen treffen sich, und seine Schüchternheit ist wie weggeblasen. Wie eine Falle, die zuschnappt, reißt er mich in eine Umarmung. Die Kombination aus den Bewegungen seiner Hände, Lippen und seiner Zunge jagt eine Welle fordernder Hitze durch mich hindurch. Alle Gedanken außer *haben wollen* und *jetzt sofort* werden ausgelöscht.

Shane presst mich gegen die Seite des Betts, während seine Hände zu meinen Hüften hinunterwandern. Mühelos hebt er mich aufs Bett, wo sein schwerer Körper mich in die Matratze drückt. Unser beider Atem ist laut und schnell, spürbar an unseren Lippen. Das Publikum auf der CD applaudiert wieder.

Shane greift mit der Hand in mein Haar und zieht meinen Kopf zur Seite. Sein Mund presst sich gegen meinen Hals. Ich versteife mich. Wie weit will er diese Vampir-Fantasie treiben? Ich spüre seine Zähne auf meiner Haut, spüre sie am Hals entlanggleiten. Ich bekomme eine Gänsehaut, und Shanes Lippen wandern weiter, meine Schulter hinab.

Ich lasse meine Hände unter sein Hemd und Shirt gleiten und ziehe ihm beides über den Kopf. Er schleudert sie weg und knöpft rasch und sehr geschickt mein Top auf. Ich suche Shanes Blick; seine Augen wirken im gedämpften Licht der Schlafzimmerlampe dunkler als zuvor. Die Verwirrung, die vorhin noch in seinem Blick war, ist verschwunden.

Ich ziehe ihn näher zu mir heran. Sein Körper presst sich gegen meinen, fühlt sich kühl an, wie eine abendliche Brise. Die Musik dröhnt um uns herum, ein pulsierender Bass, und ich spüre jeden Anschlag der Gitarrensaiten, als wären es meine eigenen Nervenstränge.

Shane rückt ein paar Zentimeter von mir ab und schaut mich unverwandt an, während sein Finger meinen Brustkorb entlangfährt und hinunter zum Bund meines Rockes wandert.

»Ciara.« Mein Name klingt wie das Zischen einer Schlange. »Sag mir, was du willst.«

Ich fahre mit den Fingern durch sein weiches Haar und nehme sein Gesicht in beide Hände. »Ich will, dass du mich zum Schreien bringst.«

Der Rest meiner Kleidung verschwindet. Alle Handgriffe sind so flink und geschickt, dass es scheint, als wäre alles, was ich noch angehabt habe, aus eigenem Antrieb auf und davon gegangen. Ich halte den Atem an und beobachte, wie Shanes Mund sich mir nähert.

Keine Albernheiten, keine Verführungsspielchen, kein spöttisches Herumgerede – er weiß, was ich brauche und dass ich es schon gestern gebraucht hätte. Ich werde von einem Crescendo zum nächsten gejagt; meiner Stimme gelingt es Töne zu treffen, von denen ich dachte, sie lägen außerhalb meines Stimmumfangs. Ich reiße das Laken von der Matratze und wünsche mir sehnlichst, woanders Halt auf dieser Achterbahnfahrt zu finden, und da …

Schmerz.

Mein Geschrei bricht in dem Augenblick abrupt ab, als ich aufhöre zu atmen. Etwas hat mich gebissen. Mein erster Gedanke, der vielleicht eine Viertelsekunde anhält, ist, dass jemand einen Skorpion in mein Bett gelegt hat. Mein nächster Gedanke – dieser hält etwa eine Drittelsekunde lang – ist, Shane zu warnen.

Der Schmerz bohrt sich tiefer in meinen Oberschenkel. Ich versuche, mich wegzurollen. Aber Shanes Hand presst meinen Schenkel gegen seinen Mund, und das ist der Moment, in dem ich begreife …

»Nein!«

Mit dem freien Fuß trete ich Shane kräftig gegen den Kopf. Als Shane nach hinten fliegt, reißen seine Zähne an meinem Fleisch.

Ich rutsche rückwärts bis an die Wand und spüre etwas zähflüssiges Warmes meinen Schenkel hinablaufen. *»Was hast du gemacht?«*

Shanes Gesicht taucht im Licht der Lampe auf. Blut tropft von seinen Lippen, die sich jetzt öffnen und Fangzähne entblößen …

Fangzähne.

Jeder Muskel in mir wird auf einen Schlag bewegungsunfähig. Ich öffne den Mund, bekomme aber keinen Ton heraus.

»Lass mich von dir trinken!«, knurrt Shane. Seine Augen sind so glasig wie die eines Junkies. »Niemand wird die Bissmale da unten zu Gesicht bekommen.«

Eine zweite Welle aus Schmerz verwandelt meine Angst in blinde, alles überwindende Wut. »Das tut scheiße weh, verdammt! Mach, dass du rauskommst! Verschwinde!«

»Bitte …« Shane kriecht über meine Beine das Bett hoch. »Das war so wunderbar, wie du geschmeckt hast, als du …«

»Nein!« Ich versetze ihm einen Schlag ins Gesicht.

Er stürzt sich auf mich, schneller als ich in der Lage bin, die Bewegung wahrzunehmen. Er packt mich an den Armen und nagelt mich auf dem Bett unter sich fest.

Sein Gesicht schwebt keine Handbreit über meinem, sein Unterkiefer zittert, wie bei einem Tier sind seine Nüstern gebläht. »Das … hilft … nicht!«

Bescheuert, unglaublich dämlich – ich habe ein wildes Tier

gereizt. Meine Gedanken rasen; mein Verstand sucht wie wild nach Verhaltensregeln aggressiven Hunden gegenüber. Das ist das Einzige, worauf ich jetzt Bezug nehmen kann. Mein Leben hängt davon ab.

Ich zwinge mich dazu, nicht mehr gegen ihn anzukämpfen. Mein Blick verliert sich, geht durch Shane hindurch, an ihm vorbei. Ich löse den Blickkontakt.

Ich bin keine Beute, sage ich mir selbst. Ich bin keine Beute.

Shanes Atem klingt wie ein Reibeisen, geht spürbar über meine Haut. Sein Haar hängt ihm in die Augen, aber ich kann fühlen, wie sein Blick sich in meine Augen brennt. Seine Hände zittern, als er sie noch enger um meine Arme schließt.

Ich starre hinauf zur Decke und befehle mit ganzer Willenskraft meinem Herzen, langsamer zu schlagen. Ein warmer Tropfen trifft meine Oberlippe. Ich unterdrücke ein Wimmern, als ich mein eigenes Blut in Shanes Atem rieche.

Endlich lockert sich der Griff, mit dem mich Shane gepackt hält. Er atmet aus, lange, langsam, dann legt er die Stirn an mein Kinn. »Das hat geholfen. Danke.« Er rollt sich mit, wie es scheint, einer Mischung aus Widerstreben und Erleichterung von mir herunter. Seine Fangzähne sind verschwunden.

Ich fange an zu zittern. Das Klimagerät scheint Abertausende von winzigen Eiswürfeln über meine Haut zu jagen. Ich stehe auf, ganz langsam, und suche meine Kleidungsstücke zusammen. Dabei behalte ich Shane unaufhörlich im Auge, ohne ihn direkt anzusehen. Er sitzt auf der anderen Bettkante. In die eine Hand stützt er den Kopf, während er sich mit der anderen und einem Taschentuch das Blut vom Mund wischt. Das Top lasse ich liegen. Stattdessen ziehe ich ein Sweatshirt aus der Kommode.

»Okay.« Ich schlucke trocken, bemühe mich die Wüste, in die sich meine Kehle verwandelt hat, zu benetzen. »Es ist ja nicht so, dass man mich nicht gewarnt hätte.«

»Es tut mir ehrlich leid, dass ich dir wehgetan habe«, sagt Shane mit rauer Stimme.

»Du solltest jetzt besser gehen.« Ehe ich ohnmächtig werde.

»Ich kann nicht glauben, dass ich das getan habe!« Shanes Atem geht schnell. »Ich habe völlig die Kontrolle über mich verloren. Ich schwöre dir, das passiert nicht noch einmal!«

»Nein, wird es nicht.«

Mit zitternden Händen zieht Shane sich das T-Shirt über. »Bitte, lass mich dir wenigstens helfen, hier alles wieder in Ordnung zu bringen und dich zu verbinden!«

»Das halte ich für keine gute Idee«, sage ich vorsichtig, obwohl ich am liebsten losgebrüllt hätte: *Willst du mich jetzt verarschen?!*

Shane erhebt sich vom Bett und greift sich sein Flanell-Hemd, das auf dem Boden liegt. Vor einem Stapel mit CDs zögert er, als ob er sie so nicht zurücklassen könne.

»Geh einfach!«, sage ich mit zusammengebissenen Zähnen. Ich reiße die Schlafzimmertür weit auf, um Shane zu drängen, sich mehr zu beeilen. Gott allein weiß, was mit Menschen passiert, die in Anwesenheit von Vampiren in Ohnmacht fallen.

Als er an mir vorbeigeht, bleibt er stehen. Mit eisigem Schrecken frage ich mich, ob er mich jetzt gleich um einen Gutenachtkuss bittet. Stattdessen zieht er ein frisches Taschentuch aus der Tasche und wischt mir sanft über den Bereich zwischen Nase und Oberlippe. Ich bemerke den Blutfleck auf dem Taschentuch, noch ehe Shane es zusammenknüllen und in seiner Faust verbergen kann. Unsere Blicke treffen sich, und ein unangenehmer Schauer läuft mir den Rücken hinunter.

»Verzeih mir bitte!«, sagt Shane.

Ich öffne schon den Mund für eine Erwiderung, aber er unterbricht mich.

»Nicht jetzt gleich.« Er schiebt das Taschentuch zurück in die Tasche seiner Jeans. »Später, wenn ich es mir verdient habe.«

Im Gehen streift sein Blick mein linkes Bein, und der Anblick treibt ihn umso schneller zur Tür hinaus.

Ich würge die Anlage ab (das Konzert ist gerade bei dem unfassbar passenden Song *Dumb* angekommen – Volltreffer: *dämlich!*) und hinke den Flur zum Badezimmer hinunter. Ein Rinnsal aus Blut läuft vom Oberschenkel bis zum Knöchel hinab. Ich fange es mit einem Blatt Toilettenpapier auf, ehe die ersten Tropfen Flecken auf den Bodenfliesen hinterlassen. Die Wunde sieht übel aus, nicht so sehr die Bissstellen selbst, sondern die nach dem eigentlichen Biss dazugekommenen Risswunden. Mit anderen Worten: Hätte ich Shane nicht weggestoßen, befände sich mein Bein jetzt in einem besseren Zustand. Ich hätte dann allerdings deutlich weniger Blut. Oder gar keines mehr.

Ich hole einen Mullverband aus dem Schränkchen unter dem Waschbecken hervor und presse ihn fest auf die Wunde, um die Blutung zu stoppen. Als diese so gut wie versiegt ist, reinige ich die Wunde – ein Vorgang, den ich mit einer Litanei aus Schmerzlauten begleite.

Vielleicht wäre es besser, die Wunde nähen zu lassen. Aber wie sollte ich diese Verletzung in einer Notaufnahme erklären? Ich kann mich ja selbst kaum davon überzeugen, was da gerade passiert ist. Mein Verstand ist gerade in diesem Augenblick eifrig damit beschäftigt, sich hinter Verleugnungen zu verschanzen.

Shanes Fangzähne sind nur Fake. Sicher, sie sind nicht aus Plastik gewesen, aber wahrscheinlich aus Porzellan. Sehr scharf geschliffenem Porzellan.

Ich schließe die Augen und schüttele den Kopf. Die Reißzähne sind eine Sache, aber seine Körperkraft, seine Schnelligkeit und die hypnotische Anziehungskraft seines Blicks – das alles ist sicher nicht menschlich.

Nein! Nein, nein. Das ist NICHT MÖGLICH. Außer, dass es das eben doch ist …

Ich habe den blöden Job gekündigt, weil ich geglaubt habe,

die Typen von diesem Sender wären nicht richtig im Kopf oder würden mich auf den Arm nehmen. Oder beides. Aber alles, was in dem schmalen Heftchen gestanden hat, ist wahr. Die Moderatoren von WMMP sind nicht verrückt, sie sind nur Vampire.

Ich verbinde die Wunde und kehre ins Schlafzimmer zurück. Ich habe Angst vor dem Anblick, der mich dort erwartet. Mein Bett sieht aus wie der Tatort eines Mordes, was es ja auch beinahe gewesen ist.

Oder doch nicht? Shane kam mir nicht so vor, als habe er mich umbringen wollen – er hätte es mit Leichtigkeit tun können. Vielleicht hat er einfach geglaubt, ich sei eine willige ›Quelle‹. Der Gedanke bringt mich dazu, am ganzen Körper zu zittern, eine zu schnelle Art der Bewegung: Sofort jagen Schmerzstöße durch meinen Körper.

Ich halte mir die blutigen Laken auf Armeslänge vom Leib, während ich sie ins Badezimmer trage. Dort stopfe ich sie in die Badewanne und lasse kaltes Wasser einlaufen. Schon bald ist das Wasser so hellrot wie die Fliesen an den Wänden. Mir ist, als müsste ich losheulen, tue es aber nicht. Es sind doch nur Laken, genau, und mein Kopf ist so … so …

Gerade noch rechtzeitig packe ich den Waschbeckenrand, um zu verhindern, dass ich auf dem Boden aufschlage. Vor meinen Augen verschwimmt alles. Langsam und vorsichtig lasse ich mich auf die flauschige Badematte sinken und lege mit derselben Vorsicht die Beine auf dem Klodeckel hoch. Der Schmerz im linken Bein lässt mich wimmern.

Die Broschüre hatte nichts davon gesagt, dass Vampirbisse giftig seien. Also muss meine Benommenheit vom Schock herrühren. Ich decke mich mit der anderen Seite der Badematte zu, damit mein Körper nicht auskühlt, obwohl das Ding nach Fußschweiß stinkt. Sobald ich die Augen schließe, dreht sich alles. Ich starre also lieber den Putz an der Badezimmerdecke an und versuche, das rasante Gedankenkarussell in meinem Kopf anzuhalten.

Mich eine skeptische Natur zu nennen ist wie einen Eisbären als weiß zu bezeichnen. Aber diese Geschichte schien wirklich wahr zu sein; das war heftig! Heftiger als eine Invasion von Außerirdischen und Elvis' Rückkehr zu den Lebenden auf einmal. Wenn Vampire tatsächlich existieren, dann ist ab-so-lut alles möglich.

Halt, so nicht! Ich sollte mich beim ersten Gedankenflug nicht gleich in die tiefste Stelle des Tals der Bekloppten stürzen. Besser, ich halte mich an dem fest, was von meinem Verstand noch übrig ist.

Kaum hat die Benommenheit nachgelassen, lasse ich das blutige Wasser aus der Wanne und fülle sie gleich danach zum weiteren Einweichen von Laken und Decke mit frischem Wasser. Aus dem Schrank im Flur ziehe ich die Winterdecke und lege mich für heute Nacht zum Schlafen ins Wohnzimmer. Ich kann den Anblick des Fiaskos in meinem Schlafzimmer nicht ertragen. Außerdem habe ich keine Laken zum Wechseln. Die auf meinem Bett gewesen sind, sind die einzigen, die ich habe.

Während ich eingerollt auf der Couch liege, fliegen Erinnerungen an Lust und Schmerz durch mein benebeltes Hirn. Ich hoffe inständig, mein Unterbewusstsein hält diese beiden Dinge schön getrennt voneinander. Zu dieser Sorte Mädchen gehöre ich nicht.

5

Crossroad Blues

Ich stehe kurz davor zu ersticken, aber das ist voll in Ordnung, denn dem hellen Licht nach zu urteilen, habe ich es irgendwie in den Himmel geschafft. Ich hätte ja nie gedacht, es könnte da oben so schwül sein.

»Ciara?«

»Hallo, Gott.« Um ehrlich zu sein, bin ich enttäuscht. Er sieht echt aus wie ein Mensch, ein männlicher Mensch noch dazu. Ich habe eigentlich immer gedacht, das wäre ein Ausschlusskriterium, wenn es um Perfektion geht.

Er rüttelt mich an der Schulter, eine derbe und ziemlich ungehobelte Geste für eine Gottheit. »Ciara, wach auf!«

»Ist heiß hier oben. Kann ich ein *Popsicle* haben?«

Ja, ein Wassereis wäre jetzt genau das Richtige. Die Antwort: schweres Seufzen, nicht sehr gottmäßig. Mein Verstand befreit sich aus dem Treibsand, der wohl Schlaf gewesen sein muss.

Aber wenn ich nicht tot bin …

Ich setze mich abrupt auf und werfe die Decke von mir. Mit der Hand schlage ich gegen ein solides Hindernis, das zu grunzen vermag.

David.

»Was zum Teufel …?!« Ich muss blinzeln, um ihn anzusehen, wegen des hellen Morgenlichts. David schneidet Grimassen und schüttelt heftig seine Hand. Die Bewegungen seiner Finger lassen darauf schließen, dass sie nicht gebrochen sind.

»Die Tür war nicht abgeschlossen«, erklärt David. »Sie sind längst nicht so clever, wie ich geglaubt habe.«

Sein verwirrt-besorgter Blick verrät mir, dass ich auch nicht so viel Hose trage, wie er bis eben geglaubt hat. Mit einem Ruck ziehe ich das Laken über meine blanken Beine, von denen eines immer noch schmerzhaft pocht. »Entschuldigung, dass ich Sie gerade mit der Hand erwischt habe. Normalerweise bin ich ausgesprochen nett zu Männern, die meine Wohnung betreten, während ich schlafe.«

»Shane meinte, Sie bräuchten Hilfe.«

Dieses Eindringen in meine Privatsphäre sollte mich eigentlich in Rage bringen. Aber ich fühle mich einfach nur verschwitzt und echt miserabel in meinem Sweatshirt. Ich zerre an dessen Halsausschnitt herum. »Ich sollte was anderes anziehen.«

»Und ich sollte mir zuallererst die Bisswunde ansehen.« David hebt abwehrend die Hand, als ich ihm einen giftigen Blick zuwerfe. »Wenn Sie sich dann besser fühlen: Ich bin ausgebildeter Rettungssanitäter.« Er öffnet eine rote Tasche aus Vinyl, die auf dem Couchtisch steht, und ein komplettes Arsenal an Verbandsmitteln wird sichtbar: sterile Kompressen, Mullbinden, Heftpflaster, elastische Binden. Ich möchte lieber nicht wissen, wofür die Pinzetten gut sind.

An die klaffende Wunde zu denken bringt mein Hirn erneut ins Schwimmen. Ich lasse mich in die Kissen zurückfallen. »Geben Sie mir wenigstens ein frisches T-Shirt aus der Kommode! In der obersten Schublade.«

David macht sich auf ins Schlafzimmer. Ein paar Augenblicke später erscheint er mit dem T-Shirt von der letzten Warped-Tour. Punk und Extremsport – hält er wohl für passend. Er reicht mir das Shirt und verkrümelt sich hinaus in den Flur. »Es tut mir ehrlich leid, dass Sie verletzt wurden. Ich wollte wirklich nicht, dass Sie es auf die harte Tour herausfinden.«

»Eigentlich habe ich es schon durch das nette, nützliche Büchlein herausgefunden, das Sie mir mitgegeben haben.« Das Sweatshirt bleibt mir am Rücken kleben, als ich versuche, mich aus ihm herauszuwinden. »Ich habe nur nicht glauben wollen, was da steht.«

»Ich weiß. Ich habe Ihre Nachricht bekommen.«

Ich ziehe mir das frische T-Shirt über den Kopf und wünschte nur, ich könnte mich vorher waschen. »Ein Glas Wasser wäre jetzt großartig.«

David durchquert das Wohnzimmer in Richtung Küche. Aus dem Abtropfgestell greift er sich ein Glas und füllt es aus dem Hahn. »Also: Was ist eigentlich passiert?«

»Vampir in Bar getroffen. Vampir mit nach Hause mitgenommen. Bisschen Blut verloren. Oh, und ich glaube, ich habe jemanden ins Kittchen gebracht.«

David reicht mir das Glas Wasser.

»Danke.« Ich nippe daran. Das Wasser hat diesen typischen, Schon-die-ganze-Nacht-in-der-Leitung-gestanden-Geschmack. »Warum haben Sie mir nicht gleich die Wahrheit gesagt?«

»Sie hätten mir nicht geglaubt. Sie haben ja auch der Fibel nicht geglaubt.«

»Der Fibel?«

»Sie haben die Fibel gerade ›das nette, nützliche Büchlein‹ genannt, wenn ich mich recht erinnere. Die Fibel ist eine Kurzunterweisung, kein umfangreiches Handbuch. Das sollten Sie als Nächstes lesen, jetzt, wo Sie es glauben.«

Ich halte mir das kalte Glas gegen die heiße Wange. »Ziemlich schwierig auf Seiten der Skeptiker zu bleiben nach einer solchen Vorführung ...«

He, Moment mal!

Mit einem Schlag erscheint der Tag nicht mehr so heiß. Tatsächlich fühlt es sich eher so an, als kreisten kleine Eiswürfel durch die Adern meines Körpers.

»Sie haben Shane geschickt, um mich zu überzeugen! Das ist doch richtig, oder?« Meine Stimme erreicht schrillere Töne. »Das alles war geplant!«

David hebt die Hände. »Plan B, ja. Aber ich hätte doch nie angenommen, dass er Sie beißt! Offenkundig sind die Dinge …«, er deutet vage in die Richtung meiner Beinwunde, »… aus dem Ruder gelaufen.«

Wut wallt in mir auf. Ich wäre am liebsten aufgesprungen, um ihm eine zu verpassen oder ihn zumindest aus der Wohnung zu schmeißen. Aber die kleinste Bewegung bohrt sich wie eine Messerklinge in mein Bein. Ich sinke wieder zurück in die Kissen.

»Es tut mir wirklich leid.« David vergräbt die Hände in den Taschen seiner Khaki-Hose. Einige unbehagliche Augenblicke verstreichen, während er so dasteht. »Ich sollte mir die Wunde wirklich besser ansehen.«

»Ich rufe den Notarzt.«

»Und wie erklären Sie dem, was passiert ist?«

»Ein Hundebiss.«

»Und was hat ein Hund ausgerechnet an dieser Stelle da zu suchen?«

Mein Kiefer verkrampft sich, während ich über schwierige Fragen, aufgeworfen in einer Kleinstadt wie dieser, sinniere – die Tatsache, dass mir jegliche Form von Krankenversicherung fehlt, will ich da gar nicht erst berücksichtigen.

Ich schlage die Decke zurück und zeige den Verband um meinen Oberschenkel. Mit einer Grimasse ziehe ich das Heftpflaster von meiner Haut und wickle den Verband von der Wunde.

David beugt sich vor und zieht die Luft scharf durch die Zähne ein. »O mein Gott!«

»Sind Sie immer von solch professioneller Umsicht im Umgang bei Ihren Patienten?«

»Ich hatte nur ein paar schmale, spitze Einstiche erwartet. Aber Shane hat die Wunde ja regelrecht gerissen.«

»Er wurde weggeschleudert, als ich ihm gegen den Kopf getreten habe.«

David richtet sich auf und wendet sich rasch ab. Was er soeben zu sehen bekam, hat ihn offenkundig ein wenig verstört. »Ich geh mir die Hände waschen.« Er verlässt das Wohnzimmer, ohne auf eine Antwort zu warten.

Nach einigen Augenblicken ist er mit sauberen Handtüchern, Seife und meiner Rührschüssel, gefüllt mit Wasser, wieder da. Als Erstes zwängt er die Hände, begleitet vom typischen Quietschen, in enge Latexhandschuhe. Erst dann drückt er mir eine Taschenlampe in die Hand, um die Wunde zu beleuchten.

Ich muss es einfach fragen: »Verwandle ich mich jetzt in einen Vampir?«

»Dafür müsste er Sie bis kurz vor Eintritt des Todes aussaugen und Sie dann im Gegenzug von seinem Blut trinken lassen.«

»Ich bin mir ziemlich sicher, das nicht getan zu haben.«

»Es steht alles in der Fibel.« David kniet sich vors Sofa. »Ich dachte, Sie haben sie gelesen.«

»Ja, schon, aber schließlich hätte es ja vampirtechnisch in den letzten fünfzig Jahren zu neuen Entwicklungen kommen können.«

»Manches ändert sich nie. Halten Sie still, bitte!«

Das Reinigen der Wunde ist schmerzhaft; es tut fast so weh wie der Biss selbst. Es gelingt mir nicht, ein gequältes Wimmern zu unterdrücken.

»Tut mir echt leid«, entschuldigt sich David.

»Sie können nichts dafür. Ich habe eine niedrige Schmerzschwelle. Ich brauche schon beim Friseur eine örtliche Betäubung.«

»Nein, ich meine, dass Shane Sie verletzt hat.«

»Das sagten Sie bereits.«

»Shane und die anderen können außerordentlich überzeugend sein.«

Ich will schon protestieren und sagen, dass es meine Idee war, zu mir zu gehen. Aber da fällt mir ein, dass es Shane gewesen ist, der es als Erster vorgeschlagen hat, noch in dem Spirituosenladen. »Sein Atem ist warm«, sage ich stattdessen, weil mir in den Sinn kommt, wie die Glastür des Kühlschranks beschlagen hat, als Shane sich vor eben dieser Tür mit mir unterhielt. »Ich habe immer geglaubt, Vampire hätten keine Körperwärme.«

»Shane ist noch jung, bei ihm gibt es noch Nachwirkungen des menschlichen Lebens. Leben und Untot-Sein sind kein Entweder-Oder, sondern eher Zustände, die fließend ineinander übergehen.«

»Wann wurde Shane denn … na ja, Sie wissen schon …«

»Wann er gestorben ist? Im April 1995. Regina hat ihn verwandelt.«

Ich schnaube. *Besondere Beziehung* hat Shane es genannt, ja klar!

David lässt den Waschlappen in die Schüssel fallen, tupft die Wunde an meinem Schenkel mit einem weichen, sauberen Handtuch trocken und trägt eine antibiotische Salbe auf. Ich bin so wütend und fühle mich so gedemütigt, dass diese Gefühle jegliche potenzielle Anziehungskraft auslöschen, die David auf mich haben könnte. Für immer.

»Das muss genäht werden«, erklärt er. Verlegenheit ist jetzt mein geringstes Problem.

»Oh nein, nein. Nein! Ich reagiere allergisch auf alles, was spitz ist! Was glauben Sie denn, warum ich Shane gegen den Kopf getreten habe?«

»Sie werden nichts davon merken.« Er befreit eine Spritze aus ihrer sterilen Verpackung und sticht mit der Nadel in eine kleine Glasampulle. »Lidocain.«

Ich würde mich jetzt am liebsten so weit wie möglich verdrücken. Leider sitze ich schon an der Seitenlehne der Couch, und mein Bein schmerzt schlimmer als je zuvor. »Gehört das zur Grundausbildung für Rettungssanitäter?«

»Keine Sorge. Es ist nicht das erste Mal, dass ich hinter meinen Angestellten aufräumen muss.«

Die Angst vor der Spritze lässt mich zumindest wieder klar im Kopf werden. »Auszeit, okay? Sie schulden mir ein paar Antworten!«

»Die ich Ihnen gern in der Zeit gebe, in der das Lidocain anfängt zu wirken.«

Schützend lege ich den Arm über die Augen. »Dann machen Sie schon!«

Die Nadel fährt unter meine Haut. Bis es vorbei ist, beiße ich in die Ecke eines Zierkissens auf dem Sofa.

Erst dann nehme ich den Arm vom Gesicht. David ist gerade dabei, Nadel und Spritze in einer roten Plastikbox für medizinische Abfälle zu versenken, gekennzeichnet mit dem Warnzeichen für Biogefährdung. Dann öffnet er ein chirurgisches Nähset. Der Anblick von so viel spitzem Edelstahl bringt meinen Magen ins Schlingern, als befände ich mich auf einem kenternden Boot.

»Reden Sie mit mir, damit ich mich nicht gleich übergebe!«

»Worüber soll ich denn reden?«

Nicht über Vampire. »Haben Sie diesen ganzen Medizinkram bei der Armee gelernt?«

»Eigentlich habe ich nicht zum Sanitätspersonal gehört, wie es beim Militär definiert ist. Ich habe nur eine Ausbildung zum Helfer im Sanitätsdienst. Dabei geht es um Selbst- und Kameradenhilfe im Gefechtsfall.« David entledigt sich der Handschuhe und streicht sein blaues Polohemd glatt. Er setzt sich auf den Rand eines Sofakissens. »Eigentlich war ich auch nicht in der Armee. Ich war Angehöriger einer paramilitärischen Gruppe namens: Internationale Liga zur Überwachung und Steuerung untoter körperlicher Entitäten. Kurz nur: Die Liga.«

Klar: ILÜSUKE klingt ja auch eher nach einem türkischen Vornamen.

David greift nach einem Skalpell und betrachtet meine Wunde. Etwas bringt ihn dazu, seine Meinung zu ändern – er legt das Skalpell wieder zum restlichen chirurgischen Besteck seiner

Erste-Hilfe-Tasche. Das gibt meinem Herz Gelegenheit weiterzuschlagen. »Sie sagten ›Internationale Liga‹. Es handelt sich also nicht um eine Organisation der USA?«

Abschätzig wedelt David mit der Hand. »Sie ist viel älter als die USA. Es gibt sie schon seit Jahrtausenden, obwohl die Liga lange Zeit nicht Liga hieß. Der ursprüngliche Name stammt aus einer längst ausgestorbenen Sprache und ist unaussprechlich.« David müht sich in ein Paar neue Einmalhandschuhe und beginnt damit, die Folterinstrumente auf einem sauberen Handtuch auszulegen. Soll ich wirklich einem Vampirjäger erlauben, dass er mit einer Nadel in meiner Oberschenkelwunde herumstochert? Ich schaue mich nach dem Telefon um, um herauszufinden, ob es in Reichweite liegt. Nein.

»Na jedenfalls«, fährt David fort, »weiß man in den Führungsstäben nationaler Regierungen von der Liga und koordiniert gegebenenfalls auch Operationen mit ihr – zumindest sofern es denen gelegen kommt.«

»Jagt und tötet die Liga denn Vampire?«

»Ursprünglich ja.«

Mit einem Blick auf meine Wunde greift David wieder nach dem Skalpell. Und wieder ändert er seine Meinung und legt das scharfe Ding zurück. Zum zweiten Mal hat mein Herz die Gelegenheit, seinen Job wieder aufzunehmen. »Aber vor ungefähr einem Jahrhundert hat sich der Fokus der Liga von der Jagd und der Vernichtung der Vampire zu deren Überwachung und Steuerung verschoben. Dem Zeitgeist entsprechend, nehme ich an, als Folge des weltweiten Siegeszugs der Bürokratie. Der Vollständigkeit halber sei nur erwähnt, dass die überwiegende Mehrheit der Vampire ganz wie die großen, natürlichen Räuber, etwa Bär und Wolf, nicht tötet.«

Das überrascht mich nicht sonderlich, angesichts der Tatsache, dass Shane ja von mir abgelassen hat. »Dann sind Vampire also nicht abgrundtief böse?«

»Wie bei den Menschen auch gibt es hier böse und gute Exemplare – und hauptsächlich solche, die in der Grauzone dazwischen liegen. Zugegeben: So viel Kraft und solch körperliche Schönheit zu besitzen, verwandelt manche von ihnen in Monster.« Einen Augenblick lang beißt David die Zähne aufeinander. Dann ringt er sich zu einem Lächeln durch. »Andererseits müssen Vampire zu ihrem eigenen Schutz brave Staatsbürger sein.«

»Wieso das denn?«

»Weil Polizeireviere Fenster haben.«

Scharf sauge ich Luft durch die Zähne. »Sonnenlicht, ja klar! Woher bekommen die Vampire eigentlich ihr Blut? Vom Metzger?«

»Nein, es muss schon menschliches Blut sein. Sie bekommen es entweder aus Blutbanken oder von Spendern, die es gern mögen, gebissen zu werden.«

»Was sind denn das für Freaks, die sich gern beißen lassen?«

Rasch blickt David woanders hin und läuft dabei rot an.

Oh. Verdammt.

David sucht sich eine sichelförmig geschwungene Nadel aus. »Jetzt sollte das Bein taub sein.«

Er lehnt mich zurück und drapiert die Decke so, dass die Sittsamkeit gewahrt bleibt. Außerdem sehe ich so nichts von dem, was er tut. Der erste Einstich der Nadel fühlt sich an, als stecke sie in der Haut von jemand anderem. Keine Schmerzen.

Vor Erleichterung seufze ich laut. »Wird eine Narbe zurückbleiben?«

»Keine schlimme, wenn ich es vermeiden kann.« Davids Gesicht ist eine Maske der Konzentration; niemand wäre darauf gekommen, dass er gerade nur wenige Zentimeter von meinem Allerheiligsten entfernt arbeitet.

»Noch mal zurück zur Liga«, sage ich, um die Anspannung, die in der Luft liegt, ein wenig abzumildern.

»Zu dem Zeitpunkt, als ich der Liga beitrat, war die Beseitigung von Vampiren eine absolute Ausnahme. Wir haben immer nur die eliminiert, die durchgedreht sind und eine Gefahr für die Allgemeinheit waren.«

»Sie meinen, wenn sie die Verbindung zu ihrer Lebenszeit verloren haben, wie es in der Broschüre erklärt wird.«

»Genau. Die Fibel und das Feldhandbuch sind für Agenten der Liga geschrieben worden.«

»Zu der Sie aber nicht mehr gehören, oder?«

David zögert, ehe er antwortet. »Ich bin aus dem aktiven Dienst ausgeschieden, um mit der Eigentümerin zusammen den Radiosender zu betreiben.«

»Ah, der Eigentümer. Und der ist …«

»Entschuldigung. Eigentümerin. Es ist eine Sie. Sie heißt Elizabeth.« Einer von Davids Muskeln neben dem linken Auge zuckt. »Sie ist ein Vampir.«

»Aber warum will sie dann den Sender verkaufen? Da verlieren doch ihre Vampirkollegen ihre Jobs, oder nicht?«

»Und ihr Zuhause und möglicherweise auch ihre geistige Gesundheit.«

Mein Kopf zuckt hoch. »Ihre geistige Gesundheit?«

David unterbricht seine Näharbeit und schaut mir direkt in die Augen. »Sie verlieren mit dem Sender die einmalige Möglichkeit, in unserer Welt zu funktionieren, und zwar trotz beziehungsweise wegen ihres Problems, was die Zeitgebundenheit betrifft.«

»Darum geht's? Um diese Sache, dass sie sich nicht von ihrer Lebenszeit lösen können? Tja, klar, ich nehme an, in Graceland werden nicht unbegrenzt viele Fremdenführer für die Nachttouren gesucht.« Ich tue so, als würde mich die Antwort auf meine nächste Frage nicht sonderlich interessieren: »Werden die DJs denn sterben, wenn der Sender verkauft wird?«

»Nicht sofort.« David widmet sich wieder seiner chirurgischen Näharbeit. »Theoretisch leben Vampire ewig und werden dabei physisch immer stärker. Aber psychisch ist das anders – sie werden schwächer und gehen zugrunde.«

»Kann man das erkennen, so auf den ersten Blick, wenn man sie ansieht?«

»Zuerst nicht. Wenn man, sagen wir Shane oder Regina mit anderen Vampiren ihres Alters vergleicht, würde man keinen großen Unterschied ausmachen können.« Vorsichtig bewegt David mein Knie, um meine Schenkel weiter auseinanderzudrücken. »Aber sobald man fünfundzwanzig oder dreißig Jahre ältere Vampire betrachtet, wie beispielsweise Jim oder Noah, sind diese … abwesender. Unausgeglichen.«

»Aber wie verhindert der Sender, dass es …«, beinahe hätte ich ›unseren Vampiren‹ gesagt, »… Ihren Vampiren nicht ebenso ergeht?«

»Die Musik verbindet die DJs mit der Vergangenheit, mit ihrer Lebenszeit, und die Nachrichten und Wetterberichte, die sie verlesen müssen, verbinden sie mit der Gegenwart.« Er neigt den Kopf zur Seite. »Zumindest oberflächlich.«

»Und wo sind all diese anderen Vampire, die immer schwächer werden und zugrunde gehen?«

»Überall.« David fischt eine winzige Schere aus dem chirurgischen Nähset. »Aber soweit ich weiß, sind unsere sechs die einzigen in Sherwood.«

Mir entgeht nicht, dass er ›unsere‹ gesagt hat. »Hängen Vampire denn gewöhnlich in Gruppen herum wie die DJs des Senders?«

»Manche sind Einzelgänger. Aber die meisten versuchen, eine Gruppe von Gleichgesinnten zu finden.« David macht einen raschen Schnitt mit der kleinen Schere. »Es gibt eine große Gruppe draußen in den Bergen, knapp eine Stunde von hier. Die sind allerdings ziemlich fanatisch, wenn es darum geht, unter sich zu bleiben.«

Er bedeckt die genähte Wunde mit einem großen Wundpflaster. »Fertig.« Dann gibt er mir eine Tube mit Schmierzeugs und ein Päckchen Antibiotika. »Nehmen Sie jetzt die erste von den Tabletten und sorgen Sie dafür, dass die Wunde zumindest einen Tag lang trocken bleibt!«

Ich lese die Hinweise auf den Verpackungen. »Ich bin echt ein Idiot! Gestern Abend habe ich keine Sekunde darüber nachgedacht, dass ich eine Infektion bekommen könnte.«

»Schockzustände führen beim Menschen zeitweise zum Verlust jeglicher Intelligenz. Aber machen Sie sich keine Sorgen – Vampire sind genau genommen ja tot, daher sind in ihrem Speichel keine Bakterien.« David begutachtet meine schmuddelige Couch. »Obwohl sich die Wunde die Nacht über durchaus hätte entzünden können. Falls Sie Fragen haben oder Probleme auftreten, die Tür zu meinem Büro ist immer … okay, eigentlich ist sie immer geschlossen. Aber Sie brauchen nur zu rufen.«

Ich schnaube höhnisch. »Beim Sender lasse ich mich bestimmt nicht mehr blicken!«

»Werden Sie doch.« Er schließt den Reißverschluss der roten Tasche. »Entweder das, oder Sie leiern weiterhin alten Damen den letzten, mühsam ersparten Cent aus dem Kreuz.«

Plötzliche Kälte wandert meine Wirbelsäule hinauf und breitet sich im ganzen Körper aus. Woher weiß er …?

Die Liga! Eine Gruppierung wie diese dürfte Zugang zu mehr Daten haben als Hinweise im polizeilichen Führungszeugnis oder Auskünfte über Kreditwürdigkeit.

Ich starre David an und wünschte, ich bekäme auch nur ein Wort heraus.

»Aber ich glaube, das liegt hinter Ihnen, Ciara. Ich glaube, Sie sind bereit, Ihre Talente einem besseren Nutzen zuzuführen.«

Meine Stimme ist leise. »Ich habe noch nie alte Damen bestohlen. Nicht ein einziges Mal!«

»Alle Räuber, im Tier- wie im Menschenreich, suchen sich

die Schwachen und Hilflosen aus.« David sammelt die Handschuhe ein, die Schüssel, die blutigen Waschlappen, und das alles mit solcher Beiläufigkeit, als sprächen wir wie Baseball-Fans über das letzte Spiel der Baltimore Orioles. »Warum sollten Sie anders sein?«

Ich ziehe die Decke über mich, bis hoch unters Kinn. »Wer sonst weiß davon?«

»Nur die Eigentümerin und ich.« Er trägt die OP-Utensilien hinüber zur Spüle in der Küche. »Bis jetzt.«

Ich unterdrücke ein Schaudern. »Sie erpressen mich also, damit ich für Sie arbeite.«

Da blickt er hoch, überrascht. »Nein. Das ist allein Ihre Entscheidung. Aber Sie brauchen einen richtigen, echten Job, und wir brauchen jemanden, der verkaufen kann.«

»Der mit allen Wassern gewaschen ist und anderen den letzten Cent abschwatzt.«

»Wie auch immer Sie es ausdrücken möchten.« David dreht den Wasserhahn auf und schrubbt sich die Hände. »Der Punkt ist doch der, dass unsere Interessen übereinstimmen.«

Die Bemerkung über die alten Damen rast wie ein Querschläger durch meine Gehirnwindungen, jede Bandenberührung ist ein schmerzhafter Stich in mein Ego.

»Sie glauben wohl, Sie wüssten alles über mich.« Meine Stimme klingt so kühl, wie sich meine Haut anfühlt. »Sie haben nicht die geringste Ahnung.«

»Mag sein. Aber ich werde Sie nie kennenlernen, wenn Sie jetzt kneifen.« Er dreht den Wasserhahn zu und trocknet sich die Hände ab. »Sie gelten für uns heute als krankgeschrieben. Der Tag wird also bezahlt, obwohl Samstag ist. Das ist das Mindeste, was ich für Sie tun kann.«

»Das Mindeste, was Sie für mich tun können, ist jetzt zu gehen.«

»Ehe ich das tue: Soll ich Ihnen schnell noch etwas zu essen machen?« Er öffnet den Kühlschrank. »Oh-ha.« Seine Stimme hallt in der Leere der Kühlschrankfächer wider. »Vielleicht sollte ich uns ein paar Bagels holen.«

Leider grummelt es nun lautstark in meinem Magen. Ich drücke mir die Decke auf den Bauch. Nach allem, was der Scheißkerl von sich gegeben hat, nach allem, wozu er mich zwingen will … ach Scheiße, ich habe einfach Hunger!

»Sesambagel mit Ei und Käse.«

David reibt sich die Hände. »Gut. Bin gleich wieder da.«

»Cheddar-Käse. Und Wurst. Getrocknete-Tomaten-Bagel, falls sie kein Sesam mehr haben. Wenn sie Sesam haben, nehme ich sowohl als auch. Und einen großen Kaffee, drei Stück Zucker. Die Kenia-Mischung, wenn sie haben.«

Ich höre David leise »Studenten!« in den nicht vorhandenen Bart murmeln, während er meine Wohnung verlässt.

Sobald er gegangen ist, hinke ich zum Schrank im Flur. Mit einem heftigen Ruck zerre ich den Koffer unter einem vom Bügel gerutschten Mantel hervor und mache den Reißverschluss auf.

»Scheißdreck, verdammter!«

Es gab mal eine Zeit, da hatte ich eine Tasche mit allem Notwendigen gepackt, damit ich innerhalb von fünf Minuten aus einer Wohnung abhauen konnte. Ich war BEREIT. Keine Frage, damals hätte mich das Heimatschutzministerium als Musterbeispiel für das Bereitsein hingestellt.

Der Koffer hier und jetzt enthält immer noch die wichtigsten Papiere, von denen jemand wie ich allerdings nicht viele besitzt. Das letzte Jahr über habe ich ihn seiner Notfall-Unterwäsche, Notfall-T-Shirts und Notfall-Cracker beraubt – jedes Mal, wenn ich keine frische Wäsche oder nicht mehr genug Gemüse im Haus hatte.

Bequemlichkeit führt zu Zufriedenheit. Zufriedenheit führt zu Selbstgefälligkeit. Selbstgefälligkeit führt zu Sorglosigkeit.

Diesen Ablauf hatten mir meine Eltern schon beigebracht, ehe ich die Abstammung Jesu Christi von König David mit allen Zwischenstationen eingetrichtert bekam. Aber vor anderen habe ich immer nur Letzteres heruntergebetet.

Ich schmeiße den beinahe leeren Koffer in mein Schlafzimmer. Eine Handvoll Zeugs aus jeder Schublade sollte reichen. Ein Gang ins Badezimmer mit einer alten Plastiktüte und ich habe die Toilettenartikel für einen ganzen Monat. Ich hinke zurück ins Schlafzimmer, so schnell wie es mir der Schmerz in meinem Bein erlaubt. Während ich in meine Lieblingsjeans steige, überkommt mich urplötzlich Erleichterung, weil ich kein Haustier zurücklassen muss.

In dem abgenutzten Regal liegen meine CDs wild verstreut, so, wie Shane sie gestern Abend zurückgelassen hat.

Ich erinnere mich an den Ausdruck in seinem Gesicht, als er sie sortierte, als ob etwas ihn lenke. Es war nicht seine Entscheidung, Peter Gabriel vor Godsmack einzusortieren. Etwas hatte ihn im Griff, und dieses Etwas trieb ihn weiter und weiter fort aus seiner eigenen Welt.

Ich wende mich von der Anlage ab. Warum sollte mich das interessieren?

Die Autoschlüssel liegen neben dem PC-Bildschirm. Als ich sie mir greife, fällt mir etwas ein, eine Kleinigkeit, die sich wie eine Schlinge um meinen Fuß legt.

Wenn ich jetzt abhaue, ist die Verbindung endgültig gerissen.

Ohne mich hinzusetzen, tippe ich auf die Leerzeichen-Taste, um den Computer aus dem Schlafmodus zu wecken. Der Monitor erwacht zum Leben. Er zeigt mir mein E-Mail-Programm, wo hinter dem Ordner *M* fett unterlegt eine *1* steht.

Ich klicke auf den Ordner.

Ciara, Liebling,

ich habe dir gesagt, dass sie mir wieder Internetzugang geben, wenn ich ein braves Mädchen bin. Und worin ich unübertroffen bin, ist, ein braves Mädchen zu sein. Ich bin sicher, für dich gilt dasselbe.

Habe ich dir von dem Foto erzählt, das ich von dir habe? Ich hab's zwischen die Sprungfedern vom Bett meiner Zellengenossin über mir geklemmt, damit ich es als Letztes sehe, bevor das Licht ausgeht.

Auf dem Foto bist du sieben oder acht – damals war dein Haar so blond, dass es aussah wie ein Heiligenschein, wenn du in der Sonne gestanden hast. Du trägst dein rosafarbenes Osterkleid und hältst stolz deine neue Bibel in die Kamera. Du erinnerst dich doch bestimmt an die weiße Bibel mit deinem Namen in Goldbuchstaben, die mit all den altertümlichen Schreibweisen? Damals haben ordentliche Christen noch die alte King-James-Bibel gehabt.

Mein Körper wird mit einem Mal ganz schwer. Aber ich setze mich nicht hin.

Das Foto ist kein richtiges Viereck, weil ich die Beine der Leute abgeschnitten habe, die im Hintergrund vorbeigehen. Leute, die bereit waren für Wunder.

Ich vermisse die Wunder, Ciara. Hier drin gibt's nicht viele davon.

Lass mich bitte wissen, ob dein Vater Kontakt zu dir hat. Lass mich auch wissen, wenn er sich nicht meldet. Lass einfach was von dir hören, bitte! Ob es dir gut geht … auch wenn ich weiß, dass es ziemlich dumm ist, sich Sorgen zu machen. Du hast immer gut auf dich aufgepasst, nicht wahr, meine Kleine?

Ich hoffe, du hast diesen Sommer viel Spaß an der frischen Luft.

Umarmungen und Küsse und noch mehr Umarmungen

Mama

Ich sinke auf den Stuhl und schließe die Augen. Der Instinkt, der jedem Betrüger und Hochstapler zur Vorsicht rät, drängt mich zur Flucht, dazu, mich in Sicherheit zu bringen, meinen Arsch schleunigst in die Gefahrlosigkeit der Anonymität zu verfrachten. Aber das ist der Weg der Betrüger, Schlepper und Bauernfänger, nicht meiner. Jedenfalls nicht mehr.

Die letzten zehn Minuten mache ich ungeschehen, sodass mein Koffer wieder leer im Schrank verschwunden ist, als David zurückkommt. Ich sitze auf der Couch, genau auf derselben Stelle, auf der ich vorhin saß. Dennoch scheint er augenblicklich zu begreifen, dass sich etwas verändert hat – abgesehen davon, dass ich jetzt Jeans trage.

Er legt die Tüte mit den Bagels auf den Couchtisch und stellt einen Becher Kaffee daneben. »Ich muss Sie unbedingt noch eines fragen: Wann hatten Sie Ihre letzte Tetanus-Impfung?«

»Ich musste mich impfen lassen, als ich aufs College gegangen bin.« Meine Stimme klingt selbst in meinen eigenen Ohren dumpf. »Vor sechs Jahren also.«

Noch einmal öffnet David die rote Tasche. Der Blick, den er mir zuwirft, ist entschuldigend. »Ich habe schlechte Nachrichten für Sie, was Ihre Nadelphobie angeht.«

Ich rolle meinen rechten Ärmel bis zur Schulter hoch und schaue in die entgegengesetzte Richtung. Ich frage mich, wie viele Vampiropfer David dieses Jahr wohl schon behandelt hat. Die Nadel schießt flüssiges Feuer in meinen Muskel.

Gebissen, genäht und gestochen – alles in weniger als zwölf Stunden. Willkommen im ehrlichen Leben.

David nimmt die Tasche und seinen Becher mit Kaffee. »Sind Sie so weit okay?«

Seine Worte erinnern mich an die Mail meiner Mutter, weshalb ich die Lippen zu einem bitteren Lächeln verziehe. »Ich bin immer okay.« Endlich schaue ich ihn direkt an. »Wir sehen uns am Montag.«

6

That'll Be the Day

Das Telefon reißt mich aus einem Nickerchen. Es ist später Nachmittag, dem Sonnenlicht nach zu urteilen, das durchs Wohnzimmerfenster fällt.

Ziemlich erschöpft stemme ich mich von der Couch hoch, hinke zum Telefon und hebe ab.

»Erzähl mir alles!« Lori legt besonders viel Betonung auf das letzte Wort. »Angefangen bei dem Chocolatini, den du ihr übers Top gegossen hast.«

Ich zögere. »Und da hört's eigentlich auch schon auf. Danach gibt's nichts mehr zu erzählen.«

»Ich bezahle dir ein Abendessen und ein paar Drinks.«

»Wir treffen uns in einer Stunde.«

Es stellt sich heraus, dass das Abendessen und die Drinks nicht nur der Lohn für die pikanten Einzelheiten meiner Geschichte sind. Meine Freundin hat mich ausgetrickst, sodass ich ihr jetzt dabei helfen muss, Kostüme für irgendeine Bürgerkrieg-Neuinszenierung zusammenzusuchen.

»Und der Kerl, mit dem du weg bist?« Lori drückt mir eine muffig riechende Uniform in die Hand. »Den hab ich noch nie zuvor bei uns gesehen.«

Ich klopfe den wollenen, blauen Uniformrock aus, und eine Staubwolke steigt auf. Ich benutze den folgenden Hustenanfall als Ausrede, um nicht über Shane reden zu müssen. »Können wir das Fenster aufmachen?«

Lori stapft über die Holzdielen des Dachbodens, der sich über einem einschlägigen Antiquitätenladen befindet. Sie zieht am Fensterrahmen, aber das Ding klemmt. »Tut mir leid. Aber wir sind eh gleich fertig.«

Im Licht der nackten Glühbirne betrachte ich den Stapel alter Kleidungsstücke, der beinahe so hoch ist wie Lori und ich groß. Es sieht so aus, als hätten wir gerade erst angefangen.

Ich wische mir den Schweiß aus dem Nacken und seufze wegen des Staubs, der über und über mein T-Shirt bedeckt. »Das Lokal, in das wir uns heute Abend zum Essen begeben, sollte besser keinen Wert auf die Outfits legen.«

Lori grinst mich verlegen an. »Ich hole etwas vom Chinesen zum Mitnehmen, einen Sechserträger Bier und jede DVD, die du ausleihen willst.« Ihr Grinsen wird breiter und entblößt sämtliche ihrer Zähne. »Immer noch Freunde?«

Ich hebe einen Stoß Kleiderbügel auf. »Ich musste sowieso mal raus aus der Bude.«

Lori gibt mir ein langes grün-weißes Kleid. »Dann willst du also nicht über den Mystery Man reden. Okay, dann erzähl mir was über deinen Radiosender! Klingt jedenfalls cool.«

»Ja, etwa so cool wie ’ne kalte Leiche auf dem Seziertisch. Mein unmittelbarer Vorgesetzter ist Winnie Puuhs Esel im Anzug, und der Geschäftsführer des Senders ist voll der Fanatiker. Und die DJs sind …« Ich unterbreche mich selbst. Wie soll ich sie beschreiben, ohne das Wort *Vampir* zu benutzen?

Lori faltet eine Haube zusammen und stopft sie in einen Plastikbeutel mit Reißverschluss. »Sind was? Party-Animals?«

»Nein, das nicht.« Ich stecke die Plastiktüte am Kleid fest. »Kennst du Leute mit pathologisch zwanghaften Verhaltensweisen?«

Lori lässt eine Schachtel mit Orden fallen, die sich daraufhin über den ganzen Boden verteilen. »Verdammte Scheiße!« Auf allen vieren kriecht sie hinter ihnen her, um sie wieder zusammenzusuchen. »Warum fragst du?«

Ich knie mich ebenfalls hin, um ihr beim Aufsammeln zu helfen. Ich muss mir auf die Lippe beißen, so sehr tut mein Bein weh. »Ich glaube, ich kenne welche mit diesem Problem.«

»Ich auch. Meine Mom.« Lori legt die Orden sorgsam in die Schachtel zurück, ohne mich dabei anzusehen. »Es hat angefangen, da war ich sechs oder so. Sie ging immer im Haus herum und hat kontrolliert, ob alle Türen fest verschlossen sind.«

»Und?«

»Und dann hat sie die Fenster kontrolliert, selbst mitten im Winter, wenn sie seit Wochen nicht geöffnet worden waren.« Lori setzt sich im Schneidersitz auf den Boden; die Staubschicht auf den Holzbohlen und die diversen Insektenleichen interessieren sie nicht. »Danach kamen alle Rauchmelder dran.«

»Jeden Abend?«

Lori nickt. »Über die Jahre hinweg ist die Liste immer länger geworden. Und sie musste alles in einer bestimmten Reihenfolge kontrollieren. Wenn man sie dabei unterbrochen hat, musste sie wieder von vorne anfangen.« Mit dem Handrücken wischt sich Lori über die Stirn. »Als sie Hilfe bekam, um damit umzugehen, begann ihr Routine-Ablauf bereits nachmittags um drei.«

»Was denn für Hilfe?«

»Medikamente, Psychotherapie. Zuerst hat man uns gesagt, wir sollten bei ihrer ›Wahrheit‹, wie sie es nannten, mitspielen. Darin waren wir zu dem Zeitpunkt schon ganz gut. Dann, ganz allmählich, haben wir ihr geholfen, eine neue ›Wahrheit‹ zu finden.« Lori lächelt. »Ich weiß, das klingt ein bisschen mystisch und existenziell. Aber es hat funktioniert, und wir haben sie wiedergewonnen. Größtenteils jedenfalls.«

»Das ist echt gut.« Ich drücke Loris Schulter. »Wieso hast du mir das noch nie erzählt?«

Lori fingert am Ausschnitt ihres T-Shirts herum. »Weiß

nicht. Es ist eben kompliziert.« Als ich sie nicht vom Haken lasse, fügt sie hinzu: »Ich habe mich blöd dabei gefühlt, wegen meiner Mutter herumzujammern, wo deine doch … du weißt schon …«

»Ja.« Jetzt bin ich es, die den Blick abwendet. Ich blinzle heftig. Möglicherweise denkt Lori jetzt, ich verdrücke ein paar Tränchen. Aber mir schießen die Tränen nur wegen des Staubs in die Augen.

Sie räuspert sich. »Hast du denn in letzter Zeit von deinen Pflegeeltern gehört?«

»Erst vor ein paar Tagen.« Ich lächle selig bei der Erinnerung an die beiden einzigen normalen Jahre meines Lebens. »Sie haben gerade wieder ein neues Kind gekriegt. Damit sind's jetzt insgesamt achtzehn.«

»Das wievielte warst du?«

»Nummer dreizehn.«

Lori lacht. »Aber du hattest Glück mit ihnen.«

»Ich glaube nicht an Glück.«

»Du glaubst an gar nichts.«

»Das ist nicht wahr!« Ich verdrehe ein wenig den Hals. »Beispielsweise glaube ich, dass du gerade auf einer Kakerlake sitzt.«

Lori kreischt auf und springt auf die Füße. Dabei streift sie mit den Händen wie wild über ihren Hintern. Sie blickt zu Boden und entdeckt nichts, was größer wäre als ein Marienkäfer.

»War nur 'n Scherz.«

Sie knufft mich in den Arm. »Zur Strafe bist du heute Abend mit zahlen dran!«

»Du willst ein armes, kleines Waisenkind ihr eigenes Essen bezahlen lassen?! Du herzloses Ding!« Lachend machen wir uns wieder an die Arbeit.

Wie alle meine Freunde glaubt Lori, meine Eltern wären gestorben, als ich sechzehn war. In Wahrheit haben sie sich nur eine zehn- bis fünfzehnjährige Auszeit von meinem Leben genommen. Bisher bin ich niemals auf die Idee gekommen, ich könnte Freundschaften über einen so langen Zeitraum hinweg haben, dass das erneute Auftauchen von Mom und Dad ein Problem werden könnte. Aber die Wahrscheinlichkeit für dieses Szenario wächst momentan.

Schließlich gibt es so etwas wie Entlassung auf Bewährung.

Erst nach Sonnenuntergang stolpern Lori und ich vom Bürgersteig in das dunkle Treppenhaus zu meiner Wohnung.

»Tut mir leid, aber die Birne ist immer noch hinüber.« Ich lasse die Tragetasche vom China-Imbiss in die Armbeuge rutschen, damit ich mich auf dem Weg nach oben am Geländer festhalten und so in der herrschenden Dunkelheit orientieren kann.

Oben angelangt, schließe ich auf und versetze der Tür einen Stoß. In meinem Schlafzimmer brennt Licht.

Ich lasse nie das Licht an.

Ich erstarre. Lori rennt in mich hinein. »Ciara! Was zum Teufel …!«

»Jemand ist in der Wohnung!«, raune ich ihr zu, obwohl es nach unserem geräuschvollen Eintritt für sämtliche Arten von Heimlichkeiten zu spät ist.

»O Gott! Bist du sicher?«

Aus dem Schlafzimmer heraus höre ich das typische Klappern von aneinanderschlagenden Hartplastikhüllen, leise begleitet vom Rhythmus eines Liz-Phair-Tracks.

»Das darf ja wohl nicht wahr sein!« Rasch schreite ich den Flur hinunter bis zur Schlafzimmertür.

Shane sitzt im Schneidersitz auf dem Boden meines Schlafzimmers – eine Insel in einem Meer aus CDs. Er strahlt, als er mich sieht. »Hi, Ciara!«

Ich schlucke die ungewollt aufkeimende Freude schnell hinunter und versuche sie durch Empörung zu ersetzen. »Wie bist du reingekommen?«

Wie er sich mit einer raschen Kopfbewegung das Haar aus dem Gesicht wirft, hat etwas sehr überzeugend Unschuldiges. »Du hast mich doch hereingebeten.«

»Nein, ich …« Ich breche mitten im Satz ab, weil ich begreife, dass er das in einem bestimmten Sinn, in einem auf Vampire bezogenen Sinn meint.

Ich drehe mich zu Lori um, die sich gerade neben mich stellt. »Gib uns bitte einen Moment.«

Lori reagiert überrascht, als sie Shane sieht. »He, das ist ja der Typ von gestern Abend!« Sie wirft ihm einen finsteren Blick zu. »Warum bist du in Ciaras Wohnung eingebrochen?«

»Schon gut, Lori! Ist bloß ein Missverständnis.« Ich drücke ihr die Tüte mit dem Essen in die Hand. »Stäbchen findest du in der Besteckschublade.«

Sie begreift den Wink. »Schrei, wenn du Hilfe brauchst.«

Ich mache einen Schritt ins Schlafzimmer hinein und werfe die Tür zu. »Wie bist du denn nun reingekommen?«

»Ich habe dein Schloss geknackt.« Shane zeigt auf seinen Kopf. »Ein empfindliches Gehör kann das Einrasten der Stifte wahrnehmen.«

»Faszinierend! Ich will dich nicht hier haben.«

Über Shanes Gesicht huscht ein skeptischer Ausdruck, ehe er den Blick auf meinen Oberschenkel richtet. »Wie geht es dir?«

»Ich musste genäht werden und habe eine Tetanus-Impfung bekommen. Es tut bei jedem Schritt weh.«

»Tut mir echt leid. Wirklich.«

»Warum bist du überhaupt hier?« Ich bemühe mich, nicht laut zu werden, um Lori nicht auf den Plan zu rufen. »Du bist doch nur ins Pig gekommen, weil David dich geschickt hat.«

Er nickt. »Normalerweise hänge ich im O'Leary's ab. Nicht so hochgestochen, keine Studenten.«

»Du bist mit mir vor Jolene abgehauen, bist mit mir nach Hause gegangen, hast mit mir rumgemacht: alles nur, um mir zu beweisen, dass Vampire existieren.« Die Entrüstung in meinem Ton überspielt, wie verletzt ich bin. »Du hast mich ganz übel verarscht.«

»Nein, das war nicht der einzige Grund, weshalb ich gestern Abend mit dir nach Hause gegangen bin.« Shane steht auf und macht einen Schritt auf mich zu. »Und was meinen Grund anbelangt, heute hier zu sein: Ich möchte zu Ende bringen, was ich gestern begonnen habe.«

Aufkeimende Panik lässt mich nach dem Türknauf greifen, ehe ich begreife, dass er über das Sortieren der CDs redet. »Das kann ich selbst erledigen. Das Alphabet ist mir durchaus geläufig.«

»Was ist denn der vierte Buchstabe nach *M*?«

»Mir doch egal!«

»Q«, erwidert er. »Ich muss mir nicht einmal das Alphabet-Lied vorsingen, um das herauszufinden. Ich kenne das Alphabet nämlich so gut wie meine Hosentasche.«

»Soll mich das beeindrucken?«

Er macht einen weiteren Schritt vorwärts. »Ich konnte heute den ganzen Tag nicht schlafen. Ich musste ständig daran denken.«

»Oh, armer Junge! Ich werde nur den Rest meines Lebens Albträume haben, mal abgesehen von der Narbe, die zukünftigem Männerbesuch schwer zu erklären sein wird. Und du hast einen ganzen Tag nicht schlafen können, weil ein paar CDs nicht ordentlich sortiert sind!«

Er blickt mich unverwandt an. »Ich habe nicht die CDs gemeint.«

Meine Atmung setzt kurz aus und wird, wieder zum Leben erwacht, unter seinem Blick schneller. Dabei setzt Shane noch nicht einmal seinen Hypnose-Blick ein.

Ich will ihn gerade unmissverständlich aus meiner Wohnung schmeißen, da geht mir auf, dass er sich weigern könnte. Was dann? Lori und ich zusammen sind sicher nicht einmal halb so stark wie er.

»Warte hier!« Ein, zwei Schritte rückwärts und ich bin raus aus dem Schlafzimmer. Ich schließe die Tür und haste in die Küche.

Lori liegt auf dem Sofa und bearbeitet die Fernbedienung des Fernsehers. »Alles in Ordnung?«

»Klar doch, alles bestens.« Ich wühle im Gemüsefach des Kühlschranks herum und schiebe eine Tüte mit monatealten, verflüssigten Frühlingszwiebeln beiseite. Nein, da nicht. Ich reiße Schranktüren auf und klettere auf die Arbeitsplatte, um auch einen Blick auf das oberste Regalbrett werfen zu können.

»Bist du sicher, dass du keine Hilfe brauchst?«, ruft Lori.

»Ja, ja. Wirf schon mal den Film an!«

Endlich, hinter einer ungeöffneten Dose Fenchelsamen entdecke ich, wonach ich gesucht habe. Ich steige von der Arbeitsplatte und halte dabei die kleine Plastikdose fest umklammert.

»Bin gleich zurück!«, sage ich noch zu Lori, während ich rasch an ihr vorbeilaufe.

Zurück in meinem Schlafzimmer schließe ich die Tür hinter mir und gehe auf Shane zu, der wieder zwischen meinen auf dem Boden drapierten CDs sitzt.

»Raus jetzt!« Ich drehe die rote Kappe von der Dose und schleudere ihm den Inhalt entgegen.

Er zieht eine Grimasse, spuckt und wischt sich über den Mund. »Was zum … Salz? Ich bin ein Vampir, keine Schnecke!«

»Schtt! Nicht so laut! Das ist Knoblauchsalz!«

»Ach ja?« Er geht sich mit den Händen durchs Haar, um das Zeug loszuwerden und schnuppert an seinem Ärmel. »Wie alt ist denn die Dose?«

Ich blicke unter den Boden und finde ein verblichenes Preisschild (neunundachtzig Cent) anstatt eines Herstellungsdatums. »Vielleicht ein oder zwei Jahrzehnte. Ich hab's mit der Wohnung übernommen.«

»Mir scheint, dass es den Höhepunkt seiner Frische überschritten hat.« Shane reibt sich den Arm. »Obwohl es ein bisschen juckt.« Er steht auf, ich mache einen Schritt rückwärts. Beschwichtigend hebt er die Hände. »Entspann dich! Ich will dir nichts tun. Wenn du möchtest, dass ich verschwinde, hättest du es einfach nur sagen müssen.«

»Ich bin mir ziemlich sicher, dass ich das habe!«

Er zeigt auf den Stapel CDs zwischen uns. »Das hier ist A bis Bowie, alles schön der Reihe nach. Weiter bin ich nicht gekommen, bis du angefangen hast, mit Gewürzen nach mir zu werfen.«

Ich stecke das leere Knoblauchsalz-Döschen in die Hosentasche. »Ich hatte Angst, du würdest vielleicht über Lori herfallen, wenn ich dich bitte zu gehen.«

»Nein, hattest du nicht.« Er grinst vielsagend. »Du hattest Angst, dass ich dich dazu bringen würde, bleiben zu dürfen.«

Seine Selbstgefälligkeit verleitet mich dazu, gegen den Stapel A bis Bowie zu treten und ihn über den Teppich zu verteilen. Shane wird blass, zieht scharf die Luft durch die Zähne ein, als ob ich ihm mit einem Kreuz aus reinem Sonnenlicht gegen die Schläfe geschlagen hätte. Ich erinnere mich an das, was Lori mir über ihre Mutter erzählt hat. Sofort bedauere ich, die CDs umgestoßen zu haben. Zumindest ein bisschen.

Shane macht sich auf in Richtung Treppe, ohne sich noch einmal umzublicken. Ich folge ihm die Treppe hinunter und hinaus auf die Straße.

Er dreht sich um und blickt über meinen Kopf hinweg, während ich unter dem Türsturz stehenbleibe. »Ich hoffe, ich habe deiner Freundin keinen Schrecken eingejagt.«

»Bitte brich nicht noch einmal in meine Wohnung ein, auch wenn ich dich nicht davon abhalten kann.«

»Mach ich nicht mehr, versprochen. Wenn du mir auch etwas versprichst.«

»Ich bringe die CDs gleich morgen wieder in die richtige Reihenfolge. Möchtest du, dass ich zum Beweis ein Foto davon mache?«

Sein Gesicht hellt sich auf. »Das wäre cool. Danke.«

Ehe ich darauf reagieren kann, nimmt er mein Gesicht in beide Hände und küsst mich schnell, wie zum Dank.

»Nacht dann.« Er dreht sich um und schlendert hinaus in die Dunkelheit.

Ich schließe die Tür zweimal ab und steige dann die Treppe hinauf, um Lori auf der Couch Gesellschaft zu leisten. Sie wird mich sicher davon überzeugen, dass ich ein Idiot bin. In ihren Augen dürfte es schon als idiotisch gelten, nur in Betracht zu ziehen, dieses Monster nicht mit Verachtung zu strafen.

Hoffentlich gelingt es ihr, mich zu überzeugen – bevor es zu spät ist.

7

Everybody Knows This is Nowhere

»Habe gehört, Sie wurden gebissen.«

Wahrhaftig, Franklin verschwendet keine Zeit mit Montag-Morgen-Nettigkeiten.

Ich widerstehe dem Impuls, auf meinen Oberschenkel zu schauen, während ich das Büro durchquere, um meine Handtasche auf dem Schreibtisch abzuladen. »Hatte nichts Besseres zu tun an einem Freitagabend.«

»Wem sagen Sie das! Diese Stadt ist kein Ort für die Lebenden.« Er scheint entspannter, jetzt, wo wir das große Geheimnis des Senders miteinander teilen. »Bereit für ein bisschen echte Arbeit?«

»Wenn Sie es so charmant ausdrücken, wie könnte ich da noch widerstehen?« Ich sitze ihm gegenüber, halte sorgsam meine Beine eng aneinandergepresst, da sie übereinanderzuschlagen bedeutet hätte, Höllenqualen zu leiden.

»Der Kunde heute«, sagt Franklin daraufhin, »ist einer der kleineren Läden Sherwoods; der Laden heißt, sehr sinnig, *WACHSende Nostalgie*.«

»Ach, der Kerzen-Laden, in dem die Leute an allen Waren schnuppern, aber nichts kaufen?«

Franklin nickt und steckt einen Bleistift in den elektrischen Spitzer.

Als das Surren verstummt, fährt Franklin fort: »Bernita Johnson möchte die geschaltete Werbung von fünf Dreißig-Sekunden-Spots auf zwei die Woche verringern.« Er wirft mir einen langen, bedeutungsvollen Blick zu. »Das ist selbstredend indiskutabel.«

»Also statten wir ihr einen Besuch ab und drohen ihr damit, ihr die Kniescheiben zu zertrümmern.«

»Etwas in der Art.« Franklin spitzt einen weiteren Bleistift an. »Das soll für Sie nur eine erste Fingerübung im Umgang mit Kunden sein. Heute Nachmittag dann spießen wir anders geartete Köder für die größeren Fische auf den Haken. Denn jetzt, wo unsere Sendereichweite uns Zugang zu den urbanen Märkten gewährt, können wir uns Kunden mit größerem Werbebudget angeln.«

»Geil.« Ich checke rasch das heutige Wilde-Zitat: Ein wenig Aufrichtigkeit ist eine gefährliche Sache, ganz viel davon aber fatal.

Franklin spitzt einen dritten Stift an. Ich bemerke, dass er einen ganzen Becher mit etwa zwei Dutzend Bleistiften auf dem Schreibtisch stehen hat.

»Die ganzen Bleistifte – wozu sollen die gut sein?«

»Zum Schutz.« Franklin gibt einen weiteren angespitzten Stift in den Becher zurück. »Sie sollten sich auch ein Lager davon einrichten.«

»Ein Lager wie … ein *Waffen*lager?«

»Ich habe mir sogar ein Halfter gebastelt, sehen Sie?« Er steckt einen der angespitzten Stifte in eine Art Köcher, der an seiner Gürtelschnalle hängt. »Außerdem habe ich in jedem Raum des ganzen Gebäudes Behälter mit Stiften versteckt – für den Fall, dass man sich verteidigen muss.«

»Haben die Vampire Sie denn schon mal bedroht?«

»Nein. Aber es ist stets gut, vorbereitet zu sein.«

»Wenn Sie eine Abneigung gegen Vampire haben, warum arbeiten Sie dann hier?«

»Jobs im Marketingbereich sind in Sherwood ziemlich rar gesät.«

»Warum arbeiten Sie dann nicht in der nächsten größeren Stadt?«

»Ich habe eine noch größere Abneigung dagegen zu pendeln.«

»Ja, und warum ziehen Sie dann nicht einfach in die nächste Großstadt?«

Franklin bedenkt mich mit einem wütend-ungeduldigen Blick. »Wenn Sie's unbedingt wissen müssen: Mein Freund lehrt hier am Sherwood College.«

»Oh.« Ich verberge meine Überraschung. Okay, für beziehungstauglich habe ich ihn schon gehalten. Er ist ja auch ganz ansehnlich. Aber bis eben schien er mir einfach zu brummig, um mit jemandem fest zusammenzuleben. »Und wie kontaktiere ich die DJs oder hinterlasse ihnen eine Nachricht?«

Franklin schüttelt langsam und ungläubig den Kopf, ganz wie jemand, der soeben von einem tragischen Todesfall gehört hat.

»Wenn ich diesen Sender im Marketing vertreten soll«, erinnere ich ihn, »muss ich den Finger direkt an seinem Puls haben. Herzblut spüren. Ähm, sozusagen.«

Franklin seufzt. »Es gibt Postfächer im Foyer die Treppe runter.«

Ich greife nach meiner Tasche und angle eine Grußkarte in rotem Umschlag heraus. »Wenn ich in fünf Minuten nicht zurück bin, schicken Sie mir die Kavallerie hinterher – wahlweise auch die Heilsarmee.«

Die Lounge am Ende der Treppe ist verlassen. Es ist still hier, abgesehen vom Gejammer eines Möchtegern-Rush-Limbaugh, der gerade in der landläufig ach-so-beliebten Manier über illegale Einwanderer lamentiert. Der Lautsprecher, aus dem die rechtspopulistische Bigotterie tröpfelt, hängt oben in einer Ecke des Raums. Als ich mich umdrehe, um das jammervolle Gerede mit dem wohlverdienten finsteren Blick zu bedenken, entdecke ich die grau-metallenen Postfachschlitze. Ich stelle mein Briefchen zu.

Auf dem Weg zurück zur Treppe gehe ich an der Tür zum

Studio vorbei. Da das rote Licht, AUF SENDUNG, nicht leuchtet, drehe ich einfach am Türknauf, um hineinzugelangen.

Ich finde mich in einem schmalen Flur wieder. Das Studio befindet sich hinter einer dicken Glasscheibe. Es wirkt wie eine Museumsausstellung zur Geschichte des Radios im 20. Jahrhundert: Bandmaschinen und Plattenspieler stehen neben CD-Playern und einem PC-Bildschirm, auf dem sich schimmernde, grüne Zahlen aneinanderreihen.

Auch im Studio ist niemand, denn es wird eine vorproduzierte Sendung über den Äther gejagt. Ich frage mich ernsthaft, warum die Vampire eigentlich nicht auch tagsüber auf Sendung gehen. Hier wären sie doch perfekt vor jedem noch so matten Sonnenlicht geschützt. Andererseits ist der Tag ihre Schlafenszeit. Sie darum zu bitten, während des Tages zu arbeiten, wäre sicher unangenehmer für sie, als für einen Menschen auf Nachtschicht zu gehen.

Am Ende des schmalen Gangs zu meiner Rechten gibt es eine dicke Stahltür, auf der in fetten, roten Blockbuchstaben GEFAHR! ZUTRITT VERBOTEN! steht.

Ich gehe auf die Tür zu und lege meine Hand gleich unterhalb der Aufschrift aufs Türblatt. Unter meiner Handfläche fühlt sie sich kühl und glatt an – wie die Tür eines Kühlraums in einem Restaurant. Der Griff ist schwer, ein Hebel, kein Knauf. Es würde mich einige Anstrengung kosten, die Tür zu öffnen. Da ich schlauer bin als das übliche Horrorfilm-Opfer lasse ich es bleiben. Aber dann bemerke ich, dass am unteren Rand des Türblatts eine dicke Gummidichtung entlangläuft, was einen luftdichten Abschluss schafft.

Meine Hand zuckt von der Edelstahloberfläche zurück.

Hinter dem ZUTRITT VERBOTEN! liegt der Kühlraum für die wertvollsten *Aktivposten* des Senders …

Rasch ziehe ich mich wieder zurück. Dabei reibe ich meine Hand am rauen Stoff meines Jeans-Minirocks. Es dauert eine Weile, bis die Kälte wieder verflogen ist.

Während ich die Tür anstarre, erwacht in mir eine Idee zum Leben, zappelt und windet sich wie eine Motte, die ein paar Tage zu früh aus ihrem Kokon schlüpfen möchte.

Ich blicke ins Studio.

Nein!

Dann zur Tür.

Oder doch?

Und wieder ins Studio.

Warum zum Teufel eigentlich nicht?!

WACHSende Nostalgie gehört zu dieser Art von Läden, die dich beim Eintreten wünschen lassen, du wärst ohne Nase geboren worden.

Franklin und ich zögern nach wenigen Schritten, erschlagen von den tausend verschiedenen Düften, die nicht miteinander harmonieren möchten. Dicke Stumpenkerzen, nach Farben sortiert, säumen die Regale an den Wänden des klaustrophobisch engen Geschäfts.

Ich zwinge meine Füße, gegen ihren Willen einen Schritt nach dem anderen zu machen und mich tiefer hinein in das wächserne Paradies zu bringen – und zwar in Richtung eines Auslagen-Sondertisches mit Kerzen zum Unabhängigkeitstag. Die Gründerväter mit Dochten, die ihnen aus den Schädeln wachsen, scheinen uns anzuflehen, sie zu kaufen, sie anzuzünden und sie so aus dieser Wachshölle zu erlösen.

Franklin lässt die Tür hinter uns zufallen, was eine Kuhglocke anschlagen lässt, die am Türgriff befestigt ist. Ein brauner Terrier liegt auf einer Matte neben der Registrierkasse rechts von uns. Er blinzelt – das ist alles, was er an Begrüßung für uns auf Lager hat. Zweifellos ist sein Gehirn von dem olfaktorischen Frontalangriff hier drinnen ganz benebelt.

»Bin gleich da!«, lässt sich eine unnatürlich in die Höhe geschraubte Stimme aus einem Hinterzimmer vernehmen. Das Zimmer ist vom Verkaufsraum durch einen Vorhang abgetrennt.

Franklin wendet sich mir zu und sagt: »Reagieren Sie ja nicht überrascht! Spielen Sie einfach mit!« Er beeilt sich, seine Krawatte zu richten und sich in Position zu bringen.

Ich nicke und bin eher amüsiert als verwirrt. Ich arbeite schließlich für einen Vampir-Radiosender. Was sollte mich da noch überraschen?

»Bernita!« Franklin rauscht auf die Frau zu, die soeben aus dem Hinterzimmer in den Verkaufsraum tritt. »Meine Lieblingsfrau, wir haben uns ja seit einer halben Ewigkeit nicht mehr gesehen!« Er schenkt ihr eine überschwängliche Umarmung, heftiges Rückentätscheln inklusive.

Sie strahlt ihn an und kneift ihm dann wie eine alte Tante in die Wange. »Frankie, wie *geht* es dir?«

»Mir geht's fa-bel-haft, danke der Nachfrage.« Seine Stimme ist eine Oktave höher als alles, was ich sonst von ihm gehört habe. Ich kann gerade noch verhindern, dass mir die Kinnlade herunterfällt. »Und du ...«, er hält Bernita um Armeslänge von sich, »... du Schmuckstück, siehst einfach fan-tas-tisch aus! Hast du abgenommen?«

Bernita schwillt stolz die Brust bei dieser Bemerkung und tätschelt ihren ansehnlichen Bauch. »Zweihundert Pfund in dem Augenblick, in dem ich geschieden wurde!«

»Hach, du bist *un-mög-lich*!« Franklin drückt Bernita den Arm und stampft dramatisch mit dem Fuß auf. Sein überbordend heiteres Benehmen lässt ihn selbst fünfzig Pfund leichter erscheinen. Mit einem Mal wirkt sein Anzug, als wäre er ihm auf den Leib geschneidert, und hängt nicht mehr an ihm herunter wie nasse Wäsche an einem Handtuchhalter.

»Oh ... und sieh sich einer unseren kleinen Reginald an!« Franklin beugt sich über den Hund, um ihn ausgiebig zu hätscheln. »Ganz ehrlich: Ich könnte ihn augenblicklich mit Haut und Haaren verschlingen, so süß ist der!«

Ich gehe davon aus, dass ein winziger Teil von Franklin beim letzten Satz einfach aufgehört hat zu existieren, genau in dem Moment nämlich, in dem er das *süß* mit einem leichten Lispeln über die Lippen brachte.

Bernita macht eine ausladende Armbewegung in Richtung ihrer Ware. »Werden Kerzen gebraucht? Ein paar hätte ich noch.« Sie lächelt, doch aus ihren Augen spricht reiner Geschäftssinn. Sie dazu zu bringen, uns noch mehr Geld zu geben, dürfte nicht einfach werden.

Franklin grinst mich an. »Ciara braucht ein paar für ihr Schlafzimmer.«

»Ahhh …« Die fast kugelförmige Frau rollt auf mich zu. »Rechnet die junge Dame denn mit einem netten Abend in Gesellschaft eines ganz besonderen jungen Mannes?«

Ich werfe meinem Boss ein mit Arsen getränktes Lächeln zu, bevor ich mich an Bernita wende. »Haben Sie was mit Knoblauchduft?«

Sie strahlt mich an. »Ich habe Kerzen, die nach Pizza duften! Kosten nur elf neunundneunzig.«

Ich folge ihr zu der Auslage, die Kerzen zum Thema Essen darbietet. Ich hoffe inständig, WMMP gesteht mir ein Spesenkonto zu. Bernita reicht mir voller Stolz ein Glas, in dem sich eine Kerze mit roten, weißen und grünen Wachslagen befindet.

»Oh nein, das geht doch nicht!«, quietsche ich entzückt. »Die ist ja viel zu hübsch, um sie anzuzünden!«

Die Ladeninhaberin schüttelt ihren mahagonifarbenen Haarturm. »Deshalb brauchen Sie ja auch zwei, Kindchen: eine zum Anzünden und eine zum Anschauen.«

»Fa-bel-haft!«, sagt Frank. »Ciara nimmt drei, dann muss sie nicht gleich wieder hierher und Ersatz kaufen.«

Na großartig. Anstatt Essen zu kaufen, kaufe ich Dinge, die

wie Essen riechen. Vielleicht lässt sich meine Bauchspeicheldrüse linken und merkt den Unterschied nicht.

»Ich sehe mal im Lager nach.« Bernita rauscht in Richtung Vorhang davon. »Ich glaube, wir haben noch eine Kerze im Glas mit dem Duft von Salami.«

Sobald sie verschwunden ist, drehe ich mich zu Franklin um und starre ihn an.

»Was?«, fragt er.

Ich mache eine Bewegung mit dem Kinn in seine Richtung. »Dr. Jekyll, bitte sofort in die Notaufnahme!«

»Oh, ach das!« Seine Stimme kehrt wieder in die normale Tonlage zurück. »Ein guter Verkäufer erfüllt Erwartungen. Das hier ist eine kleine Stadt, in der die Leute ausschließlich stereotype Vorstellungen von Homosexuellen haben. Wenn ich es also mal hier, mal dort ein wenig tuckiger angehe …«

»Ein wenig?!«

»… und mich wie diese Arschlöcher im Fernsehen benehme, reagieren die Leute eher entzückt als ablehnend. Ich sorge dann nämlich dafür, dass sie sich für aufgeklärt und aufgeschlossen halten, weil sie mit einem Schwulen bekannt sind. Leute, die sich wohl fühlen, geben schneller und leichter Geld aus.« Franklin hebt in einer resignierten Geste die Hände. »Ich habe der Wahrheit schon früh ins Gesicht geblickt: Wenn ich mich so gebe, wie ich bin, verkaufe ich nicht einmal einen Eimer Wasser an einen Mann, der in Flammen steht.«

Noch während ich mich staunend von der unverhofften Entdeckung einer verwandten Seele erhole, kommt Bernita zurück und setzt geräuschvoll zwei weitere Pizzakerzen auf die Theke neben die Kasse.

»Keine Salami, aber Würstchen tun es bestimmt auch, oder?« Ohne auf meine Antwort zu warten, tippt sie die Preise bereits ein.

Franklin stützt sich auf die Theke. »Ach Bernita, mein Goldstück, du weißt doch sicher, was dir ein Umsatzplus bescheren würde, nicht wahr?« Er klimpert mit seinen langen blonden Wimpern. »Genau: Werbung.«

Bernitas bisherige Hochstimmung verfliegt, als sie so plötzlich von der Rolle des Verkäufers in die des Käufers wechselt. »Die Zeiten sind hart. Irgendwo muss ich Einsparungen vornehmen.«

Ich nehme die Schutzkappe vom Glas der Pizzakerze und inhaliere das grässliche, künstliche Knoblaucharoma.

Franklin lässt nicht locker, sein Ton süß wie reinster Honig. »Aber Bernita, meine Beste, gerade wenn die Zeiten hart sind, muss man mehr denn je im Gespräch bleiben!« Er bekommt es tatsächlich fertig, dass seine Augen funkeln. »Wenn noch mehr Menschen dein fantastisches Reich hier kennenlernen, wirst du mit Sicherheit in einem Meer aus Käufern baden.«

Bernita läuft rot an. Dann richtet sie sich kerzengerade auf, ganz so, als sei ihr gerade eben erst eingefallen, dass sie ein Rückgrat hat. »Ich muss mir erst einen Überblick über mein Budget verschaffen. Ich denke darüber nach und rufe dich an.«

Ich packe die Kerze wieder in ihre Folie. Mit Sicherheit wird dieser Duft Shane davon abhalten, mir zu nahe zu kommen – zusammen mit dem Rest der Welt.

Moment mal …

»Bedenkzeit ist in diesem Fall leider nicht drin«, platzt es aus mir heraus.

Beide drehen mir die Gesichter zu, die Mienen Fragezeichen.

»Wir werden«, erkläre ich rasch, »nämlich in Kürze unsere Preise für Werbespots pro Minute anheben. Momentan ist also der perfekte Zeitpunkt, um sich Werbezeit zu den alten Preisen zu sichern.«

»Warum gehen denn die Preise hoch?«, fragt Bernita Franklin.

»Ciara, würden Sie Bernita freundlicherweise das Warum erklären?«, entgegnet er spitz.

»Ich wünschte, ich dürfte, aber wir sind ja zur Geheimhaltung verpflichtet.« Ich lehne mich über die Theke, der rundlichen Ladenbesitzerin entgegen, und schenke ihr meinen besten verschwörerischen Flüsterton. »Wir starten eine neue Marketing-Kampagne, die die ganze Gegend aus den Stiefeln hauen wird. Jeder wird uns hören wollen!«

Bernita blickt zu Franklin hinüber, der lächelt und in einer oscarreifen Vorstellung beipflichtend nickt. Die Herrscherin über das Duftwachskabinett scheint nicht überzeugt zu sein.

»Verzeihen Sie bitte meine Unwissenheit«, sagt sie, »aber wie kann eine Marketing-Kampagne allein einen derart großen Unterschied machen?«

»Wir stehen kurz davor, Fakten über das wahre Wesen von WMMP an die Öffentlichkeit zu bringen.«

Ihre Augen weiten sich. »Und das wäre?«

Ich beiße mir auf die Unterlippe. »Aber, aber: Wenn ich Ihnen das zu diesem Zeitpunkt verraten würde, wäre das Überraschungsmoment ja dahin! Ich kann nur so viel sagen: Wir werden der Welt vorführen, wie einzigartig unser Sender tatsächlich ist!« Zumindest hoffe ich, dass er, was das angeht, wirklich einzigartig ist.

Bernita trommelt mit den Fingernägeln auf die Ladentheke, während sie nachdenkt. Die Pünktchen, die auf den lackierten Nägeln prangen, verschwimmen vor meinen Augen. Endlich lässt Bernita die Südstaaten-Attitüde und die Maske aufgesetzt anheimelnder Herzlichkeit fallen. »Ich rate dir gut, mir keinen vom Pferd zu erzählen, Kleine!«

»Ich kann dir versichern, dass sie weit davon entfernt ist, das zu tun.« Mit dem Gespür eines Zauberkünstlers lässt Franklin seine Brieftasche aufklappen und holt einen Flyer mit den derzeitigen Minutenpreisen hervor. »Wir haben Ciara engagiert, weil sie die Beste auf ihrem Gebiet ist.«

Bernita schaltet den Taschenrechner neben der Kasse an und

tippt Zahlen mit dem Radiergummikopf eines Bleistiftes ein. »Das Budget dürfte hergeben, dass ich meine üblichen fünf Dreißig-Sekunden-Spots pro Woche für die nächsten vier Wochen buche. Für wann ist denn die Preiserhöhung gedacht, und um wie viel werden die Minutenpreise steigen?«

Franklin räuspert sich. »Tja, das hängt von mehreren Faktoren …«

»Die Preise werden sich zum Monatsende verdreifachen«, schalte ich mich ein. »Danach könnten sie, abhängig von der Nachfrage, durchaus noch weiter steigen.«

Ein paar Augenblicke lang klopft Bernita mit dem Bleistift auf die Ladentheke. »Dann buche ich acht Wochen.«

Ich studiere die ausgestellten Waren, während Bernita und Franklin das Besprochene vertraglich unter Dach und Fach bringen. Unter den unzähligen Einzelstücken, die als Sonderposten verkauft werden sollen, findet sich eine erkleckliche Anzahl von Kerzen zu saisonalen Feiertagen, in die Wachsabbilder eingraviert sind. So starrt mich mitleiderregend ein etwa fünf Zentimeter großer Osterhase an, gefangen im Wachs wie Han Solo im Karbonit.

»Hab jetzt noch einen herrlichen Tag, meine Beste«, schnurrt Franklin Bernita noch zu, als er schon auf dem Weg zur Tür ist. Mich bedenkt die Beste mit einem hektischen Wedeln ihrer Hand, was ich als Zeichen dafür deute, schleunigst zu verschwinden. Bernita sollte keine Zeit bekommen, genauer darüber nachzudenken, was gerade eben passiert ist.

Sobald wir draußen sind, ein paar Läden von Bernita entfernt und damit außer Sichtweite, fasst Franklin mich am Ellbogen.

»Ihre Idee sollte besser richtig gut sein«, knurrt er, »oder Ihr Kopf landet genau vor mir auf einer gut eingeheizten Kochplatte!«

8

Get Up Stand Up

Sämtliche Vampire haben sich in der Lounge versammelt – außer Monroe, dessen Sendung *Midnight Blues* per Lautsprecher in den Raum übertragen wird. Sie gruppieren sich um den Poker-Tisch. Ich hingegen stehe neben einem Overhead-Projektor und tue so, als ob ich meine Folien noch sortieren müsste. In Wirklichkeit habe ich die Abfolge so häufig geprobt, dass ich den ganzen Vortrag hinter mich bringen könnte, selbst wenn ich im Koma läge. Franklin hat mir dabei geholfen, alles zusammenzustellen. Aber er hat es abgelehnt, sich heute Abend zu uns zu gesellen – wegen seiner Allergien, hat er gesagt. Der Feigling.

David steht neben mir und eröffnet den Abend, indem er das Wort an die skeptisch dreinblickenden Radiomoderatoren richtet. »Ihr erinnert euch sicher alle an Ciara, unsere neue Marketing-Praktikantin. Ich habe sie engagiert, um uns dabei zu helfen, das Ruder noch herumzureißen. Sie hat eine großartige Idee, aber wir brauchen zur Umsetzung derselben euer Einverständnis und eure Kooperationsbereitschaft.«

David ist noch dabei, die alte Marketingstrategie vor seiner Zuhörerschaft zusammenzufassen, da zieht Shane einen mir vertrauten roten Umschlag aus der Hemdtasche. Lässig schnippt er den Umschlag auf den Tisch und schenkt mir ein verschwörerisches Lächeln.

Um die Stimmung der anderen Vampire einzuschätzen, blicke ich mich in der Runde um. Regina mustert ihre Fingernägel, als befänden sich unter ihnen lang verloren geglaubte Schriftrollen aus dem Toten Meer. Noah sieht aus, als ginge er in Gedanken eine Liste all der Orte durch, an denen er jetzt lieber wäre. Jim lässt ohne Pause seinen Schlüsselanhänger in Form eines 69er Dodge Charger über die Finger wandern – eine Miniaturausgabe seines eigenen blauen Lieblings. Nur Spencer hört David dem Anschein nach aufmerksam zu. Währenddessen saugt er durch einen knallbunten Trinkhalm Cranberry-Apfelsaft aus einer Flasche. Er bemerkt, dass ich ihn anschaue, und grinst – Zahnfleisch und Zähne in herrlichstem Rot.

Oh-ha. Es ist gar kein Cranberry-Apfelsaft! Die Schmetterlinge in meinem Bauch kotzen einander auf die zarten Flügelchen.

»Und damit«, sagt David soeben, »kommen wir zu der neuen Geschäftsidee. Ciara?«

Ich hole tief Luft und tue mein Möglichstes, um mir mein Publikum *nicht* in Unterwäsche vorzustellen.

»Die heutige privatrechtliche Sendelandschaft ist nichts als eine musikalische Wüste. Radiomoderatoren spielen das, was ihnen die Anzugträger aus den Verwaltungsetagen vorschreiben. Je weniger Ahnung die DJs von Musik haben, desto besser. Denn jede Sekunde, die sie damit verbringen, ihre Zuhörerschaft zu erleuchten, ist eine Sekunde, in der das Unternehmen kein Geld mit Spots oder gesponserten Features machen kann.«

Ich finde Geschmack an der Aufmerksamkeit, die ich bekomme, und werde ausladender in meiner Gestik; die Worte sprudeln jetzt über meine Lippen. »Aber ihr hier, meine Dame, meine Herren, seid mehr als ein Rudel dressierter Pudel. Jeder von euch hat etwas absolut Einzigartiges zu bieten: ein besonders tiefes Verständnis für die eigene Lebenszeit und deshalb auch für die Musik, die diese Zeit hervorgebracht hat. *Ihr* wisst das. *Ich* weiß das.« Ich mache eine ausladende Geste zur Wand des Raumes hin. »Aber die Welt da draußen weiß es nicht. Und selbst wenn wir den Menschen sagen würden ›He, ihr da draußen, wir haben hier die absoluten Experten, und das jeden Abend und jede Nacht!‹, wär's ihnen egal. Außer wir machen die Geschichte interessanter und nennen ihnen den Grund dafür.« Theatralische Pause einschieben – so lautet die Anmerkung, die ich mir für diesen Zeitpunkt im Geiste notiert habe. Also warte ich schweigend auf Reaktionen.

Die DJs tauschen Blicke. Dann endlich beißt Noah an. »Den Grund für was?«

»Warum jeder von euch ein solcher Experte ist.« Ich nicke David zu, der daraufhin das Deckenlicht ausschaltet. Meine erste Folie liegt sorgsam zurechtgerückt auf dem Overhead-Projektor. Ich stelle das Gerät an.

WVMP – Herzblut Des Rock 'n' Roll.

Gleich über dem Slogan prangt das neue Logo: eine E-Gitarre mit zwei Vampir-Bissmalen, aus denen Blutstropfen austreten und am Gitarrenkörper hinablaufen.

Die Vampire begutachten das an die Wand geworfene Bild kommentarlos. Ihre Blicke verraten wachsame Neugier.

»Ey, Mann, sag bloß, das sollen wir sein!«, reagiert Jim schließlich.

Ich halte den Blicken der DJs stand; dabei zeige ich mich nach außen selbstsicherer, als ich mich tatsächlich fühle. »Genau das. Wir wollen der ganzen Welt sagen, dass ihr Vampire seid. Wir wollen so klarmachen, warum ihr die Ära aus eurer Sendung so gut kennt – weil ihr nicht nur in dieser Zeit geboren wurdet und aufgewachsen seid, sondern auch weiterhin in ihr lebt und für immer mit ihr verbunden bleibt. Wir haben vor, der ganzen Welt die Wahrheit zu sagen.«

Um mögliche Einwände von Seiten der DJs abzuwürgen, fahre ich schnell fort. »Ihr verbringt euer ganzes Leben – eure ganze untote Existenz – damit, zu versuchen, euch unter die normalen Leute zu mischen und an deren Leben teilzuhaben. Aber nur zur Halloween-Parade gelingt euch das. Ihr zieht euch anders an als die Normalos, ja, ihr sprecht sogar anders als die, und ihr habt die Gesichter von Göttern, die eben erst zu uns Sterblichen vom Olymp herabgestiegen sind. Versteckt euer Anderssein nicht länger, das ist es, was ich sagen will – im Gegenteil, macht eine Show daraus!«

»Mal halblang, Baby«, unterbricht mich Spencer im typischen gedehnten Tonfall. »Du meinst, wir sollen auf Sendung gehen und allen verkünden, dass wir Vampire sind? Das ist doch Unsinn!«

»Wir wollen es nicht nur senden. Wir wollen es bei Live-Events allen vorführen! Es in die Öffentlichkeit tragen, in den normalen Alltag. Zeigt euch der Welt in eurer ganzen Herrlichkeit! Die Leute werden nicht glauben, dass ihr Vampire seid. Sie werden es nicht glauben, weil die Vorstellung einfach verrückt ist! Aber sie werden glauben, dass ihr alle hier etwas Besonderes seid. Sie werden glauben, dass ihr etwas besitzt, was sie selbst gern hätten.«

Nach einer kurzen Pause, um meine Worte erst einmal sacken zu lassen, lege ich die nächste Folie auf. »Ich möchte euch jetzt erklären, wie wir die Leute zu fassen bekommen.«

Ich stelle meine Marketingstrategie vor, von den Live-Auftritten bis hin zu Interviews in allen Medien und zu Podcasts (Letzteres verlangt nach einer langen, geduldigen Erklärung und einer gewissen Einsatzdichte von Bemerkungen wie: »Vertraut mir hier einfach!«). Am Schluss – ich bin schon ganz außer Atem – lege ich wieder die erste Folie auf: die mit dem Logo.

»Wenn diese Kampagne funktioniert«, erinnere ich die DJs, »gehen die Einschaltquoten in die Höhe und damit die Umsätze. Dann wird der Sender auch nicht an Skywave verkauft, und ihr alle behaltet eure Jobs. Also: Wie klingt das?«

Sie starren mich einige Augenblicke lang an. Dann blicken alle, bis auf Shane, zu Regina und warten darauf, dass sie als Erste ihre Meinung sagt. Regina räuspert sich.

»Wir wären dann also so etwas wie Rockstars?«

»Ganz genau wie Rockstars«, erwidere ich und gebe ihrem Ego damit genug Nahrung.

»Aber warum sollten die Leute uns sehen wollen?«, fragt Jim.

»Habt ihr in letzter Zeit mal in den Spiegel geschaut? Äh, Moment … Ihr könnt euch doch im Spiegel sehen, oder?«

»Klar können wir's.« Noah streicht sich über sein braunes Kinn. »Wie sonst könnten wir so gut ausseh'n?«

Regina schnaubt. »Genau. Warum sollten wir nicht in einem Spiegel zu sehen sein, wenn du uns sehen kannst? Ach ja, vielleicht, weil wir keine Seeeeele haben?« Sie verdreht die Augen und sonnt sich in dem verächtlichen Gelächter, in das die anderen Vampire ausbrechen – ausgenommen Shane. Sein Gesichtsausdruck ist steinern und ernst, seit ich die erste Folie aufgelegt habe.

Ich lasse einen konzentrierten Blick über die Gesichter der Vampire schweifen, während sich ihr Gelächter langsam legt. »Ich bin sicher, dass ihr noch die eine oder andere Frage habt. Deren Beantwortung wird nützlich sein, falls oder sobald wir die Kampagne umsetzen.« Ich beuge mich vor, stemme mich mit beiden Händen auf die Tischplatte. »Aber ihr müsst mir erst sagen, ob es sich um ein *falls* oder um ein *sobald* handelt.«

Wieder verstreicht ein langer Augenblick, in dem Schweigen herrscht.

Schließlich schiebt Spencer seinen Stuhl zurück und erhebt seinen großen Blut-Cocktail. »Ich finde, was das Sonnenkind da sagt, hat was.«

»Jou.« Jim klopft mit dem Dodge-Schlüsselanhänger auf den Tisch und wiegt den Oberkörper. »Klingt nach 'ner echten Dröhnung.«

Widerstrebend stimmt auch Noah zu. »Alles, was helf'n kann, yeah, sollten wir ausprobier'n.«

Regina streift sie alle mit einem Blick und nickt dann. »Es gefällt uns.«

Ich atme tief durch und werfe David einen triumphierenden Blick zu.

»Mir gefällt es nicht.« Shane richtet sich aus seiner üblichen lässigen Haltung auf. »Wir sind keine Rockstars. Wir sind DJs. Wichtiger noch, wir sind Vampire.«

»Wow, na danke Mister Schnallt-das-Offensichtliche!«, fährt Regina ihn an. »Oh, bitte, bitte, würdest du meinen Lebenslauf für mich schreiben?!«

»Diese Kampagne ist gefährlich«, fährt Shane ungerührt fort. »Wir haben die Wahrheit immer schön unter Verschluss gehalten. Und jetzt sollen wir sie in die Welt hinausbrüllen?«

»Niemand wird es glauben«, unterstreiche ich noch einmal den springenden Punkt. »Manchmal ist der beste Weg, um die Wahrheit zu verbergen, sie offenzulegen.«

Shane schüttelt den Kopf. »Es gibt Leute da draußen, die sind genug neben der Spur, um es zu glauben. Sie werden hinter uns her sein. Wir wären aus genau denselben Gründen in Gefahr, aus denen wir beliebt wären. Die Menschen werden uns nah sein wollen.«

»Und das können sie auch, indem sie unsere Merchandise-Produkte kaufen!« Ich greife in meine Tasche, die zu meinen Füßen steht, und entfalte mit großer Geste ein schwarzes T-Shirt, das das neue Logo trägt. Auf der Rückseite steht: *Feed the Need*. Ein Chor von *Oohs* und *Aahs* begleitet die Vorführung des Shirts – mit einer Ausnahme.

»Dieser Scheiß da trivialisiert alles, was wir tun!«, bemerkt Shane. »Haben wir uns nicht immer gegen jede Form der Kommerzialisierung gewehrt?«

David stellt sich neben mich. »Ob's dir gefällt oder nicht«, hält er Shane entgegen, »in der Musikindustrie ist es schon immer nur um eines gegangen: ums Geld. Und Geld verdient man mit Vermarktung von Musik und dem Aufbau eines Images.«

»Das ist doch Scheiße!« Shane funkelt David an. »Das hat

doch nichts mit uns zu tun. So sind wir nicht. Wir befinden uns hier an einem der seltenen Orte, an denen es immer noch um die Musik geht!« Er zeigt auf das T-Shirt und infolgedessen auch auf mich. »*Das* korrumpiert unsere ganze Mission!«

Regina stößt ein raues Lachen aus. »Unsere *Mission* ist es, am Leben zu bleiben!«

»Genau, Shane, du kannst leicht idealistisch sein«, bemerkt Jim. »Du bist noch jung. Du kannst einen neuen Job finden. Zum Teufel, du siehst sogar noch aus wie ein Mensch!« Das letzte Wort ist, zumindest Jims Tonfall nach, eine klare Beleidigung.

»Aber ich bin kein Mensch mehr!« Shane sucht meinen Blick, dann schaut er wieder die anderen Vampire an. »Keiner von uns ist noch ein Mensch. Wenn wir zu viel Zeit in der Öffentlichkeit verbringen, wird irgendwer die Wahrheit herausfinden. Und das Nächste, was passiert, ist, dass wir eines schönen Nachts auf unserem Weg nach Hause in zeitliche Bedrängnis kommen. Und dann heißt es: *Good Day Sunshine*, soll ich euch's vorsingen? Und dann kann man uns mit der Kehrschaufel auffegen!«

Ich winde mich bei dieser Vorstellung. Spencer sieht meine Reaktion auf Shanes Worte und neigt den Kopf zur Seite. »Was kümmert dich das? Warum solltest du nicht einfach glücklich und zufrieden sein, wenn wir, *puff!*, uns in Nichts auflösen?«

Alle Gesichter wenden sich mir zu. Ich lege das T-Shirt fort. Es dauert einen Augenblick, bis ich mich entschieden habe, wie viel ich ihnen erzählen möchte.

»Vielleicht ist das nicht leicht zu glauben, aber ich unterscheide mich nicht so sehr von euch. Ich vermute, das ist der Grund, warum David ausgerechnet mir den Job gegeben hat.«

David nickt mit einem leichten Lächeln.

»Auch ich suche mir Opfer, allerdings erleichtere ich sie nicht um Blut, sondern um Geld. Leute um ihr Geld zu bringen – dazu wurde ich erzogen.« Nie zuvor habe ich das laut ausgesprochen. »Ich habe es gemocht. Ich war gut darin. In den letzten sechs Jahren war das mein Beruf.« Der Reihe nach blicke ich jedem in die Augen. »Ich kann keinen von euch dafür verurteilen, weil er sich nimmt, was er – oder sie – zum Überleben braucht.«

»Wenn du wie wir Leute nur benutzt«, wirft nun Regina ein, »warum sollten wir dir trauen?«

»Weil ich es sage.« David tritt einen Schritt vor. Er hält sich gerade, wirkt selbstsicher. »Ich habe euch immer beschützt und werde es auch weiterhin tun.«

Shane grunzt und fährt sich mit den Fingern durchs Haar. »David, du bist nicht allmächtig, auch nicht mit der Liga im Rücken. Und habt ihr beiden auch darüber nachgedacht, wie andere Vampire reagieren könnten? Manche von denen denken doch jetzt schon, dass wir uns zu viel mit Menschen abgeben.«

»Das geht die einen Scheiß an«, erwidert Regina. »Wir ziehen unser Ding durch und die ihr Ding, jeder bleibt unter sich. So ist das schon immer gewesen.«

»Aber in dieser Sache bleiben wir nicht mehr unter uns!« Shane zeigt auf das Logo, das der Overhead-Projektor immer noch an die Wand wirft. »Das da verändert alles!«

Geräuschvoll stellt Spencer seine Flasche auf den Tisch. »Shane, ich glaube, wir haben keine Wahl. Entweder wir machen es so, wie geplant, oder wir verlieren den Job und unser Dach über dem Kopf.«

»Genau«, bestätigt David. »Also, was ist? Haben wir eure Unterstützung?«

»Nein.« Shane blickt mich an. »Tut mir leid.«

Regina mustert ihn missbilligend. »Dann halt dich raus und lass uns den Spaß haben!«

Er hält ihrem Blick stand. »Ich hoffe, ihr bleibt lange genug am Leben, um mich sagen zu hören ›Ich hab's euch ja gesagt!‹«

»Dann ist es beschlossene Sache.« David reibt sich die Hände. »Ciara, Frank und ich werden einen detaillierten Plan entwerfen und lassen jeden von euch wissen, was seine Rolle bei der Sache sein wird. Die Sitzung ist damit beendet.«

Ich gehe zum Projektor zurück und sammle meine Folien ein. Ein paar der allzu glatten kleinen Biester verabschieden sich in Richtung Fußboden und geraten völlig durcheinander. Scheißc. Warum kann man in diesem Sender nicht einen LCD-Projektor benutzen wie der Rest der Welt!

»Hab sie!« Eine tiefe, sanfte Stimme gleich neben meiner Schulter lässt mich zusammenfahren. Shane kniet auf dem Boden und fischt die Folien auf.

»Danke.« Die meisten Kerle wären einfach einen Schritt zurückgetreten und hätten mir dabei zugeschaut, wie ich mich in meinem Minirock bücke.

Shane steht auf und gibt mir die Folien. Dann hält er den roten Umschlag hoch, der ein gewisses Foto von meinem CD-Regal enthält. »Ich sollte mich bei dir bedanken«, sagt Shane.

Ich zucke mit den Schultern. »Ich habe sie einfach nur alphabetisch sortiert, mehr nicht. Vielleicht sortiere ich sie später noch nach Genres. Ich habe gehört, das macht Spaß.«

Shane setzt sich auf den Tisch und stellt einen Fuß auf einen Stuhl. »Hör mal, ich hab das nicht persönlich gemeint, das, was ich über deine Kampagne gesagt habe.«

»Du hast ein Anrecht auf deine eigene Meinung. Das steigert noch das Mysterium, das dich umgibt.« Ich beginne damit, die Folien wieder in die richtige Reihenfolge zu bringen. »Wenn du dich besonnen hast und doch bei uns mitmachst, wird genug Zeit vergangen sein, und die Leute werden ganz wild auf den schwermütigen, zurückgezogenen Vampir Shane sein.«

»Die Art und Weise, wie dein Verstand arbeitet, macht mir geradezu Angst. Und trotzdem kann ich meine Augen nicht von dir lassen.«

David erscheint neben uns und drückt Shane eine drei Seiten lange Liste von Sendernamen und Frequenzen in die Hand. »Ich dachte mir schon, dass du dich querstellen würdest. Also habe ich hier eine Liste der Sender zusammengestellt, die Skywave in den letzten zehn Jahren aufgekauft hat.«

Shanes Augen werden groß und größer, als er begreift, wie lang die Liste ist. Er reibt sich das Kinn, während er die Seiten überfliegt. Möglicherweise sortiert er die Sender im Geiste alphabetisch.

»Hör dir ihre Webcasts an!«, schlägt David vor. »Ciara kann dir helfen, sie im Internet zu finden.«

»Das kann ich selbst machen.« Shane klingt nicht sonderlich überzeugend. »Aber wozu?«

Ich deute mit der Hand in Richtung Liste. »Auf diese Weise wirst du vorab schon hören, was aus diesem Sender werden könnte. Lass uns doch mal annehmen, Skywave heuert dich für eine Nachtsendung an … was sie wahrscheinlich nie tun würden, weil es billiger ist, dasselbe Programm eines anderen Studios, sagen wir aus Cincinnati, zu übertragen und einfach nur den hiesigen Wetterbericht einzufügen, um den Anschein eines lokalen Senders zu vermitteln. Aber *sollten* sie dich tatsächlich anheuern, hättest du aufzulegen, was sie dir sagen. Du wärst dann nicht mehr als eine menschliche Jukebox.«

»Hier geht es nicht um mich«, beharrt Shane. »Es geht mir um die Musik.«

»Ganz genau. Hör's dir eine Woche lang an, und dann sag mir, ob es diesen Sendern noch um die Musik geht.« David schlägt Shane freundschaftlich auf die Schulter und beeilt sich dann, zu Regina hinüberzugehen.

Shane reibt sich die Augen. Ich sehe, dass er ganz dunkle Ringe unter den Augen hat. »Hast du Lust auf einen Drink?«, fragt er mich.

»Eigentlich nicht.«

»Ich meine ein alkoholisches Getränk. In der Öffentlichkeit.«

Klingt nicht sonderlich gefährlich – jedenfalls was das rein körperliche Risiko angeht. »Unter einer Bedingung. Du beantwortest mir alle meine Fragen über Vampire. Und zwar ehrlich.«

»Hat dir David das Feldhandbuch noch nicht in die Hand gedrückt?«

»Es ist auf Bürokratesisch. Im Übrigen werde ich das Gefühl nicht los, es könnte nichts als Propaganda sein.«

Shane studiert einen Augenblick lang die Decke. »Ich beantworte dir allgemeine Fragen, aber nehme mir das Recht heraus, meine eigene Privatsphäre zu schützen.«

»Abgemacht. Wir treffen uns in einer halben Stunde im Pig.«

Als alle Vampire gegangen sind, kommt David zu mir herüber und hilft mir beim Aufräumen. »Vier von fünf. Nicht schlecht.«

»Vier von sechs. Vergessen Sie Monroe nicht!« Ich bewundere noch einmal das T-Shirt, bevor ich es zusammenfalte. »Monroe existiert doch, oder? Er ist nicht nur eine Stimme von einem Band?«

»Selbstverständlich existiert er. Aber er wird nicht mit Ihnen sprechen.«

»Warum nicht?«

»Denken Sie nach! Zu seinen Lebzeiten konnte ein schwarzer Mann dafür gelyncht werden, wenn er es wagte, sich mit einer weißen Frau zu unterhalten, ohne dass jeder Satz mit ›Jawohl, Ma'am‹ endete.«

»Aber die Zeiten sind doch längst vorbei!« Ich stelle den Projektor ab. »Ich will ja nicht behaupten, Rassismus wäre ausgestorben, aber …«

»Ciara, in seinem Kopf und seinem Herzen herrschen diese Zeiten immer noch. Er ist alt. Ein versteinertes, verstaubtes Fossil.«

»Und er kann seine Ansichten … nicht ändern?«

»Keiner von ihnen kann das.«

Mein Blick fällt auf den Stuhl, auf dem eben noch Shane gesessen hat.

»Ihn eingeschlossen«, sagt David.

»Ich kann das nicht glauben.« Ich stopfe die Folien in ihre Mappe. »Sie haben doch eben auch den Blick in ihren Augen gesehen. Sie wollen mehr, als einfach nur überleben. Sie möchten ihren Spaß. Kann sich ein Fossil nach Spaß sehnen?«

David schüttelt den Kopf. »Denken Sie daran: Sie sind keine Menschen mehr!«

»Ich denke nicht nur daran.« Ich greife mir meine Tasche und mache mich auf in Richtung Tür. »Ich versuche diesem Umstand alles abzugewinnen, was von irgendeinem Wert sein könnte.«

Das Smoking Pig ist beinahe verlassen. Wahrscheinlich ist das der Grund dafür, dass die Musik lauter als üblich zu sein scheint. Shane wartet schon an der Bar auf mich. Er unterhält sich mit Lori.

»Ciara, schau nur, wer hier ist!« Lori grinst, als hätte sie ihn persönlich für mich aufgerissen.

»Ist nur ein geschäftliches Treffen!« Ich deute auf das dunkle Glas Ale, das vor Shane steht. »Gib mir auch eins davon!«

»Unsere Marke aus höchsteigener Mikrobrauerei.« Lori angelt nach einem Pint-Glas. »Eines von den Experimenten, die mein Boss im Keller veranstaltet – aber ich schwöre euch alle heiligen Eide: Es ist ganz ungefährlich! Dieses Mal kann das Zeug eigentlich so gut wie gar nicht explodieren.«

Ich klettere auf einen Barhocker. »He, Lori … Shane und ich haben ein Geheimnis.«

»Geilomat! Welches?«

Shane dreht sich zu mir. »Das ist ein Scherz, oder?«

Ich tätschele seinen Arm, der sich durch den Ärmel seines Hemdes kalt anfühlt. »Nur keine Sorge, in ein paar Wochen wissen es alle. Aber Lori sollte bei der Sache den Gute-Freundin-Vorsprung haben.«

»Vorsprung bei was?« Loris Augenbrauen wandern in die Höhe, während sie mein Glas am Zapfhahn füllt.

»Shane ist ebenso wie alle anderen DJs bei WMMP ein Vampir.«

Lori lacht kurz auf und lässt den Blick zwischen uns beiden hin- und herwandern. »Kapier ich nicht.«

»Das ist Bestandteil unserer neuen Marketingstrategie. Du weißt doch sicher, dass jeder DJ eine Sendung moderiert, in der es um eine fest umrissene Musikepoche geht, nicht wahr? Unserer Idee nach ist das so, weil es die Musik aus der Zeit ist, zu der jeder von ihnen noch gelebt hat! Daher haben sie eine ganz besondere, sehr enge Verbindung zu dieser Musik.«

Lori stellt das Glas Bier vor mich auf die Theke. »Endgeile Idee!«

»Es wird noch besser! Hast du schon mal was vom Club 27 gehört?«

»Geht's dabei nicht um diese unheimliche Sache, dass jede Menge berühmte Sänger mit siebenundzwanzig Jahren gestorben sind? Wie Jimi Hendrix und Janis Joplin?«

»Und Jim Morrison, Kurt Corbain ...«

»Robert Johnson, Brian Jones von den Stones, Al Wilson von Canned Heat«, zählt Shane auf. Seine Stimme ist leise; die Worte kommen nur zögerlich über seine Lippen. »Pigpen von Grateful Dead, Pete Ham von Badfinger, Wallace Yohn von Chase, Gary Thain von Uriah Heep, Helmut Köllen von Triumvirat, Jimmy McColloch von den Wings, Dennes Boon von Minutemen, Mia Zapata von den Gits und Kirstin Pfaff von Hole.«

»Wow!« Lori scheint beeindruckt und ein wenig nervös gemacht von Shanes zur Schau gestelltem Wissen. Sie entfernt sich ein paar Schritte von uns, um mit einem Lappen die Spüle blank zu wischen. »Okay, und was hat das mit eurer neuen Marketingstrategie zu tun?«, fragt sie mich.

»Folgendes: Jeder dieser DJs ist gestorben und wurde zum Vampir, als er siebenundzwanzig war.«

»Ah so.« Sie blickt Shane prüfend an. »Also, wie alt wärst du dann wirklich?«

Shane versucht ein Lächeln. »Na ja, ich bin neununddreißig.«

»Es war meine Idee.« In gekonnter Perfektion werfe ich mit einer fließenden Kopfbewegung mein Haar aus der Stirn. »Wir haben sogar T-Shirts machen lassen.«

»Das ist brillant! Die Leute werden voll drauf abfahren!« Sie keucht auf und wirft den Lappen auf die Thekenkante. »Wir sollten eine Kick-off-Party hier im Pig schmeißen. Wir ziehen uns alle an wie Goths und servieren blutrotes Bier. Das wird wie Halloween im Juni!«

Ich zeige auf Lori und blicke Shane herausfordernd an. »Weißt du jetzt, warum sie meine beste Freundin ist?«

Lori gibt mir einen High Five über die Theke hinweg. Dann hechtet sie zum Telefon neben der Kasse. »Ich rufe Stuart an. Schau'n wir mal, ob er dafür zu haben ist. Ist schließlich immer noch sein Laden hier.«

Als sie außer Hörweite ist, wende ich mich wieder Shane zu. »Siehst du? Einfach alle werden es für einen Werbegag halten!«

Langsam schiebt er sein Pint gegen mein Glas, weiter und weiter, bis es sich bedrohlich der Kante der Theke nähert. »Das ist einer der Momente, in denen ich mich frage, warum ich dich mag.«

Ich fange mein Glas ab, ehe es kopfüber über die Kante geht. »Weißt du denn eine Antwort darauf?«

»Ich suche noch danach, optimistisch wie ich bin.« Er rutscht vom Barhocker und steuert auf einen der gemütlichen Ecktische zu.

Ich schnappe mir eine Schale mit Popcorn und folge ihm. Das Popcorn stelle ich zwischen uns auf den Tisch. »Ihr wohnt alle im Keller neben dem Studio, richtig? Hinter der Tür, auf der Zutritt verboten steht?«

Er nickt. »Die Tür führt zu unserer unterirdischen Wohnung. Da hat jeder von uns ein Zimmer für sich, obendrein gibt's noch ein gemeinsam genutztes Wohnzimmer und eine Küche. Nicht gerade ein Penthouse auf der Park Avenue, aber es kostet nichts. Und außerdem sind wir dort sicher.«

»Sicher wovor?«

»Feuer, zunächst einmal. Vor einem Asteroiden-Einschlag wahrscheinlich auch. Definitiv vor einem Atomschlag.« Er zupft an den weißen Fäden, die sich vom Ärmel seines Hemds lösen. »Aber wegen der Sonne machen wir uns die meisten Sorgen. Das ist der Grund, warum die Tür zum Sender immer verschlossen ist und die Fenster verrammelt sind.«

»Vorhänge würden nicht ausreichen?«

»Selbst das Sonnenlicht, das an den Kanten in einen Raum hineinsickert, kann zu schmerzhaften Verbrennungen führen. Deshalb richten wir uns nach den bürgerlichen Dämmerungsphasen, nicht nach Sonnenauf- und -untergang.«

Ich hatte in der Fibel davon gelesen, hatte es aber im Kopf durcheinandergebracht. »Was war gleich wieder bürgerliche Dämmerung?«

»Die bürgerliche Dämmerung ist die Zeit zwischen Sonnenuntergang und dem Zeitpunkt, wo die Mitte der Sonnenscheibe sechs Grad unter dem Horizont steht – etwa ab da brauchen Menschen künstliches Licht, um etwas zu sehen. Der Sonnenuntergang selbst dauert in unseren Breiten etwa vier Minuten, die bürgerliche Dämmerung neununddreißig. Die halbe Stunde mehr bringt's da wirklich.«

»Was passiert denn, wenn Sonnenlicht auf eure Körper trifft?«

Shane fährt mit dem Daumen über den Rand seines Glases, während er nachdenkt. »Hast du dir jemals einen Splitter unter den Fingernagel gerammt?«

Ich zucke zusammen. »Autsch, ja.«

»Also, so ist es nicht.«

Ich gebe ihm das anerkennende ha-ha, auf das er spekuliert hat. Aber ich möchte das Thema nicht fallenlassen. »Drück dich jetzt nicht vor einer klaren Antwort! Also: Was passiert, wenn euch ein Sonnenstrahl erwischt?«

»Dasselbe, was passiert, wenn uns Feuer berührt.«

Sein Blick wird mit einem Mal unstet, verliert sich im Nirgendwo. Er wischt sich mit der Hand über die Stirn.

Ich muss noch einmal nachbohren. »Also: Was passiert?«

Er richtet seine Konzentration wieder ganz auf mich. »Wir verbrennen.«

»Aber im Feuer verbrennt doch jeder.«

Er schüttelt den Kopf. »Menschen brennen wie Holz, Vampire wie Papier. Wir besitzen Selbstheilungskräfte, die wir nach einem kurzen Kontakt mit Sonnenlicht oder Feuer einsetzen können. Außerdem können wir umso mehr Sonnenlicht oder Feuer vertragen, je älter wir sind. Du würdest dich wundern, wenn du wüsstest, wie oft Regina und Jim ihre Fingerspitzen regenerieren müssen, nur weil sie es nicht lassen können zu rauchen.«

»Heftig!« Ich nehme mir eine Handvoll Popcorn. Shane, so bemerke ich, hat es bisher nicht angerührt. »Esst ihr eigentlich?«

»Man muss, wenn man nicht auffallen will. Aber feste Nahrung hat etwas ganz schön Fades, wenn man tot ist. Alles schmeckt ziemlich britisch.« Er hebt sein Pint. »Flüssigkeiten sind okay, jedenfalls wenn der Geschmack intensiv genug ist – zum Beispiel so ein kräftiges Ale oder ein trockener Wein oder ein starker Kaffee. Deren Wirkstoffe, Alkohol, Koffein, haben auch noch Einfluss auf unseren Organismus, aber nicht so einen starken wie bei einem menschlichen Körper.«

»Und was hat es auf sich mit Vampiren und Knoblauch?«

»Unser Geruchssinn ist sehr hoch entwickelt. Daher können uns Nahrungsmittel, die wir im Atem oder auf der Haut von Menschen riechen, zu schaffen machen. Man bekommt kein Blut ohne Schweiß, verstehst du?« Shane nimmt einen Schluck von seinem Bier. »Mir macht Knoblauch nicht so viel aus. Spargel hingegen …« Er verzieht angeekelt das Gesicht.

»Was ist mit dem Blut aus Blutbanken? Da ist doch kein Schweiß dran, wie schmeckt das denn so?«

»Abgestanden, wie drei Tage alte Pizza. Es ist auch nicht so gesund wie frisches Blut. Also ist das nur eine Lösung, wenn man faul oder verzweifelt ist.«

Ich kaue eine weitere Handvoll Popcorn und denke über die letzten Ereignisse nach. »Hast du je Menschen gebissen?«

»Klar doch.«

»Tust du das, nachdem … ich meine, als du mich gebissen hast, da waren wir gerade …«

Er wendet den Blick ab, als suche er hastig nach einer Möglichkeit, mir die Antwort schuldig zu bleiben.

»Du hast mir versprochen, du würdest ehrlich antworten!«

Er nimmt einen langen Schluck von seinem Bier und wischt sich mit dem Handrücken über den Mund. »Blut schmeckt beim Orgasmus besser. Beim Orgasmus des Menschen, nicht meinem.«

»Oh.« Mein Hals wird schlagartig heiß. Ich lasse mir das Haar ins Gesicht fallen, um diesen Umstand zu verbergen. »Und wenn du von Männern trinkst …«

»Das kommt ganz darauf an.«

»Auf was?«

»Die Umstände. Oder den Typen. Bei manchen bring ich's kaum über mich, denen meine Zähne in den Hals zu schlagen, geschweige denn …« Er schiebt sein Glas auf dem Tisch hin und her. Es sieht fast aus, als umreiße er ein Schlachtfeld. »Wenn die Chancen gleich gut stehen, bevorzuge ich Frauen. Aber wir können es uns nicht leisten, wählerisch zu sein. Ein konsequent hetero oder konsequent schwuler Vampir endet als konsequent unterernährter Vampir.«

»Wie lange kannst du es denn aushalten, so ohne Blut?«

Shane lässt sich gegen die Lehne seines Stuhls fallen. Er sieht aus als hätte er Kopfschmerzen, die meinen Namen tragen. »Die Älteren halten es Wochen ohne aus. Brandneue Vampire brauchen es zweimal pro Nacht.«

»Und wie ist das bei dir?«

Er antwortet nicht. Stattdessen verzieht er das Gesicht und reibt sich mit Daumen und Zeigefinger den Nasenrücken.

»Du siehst heute Abend nicht gerade wie der Hit aus«, sage ich ihm. Dann geht mir auf, dass das wie ein Angriff klingt. »Ich meine, du siehst …«, wie immer umwerfend aus, »… aus, als ob du dich nicht gut fühlst.«

»Ich habe bloß Durst.«

»Okay, die nächste Runde geht auf mich.« Ich hebe die Hand, um Lori unsere Bestellung zu signalisieren.

Shane greift mein Handgelenk und zieht meine Hand wieder runter auf den Tisch. »Nein, nicht diese Art Durst.«

»Oh!« Ich entwinde mein Handgelenk seinem Griff. »In diesem Fall geht die nächste Runde nicht auf mich.«

Er klappt sein Handy auf. »Tut mir leid, ich muss jetzt gehen.«

Eine Lois-Lane-artige Neugier (oder möglicherweise nichts anderes als Dummheit) ergreift Besitz von mir. »Kann ich mitkommen?«

Shane blickt von seinem Handy auf. »Das willst du bestimmt nicht.«

»Ach! Hast du Sorge, ich könnte eifersüchtig reagieren?«

»Nein. Ich wünschte, du würdest eifersüchtig. Aber du könntest dich eher abgestoßen fühlen.«

»Im Namen der Wissenschaft will ich diese Möglichkeit wahrnehmen, mehr nicht. Wir fahren getrennt. Dann kann ich nach Hause, falls ich ausraste.«

»Es gibt da jemanden, nur ein paar Blocks von hier.« Er drückt auf Wählen und hält sich das Handy ans Ohr. »Jemanden, der es mag, wenn man dabei zusieht.«

Ein belebender Schauder durchfährt mich, begleitet von einer vagen, nicht ganz fassbaren Angst. Oder vielleicht ist es auch andersherum: Es schaudert mich vage, und ich verspüre eine belebende Angst. Bitte lass diesen edlen Spender ein Typ sein!

»Hi, ich bin's«, meldet sich Shane am Telefon. »Kann ich rüberkommen? Ja, genau, jedenfalls wenn du dir sicher bist, dass du genug hast.« Die kryptische Wortwahl erinnert mich auffällig an einen Drogendeal.

»Ich bringe jemanden mit«, sagt Shane der Person am anderen Ende. »Nein, noch nie.« Shane grinst. »Ja, ich fürchte nur, das ist ein Wort, das ihr nicht sonderlich gefallen wird. Rot ist gut, ja. Bin gleich da.« Er klappt das Handy zu.

»Welches Wort wird mir nicht gefallen?«

Shane kippt den Rest seines Biers in einem Zug runter. Dann schlägt er sein Glas wieder gegen meines. »Jungfrau.«

9

People Are Strange

»Sag am besten nichts!«, weist Shane mich auf dem kurzen Weg zu unserem Ziel an. »Wenn du meinst, du müsstest dich verziehen, tu's leise und in aller Ruhe.«

»Wirst du denn …«

»Bitte, Ciara, keine Fragen mehr, okay?« Shane wischt sich mit dem Fingerknöchel über den Mundwinkel. »Ich bin schon verunsichert genug.«

Wir gehen den Weg zu einem der typischen Kleinstadt-Reihenhäuser hinauf. Das Haus ist ein Backsteinbau. Das Licht vor dem Eingang erhellt einen ansprechend gestalteten, richtig netten Vorgarten.

Shane öffnet die Fliegengittertür und klopft leise gegen das Holzblatt der Haustür, obwohl gleich rechts neben ihm eine Klingel ist.

»Warum klingeln wir nicht einfach?«

»Schscht!« Er wischt sich die Hände an der Jeans ab. »Ab jetzt hältst du den Mund, außer, sie spricht dich direkt an, verstanden?«

Sie. Scheiße. Ich bin kurz davor, die ganze Sache abzublasen, da geht die Tür auf. Ein hübsche Brünette in den Dreißigern steht im Türrahmen; sie trägt ein leuchtend rotes Kleid. Die schmalen Träger lassen viel Haut unbedeckt, der Saum des Kleides endet kurz oberhalb der Knie. Ich wünschte, ich sähe in so einem Teil auch so scharf aus. Die Brünette trägt keinerlei Schmuck und keine Schuhe.

»Shane«, haucht sie, »schön, dich zu sehen.«

Die Art und Weise, wie er ihr Kleid anstarrt, sagt mir, dass das auf Gegenseitigkeit beruht. Sie schenkt mir ein derart echtes Lächeln, dass ich es einfach erwidern muss.

Dann winkt sie uns in ihre hübsche, blitzblanke Küche, in der kein Licht brennt außer dem über dem glänzend weißen Herd. »Was zu trinken?«

Ähhm, sind wir nicht genau deswegen hier?

Dann wird mir klar, dass sie mit mir redet, nicht mit Shane. »Danke, äh ja, gern, ein Glas Wasser mit Eis vielleicht?«

Sie sorgt dafür, dass ich mein eisgekühltes Wasser bekomme. Dann gibt sie uns ein Zeichen, ihr zu folgen. Auf der Schwelle zum Esszimmer sagt sie: »Ich habe gerade erst den Teppich reinigen lassen. Zieht also bitte eure Schuhe aus und geht über das ausgelegte Papier.«

Wir tun, wie verlangt, staksen von einem weißen Blatt Papier zum nächsten, als ob wir auf Steine träten, um einen Bach zu überqueren. In der Luft hängt ein leichter Seifengeruch. Shane hält sich die Hand vor die Nase. Chemische Reinigungsprodukte müssen für seinen gesteigerten Geruchssinn unerträglich sein.

Glücklicherweise scheinen die Teppiche auf der Treppe und im oberen Stockwerk schon wieder trocken zu sein. Wir gehen an einem dunklen Raum vorbei, dessen Tür nur angelehnt ist, und betreten dann am Ende des Flurs ein großes Schlafzimmer.

Was ich dort sehe, lässt mich sehnsuchtsvoll seufzen. Über einem riesigen Bett aus edler Eiche wölbt sich eine hohe Decke. Sie ist in einem Pfirsichton gestrichen, der eine Nuance dunkler ist als die Wände. Eine hohe Stehlampe taucht das Zimmer in das sanfte Licht einer dieser teuren Tageslicht-Birnen.

»Setz dich!« Mit einer Handbewegung deutet sie auf eine in die Fensterbank eingebettete Sitzgelegenheit. Die Polster hier sind mit grünem Samt bezogen. Ich gehorche und setze mich. Mein Glas stelle ich auf einen geschmackvollen Tisch aus

Schmiedeeisen. Ich habe das Gefühl, völlig fehl am Platz zu sein. Daher wende ich den Blick ab und schaue aus dem Fenster in den hinteren Garten. Ein kaum erkennbares Gebilde befindet sich neben einem Blumenbeet, das von weißen Steinen eingefasst ist.

»Willst du nun zuschauen oder nicht?«

Die Stimme der Frau bringt mich dazu, meine Aufmerksamkeit wieder auf das Schlafzimmer zu richten. Die Brünette bedenkt mich mit einem scharfen Blick. Ich lehne mich an die Wand zurück und strecke meine Beine auf den Samtkissen aus. Jetzt lächelt unsere Gastgeberin.

»Ja, mach es dir bequem. Und sei still!«

Plötzlich wünsche ich mir, es wäre bereits alles vorbei.

Sie durchquert den Raum in Richtung Shane. Bei jedem Schritt umschmeichelt das rote Kleid ihre Schenkel. »Nimm den Hals!«

»Nein.« Mit den Fingerspitzen fährt Shane von ihrem Hals die Schulterlinie entlang. Sie erschauert. »Es ist Sommer. Da kannst du die Male nicht verstecken. Ich mach's lieber hier.« Er lässt die Hand über ihre Taille gleiten, bis zu einem Punkt oberhalb ihres linken Hüftknochens.

»Was immer du für das Beste hältst.« Sie bewegt sich auf den Nachttisch zu. »Ich vertraue dir.«

Sie schnippt mit den Fingern, und der CD-Player geht an. Ein sinnliches Instrumentalstück, sehr saxophonlastig, füllt den Raum. Es ist der warme, satte Klang eines Baritonsaxophons.

Shane sieht mich lange an, als wolle er mich in seinem Gedächtnis speichern. Dann widmet er sich ganz der Frau im roten Kleid. Wird er versuchen, meine Anwesenheit zu vergessen? Oder wird er sie – ganz im Gegenteil – genießen, so wie seine Gespielin es ganz offenkundig tut?

Mit jedem Schritt, den Shane auf sie und das Bett zumacht, werden ihre Augen schmaler. Er lässt die Hände über den Stoff ihres Kleides wandern, streicht ihr über den Rücken, fährt ihr über Hüften und Taille. In der Halsbeuge saugt er den Duft der Frau ein. Sie stöhnt und presst sich eng an seinen Körper.

Shane gleitet an ihrem Körper hinunter und schiebt das Kleid an einer Seite über ihre Hüfte. Ohne weitere Umstände presst er die Lippen ins nackte Fleisch ihrer Taille.

Sie blickt auf ihn hinunter. »Was tust du denn da?«

Er hält inne, ohne den Blick zu heben. »Wonach sieht es denn aus?«

»Jetzt schon?« Sie entzieht sich ihm und setzt sich aufs Bett. »Ohne jegliches Vorspiel?«

Shane steht auf und schaut die Frau an. Seine Finger zucken. »Ich habe Durst.« Er vermeidet es, mich anzuschauen.

»Ich habe dich schon durstiger erlebt.« Sie lehnt sich zurück, stützt sich mit den Ellbogen auf dem Bett auf. Mit ihrem nackten Fuß fährt sie an der Innenseite von Shanes Bein entlang, höher und höher. »Fick mich zuerst.«

Oh Scheiße.

Shane starrt die Frau an. »Was ist mit deinem Verlobten?«

»Wir haben uns getrennt.«

Shane wirft einen Blick zu mir herüber. »Nicht, solange sie hier ist.«

»Es gibt nichts, wofür du dich schämen müsstest.« Ihre Zehen sind in Shanes Schritt angelangt. »Betrachte es als Werbegeschenk.«

»Nein«, sagt er, obwohl er ihre Beine spreizt und näher an ihren Körper rückt. »Gib mir einfach, wofür ich hierhergekommen bin!«

»Ich weiß ganz genau, dass du mir mein Blut mit Gewalt nehmen kannst, wenn du es nur darauf anlegst. Aber du wirst es nicht tun – nicht, solange sie hier ist.« Sie macht eine Kopfbewegung in meine Richtung. »Du möchtest schließlich nicht, dass sie dich für ein Monster hält.«

Er beugt sich über sie. Seine Arme stützt er ganz eng rechts und links von ihrem Körper aufs Bett. »Ich bin kein Monster.«

Shane küsst die Frau, so sanft, dass mir der Atem wegbleibt. Ich presse eine Faust gegen den Mund und versuche mir einzureden, das Ganze wäre nur ein Film.

Die Frau zieht Shane das T-Shirt über den Kopf und wirft es achtlos auf den Boden. Er schaut dem T-Shirt hinterher, dann wandert sein Blick weiter, bis zu mir.

Mit einem Ruck zieht die Frau Shane zu sich hinunter, fährt ihm mit langen Fingernägeln den Rücken entlang, kratzt ihm rote Striemen ins Fleisch. Sein Körper reagiert, und Shane küsst sie, heftiger jetzt.

Sie schlingt die Beine um seine nackte Taille. Dabei rutscht ihr der Rock bis über die Hüften. Ich versuche, mich nicht dabei zu beobachten, wie ich die beiden beobachte. Die Finger habe ich in den Mund geschoben und beiße zu, fest, während ich nur noch aus Augen bestehe. Ich vergesse, was Shane mir vielleicht bedeuten könnte, vergesse, was er letzten Freitagabend mit mir gemacht hat. Ich vergesse Zukunft und Vergangenheit und gebe mich stattdessen völlig dem pornografischen Schauspiel hin.

Shane bricht den Kuss ab und knirscht mit den Zähnen. »Nein!«

»Nein was?«, fragt die Frau scharf.

»Ich kann das nicht!« Er macht sich aus ihrer Umarmung frei. »Ich meine, ich mache es nicht.« Er löst ihre Beine, die sie immer noch um seinen Körper geschlungen hat. Sein Gesicht ist verzerrt, als ob er Schmerzen hätte.

»Ihretwegen?« Enttäuschung lässt ihre Stimme zittern. Sie holt zum Tritt aus. Shane aber fängt die Ferse ab, bevor sie in seinen Eiern landet.

»Werd jetzt ja nicht aggressiv!«, warnt er.

Sie seufzt schwer auf. »Hey, Kleine, sag ihm schon, dass es okay für dich ist!«

Es ist okay für mich, aber ich will mich echt nicht zwischen den Fronten wiederfinden. »Ähm …«

Shane lässt mich gar nicht ausreden. »Für mich ist es nicht okay!«

Die Brünette lacht. »Es ist elf Uhr an einem Mittwochabend. Bei wem willst du es dir um diese Zeit denn sonst holen?« Sie setzt sich auf und streicht mit den Fingerspitzen über Shanes nackte Brust. »Du kühlst ab.« Sie sagt die Worte im Singsang, wie ein Kind, das ein anderes aufzieht.

Shane atmet rau durch, seine Stimme zittert jetzt ebenfalls. »Ich kann immer noch Blut aus der Blutbank haben.«

»Heute Abend vielleicht, ja. Aber wenn du das nächste Mal anrufst, bin ich vielleicht keine so flexible Spenderin mehr, die auf deine Bedürfnisse eingeht.«

Shane zuckt zurück vor ihr. »Das nennst du flexibel? Erst Sex verlangen und mir dann drohen?« Er reißt das T-Shirt, das vor dem Bett liegt, an sich. »Ich bin doch kein Stricher!«

»Wage es ja nicht, mich billig aussehen zu lassen!«, faucht sie. »Du hast bisher nicht ein einziges Mal Nein gesagt!«

Ich mag kein Wort mehr hören. »Hört auf damit, beide, sofort! Ich geh jetzt.« Ich verlasse die Sitzbank und bin schon unterwegs zur Tür.

»Ich komme mit«, sagt Shane.

»Mach dich nicht lächerlich!«, erwidere ich über die Schulter hinweg und öffne gleichzeitig die Tür. »Du brauchst was zu trinken. Und ich bin nur im Weg, oh …!«

Ich kann mich gerade noch am Türrahmen festhalten, damit ich nicht in den kleinen Jungen hineinrenne. Er steht unmittelbar vor der Schlafzimmertür. Mit den Händen umklammert er den Hals eines blauen Stofftiers, eines Hundes.

Ich blicke ihm in die weit aufgerissenen dunklen Augen. »Äh, hi!«

»Oje, Schätzchen!«, sagt die Frau. Die Musik endet abrupt.

Die Frau kommt herüber, streicht sich im Gehen das Kleid glatt und fährt sich durchs Haar. »Mein kleiner Liebling, Mami hat ein paar Freunde da. Wir spielen ein kleines Spiel.«

»Ich kann nicht schlafen.« Der Kleine schaut mich an. »Darf ich auch spielen?«

Ich lehne mich gegen den Türrahmen und konzentriere mich auf die Decke. Es wäre voll daneben, der Brünetten jetzt auf ihren frisch shampoonierten Teppich zu reihern.

Die Brünette führt das Kind den Flur hinunter. Nach kurzem Zögern kehre ich ins Schlafzimmer zurück und schließe die Tür hinter mir. Shane sitzt auf der Bettkante, das T-Shirt im Schoß, sein Gesichtsausdruck eine Mischung aus Schuld und Frustration. Unsere Blicke treffen sich, ganz kurz, ehe jeder woanders hinschaut.

Eine gedämpfte Stimme, liebevoll, tröstend dringt von jenseits der Tür zu uns herein, einen Moment lang begleitet von dem Geräusch laufenden Wassers aus dem Badezimmer.

Shane und ich schweigen. Ich sitze wieder am Fenster und schaue hinaus. Jetzt, wo sich meine Augen an die Dunkelheit draußen gewöhnt haben, erkenne ich, dass das Gebilde neben den Blumenbeeten, das mir vorhin aufgefallen war, eine Schaukel ist.

Die Frau kehrt ins Schlafzimmer zurück und schließt die Tür hinter sich ab. Sie wendet sich an Shane und streicht entschlossen ihr Haar hinters Ohr. »Vielleicht solltest du mich jetzt einfach beißen.«

Shane sieht erleichtert aus. »Ja. Gut. Okay.«

Gott sei Dank. Jetzt einen schnellen, großzügigen Schluck nehmen, und wir sind hier raus. Dann kann ich endlich nach Hause und das Bild des kleinen Jungen von meinem Frontallappen schrubben …

Shane wirft sich mit einer Geschwindigkeit auf die Frau, dass mir ein leiser Schreckenslaut entschlüpft, deren Echo aus dem

Mund der Frau kommt. Shane lässt sich an ihrem Körper herabgleiten, bis er vor ihr auf dem Teppich kniet. Sie fährt ihm durchs Haar, streicht es ihm aus dem Gesicht.

Als Shane der Frau das rote Kleid über die Hüfte schiebt, öffnet er die Augen und blickt mir direkt ins Gesicht. Meine Muskeln erstarren wieder im Klein-Häschen-Modus. Sein triumphierendes Lächeln durchbohrt mich, noch ehe er seine Fangzähne in die milchweiße Haut schlägt.

Die Frau schreit auf. Ihre Hände verkrampfen sich in Shanes Haar, als ob sie ihn von sich wegziehen wolle. Dann gleiten sie auf Shanes Schultern hinunter. Fingernägel graben sich tief in seine Haut, während die Frau die Luft scharf durch zusammengepresste Zähne zieht.

Shanes Lider flattern, als er den ersten Schluck nimmt. Er stöhnt, und der Laut treibt mir ein heißes, schwindelerregendes Kribbeln vom Nacken aus über die gesamt Kopfhaut bis hin zur Stirn. Ein einzelner Blutstropfen rinnt der Brünetten die Taille hinunter. Völlig gebannt beobachte ich, wie das Blut in ihrem Hüftslip aus roter Seide versickert.

Es dauert viel länger, als ich erwartet hatte. Meine Füße kribbeln, tausend Nadeln drangsalieren mich, aber ich wage nicht, mich zu bewegen. Die Stimmung im Raum besitzt etwas Fragiles; alles und jedes scheint mit zähen, spinnennetzartigen Fasern aus reiner Energie verbunden zu sein. Wenn ich mich nur einen halben Zentimeter bewege oder auch nur zu tief atme, könnte die Balance, die zwischen seinem Überleben und ihrem herrscht, zerbrechen.

Der Frau knicken die Beine weg. Shane fängt sie auf und legt sie in einer fließenden, kontrollierten Bewegung, die nur allzu geübt wirkt, auf den Fußboden. Das Haar der Frau liegt ausgebreitet um ihr Gesicht – umgibt es wie ein dunkler Heiligenschein.

Shanes Haare verdecken mir den Blick auf sein Gesicht. Aber

ich höre ihn tief durch die Nase atmen, während er trinkt. Obwohl der Körper der Frau schlaff in Shanes Armen liegt, wirkt es, als sei Shane der Hilflose, nicht sie. Mit der Rechten klammert er sich an ihren Schenkel, die Finger bewegen sich rhythmisch, kneten den Schenkel. Shane beginnt sich in einem Rhythmus zu wiegen, den nur er zu hören vermag. Gibt ihr Herzschlag diesen Rhythmus vor? Wird ihr Herzschlag langsamer?

Plötzlich bäumt sich ihr Körper gegen Shanes auf und wird steif in seinen Armen. Ihre Fingernägel kratzen über seine bloßen Schultern; sie ziehen acht dünne Furchen, aus denen Blut so rot wie das jedes Menschen tritt.

Es gibt einen dumpfen Schlag, als ihre Gliedmaßen auf dem Boden auftreffen. Einen Lidschlag später rollt sich Shane von der Frau. Rücklings liegt er auf dem Teppich, atmet schwer durch den Mund und stiert die Decke an. Lippen und Zähne sind blutverschmiert, was das Weiß seiner Fangzähne besonders hervorhebt. In Sekundenbruchteilen sind die dann plötzlich verschwunden. Shanes Pupillen sind winzig klein, weshalb das Blau der Iris noch blauer erscheint.

Neben Shane liegt die Frau, wie er auf dem Rücken. Jetzt streckt sie sich, ganz wie eine Katze, die aus einem Nickerchen erwacht. In einer lasziv-trägen Bewegung fährt sie Shane mit dem Finger über die Brust. »War's gut?«

Zwischen schweren Atemzügen gelingt es ihm ein zustimmendes »Äh-hm« herauszubringen.

»Gut.« Sie hat dunkle Ringe unter den Augen, was vor allem deshalb auffällt, weil ihre Haut so viel bleicher ist als zuvor.

Shane schließt die Augen, und ein tiefes Stöhnen entringt sich seiner Kehle. Es ist ein Laut, der Sex und Tod verkörpert. Mit durchgedrücktem Kreuz bäumt Shane sich auf; seine Finger fahren durch den tiefen Flor des Teppichs, als sei es Gras.

»Ja«, flüstert die Frau, »jetzt gehört es ganz dir.«

Langsam entspannt sich Shanes Körper, während er in unsere

Dimension von Leben zurückkehrt. Er schaut mich an, blinzelt heftig und setzt sich auf.

»Durchhalten«, flüstert er.

Er erhebt sich in einer einzigen, elegant fließenden Bewegung und greift nach einer Schachtel mit Mullkompressen auf der Frisierkommode. Mit glasigen Augen öffnet er zwei sterile Päckchen mit Kompressen, kniet sich hin und presst sie auf die Wundmale in der Taille der Frau.

Sie seufzt und legt die Hand auf die Mullquadrate. »Ich hab sie. Danke.«

Shane wirft mir einen Blick zu und wischt sich über den Mund. »Lass mich hier eben noch alles in Ordnung bringen, dann können wir los.« Er geht hinüber in das große Badezimmer. Die Tür fällt zu, und ich höre Prosaisches: Er putzt sich die Zähne.

Die Frau seufzt tief auf. Sie scheint damit zufrieden zu sein, einfach nur auf dem Boden zu liegen.

»Kann ich dir irgendwas holen?«

Verträumt lächelt sie mich an. »Meine Kippen. Am Fenster.«

Ich schüttele ihr eine Zigarette aus dem Päckchen. Die Frau steckt sie sich zwischen die Lippen und gibt mir zu verstehen, dass ich sie ihr anzünden soll. Ich erfülle ihr den Wunsch. Sie inhaliert den Rauch und atmet ihn offenkundig verzückt wieder aus.

»Du siehst aus, als könntest du auch eine gebrauchen«, meint sie. »Bedien dich.«

»Eigentlich habe ich aufgehört.« Meine Hände zittern. »Aber ich denke, ich mach mal ’ne Ausnahme.«

Die Frau wedelt kurz mit der Hand in Richtung Badezimmer. »Was bedeutet er dir?«

Ich zünde mir die Zigarette an, nehme zittrig einen ersten Zug. »Weiß ich noch nicht.«

»Shane ist in Ordnung. Sogar ein bisschen zu gut für diese

Welt. Ich würde darauf wetten, damals, als er noch gelebt hat, hat er zu den Typen gehört, bei denen sich die Mädchen über ihre beknackten Kerle auslassen und nie merken, dass der, der sie glücklich machen könnte, gleich neben ihnen steht.«

Ich überlege, ob ich ihr meinen Namen nennen soll. Dann aber entscheide ich mich dagegen: Ihren Namen will ich nämlich gar nicht wissen. Die Gelegenheit ist dann eh vorbei, da die Frau einfach einschläft. Ich schnappe mir ihre Zigarette, die ihr aus der Hand zu fallen droht, bevor die Glut ein Loch in den Teppich brennt.

Shane öffnet die Badezimmertür und entschuldigt sich bei mir mit einem Blick. »Ich wage es kaum zu fragen, aber … ich komme nicht dran.« Er deutet auf seinen Rücken. Ich lege die Zigarette im Aschenbecher ab und gehe zu ihm hinüber.

Er drückt mir einen feuchten Waschlappen in die Hand, mit dem ich vorsichtig über die blutigen Streifen auf seinem Rücken fahre. Kaum ist das Blut weggewischt, ist seine Haut wieder heil und perfekt. Wenn überhaupt möglich, wirkt sie jetzt sogar noch samtiger, als ob Shane ein Algen-Ganzkörperpeeling gehabt hätte.

»Danke.« Er nimmt den Waschlappen und spült ihn im Waschbecken aus. »Langsam gehen mir die T-Shirts ohne Blutflecken aus.«

»Nett.«

Mit einem Handtuch reibt sich Shane Gesicht und Oberkörper trocken. »Wir reden gleich darüber. Ich muss erst sichergehen, dass sie in Ordnung ist.«

Die Frau stöhnt, als Shane sie aufhebt – mit der Leichtigkeit, mit der ich ein Kätzchen hochgehoben hätte – und sie aufs Bett legt. Behutsam tupft er Jod auf die Wunde und verbindet sie mit einem Klammerpflaster.

Als er die Frau zudeckt, murmelt sie: »Gib mir meine Handtasche. Liegt auf der Frisierkommode.«

Ich schnappe sie mir, aber als ich mich umdrehe, um sie der Frau zu reichen, gibt Shane mir ein Zeichen, es zu lassen. Zu spät. Sie nimmt die Tasche und wird wach genug, um ihre Brieftasche hervorzukramen.

»Nicht!«, sagt Shane.

»Ich möchte dir Geld geben.«

»Ich hab dir schon gesagt, dass ich kein Geld will. Auf gar keinen Scheiß-Fall!« Er hebt das Hemd auf und fährt mit den Armen in die Ärmel. »Das ist das letzte Mal, dass du mir das anbietest – sonst hörst du nie wieder was von mir!«

Diese Vorstellung scheint ihr nicht zu gefallen. Sie blickt mich Hilfe suchend an. Falls die Frau auf die Idee käme, mir Bargeld in die Hand zu drücken, behielte ich es als emotionale Wiedergutmachung.

»Leg dich einfach hin und schlaf ein bisschen.« Shanes Stimme klingt wieder sanft, zärtlich und weich. Er küsst die Frau auf die Stirn und streicht ihr das Haar aus dem Gesicht. »Denk dran: eine Extraportion Eisen die nächsten Tage.«

»Ja. Ich esse meinen Spinat. Versprochen.«

Shane hält ihre Hand und schaut ihr in die Augen. »Danke. Wieder einmal.«

Draußen hat die Schwüle der Nacht etwas nachgelassen. Eine verhaltene Brise weht durch das Laub der niedrigen Bäume, die den Bürgersteig säumen.

Ich mache mir erst Luft, als wir die Hauptstraße erreichen. »Warum hast du mir nicht gesagt, dass sie ein Kind hat?«

»Der Kleine ist sonst noch nie wach geworden.« Shane räuspert sich. »Das Ganze tut mir leid. Nicht nur die Sache mit dem Jungen, auch alles davor. Wenn ich gewusst hätte, dass sie dieses Mal auf Sex bestehen würde, hätte ich jemand anderen angerufen.« Er reibt sich über den Bauch und krümmt sich ein wenig zusammen. Vielleicht hat er Magenkrämpfe. So sieht es jedenfalls aus. »Sie hat wohl gemeint, ich tue alles, um Blut zu bekommen.«

»Wie kommst du eigentlich an diese Verrückten?«

»Ist nicht mehr schwierig heutzutage, dank des Internets. Gib einfach ›Sterbliche suchen Vampire‹ ein, egal in welcher Suchmaschine, und du kannst dir selbst ansehen, was ich meine.« Er blickt zurück, die Straße hinunter, aus der wir gerade gekommen sind. »Sie ist von Baltimore nach Sherwood gezogen, um mir näher zu sein. Deswegen und wegen der besseren Schulen.«

»Aber diese Sterblichen im Internet: Suchen die denn wirklich nach echten Vampiren?«

»Die meisten von denen nicht, nein. Sie denken, es ginge um Fantasiewelten und sind dann furchtbar enttäuscht, wenn wir bei ihnen ohne einen Umhang aufschlagen.«

»Und was passiert, wenn sie mitkriegen, dass ihr echt seid?«

Shane drosselt das bisherige Schritttempo. Er schlurft mit seinen Chucks über den Bürgersteig. »Ich bin immer vorsichtig gewesen. Zu vorsichtig, meinen die anderen. Wenn ich glaube, ein möglicher Spender will nicht mitziehen, sehe ich zu, dass ich aus der Sache rauskomme, bevor ...« Shane bleibt stehen. »Wenn sie nicht darum bitten, gebissen zu werden, wenn sie schreien oder sich wehren, provoziert das unseren ... Instinkt.«

Mein Gesicht fühlt sich mit einem Mal kalt an, jetzt, wo kein bisschen Blut mehr darin ist. Bevor meine Knie unter mir nachgeben, setze ich mich lieber auf den Bordstein. Shane setzt sich neben mich, keinen halben Meter von mir entfernt.

»Was passiert mit denen, die sich wehren?«, frage ich, ohne Shane anzuschauen.

Seine Stimme zittert. »Normalerweise sterben sie.«

Ich weiß nicht, wieso mich das so schockt. Ich fahre mir mit den Fingern durchs Haar und stütze den Kopf in die Hände. »O Gott!«

»Ich habe noch nie getötet«, beteuert er. »Ich schwöre es dir.«

»Was ist mit den anderen? Regina, Noah, den Rest?«

»Die sind nicht immer so vorsichtig.«

Ich schließe die Augen. Ich habe es zu meiner Mission gemacht, ein Rudel tollwütiger Tiere zu beschützen. Macht mich das zu ihrer Komplizin?

Ich presse die Finger auf meine Kopfhaut und schiebe sie vor, zurück, vor, zurück, alles nur, um das Hämmern in meinem Schädel abzumildern. »David hat gesagt, ihr brächtet niemanden um.«

»Es kommt selten vor, dass jemand ums Leben kommt«, sagt Shane. »Wenn es passiert, erzählen wir es ihm nicht. Wir rufen einen Code Black aus und helfen uns untereinander, die Sache zu vertuschen, lassen es so aussehen, als sei das Ganze ein Selbstmord oder ein Unfall gewesen.« Shane rückt näher an mich heran und berührt meinen Arm. Seine Haut fühlt sich warm an, so warm wie meine. »Ciara, ich muss dir unbedingt etwas sagen.«

»Du hast mir schon jede Menge Eröffnungen gemacht, danke! Hör damit auf, wann immer du magst.«

»Letzte Woche, bei dir, bin ich das erste Mal ganz kurz davor gewesen zu töten.« Seine Worte hallen in meinem Kopf wider, übertönt nur von den Schreien, mit denen sich meine Seele tief in mir Luft macht. »David wollte nur, dass ich dir meine Fangzähne zeige, damit du dich von der Wahrheit selbst überzeugen kannst. Ich hatte nie vor, dich zu beißen. Aber ich war … abgelenkt. Ich wollte dich auf diese ganz menschliche Art. Also habe ich mir gedacht, wir haben einfach ein bisschen Spaß zusammen.«

Spaß, oh ja, was für ein Spaß. Auf meine Kosten. Ich fühle mich ziemlich verarscht.

»Du hast so gut gerochen.« Schmerz färbt seinen Tonfall, die Worte sind nur noch ein Flüstern. »Du hast so gut geschmeckt. Und dann die Art, wie du aufgeschrien hast, als du gekommen bist – wie ein Kaninchen in den Fängen eines Wolfes.«

Mit einem Ruck ziehe ich meinen Arm von Shane weg. »Dann war es also meine Schuld, weil ich im wahrsten Sinne des

Wortes zum Anbeißen war? War damals, zu deinen Lebzeiten, so etwas wie Vergewaltigung beim ersten Date etwa unbekannt?«

Shane zieht seine Hand zurück, legt sie in den Schoß. »Es geht mir nicht darum, es zu entschuldigen. Ich will's dir doch nur erklären. Was passiert ist war allein meine Schuld, und es tut mir sehr leid.«

Es gibt nur wenige richtig schlagfertige Antworten auf eine ernst gemeinte Entschuldigung. »Warum hast du mich nicht umgebracht?«

»Weil du klug gewesen bist. Du hast aufgehört, dich zu wehren. Du hast aufgehört, dich wie ein Opfer zu verhalten. In dem Moment, als du keine Beute mehr warst, hatte ich die Chance, wieder zu mir zu kommen.« Shane hält inne. Er wartet auf eine Antwort, eine Reaktion. Die aber bleibt aus. »Ich verspreche dir, dich nie wieder zu beißen, es sei denn, du bittest mich darum.«

»Warum sollte ich dir vertrauen? Wie kann ich denn wissen, dass du nicht wieder grrr wirst und mir die Kehle herausreißt?«

»Das kannst du nicht wissen, und du wärst dumm, wenn du mir trauen würdest. Aber ich kann mir dein Vertrauen wieder verdienen, wenn du mich lässt.«

Ich höhne: »Gerade eben hast du mir erzählt, du hättest mich beinahe umgebracht. Und jetzt willst du … tja, was eigentlich? Ein Date mit mir haben? Ich will wirklich nicht noch einmal mit dir allein sein!«

Shane schaut sich um. »Tja, hier ist momentan auch niemand außer uns.«

»Wir sitzen an einer gut beleuchteten Straßenkreuzung mitten in Sherwood. Du kannst mich nicht in aller Öffentlichkeit beißen, nicht mal im halböffentlichen Raum! Wenn ich schreie, fliegst du auf – und mit dir all deine Freunde.« Ich steche mit einem imaginären Pflock in die Luft.

»Danke für das Bild!« Er steht auf und streckt sich. Ich kann seine Muskeln geradezu ein Lied von ihrer neu gewonnenen

Kraft singen hören. »Erlaube mir, dich jetzt nach Hause zu bringen.«

»Es ist nicht weit bis dahin.«

»Das ist die Zeit, wo die meisten Monster auf den Straßen unterwegs sind.«

»David sagt, ihr sechs wäret die einzigen Vampire in Sherwood.« Ich springe auf die Füße und mache mich auf den Weg zu meiner Wohnung.

Shane holt mich ein. »Das sind wir auch. Aber da gibt es auch noch die, die außerhalb der Stadt leben und uns am liebsten immer im Auge behalten. Sie sind der Meinung, wir gäben uns momentan zu sehr mit den Tagwandlern ab.«

»Tagwandler. Sonnenkinder. Wie nennt ihr uns hinter unserem Rücken?«

»Abendessen.«

Das verschlägt mir vorerst die Sprache. Ich breche das Schweigen erst wieder, als wir meine Tür erreicht haben.

Ich krame die Schlüssel heraus. »Okay, dann danke dafür, dass du meine Körperflüssigkeiten beschützt hast, wenn nicht sogar meine Unschuld.«

»Du hast mich menschlich genannt.«

»Wie?«

»Du hast gesagt, wenn ich für Skywave arbeiten würde, wäre ich eine menschliche Jukebox.«

»Oh. Sorry. Hab nicht dran gedacht, dass ›menschlich‹ für jemanden wie dich wahrscheinlich eine Beleidigung ist.«

»Nein, ist es nicht, nicht für mich.« Er zieht ein zusammengefaltetes Stück Papier aus der Tasche – die Liste mit den Sendern. »Ich habe gemacht, worum David und du mich gebeten habt. Ich habe mir den Müll angehört, den Skywave produziert. Aber jetzt musst du etwas für mich tun.«

Eilig mache ich einen Schritt rückwärts. »Wird dabei notärztliches Eingreifen nötig sein?«

»Hör dir morgen früh meine Sendung an!«
»Du willst, dass ich um drei Uhr morgens aufstehe?«
»Um fünf Uhr fünfundvierzig, genau genommen. Also nur für die letzten paar Minuten.«
Mit gespielter Schüchternheit hole ich zitternd Luft und fasse mir mit der Hand ans Herz. »Meine Güte, Mr. McAllister, Sie werden doch nicht vorhaben, mir einen Song zu widmen?«
»So was wäre unprofessionell.« Shane macht einen Schritt auf mich zu. »Du sollst einfach nur wissen, dass der Song, den ich als letztes jeden Morgen auflege, für dich ist.«
Er nimmt meine Hand und zieht sie an die Lippen. Mit geschlossenen Augen küsst er mich auf die Stelle zwischen meinem Mittelfinger- und meinem Ringfingerknöchel. Etwas in mir wird aufgeschreckt, krümmt sich, windet sich.
Shane lässt meine Hand sinken, hält sie aber unverändert fest umklammert. Mit kaum merklichem Ruck zieht er mich zu sich heran. Ich recke das Kinn hoch, und der Kuss schmeckt süß, verspricht mehr, als er fordert. Shanes Lippen schmecken nach Minze, allerdings mit einem leicht metallischen Beigeschmack.
Der Kuss endet zur richtigen Zeit. Keiner von uns beiden sagt noch etwas. Ich gehe ins Haus, betrete meine Wohnung und gehe ins Bett. Allein.

Lange bevor es fünf Uhr fünfundvierzig ist, wache ich auf. Um ehrlich zu sein, liege ich seit drei Uhr wach und höre mir Shanes Sendung *Whatever* an. Ein Grunger, der dem Britpop zugetan ist. Denn zu meiner Überraschung ist es nicht nur Grunge, den Shane spielt – auch wenn der Grunge absolut überrepräsentiert ist. Aber es finden sich auch Titel aus dem Indie und Alternative Rock in seiner Playlist, munter-fetziger kalifornischer Punk Rock ist vertreten und sogar ein bisschen Alternative Country.

Der gemeinsame Nenner scheint das fast schon prätentiöse Fehlen alles Prätentiösen zu sein.

Sobald Shanes Stimme zu hören ist, schließe ich die Augen und stelle mir vor, wie er hier neben mir liegt. Er erzählt mir etwas, in diesem selbstverständlichen, leisen und sanften Tonfall. Er macht keine großen Worte, ergeht sich nicht in Zweideutigkeiten, mit denen er verführen will. Er erzählt einfach, was ihm so in den Sinn kommt, beispielsweise Faszinierendes aus dem Leben von Nick Drake oder mir Unbekanntes über die B-3-Hammond-Orgel. Shanes Atem spielt mit meinem Haar, kitzelt an meinem Ohrläppchen. Trotzdem hebe ich nicht die Hand und gehe dazwischen, weil Shane mir die Hand hält. Unsere Arme, miteinander verflochten, liegen oben auf der Bettdecke.

Ich öffne die Augen. Wow, Mädchenfantasien von Lovern, wie ich sie seit meiner Teenie-Zeit nicht mehr gehabt habe! Es ist ja eine Sache, sich Shane vorzustellen, nackt, sein Körper glänzend von verschwenderisch aufgetragenem Olivenöl, aber etwas ganz anderes, sich auszumalen, wie wir kuscheln.

Ich rolle mich auf den Rücken und sage zur Zimmerdecke: »Er ist kein Mensch.« Die Decke starrt zurück, bleibt mir aber eine Antwort schuldig.

Es wird fünf Uhr vierundfünfzig. Ich erwarte, dass Shane die Sendung mit einem Song beendet, der der modernen Gesellschaft einen Tritt in den Arsch und einen Stoß in die Rippen wegen ihrer Kommerzgeilheit versetzt – die ich so rücksichtslos vertrete.

»Zeit für mich, mich wieder in meine Höhle zu verkriechen«, höre ich Shane sagen. »Ich verabschiede mich von euch mit diesem letzten Song, der euch bei eurem Start in den Tag begleiten soll – oder dabei, den Tag zu beenden, je nachdem. Kaum einer da draußen weiß, dass Otis Redding diesen Song geschrieben hat. The Dead haben ihn gecovert, aber das hier ist wohl die bekannteste aller Versionen und, wie ich glaube, die, die einen vor allen anderen einfach krass umhaut. Euch einen guten Morgen, und gute Nacht.«

Nach einem kurzen Schlagzeug-Intro gesellt sich Bassgitarre zu Piano; eine Melodie mit ganz viel Blues darin.

Ich muss lachen und ziehe mir das Kissen übers Gesicht. Dabei frage ich mich, ob der Titel *Hard to Handle* von den Black Crowes sich wohl auf mich oder auf Shane beziehen soll.

Möglicherweise sind wir beide gemeint, was noch viel lustiger wäre.

10

Just a Girl

7. Juni
Wir starten unsere Mission, die Welt zu erschüttern. Ich schreibe Pressemitteilungen, nehme eine neue Webdesignerin unter Vertrag und bestelle WVMP-Merchandise. Franklin verteilt die Aufgaben neu: Er ist von jetzt an für Vertrieb, ich für Vermarktung und Promotion zuständig. Ich bin begeistert. Fürs Marketing verantwortlich zu sein bringt mich auf Armeslänge an meine eigentlichen beruflichen Ziele heran – und es fühlt sich besser an als das Überreden im Verkauf. Im Übrigen ist was das angeht Mr. Hyde der absolute Meister in seinem Fach.

Die genähte Wunde an meinem Schenkel juckt wie verrückt. Es sind einige Gänge aufs Klo nötig, damit ich mich reuelos und ausgiebig kratzen kann.

12. Juni
David zieht die Fäden und kauft mir noch mehr Bagels.

13. Juni
Ich feuere die Webdesignerin.

14. Juni
Ich entwerfe Flyer und engagiere einen neuen Webdesigner, einen, der nicht der Überzeugung ist, sich drehende Logos und

lahme Flash-Animationen wären immer noch up to date. Spitzentechnologie, dass ich nicht lache! Wäre ich unserer bisherigen Webdesignerin nicht bei Tag begegnet, hätte ich Stein und Bein geschworen, sie sei ein Vampir.

15. Juni

Freitagabend schlendere ich in die Lounge, wo ich auf Shane, Regina, Spencer und Noah treffe, die gerade pokern. Ich zeige auf den leeren Stuhl, den Shane zum Ablegen seiner Füße benutzt. »Was dagegen, wenn ich mich dazusetze?«

Alle Anwesenden starren mich an, sogar Shane. Regina, zu seiner Rechten, sucht seinen Blick. »Hast du sie eingeladen?«

Shane grinst und schiebt mit dem Hacken den Stuhl unter dem Tisch hervor. »Ich mach's jetzt.«

»Ich spiele so gut wie nie Poker«, sage ich, während ich mich setze. »Ihr müsst mir noch mal erklären, wie's geht.«

Das allgemeine Gelächter hat den Schalldruck einer Gashupe.

Regina wirft ihr Blatt auf den Tisch. »Warum stellen wir dir nicht gleich 'nen Scheck aus und das war's?«

Mit einer abwehrenden Handbewegung will ich ihre Besorgnis zerstreuen. »Nicht alle Trickbetrüger sind gute Pokerspieler. Ihr solltet nicht alles glauben, was ihr in *Der Clou* gesehen habt, auch wenn Newman und Redford es noch so brillant darstellen.«

Die anderen drei schauen Spencer an. Er durchbohrt mich mit einem von zusammengezogenen Augenbrauen überschatteten Blick – aber nicht lange genug. Er nickt. »Ich sehe nicht, was es schaden soll, wenn die Kleine mitspielt. Weiß doch jeder, dass Ladys schlecht Poker spielen.«

»Ach, verpiss dich!«, meint Regina.

»Du doch nicht.« Noah wirft in ihre Richtung Küsse durch die Luft. »Jah, Gott der Rastafari, habe Erbarmen mit dem Mann, der Regina ›Lady‹ genannt hat.«

Spencer klopft mit dem Fingerknöchel auf die Tischplatte. »Zurück zum Spiel, Leute!«

Sie spielen die letzte Hand zu Ende, und ich tue so, als ob ich dabei nicht auf Setzgewohnheiten und Spielweisen achten würde.

Regina sammelt die Karten ein, um neu zu geben. Sie mustert mich, während sie die Karten mischt. »Welche Varianten kennst du denn?«

Ich zähle sie an den Fingern ab. »Draw, Stud, Hold'em – aber die Regeln hab ich nicht mehr ganz drauf. Ich könnte also durchaus hier und da ein bisschen Hilfe brauchen.« Das Letzte sage ich in Richtung Spencer.

Nachdenklich klopft Regina das Kartendeck gegen ihr Kinn. »Okay, Seven-Card-Stud in der Variante Follow-The-Queen, also Dame ist Wildcard, Low Chicago teilen sich den Pot.«

Alle stöhnen. Ich spiele das Dummchen. »Und was heißt das jetzt?«

»Das heißt, dass wir nicht spielen«, sagt Spencer. »Regina, du kennst doch die Regeln. Keine Wildcards, also kein Verdoppeln des Ante, keine Zufallsfaktoren wie Low Chicago – was übrigens heißt: Die beste Hand und die niedrigste verdeckte Pik teilen sich den Pot. Von dem Mist will ich nichts hören, klar? Mach ja kein Glücksspiel draus!« Er rutscht auf seinem Stuhl herum. »Ich glaube nicht an Glück.«

»Glück ist das Einzige, was uns ihr gegenüber eine Chance lässt.« Sie deutet mit der Kinnspitze in meine Richtung. Als sie keine Unterstützung bei den anderen findet, seufzt sie und teilt die Karten aus. »Von mir aus. Dann eben Seven-Card-Stud. Punkt.«

Sich unwissend zu geben ist keine große Kunst. Aber um einen Unwissenden zu spielen, der vorgibt, Ahnung zu haben, bedarf es schon größerer Raffinesse. Der Trick ist, dumme Fragen zu stellen, die gar nicht so dumm sind, und im geeigneten Moment die Stirn zu runzeln.

Bei der ersten Hand gehe ich das Setzen aggressiv an, passe aber, bevor ich meine Karten aufdecken muss. Das seltsame Verhalten verwirrt zumindest die Männlichkeit am Tisch.

Regina hingegen verlegt sich aufs Spötteln: »Netter Versuch. Wirkt echt unbeleckt. Aber mir machst du nichts vor!« Sie steckt sich eine braune Zigarette an, dünn und lang. Dann nimmt sie einen tiefen Zug, atmet den Rauch durch den Mund aus und saugt ihn gleich durch die Nase wieder ein. Der Goth liebt's also französisch. Keinen Augenblick hat Regina mich dabei aus den Augen gelassen. »Wie lautet dein zweiter Vorname? Du hast bestimmt einen – zur Spezifizierung der Persönlichkeit. Oder haben deine Eltern nicht an so was geglaubt?«

»Ähm, doch, anscheinend. Ich heiße Marjorie. Und?«

»Marjorie?« Regina schnaubt verächtlich. »Und du findest, wir würden im falschen Jahrzehnt leben!«

»Der Vorname meiner Mutter. Ich mag ihn.«

Reginas Blick verliert sich für einige Augenblicke in der Ferne. »Hm. Du bist eine Eins.«

»Äh, bitte?«

»In der Numerologie. Und deine Seelenzahl ist fünf. Das passt.« Mit Blick auf Shane schüttelt Regina den Kopf. »Versuch gar nicht erst, so eine zu binden.«

Shane ignoriert Regina und teilt stattdessen die Karten aus. Die nächsten Runden spielen wir schweigend. In jeder dieser Runden passe ich früh. Ich spüre, wie enttäuscht die anderen am Tisch sind, weil sie nichts über mein Setz- und Spielverhalten herausfinden können.

Endlich bekomme ich ein gutes Blatt, eine niedrige Straße. Ich entscheide mich zu überspielen. Beim nächsten Setzen erhöhe ich den Einsatz gleich um drei Dollar.

Alle passen. Ich ziehe einen Schmollmund. »Will denn niemand meine Karten sehen?«

»Doch, sicher, Mädchen«, sagt Spencer, »zeig mal, was du hast.«

Mit dem Gesichtsausdruck eines Kindes im Kindergarten, das sein erstes Fingerfarben-Bild vorzeigt, lege ich meine Straße auf den Tisch.

»Und ich hab mit ’nem Flush gepasst!«, stöhnt Noah. »So wie sie gesetzt hat, da hab ich gedacht, sie hat ’n Full House.«

»Aber eine Straße zählt mehr als ein Flush«, erwidere ich.

»Nein, tut sie nicht«, rutscht es Regina heraus, ehe sie sich wieder besinnt. »Ach, komm schon! Das weißt du doch!«

»Aber statistisch gesehen ist es schwieriger, eine Straße zu bekommen als einen Flush.«

»Das stimmt nicht!«, hält Regina mir entgegen. »Beim Seven-Card-Stud ist die Wahrscheinlichkeit einen Flush zu bekommen eins zu dreiunddreißig, die eine Straße zu bekommen dagegen eins zu zweiundzwanzig.«

Shane schiebt die Chips aus der Tischmitte zu mir herüber. »Tja, sieht aber so aus, als ob es andersherum sein müsste.«

Daraufhin fährt Regina ihn an: »Echt finster, wie du auf die abfährst, und dabei hast du sie noch nicht einmal gefickt!«

Spencer räuspert sich. »Ciara, möchtest du vielleicht, dass ich dir die Wertigkeit der Blätter aufschreibe?«

Einen im Sack, fehlen noch drei. »Das würdest du tun?«, frage ich zuckersüß. »Ich hätte auch gern was zu trinken, wenn’s nicht zu viele Umstände macht.«

»Ich geh schon«, bietet Shane an.

»Ja, genau, geh – besser als an ihr hängenzubleiben!« Regina wirft Shane einen bedeutungsschweren Blick zu. Er ignoriert sie auch dieses Mal.

Die beiden netten Vampire sind fort und überlassen mich Noah und Regina. Die beiden stieren mich an, als sei ich eine Knoblauchknolle. Ich versuche zu vergessen, was Shane mir über die Killer-Instinkte von Vampiren erzählt hat und probiere mein Smalltalk-Talent bei Noah. »David hat mir erzählt, du stammst aus Kingston. Wie ist es denn da so?«

Noah verschränkt die Arme vor der Brust; den rechten Daumen auf dem linken, den linken auf dem rechten Bizeps. »Uns macht's nix aus, dass du 'ne Trickbetrügerin bist.« Seine jamaikanische Herkunft verrät sich mal wieder darin, dass er alle Vokale bis zur Unverständlichkeit in die Länge zieht – bei längeren Gesprächen wird das sehr nerven.

»Eigentlich finden wir's sogar ganz gut«, präzisiert Regina. »Aber versuch bloß nicht, dein Talent an uns auszuprobieren, klar?«

»Ich habe aufgehört damit.« Ich hebe die linke Hand zum Schwur.

»Warum?«, fragt Noah.

»Genau. Du hast gesagt, du wärst zur Betrügerin erzogen worden.« Regina beugt sich vor. »Bist du aus einer Familie von Betrügern?«

»Könnte man so sagen.« Ich fahre mit dem Fingernagel über die gummierte Tischkante. »Ich würde meine Familie am liebsten aus meinem Gedächtnis streichen.«

»Aber ja, wäre das nicht abgefahren? Wir könnten einfach so tun, als ob's unsere Alten gar nicht gäbe und wir alle uns einfach so selbst erfunden hätten!« Regina zupft an einer Strähne ihres schwarzen Haars, die ihr in die Stirn gefallen ist. »Manchmal bin ich schon fast der Überzeugung, gegen sie zu rebellieren, gibt ihnen mehr Macht, als sie verdienen.«

»Nee, das is' nich' gut. Verleugne deine Leute nich'!«, redet Noah mir ins Gewissen. »Wer seine Wurzeln verleugnet, verleugnet seine Seele. Beispiel.« Er deutet auf sich. »Ich war Rasta, als ich noch gelebt hab. Als ich Vampir wurde, is' das so geblieben.«

»Ich habe immer gedacht, Rastafaris müssten auf den Verzehr von Fleisch verzichten. Wäre Blut da nicht, äh … das Gegenteil von koscher?«

»Ital ist das richtige Wort – vital und natürlich. Du hast aber

Recht. Andererseits hat Gott gewollt, dass ich Vampir werd. Also muss ich Blut trinken.«

»Aber er würde sich natürlich nie von dem ernähren, was in Blutbanken übrig bleibt!«, wirft Regina ein. »Denn das ist ja schließlich behandelt.«

Noah nickt einmal. »Ich geb mein Bestes. Denn das is' alles, was der Herr von uns erwartet.«

»Warum, glaubst du, war es Gottes Wille, dass du ein Vampir geworden bist?«, will ich von Noah wissen.

»Das ist es einfach, was ich bin. So trag ich Licht in die Welt. So kämpf ich gegen Babylon.«

Während ich noch über die Zirkelschluss-Logik in seinen Worten nachdenke, fällt mein Blick auf Regina. Ihr Blick, voller Wärme und Bewunderung, gilt momentan ganz dem Rastafari. Einen Blick wie diesen hat sie, soweit ich es beurteilen kann, für Shane noch nie übrig gehabt.

Mir fällt ein, dass Babylon die Rasta-Bezeichnung für ein repressives politisches und ökonomisches System ist. »Skywave ist ein Teil Babylons«, halte ich ihm also vor.

»Das weiß ich. Warum glaubst du helf ich dir, Skywave zu schlagen?«

»Weil's ein großer Spaß ist.«

Sein leises Gelächter hat etwas sehr Melodisches. »Das auch.«

Shane und Spencer kehren an den Tisch zurück, der Erstere mit einem kalten Bier. Er berührt mich kurz an der Schulter.

Spencer reicht mir eine Karteikarte. »Ich fürchte, meine Handschrift ist nicht die beste. Kannst du alles lesen?«

Ich blicke auf die Liste mit dem Hand-Ranking. Um sicherzugehen, dass es nicht getippt ist, muss ich mir die Karte näher vor die Augen halten. Spencers Druckschrift ist präzise und mit unfassbarer Akribie aufs Papier gebracht, jeder Buchstabe ist exakt gleich groß, in absolut gerader Linie auf die unlinierte Karte geschrieben. Mir rieselt ein Eisschauer den Rücken hinunter.

Unbehaglich blicken die anderen Vampire überallhin, nur nicht auf die Karte in meiner Hand. Ganz offensichtlich wissen sie über die Zwangsneurosen eines jeden in der Gruppe Bescheid.

»Das ist ganz wunderbar«, bedanke ich mich bei Spencer, der seinen Stuhl heranzieht und sich neben mir niederlässt.

Kurz vor Mitternacht schneit Jim herein. Er singt Eight Miles High, und zwar so schief, dass ich es erst gar nicht erkenne. Er lässt sich aufs Sofa fallen und grüßt mich mit einer lässigen Handbewegung. Für ihn scheine ich wie selbstverständlich ein Teil der Pokerrunde zu sein.

»Steigst du bei der nächsten Hand mit ein?«, fragt Spencer ihn.

»Nö.« Jim begleitet sich selbst jetzt auf der Luftgitarre. »Kann mich nicht konzentrieren, Mann.«

An der Hitze in seinem Gesicht erkenne ich den gut abgefüllten Vampir. Meine Anspannung sollte jetzt eigentlich nachlassen. Schließlich falle ich so weniger in die Kategorie schmackhaft. Aber allein schon die Vorstellung von Jim und einer unbekannten Spenderin in einer ähnlichen Umklammerung wie Shane und die Frau in Rot reicht, und ich bekomme reichlich Schiss.

»Wie geht's Janis?«, fragt Shane.

Jim grunzt und fährt sich mit der Hand durch die braunen Locken. »Die blöde Schnepfe. Musste sie leerlaufen lassen, um zu verhindern, dass sie mit ihrem Lärm alle aus dem Bett holt.«

Ich starre Jim an, mein Blick wandert zu Shane hinüber, der sich das Lachen kaum noch verkneifen kann. »Janis ist sein Auto«, erklärt er mir.

Ich schlucke schwer. »Weiß ich doch.«

Gegen Mitternacht verabschiedet sich Spencer, weil seine Sendung beginnt. Wir anderen pausieren also erst einmal. Während ich Noah dabei beobachte, wie er versucht, nicht auf die

Nähte im Teppich zu treten, wird mein Stuhl plötzlich nach rechts gezogen. Ein Blick nach unten bringt mir die Erkenntnis ein, dass Shanes Stiefel unter dem Seitenholm eingehakt ist und er mich immer näher an sich heranzieht.

»Da wir beide fast keinen Schotter mehr haben«, flüstert er an meiner Schulter, »warum machen wir nicht, dass wir hier wegkommen?«

Ich antworte in sein linkes Ohr. Sorgsam vermeide ich seinen Blick, mit dem er mich zu einfach allem verführen könnte. »Kommst du zur Launch-Party im Smoking Pig?«

»Nicht, wenn's da nur um diesen Vampir-Gimmick geht.«

»Es geht vor allem um Musik. Und wo wir gerade davon sprechen: Hast du deine Hausaufgaben gemacht und brav Skywaves UKW-Festival-der-Scheißmusik gehört?«

Shane verzieht die Lippen. »Es war eine der deprimierendsten Wochen meines gesamten Daseins. Was heutzutage als Musik durchgeht …« Er wischt sich mit der Hand übers Gesicht. »Jetzt klinge ich schon wie irgend so ein wunderlicher alter Kauz, was?«

»Nicht, bis du die Worte ›wunderlich‹ und ›Kauz‹ in den Mund genommen hast. Schau, all die anderen DJs kommen zur Party im Pig – selbst Monroe, wenn man Spencer glauben darf. Du musst nicht irgendeine Schau abziehen. Lass dich einfach nur blicken.«

Shane wirft einen Blick zu Regina hinüber, die sich auf der Couch räkelt. Ihren Kopf hat sie an Jims Schulter geschmiegt und die Beine auf Noahs Schoß. Sie tun nicht einmal so, als ob sie nicht zuhören würden.

»Wenn ich vorbeikomme, nur um mich blicken zu lassen«, sagt Shane an mich gewandt, »ziehst du mich auf die Bühne und machst einen Showact aus mir.«

»Dann kommst du also nicht.«

»Ich habe dir gesagt, dass ich mich noch nicht entschieden habe.«

Ich knalle mein Bier auf den Tisch. »Shane, du hast mit eigenen Ohren gehört, was aus diesem Sender in Zukunft werden kann. Vielleicht träumst du ja davon, dieselben fünfzig Songs immer und immer wieder abzuspielen, so lange, bis sich dein Gehirn in Haferschleim verwandelt. Wenn du tatsächlich noch so jung und immer noch so menschlich bist, warum können alle anderen hier das begreifen, nur du nicht? Man überlebt nicht, indem man sich versteckt.«

»Und was interessiert dich das?«, fragt er; wie angespannt er ist, verrät sein Tonfall.

Ich verschränke die Arme vor der Brust. »Ich mach nur meinen Job.«

»Für eine Praktikantin, die nur den Sommer über da ist, bist du ziemlich engagiert.«

»Das ist so, weil es das erste Mal ist, dass ich Menschen helfe, statt ihnen wehzutun.«

»Wir sind keine Menschen, Ciara.« Er streicht mir über die Hand. »Ganz egal, wie sehr mancher von uns versucht, es zu sein – es ist zu spät.«

Er beugt sich vor und küsst mich kurz auf die Schläfe. Seine Lippen fühlen sich kühl an. Nur Sekunden später ist er schon aus der Tür. Zweifellos ist er auf dem Weg, sich einen kräftigen, warmen Schluck zu genehmigen.

»Das kann nicht funktionieren«, feixt Regina, wirft ihr Feuerzeug in die Luft und fängt es wieder auf. »Shane Evan McAllister hat die Namenszahl drei und die Seelenzahl neun.«

Als ob ich noch mehr Beweise dafür gebraucht hätte, dass sie auf gar keinen Fall Menschen sind.

11

The Revolution Starts … Now

Lori hätte mich umgebracht, wenn ich ihr gesagt hätte, dass sie trotz ihres weißen Make-ups, des eng anliegenden schwarzen Leders und der Silberketten immer noch wie ein skandinavischer Kobold aussieht. Momentan ist sie gerade dabei, genau dasselbe weiße Make-up auf mein Gesicht aufzutragen. Die angestrebte Verwandlung findet im Hinterzimmer sprich Büro vom Smoking Pig statt. Industrial/Goth-Rock-Klänge dringen von der Bar bis hierher. Der treibende Rhythmus der Musik und meine Angst, was den Verlauf der Party angeht, sind der Grund, warum ich Lori kaum den Gefallen tun und stillsitzen kann.

»Welche Accessoires möchtest du?«, fragt Lori.

Auf dem Schreibtisch liegen ein Kreuz, ein Anch und eine Feder, alle aus schwerem Silber. Ich schnappe mir das Anch. Das passt gut zu meinem schwarzen Ledermini und der geschnürten Korsage aus grünem Satin.

»Läuft da eigentlich was zwischen dir und Shane?«, will Lori wissen.

»Ich habe nicht die geringste Ahnung.«

»Jetzt mal stillhalten!« Sie tupft Make-up auf und verstreicht es. Das Zeug riecht wie Kleister. »Sind die anderen DJs genauso granatengeil wie Shane? Blinzle einmal für ja und zweimal für nein!«

»Lori, da ist was, das du unbedingt über sie wissen musst.«

»Still jetzt! Sie sind Vampire, ich weiß.« Auftragen. »Nur so nebenbei: Deine Augenbrauen brauchen mal wieder ein bisschen Kontur.«

»Nein, du weißt gar nichts! Sie sind wirklich Vampire.«

»Ich weiß.« Kleistern. »Es ist ein Geheimnis. Du hast es mir selbst erzählt.«

Ich schlage ihre Hand fort und schau ihr direkt in die Augen. »Es gibt ein Geheimnis hinter dem Geheimnis! Bleib auf gar keinen Fall irgendwo allein mit ihnen! Schau ihnen ja nicht in die Augen!«

Lori macht große Augen – selbst jetzt, in der Mitte eines bösen schwarzen Kajal-Dreiecks, wirken sie unschuldig. »Warum nicht?«

»Weil sie wirklich Vampire sind!«

Ihre Gesichtszüge entgleiten ihr. »Bring mich jetzt ja nicht zum Lachen – das ganze Make-up wird abplatzen.«

»Lori, das ist kein Scherz!«

»Ich habe ja schon immer gewusst, dass du verrückt bist.«

»Und das bekomme ich von einer Frau zu hören, die jeden Cent zusammenkratzt, um ihre Geschäftsidee von einer Geister-Tour durch Sherwood in die Tat umzusetzen.«

Lori schüttelt den Kopf. »Es gibt eine metaphysische Grundlage für die Existenz von Geistern. Schau, wenn jemand stirbt …«

»Er hat mich gebissen.«

»Wer? Shane?« Sie streicht meine Haare zur Seite und begutachtet meinen Hals. »Ich sehe gar keine Bissmale.«

»Nicht da.« Ich stehe auf und schiebe meinen Rock hoch. Die verheilende Narbe besteht aus zwei dunklen, roten Punktierungen neben einer ehemals hässlich tiefen Fleischwunde.

Lori beugt sich vor und greift nach dem Schirm der Messinglampe auf dem Schreibtisch, um die Narbe ins rechte Licht zu setzen. »Wow!« Sie lässt sich gegen die Lehne des Bürostuhls fallen. »Nicht nur deine Augenbrauen brauchen ein bisschen mehr Kontur.«

Ich balle die Fäuste. »Du wirst es sofort begreifen, wenn du die älteren Vampire siehst. Dein Bauch wird es dir sagen, und dann wird dir schlagartig klar sein, dass ich die Wahrheit sage!«

»Die Wahrheit worüber?«, knurrt eine Stimme hinter mir.

Reginas Schatten verdunkelt die Türschwelle. Sie sieht einfach nur geil aus. Ihr auftoupiertes Haar rahmt ihr Gesicht wie ein schwarzer Strahlenkranz ein; das Gesicht in überirdischem Glanz. Das kurze, nietenbesetzte Lederkleid schmiegt sich wie eine zweite Haut an ihren Körper, der komplett in einem an vielen Stellen zerrissenen Netz-Bodysuit steckt. Nur die langen, feingliedrigen Finger, üppig mit Silberringen bestückt, lässt er frei. Der einzige Tupfer Farbe findet sich auf Reginas Lippen: ein tiefes, sattes Burgunderrot, das man ihr so wie Wein von den Lippen lecken möchte – beinahe.

Ich drehe mich zu Lori um, der die Kinnlade heruntergefallen ist.

Mit der Energie und Ausstrahlung einer Operndiva, die sich auf der Bühne bewegt, betritt Regina das Büro. Trotz ihrer silberbeschlagenen Stiefel scheint sie zu gleiten, nicht zu gehen. Lori springt mit der Hast eines aufgescheuchten Kaninchens auf die Füße. Dabei lässt sie die Schminksachen fallen, die sie in der Hand gehalten hat.

»Was zum Teufel hat sie denn?«, fragt Regina mich.

»Ich habe ihr erzählt, dass du ein Vampir bist.«

»Ach was.«

»Ich meine, ich habe ihr erzählt, dass du wirklich ein Vampir bist.«

»Oh – verdammte Scheiße, was soll das, Ciara?«

»Sie ist meine beste Freundin. Ich werde es sonst niemandem erzählen, und sie wird es auch schön für sich behalten.«

»Und wie sie das wird!« Mit blitzenden Fangzähnen nähert sich Regina Lori. Lori quiekt auf, zu mehr hat sie offenbar keine Luft in den Lungen, und weicht zurück, bis sie den Rücken gegen den Aktenschrank hinter sich presst. Regina fährt mit einem spitzen, schwarz lackierten Fingernagel über Loris Wange, dann den Hals hinunter und immer weiter nach unten: Kein Zweifel, sie beschreibt mit dem Fingernagel den Verlauf einer Hauptader. »Es wären die letzten Worte, die ihr noch über die Lippen kämen. Das stimmt doch, nicht wahr, Kleine?«

Lori schüttelt eifrig den Kopf. »Ich sag's niemandem, ich schwör's!«

Regina senkt ihren Blick tief in Loris weit aufgerissene Augen. »Und auf wessen Grab möchtest du das schwören?«

»Das reicht!« Ich habe das Ganze nur deshalb so weit kommen lassen, weil es nötig ist, um Lori einen gehörigen Schrecken einzujagen. Erschrecken ja, aber quälen – nein. »Lass sie in Ruhe!«

Regina macht sich nicht die Mühe, sich zu mir umzudrehen. Sie packt mich an der Verschnürung der Korsage und zieht mich mit einem wohlkalkulierten Ruck an sich. »Ich nehme keine Befehle von dir entgegen!«

»Ich wette, diesen Befehl kannst du nicht ignorieren!« Ich greife mir das Silberkreuz, das immer noch auf dem Schreibtisch gelegen hat, und halte es ihr unter die Nase. Kurz flackert etwas wie Angst in ihren Augen auf, dann aber lacht sie.

»Ein Kreuz in den Händen von jemandem, der nicht glaubt, hat keine Macht. Du könntest mich auch mit einem Spatel bedrohen.«

»Das mach ich vielleicht noch!« Mir geht auf, dass der Satz wohl kaum Sinn ergibt, und versuche, den verlorenen Boden wiedergutzumachen. »David mag es nicht, wenn ihr auf eure Umgebung losgeht.«

Regina lacht kurz und höhnisch auf, fährt aber ihre Reißzähne ein und lässt uns los. »Ich bin nur gekommen, um dir zu sagen, dass ich mir ein paar von Shanes CDs gekrallt habe.« Mit dem Fuß gibt sie dem Rucksack, den sie auf ihrem Weg ins Büro fallengelassen hat, einen Tritt. »Dann kann, sollte er doch noch auftauchen, einer von euch ihn vielleicht dazu überreden, ein paar Scheiben aufzulegen.«

»Vielleicht kannst du das«, sage ich.

»Ich kann den Scheiß nicht spielen. Ist zwar nicht so ätzend wie manch anderes Zeugs, aber …«

»Nein, das meine ich nicht. Ich meine, vielleicht kannst du ihn überzeugen, Musik aufzulegen.«

Sie sucht meinen Blick. »Diese Art von Einfluss habe ich nicht mehr auf ihn«, sagt sie, und ihre Stimme klingt sanfter, als ich es je zuvor von ihr gehört habe. »Das mit Shane hab ich schon vor einer ganzen Weile verbockt.«

Sie schlüpft aus dem Büro; trotz der schweren Stiefel ist ihr Abgang völlig lautlos.

Lori greift nach meinem Arm; ihre Hand ist ganz kalt. »Sie … sie …«

»Ja, sie ist ein Miststück, und das vierlagig, ich weiß. Aber als DJ ist sie voll der Burner.«

Lori hyperventiliert. Ich setze sie in den Bürostuhl und drücke ihr den Kopf zwischen die Knie.

»Du hattest Recht.« Sie klingt, als gebe sie alles, um nicht loszuheulen. »Ich hab's gefühlt, bis in jede Ader hinein!« Ihr Kopf ruckt hoch; Lori schaut mich an. »Was machen wir denn jetzt?«

»Machen?«

»Wir können doch nicht zulassen, dass sie sich unter die Leute mischen! Jemandem könnte etwas passieren!«

»Sie wissen ganz gut, wie sie sich unter Menschen verhalten müssen. Glaubst du im Ernst, sie hätten so lange überlebt, wenn sie bei Auftritten in der Öffentlichkeit sofort Randale machten?« Ich helfe Lori auf die Füße. »Aber mach mit keinem von ihnen rum – außer du hast es dir überlegt und möchtest gern gebissen werden.«

Lori reibt sich die Arme. »Gibt's etwa Leute, die gern gebissen werden?«

»Es soll sich ziemlich geil anfühlen, habe ich gehört – wenn's nicht mehr wehtut, jedenfalls.«

Loris Blick wandert zu meinem Schenkel. »Und – stimmt das?«

»Ich habe das Stadium, in dem es nicht mehr wehtut, nicht erreicht. Du kennst mich doch.«

Sie hockt sich hin, um die fallengelassenen Make-up-Utensilien vom Boden aufzuklauben. »Shane hat mir jedenfalls keinen Beinahe-Herzinfarkt verpasst wie die da. Er kam mir bisher immer ganz normal vor.«

»Er ist jünger als die anderen; daher ist sein Freak-Faktor niedriger.« Ich schnappe mir den schwarzen Lippenstift. »Außerdem macht's Regina Spaß, Leute zu Tode zu erschrecken.«

Lori holt tief Luft. »Das heißt also, du triffst dich mit jemandem, der dich gebissen hat? Wie krank ist das denn?«

»Wir sind nur Freunde.« Ich muss an den Gutenachtkuss denken und eine Reihe von 5-Uhr-54-Songs. »Mit Potenzial.«

Die Bar ist gerammelt voll und durch Deko in einen Goth-Club verwandelt: überall, wo es nur ging, Metall – beziehungsweise die Plastikversion davon – statt Holz. Die Decke hängt voller schwarzer Ballons, die im Luftzug der Klimaanlage hierhin und dorthin wandern.

»Ich bin beeindruckt«, schreie ich über die laute Musik hinweg zu Loris Boss hinüber. Stuart trägt heute einen schwarzen Umhang, der ihn Jahre jünger wirken lässt als seine Vierzig-plus. Seine dunkelblonden Haare sind mit mindestens zwei Handvoll Haargel nach hinten gegelt.

»Danke«, brüllt er zurück. »Richtig schade, dass ich die Bondage-Deko im Spieltisch-Bereich nicht mehr fertig gekriegt habe. Die Handschellen haben einfach nicht am Kicker halten wollen.«

Ich blicke an Stuart vorbei, hinüber zu der ziemlich kleinen Empore in einer dunklen Ecke der Bar, die wohl die Bühne sein wird. Spencer, Noah und Jim stehen dort beieinander und reden über irgendwas. Sie alle tragen ihre üblichen charmant aus der Zeit gekommenen Outfits – selbstredend ist dies nichts im Vergleich zu den momentan in der Bar vertretenen, makaberen Stylings.

»Hast du schon unsere Vampire getroffen?«, frage ich Stuart. Ich lasse die ironischen Anführungszeichen für das Wort Vampire bewusst mitklingen.

»Was sie trinken, geht aufs Haus. Das macht mich wohl kurzfristig zu ihrem besten Freund. Obwohl – sie haben über meinen Umhang gelacht.«

Ich schenke mir den Kommentar dazu und mache mich auf zu dem Tisch, wo Franklin in seriösesten Kundenwerber-Klamotten unseren WVMP-Merchandise feilbietet.

»Ciara?«

Ich schaue in Richtung der Stimme und sehe David näherkommen. Er bleibt stehen, stutzt – wohl wegen meines Outfits. Mir geht's genauso bei ihm: Er trägt heute konsequent Schwarz – schwarze Jeans, schwarzes körperbetont geschnittenes T-Shirt, darüber schwarze Lederjacke.

»Na, hal-loo!« Er kratzt sich am Kopf, als er bemerkt, wie seine Begrüßung klingt. »Ich meine: Hi! Spencer sagt, Monroe käme vorbei, wenn er um Mitternacht mit seiner Sendung durch ist.« David schweigt einen Augenblick. Offenkundig wartet er darauf, dass ich ihn nach Shane frage. »Von dem anderen keine Reaktion bisher. Ich versuch's aber weiter.« Er angelt nach seinem Handy und geht zum Telefonieren in die Küche.

Ich stelle mich neben dem unkostümierten Franklin hinter den Verkaufstisch, da sich eine Schlange höchst interessierter Kunden gebildet hat. Die Leute wollen tatsächlich Geld ausgeben für das Privileg, für uns und den Sender Werbung zu laufen.

Die meisten Radiosender müssen T-Shirts und Aufkleber kostenlos unters Volk bringen … Die meisten Radiosender haben ja auch keine Vampir-DJs (nehme ich zumindest an).

Während Franklin die Ware an die Käufer bringt, nehme ich deren Bezahlung entgegen und gebe Wechselgeld heraus. Aus dem Augenwinkel beobachtet Franklin mich, wie ich mit dem Bargeld umgehe. Möglicherweise will er sicher sein, dass nichts davon in meine eigene Tasche wandert.

Der nächste Kunde zieht mit seinem T-Shirt in der Hand ab, und ich nutze die Gelegenheit, mich zu Franklin hinüberzubeugen. »Entspannen Sie sich! Echte Trickbetrüger stehlen nicht. Wir nehmen nur.«

»Da gibt's einen Unterschied?«

»Warum sollte man sich den Ärger an den Hals hängen, jemanden zu bestehlen, wenn dieser Jemand dazu bereit ist, sein Geld freiwillig zu geben?« Ich mache den Reißverschluss der großen Geldbörse auf und ziehe einen Zehn-Dollar-Schein heraus. »Wenn ich beispielsweise diesen Schein hier nehme und ihn mit Stuarts Hilfe in einen Zwanziger verwandle, dann ist das kein Diebstahl.«

Franklin runzelt mit Blick auf den Schein die Stirn. »Wie soll das denn gehen, den Zehner in einen Zwanziger verwandeln?«

»Ich zeig es Ihnen.« Ich mache mich auf zur Theke, bleibe aber schon nach ein paar Schritten stehen und kehre zu Franklin zurück. Mit einer Geste auf die sechs Mann breite Horde, die die Theke belagert, sage ich: »Tja, der ist wohl gerade viel zu beschäftigt. Dann veranstalten wir die Übung eben gleich hier.« Ich stelle mich auf die Käuferseite unseres Merchandise-Standes. »He, Sie, ich möchte gern einen von diesen Feed-the-Need-Buttons kaufen.«

Franklin zögert. »Das macht einen Dollar.«

Ich gebe ihm den Zehn-Dollar-Schein, und er gibt mir neun Dollar Wechselgeld zurück. »Oh, Moment!« Ich werfe einen

Blick in die große Börse. »Das kann ja gar nicht funktionieren!«

»Warum nicht?«

»Wir haben nicht genug Scheine, um den ganzen Trick durchzuspielen.« Ich grabe in meinen Taschen und hole eine Hand voll Dollar-Scheine hervor. »Hier, ich gebe Ihnen die zehn für Ihren Zehner, und dann fangen wir noch mal von vorne an.«

»Okay«, sagt er und gibt mir den Zehner.

Ich beginne die einzelnen Dollar-Scheine abzuzählen. »Warum, verflucht, kommen die Leute eigentlich immer nur mit großen Scheinen in 'ne Bar? Lori treibt der Scheiß echt in den Wahnsinn.« Ich packe den Zehner, den Franklin mir gerade gegeben hat, unter meine neun Ein-Dollar-Scheine und reiche ihm das ganze Bündel.

Franklin zählt die Scheine und mustert mich immer wieder misstrauisch. Ich wedele mit meinen bloßen Armen, um zu zeigen, dass ich ja wohl nichts im Ärmel habe verschwinden lassen können.

»Warten Sie!« Er hält mir das Bündel entgegen. »Sie haben mir zu viel gegeben. Das hier in meiner Hand sind neunzehn Dollar!«

»Shit!« Ich knirsche mit den Zähnen. »Ich bin so was von aus der Übung, das ist voll peinlich!« Ich seufze und fummele einen weiteren Dollar-Schein aus der Tasche. »Hier, ich gebe Ihnen einen weiteren Dollar, und Sie geben mir einen Zwanziger-Schein stattdessen.«

»Sie haben wohl geglaubt, Sie könnten mich reinlegen, was?« Er nimmt den Dollar-Schein und holt einen Zwanziger aus der Börse.

Ich grinse verlegen. »Ich wollte Sie halt gern beeindrucken. Aber Sie sind eben ein Meister im Verkaufen, es bleibt dabei.«

Er klatscht mir den Zwanziger in die Hand. »Viel Glück beim nächsten Mal!«

Ich nehme mir meinen Minus-neunzehn-Dollar-Button. »Soll ich Ihnen was zu trinken holen?«

Ich entscheide mich, auf den Zusatz Depp doch lieber zu verzichten.

Die Goth-Musik wird langsam ausgeblendet und gleichzeitig ein Scheinwerfer auf die Bühne gerichtet. Spencer tritt ans Mikrofon. Im Scheinwerferlicht glitzert sein kastanienbraunes zurückgegeltes Haar. Das laute Stimmengewirr unten in der Menge verebbt zu leisem Gemurmel, als Spencer einen Blick aus hypnotischen, dunklen Augen über die dichtgedrängt stehende Gästeschar schweifen lässt.

»Vielen Dank, dass ihr alle gekommen seid, um bei unserer kleinen Live-Sendung heute Abend dabei zu sein.« Spencer hält das Mikro in einer Hand und tritt in aufgesetzter Schüchternheit von einem Bein aufs andere. »Man hat uns gebeten, nicht nur den ein oder anderen Song für euch aufzulegen, um euch in Fahrt zu bringen, sondern euch auch ein bisschen was von uns zu erzählen. Zu erzählen, wie wir Vampire geworden sind.« Vereinzelt wird im Publikum gekichert oder sogar laut gelacht. Spencers Gesichtsausdruck aber unterstreicht seine Ernsthaftigkeit. Jedes Wort, sagt dieses Gesicht, ist die reine, unverfälschte Wahrheit. Die meisten unten im Publikum sehen und spüren das. Sie können nicht anders und hängen mit den Augen förmlich an Spencers Lippen.

»Einige von uns wollten ewig leben«, sagt er. »Einige einfach nur leben.« Sein Adamsapfel hüpft ein einziges Mal deutlich sichtbar. Sein Blick verliert sich für einen Augenblick in der Ferne, für genau einen Lidschlag, mehr nicht – ich hätte es verpasst, hätte ich zeitgleich geblinzelt.

»Aber für uns alle«, fährt er fort, »hat sich immer alles um Musik gedreht. Musik war für jeden von uns so wichtig wie Blut.« Ein Raunen geht durch die Menge, ein deutliches Zeichen dafür, wie die Spannung steigt.

»Jede Menge Leute sagen, Rock 'n' Roll heißt: so richtig ordentlich rummachen. Sie glauben, das sei die eigentliche Bedeutung.« Unter langen dunklen Wimpern wirft er den Frauen zu seiner Linken einen Blick zu, der sagt: Ich habe ja eigentlich keine Ahnung davon, aber vielleicht könnt ihr es mir ja zeigen.

»Rock 'n' Roll aber, das ist in Wirklichkeit Unsterblichkeit«, fährt Spencer fort. »Denn dank Mister Edisons Erfindungsgeist können unsere Urenkel noch Elvis oder Jerry Lee hören, als säßen sie mit den beiden im Studio irgendwo in Memphis. Und das heißt ›ewig leben‹, Leute. Unsterblichkeit hat nicht nur damit zu tun, dass man nicht stirbt – es bedeutet auch, nicht alt zu werden, nicht erwachsen zu werden, niemals erwachsen werden zu wollen!« Wieder huscht kurz ein Lächeln über Spencers Gesicht, als ob ihn die Schlussfolgerung selbst überrasche: »Man könnte also behaupten, dass ein Vampir zu sein für uns der ultimative Lebensstil des Rock 'n' Rolls ist.«

Er legt den Hebel am Plattenspieler um und lässt den Tonarm bei *Blue Suede Shoes* aufsetzen – in der Version von Carl Perkins. Es dauert nur ein paar Augenblicke, und die Menge tanzt und wiegt sich zur Musik, dreht und bewegt sich mit allem, was im Rhythmus mitschwingen kann. Spencers Blick wandert an der Reihe von Frauen entlang, die ihn anhimmeln. Ich suche nach Anzeichen für Blutdurst. Aber anstatt sich mit der Hand übers Gesicht zu fahren, streicht er sich nur mit den Fingern durchs Haar und zieht mit klassischer Verführergeste sein T-Shirt vorne glatt.

»Was meinen Sie?«, fragt eine vertraute Stimme gleich neben meinem Ohr.

Als ich meinen Kopf in Richtung des Sprechers drehe, sehe ich David neben mir stehen. »Ich meine, Spencer hat gerade elegant gekniffen, anstatt uns seine Geschichte zu erzählen. Kennen Sie sie?«

Er nickt. »Aber es ist nicht an mir, sie zu erzählen.«

»Und was ist mit Ihrer?«

»Meiner was?« Er beugt sich näher zu mir, streckt mir sein Ohr entgegen, als hätte er mich akustisch nicht verstanden.

»Ihrer eigenen Geschichte!«, brülle ich ihm ins Ohr.

Er schüttelt den Kopf, tippt sich gegen das Ohr und zuckt mit der Schulter, ganz so, als sei die Musik immer noch zu laut, um mich zu verstehen. »Da wartet noch ein Reporter für ein Interview auf mich«, brüllt er mir zu und verzieht sich in Richtung Theke. Er bewegt sich ganz anders als in seinen Arbeitsklamotten, als ob er jetzt erst in seiner richtigen Haut stecke.

An der Theke ergattert David einen Platz, wo gerade eben noch eine Brünette mit Begleiterin gestanden hat. Jede der beiden Frauen hält ein Pintglas mit blutrotem Bier in der Hand. Der Schaum läuft ihnen über die penibel manikürten Finger. Dementsprechend angewidert blickt die Brünette drein, während sie sich noch einmal zur Theke umdreht, um sich eine Serviette zu greifen. Dabei fällt das Licht der Lampen über der Theke auf ihr Gesicht.

Jolene.

Instinktiv suche ich nach dem nächstgelegenen roten Notausgang-Schild. Aber schließlich bin ich hier, weil ich zu arbeiten habe.

»Ich bin gleich zurück«, verkünde ich, an Franklin gerichtet.

Jolene und ihre Begleiterin arbeiten sich gerade durch die Menge zur nächsten Wand vor. Die Wand ist geschmückt durch eine silber-schwarze Tapete; Motiv: Friedhof. Die beiden sehen nicht gerade gut gelaunt aus, so wie sie hin und wieder an ihrem Bier nippen, und beobachten, was in der Bar so abgeht. Ich bin noch im Anmarsch auf die beiden, aus spitzem Winkel heraus, da lässt sich Jolenes rothaarige Begleiterin endlich dazu herab, ein bisschen mit der Musik mitzugehen: Sie nickt im Takt und klopft mit den Fingerspitzen gegen ihr Pintglas. Jolene bemerkt es und verpasst ihrer Freundin einen Rippenstoß; noch mehr Bier wird verschüttet.

Ich hole tief Luft und tippe Jolene auf die Schulter, spreche sie mit Namen an. Sie blickt mich an, offenkundig ohne mich zu erkennen, wahrscheinlich wegen meines Make-ups.

»Ich bin's, Ciara. Der Nagel zu deinem Sarg.«

»Du Bitch!« Sie löst eine Hand vom Pintglas – vielleicht der Impuls, mir eine zu verpassen. Aber sie überlegt es sich anders. »Die haben mich deinetwegen eingesperrt! Erregung öffentlichen Ärgernisses.«

»Plus Trunkenheit in der Öffentlichkeit und Widerstand gegen die Staatsgewalt«, wirft die Rothaarige ein.

»Schnauze, Kendra!«

»Das war nicht meine Schuld«, verteidige ich mich. »Wenn du dem Cop erklärt hättest …«

»Habe ich.«

»… mit Worten, die er vor seiner Mutter hätte wiederholen können …«

»Der Abend ist verloren; ich kriege ihn nicht mehr zurück, egal was ich tue«, unterbricht sie mich.

Ich zeige auf ihren Ehering. »Immerhin bist du trotz allem verheiratet.«

Kendra lacht auf. »Ja, Jolene, wer weiß? Wenn du die Nacht über nicht eingelocht gewesen wärst, hättest du vielleicht mit irgendeinem Kerl gepoppt, und Jeff hätte sich als Hochzeitsgeschenk einen Tripper bei dir eingefangen.«

Noch ehe sich Jolenes Freundin den nächsten Rippenstoß einhandeln kann, hebe ich die Hand. »Gib mir doch bitte deine Adresse, damit ich dir dein T-Shirt zurückschicken kann.«

Jolene öffnet schon den Mund, da bekommt ihr Blick mit einem Mal etwas Hinterhältiges. »Schick es mir ins Büro.« Sie zückt die Visitenkarte wie eine Waffe und hält sie mir unter die Nase.

Jolene Scoglio
Marketing-Abteilung
Skywave Communications, Inc.

Das also hat sie gemeint, als sie sagte, wir würden dafür bezahlen.

Kacke.

»Genau, Miss Griffin.« Jolene wirft ihr Haar zurück. »Schon bald wirst du für mich arbeiten. Zumindest für die zwei Minuten, die es dauern dürfte, deinen Schreibtisch zu räumen.«

Ich schnipse mit dem Fingernagel gegen ihre Karte. »So viel Entscheidungsbefugnis hast du doch gar nicht.«

»Richtig, dich zu feuern wird nicht in meine Kompetenz fallen. Aber die Dinge laufen halt so: Ihr alle werdet nach der Übernahme auf der Straße stehen. Die Starken gebieten über die Schwachen.«

»›Gebieten‹? Wo hast du denn das Wort her – von der Wort-des-Tages-Toilettenpapierrolle?«

»Ich für meinen Teil bin immerhin smart genug, um einen Job bei einer Firma zu bekommen, die auf dem Weg nach oben ist. Selbst diese lächerliche Vampir-Masche wird euren Sender nicht mehr retten.«

»Wie viel bist du bereit zu wetten?«

Eine kräftige Männerhand legt sich mir auf den Arm. Ich bin mir sicher, dass es David ist, der möchte, dass ich mich wieder zurück an die Arbeit begebe.

Es ist Shane.

»Können wir reden?« Im gedämpften Licht der Bar ist seine Miene unergründlich, aber seine Stimme verrät, dass es ihm ernst ist.

»Hallo, Shane«, sagt Jolene, »du T-Shirt-Dieb.«

Er wendet sich ihr zu. »Verzieh dich!«

Jolene schreckt vor ihm zurück, als sei er radioaktiv. Shane nimmt Kurs auf die Küche. Ich wappne mich innerlich und folge ihm.

Vom Regen direkt in das Auge des Sturms.

12

What'd I Say

»Danke für die Rettung.« Ich strahle Shane an. Mit meinem Untoten-Make-up muss das im fluoreszierenden Licht der Küche ziemlich lächerlich aussehen. »Was hältst du von unserem Event?«

»Gratulation!« Shane hält mir einen Cocktail-Rührer entgegen, dessen Kopf einem Grabstein nachempfunden ist. »Du hast uns zu Witzfiguren degradiert.«

»Die Deko ist auf Stuarts Mist gewachsen. Immerhin habe ich ihn davon abhalten können, das Ganze ein ›spuk-takuläres‹ Event zu nennen.«

Shane zeigt in Richtung Küchentür. »Niemand da draußen interessiert sich für die Musik. Sie sind alle nur hinter dem ›Blut‹-Punsch her, dem ›Blut‹-Bier und der ›Blut‹-Salsa!«

»Okay, ich weiß, ich weiß, die Deko ist ziemlich albern. Aber der Zweck heiligt eben die Mittel – und der Zweck ist immerhin, euch davor zu retten, auf der Straße zu sitzen.«

»Wenn man uns dabei derart verbiegt, wird es nichts mehr zu retten geben!«

»Wie? Was soll das denn heißen – verbiegen?!«

Shane wirft Jorge, dem Koch, einen Blick zu. Jorge springt momentan auch als Tellerwäscher ein, da das Smoking Pig partybedingt nur wenige Speisen anbietet. Bisher hat er uns ignoriert, während er scharf gewürzte Chicken-Wings anbrät – die heute Abend selbstredend ›Bat-Wings‹ heißen. Er nickt rhythmisch zur Musik aus dem Küchenradio.

Shane dreht sich um und durchquert die Küche in Richtung Stuarts Bürotür.

Wieder folge ich ihm, obwohl ich eigentlich längst wieder arbeiten sollte. Aber wenn es mir gelänge, Shane davon zu überzeugen, heute Abend Musik aufzulegen, wäre das ein weitaus größerer Erfolg als ein paar verkaufte Auto-Aufkleber.

Kaum habe ich die Schwelle zum Büro übertreten, fährt Shane mich auch schon an. »Weißt du eigentlich, wie viele Tabus du allein mit der Bitte gebrochen hast, wir sollten doch erzählen, wie wir zu Vampiren geworden sind?«

»Was ist denn schon dabei?«

Er stöhnt auf und reibt sich die Stirn, die momentan tiefe Denkfalten aufweist. »Diese Geschichte, Ciara, gehört zu dem wenigen, was wirklich und wahrhaft nur uns etwas angeht. Ein Vampir teilt dieses Wissen nur mit jemandem, dem er vollkommen vertraut. Sich darüber in aller Öffentlichkeit auszubreiten wertet alles ab, was uns ausmacht.«

»Aber Spencer hat doch gar nichts von sich erzählt, und wahrscheinlich werden es auch die anderen nicht tun.«

»Darum geht's nicht!« Mit ein paar wenigen, raschen Schritten ist Shane an mir vorbei und schließt die Tür zum Büro. »Die Bitte allein war eine Beleidigung, kapier das doch!«

»Es tut mir leid.« Ich merke, wie ich rot anlaufe, was mich voll nervt. »Ich habe das nicht gewusst.«

»Und genau das ist das Problem! Du hast uns kennengelernt – wann? Vor drei Wochen? Und schon glaubst du, du würdest uns verstehen, und gehst sogar so weit, unsere Geheimnisse überall auszubreiten!«

»Es ist kein Geheimnis, wenn sowieso niemand daran glaubt! Dann sind's bloß Märchen, mehr nicht!«

»Das spielt keine Rolle!« Shane macht ein, zwei Schritte auf mich zu und schlägt dabei die Schnur eines an der Decke schwebenden schwarzen Ballons zur Seite. Aber dann, als sei er vor eine Wand gelaufen, bleibt er stehen. »Was ist denn das für ein

Geruch?« Er rümpft die Nase, während er die Luft tief einsaugt. »Bist du in ein Fass mit Chemikalien gefallen?«

Ich halte mir eine meiner Haarsträhnen an die Nase. »Ich hab mir die Strähnchen aufgefrischt. Wie es sich gehört für eine wie mich: immer auf oberflächlichen Betrug aus.«

»Das habe ich nicht gesagt.«

»Das musst du auch gar nicht. Schau, ich weiß sehr wohl, dass ich noch jede Menge über euch Vampire zu lernen habe. Aber während ich noch versuche, meine Festplatte, was dieses Thema angeht, mit dem entsprechenden Update zu versorgen, ist Skywave schon dabei, euch aus dem Geschäft zu drängen. Du, Shane, wirst ja vielleicht noch einen anderen Job finden, um zu verhindern, dass du dich langsam, aber sicher in nichts auflöst. Aber was ist mit deinen Freunden?«

»Ich will auf keinen Fall, dass man sie zu einer Ansammlung von Klischees macht!«

Ich unterdrücke ein frustriertes Seufzen, brauche aber Zeit, um mich zu sammeln. Auf dem Bürostuhl stapeln sich Papiere; also setze ich mich auf die Schreibtischkante.

Möglicherweise wäre der Wechsel zu einer sanfteren Tour jetzt hilfreich. »Ich kann verstehen, Shane, dass du dich nicht gern kommerzialisieren lassen willst. Du möchtest unverfälscht sein und dich nicht vereinnahmen lassen. Ich bewundere dich für diese Haltung, wirklich. Aber außerhalb von Klöstern läuft die Welt nun mal so: Kommerz ist alles.«

»Das weiß ich. Aber wir sollten anders sein. Besser.« Er runzelt die Stirn. »Wir waren immer anders als das.«

»Bis ich alles ruiniert habe.«

»Du hast nicht …« Shane seufzt schwer. »Hör auf damit!«

»Womit?«

»Alles zu einer persönlichen Sache zu machen, sodass ich nicht das neue Marketingkonzept kritisieren kann, ohne gleichzeitig auch dich zu kritisieren. Was überhaupt nicht meine Absicht ist.«

»Ach, und warum nicht? Das alles war doch schließlich meine Idee. Außer den ›Beiß mich, ich bin 0-Positiv‹-Buttons. Das ist auf Franklins Mist gewachsen.«

»Ich möchte nicht, dass das neue Konzept zwischen uns steht.«

Ein schrilles »Uns?«, wie von einem Teenie im Stimmbruch, entschlüpft mir, ehe ich es verhindern kann. »Es gibt ein uns?«

»Das hätte ich gern, ja.« Shane blickt mich an. Zum allerersten Mal heute Abend schaut er mich wirklich an. Sein Blick wandert hinunter zu meinem Oberschenkel, was augenblicklich einen Feuerfunken meinen Rücken hinunterjagt. Er räuspert sich. »Wie geht's eigentlich deinem Bein?«

Ich warte, bis er mir wieder ins Gesicht schaut, ehe ich antworte: »Danke, ist schon besser.«

Er schluckt. »Viel besser?«

Ich rutsche auf der Schreibtischkante herum und bemühe mich, meine Beine verschränkt zu lassen. Bisher hatte ich sie übereinandergeschlagen; jetzt halte ich zumindest noch die Fußknöchel über Kreuz. »Viel besser.«

Das Büro scheint schlagartig zu schrumpfen, als Shane einen Schritt auf mich zumacht. »Trotz des ganzen Spektakels da draußen wollte ich dich heute Abend unbedingt sehen.« Er ist mir jetzt nah genug, um mich zu berühren. Im Licht der grünen Schreibtischlampe sehe ich ihn spöttisch lächeln. »Aber dieses Make-up … das bist nicht du.«

»Ich sehe eher aus wie ein Clown, nicht wahr, und nicht wie ein Vampir. Sag's ruhig!«

Shane beugt sich vor und saugt die Luft durch die Nase ein. Sein Gesicht ist meinem ganz nah. »Es überdeckt den dir eigenen Geruch.«

Außerdem juckt es wie eine Gesichtsmaske aus Gift. »Dann wisch es ab.«

Er zieht sich das T-Shirt über den Kopf, das braune, das er

über dem weißen Langarm-Shirt mit ausgefransten Ärmeln trägt.

»Fangen wir damit an.« Ganz langsam und behutsam fährt er mit dem Shirt über meine Lippen. Ich schließe die Augen. Er macht es noch einmal.

»Funktioniert's?«

»Nein«, sagt er leise. »Viel zu trocken.«

Seine Lippen streifen meine, die Andeutung einer Berührung, mehr nicht. Mit der Zunge leckt er mir über die Oberlippe; er kostet, befeuchtet sie. Ein leises Stöhnen entringt sich meiner Kehle. Shane leckt mir über die Unterlippe, ganz genauso. Ich gebe es auf, meine Knöchel über Kreuz zu halten.

Shane zieht sich ein winziges Stück zurück und wischt noch einmal über meine Lippen. »Na bitte. Rot steht dir viel besser.« Er beugt sich vor und küsst mich noch einmal.

»Wir sollten wirklich raus in die Bar.« Das hier zählt definitiv nicht mehr zu meinen Jobaktivitäten. »Ich habe Franklin versprochen, dass ich gleich wieder zurück bin.«

»Wir können sofort gehen, wenn du das möchtest.« Mit dem Daumen zeichnet er die Kontur meiner Schulter nach und fährt unter den schmalen, schwarzen Träger, der meine Korsage mehr ziert als hält. Meine Haut erwacht zum Leben, jeder noch so zarte Nerv bettelt um eine weitere Berührung.

»Okay, ich habe heute bereits den ganzen Tag gearbeitet.« Ich schlinge meine Arme um Shanes Hals. »Ich bin überzeugt davon, dass es irgendeine arbeitsrechtliche Vorschrift gibt, nach der mir nach acht Stunden eine Pause zusteht.«

»Wir möchten doch nicht, dass David mit dem Gesetz in Konflikt gerät.« Shanes Blick ist ernst, als er mich anschaut. »Ich weiß, du bist nicht, was du zu sein scheinst. Wahrscheinlich sind da hundert Schichten unter der hier.« Mit den Fingerspitzen gleitet er über die Make-up-Schicht auf meiner Wange, über den Wangenknochen entlang zum Haaransatz, bis seine Finger mir übers Haar streichen. »Ich möchte jede einzelne Schicht entfernen, bis ich zur echten Ciara vorgestoßen bin.« Er drängt sich zwischen meine Schenkel. »Ich möchte ganz tief in dich eintauchen.«

Ich spüre, wie die Hitze, die von seiner Haut ausgeht, auf mich abstrahlt: so viel wärmer als das letzte Mal, als ich ihn in Armen hielt. Ich will es, jetzt. Ich muss ihn in mir spüren.

Ich umschlinge Shane mit den Schenkeln. Er stöhnt auf und sucht meine Lippen in einem hungrigen Kuss. Seine Zunge stößt vor, samten, warm, und bringt mich dazu, meinen Oberkörper nach hinten zu biegen, mein Becken gegen seine Hüften zu schmiegen. Ganz will ich ihn spüren, überall. Ich umklammere ihn, ziehe ihn an mich. Ich höre nur seinen und meinen hastigen, keuchenden Atem; ich höre das Leder meines Rocks knarzen und das Blut in meinen Ohren rauschen.

»Schließ die Tür ab!«, gelingt es mir zu keuchen.

»Nein.« Ich spüre seine menschlichen Zähne an meinem Halsansatz entlangfahren. »Ich möchte, dass du dich vor mir sicher fühlst.«

Ich begreife: Er beißt mich, ich schreie, all seine Freunde und er … werden in Staub verwandelt. »Dann mach schnell!«

Seine Hand gleitet unter meinen Rock. Shane atmet schwer, als er entdeckt, dass ich schon bereit für ihn bin. Mit einem Arm hebt er mich an, während er mit der anderen Hand unter den String meines Tangas fährt und mir den Slip herunterzieht.

Ich habe schon die Hand am Knopf seiner Jeans, da schießt mir ein Gedanke durch den Kopf, der mir einen derben Strich durch die Rechnung macht. »Hast du denn ein Kondom dabei?«

»Brauchen wir nicht. Ich kann keine Krankheiten übertragen oder dich schwängern.« Shane wischt sich über die Wange, auf der mein Make-up Flecken hinterlassen hat. »Denk dran: Ich bin tot.«

Er lächelt, als sei das ein guter Witz. Mir aber geht ein kalter

Schauer durch und durch. Mit einem Mal ist mein Verstand wieder online.

»Warte!« Ich lege Shane die Hand auf die Brust. »Das gibt doch eine ziemliche Schweinerei. Ich meine, ich muss ja den ganzen Abend noch arbeiten.«

»Mach dir keinen Kopf! Wenn ich einen Orgasmus habe, spüre ich den, aber ich, ähm … verstehst du, produziere nichts dabei.« Er will mich küssen, aber ich drücke ihn mit der Hand auf seiner Brust ein Stück weg von mir.

»Wenn du sagst, dass du nichts produzierst, was …«

»Ich meine nicht nur mich.« Er nimmt meine Hand und führt sie tiefer nach unten. »Alle Vampire.«

Ganz plötzlich habe ich einen sauren Geschmack im Mund. Mein Magen ist dabei, sich zu etwas zu verknoten, was nur echte Seebären oder Pfadfinder lösen könnten.

Ich stehe kurz davor, einen Vampir zu vögeln.

Ein Vampir ist kurz davor, mich zu vögeln.

Nein.

Das ist Shane, erinnert mein Kopf meinen Bauch. Er gehört zu den Guten. Er ist menschlicher als die Hälfte der Kerle, mit denen du bisher geschlafen hast. Jetzt hör auf dich zu zieren und mach ihm die Hose auf!

Meine Eingeweide aber machen einen weiteren Looping.

»Was ist los? Stimmt was nicht?«, fragt Shane.

»Mir ist nur grade eingefallen … ich muss noch … ich sollte besser wieder an die Arbeit gehen.« Ich rutsche vom Tisch und dränge mich an ihm vorbei. Auf dem Weg zur Tür hoffe ich, ich schaffe es noch rechtzeitig bis zur Toilette. Meinen Slip hol ich mir später wieder.

Mit dem Fuß bleibe ich an Reginas Rucksack hängen. Hey, ein Themenwechsel als Rettungsanker!

Ich hebe den Rucksack vom Boden und werfe Shane ein schwaches Lächeln zu. »He, Regina hat ein paar CDs von dir hergebracht. Vielleicht möchtest du ja doch ein bisschen aufle-gen.«

»Warum bist du auf einmal so nervös?« Shane macht einen Schritt auf mich zu. Die Erinnerung an seinen blutverschmierten Mund schießt mir durch den Kopf.

»Nichts, gar nichts!« Ich stolpere rücklings weiter, bis ich den Türknauf im Rücken spüre. »Ich meine, ich fühl mich … ähm … wahrscheinlich ist ’ne Grippe oder so was im Anflug.« Das und ein schwerer Fall von Arschlochtritis noch obendrein.

Shanes Augen weiten sich. Schmerz und Verletztheit schleichen sich in seinen Blick. »Du hast schon wieder Angst vor mir.«

»Nein, sicher nicht.« Meine Stimme wechselt in eine höhere Tonlage – ein sicheres Zeichen dafür, dass ich nur etwas vortäusche. Aber wozu ist Ehrlichkeit gut? Darf ich nicht lügen, um Shanes Gefühle zu schützen? »Shane …«

»Du hast Angst.« Er zieht die Augenbrauen zusammen, sein Blick wird finster, die Stirn ist gerunzelt. »Du siehst mich an, als wäre ich ein Monster.«

»Das hat nichts mit dir zu tun, ich schwör’s dir. Nur mit mir.«

»Verdammt richtig!« Er reißt mir den Rucksack aus der Hand. Glücklicherweise lasse ich los, ehe Shane mir den Arm ausreißen kann. »Ich bin kein Monster. Ich habe nie jemanden verletzt. Das ist mehr, als man von dir sagen kann, soviel ich weiß!«

Mir schnürt es die Kehle zu. »Wie bitte?«

»Deine Tage als Trickbetrügerin sind gar nicht ferne Vergangenheit und längst vorbei. Das ist doch so, oder? Man hat dich erst vor ein paar Monaten wegen Betrugs festgenommen. David hat es mir erzählt.«

Heiß steigt mir die Schamröte ins Gesicht. »Hat er das?«

»Er hat gesagt, der Typ … wie nennt ihr das doch gleich?«

»Der Geprellte.«

»Ja, dem Geprellten sei das Ganze so peinlich gewesen, dass

er auf eine Anzeige verzichtet hätte.« Wieder kommt Shane einen Schritt auf mich zu. Jetzt hat er eindeutig die Grenze meines körperlichen Sicherheitsbereichs überschritten.

»Das ist häufig bei den Geprellten so.« Ich hebe meine Hände. »Hör bitte auf, mich zu bedrängen, ich möchte es dir erklären.«

»Damit du wieder lügen kannst?«

»Nein!« Wenn er so schnell bereit ist, mich zu verdächtigen, hat er vielleicht gar keine Erklärung verdient. »Erst einmal wurde ich nicht verhaftet. Ich wurde zur Befragung aufs Revier gebracht. Zweitens ist es gar nicht wahr, dass du noch nie jemanden verletzt hast. Du hast mich verletzt.«

»Ich habe gesagt, dass es mir leidtut. Wirst du mir das jetzt ewig vorwerfen?«

»Ja, wenn du über mich urteilst, als wärst du ein Heiliger! Du trinkst Blut. So wie ich das sehe, ist eine leere Brieftasche weniger tragisch, als leerzubluten.«

Seine Stimme geht eine Tonlage tiefer. »Meine Spender geben mir aus freien Stücken, was ich brauche.«

»Das redest du dir ein! Du meinst, deine Spender geben dir gerne und aus freien Stücken, was du brauchst. Sie werden also nicht von der Magie in deinem Blick verzaubert, wie meine Opfer von hübsch klingenden Versprechen.«

»Ich tue das, um zu überleben.«

»Ich auch. Aber ein Teil von mir genießt es, so wie du es genießt, Macht über Leben und Tod zu haben.«

Shane schüttelt den Kopf. »Vergleich uns nicht miteinander!«

»Der einzige Mensch, den ich mit Gewissheit nicht anlüge, bin ich selbst. Ich weiß ganz genau, was ich getan habe, und ich weiß auch genau, was es mich kosten wird, aus diesem Sumpf herauszukommen. Das ist der Grund, warum ich den Job beim Sender angenommen habe.«

»Dann sind wir also dein kleines Sühne-Projekt?«

»Vielleicht.« Sein Sarkasmus entfacht meinen eigenen. »Oder

vielleicht muss ich auch einfach nur meine Miete zahlen! Wer kann das bei mir schon wissen? Wie du selbst gesagt hast: Ich bin verdammt vielschichtig. Eine Maske nach der anderen.« Ich verschmiere das Make-up auf meiner Wange. »Wer weiß, was du findest, wenn du mir die letzte Maske vom Gesicht gerissen hast? Vielleicht überhaupt nichts.«

»Sag das nicht!« Shane setzt den Rucksack ab und hält meine Hände fest, die immer über meine Wangen reiben. »Da ist viel mehr als nichts.«

Mein Magen rebelliert wie ein Fisch am Haken. Ich wende meinen Blick von Shane ab, damit ich nicht kotze.

Er lässt meine Hände los. »Lass mich wissen, wenn du herausgefunden hast, was sich hinter den Masken verbirgt.«

Ehe ich eine Antwort darauf gefunden habe, ist er fort, hinaus durch die Hintertür des Smoking Pig.

Eine halbe Dose Abschminkcreme später ist mein Gesicht frei von jeglichem Make-up. Ich starre mich im Spiegel von Loris Puderdose an. Aber der Spiegel ist so klein, dass ich nur mein halbes Gesicht darin sehen kann. Ich halte ihn auf Armeslänge von mir. Das Spiegelbild verzerrt sich, wird unscharf.

Rasch klappe ich die Puderdose zu – bloß den Deckel drauf auf diese beunruhigende Metapher! – und lasse sie rasch in Loris Tasche fallen.

13

I Forgot to Remember to Forget

Als ich mich endlich wieder zurück in die Bar schleppe, hat Spencer die Bühne schon verlassen und Jim ist dabei, Helter Skelter von den Beatles durch die Lautsprecher zu jagen. Die Menge ist von kontrolliertem Tanzen zu wildem Hopsen übergegangen. Ich hätte sofort mitgemacht, wenn sich mein Körper nicht so schwer und matt angefühlt hätte.

Lori kommt mir mit einem Tablett leerer Gläser entgegen. »Was ist los? Was ist mit deinem Make-up passiert?«

Ich reibe mir die Augen, die sich rot und geschwollen anfühlen, und gebe ihr eine gekürzte Version der Ereignisse.

Sie fasst mich am Ellbogen. »Das check ich nicht. Mir hast du extra gesagt, ich soll Abstand von ihnen halten. Du hast gesagt, sie seien gefährlich.«

»Shane ist anders.« Ich nehme ihr das Tablett ab und bewege mich in Richtung Theke. Dort angekommen, räumen wir es gemeinsam ab. »Aber wenn ich ihm nie begegnet wäre und alles ungeschehen machen könnte, täte ich das sofort.« Lori hebt die Augenbrauen. »Oder vielleicht auch nicht«, gebe ich daraufhin zu.

»Er hat wirklich eine besondere Aura. Und auch die anderen scheinen ja ganz nett zu sein – bis auf Regina.« Lori blickt rasch über die Schulter. »Sie beobachtet mich immer noch.«

»Sie will dich nur verrückt machen. Am besten ist es, keine Angst zu zeigen.«

»Genau.« Lori wischt mit einem feuchten Lappen übers Tablett. »Keine Angst.«

Regina schiebt ihren Kopf zwischen uns. »Hi.«

Lori kreischt auf, das Tablett entgleitet ihr und landet in der Reihe schmutziger Gläser auf dem Tresen. Mit einer Hand hält Regina die Gläser fest, ehe sie ganz umstürzen und zu Boden fallen können.

»Hey, schön vorsichtig«, schnurrt sie Lori zu.

»Ähm, danke.« Lori dreht das Gesicht von dem Vampir weg. »Muss weiter.« Sie hastet davon.

»Was ist denn mit deinem hübschen Make-up passiert?«, fragt Regina mich. Dann schnüffelt sie an meiner Schulter. »Oh, ja klar. Shane mag seine Menschen lieber natürlich.« Sie zupft an ein paar meiner Haarsträhnen. »Irgendwann wird er dich bitten, das mit den Strähnchen sein zu lassen. Er wird sagen, dass er den Geruch der Farbe nicht erträgt.«

»Halt bloß Abstand von mir!«

Regina schnalzt mit der Zunge. »Ganz schön gereizt für jemanden, der gerade gefickt wurde.«

»Das geht dich zwar überhaupt nichts an, aber wir haben's nicht getrieben.«

Sie macht in gespieltem Erstaunen große Augen. »Na, das erklärt, warum du noch so läufig riechst.«

»Ach, verpiss dich!«, brülle ich sie an, leider genau in dem Moment, in dem die Musik eine Pause macht. Die Hälfte der Leute in Thekennähe dreht sich neugierig nach uns um.

»Die Damen.« David steht plötzlich auf der anderen Seite neben mir. »Was ist mit Ihrem Make-up passiert?«, fragt er mich.

Ich reibe an meinem Auge herum. »Es hat gejuckt.«

»An einer gewissen Stelle juckt's dich bestimmt«, murmelt Regina.

David hat die Hände in den Taschen seiner Lederjacke versenkt und sieht sich voller Stolz um. »Großartiges Event. Frank macht gerade Smalltalk mit den Kunden. Also brauchen wir Sie, Ciara, um den Merchandise unters Volk zu bringen.«

Erleichtert über die Ablenkung, trolle ich mich in Richtung

WVMP-Tisch davon. Ich greife mir eines der T-Shirts in Größe S und ziehe es über. Die anschmiegsame Baumwolle verdeckt die obere Hälfte meiner Spielen-wir-Vampir-Aufmachung. Mein Zuviel an nackter Haut seufzt erleichtert auf.

Arbeit: ein gut-amerikanisches Heilmittel für Herzschmerz.

Ich mache also über Stunden hinweg den Aufreißer und ziehe den Leuten das Geld aus der Tasche, bis das ganze Merchandise-Material, außer zwei kaputten Buttons und einem XXL-Shirt, komplett verkauft ist. Letzteres entscheide ich mich Jolene zu überlassen. Aber sie und ihr Anhängsel scheinen verschwunden zu sein.

Ich finde David und Franklin unmittelbar vor der Theke und halte ihnen die dicke Börse mit dem Bargeld unter die Nase. Franklin reißt sie sofort an sich.

»Sie haben mich abgezogen, Sie kleine Hexe«, sagt er nicht ohne einen Anflug von Bewunderung in der Stimme.

»Wie bitte?«

»Dieser Trick, den Sie mir vorhin gezeigt haben, der, der danebengegangen ist. Sie haben dafür zehn von unseren Dollar benutzt, die aber nicht zurückgegeben!«

Ich schlage mir vor Überraschung die Hand vor den Mund. »O Gott! Sie haben Recht!« Ich stecke ihm sofort einen Zehn-Dollar-Schein zu. »Danke, dass Sie mir geholfen haben, ehrlich zu bleiben.«

David zieht einen Barhocker vor. »Setzen Sie sich. Und nehmen Sie sich den Rest des Abends frei.«

»Oh nein, das geht doch nicht«, wehre ich ab, während ich auf den Hocker klettere – meine müden Füße frohlocken. »Okay, wenn ich's mir recht überlege: Spendieren Sie mir einen Drink?«

David lässt sich rechts neben mir nieder und winkt Stuart, der sofort zwei Gläser mit dem roten Bier vor uns auf die Theke stellt. Ich greife nach dem Bier, obwohl mein Magen anderer Meinung ist als ich.

Franklin entdeckt einen neuen Kunden am Tisch mit dem Fingerfood und stürzt sich in den nächsten Verkaufswalzer, ohne David und mich auch nur eines weiteren Blickes zu würdigen.

David nimmt einen großen Schluck Bier. Dann seufzt er befriedigt. »Und – wie läuft's so bei Ihnen?«

»Sie meinen, nachdem ich herausfinden musste, dass Sie Shane erzählt haben, ich wäre vor Kurzem verhaftet worden?«

David blinzelt. »Von Verhaftung habe ich nie was gesagt. Ich sagte: zur Befragung aufs Revier gebracht.«

»Warum haben Sie es überhaupt erwähnt?«

»Weil Sie beide es nötig haben, mit offenen Augen in diese Beziehung zu gehen.«

»Was wir beide nötig haben, ist, dass Regina und Sie sich um Ihre eigenen Angelegenheiten kümmern.«

»Es sind meine Angelegenheiten, wenn zwei meiner Angestellten sich aufeinander einlassen. Und glauben Sie mir: Was Sie bestimmt nicht wollen, ist, sich in einen Vampir zu verlieben!«

»Wer hat denn was von Verlieben gesagt?« Schlagartig erfasse ich die Bedeutung seiner Worte in ihrem ganzen Ausmaß. »Moment mal … sprechen Sie da aus eigener Erfahrung?«

David wendet den Blick ab und antwortet nicht.

»Nicht Regina, hoffe ich doch.«

Er schaltet auf spöttisch um. »Keine Sorge. Mag ja sein, dass ich bescheuert bin, aber am Leben hänge ich trotzdem.«

Sein Blick wandert plötzlich an mir vorbei. Er fasst mich am Arm. Ich drehe mich um, um zum Eingang der Bar zu schauen.

In der lauten Menge wird es mitten in einem Song der Grateful Dead, der aus den Lautsprechern dröhnt, totenstill. Aller Augen starren in dieselbe Richtung. Dass sie starr vor Staunen dastehen, hat seinen Grund: Monroe Jefferson ist, meiner bescheidenen Einschätzung nach, der granatengeilste Mann, der je auf Erden wandelte.

Ich hatte ihn mir alt vorgestellt, bloß weil er alt ist. Aber er hat das Gesicht und den Körper eines jungen Mannes, auch wenn in seinen Augen der Schmerz fast eines ganzen Jahrhunderts zu lesen ist.

Dieser verschlagene Blick, den er unter der Krempe seines Filzhutes hinweg aufs Publikum wirft, lässt jeden im Saal erschauern. Monroe trägt einen rein weißen Anzug und Schlips; ein ins Auge springender Gegensatz ist der abgewetzte schwarze Gitarrenkoffer an seiner Seite. Monroe betritt die Bühne, als sei er dort geboren und aufgewachsen.

Über meine Schulter hinweg sagt David etwas mit gedämpfter, atemloser Stimme: »Ciara, das ist noch nie da gewesen! Sie haben wirklich etwas in Bewegung gesetzt.«

»Ich habe doch noch nicht mal mit ihm gesprochen.«

Monroe setzt sich, öffnet den Gitarrenkoffer, während Jim ihm das Mikrofon tiefer stellt.

»Aber Ihre Idee«, fährt David fort, »holt sie hinaus ans Licht. Monroe hat endlich wieder die Gelegenheit aufzutreten.«

Ohne die Gitarre zu stimmen oder sich einzuspielen, beginnt Monroe. Seine Finger sind schnell, Monroe voller Selbstvertrauen – ich hätte schwören können, auf der Bühne säße mehr als ein Musiker allein. Er singt die erste Strophe von *I'm So Glad*. Die uralte Stimme, mit der er das tut, hat so viel Ähnlichkeit mit seinem unschuldigen Jungengesicht wie ein Schmetterling mit einer Raupe. Die Finger der einen Hand fliegen über das Griffbrett, während die anderen die Saiten zupfen, so schnell, dass sie zu verwischen scheinen. Bei der zweiten Strophe steigt Monroes Stimme um eine weitere Oktave mit der Leichtigkeit eines Vogels, der hoch auffliegt in den Himmel.

Ich greife hinter mich zur Theke, nach dem Handlauf aus Messing. Obwohl ich vollkommen nüchtern bin, schlägt mich die Musik in ihren Bann, als wäre sie ein Drogencocktail.

Der Song ist kurz. Und während die letzte Note verklingt, beenden alle im Publikum den Atemzug, den sie eigentlich längst hatten tun wollen. Erst danach brandet Applaus auf.

Monroe tippt an die Krempe seines Hutes. »Wie geht es euch allen denn so heute Abend?« Noch mehr Applaus. »Das ist gut, ja, wirklich gut.« Monroe stimmt seine Gitarre, während er spricht. »Ich heiße Monroe Jefferson. Könnt mich Mississippi Monroe nennen. Da komm ich nämlich her. Aus Natchez, um genau zu sein. Aber ihr könnt auch einfach Monroe sagen, wenn's euch lieber ist. Ich wurde 1913 geboren.« Er lächelt und streicht sich über das glattrasierte ebenholzfarbene Kinn. »Für mein Alter sehe ich gut aus.« Applaus und Gelächter. Monroes Lächeln verschwindet. »Das ist so, weil ich 1940 jemanden getroffen habe, der mein Leben verändert hat.«

Ich keuche auf und drehe mich zu David um. »Wird er wirklich seine Geschichte erzählen?«

David legt den Finger an die Lippen. Am entgegengesetzten Ende der Theke stecken Regina und Noah mit besorgten Gesichtern die Köpfe zusammen.

»Jede Menge Leute kennen die Geschichte von Robert Johnson. Es heißt, er sei um Mitternacht dem Teufel an einer Kreuzung begegnet und habe ihm seine Seele verkauft, um der König des Blues zu werden. Jeder, der ihn gekannt hat – so wie ich – weiß, dass das nicht wahr ist. Es war Tommy Johnson – und der ist nicht verwandt mit ihm –, der behauptet hat, genau das getan zu haben. Er ist derjenige, der mir die Richtung vorgegeben hat.«

Einmal gezupft, einmal alle Saiten angeschlagen. »Ich hab da in Kaschemmen gespielt, oh, bestimmt schon zehn Jahre lang. Brachte nicht viel Geld ein, hat für Whiskey und Zigaretten gereicht. Aber es war nie genug für eine Fahrkarte nach Chicago oder New York. Das aber waren die Orte, wo man mit Blues was werden konnte. Ich war gut – ihr alle hier könnt das sofort bestätigen«, sagt Monroe ohne eine Spur falscher Bescheidenheit, »aber nicht gut genug.

Also ging ich eines Nachts an die Kreuzung – nicht zu der, wo der Highway 61 auf den Highway 49 trifft: Das stimmt nicht. Wo die echte Kreuzung ist, ist ein Geheimnis, und nein, ich erzähle es euch nicht.« Er streicht mit den Fingern über die Saiten, als seien sie das Haar einer Frau auf dem Kissen neben ihm. »Ich bin an einem Dienstag hingegangen, damit ich nicht so lange Schlange stehen muss.«

Ich schaue David an, dessen Lächeln ein Spiegelbild meines eigenen ist.

»So gegen Mitternacht kommt ein Mann auf mich zu. Der Mann ist groß, ein Weißer. Genauso wie es Tommy vom Teufel behauptet hat. Der Mann hat langes schwarzes Haar; es ist so schwarz, dass es wie ein Fluss aus Blut im Mondlicht aussieht. Er kommt zu mir und sagt: ›Junge, du bist doch nicht hier, um auf den Bus zu warten, oder doch?‹ Ich schüttele den Kopf. ›Na, dann haben wir wohl Geschäftliches miteinander zu regeln.‹ Mir steckt da schon richtig die Angst in den Knochen, wie bei so ’nem Hundchen, das geschlagen wird. Aber gehen will ich nicht. Also fische ich nach einer Zigarette und versuche, sie mir anzuzünden.« Monroe macht eine Pause, weil er eben genau das tut: sich eine Zigarette anstecken. Das Licht der kurzlebigen Flamme verändert den Schattenwurf in Monroes Gesicht; der Blick aus seinen tiefliegenden Augen bekommt etwas Gehetztes. »Das Problem ist nur, dass meine Hand so zittert – ich kann kaum das Streichholz halten. Der Mann schnippt mit den Fingern und steht da und hält Feuer in seiner Hand. Mir rutscht die Zigarette aus dem Mund. Der Mann fängt sie auf und zündet sie sich an. Er zieht daran …«, wie Monroe selbst es nun tut, »… und gibt sie mir zurück. Ich stecke sie mir zwischen die Lippen und …« Monroe hält die Zigarette zwischen den Lippen und spielt ein paar Noten. Es ist totenstill im Saal, während er spielt. »… und der Rauch schmeckt nach Blut.«

Verstohlen blicke ich zu Regina hinüber. Sie starrt Monroe

an, steht da wie angewurzelt. Ihre eigene Zigarette hat vorn eine zentimeterlange Aschespitze.

»Ich bin nicht überrascht. Immerhin ist er ja, so denk ich mir, der Teufel. Aber dann öffnet er seinen langen, schwarzen Mantel, und ich entdecke, dass er angezogen ist wie ein Prediger. ›Ich bin nicht hier, um dir deine Seele zu nehmen‹, sagt er, ›ich bin hier, um sie zu retten.‹ Ich bin wütend und sage ihm: ›Gerettet werden ist das Letzte auf der Welt, was ich will. Wenn's dein Ziel ist, mich zu retten, sei so gut und bring mich um.‹«

Monroe zieht an seiner Zigarette und spielt dabei ein paar Takte einer neuen Melodie.

Als die letzten Töne verklingen, sagt Monroe: »Der Mann nahm mich beim Wort. Er nahm mein Blut, er nahm mir mein Leben. Er hat mich zu dem gemacht, was ihr jetzt vor euch seht. Aber selbst wenn ich tausend Jahre auf Erden wandelte, den Blues würde ich doch nicht beherrschen.« Monroe inhaliert tief und grinst durch den Rauch hindurch, den er ausstößt. »Aber dafür beherrscht der Blues mich für alle Ewigkeit. Ich denke, das ist doch auch was.«

Er stimmt *Baby Please Don't Go* an, und die Menge applaudiert, erst verhalten und dann geradezu ehrfürchtig.

Ich drehe mich zu David um. »Shane hat mir gesagt, sie würden ihre Geschichte niemals erzählen, nur in Ausnahmefällen.«

David hebt sein Glas in Richtung Bühne und prostet Monroe zu. »Alles geben fürs Publikum.«

Ich frage mich, ob Monroe die Wahrheit gesagt hat. Wie kann denn ein Vampir Feuer in seiner Hand halten? Vielleicht war es ja ein uralter Vampir. Aber hatte ich nicht irgendwo gelesen, dass Blues-Anhänger ihre Seele nicht dem Teufel, sondern wenn dann einem unglücksbringenden Geist verkauften?

Egal – es war ein großartiger Stoff für eine Geschichte, und das allein zählt.

Wir hören den nächsten Songs zu, ohne uns zu unterhalten.

Es ist das pure Gewicht dieser Musik, vollgesogen mit Gefühl und nichts als Gefühl: Meine Stimmung ist im Keller. Elend wie ich bin, genehmige ich mir ein paar Schlucke Bier. David bestellt für uns bei Stuart die nächste Runde, indem er zwei Finger hochhält.

»Jack Daniels«, ordert er, als Stuart auf uns aufmerksam geworden ist, »und lass die Flasche da.« Stuart hebt eine Augenbraue, aber bringt kommentarlos das Gewünschte. Hart stellt er die halbleere Flasche vor uns auf den Tresen, dazu zwei Schnapsgläser.

»Das ist genau das Richtige.« Ich schenke jedem von uns einen ordentlichen Jack ein und richte mich auf eine lange Nacht-des-Bedauerns ein.

Am Ende des nächsten Songs sage ich zu David: »Es ist traurig, nicht?«

»Oh ja. Selbst die fröhlicheren Blues-Songs haben diesen Effekt.«

»Ich meine Monroes Geschichte. Hat überhaupt einer von ihnen Vampir sein wollen?«

David droht mir mit dem Finger. »Nein, nein, versuchen Sie's erst gar nicht! Ich habe nicht das Recht, ihre Geschichten zu erzählen.«

»Und niemand sonst darf mir Ihre erzählen.« Ich neige den Hals der Whiskey-Flasche in Davids mittlerweile leeres Glas und gieße den bernsteinfarbenen Inhalt hinein.

David dreht das Glas, seine Fingerspitzen oben am Rand spielen Karussell damit. Monroe schlägt die Saiten an, seine Stimme ist ein einziges Schmachten. So verwebt er seine rauchverhangene Magie mit Gallows Pole.

Endlich hat David es satt, in seinen Jack Daniels zu starren und kippt ihn hinunter. Er wischt sich über den Mund und zieht seine Lederjacke aus. Die Frauen in unserer Nähe teilen meine Bewunderung für den wohlgeformten Bizeps, den das ärmellose schwarze Shirt enthüllt. David ist blind für die Aufmerksamkeit, die er erhält.

»Mein Vater ist ganz plötzlich gestorben. Ich war gerade im letzten Studienjahr.« David hängt die Lederjacke über die Lehne des Barhockers. »Ich war im College. Ich war nicht rechtzeitig zu Hause, um ihn noch einmal zu sehen.«

»Tut mir leid«, sage ich, weil in einem solchen Fall Beileidsäußerungen erwartet werden.

David nickt. »Er gehörte der Liga an. Je älter ich wurde, desto mehr habe ich die ganze Geheimniskrämerei und das ständige Umziehen gehasst. Ich wollte einfach nur ein ganz normales Leben.«

»Das Gefühl kenne ich«, murmele ich.

»Mein Hauptfach war Rundfunk, und bereits mit zwanzig habe ich den Campus-Sender geleitet. Aber nach dem Tod meines Vaters war es keine Frage, was ich zu tun hatte. Ich habe bei der Liga unterschrieben, kaum dass ich meinen Abschluss hatte. An meinem ersten Tag dort habe ich Elizabeth getroffen.« David verfällt in Schweigen, nachdem ihr Name gefallen ist, was meinen Verdacht bestätigt.

Ich gieße ihm mit dem nächsten Whiskey Kraft für den Rest der Geschichte ein. »Dann war sie also zu der Zeit noch ein Mensch.«

»Ein Mensch, ja. Und wir waren ineinander verliebt.« Er knallt das Whiskey-Glas wieder auf den Tresen. »Heute wäre sie nicht bereit, das zuzugeben.« David nimmt einen großen Schluck Bier. Dann schiebt er das Glas in der zurückgebliebenen Pfütze aus Kondenswasser hin und her. »Als sie verwandelt wurde, da …«

Applaus, Pfeifen und Kreischen gehen los, als Monroe die Bühne verlässt. Ohne sich noch einen Drink zu genehmigen oder ein Bad in der Schar seiner Bewunderer zu nehmen, greift er sich seinen Gitarrenkoffer und ist ohne ein Wort für irgendjemanden im Saal durch die Eingangstür verschwunden.

Noah nimmt seinen Platz auf der Bühne ein und wirft ein Lächeln in die Runde. Ganz offenkundig gefällt ihm, wie ein Raunen der Bewunderung durchs weibliche Publikum geht. »Ich bin Noah. N und O sind zusammen ›no‹; A und H sind zusammen ›Ah‹ für Schmerz. Noah bedeutet also ›Kein Schmerz‹. Wenn ich euch beiße, spürt ihr nichts als glückselige Zufriedenheit.«

»Es stimmt«, bekräftigt David mir gegenüber. »Ich habe allerdings keine Ahnung, wie er das macht.«

Die Menge wiegt sich, lässt sich von Lee ›Scratch‹ Perrys *Dreadlocks in Moonlight* mitreißen, wogt durch den Saal. Ich gehe davon aus, dass Noah seine Geschichte nicht erzählen wird, jedenfalls nicht hier und jetzt.

Trotz der völlig anderen Art von Musik und obwohl ich gar nicht anders kann, als im Rhythmus mit dem Fuß zu wippen, bleibt die Stimmung hier am Tresen düster. »Elizabeth wurde also verwandelt …«, sage ich, um David dazu zu bringen, weiterzuerzählen.

Er runzelt die Stirn. »Es ist bei einer Razzia in den Ozark Mountains passiert. Eine Gruppe älterer Vampire ist plötzlich bösartig geworden: Die haben sich eine kleine Stadt im südlichsten Winkel von Missouri vorgenommen und dort ihre Opfer gefunden und ausgesaugt. Wir sind rein und haben ein paar von denen festgesetzt. Aber wir waren für diese Art von Einsatz falsch aufgestellt.« David presst die Stirn gegen die Faust seines auf den Tresen gestützten Arms. Er zwingt sich, die nächsten Worte herauszubringen. »Der Anführer der Gruppe war ein Vampir namens Antoine. Manche behaupten, er sei da schon ein ganzes Jahrhundert alt gewesen. Aber ausgesehen hat er wie fünfzehn oder sechzehn. Ich glaube, Elizabeth hat sich von seiner scheinbaren Jugend täuschen lassen. Sie hat es nicht übers Herz gebracht, jemanden auszuschalten, der noch ein Kind zu sein schien. Er hat sie in seine Gewalt gebracht und verschleppt.« Davids freie Hand schließt sich enger um das leere Whiskey-

Glas. »In der darauf folgenden Nacht ist sie in meinem Quartier aufgetaucht.« David schließt die Augen und öffnet sie für eine ganze Weile nicht mehr.

»Sie hat Sie gebissen«, konstatiere ich daraufhin.

»Sie war so stark. Ich dachte, ich würde sterben. Nach einer Weile war mir das egal, weil es, nun, es fühlt sich an …« David blickt mich an. »Na, Sie wissen ja, wie es sich anfühlt.«

»Nur was den schmerzhaften Teil angeht, den, wo sich Zähne in einen hineinbohren.« Ich beuge mich näher zu ihm hinüber und weiß, dass der Alkohol Davids Zunge löst. »Wie ist denn der Rest so?«

Sein Blick verliert sich. »Wie die Potenzierung eines Orgasmus. Man hat das Gefühl, als sei man mit einem Mal ganz – als hätte man etwas gefunden, von dem man gar nicht gewusst hat, dass man es braucht.«

Ich frage mich, welche Macht jemand über einen anderen hat, wenn er ein solches Gefühl geben kann. »Und was ist dann passiert?«

»Als ich kurz davor stand, bewusstlos zu werden, stieß sie mich von sich fort und sagte mir, sie würde mich nur noch auf diese und keine andere Weise mehr anrühren.« Davids Lippen kräuseln sich in einem seltsamen Lächeln. Einen solchen Ausdruck habe ich auf seinem Gesicht noch nie zuvor gesehen. »Der Gedanke an Rache war alles, was mich am Leben gehalten hat. Ich verweigerte den Gehorsam und habe Antoine gejagt, allein. Eines Nachts, in einer Gasse in Memphis, habe ich das Arschloch mit einem Pflock durchbohrt.« David stützt den Kopf nun in beide Hände. »Ich habe ihr doch nicht wehtun wollen, nie.«

»Was meinen Sie damit?«

»Wenn derjenige Vampir getötet wird, der dich selbst zum Vampir gemacht hat, stirbt ein Teil deines eigenen Selbst mit ihm. In dieser Nacht kam Elizabeth in einem vollkommen desolaten Zustand zu mir: Sie litt Todesqualen, ganz, als liege sie selbst im Sterben. Sie sagte, ihr wäre, als habe jemand ihr das Herz herausgerissen und verkehrt herum wieder in sie hineingezwängt.«

»Haben Sie es ihr erzählt – dass Sie Antoine erledigt haben?«, frage ich.

»Nicht gleich, aber ja, schließlich schon. Sie hat mich angeschaut, als wäre ich gerade dabei, sie mit diesem Pflock zu durchbohren.«

»Aber sie hat Sie doch gebissen! Sie hat Ihnen wehgetan.«

»Das war nicht ihre Schuld. Gerade erst verwandelte Vampire haben noch keine Kontrolle über sich und ihr Handeln. Sie hätte einfach nur besser unterwiesen und überwacht werden müssen.«

»Nein, David«, sagt eine tiefe, weibliche Stimme, und mir stellen sich beim Klang dieser Stimme schlagartig sämtliche Nackenhaare auf. »Ich hätte dir einfach gleich die Kehle herausreißen sollen.«

David und ich drehen uns langsam um und sehen uns einer Frau in einem langen schwarzen Seidenkleid gegenüber. Sie sieht nicht viel älter aus als ich, ein paar Jahre vielleicht, nicht mehr. Aber sie ist viel größer. Blonder.

»Elizabeth«, sagt David mit belegter Stimme. »Ich wusste nicht … ich hatte keine Ahnung, dass …«

»Dass ich hier bin?« In ihren blauen Augen blitzt Zorn auf, aber es ist eine kontrolliert eingesetzte Emotion, nichts anderes.

»Dass ich hören konnte, wie du meine Geschichte einer wildfremden Person erzählst?« Elizabeth sieht mich nicht an – nicht dass ich den geringsten Wert darauf gelegt hätte, direkten Blickkontakt zu ihr zu haben.

David räuspert sich und hält ihrem Blick stand. »Es ist auch meine Geschichte, nicht nur deine.«

»Antoine ist meine Sache.« Elizabeths Finger schließen sich um Davids Unterarm. »Nicht deine. Niemals.«

»Ich möchte ja nur, dass Ciara es versteht.« Davids Stimme

ist jetzt fest. »Sie hat die Wahrheit verdient. Sie ist jetzt eine von uns.«

In diesem Augenblick bin ich mir gar nicht so sicher, dass ich eine von ihnen sein will. In Wahrheit wäre ich gerade gern einer von den Leuten, die die Bar durch die Eingangstür wieder verlassen. Verlassen *könnten*, so muss es heißen, denn momentan scheint keiner der Gäste dieses Bedürfnis zu haben.

»Ich freue mich, Sie kennenzulernen.« Ich strecke Elizabeth die Hand entgegen, damit sie, wenn sie nicht sehr unhöflich mir gegenüber sein will, Davids Unterarm loslassen muss, um die Geste zu erwidern. »Ciara Griffin, die neue Praktikantin in der Marketing-Abteilung.«

Elizabeth blickt meine Hand mit einem Ausdruck an, als vermute sie, ich hätte mir gerade eben meine Nase darin geschnäuzt. »Das hier ist Ihre Party?«

»Die Party des Senders, ja. Was halten Sie denn von unserem Marketing-Event?«

Ohne den Kopf zu drehen, lässt sie den Blick über die Menge schweifen, die tanzt, trinkt und sich gegenseitig auf die Füße tritt. »Ich mache mir Sorgen, ob ein Vampir nicht die Kontrolle über sich verlieren könnte bei so viel Frischfleisch um ihn herum.«

Ich ziehe meine Hand zurück. »Wie sieht's, was das angeht, bei Ihnen aus?«

Elizabeth hebt eine der dünnen, schön geschwungenen Augenbrauen. »Ich habe meinen Blutdurst durch Reste aus Blutbanken immer im Griff.«

David lacht rau auf und pflückt ihre Hand von seinem Arm. »Und warum fühlst du dich dann gerade jetzt so kalt an?«

»Die Einschaltquoten werden mit Sicherheit in die Höhe klettern.« Ich wage den Versuch, das Gespräch aus dem eher gefährlichen in ein mehr berufliches Fahrwasser zu lenken. »Alle wichtigen Medienvertreter der Region haben heute Abend schon Interviews mit David geführt.«

David wirft mir einen dankbaren Blick zu. Dann gilt seine ganze Aufmerksamkeit wieder Elizabeth. »Und am ersten Juli«, berichtet er, »beginnen wir damit, die Sendungen unserer Radiomoderatoren auch während des Tages auszustrahlen – anstelle einiger dieser langweiligen vorgefertigten Programme anderer Anbieter, deren Verträge mit uns auslaufen.«

Ich nicke energisch. »Denn wer will schon morgens um drei aufstehen, um sich eine Musiksendung anzuhören?« Außer mir selbstverständlich.

Elizabeth schweigt einen Augenblick, dann streckt sie mir die Hand entgegen. »Viel Glück«, sagt sie, ohne zu lächeln.

Ich versuche wegen des eiskalten Händedrucks nicht die Miene zu verziehen. »Wollen Sie uns auf einen Drink Gesellschaft leisten?«

»Nicht jetzt.« Sie senkt leicht den Kopf, fixiert dabei aber mit großen Augen David. Der Blick ist fragend, ja geradezu bittend. David schiebt das Kinn vor und dreht den Kopf von ihr fort. Er starrt mit zusammengekniffenen Augen auf den Boden hinter dem Tresen. Elizabeth bleibt reglos stehen, und mir geht auf, dass ich unfreiwillig gerade Zeugin von Verhandlungen über sehr intime Angelegenheiten bin.

Schließlich reibt sich David übers Kinn und nickt kurz, ohne Elizabeth dabei anzusehen. Sie atmet tief durch, scheint erleichtert.

»Wenn Sie mich jetzt entschuldigen würden«, sagt sie, »man erwartet mich bei einer Besprechung.«

Sie entfernt sich, schwebt mehr über den Boden, als sie geht. Sie nähert sich einem breitschultrigen Mann, der gegen eine der Wände gelehnt die Menge beobachtet. Er ist ebenso lässig gekleidet wie alle anderen. Aber er nimmt eine geradezu militärische Haltung an, als Elizabeth bei ihm ankommt. Die beiden unterhalten sich, nicken einander zu und beobachten die Gäste, die Blicke wachsam.

Ich drehe mich zu David, um ihn zu fragen, wer der Typ ist, mit dem Elizabeth sich unterhält. David aber hat ihr gar nicht hinterhergeschaut. Stattdessen starrt er mit zusammengezogenen Augenbrauen und zusammengekniffenen Lippen wieder ins leere Whiskey-Glas. Die Lampen über dem Tresen werfen den Schatten langer, dichter Wimpern auf Davids Wangen.

Ich berühre ihn am Arm, und David blickt rasch auf. Enttäuschung huscht wie eine dunkle Wolke über sein Gesicht, als er begreift, dass ich es bin, der nach seinem Arm gegriffen hat.

»Mit wem unterhält sich Elizabeth da?«, frage ich ihn.

Er wirft einen Blick hinüber. »Einer von den Handlangern der Liga.«

»Aber … Moment mal: Sie arbeitet immer noch für die?«

»Als freie Mitarbeiterin, ja. Sie lässt der Liga Informationen im Tausch gegen Geld und Schutz zukommen.«

Ein Vampir-Spitzel. Erfreulich, dass sie wenigstens ein bisschen Ehre im Leib hat.

Der riesige Kerl von der Liga beugt sich zu Elizabeth hinunter, um ihr etwas ins Ohr zu sagen. Ich habe Gelegenheit, dabei eine verdächtige Ausbeulung unter seiner schwarzen Lederweste zu entdecken.

»Sagen Sie bloß, der Typ trägt eine Waffe!«

»Keine, die einem Menschen gefährlich werden könnte.«

Ich beobachte, wie sie Noah beobachten. Noah lehnt lässig an der Wand hinter der Bühne und unterhält sich mit ein paar aufgestylten Mädels. »Ah, dann darf ich wohl davon ausgehen, dass Sie nach der Sache mit Antoine bei der Liga ausgestiegen sind?«, will ich von David wissen.

»Sie haben mich rausgeworfen, vorzeitige Entlassung: nicht so schlimm wie unehrenhafte Entlassung, aber eben auch keine ehrenhafte. Mir war's egal. Schließlich habe ich danach endlich meinen Traum in die Tat umsetzen können.«

»Einen Radiosender leiten?«

David nickt. »Und währenddessen ein paar Vampiren dabei helfen, sich der Kontrolle durch die Liga zu entziehen.

Elizabeth und ich haben ein halbes Dutzend DJs und Musiker um uns versammelt und ihnen Gelegenheit gegeben, gleichzeitig in der Gegenwart und in ihren jeweiligen Lebenszeiten zu leben.« David macht eine Handbewegung, die unsere Umgebung einschließt. Ich nehme an, dass er von Sherwood spricht. »Wir haben ihnen einen sicheren Ort zur Verfügung gestellt, in dem sie in Ruhe und Sicherheit zu sich selbst finden können.« Seine vom Whiskey schwere Zunge hat leichte Probleme mit der Reihung von S-Lauten. »Einen Ort, wo sie nicht wie Antoine enden.«

Noch einmal fülle ich unsere Whiskey-Gläser und hebe meines zu einem Toast. »Auf die Bußfertigen und ihre Suche nach Sühne.«

Wir stoßen an und trinken. *Don't worry about a thing. 'Cause every little thing's gonna be all right*, versichert uns Bob Marley. Klar, alles wird gut … Doch tief in mir drin bin ich mir alles andere als sicher.

14

Bad Company

Als ich Montag Früh im Büro auftauche, drückt Franklin gerade auf die Halten-Taste seines Telefons. Auf der anderen Leitung klingelt es.

»Können Sie das Gespräch bitte entgegennehmen?«, fragt er mich. »Es ist vielleicht ein Werbekunde.«

»Die Werbekunden rufen uns an? Bin ich im richtigen Büro?«

»Verpassen Sie Ihrer spitzen Zunge lieber einen Maulkorb und nehmen Sie den Anruf entgegen!«

Der Anruf kommt von einem italienischen Restaurant in der Stadt, das zu besuchen ich mir genau null mal habe leisten können. Sie möchten Werbezeit bei uns kaufen. Ich habe ein geradezu sadistisches Vergnügen dabei, ihnen mitzuteilen, dass wir versuchen würden, sie noch auf unsere überlange Warteliste zu quetschen.

Als wir beide unsere Anrufe erledigt haben, hält mir Franklin in der einen Hand das Feuilleton der Washington Post und in der anderen das der Baltimore Sun entgegen. »Seite vier beziehungsweise Seite zwei.«

»Gute Arbeit, Mr. Hyde!«

»Wissen Sie, was mir gestern Morgen unter der Dusche aufgegangen ist?« Sein Telefon klingelt, und er zeigt mit dem Finger auf mich, während er mit der anderen Hand nach dem Hörer angelt. »Sie haben mich um neun Mäuse erleichtert!«

»Betrachten Sie es doch einfach als Bezahlung für geleistete Überstunden.« Ich widme mich wieder meinem PC und rufe die Kalkulationstabelle für das Merchandise von WVMP auf. Wir müssen vor dem nächsten Gig am Freitag noch unbedingt zusätzliche Artikel ordern.

Regina kommt die Treppe heraufgestapft. Sie greift sich die Zeitungen, die auf Franklins Schreibtisch liegen. Franklin schafft es, sie mit einem finsteren Blick zu bedenken, während er gute Laune ins Telefon versprüht.

Sie kommt zu mir herüber, setzt sich auf die Tischkante und begutachtet den Artikel und das dazugehörende Foto. »Hab echt astrein ausgesehen, findest du nicht auch?«

»Mhmm-hm.« Vielleicht bestelle ich dieses Mal mehr Rot-auf-Schwarz-T-Shirts.

Regina blättert durch die Zeitung und überfliegt die Seiten. Aus dem Augenwinkel nehme ich wahr, dass sie bei den Comics hängen bleibt.

Sie grunzt. »Ich könnte schwören, dass ich denselben beschissenen Mary-Worth-Strip schon vor zwanzig Jahren gelesen hab.«

Ich schaue sie an. »Willst du irgendwas von mir? Mich ein bisschen aufziehen oder mobben vielleicht?«

»Oh.« Sie kaut auf der Innenseite ihrer Wange herum, während sie mit ihren schwarz lackierten Fingernägeln an der Schreibtischkante entlangfährt. »Eigentlich wollte ich dir nur sagen, dass ich die Party gestern Abend echt abgefahren fand.«

»Und wie kam es dazu?«

»Ich war einfach zu viele Jahre in diesem kleinen Studio da unten eingesperrt. Uns alle live Musik an ein und demselben Ort auflegen zu sehen … tja, das hat sich angefühlt wie damals, als ich noch durch die Clubs gezogen bin.« Regina zieht die Nase hoch. »Es gab sogar einen typischen Popper, der mich genervt hat, weil er unbedingt *Bela Lugosi's Dead* hören wollte.«

»Tja, das ist der einzige Song von Bauhaus, den der Durchschnittshörer kennt.« Was mich ebenfalls zum Durchschnitt macht – jedenfalls bis ich angefangen habe, Reginas Sendung zu hören.

»Das Verrückte war, dass die Leute mich gemocht haben. Auch wenn ich sie finster angeschaut habe.« Reginas dunkle Augen – das erste Mal, seit ich sie kenne, nicht geschminkt – vermeiden fast schon schüchtern den direkten Blickkontakt mit mir. »Das bin ich echt nicht gewohnt.«

»Ach, echt nicht? Ich dachte, dir fliegen die Herzen zu, egal, wo du auftauchst.« Ich öffne eine Schachtel mit Büroklammern und den Aktenordner mit den Merchandise-Rechnungen.

Regina ignoriert meinen Sarkasmus. »Wir beiden haben noch etwas gemeinsam – neben der Tatsache, dass wir Shane vögeln.«

»Ich habe dir doch schon gesagt, dass ich nicht …«

»Meinen Namen sprechen die Leute auch gern falsch aus.«

Ich werfe ihr einen kurzen, argwöhnischen Blick zu. Ich bin ehrlich verwirrt. Zum einen kann ich mir nicht vorstellen, wie man Regina falsch aussprechen könnte. Viel seltsamer aber ist, dass sie versucht, nett zu mir zu sein.

»Ich komme aus Saskatchewan«, erklärt Regina. Sie betont den Namen der kanadischen Provinz dreisilbig.

»Ach, du kommst tatsächlich aus Kanada?«

Regina blickt mich mit gerunzelter Stirn finster an. »Wieso? Bin ich nicht nett genug für eine Kanadierin? Was soll das Vorurteil?« Sie mäßigt sich gleich wieder im Tonfall. »Egal. Weißt du, wie die Hauptstadt von Saskatchewan heißt?«

Ich sortiere und hefte Rechnungen zusammen, während ich mir einbilde, im Kopf die Melodie von *Jeopardy!* zu hören. »Saskatoon?«

»Ignorante Yankee-Braut.« Regina seufzt theatralisch auf. »Nein, die Hauptstadt von Saskatchewan ist *Regina.*« So wie sie es ausspricht, hat genau in der Mitte, hinter dem weichen g, ein Ei Platz. »Solange ich da gewohnt habe, haben alle meinen Namen wie die Stadt ausgesprochen, was einfach falsch ist.«

»Und deswegen bist du umgezogen?«

»Ich bin da weg, weil's dort zum Kotzen war. Stell dir North Dakota vor, nur kälter.«

»Bu-äh! Wohin bist du dann gegangen?«

»Nach London, wohin sonst. Dann nach New York und schließlich L. A.«

»Ich war noch in keiner dieser Städte. Nur North Dakota ist mir ein Begriff.«

Als ich den Aktenordner schließe, stoße ich die Schachtel mit den Büroklammern um, und der Inhalt ergießt sich über den Fußboden. Ich beuge mich schon vor, um sie aufzuheben, da schiebt mich Regina zur Seite.

»Ich mach das!« Sie krabbelt hinter den Büroklammern her und zählt leise vor sich hin, während sie sie in ihrer Handfläche sammelt. Ich blicke zu Franklin hinüber, der dem Vampir mit unbewegter Miene zusieht.

Als Regina fertig ist, steht sie auf und lässt die Büroklammern aus ihrer Hand in die Schachtel gleiten. Mit zitternden Fingern stellt sie die Schachtel zurück auf meinen Schreibtisch. »Dreiundfünfzig.«

Ich schaue die Schachtel an, dann Regina.

Aus Augen, schmal wie Schlitze, wirft sie mir einen Blick zu. »Ein dummer Spruch von wegen *Sesamstraße*, und ich brech dir das Genick, als wär's ein Streichholz.«

Mein Telefon klingelt und rettet mich. »WVMP, das Herzblut des Rock 'n' Roll. Was kann ich für Sie tun?«

Eine kurze Pause, dann eine samtweiche, männliche Stimme. »Ich war auf Ihrer Party am Freitag.«

»Schön!« Gib uns Geld! »Ich hoffe, es hat Ihnen gefallen.«

»Nein, um ehrlich zu sein. Es hat mir gar nicht gefallen. Ich bin sogar überzeugt davon, dass diese kleine Party der Anfang vom Ende Ihrer Vampir-Freunde ist.«

Ich lache nervös auf. »Ach, tatsächlich! Warum denn?«

»Es war eine Abscheulichkeit.«

Trotz des Gefühls, dass mich da jemand auf den Arm nehmen will, legt sich plötzlich eine eisige Faust um meine Eingeweide. »Aber doch eine Abscheulichkeit, die richtig Spaß gemacht hat?« Ich blicke hilfesuchend zu den beiden anderen hinüber. Franklin führt selbst ein Telefonat, Regina liest mit Zornesfalte auf der Stirn *Rex Morgan, M. D.*

»Anonymität bedeutet Sicherheit«, sagt die Stimme in der Leitung. »Publicity bringt Gefahr.«

»Was denn für eine Gefahr?«

Regina blickt mich an.

»Wenn Sie diese Kampagne nicht sofort stoppen«, fährt die Stimme am Telefon fort, »wird jemandem früher oder später etwas passieren. Und ich sorge dafür, dass es früher sein wird.«

»Bleiben Sie bitte dran!« Ich lege den Kerl erst einmal auf Eis, als ich sehe, dass Franklin sein Gespräch gerade beendet hat. »Ein Drohanruf«, erkläre ich den beiden anderen im Raum.

»Wer ist es?«, fragt Franklin.

Ich seufze. »Er hat wohl vergessen, mir seinen Namen zu sagen. Soll ich den Typen danach fragen?«

»Ich mach das.« Franklin nimmt den Hörer und schaltet sich in die Leitung. »Franklin Morris, Marketing-Abteilung.«

»Hat der Kerl alt geklungen?«, flüstert mir Regina zu.

»Nein. Die Stimme klang jung.«

»Spencers Stimme klingt auch jung. Aber er ist über siebzig.«

»Oh! Du meinst: vampiralt.« Ich schüttele den Kopf. »Wenn ich wetten sollte, würde ich eher auf Skywave setzen. Vielleicht hat Jolene den Typen angestiftet.«

Regina runzelt die Stirn. Wir blicken zu Franklin hinüber, der rasch Notizen auf seinen gelben, linierten Block kritzelt. Er nickt und gibt eine ganze Reihe von *Mhmms* von sich, bis er endlich zu Wort kommt.

»Nun, Sir, es tut mir wirklich leid, aber ich fürchte, Sie haben die einzige Person hier im Sender an der Strippe, der das absolut am Arsch vorbeigeht. Ciao!« Er hängt ein und blickt mich an. »Wir haben ein Problem.«

David liest die Notizen, die Franklin sich während des Telefonats gemacht hat. Dann legt er den Block auf seinen Schreibtisch.

»Das ist eine ganz schöne Liste«, meint er.

Franklin verschränkt die Arme vor der Brust und lehnt sich an den Türrahmen. »Glaubst du, die arbeiten einen Punkt pro Vampir ab oder alle Punkte an einem einzigen?«

»Schieb dir doch einen hinten rein!« Regina wandert auf dem abgetretenen grauen Teppich vor Davids Schreibtisch hin und her.

Franklin seufzt. »Nein, nicht während der Arbeitszeit.«

»Was glauben Sie, wer dahintersteckt?«, frage ich David und kreuze rasch Reginas Weg, ehe sie mich umrennt.

»Muss Gideon sein«, meint sie. »Klingt ganz nach dem Isolations-Scheiß, den er immer von sich gibt.«

David schüttelt den Kopf. »Gideon und seine Leute wollen einfach nur in Ruhe gelassen werden.«

Ich hebe die Hand. »Äh, hallo? Wer ist denn Gideon?«

»So 'n scheiß-alter Vampir, der irgendwo draußen am Arsch der Welt lebt.« Regina blickt mich an. »Er meint, um eure Sorte sollten wir 'nen Bogen machen – außer um uns satt zu trinken.« Sie zeigt auf die Liste auf Davids Schreibtisch. »Nur ein Vampir kennt all die Arten, wie man uns umbringen kann. Ein Vampir oder die Liga. Und Elizabeth geht davon aus, dass sie uns diese Braunhemden vom Leib halten kann.«

»He, ich war auch mal einer von denen«, wirft David ein. »Und braune Hemden haben wir nie getragen.« Sein Blick wandert zu mir herüber. »Ich bin Ciaras Meinung – Skywave könnte dahinterstecken. Auf der Liste taucht das ein oder andere auf, das ungeeignet ist, um einen Vampir zu töten. Wie Silberkugeln und fließendes Wasser. Das sind Mythen, mehr nicht.«

»Und was tun wir jetzt?«, frage ich. »Sollten wir zur Polizei gehen?«

»Nein!«, donnert es mir einstimmig entgegen.

»Dass die Cops hier beim Sender herumschnüffeln, wäre nicht gut«, erklärt David. »Was, wenn sie runtergehen und einen Kühlschrank voller Blutkonserven finden?«

Die Vorstellung bringt mich dazu, eine Grimasse zu schneiden. »Wir stoppen unsere Werbekampagne doch nicht, oder?«

»Verdammt, nein!«, sagt Franklin zeitgleich mit Reginas »Vergiss es!«. Beide blicken finster drein, offenkundig nicht daran gewöhnt, einer Meinung zu sein.

David legt die Hände auf die Tischplatte. »Ganz egal, wer dahintersteckt, wir geben nicht klein bei! Ich rede mit Elizabeth. Sie soll bei der Liga nachfragen, ob die ein paar Leute zur Sicherung des Senders abkommandieren können.«

»Werden die denn dazu bereit sein?«, will ich wissen.

»Wegen eines Drohanrufs? Wahrscheinlich nicht.« David faltet den Papierbogen mit der Liste einmal in der Mitte und legt ihn in die oberste Schreibtischschublade. »Also sollte ab jetzt jeder schön vorsichtig sein.«

29. Juni

Die ersten Einschaltquoten hauen uns echt um. Gemessen am Anrufaufkommen und laut Umfragen ist unsere Hörerschaft seit der Party im Smoking Pig in weniger als einer Woche um das Zehnfache gewachsen. David führt mich und Franklin am frühen Abend zur Happy Hour aus. Selbst Franklin gelingt es in dieser Stunde so etwas wie annähernd glücklich zu erscheinen. Wie ich es Bernita, der Kerzen-Lady, prophezeit habe, haben sich unsere Preise für Werbeminuten verdreifacht.

Ich kann ein paar weitere Gigs für die älteren Vampire in Clubs in Baltimore klarmachen. Wie ich gehofft habe, legt sich langsam die Aura des Geheimnisvollen um den zurückgezogenen Vampir Shane. Mir geht es, was Shane angeht, nicht anders als der Öffentlichkeit. Denn ich habe Shane seit jenem Abend im Pig nicht mehr zu Gesicht bekommen.

Bisher haben uns keine weiteren Drohanrufe erreicht. Vielleicht war der Anruf ja doch einfach nur ein Fake oder ein recht schwacher Versuch Jolenes, uns einzuschüchtern. Aber ich erinnere mich noch gut an das mulmige Gefühl, damals, an dem Abend, an dem ich mein Vorstellungsgespräch hatte: Ich hatte mich beobachtet gefühlt, und es war mir kalt den Rücken hinuntergelaufen. Seitdem achte ich darauf, nie allein in der Dunkelheit unterwegs zu sein.

15

Just Like Heaven

Das Klingeln des Telefons weckt mich viel zu früh am Morgen des vierten Juli. Genervt grummle ich vor mich hin, während ich mich im Bett auf die andere Seite drehe, um nach dem Hörer zu greifen.

»Was machst du heute Abend?«, fragt Shane. Jetzt bin ich statt genervt verwirrt.

Ich lasse mich zurück ins Kissen sacken und will ihm schon von all den ausgefeilten Plänen mit meinen endgeilen Freunden erzählen – nur dass ich keine habe. Also keine Pläne, Freunde schon.

»Lori ist immer noch zur Jahresfeier der Schlacht in Gettysburg. Also werde ich wohl früh zu Bett gehen. Schließlich ist heute mein erster freier Tag, seit ich beim Sender arbeite.«

»Du kannst doch tagsüber schlafen. Das mach ich auch so.«

Der Gedanke an Shane im Bett schickt pulsierende Wärme durch meinen Unterleib. »Warum willst du denn wissen, ob ich was vorhabe?«

»Ich möchte mich bei dir entschuldigen.«

»Was? Entschuldigen? Aber den Streit habe doch ich angefangen!«

»Aber ich habe dich eine Lügnerin genannt. Das tut mir echt leid.«

»Tut es dir leid, mich eine Lügnerin genannt zu haben, oder tut es dir leid, dass du gedacht hast, ich sei eine?«

Er seufzt. »Einfach machen willst du's mir nicht, oder?«

Ich strecke mich und setze mich auf. Nach diesem Anruf

kann ich's sowieso vergessen, noch mal einzuschlafen. »Was hast du denn für heute Abend im Sinn?«

»Feuerwerk. Und was zusammen futtern.«

Ich warte darauf, dass er ein weiteres F-Wort hinzufügt. »Das kann ich auch alles in Sherwood haben.«

»Was ich im Sinn habe, kannst du sicher nicht in Sherwood haben. Vertrau mir!«

»Dir vertrauen?« Ich lache auf. »Da arbeite ich noch dran.«

»Ich betrachte das als ein Ja.«

Kurz nach Einbruch der Dunkelheit höre ich Shane unten an die Haustür klopfen. Schön, dass er dieses Mal nicht einfach so hereinplatzt.

Ich bin schon dabei, die Tür nach draußen zu öffnen, als er das Türblatt festhält, sodass ich drinnen gefangen bleibe.

Er streckt mir die freie Hand entgegen. »Gib mir deine Autoschlüssel.«

»Warum?«

»Ich muss noch ein paar Sachen im Kofferraum verstauen. Überraschungen für dich. Übrigens – ich freue mich, dich zu sehen.« Er hält immer noch die Tür fest; bei diesem eisenharten Griff gelingt es mir nicht, sie weiter aufzuziehen.

Ich händige ihm die Autoschlüssel aus. »Wenn wir mein Auto brauchen, wie in aller Welt bist du dann hierhergekommen?«

»Jim hat mich auf dem Weg zu seinem Gig hier abgesetzt. Bleib schön drin, okay?«

Er macht einen Schritt zurück, droht mir aber mit dem Finger.

Ein paar Minuten später sind wir mit meinem Auto auf dem Weg hinaus aus der Stadt. Wir unterhalten uns über Belanglosigkeiten. Jedes Mal, wenn Shane etwas sagt, drückt mein Fuß wie von selbst aufs Gaspedal.

Eine kurze Unterbrechung des höflichen Zeugs, das wir so

von uns geben, gibt mir Gelegenheit, ein paar Dinge zu klären. »Es tut mir echtlLeid, dass ich während der Party so ausgerastet bin, du weißt schon, nachdem wir … ich meine, bevor wir … du weißt schon.«

»Du kannst nichts dafür. Schließlich hast du mich von meiner schlechtesten Seite erlebt, als wir uns das letzte Mal nahekamen.« Shane faltet seine Beine anders unter mein Armaturenbrett, als ob ihm der Umstand, dass sie dort nicht recht hinpassen wollen, erst jetzt auffällt. »Aber wenn du Angst vor mir hast, warum bist du dann heute mitgekommen?«

»Na, um dir zu beweisen, dass ich keine Angst vor dir habe.« Ich werfe ihm ein Lächeln zu. »Außerdem schlägt ein College-Student nie und nimmer ein kostenloses Essen aus.«

»Ja, daran kann ich mich noch erinnern.«

»Auf welches College bist du gegangen?«

»Ohio U, habe da Musikwissenschaft studiert.« Shane wedelt mit der Hand nach links. »Hier abbiegen! Und ehe du auf die Idee kommst zu fragen: Nein, ich habe meinen Abschluss nicht gemacht.«

Ich biege auf eine nur schlecht befestigte Landstraße ab. »Was hättest du denn mit einem Bachelor in Musik angefangen?«

»Mich daran erfreut.« Er blickt zu mir herüber. »Es ist zwei Jahrzehnte her, dass ich das das letzte Mal jemanden gefragt habe: Was ist denn dein Hauptfach?«

»Wirtschaftswissenschaften mit Schwerpunkt Marketing.«

Shane nickt wortlos. Es gibt nichts Besseres als gegensätzliche Interessen und ein völlig voneinander abweichender Bildungshorizont, um ein Gespräch im Keim zu ersticken.

»Wohin sind wir eigentlich unterwegs?«, frage ich.

Wieder faltet er seine Beine anders und seufzt. »Ehrlich, keine Ahnung, Ciara. Ich habe gehofft, wir finden das gemeinsam heraus, während wir zusammen sind. Wie Leute das normalerweise halt so machen.«

»Ich meine: Wohin fahren wir jetzt gerade? Den geographischen Zielpunkt wüsste ich gern. Denn wie können wir das Feuerwerk sehen, wenn wir so weit weg von Sherwood sind?«

»Der Blickwinkel wird sich noch ändern.«

Ich nehme den Fuß vom Gas. »Es handelt sich besser nicht nur um ein metaphorisches Feuerwerk.«

»Es ist das realste von allen«, verspricht Shane mir.

Das Auto gerät ins Schlingern, als die Straße sich in eine staubige Schotterpiste verwandelt. Wir sind jetzt aus den Wäldern heraus, stehen genau vor einem riesigen Weizenfeld. Wie Laken auf einer Wäscheleine wiegt sich das Korn sanft im Dämmerlicht und einer leichten Abendbrise. Ein paar Glühwürmchen sprenkeln als helle Pünktchen den dunklen Himmel über der Landschaft.

»Fahr dahinten auf die Hügelkuppe hinauf«, weist mich Shane an.

Ich lasse den Wagen am Rand der Schotterpiste ausrollen und mache den Motor aus. »Wir sind allein.«

»Ich habe nicht gewusst, ob wir hier tatsächlich allein sein würden. Es ist eine sehr beliebte Stelle, um sich das Feuerwerk anzusehen.« In seinem Blick steht Bedauern, Reue. »Wir brauchen uns ja nicht anzufassen. Auf diese Weise tun wir dann sicher nichts, was zu schreien und beißen führen könnte.«

»Du hast mir doch schon versprochen, mich nicht mehr zu beißen.«

»Aber bisher glaubst du es mir nicht. Entriegele den Kofferraum und bleib kurz im Auto.«

Während Shane sich damit beschäftigt, alles für seine Überraschung aufzubauen, checke ich die Umgebung nach möglichen Störfaktoren ab: Cops, wütende Bauern, eine Bande durstiger Vampire. Alles scheint ruhig zu sein; also entspanne ich mich.

Shane klopft an das Fenster der Fahrerseite. Beinahe stoße

ich mir den Kopf am Autodach. Ich schätze, ich bin doch nicht so entspannt, wie ich mir eingebildet hatte. Shane winkt mir zu, auszusteigen und ihm in den schwülen Sommerabend hinaus zu folgen.

Eine große Decke ist auf dem Gras ausgebreitet, an jeder Ecke beschwert von einer Kerze im Glas. Die eine Hälfte der Decke wird vom versprochenen opulenten Mahl eingenommen: Brathähnchen, eine Käseplatte und Brot dazu, Tomatensalat, mit Schokolade überzogene Erdbeeren und eine Flasche Wein.

Shane verbeugt sich und fordert mich auf, mich auf der Decke niederzulassen.

»Shane …« Ich knie mich auf die Decke, gleich neben die randvollen Picknickteller und -schüsseln. »Du machst mir was zu essen. Das macht sonst niemand für mich!«

Mit dem Fuß klopft er auf die andere Seite der Decke. »Setz dich bitte dahin.«

»Warum?«

»Das ist Teil der Show, okay?«

Ich tue, was er möchte. Jetzt sitze ich mit dem Rücken zum Weizenfeld. Shane öffnet den Wein – einen roten, selbstverständlich – und stellt ihn erst einmal beiseite, damit er Zeit hat zu atmen. Dann reicht Shane mir einen der Teller mit Köstlichkeiten.

»Isst du denn nichts?«, frage ich ihn, als er keine Anstalten macht, sich ebenfalls zu bedienen.

»Es würde mir nicht sonderlich schmecken. Außerdem habe ich noch was Wichtiges zu erledigen.« Er schenkt jedem von uns ein Glas Wein ein. Aus seinem Glas nimmt er einen großen Schluck. »Sobald ich den Mut dazu aufbringe.«

Meine Neugier ist geweckt. Aber da ich hungrig bin, widme ich mich, wie von Shane gewünscht, dem Essen.

Er geht zum Auto zurück und zieht etwas Langes, Schwarzes

aus dem offenen Kofferraum. Als er auf dem Rückweg zu unserem Picknickplatz ist, begreife ich, dass das lange, schwarze Etwas ein Gitarrenkoffer ist.

»Überraschung!« Shane hebt das Instrument aus dem Koffer und setzt sich im Schneidersitz auf die Decke, die Gitarre auf dem Schoß.

Ich hatte mir schon zusammengereimt, dass er Gitarre spielt. Denn die Fingernägel seiner rechten Hand – die, mit der er die Saiten auf dem Gitarrenhals greift –, hält er immer sehr kurz geschnitten, kürzer als die links. Aber anstatt ihm das zu sagen, lächle ich wie jemand, der aufgeregt ist – und bin es wirklich.

Während Shane die Gitarre stimmt, jede Saite mit dem Plektrum anschlägt, verliert sich sein Blick irgendwo in der Ferne.

»Okay.« Er räuspert sich. »Ich möchte mit einem Song von Luka Bloom beginnen, einem Iren. Wahrscheinlich hast du noch nie was von ihm gehört …«

»Luka Bloom, machst du Witze?! Er war der Opening Act bei den Violent Femmes, meinem ersten Konzert!«

»Wow, krass! Bei meinem ersten Konzert waren es Night Ranger und .38 Special. Aber sag das ja nicht den anderen Djs. Sie denken, es wäre Black Flag gewesen.«

»Oooh, sieh an, Shane McAllisters dunkelstes Geheimnis, endlich enthüllt!«

Mit einem warnenden Blick, eindeutig gespielt, legt Shane den Finger an die Lippen. »Bei deinem Konzert – hat Luka da deinen Song gespielt?«

»Meinen was?«

»Du hättest es gewusst, wenn's so gewesen wäre.« Shane holt tief Luft und atmet ganz langsam wieder aus. »Ich entschuldige mich schon mal dafür, dass ich es versemmeln werde.«

Ich stelle den Teller fort. Als Shane zaghaft den ersten Akkord anschlägt, verwandelt die harmonische Tonfolge das Weizenfeld in eine Bühne. Statt die Töne zu schlucken, gibt das Feld ihnen Tiefe und Hall, wirft sie zu mir, der Zuhörerin, zurück, als ob sie nur für mich bestimmt wären.

Shane beginnt zu singen. Der Klang seiner Stimme überrascht mich. Ich hätte nie vermutet, dass er eine solche Stimme besitzt: weich, tief, voll gedämpftem Schmerz. Seine Zunge rollt die Rs und schafft es, einen irischen Akzent anklingen zu lassen. Shane sieht mich nicht an. Wenn er sich nicht selbst auf die Finger schaut, wie sie auf den Bünden des Griffbretts liegen, hält er die Augen geschlossen.

Auf den Text achte ich nicht sonderlich, bis Shane das erste Mal den Refrain singt.

Meinen Namen.

Ich keuche auf, so laut, dass es Shanes Gesang noch übertönt. Seine Stimme hat jetzt noch mehr Schmelz und steigt eine Oktave höher. Nie im Leben wäre ich auf die Idee gekommen, jemand könnte eine Ciara besingen – mich. Wie jedes Mal, wenn mein Name über Shanes Lippen kommt, wird mir heiß, vom Nacken bis über die Ohren.

Bei der zweiten Strophe achte ich auf den Text und begreife sofort, dass ich und die besungene Ciara nichts gemeinsam haben. Sie ist ein braves Mädchen, tugendhaft und keusch, unerreichbar. Sie ist ein »Engel«.

Meine Augen brennen, und mir wird eng um die Brust, als hätte man mich in einen Schraubstock gespannt. Ich umfange die Knie mit den Armen und verberge mein Gesicht dazwischen. Mir schießen die Tränen in die Augen, und ich kneife mich rasch selbst ins weiche Fleisch der Armbeuge, um mich durch den Schmerz abzulenken. Der Song findet seinen Höhepunkt im letzten Refrain, wo die Worte Ciara und Engel miteinander verschmelzen. Während die Melodie verklingt und Stille eintritt, hole ich krampfhaft Luft. Mit jedem Atemzug kämpfe ich darum, meine Fassung wiederzugewinnen.

Zu spät. Shane unterbricht sein Spiel, als er mich derart aufgelöst sieht. »War ich so schlecht?«

Ich versuche ein Nein herauszupressen, aber es kommt mir nur ein erstickter Laut über die Lippen. Es strengt mich so an, etwas sagen zu müssen, dass ich die Tränen nicht mehr zurückhalten kann. Der Damm bricht.

»Was ist denn los? Ciara, was hast du denn?« Durch einen Tränenschleier sehe ich, dass Shane mich in den Arm nehmen will, es sich dann aber anders überlegt. Richtig; die Nicht-Anfassen-Regel, die dafür sorgt, dass wir sicher und vernünftig sind.

Ich schüttle den Kopf, bin aber immer noch nicht fähig zu sprechen. Jedes Atemholen endet in einer entwürdigend unkontrollierbaren Serie piepsig-hoher Schluchzer.

»Nimm dir Zeit.« Shane stimmt ohne echte Not die Gitarre noch einmal. Meine Tränen versiegen allmählich, sind statt Sturzbach nur noch ein Rinnsal.

Endlich komme ich wieder zu Atem. »Mein Vater hat mich immer seinen Engel genannt.« Ich schniefe. »Guter Witz, was?«

»Ich bin mir sicher, dass er es ernst gemeint hat.« Shane hält mir eine Papierserviette hin. Es ist eine von den weichen, dicken wie man sie für schicke Partys einkauft.

»Früher einmal, ja.« Ich probiere ein Lächeln, während ich mir die Tränen trockne. »Du solltest unbedingt durch Kneipen und Bars touren. Du würdest die Getränkeumsätze sicher verdoppeln.«

Shane schweigt einen Moment. Dann: »Wo ist dein Vater jetzt?«

»Im Gefängnis. Wie meine Mutter auch. Also, sie sitzen nicht im selben Gefängnis. Aber sie sitzen aus demselben Grund.«

»Und aus welchem?«

»Rate mal.«

»Lieber nicht.«

Ich seufze. »Sie haben sich als ›Geistheiler‹ betätigt.« Das

Wort Geistheiler setze ich mit der bekannten Geste unmissverständlich in Anführungszeichen. »Sie sind im ganzen Mittelwesten herumgereist und haben aus Gläubigen Deppen gemacht. Die Leute haben die beiden förmlich mit Geld zugeschmissen, mit Geld, das sie eigentlich gar nicht hätten ausgeben dürfen.«

Shanes Augen verengten sich. »Sie haben dir beigebracht, wie man's macht.«

»Ich habe sogar mitgespielt bei der Nummer. Manchmal war ich ein verkrüppeltes Kind, das von ihnen auf wundersame Weise geheilt wurde; manchmal war ich der Anreißer, der genau im richtigen Moment ›Amen!‹ schreit oder ›Danke, Jesus!‹«

»Aber du warst ein Kind«, meint Shane leise. »Und sie haben dich benutzt!«

»Für mich war alles ein einziger großer Spaß. Außerdem dachte ich, wir wären …« Mir versagt die Stimme. Shane und ich sitzen einen Augenblick nur da und warten darauf, dass ich weiterreden kann. »Mom und Dad haben mir gesagt, die ganzen Tricks und Kniffe seien nötig, um Gottes Werk zu tun.«

Shane holt tief Luft. »Ach du heilige Scheiße.«

»Ich habe es geglaubt. In meiner Familie wurde nicht geraucht, nicht getrunken, und man ging auch nicht tanzen; Sex hatte man – soweit ich weiß – auch immer nur am Hochzeitstag. Ich dachte, Mom und Dad seien gute Menschen. Die ganzen Täuschungsmanöver waren nichts anderes als eine Möglichkeit, unseren Glauben in die Welt zu tragen.« Ich spiele mit dem Zeh an meiner Sandale herum, dort, wo sich die Sohle zu lösen beginnt. »Einmal, ich war vierzehn oder so, also nicht mehr die niedliche Kleine, sondern ein ungelenker Teenie, bin ich ein wenig zu spät im Zelt gewesen für den Erweckungsgottesdienst. Meine Eltern hatten schon angefangen. Ich bin an der Seite entlang nach vorne gegangen und habe die Gläubigen im Zelt beobachtet. Ich habe gesehen, wie glücklich sie waren, wie sehr sie an das glaubten, was ihnen da vorgespielt wurde.« Ich presse die

Lippen aufeinander. »Ich habe sie als das gesehen, was sie waren: Deppen, die geschröpft werden wollten. Unbedarft wie Kühe auf dem Weg ins Schlachthaus.«

»Und wie sind deine Eltern aufgeflogen und im Gefängnis gelandet?«

»Man hat sie wegen Betrugs verhaftet und angeklagt, als ich sechzehn war. Ich habe als Zeugin ausgesagt.« Ich schlage die Hände vors Gesicht. »Gegen sie und habe sie damit verraten.«

Ein paar Augenblicke lang herrscht Schweigen zwischen uns. Dann sagt Shane: »He, du solltest dich deswegen nicht mies fühlen! Jeder Teenie träumt davon, seine Eltern hinter Gittern verschwinden zu lassen. Meinen Vater hätte man glatt als Spacko erster Sorte einlochen können.«

Ich schnaube – nicht gerade ein Lachen, aber wenigstens bin ich nun etwas weiter weg vom Weinen.

»Entschuldige bitte, dass ich dich verurteilt habe.« Er reicht mir eine weitere Serviette. »Kann ich irgendetwas für dich tun?«

Ich putze mir lautstark die Nase. »Spiel einen fröhlichen Song.«

Eine lange Pause. »Das war doch ein fröhlicher Song.«

Ich breche in Lachen aus und kann gar nicht mehr aufhören zu lachen, selbst als mir schon meine Wangen und mein Bauch wehtun.

»Was ist daran denn so lustig?«, fragt Shane.

»Du. Ich mag dich. Ich bin gern mit dir zusammen.«

»Jep, da kann man sich mächtig amüsieren.« Er deutet hinter mich. »Trockne dir die Tränen und dreh dich um.«

»Das Feuerwerk?« Ich drehe mich auf der Picknickdecke einmal um meine eigene Achse und suche gleich mit den Augen den Himmel ab. »Aber ich sehe gar kein … o Gott!«

Das Weizenfeld ist ein einziges Lichtermeer.

Soweit das Auge reicht tanzen Schwärme aus leuchtenden Glühwürmchen darüber hinweg. Wie Flammenzünglein schwirren manche der Leuchtkäfer über dem Weizen. Andere steigen steil hinauf in den Himmel, glitzern dort wie das 3-D-Bild eines kilometerhohen Weihnachtsbaums. Das Feld leuchtet und funkelt in jeder nur denkbaren Schattierung von Grün, von Meergrün bis farbintensivem Gelbgrün.

»Junge trifft Mädchen mal tausend«, erklärt Shane. »Oder mal zehntausend.«

»Wie wissen sie denn, dass sie den richtigen Partner gefunden haben? Oder wählt jedes Glühwürmchen gleich den Erstbesten?«

»Wenn Glühwürmchen derart spontan wären, wäre das ganze Spektakel in fünf Minuten vorbei. Aber jeder von ihnen sucht nach einem ganz bestimmten Signal, das ihnen zeigt, dass dies der oder die Richtige sein könnte.«

»So was Schönes habe ich noch nie gesehen!« In meinen eigenen Ohren klingt der Satz in seiner Ernsthaftigkeit etwas übertrieben. »Zumindest um einiges besser als Blasmusik und Schwarzpulver.«

»Ich habe mir schon gedacht, dass es dir gefallen würde. Was heißt, dass ich nicht völlig danebenliege, was dich angeht.«

Die Gitarre liegt in Shanes Schoß. Trotzdem wäre es gar nicht so schwer, zu ihm hinüberzukriechen, ihn zu küssen, das Instrument aus dem Weg zu schaffen und mich an ihn zu schmiegen – mit meinem ganzen Körper, jedem einzelnen Zentimeter. Der Blick, den Shane mir zuwirft, verrät mir, dass er mich nicht davon abhalten würde.

»Spiel etwas für die Glühwürmchen!« Mit einer Geste umfasse ich das ganze Weizenfeld. »Etwas, das sie in Stimmung bringt.«

Einen Moment fixiert mich Shane; der Blick ist nachdenklich, prüfend. Vielleicht überlegt er, ob sich hinter meinen Worten eine Anzüglichkeit verbirgt. Dann widmet er sich wieder seiner Gitarre. »Dann wäre *Two Hearts* von Chris Isaak meines Erachtens das Richtige.«

»Das kenne ich nicht. Aber Chris Isaak? Ist das nicht ein bisschen zu banal für jemanden mit deinem Geschmack?«

»Du bist nicht die Einzige, deren Charakter vielschichtig ist.«

Das Intro des Songs ist langsam, ein melancholisches Lied, das von der mühevollen Suche nach Liebe in dunklen Nächten erzählt. Dann folgt eine Pause, in der Shane mir einen verschmitzten Blick zuwirft. Einen Lidschlag später verändert sich die Melodie grundlegend, wird spritziger und hoffnungsvoller. Jetzt geht es darum, dass die Last des Lebens für jemanden allein nicht auszuhalten ist (Mensch oder Insekt). In den Refrain stimmt Shane mit einer Falsettstimme ein, die mir Bewunderung abnötigt. Mir dämmert langsam, dass er ein verdammt guter Sänger ist.

Ich kann meine Füße nicht mehr stillhalten. Während des kurzen Solos gibt mir Shane mit einer Kopfbewegung zu verstehen, ich sollte es wagen: aufstehen und tanzen. Ich streife meine Schuhe ab und springe auf, unter den nackten Füßen das kühle, weiche Gras. Dann tanzen wir gemeinsam, die Glühwürmchen und ich, spontan, lebendig und verliebt in diese herrliche Sommernacht.

Bei einem Blick über meine Schulter bemerke ich, dass Shane mich beobachtet. Er trifft den nächsten hohen Ton nicht, bricht in Lachen aus, ohne sich dabei zu verspielen und den Rhythmus zu verlieren. Er singt den letzten Refrain noch einmal, als die Gitarre wieder an der richtigen Stelle der Melodie angelangt ist.

Als die letzte Strophe zu Ende ist, applaudiert Shane mir. Ich verbeuge mich mit ihm entgegengestreckten Armen wie eine Primadonna, die dem Dirigenten der Aufführung dankt.

Shane hebt sein Weinglas. »Auf die Glühwürmchen!« Er leert das Glas und stellt es beiseite. »Und jetzt einen Song für die Moskitos!«

Vehement beginnt er Nirvanas *Drain you*, drischt auf das vorangegangene gefühlsduselige Zeug mit jedem Anschlagen der

Saiten ein wie mit einer zusammengerollten Zeitung auf … tja, eine Stechmücke an der Wand. Was seine Stimme an Rauheit und tiefen Kehllauten hergibt, ist jetzt das Einzige, was zählt, um diesen Song über eine Liebe vorzutragen, die aus Leid und Begierde besteht. Ich setze mich auf die Decke, um zuzuhören.

Shane wirkt, als wäre er im Einklang mit sich, jetzt, wo er zu der Musik zurückkehrt, die ihm wirklich am Herzen liegt. Jedes Mal, wenn er die Saiten anschlägt, wippt sein hellbraunes Haar gegen die kantigen Wangen- und Kieferknochen. Ich beobachte, wie seine Finger über das Griffbrett tanzen. Mir wird bei der Vorstellung, sie strichen so über meine Haut, ganz heiß.

Shanes Spiel wechselt von einem tiefen, rhythmischen Zupfen zu einem wilden Anschlagen der Saiten. Während sich Shane zum Crescendo steigert, geht sein Blick prüfend hinaus in die Landschaft, als überlege er, ob er tatsächlich zum Schrei ansetzen solle.

Gerade als ich schon meine, er würde sich drücken, um seine Stimme zu schonen, sprengt ein barbarisches Heulen seine Kehle, das mir ein heißes, elektrisierendes Kribbeln durch den ganzen Körper bis in die Fingerspitzen und in die Zehen jagt. Es ist die einzige körperliche Reaktion, die mir bleibt, statt davonzulaufen oder mir die Kleider vom Leib zu reißen.

Shane gleitet danach hinüber in die dritte und vierte Strophe, die die Wiederholung der ersten und zweiten sind. Er stößt die Worte hervor, als seien sie seine ganz persönliche Hymne. Seine Stimme und sein Gitarrenspiel besitzen gemeinsam eine Kraft und einen Druck, sie könnten das Laub von den Bäumen fegen.

Die Schwüle der Nacht saugt den letzten Akkord auf. Shane wirft mir unter einem Vorhang aus verworrenen Haarsträhnen einen Blick zu, wild wie der eines Raubtiers. Zum ersten Mal an diesem Abend sieht er wie ein Vampir aus.

Ich klatsche; meine Hände bewegen sich langsam, gleichsam mit Respekt. Denn die Geste wirkt angesichts solcher Energie und Kraft platt und nichts sagend. »Ich habe nicht gewusst, dass man diesen Song nur mit einer akustischen Gitarre so rüberbringen kann. Die Jahre deines Musikstudiums haben sich wirklich bezahlt gemacht.«

»Waren keine Jahre. Nur Monate.« Er schenkt sich Wein nach, vermeidet den Blickkontakt mit mir.

Offenkundig macht ihm sein abgebrochenes Studium zu schaffen. Ich wechsle also das Thema. »Apropos: Bei der Gelegenheit ist mir ein neuer Spitzname für euch Vampire eingefallen – Moskitos.«

»Nett.« Er nimmt einen großen Schluck.

»Wann hast du das letzte Mal was getrunken?«

Er hebt das Glas in die Höhe.

»Ich meine nicht Wein.«

»Ich weiß.« Er starrt in die tiefrote Flüssigkeit. »Ich bin kein Tier. Ich kann es kontrollieren.«

»Möchtest du aber eigentlich nicht.«

»Ich möchte das tun, was ich tun muss, um dich zu bekommen und zu behalten.« Er stellt das Glas fort und konzentriert sich wieder auf die Gitarre. »Das jedenfalls ist der Plan.«

Der Abend schreitet zur Nacht voran, begleitet von Led Zeppelin, Bob Dylan, Steve Earle, The Pogues und Songs, die ich noch nie gehört habe. Obwohl ich heute Abend eigentlich bei einem einzigen Glas Wein bleiben wollte, hat mich die Musik, das Essen und das Fehlen von Vampirangriffen so entspannt, dass ich mir ein zweites und ein drittes Glas schmecken lasse.

Die Glühwürmchen beenden eins nach dem anderen ihren Funken-Tanz, entweder, weil sie einen Partner oder eine Partnerin gefunden haben, oder für diesen Abend die Suche aufgeben. Ich gestehe mir ein, dass ich, wäre ich ein Leuchtkäfer wie die dort über dem Feld, mit dem Blinken in dem Moment aufgehört hätte, als Shane die erste Strophe von Ciara gesungen hat.

Endlich legt Shane die Gitarre zurück in ihren Kasten und

knetet seine vom Spielen müden Finger. Mit gerunzelter Stirn blickt er die leere Weinflasche an. »Wie willst du uns mit so viel Alk im Blut nach Hause fahren?«

»Du kannst doch fahren.«

Er schaut in eine andere Richtung. »Ein weiteres meiner dunklen Geheimnisse: Ich kann keinen Schaltwagen fahren.«

»Ich bring's dir bei.«

»Ich bin nicht in der Lage zu lernen, wie normale Menschen es können.«

»Glaub doch nicht alles, was die Liga an Propaganda so verbreitet! Du hast doch auch *Ciara* zu spielen und zu singen gelernt, oder nicht? Es war doch bestimmt nicht so, dass du den Song schon in deinem Repertoire hattest, ehe du mich kennengelernt hast.«

»Stimmt.« Er seufzt und holt die Gitarre wieder aus dem Koffer. »Noch einen letzten Song: einen Lobgesang auf dein Schaltgetriebe. Wie wär's mit *It's the End of the World as We Know It*?«

»Nein, spiel mein Lied noch einmal! Bitte. Ich verspreche dir auch, nicht loszuheulen.«

Shane zuckt mit den Schultern. »Weine nur, so viel du willst. Solange ich weiß, dass ich nicht der Grund dafür bin.«

Er spielt noch einmal *Ciara*. Seine Stimme ist nun weicher, leiser, kraftlos nach so vielen Songs. Er hat Schwierigkeiten, die hohen Töne der Melodie zu treffen. Das Lied klingt dieses Mal trauriger, kläglicher – als ob er die engelsgleiche Ciara nie erreichen könnte, es aber dennoch immer weiter versuchen wird.

Dieses Mal muss ich nicht weinen.

16

Twilight Zone

Es ist drei Uhr morgens, als ich zu dem mit Ironie gewürzten Song *Rock 'n' Roll Lifestyle* von Cake aufwache. Ich komme schnell zu dem Schluss, dass ich zu ruhelos bin, um Shanes Sendung allein anzuhören.

Es dauert nicht lange und ich fahre auf das Gelände des Senders. Ich parke keine drei Meter vom Eingang entfernt. Ehe ich aus dem Wagen steige, checke ich meine Umgebung: nichts als die unruhigen Schatten der Bäume, die sich im Wind wiegen, und das zögerliche Zirpen einiger Zikaden, die wie ich zu früh am Morgen erwacht sind.

Ich steige aus. Sofort spüre ich die Kälte einer Präsenz – eine Kälte, die sich mühelos durch die nächtliche Schwüle frisst. Der Blick aus kalten Augen wandert über meinen Körper wie eine Hand mit viel zu vielen Fingern. Während ich mich mit großen Schritten dem Eingang nähere – nicht rennend, so sehr ich es auch möchte –, ertappe ich mich bei dem Wunsch, ich könnte mit echter Überzeugung ein Kreuz zücken.

Kaum im Gebäude drücke ich die Eingangstür hinter mir ins Schloss und schließe wieder ab. Dann jage ich die Treppe hinunter.

Unten sitzen Regina, Jim, Noah und Spencer am Pokertisch. Sie begrüßen mich mit unterschiedlich viel Enthusiasmus.

»Erfreut, dein Geld einstreichen zu dürfen!« Spencer zieht einen Stuhl unter dem Tisch hervor, damit ich mich setzen kann.

Regina schüttelt den Kopf über ihn. »Du Hirni.«

Ich setze mich nicht. »Gideon wohnt etwa eine Stunde von hier, richtig?«

Die DJs tauschen nervös Blicke. »Jep. Drüben in den Bergen«, antwortet Regina mir. »Warum?«

»Schon zum zweiten Mal hatte ich draußen auf dem Parkplatz das Gefühl, ich würde beobachtet.« Ich reibe mir die Arme, weil sich das Gefühl von Kälte nicht so schnell vertreiben lässt. »Da war etwas oder jemand, von dem große Kälte ausging.«

»Ich hab's gewusst!« Regina knallt den Packen Spielkarten auf den Tisch. »Der Drohanruf nach der Party kam nicht von Skywave. Er kam von Gideon, diesem dreckigen kleinen Bastard!«

»Oder aber von einem seiner Speichellecker«, meint Jim.

»Wildes Spekulieren sollten wir besser lassen«, warnt Spencer. »Schließlich hat Gideon sich bisher immer schön vom Rest der Welt abgeschottet.«

»Wer sonst wäre denn alt genug, um eine solche Aura zu haben?« Regina steht auf und kommt auf mich zu. »Wann genau ist das passiert, dieses Beobachtet-werden?«

»Das erste Mal war es am Abend meines Vorstellungsgesprächs. Und das zweite Mal gerade eben.«

»Dann könnte er immer noch draußen sein.« Regina steuert auf die Treppe nach oben zum Eingang zu. »Wenn Monroe zu uns stößt, könnten wir fünf es mit Gideon aufnehmen.«

»Nee, wart ma'!« Noah wendet sich an mich. »Du hast grad gesagt, 's erste Mal hätt'st du die Aura an deinem ersten Abend hier gespürt, nich'?« Ich nicke. »Dann kann's Gideon doch gar nich' sein. Vor deiner Werbekampagne, da haben wir doch unser kleines Geheimnis schön für uns behalten. Da gab's doch gar kein' Grund, hier am Sender rumzuschleichen oder sich an dich ranzumachen.«

Regina schnaubt. »Ach, dann gibt's außer Gideon noch einen Vampir, der hinter uns her ist?«

»Kann doch sein, dass es dieses Mal schon Gideon ist«, bemerkt Jim. »Aber das erste Mal war's eben ein anderer.«

»Wenn es mehr als einen Vampir gibt, der sich gegen uns stellt«, wirft Spencer ein, »dann wissen wir gar nicht, wer da gerade auf dem Gelände herumschleicht. Wir könnten denen da draußen zahlen- und kräftemäßig unterlegen sein.«

Ich kratze mir den Nacken, um das Kribbeln dort zu vertreiben. »Wovon lassen die sich denn am effektivsten abhalten, einfach hereinzukommen?«

»Abgesehen von einer abgeschlossenen Tür? Von nichts.« Regina tigert jetzt auf und ab. Sie sieht aus, als wäre sie bereit, jedem zufällig hereinschneienden Streifenhörnchen den Kopf abzubeißen. »Die Liga ist nicht bereit, uns nur wegen eines einzigen Drohanrufs mehr Schutz zu geben. Sie werden ihre Meinung nicht ändern, nur weil jemand der Praktikantin eine Gänsehaut verpasst hat.«

»Habt ihr denn gar keine Waffen hier?«, frage ich in die Runde. »Pfähle, Pflöcke oder Ähnliches?«

Die bloße Vorstellung bringt die Vampire in diesem Raum dazu, mich mit einer Mischung aus Entsetzen und Bestürzung anzublicken. Sie sind wohl nicht anders als Menschen, die nie eine Waffe im Haus aufbewahren würden.

»Nein – außer du, meine Beste, willst Franklins geheimes Lager mit angespitzten Bleistiften dazuzählen.« Regina geht hinüber zur Anrichte, die neben dem Sofa steht, und zieht die oberste Schublade auf. Sie kramt eine weiße Schachtel hervor. »Mit einer Handvoll könnte man einen von uns vielleicht aufhalten. Aber Gideon brächten Lächerlichkeiten wie diese nicht mal zum Niesen.«

Mit einem Mal wünsche ich mir, im Bett geblieben zu sein. »Also – was machen wir dann?«

Regina räumt die Bleistifte wieder zurück in die Schublade. »Wir wissen, dass er draußen herumlungert. Aber er weiß nicht, dass wir es wissen.«

»Dann ist das Überraschungsmoment auf unserer Seite.« Ich setze mich auf einen der leeren Stühle. »Wir wissen, dass wir ihm bei einer direkten Konfrontation nichts entgegensetzen können. Also tun wir so, als wäre nichts, und warten ab, bis er einen Fehler macht.«

Regina wirft mir einen eisigen Blick zu. »Das wollte ich auch gerade sagen.« Sie kehrt an den Tisch zurück und nimmt die Karten wieder auf.

Ich ziehe meinen Stuhl näher an den Tisch heran. »Erzähl mir mehr über Gideon.«

Gekonnt mischt Regina die Karten. Sie braucht nicht einmal hinzuschauen. »Er und die anderen alten Knacker leben draußen am Arsch der Welt, wo niemand sie konfus machen kann.«

»Konfus?«

»Wenn wir alt werden, werden wir wunderlich und drehen leicht durch«, erklärt mir Jim. »Gideon unterhält so eine Art Refugium, einen Zufluchtsort für alte Vampire.«

»Wie alt kann ein Vampir denn werden?«

Dieses Mal ist es Noah, der mir antwortet. »Die meisten leben noch so um die achtzig Jahre, nachdem sie zu Vampiren wurden.« Er sorgt dafür, dass sein Stapel Chips schön gerade steht. »Aber mit ’nem bisschen Glück sind Jahrhunderte drin.«

Regina setzt hinzu: »Ich habe mal gehört, drüben in Colonial Williamsburg gibt’s ein paar, die zweihundertfünfzig Jahre alt sein sollen.«

»Das ist ein Märchen, nichts weiter«, sagt Spencer und deutet auf die Karten. »Lasst uns endlich anfangen, ja?«

Beim Austeilen der Karten werde auch ich bedacht. Im Laufe des Spiels rinnen mir die Chips wie Sand durch die Finger. Wir reden nicht viel, auch zwischen den einzelnen Runden nicht. Wir alle achten auf Geräusche, falls jemand von draußen versucht einzudringen. Um mich abzulenken, konzentriere ich mich auf die charakteristische Spielweise jedes Vampirs.

Noah ist so vorsichtig wie die sprichwörtliche Mutter der Porzellankiste. Jim hingegen tendiert zum anderen Extrem. Er setzt viel und impulsiv. Ich komme zu dem Schluss, dass seine Hippie-Attitüde bloß eine Fassade ist. Hinter dem ganzen Gerede von Friedfertigkeit, Liebe und heiterer Glückseligkeit versteckt sich ein wildes Tier. Von den fünf Vampiren des Senders ist er wahrscheinlich derjenige, auf dessen Konto die meisten Leichen gehen. Die Tatsache, dass ich diesbezüglich auf reine Spekulationen angewiesen bin, sorgt vor allem für eines: heftige Gänsehaut.

Regina kalkuliert die Wahrscheinlichkeit der Kartenkombinationen mit der Geschwindigkeit eines Hochleistungscomputers. Spencer wiederum besitzt eine natürliche Begabung fürs Pokerspiel. Hin und wieder reicht seine Intuition ans Übermenschliche heran. Jedes Mal erwischt er mich damit kalt. Manchmal wird sein Blick beunruhigend leer, wie bei einem Roboter, den man von jetzt auf gleich abgeschaltet hat. Vielleicht hat er ja in diesen Augenblicken Zugriff auf eine Art von kollektivem Pokerspieler-Unterbewusstsein.

Nach einer vollen Stunde, in der wir unbehelligt geblieben sind, verschwindet Regina im Apartment der Vampire und kommt kurz darauf mit drei Dosen Bier zurück. Eine davon reicht sie Spencer, eine hält sie mir hin.

»Wenn du eine derart erfolgreiche Trickbetrügerin bist«, sagt sie, »wie kommt es, dass du so arm wie eine Kirchenmaus bist? Hast du das ganze ergaunerte Geld für einen sorgenfreien Lebensabend in der Schweiz gebunkert?«

»Niemand verschiebt sein Geld noch in die Schweiz – viel zu viele Reglements.« Ich versuche, die Karten zu mischen und stelle mich ziemlich ungeschickt an. »Wenn man sein Geld unbedingt nach Übersee schaffen will, ist heutzutage Neuseeland angesagt.«

»Und – hast du dein Geld da?«, fragt Jim.

»Welches Geld? Ich bin doch nur eine Schmalspur-Ganovin.

Was ich einstreiche, benutze ich nur dazu, meine Studiendarlehen zurückzuzahlen.« Ich lege das gemischte Deck vor Regina auf den Tisch, damit sie abheben kann. »Auf Schulden reagiere ich allergisch.«

»Klug«, meint Noah. »Schulden sind 'ne Art Sklaverei.«

»Schulden sind Verbindlichkeiten.« Regina klopft auf das Deck: eine lässige Geste des Vertrauens. »Betrüger wie Ciara hier mögen eben keine Verbindlichkeiten, egal welcher Art. Nicht wahr, Ciara?«

Anstatt ihr zu antworten, teile ich die Karten zu einer Runde Five-Card-Stud aus. Das verhindert gemäß Spencers Regeln erst einmal jedes Gespräch. Die Karten fühlen sich glatt und fest an. Ich wette, meine Poker-Vampire benutzen jede Nacht ein neues Deck.

Nach der Hand schneide ich rasch ein anderes Thema an. »Wie weit seid ihr denn mit euren Podcasts?« Als Reaktion auf die verständnislosen Blicke erläutere ich: »Das sind die fünfzehnminütigen Mitschnitte, die ich von eurem Gestammel machen werde, damit die Hörer sie sich auf ihre Computer runterladen und egal wo und wann anhören können.«

Regina fängt sich als Erste. »Ich dachte mir, ich rede über die Sonntagsmatinees im CBGB, über die Hardcore-Szene und die Straßenschlachten mit den Scheiß-Bullen.«

»Ich mach ein Quiz zur Rock-Kultur«, verkündet Jim. Alle anderen verdrehen die Augen.

»Klar, was 'n sonst«, stöhnt Noah.

Jim hortet nutzloses Wissen in seinem Kopf wie Hamster Körner in den Backentaschen. Jetzt zieht WVMPs Experte für die sechziger Jahre einen zusammengefalteten Zettel aus der Tasche. »Ciara, du bist eine typische Amerikanerin. Lass mich mein Quiz mal an dir ausprobieren! Wenn du die Antwort weißt, ist die Frage zu einfach.«

»Na, danke.«

»Erste Kategorie: richtiger Name versus Künstlername. Fertig? Also: Robert Zimmerman.«

Ich schnippe mit den Fingern. »Bob Dylan.«

»Das war zum Aufwärmen. McKinley Morganfield.«

»Ähm …«

»Muddy Waters«, sagt Jim, ohne mir die Gelegenheit zu geben, in meinem Gedächtnis doch noch fündig zu werden. »Kategorie: berühmte Zitate. Wer hat gesagt, der Rock 'n' Roll sei die scheußlichste, hässlichste, degenerierteste und unmoralischste Form musikalischen Ausdrucks, die er je das Missvergnügen hatte zu hören?«

Ich zucke mit den Schultern.

Jims eine Augenbraue wandert nach oben. »Frank Sinatra.«

»Der Penner«, lautet Reginas Kommentar.

Jim dreht den Zettel um. »Zusatzfrage: Welche Band aus Flint, Michigan, enthielt die ursprünglichen Mitglieder von Grand Funk Railroad?«

Noah und Regina stöhnen auf. Spencer zieht die Augenbrauen zusammen.

Jim sieht von einem seiner Kollegen zum anderen. »Terry Knight and the Pack. Ey, Mann, das habt ihr nicht gewusst?«

»Grand Funk Railroad gehen einem doch am Arsch vorbei«, sagt Regina und tut so, als spucke sie auf den Boden.

»Das ist es ja gerade. Je abgelegener die Rock-Kultur-Fragen, umso besser.«

»Besser wäre ein Mischung mit einfachen Fragen«, widerspreche ich. »Man darf Hörer nicht vorführen, wenn man will, dass sie bei der nächsten Sendung wieder einschalten.«

»Entschuldige mal.« Regina schlägt mit dem Boden ihrer Zigarettenpackung gegen ihren Handballen. »Seit wann bist du denn Radiomoderatorin?«

»Darum geht es nicht.«

»Du glaubst, du wüsstest alles, nur weil du aus der so genannten Gegenwart kommst. Aber du bist ja nicht mal in der Lage, deinen Kerl dazu zu bringen, auch mitzumachen.«

»Shane ist nicht mein Kerl.«

»Ach so? Und, weiß er das auch?« Herausfordernd misst sie mich mit Blicken. Ich halte ihrem Blick stand, während sie mit den Zähnen eine Zigarette aus dem Päckchen zieht und sie anzündet. Ich höre, wie die anderen unbehaglich auf ihren Stühlen hin und her rutschen. Schließlich blickt Regina zu ihren Vampir-Kollegen hinüber. »Macht 'nen Abgang!«

Spencer schaut auf seine Uhr. »Ist sowieso gleich Schlafenszeit.« Er steht auf, Noah ebenfalls.

Jim aber bleibt sitzen. Er sammelt die Karten auf. »Ich will dabei sein, wenn sie aufeinander losgehen.«

Noah zieht Jim am Haar. »Hast doch gehört, was Regina sagt.«

»Aua! Du Schleimer.« Aber er steht auf und schlurft den anderen hinterher. Dabei reibt er sich die von Noah misshandelte Stelle am Kopf. Sie verschwinden hinaus in den Flur, lassen aber die Tür hinter sich offen.

Ich konzentriere mich wieder auf Regina. »Shane hat mir gesagt, ihr zwei wärt schon seit Jahren nicht mehr zusammen. Was interessiert's dich dann?«

»Wir vögeln nicht mehr, ja. Aber er ist immer noch mein Abkömmling, egal wie ätzend ödipal das klingen mag.« Regina bläst mir den Rauch ihrer Zigarette entgegen. »Entweder du meinst es ernst mit ihm, oder du lässt es gleich ganz bleiben.«

»Ich meine es ernst mit Shane.« Ich atme den Rauch ein, ohne die Nase zu verziehen. »Das Letzte, was ich will, ist ihm wehzutun.«

Regina knirscht mit den Zähnen. »Ach was! Das geht so schnell bei ihm, das lässt sich gar nicht vermeiden.« In ihren Blick schleicht sich Traurigkeit ein. »Das ist, als würdest du versprechen, nie auf eine Ameise zu treten.«

Die Musik, die bisher aus dem Lautsprecher über unseren Köpfen geplätschert ist, verklingt, und Shanes Stimme ist stattdessen zu hören.

»WVMP auf vierundneunzig Komma drei, um fünf Uhr vierundfünfzig am Freitag. Der Wettermann meint, es stehe uns ein weiterer heißer Tag bevor. Das Thermometer klettert auf über fünfunddreißig Grad, und es wird schwül. Also zieht so wenig an, wie ihr könnt, um den Tag heute durchzustehen.« Seine Worte erreichen Tausende, aber ich habe das Gefühl, als gelte jedes davon allein mir. »Wenn ihr jetzt noch nicht ganz wach seid, wird etwas von White Zombie das gleich hinbekommen. Guten Morgen, und Gute Nacht.«

Die ersten pulsierenden Takte von *More Human than Human* kommen aus dem Lautsprecher an der Zimmerdecke.

Regina blickt zur Treppe hinüber. »Draußen ist's jetzt hell. Da bist du auf der sicheren Seite und kannst verschwinden.«

Klingt wie ein Wink mit dem Zaunpfahl. »Ich habe noch was für den Job zu erledigen. Schätze, ich geh also besser rauf und setze mich an meinen Schreibtisch.«

Sie verschränkt die Arme vor der Brust und lehnt sich in ihrem Stuhl zurück. »Sei vorsichtig.«

»Das bin ich.« Ich weiß ganz genau, dass sie sich nicht um mich sorgt, wenn sie das sagt. Ich lege einen Fuß auf den nächsten freien Stuhl und nehme einen Schluck Bier. Das Bier will mir angesichts der Tatsache, dass es fast sechs Uhr morgens ist, nicht recht schmecken.

Schließlich seufzt Regina, stößt ihren Stuhl zurück und erhebt sich. Schon bald schlüpft sie durch die Tür hinaus in den Flur.

Während Reginas Schritte verhallen, gehe ich zur Tür und spähe um die Ecke hinein ins Studio. Shane sitzt vor dem Mischpult und geht völlig in den rasanten Metal-Riffs auf, während er alles vorbereitet, damit nach seiner Sendung eine Stunde lang ein vorproduziertes Programm durchläuft. Er blickt in die andere Richtung. Daher bemerkt er nicht, dass ich ihn beobachte.

Ich ziehe mich zurück und schließe die Tür. Mein Ziel ist jetzt die Treppe.

Seltsam. Kaum habe ich mich vergewissert, dass Shane mir nie wehtun würde, habe ich plötzlich eine viel größere, wesentlich realistischere Sorge.

Ich könnte ihm wehtun.

17

Waiting for the Miracle

»Wir fangen mit den Bands an, die du gemocht hast, als du noch am Leben warst.«

Für den letzten Teil des Satzes dämpfe ich meine Stimme. Wahrscheinlich ist das eine unnötige Vorsichtsmaßnahme angesichts der Lautstärke, mit der die neue Nine Inch Nails aus dem Lautsprecher des Musikladens dröhnt. Die hiesige Filiale von Record & Tape Traders veranstaltet wieder einmal einen Nachtschwärmer-Sale, was mir Gelegenheit gibt, Shane hierher für eine Lektion nach Sonnenuntergang mitzunehmen.

Sein Blick wandert über die T-Shirts und Poster, die die Wände des Ladens zieren. Sein Blick gilt jedenfalls nicht den CDs im Verkaufsregal gleich vor uns. Die wichtigsten Bands stehen dort selbstverständlich streng alphabetisch sortiert. Aber was an diversen anderen übrig bleibt, steht unsortiert jeweils am Anfang des betreffenden Buchstabens.

Ich ziehe Shane hinüber zum Buchstaben G. »Du erinnerst dich doch noch an Green Day, oder?« Ich ziehe Green Days erstes Major-Release-Album heraus, *Dookie*, das zugleich ihr drittes Album war. Ich fühle mich wie eine Mathe-Lehrerin im Förderunterricht, die eine Beispieltafel zeigt.

»Das gehört zu meinen Lieblingsalben. 1994.« Shane nimmt die CD und streicht andächtig und liebevoll über die Hartplastik-Hülle, als handele es sich um eine wertvolle Ming-Vase.

»2000 haben sie *Warning* herausgebracht. Es war ein Kritikeralbum, wurde hochgelobt. Obwohl manche Fans meinten, dass das kein echter Punk mehr sei. Aber jeder muss mal erwachsen werden, oder etwa nicht? Außer dir, selbstverständlich.«

Die Bemerkung bringt Shane dazu, zu lächeln, genau wie ich es mir gedacht habe. Jung und düster zu sein ist wahrscheinlich das Einzige, was Shane am Vampir-Dasein mag. Aber er greift nicht nach dem Album.

»Doch richtig groß«, fahre ich fort, »war *American Idiot*, das sie im September 2004 veröffentlicht haben.« Ich blättere mich bis zu dem Album durch und halte es Shane hin. Das Cover zeigt eine Hand, Weiß auf Schwarz, die eine rote Handgranate in Form eines blutenden Herzens hält. »Es gehört zu den wichtigsten Alben der Jahrtausendwende.«

Shane zögert, nimmt die CD dann aber doch. »Warum?«

»Vor allem, weil es musikalisch einfach endgeil ist. Es ist eine Rockoper.«

»Hm.« Shane dreht die Hülle um und fährt mit dem Daumen übers Plastik – so vorsichtig, als könnten Milzbranderreger darauf verteilt sein.

»Aber das Album hat nicht nur musikalisch gesehen Einfluss gehabt. Es ist kurz vor den Wahlen auf den Markt gekommen. Green Day war Teil einer Bewegung der Musikszene, die junge Leute dazu bringen wollte, wählen zu gehen. Und es hat funktioniert. Am Wahltag haben College-Studenten vor den Wahllokalen Schlange gestanden. An deinem alten College haben manche sogar acht Stunden im Regen ausgeharrt.«

Shane hat immer noch den leeren Blick, den er etwa in der Mitte meiner kleinen Rede bekam. »Ist Bill Clinton immer noch Präsident?«

Ich kann ihn nur stumm anstarren. Dass er so verknöchert sein soll, trifft mich hart wie ein Tritt ins Gedärm. Dann aber bemerke ich das Zucken um seine Mundwinkel.

Hörbar atme ich aus, so erleichtert bin ich. »Du Arsch!«

»Kleiner Scherz«, sagt er. »So tot bin ich nun auch wieder

nicht. Jedenfalls noch nicht.« Er klopft sich mit der CD-Hülle auf die Handfläche. »Okay, ich habe schon gehört, dass Green Day 'ne Rockoper gemacht haben. Aber es hat mich nicht genug interessiert, um mal reinzuhören. Ich probiere es aus. Aber erwarte keine Wunder, okay?«

Ich winke ihm, mir den Gang hinunter zu folgen. Wir kommen an ein paar gepiercten Teenies männlichen Geschlechts vorbei, die allen Ernstes darüber diskutieren, ob man AFI noch zu den Emo-Bands zählen darf oder nicht.

Shane überholt mich und ist mit ein paar schnellen Schritten bei P. Dort zieht er unter den Alben von Prince *Purple Rain* heraus. »Die hier hatte ich auf Vinyl. Der Film hat mich dazu gebracht, Gitarre zu lernen.« Sein Blick geht glatt durch die nächste Wand hindurch und verliert sich im Nirgendwo. »Ich war mit meiner ersten Freundin in dem Film.«

Mir entgeht das kleine Lächeln auf Shanes Gesicht nicht. Ich frage mich, zu welchen Taten Prince' Erotik Shanes kleine Freundin in jener Nacht wohl inspiriert hat. Ich nehme selbst eine Ausgabe zur Hand und werfe einen Blick auf das Erscheinungsjahr: 1984. Da war ich fast noch flüssig!

Also besser wieder zurück in die Neunziger. Ich lotse Shane zurück zum Buchstaben M. »Wenn ich mich recht entsinne, hast du auch schon Morphine in deiner Sendung aufgelegt.«

Shanes Gesicht hellt sich auf. »Magst du sie?«

»Bariton-Saxophon, Slide-Bass und Schlagzeug. Ihre Musik ist einzigartig. Viel Ironie, und dennoch irgendwie sinnlich. Dream-Rock.« Autsch, ich klinge ja fast wie eine Musikkritikerin. »Ihre *Cure For Pain* von '93 ist die rauchigste Musik, die ich je gehört habe. Mehr Sex und Erotik geht nicht.« Ich ziehe eine ihrer neueren CDs heraus. Dieses Mal schnappt sich Shane das Ding, ohne zu zögern. Die anderen, die er noch in der Hand hält, gibt er mir zurück.

»Gibt's die Band noch?«

»Der Sänger ist ’99 gestorben.«

Betroffen blickt Shane mich an. »Mark Sandman ist tot?«

»Er hatte einen Herzinfarkt während eines Konzerts in Rom.«

»Scheiße, das ist heftig.« Shane runzelt die Stirn, als er die Liste der einzelnen Tracks durchgeht. »Ich habe ihn gemocht.«

Ich rücke etwas näher an ihn heran. »Warum macht es dir so viel aus, dass er tot ist?«

Er schaut mich an, runzelt die Stirn. »Sollte es nicht jedem etwas ausmachen, wenn jemand stirbt?«

»Gestern Abend sind vier Menschen bei einem Autounfall unmittelbar vor der Stadt ums Leben gekommen. Macht dir das so viel aus wie Mark Sandmans Tod?«

Shane schüttelt den Kopf. »Die Leute habe ich nicht gekannt.«

»Aber Mark Sandman hast du auch nicht gekannt.«

»Das ist was anderes.« Er fährt mit dem Daumen über die CD-Kanten. »Ich hatte das Gefühl ihn zu kennen – durch seine Musik.«

»Ist da sonst noch was an seinem Tod, das dir nahegeht?«

Shane kratzt sich den Nacken. Dann schaut er woanders hin. »Die Welt hat etwas verloren, als er gestorben ist.«

Ich deute auf das Morphine-Schild am Regal. »Aber wir haben ihn nicht verloren. Wir können seine Musik hören, wann immer wir wollen.«

»Aber das, was er nicht mehr hat schreiben können, das können wir nicht mehr hören. Alles, was zu tun er keine Gelegenheit mehr bekommen hat, ist mit ihm gestorben.«

»Genau!« Ich greife nach Shanes Hand. »Hör dir doch nur selbst zu. Du denkst an all die Morphine-Alben, die es nicht mehr geben wird. Du denkst an die Möglichkeit neuer Musik. An neue Musik, die du kennenlernen kannst. Punkt.«

Mit dem Daumen umfasst Shane meine Hand. »Warum ist es dir so wichtig, dass ich mir darüber Gedanken mache?«

»Ich möchte nicht, dass du so weiterlebst: gefangen im Jahr 1995. Du bist nicht glücklich, so wie es ist, und je mehr Zeit ins Land geht, desto unglücklicher wirst du sein.« Jetzt umklammere ich seine Hand fest. »Ich möchte nicht, dass du allmählich erlischst und gehst.«

Selbst im Licht der Leuchtstoffröhren hier im Laden scheinen seine blassblauen Augen zu leuchten, während er mich ansieht. Über unseren Köpfen dröhnt Musik, als Shane sich über mich beugt, um mich zu küssen.

Aus irgendeinem Grund habe ich geglaubt, Shanes Küsse würden für mich zur Routine. Ich war überzeugt, kein Kuss könnte besser oder anders sein als der davor.

Damit liege ich falsch.

Ich mag es, falsch zu liegen.

Ich greife in Shanes Haar, ziehe ihn an mich in einen intensiveren Kuss. Einer der beiden Teenies hinter mir murmelt: »Yeah, Mann, nicht schlecht.« Wir ignorieren ihn.

Die Stimme einer Erwachsenen neben uns sagt: »Bitte sagt mir, dass ihr nicht am Arbeiten seid.«

Shane und ich gehen auseinander, um Elizabeth vor uns zu sehen. Beinahe hätte ich sie in der Freizeitkleidung, die sie heute Abend trägt, nicht erkannt. Dabei hat sie selbst in Jeans und schlichtem T-Shirt mit V-Ausschnitt eine derart gute Figur, dass sie vermoderte Leichen dazu bringen könnte, Männchen zu machen.

»Ich führe Shane in die neuesten Entwicklungen auf dem Musikmarkt ein.«

»Er scheint mir ein recht eifriger Schüler zu sein.« Sie zwinkert mir zu, was ich als Zeichen für Sympathie deute.

»Und, ein paar Schnäppchen gemacht?« Ich lege den Kopf schief, um lesen zu können, was auf den CDs in ihrer Hand steht. Bei der obersten handelt es sich um einen Sampler mit besonders erfolgreichen Melodien von Rodgers und Hammerstein. »Franklin und ich stehen kurz vor dem Abschluss einer Cross-Promotion mit der Record-&-Tape-Filiale hier. Die müssen nur noch mit ihrer Zentrale klären, ob sie sich mit mehr als einem Sender zusammentun dürfen.«

Shane und Elizabeth hören meinen faszinierenden Ausführungen zum Thema Geschäfte des Senders gar nicht zu. Stattdessen beäugen sie sich gegenseitig. Keine Sekunde lassen sie sich aus den Augen, belauern einander wie verfeindete Katzen, die nur durch eine Fensterscheibe voneinander getrennt sind.

Ich versuche es mit guter Stimmung. »Oh ja, Elizabeth, ich wollte mich noch dafür bedanken, dass du den Va… den DJs die Gelegenheit gibst, auch weiterhin zu überleben.«

Ihre Augen verengen sich. Immer noch gilt ihr Blick allein Shane. »Sie könnten auch ohne den Sender überleben. Jemand würde sich immer um sie kümmern. Dafür würde ich sorgen.«

»Dafür sorgen, dass wir unsere wohlverdiente Ruhe finden in den Armen der Liga?« Shane sieht aus, als würde er sich nach den letzten Worten am liebsten den Mund spülen.

Elizabeth wartet mit der Antwort, bis zwei College-Studentinnen mit magentarot gefärbten Haaren an uns vorbei sind. »Viele Menschen sehnen sich nach einem derart bequemen Ort für ihren letzten Lebensabschnitt.«

»Bequem? Eines dieser Liga-Gefängnisse, wo man mit Resten aus Blutbanken gefüttert wird, bis man zu schwach ist, sich auf den eigenen Beinen zu halten – bequem?«

»Es sind keine Gefängnisse, sondern Rückzugsstätten.«

»Welche Rückzugsstätte schließt ihre Bewohner ein?« In gespielter Überraschung schlägt Shane sich mit der flachen Hand gegen die Stirn. »Oh, halt, wie konnte ich das nur vergessen? Die Türen bleiben während des Tages ja unverschlossen für den Fall, jemand möchte sich von der Last alles Unirdischen befreien!«

Elizabeth fixiert Shane und spricht abgehackt und mit gedämpfter Stimme. »Ohne das Rückzugsprogramm der Liga –

wohin würden all die armen alten Vampire gehen, denen die Welt zu viel geworden ist?«

»Oh, bitte! Heb dir das für jemanden auf, der es nicht besser weiß. Und bei dieser Übernahme durch Skywave sollte es dir lieber ums Geld gehen als darum, bloß einen Anlass für unseren ›Ruhestand‹ zu finden.«

»Selbstverständlich geht's ums Geschäft, um sonst nichts.«

»Das heißt wohl, dass du uns, sobald der Sender Profit macht, in Ruhe lässt«, sagt Shane.

Elizabeth lacht und fährt sich mit den Fingern durch ihre wilde Jennifer-Aniston-zweite-*Friends*-Staffel-Frisur. »Wir schreiben so tiefrote Zahlen, dass es schon ein Wunder bräuchte, um uns bis zum Ende dieses Jahrzehnts, geschweige denn bis zum Ende dieses Sommers, ans Ziel zu bringen.«

»Ein Wunder, ja?« Shane nimmt mir die CDs aus der Hand und legt einen Arm um meine Schulter. »Schätze, dann sollten wir uns besser gleich an die Arbeit machen.«

Auf dem Weg zurück zum Sender schweigt Shane beharrlich. Er starrt die ganze Fahrt über aus dem Seitenfenster und spielt mit den neuen CDs in seiner Hand. Selbst in diesem Dreierstapel sind sie alphabetisch geordnet.

Sein Schweigen gibt mir Gelegenheit, über unsere Begegnung mit Elizabeth nachzudenken. Shane hatte mir irgendwann einmal erzählt, auf Dauer schwäche eine Ernährung von Blutbankenblut einen Vampir. Elizabeth aber schien mir bei Traders ziemlich energiegeladen für jemanden, der sich angeblich strikt an eine Rot-Kreuz-Diät hält.

Als wir über den langen Kiesweg auf das Gelände des Senders fahren, breche ich schließlich das Schweigen. »Woher weißt du so viel über die Liga-Ruhesitze für Vampire?«

»Ich habe zwei Jahre an einem solchen Ort gelebt«, antwortet

Shane, schaut dabei aber weiterhin aus dem Fenster. »›Gelebt‹ ist wahrscheinlich nicht das richtige Wort. Ich habe dort existiert, vor mich hin vegetiert – nenn es, wie du willst. Es war ein ›Erholungsheim‹ für junge Vampire, die nicht gerade begeistert auf ihr neues Leben reagieren. Diese Abteilung war rund um die Uhr geschlossen.« Er schenkt mir ein schiefes Lächeln. »Deswegen habe ich gelernt, Schlösser zu knacken.«

»Und es erklärt, wie du dort rausgekommen bist.«

»Aber nicht, warum ich eines Nachts überhaupt so weit war und die Biege gemacht habe.«

»Ah, und warum?«

»Ich wollte leben, überhaupt so was wie ein Leben haben. Ich wollte ein Ziel. Die Musik hat mir das ermöglicht. Dieser Ort hier …«, er macht eine Handbewegung zu dem heruntergekommenen Gebäude vor uns, »… hat mir das ermöglicht.«

Ich stelle das Auto auf dem Parkplatz ab, und Shane und ich steigen aus. Die Luft fühlt sich warm und stalkerfrei an.

Shane steht bereits neben mir und hält mir seine Hand hin. »Sag mir, was ich tun kann, um den Sender zu retten.«

Ich schnappe nach Luft. »Meinst du das ernst? Du möchtest wirklich, dass ich deine Existenz, dich des höheren Ziels wegen kommerziell verwerte?«

»Vielleicht musst du es ja nicht gerade so ausdrücken, aber: ja.«

»Oh, danke, vielen Dank!« Ich kann nicht widerstehen und umarme ihn. »Deine Zuhörer sterben nämlich schon vor Neugier. Sie wollen endlich den geheimnisvollen letzten Vampir kennenlernen. Um das zu begreifen, braucht man sich nur die vielen Spekulationen in den Blogs anzuschauen.«

»In den was?«

»Du genießt mehr Medienaufmerksamkeit als die anderen fünf zusammen, und dabei hast du dich bisher nicht ein einziges Mal in der Öffentlichkeit gezeigt.«

Shane versucht eine Miene aufzusetzen, die unbeeindruckt wirken soll. »Warum hast du mir das nicht schon früher erzählt?«

»Männer mögen keinen Druck. Sie möchten gern glauben, alles, was sie tun, sei ihre eigene Idee.«

»Aber das ist doch meine Idee, bei … deiner Idee mitzumachen.«

»Das Problem ist, dass ich mir nicht sicher bin, ob Elizabeth den Sender verkaufen will, um Geld zu machen, oder ob sie euch sechs doch nur in den Ruhestand schicken möchte. Ich würde eine größere Summe darauf verwetten, dass sie eigentlich nur von David loskommen will.«

Shane seufzt und blickt in Richtung Wald. Ich spüre augenblicklich, dass er gern ein bisschen Klatsch loswerden möchte.

»Sie beißt ihn immer noch, stimmt's?«, frage ich also.

Shane zögert. »Er ist der einzige Mensch, von dem sie je getrunken hat.«

»Na, kein Wunder, dass sie gern ihre Freiheit hätte. Mir würde es auch nicht gefallen, derart abhängig von meinem Ex zu sein. Das ist nicht gesund. Aber warum sollte David sich von ihr beißen lassen, wenn es ihm dabei schlecht geht?«

»Offenkundig warst du noch nie einer Beziehung, die wie eine Sucht war.«

Ich hebe abwehrend die Hände. »Oh, nein, Gott bewahre. Nicht was eine solche Abhängigkeit angeht. Aber wenn es bezüglich David und Elizabeth wirklich darum geht, wird es keine Rolle spielen, wie viele Werbeminuten wir verkaufen oder in welche Höhen die Einschaltquoten noch steigen.« Shane sagt nichts; er starrt in Richtung des Walds. Also antworte ich mir selbst: »Vielleicht ist das aber auch nur ein Faktor, der für sie wichtig ist.«

Shane öffnet die Fahrertür meines Autos, die ich eigentlich abschließen wollte. »Setz dich wieder in den Wagen«, sagt er ruhig.

»Warum?«

»Ganz beiläufig. Jetzt.«

Sobald wir wieder im Auto sitzen, sagt er: »Jemand beobachtet uns.«

Ich blicke durch die Heckscheibe, entdecke aber nichts und niemanden. »Ich habe mich hier auf dem Parkplatz schon zwei Mal beobachtet gefühlt. Regina behauptet, es sei dieser alte Vampir Gideon.«

»Ich rieche Menschen.« Shane dreht das Fenster auf seiner Seite herunter. »Ein Mensch, der Marlboro Lights mit Menthol raucht.«

»Das kannst du mit einem einzigen Atemzug feststellen?«

»Das mit der Marke war ein Scherz. Aber was den Rest angeht, ja. Sein Atem riecht danach und seine Haut.«

»Ein Er? Wo ist er denn?«

»Drüben am Waldrand, nehme ich an. Solange der Typ nicht näher kommt, macht es mir der Wind unmöglich, das genauer zu bestimmen.« Shane klopft sich mit der Hand auf den Oberschenkel. »Leg deinen Kopf in meinen Schoß.«

»Hä?«

»Wenn er meint, ich sei abgelenkt, traut er sich vielleicht aus seiner Deckung.« Er legt eine Hand auf meine Schulter. »Mach schon.«

Ich beuge mich vor und schmiege die Wange an Shanes Schenkel. Im ersten Moment scheint es wunderschön, so dazuliegen, bis auf eines: »Die Handbremse bohrt sich in meinen Bauch.«

Shane schiebt die Hand zwischen meine Taille und den Hebel der Bremse. Es fühlt sich an wie ein Kissen. »Ist das besser so?«

»Ja, danke. Hörst du etwas?«

»Nur dich reden.«

Ich halte meine Klappe. Shanes andere Hand streicht mir übers Haar. Es beruhigt und stimuliert mich gleichzeitig. Langsam begreife ich, warum Hunde es so lieben, wenn man ihnen den Kopf tätschelt.

Plötzlich schaut Shane nach rechts. Er justiert den Seitenspiegel mittels des Drehknopfs neu. »Er ist hinter uns, aber nicht nah genug, dass ich einen Orgasmus vortäuschen müsste.«

Ich spüre, dass Shanes Nerven zum Zerreißen gespannt sind. Er konzentriert sich auf den Seitenspiegel, seine Beinmuskeln sind hart. Seine Hand gleitet die Armlehne der Beifahrertür hinunter auf den Türgriff zu.

Er brüllt: »Los, weg da!«

Ich fahre hoch, Shane reißt die Tür auf und springt aus dem Auto. Ich schaue ihm nach, sehe ihn über den Parkplatz sprinten und zwischen den Bäumen am Fuß des Sendemasts verschwinden. Es dauert nicht lange, dann ist das schrille Aufheulen einer kleinen Maschine zu hören, das die Stille der Nacht zerreißt. Das Motorengeräusch entfernt sich rasch, wird leiser und leiser, bis es nicht mehr zu hören ist.

Shane taucht von der Rückseite des Senders wieder auf. Er kommt herüber und geht zur Beifahrertür, die immer noch sperrangelweit offen auf seine Rückkehr wartet. »Der Wichser hatte einen Quad da hinten versteckt. Hab ihn fast gekriegt.«

»Hast du ihn sehen können?«

»Nicht sonderlich gut. Dunkles Haar, Schnurrbart, keine auffälligen Besonderheiten.«

»Aber du hast ihn nicht gekannt?«

»Warum auch?« Den linken Arm aufs Autodach gestützt, beugt sich Shane in den Wagen und schaut mich an. »Könnte ja schließlich einer deiner Exfreunde gewesen sein.«

»Ich habe nie was mit einem Raucher gehabt. Schon gar nicht mit einem, der Mentholzigaretten raucht. Bah.«

Shane lacht in sich hinein. »Na, so eine Scheinheilige! Bei Deirdre hast du selbst eine geraucht.«

»Bei wem?«

»Der Spenderin, die wir zusammen besucht haben.«

»Na, genial. Jetzt weiß ich endlich ihren Namen. Wenn ich sie mal beim Gemüse im Supermarkt treffe, kann ich sagen: ›Hi, Deirdre, wie geht's? Wieder 'n paar neue Löcher im Fleisch?‹«

»Du klingst eifersüchtig.« Shane setzt sich wieder auf den Beifahrersitz und zieht meinen Kopf ohne Gegenwehr wieder auf seinen Schoß. »Du klingst, als wärst du meine feste Freundin.« Mit dem Handrücken streicht er mir über die Wange. »Ich mag die Vorstellung.«

Mein Magen schlägt einen Salto. Aber ich erinnere mich an Reginas Warnung, ihm ja nicht wehzutun. »Das ist süß, Shane. Aber können wir beide nicht einfach nur Spaß miteinander haben? Eine feste Beziehung eingehen – das ist doch altmodisch.«

Er seufzt. »Ich mag dieses neue Jahrtausend nicht.«

»Hallo, wer ist jetzt scheinheilig? Du hast deine Hände überall auf diesen Frauen, die du beißt. Von mir erwartest du, dass ich brav in einem Kartoffelsack zu Hause sitze.«

»Das ist etwas anderes. Ich muss trinken; du aber brauchst keine anderen Typen zu treffen.« Mit einem Finger fährt er am Rand meines Ausschnitts entlang. »Abgesehen davon würdest du in einem Kartoffelsack verdammt sexy aussehen.«

Ich stoße die Hand fort, zumindest ein paar Zentimeter. »Das ist überhaupt nichts anderes. An dem Abend hättest du mit Deirdre geschlafen, wenn ich nicht dabei gewesen wäre. Wahrscheinlich ist Blut trinken zu müssen eine fantastische Ausrede, um zu vögeln, und nicht andersherum.«

»Was, wenn ich aufhören würde, das Blut von Frauen zu trinken? Ich könnte da einige Arrangements mit anderen Vampiren aushandeln. Würde das deine Meinung ändern?«

»Das würdest du für mich tun?«

»Ich habe es bereits getan.« Er streicht mir eine Haarsträhne zurück, die mir in die Augen gefallen ist. »Die letzte Frau war Deirdre, in der Nacht, in der du mit mir bei ihr warst.«

Mir wird eng um die Brust. Ich fahre mir mit der Hand über die Stirn. »Shane, ich kann keine feste Beziehung mit dir eingehen.«

Er macht ein trauriges Gesicht. »Warum nicht? Ich dachte, wir wären über diese ganze Die-Schöne-und-das-Biest-Sache hinweg.«

»Nicht, solange ich das Biest bin.«

»Das kapiere ich nicht.«

»Du willst die Wahrheit von mir hören? Sie ist aber nicht schön.«

»Das ist sie meistens nicht.«

Ungeschickt löse ich mich aus seiner Umarmung und rutsche wieder auf den Fahrersitz. »Erinnerst du dich noch an den Typen, von dem David dir erzählt hat? Der, der mich nicht anzeigen wollte, obwohl ich ihn um sein Geld gebracht hatte?«

»Ja. Mark, richtig?«

»Das war nicht sein Name, eher seine Funktion: THE MARK – er war das Zielobjekt.«

»Ist ja auch egal.«

»Nein, eben nicht.« Ich hole tief Luft. »Ich hatte was mit ihm.«

Shane blinzelt heftig. »Du hast deinen letzten Freund abgezogen? Um wie viel Geld hast du ihn erleichtert?«

»Er hat ja nur geglaubt, er sei mein Freund.« Ich fahre mit den Händen über das Lenkrad. »Okay, ganz von vorn. Ich habe Leute übers Ohr gehauen, um mich über Wasser zu halten. Mein täglich Brot war sozusagen Kleinbetrug; alles, was in ein paar Minuten oder Stunden durchgezogen ist. Tresen-Wetten, Kartentricks, Falschspiel. Hin und wieder habe ich mich auch mit anderen vom Fach zusammengetan. Dann habe ich den Lockvogel gemacht – zur Erpressung untreuer Ehemänner. Oder es ging darum, jemandem vorzugaukeln, es sei viel Geld im Spiel, aber noch viel mehr zu machen, wenn man vorher ein Sümmchen investiere.« Ich schweige einen Moment, warte, ob Shane nachfragt. Es kommt nichts. »Aber bald war ich es leid, mich gerade so durchzuschlagen. Ich dachte, wenn ich einen großen Betrug abziehe, wär's das für den Rest des Jahres und ich könnte leben wie ganz normale Leute.«

Shane schlägt einen härteren Tonfall an. »Ciara, wie viel?«

»Dreißigtausend.«

»Dreißigtausend Dollar?«

»Studiengebühren für ein Jahr und Lebenshaltungskosten.«

»Ach du heilige Scheiße!« Shane sind die Gesichtszüge entgleist. Er braucht eine Weile, bis er das verdaut hat. »Wie hast du das angestellt?«

»Ich habe den Typen davon überzeugt, in ein Grundstücksgeschäft zu investieren, bei dem schnell viel Geld zu machen sei. Ich habe ihm gegenüber angedeutet, das Ding sei nicht ganz legal. Also hat er mir das Geld bar gegeben. Was heißt: Er hatte nichts in der Hand. Wie heißt es so schön: Man kann keinen ehrlichen Mann betrügen.«

»Aber warum hat er dir bei der Sache überhaupt vertraut?«

»Begierde macht jeden zum Narren. Er hätte mir selbst die Brooklyn Bridge abgekauft.« Ich laufe rot an. »Ich habe Sachen mit ihm gemacht, die seine Frau nie tun würde.«

»Seine Frau? Du hast gewusst, dass er verheiratet war?«

»Das war der Grund, warum ich ihn ausgesucht habe. Ich wusste, dass er seine Ehe nicht aufs Spiel setzen würde. Er konnte mich nicht anzeigen, denn dann würde die ganze Sache ja rauskommen.« Ich bin nicht fähig, Shane anzuschauen. Also studiere ich intensiv die Kerben und Kratzer auf der Lenksäule. »Ich habe richtig gelegen. Er hat seiner Frau gesagt, er hätte das Geld in Atlantik City beim Würfeln verspielt. Er hatte tatsächlich ein Problem mit Spielsucht, daher hat sie ihm geglaubt.« Meine Kehle ist wie zugeschnürt, als es an den letzten Rest der Wahrheit geht. »Ich habe allerdings nicht gewusst, dass er Kinder hat.«

Shane zieht hörbar die Luft ein. »Hat seine Frau es herausgefunden?«

»Soweit ich weiß, nicht. Ich habe das Geld genommen und mich abgesetzt. Er hat die Cops gerufen, aber dann die Anzeige zurückgezogen, als er begriff, dass er gegen mich hätte aussagen müssen.«

»Hast du ihm das Geld zurückgegeben?«

»Das ging nicht. Dann hätte seine Frau herausgefunden, dass er sie angelogen hat. Außerdem habe ich, rein faktisch betrachtet, gegen kein Gesetz verstoßen. Ich habe nichts schriftlich oder über den Postweg gemacht. Sie haben mir nicht nachweisen können, dass das Geld nicht einfach das Geschenk eines großzügigen Liebhabers war. Sein Verlust, mein Gewinn. Leider ist der größte Teil des Geldes für den Anwalt draufgegangen. Daher musste ich letztes Jahr dann doch einen Kredit aufnehmen, um meine Studiengebühren bezahlen zu können.«

»Das ist doch Schwachsinn«, meint Shane plötzlich.

»Nein. Das ist die reine Wahrheit.«

»Ja, und du hattest Recht: Sie ist nicht schön. Aber was hat das Ganze mit mir zu tun? Ich habe kein Geld, um das du mich erleichtern könntest. Du bist mit mir zusammen, weil du mich magst.«

»Ja, genau. Und ich mag dich wirklich sehr. Deshalb möchte ich dir auch auf gar keinen Fall wehtun.«

»Wie kommst du darauf, dass du das könntest?«

»Ich habe meinen Eltern das Herz gebrochen; ich habe –«, der Name kommt mir nicht über die Lippen, »– diesen Typen betrogen. Und irgendwann lasse ich dich auch im Stich. Denn es wird passieren, ich weiß nicht, wie oder wann. Aber es liegt mir im Blut.«

»Schon wieder Schwachsinn! Du sagst das doch bloß, damit wir keine Beziehung eingehen.«

»Was hätte ich denn davon?« Gegen besseres Wissen greife

ich nach seiner Hand. »Ich will mit dir zusammen sein, mehr als ich das je zuvor gewollt habe. Wenn ich mit dir zusammen bin, fühle ich mich wie … ein nettes, anständiges Mädchen.«

Shane runzelt die Stirn. »Anständig. Nett. Nicht gerade das, was ein Kerl bei einer Frau bewirken will.«

»Und unanständig fühle ich mich auch.« Wieder ignoriere ich die Stimme der Vernunft in mir, beuge mich vor und küsse Shane lang und leidenschaftlich. Er zieht mich an sich, soweit die störende Handbremse es zulässt.

In Augenblicken wie diesen scheint alles ganz einfach. Nichts scheint von Bedeutung zu sein – außer heißer Leidenschaft und der Vollkommenheit eines Kusses, dieses Kusses. Aber Augenblicke wie dieser halten nicht länger an als ein Popsong und besitzen etwa genauso viel Wahrhaftigkeit.

Gar keine.

Ich liege im Bett und höre das Ende von Reginas Sendung *Drastic Plastic*. Ich bin hundemüde. Aber ich möchte unbedingt wach bleiben, bis Shanes Intro gelaufen ist.

Der Song von Siouxsie and the Banshees verklingt. Stattdessen dringt jetzt Reginas Stimme aus dem Lautsprecher. »Vierundneunzig Komma drei WVMP, das Herzblut des Rock 'n' Roll. Es ist zwei Uhr neunundfünfzig in einer ganz besonderen Nacht für euch Vamps und Vamp-Fans da draußen. Einer von uns hat sich endlich entschlossen, aus dem Sarg zu hüpfen.«

»Danke, Regina, damit ist die Überraschung ja wohl geplatzt«, meint Shane.

»Was denn für eine Überraschung? Als ob WVMP jemanden mit normaler Körpertemperatur eine eigene Sendung moderieren lassen würde.«

Shanes warmes Lachen bringt mich dazu, mich um das zusätzliche Kissen in meinem Bett zusammenzurollen.

»Was hat dich dazu gebracht, deine Meinung zu ändern, Shane?«

»Zwei Blondinen.«

»Zwei auf einmal? Du Tier.«

»Es ist nicht so, wie du denkst. Die eine steht für die Vergangenheit, die andere für die Zukunft.«

»Wow, ganz schön mystisch, was du da von dir gibst. Du hast doch wohl nicht wieder mit Jim einen Trip eingeschmissen, oder?«

»Ich habe meine Drinks in Jims Gegenwart immer gut im Auge behalten, seit dem letzten Mal.«

»Seit den letzten acht Mal, meinst du wohl.«

»Egal, wo war ich stehengeblieben?«

»Bei den Blondinen«, sagt Regina mit übertriebenem Abscheu in der Stimme.

»Genau. Ich habe über die Zukunft nachgedacht, zum ersten Mal seit jener Nacht – du weißt schon …«

»Seit ich aus dir eine derart herrliche Bestie gemacht habe …«

»Hört, hört«, sagt er mit spöttischem Unterton. »Aber wie auch immer. Ich habe mit einem Mal begriffen, dass ich nach vorne schauen und die Vergangenheit überwinden muss. Es ist an der Zeit, wieder ein paar Risiken einzugehen, und ein Risiko ist, vor der ganzen Welt zuzugeben, dass ich … äh …«

»Sprich's mir einfach nach: Dass ich …«

»… dass ich ein Vampir bin.«

»Du hast es über die Lippen gebracht!« Regina applaudiert leise. »Echt abgefahren, ein Wunder!«

»Das heißt, ich werde wie ihr anderen auch den einen oder anderen Gig haben.«

»Die Bräute werden auf ihren Stühlen zerfließen, wenn du deine Gitarre rausholst.«

»Und dann gibt es Neuerungen, die es zu verkünden gilt: Von

heute Nacht an ändere ich mein Format, zumindest was die erste Stunde meiner Sendung angeht.«

Regina zögert. »Was änderst du denn?«

»Ich werde auch neue Musik auflegen.«

Ich sitze kerzengerade im Bett und starre das Radio an. Regina ist nicht minder geschockt. Denn sie lässt zu, dass vier oder fünf Sekunden lang nichts als Rauschen zu hören ist. Der Sender ist quasi tot, bis sie schließlich reagiert.

»Warum?«

»Es gibt da draußen jede Menge guter Bands, die in der heutigen Radiowüste nicht genug Sendezeit bekommen. Manche dieser Bands besitzen tatsächlich den Geist der Neunziger. Außerdem gibt es einige Gruppen, die zu meinen Lebzeiten angefangen haben, Musik zu machen, und die seitdem besser geworden sind.«

»Na, wer denn?« Regina klingt skeptisch.

»Green Day zum Beispiel.«

»Green Day? Scheiß-Poser, sonst nichts! Die würden echten Punk nicht erkennen, wenn er ihnen in den Arsch kriechen und in ihren Gedärmen explodieren würde.«

»Darf man auf Sendung so was wie ›Arsch‹ überhaupt sagen?«

»Es ist verflucht drei Uhr am Scheiß-Morgen. Da kann ich sagen, was immer ich will.«

»So wie du ›Arsch‹ aussprichst, klingt es so reizend britisch. Und dann, glaub ich, zählt's nicht. Aber egal: Green Day ist einfach eine andere Art von Punk. Sie versuchen gar nicht wie die Sex Pistols zu klingen oder die Stooges. Sie machen Pop-Punk wie die Buzzcocks.«

»Pop-Punk?! Das ist Scheißdreck, was die spielen, nichts weiter«, ereifert sich Regina.

»Genau. Nur weil die tatsächlich ihre Instrumente beherrschen, sind sie Dreck. Sei's drum. Dieser Song ist für dich, Regina, damit du mir nicht die Kehle aufschlitzt. Freunde da draußen, drückt mir die Daumen.«

Ein schneller durch und durch gehender Akkord leitet Green Days *She's a Rebel* ein, von eben der *American-Idiot*-CD, die Shane erst fünf Stunden zuvor erstanden hat. Ich sollte mich jetzt besser schlafen legen. Stattdessen werfe ich die Decke fort, springe auf und tanze auf der Matratze. Für zwei endgeile Minuten brülle ich meinen Triumph mit allem heraus, was meine Lunge hergibt.

18

One Way or Another

11. Juli
Shane geht auf Tour. Er hat seinen ersten Gig als bekennender Vampir-DJ in einem der Cafés von Sherwood, im Legal Grounds – es liegt gleich neben dem Gerichtsgebäude.

Die Interessierten, die von ihrer Neugier ins Café getrieben wurden, passen gar nicht alle hinein. Die Menge steht sich im Eingangsbereich die Beine in den Bauch, bis draußen, wo die Tische für die Außengastronomie stehen, und dahinter noch auf dem Bürgersteig. Ich notiere mir, die Preise für privates Sicherheitspersonal zu checken. Ehe Shane die so genannte Bühne verlässt, spielt er ein paar Stücke auf der Gitarre. Das letzte ist *Ciara*.

12. Juli
Obwohl nur etwa hundert Leute im Legal Grounds Platz haben, behaupten im heutigen Blog annähernd zweitausend, sie hätten Shanes ersten Auftritt live miterlebt. Das macht den Gig zu einer bombastischen Zusammenkunft von Musikfans, ähnlich wie bei Woodstock.

Manche Einträge beklagen Shanes ›eklektischen‹ Geschmack, dass man nie hätte wissen können, was für ein Song als Nächstes kommt. Ein Blogger war angepisst, weil Shane weder wie ein echter Vampir noch wie ein echter Grunger ausgesehen habe. Als ob man von ihm erwartet hätte, er würde in einem bodenlangen Flanell-Umhang erscheinen.

15. Juli
Wir bieten die ersten Podcasts an. Jeder DJ wird den Hörern wöchentlich einen fünfzehnminütigen Wortbeitrag über die Musik und Kultur seiner jeweiligen Lebenszeit anbieten, gespickt mit zeittypischen Anekdoten, die nur jemand parat haben kann, der ganz in der guten alten Zeit lebt.

Um das Interesse der Gelegenheitshörer zu halten, sollen jeweils einige Details über das Leben als Vampir eingebaut werden – ein winziger Bruchteil davon ist sogar wahr.

22. Juli
Die WVMP-Podcasts der zweiten Woche gehören kurz zu den TOP-100-Downloads einer allseits bekannten Seite. Die T-Shirts ordere ich zum dritten Mal bei der Druckerei nach; dieses Mal bestelle ich gleich die vierfache Menge. Unsere Website bricht unter dem Andrang der vielen Besucher zusammen.

Es gibt tatsächlich mal eine Nacht, in der ich sensationelle vier Stunden Schlaf am Stück bekomme, das erste Mal in diesem Monat. Ich überlege mir einen Vorschlaghammer zum Abschalten meines Weckers zu kaufen, habe aber weder die Zeit, diesen Plan in die Tat umzusetzen, noch die Kraft, das Ding zu heben.

23. Juli
David bemerkt meine unnatürliche Blässe. Er weist mich an, den morgigen Tag an der frischen Luft und in der Sonne zu verbringen, um zu verhindern, dass ich mir noch eine Rachitis zuziehe.

24. Juli
Ich werde eins mit der Sonne.

An Loris Pool liege ich auf einem Liegestuhl. Ich inhaliere Lichtteilchen und Hitzestrahlung gleichermaßen. Schweiß läuft mir den Rücken hinunter, während ich mich bemühe, jede Faser meiner Muskeln davon zu überzeugen, den Job einfach mal zu vergessen.

Lori sorgt für beruhigendes Hintergrundgeräusch, das mein Ansinnen befördert. In epischer Breite berichtet sie von den Bemühungen ihrer geisterbesessenen Truppe SPIT. SPIT ist immer noch dabei, Gelder zusammenzuklauben. Die Stadt soll ja nun endlich ihr Denkmal bekommen; eines, das der Bedeutung der Schlacht von Sherwood auch wirklich angemessen ist.

Was die historisch verbürgten Details der Schlacht angeht, sind meine Erinnerungen reichlich verschwommen. Aber die Basics sind in etwa die: Ein Typ von der Union mit prächtigem Schnurrbart hat einen Angriff gegen einen Typen von der Konföderation mit nicht minder prächtigem Vollbart angeführt. Vollbart wusste von den Truppenbewegungen der Union. Aber wegen des netten kleinen Gerangels bei Sherwood kam Vollbart nicht mehr rechtzeitig nach Gettysburg. Die Erkenntnisse aus der Feindaufklärung kamen den Konföderierten nicht mehr zugute; sie wussten also nicht, was da auf sie zukam. Und das ist der Grund, warum Martin Sheen den Bürgerkrieg verlor.

Oder so in etwa.

»Was ist denn nun deine Meinung zu dem Ganzen?«

Ich begreife, dass Lori eine Antwort von mir erwartet. »Hä?«

»Du hast mir gar nicht zugehört, oder?«

»'tschuldigung! Ich war gerade in Gedanken bei der Schlacht. Traurig – all die vielen toten Typen.«

»Zwei. Es sind nur zwei Soldaten gefallen.«

»Oh. Okay, dann ist ja gut.«

»Ich habe gerade eben davon gesprochen, dass es doch nett wäre, wenn wir wenigstens die ruhelose Seele von einem von ihnen aufspüren könnten.« Ich höre, wie Lori eine Tüte Chips aufreißt. »Oder zumindest eine erschaffen könnten.«

»Was? Eine ruhelose Seele?« Ich setze mich auf und werfe ihr mit zusammengekniffenen Augen einen Blick zu. Genau in diesem Augenblick klingelt mein Handy. Ich klappe es auf und sehe auf dem Display eine mir unbekannte Nummer aufleuchten. Ich klappe das Handy wieder zu, stelle es auf lautlos und widme mich wieder ganz Lori. »Wie willst du das denn machen? Jemanden umbringen?«

»Ach was, nein! Wir bringen einfach einen Vampir aus der Zeit des Bürgerkriegs dazu, sich für einen Geist auszugeben. Denn der wird glaubwürdig antworten, wenn bei den Untersuchungen Fragen gestellt werden, die nur Leute aus der Zeit wissen können.« Lori wedelt mit einem knallroten Chili-Chip. »Also: Was hältst du davon? Kannst du das hinbekommen?«

Ich bin der Meinung, das eben Vorgebrachte ist die behämmertste Idee, die ich je gehört habe. Glücklicherweise habe ich eine viel bessere Begründung, um Nein zu sagen. »Keiner von unseren Vampiren ist auch nur annähernd so alt.«

»Und was ist mit anderen Vampiren hier in der Gegend?«

Ich schüttele den Kopf. »Nicht einmal Gideon ist so alt. Außerdem würde der eh nicht kooperieren. Und jetzt mal ehrlich: Fällt das nicht unter Betrug?«

»Nur kurzfristig.« Lori leckt sich das Chili-Pulver von den Fingern. »Es wäre bloß eine Lüge zur Enthüllung der Wahrheit.«

»Da tun sich Abgründe vor mir auf. Kenne ich Sie überhaupt?«

»Das ist absolut dasselbe wie das, was du tust – deine Vampir-Sache da.«

Ich schüttele den Kopf, vehementer jetzt. »Eigentlich, Lori, sollttest du langsam wissen, dass ich als Vorbild ganz und gar nicht tauge.«

»Warum nicht?«

Das Handy klingelt schon wieder. Weil ich unserer kleinen Diskussion gern entkommen möchte, gehe ich dieses Mal dran.

»Hallo, Ciara«, höre ich Elizabeths Stimme. Sie spricht meinen Namen dreisilbig aus, Ki-aah-raah, als ob ich Italienerin wäre. »Ich möchte, dass du es als Erste erfährst. Wegen des momentanen Höhenflugs des Senders bin ich nicht mehr geneigt, ihn zu verkaufen.«

»Oh, wirklich?« Ich spüre tief in mir Stolz aufwallen – oder habe einfach nur Sodbrennen. »Du gibst Skywave ’nen Tritt?«

Loris Augen werden groß, dann streckt sie die Arme in stummem Triumph in den Himmel.

»Nicht ganz«, sagt Elizabeth. »Der Konzern ist jetzt wesentlich offensiver in seinen Übernahmebemühungen. Man bietet mir eine verführerisch hohe Summe für WVMP; dafür erwartet man, dass ich meine Entscheidung schon sehr bald treffe.«

»Wie bald?«

»Ich habe nächsten Freitag ein Meeting mit den Verantwortlichen bei Skywave.«

Ich bin so überrascht, dass ich nicht recht weiß, was ich von der ganzen Sache halten soll. »Und was wirst du denen sagen?«

»Das kommt darauf an. Du erinnerst dich doch sicher noch an die Zielvorgaben für August, die ich euch genannt habe?«

»Ja, natürlich.« Ich habe schließlich meinen ganzen Sommer auf das Erreichen dieser Zahlen ausgerichtet. »Wir sind auf bestem Wege, es zu schaffen.«

»Jetzt nicht mehr. Wenn du das gesteckte Ziel vor meinem Meeting mit Skywave erreichst, verkaufe ich nicht. Anderenfalls habe ich, wie ich leider sagen muss, keine andere Wahl. Das Angebot ist einfach zu gut, um es abzulehnen.«

Hoffentlich meint sie nicht, was ich befürchte. »Du willst also, dass wir die Vorgaben, die für Ende August galten, schon am Freitag erreicht haben?«

»Genau.«

»Innerhalb von zehn Tagen?«

»Genau.«

»Das ist nicht fair!«

Elizabeth schnalzt mit der Zunge. »Werd erwachsen, Ciara. So ist das: Geschäft ist Geschäft. Ich muss schließlich für eine verdammt lange Zukunft vorsorgen.«

Ich sinke zurück in den Liegestuhl. Meine Schläfen pochen heiß. »Dann haben wir all diese Mühe und Arbeit in den Sender gesteckt, nur damit du noch mehr Geld damit machst?«

»Reg dich deswegen nicht auf. Wenn ich verkaufe, sorge ich dafür, dass von dem Geldsegen ein Teil auch seinen Weg zu deinen Freunden findet. Eine Ruhestandsregelung in irgendeiner Form wird ihnen sicher die nächsten paar Jahre versüßen.«

»Die nächsten paar Jahre? Aber sie sind unsterblich!« Rasch blicke ich mich um, um sicherzustellen, dass niemand außer Lori den letzten Satz mitbekommen hat. »Sie brauchen den Sender, damit sie nicht immer weiter abbauen und schließlich eingehen!«

»Dann solltest du dafür sorgen, dass sie den Sender auch behalten.« Elizabeth legt auf.

Ich klappe das Handy mit solcher Wucht zu, dass es mir aus der Hand fliegt und über den Betonboden rutscht.

Lori räuspert sich. »Das klang jetzt nicht sonderlich gut.«

Ich starre in den klaren blauen Himmel, während ich mit dem Hinterkopf immer wieder gegen die Lehne des Liegestuhls schlage. Ich gebe Franklin noch ein paar Minuten seliger Unwissenheit und Ruhe. Dann rufe ich ihn an und erzähle ihm, dass wir die Arbeitsleistung von sechs Wochen in zehn Tage packen müssen.

So viel zum Einssein mit der Sonne.

19

Steal My Sunshine

»Ich habe überlegt, es mit Gewalt zu versuchen«, sage ich Shane. Wir stehen gerade im Legal Grounds Schlange vor dem Verkaufstresen. Das nervtötende Mandolinen-Trio nebenan macht genug Lärm; es wird uns wohl kaum jemand belauschen. »Regina und Jim als aufeinander eingespieltes Einsatzteam könnten die Geschäftsführung von Skywave derart terrorisieren, dass der Konzern seine Übernahmepläne aufgibt. Eine Eine-Leiche-pro-Tag-bis-sie-den-Schwanz-einziehen-Kampagne.« Ich wippe ein bisschen auf den Zehen auf und ab. »Was denkst du – ist das ein guter Plan?«

»Ich denke, du brauchst dringend Schlaf.«

»Ich brauche Kaffee, sonst nichts.« Ich verrenke mir den Hals, um zu den Kassen zu sehen. »Was dauert denn da vorn so lange? Jeden, der sich erst am Tresen überlegt, was er haben möchte, sollte man wieder ans Ende der Schlange schicken!«

Eine Schar Gänschen im College-Alter schiebt sich an uns vorbei. »Hi, Shane!«, rufen sie wie aus einem Munde. Shane winkt ihnen freundlich zu und lächelt. Ich gerate beim Zehenwippen aus dem Gleichgewicht und lehne mich an ihn.

»'tschuldigung. Bin ziemlich ungeschickt heute Abend. Und müde.« Ich schmiege meinen Kopf an seinen Oberarm, bis die Mädchen vorbei sind. Nicht, dass ich besitzergreifend wäre.

»Wie schon gesagt – du brauchst Schlaf.«

»Nicht bevor wir die nötigen Zahlen erreicht haben. Elizabeth hat das Meeting mit Skywaye in weniger als einer Woche, und wir haben nicht einmal die Hälfte geschafft. Wenn

Elizabeth den Sender verkauft, dann wird dieser Seelenhändler alles zerstören, wofür du und die anderen Moderatoren geschuftet habt.«

»Mach dir nicht so viele Sorgen.« Shane massiert mir die vor Anspannung steifen Schultern. »Manchmal löst sich gerade dann alles in Wohlgefallen auf, wenn die Dinge hoffnungslos erscheinen.«

»Das klingt nicht nach einem Satz, den du sonst von dir gibst.«

»Richtig. Normalerweise würde ich so was sagen wie: Wenn alles hoffnungslos scheint, heißt das nur, dass du keinen blassen Schimmer hast, wie schlimm die Dinge noch werden. Aber ich versuche, dich ein bisschen runterzuholen, verstehst du.« Er dreht mich zum Tresen um. »Ich empfehle Kamillentee.«

Ich stolpere vorwärts und schenke dem Barista am Tresen ein etwas wackeliges Lächeln. »Einen extragroßen Caffè Mokka mit fettarmer Biomilch und anderthalb Spritzern Kokosnuss-Sirup, keine Schlagsahne. Bitte.« Das letzte Wort klingt, als bettle Oliver Twist um eine weitere Portion Haferschleimsuppe.

Shane bestellt einen schwarzen Kaffee ohne Zucker. Ich lasse ihn uns zum Sender zurückfahren, damit ich meine Dosis Kaffee etwas eher runterstürzen kann. Shane schaltet die Gänge, als hätte er nie etwas anderes getan; nie zieht er die Maschine zu hoch oder würgt sie ab.

»Wenn wir das Ganze hinter uns haben«, sagt er, als wir den Parkplatz des Senders erreichen, »möchte ich dich groß ausführen. Wie bei einem richtigen Date.«

»Ich glaube, ich habe mal Leute von so was reden gehört.«

Wir steigen aus dem Auto. »Vielleicht gehen wir auch mal ins Kino«, fährt Shane fort. »Ich habe gehört, es gäbe eine Fortsetzung von *Wayne's World*.«

Ich lache. Es interessiert mich in diesem Augenblick nicht, ob das als Scherz gemeint war oder nicht. »Warte mal, du hast deinen Kaffee vergessen.« Ich beuge mich ins Auto hinein, um nach dem Kaffeebecher zu greifen.

Als ich mich wieder aufrichte und umdrehe, ist Shane plötzlich über mir, die Fangzähne entblößt. Mit der Hand hält er mir den Mund zu, würgt den Schrei ab, der sich gerade meiner Kehle entringen möchte.

Kälte kriecht über meine Haut und lässt mich zittern. O Gott, es war die ganze Zeit über Shane, ihn habe ich gespürt!

Vor Angst zerdrücke ich die Kaffeebecher in meinen Händen, und heißer Kaffee läuft mir übers T-Shirt.

Erst da begreife ich, dass er über meinen Kopf hinweg hinüber zum Waldrand starrt. Wie bei einem Tier sind seine Nüstern gebläht, sein Unterkiefer bebt. »Da draußen ist jemand«, wispert er mir zu und nimmt die Hand von meinem Mund.

»Das ist die Präsenz, die ich schon ein paarmal gespürt habe.«

Plötzlich zuckt Shanes Kopf nach rechts, um das Gelände hinter sich abzusuchen. Im selben Augenblick blitzt ein grelles weißes Licht am anderen Ende des Parkplatzes auf, gefolgt von einem sehr menschlich klingenden Fluch.

Ein alles andere als menschliches Knurren kommt aus der Tiefe von Shanes Kehle. Schritte sind zu hören, die sich schnell in Richtung Rückseite des Senders bewegen. Shane nimmt lautlos und rasend schnell die Verfolgung auf.

Ich hechte hinterher. Als ich näher komme, höre ich gedämpfte Geräusche eines Kampfes, der in einem metallischen *Klong!* gipfelt. Dann ruft Shane: »Hab ihn!«

Auf Zehenspitzen schleiche ich um die Gebäudeecke und sehe Shane, der neben den Müllcontainern kauert und eine lederne Brieftasche durchwühlt. Ein dunkelhaariger junger Mann mit Schnurrbart liegt zusammengekrümmt und regungslos auf dem Kies.

Ich trete einen Schritt zurück. »Du hast ihn umgebracht!«

Shane hebt den Blick, sieht mich an. »Nein, habe ich selbstverständlich nicht. Er hat sich selbst den Kopf gestoßen. Wenn er wieder zu sich kommt, möchte ich mehr über ihn wissen, als er über uns weiß.« Shane reicht mir die Digitalkamera des Mannes. »Sieh dir an, was für Fotos er geschossen hat. Ich kriege das Ding nicht zum Laufen.«

Ich wähle das zuletzt geschossene Bild an. Ein kurzer Blick reicht völlig. Ich lasse die Kamera sinken. Er muss das Bild geschossen haben, kurz bevor Shane ihn zu fassen bekam. Denn da ist er, mein Freund, eingefroren in seiner ganzen, Fangzahn bewehrten Glorie, wie er rasend vor Wut in Richtung Linse greift.

»Von dir kann man ja verstörende Schnappschüsse machen.« Ich lösche das Bild. Die folgenden Fotos sind Aufnahmen vom Sendergelände, der Zeiteinblendung nach heute etwas früher am Abend geschossen. »Wer ist der Typ?«

»Seinem Führerschein nach heißt er Travis Tucker.«

Shane steckt die Fahrerlaubnis zurück in die Brieftasche und geht die anderen Karten durch. »Er hat eine Kundenkarte von Triple A, von der Restaurantkette Olive Garden und ist im Fan-Club von … wer zum Teufel ist Jeff Gordon?«

»Große Nummer bei den Stockcar-Rennen. Dieser Tucker-Typ observiert den Sender schon seit Wochen.« Ich klicke mich durch die älteren Fotos. »He, da ist ein gelungenes Foto von mir in meinem Auto. Das könnt ich glatt behalten, wenn ich beim Anschauen nicht Gänsehaut bekäme.«

»Ich glaube, ich weiß, warum er uns observiert.« Shane hält mir einen Ausweis hin, der sehr amtlich wirkt. »Weil es sein Job ist.«

Der Ausweis trägt die farbenprächtigen Insignien des Staates Maryland, gleich rechts über dem Schriftzug Privatdetektiv.

»So ein Hurensohn.« Kritisch prüfe ich den feinen Druck. »Wahrscheinlich alles andere als sauber. Seine Lizenz ist schon vor Jahren abgelaufen.« Ich knie mich neben Travis Tucker – sofern das überhaupt sein richtiger Name ist – und durchsuche systematisch seine Jackentaschen. Alles, was ich finde, sind ein Handy und eine Sonnenbrille.

»Visitenkarten.« Shane lässt die Brieftasche auf den Boden fallen, um den Stapel Karten durchzusehen. »Vielleicht gehört eine davon seinem Auftraggeber.«

»Hat er Geld dabei?« Nicht, dass ich es würde abgreifen wollen.

Shane wirft einen Blick in das Scheinfach der Brieftasche. »Dreizehn Dollar und einen Scheck.«

Ich probiere aus, ob ich Zugang zur Kontaktliste in seinem Handy bekomme. Leider ist es mit einem Passwort geschützt.

»Oh-oh.« Shane gibt mir den Scheck. »Wir rufen besser die anderen zusammen.«

»Skywave lässt uns observieren?«

Regina stehen die Haare mehr als üblich zu Berge. Alle Moderatoren außer Monroe, der auf Sendung ist, haben sich in der Lounge versammelt. Sie wollen alle wissen, was passiert ist.

»Wo is' 'n der Ermittler-Mann jetzt?«, will Noah wissen. Er hat sich mit vor der Brust verschränkten Armen mitten aufs Sofa gepflanzt.

»Im Müllcontainer«, sage ich, während ich das dritte Mal an Noah vorbeigehe, »mit einem Felsbrocken auf dem Deckel, den kein normaler Mensch bewegen kann. Und wir haben ihn geknebelt, damit er nicht schreit, sobald er wieder zu sich kommt.«

»Was jeden Augenblick passieren wird.« Shane steht gleich neben der Tür und wirft von dort einen besorgten Blick zur Uhr. »Hoffe ich.«

Regina, die am Tisch sitzt, tauscht ernste Blicke mit Jim und Spencer. »Es wäre besser, er würde nicht mehr aufwachen«, sagt sie ruhig. »Und wenn doch, würde er besser für immer schlafen geschickt.«

Ich drehe mich um, im sicheren Glauben, mich verhört zu haben. »Du willst ihn umbringen? Kaltblütig?«

»Ich wette, er wird noch ganz schön warm sein.« Jim kippelt mit dem Stuhl, auf dem er sich am Spieltisch niedergelassen hat; seine nackten Füße stemmt er gegen die Tischkante. »Außer ihr beide habt ihn doch schon kalt gemacht.«

»Haben wir nicht«, faucht Shane. »Aber wir sollten jetzt aufhören rumzuschwafeln und ernsthaft darüber reden, was wir mit Travis machen wollen.«

Regina schiebt den Stuhl, auf dem sie sitzt, zurück und steht auf. »Wir müssen ihn loswerden, so oder so. Das wäre am besten.«

»Am besten für wen?«, fragen Shane und ich wie aus einem Mund. Ich bin froh, dass er die drei anderen genau wie ich für völlig neben der Spur hält.

»Am besten für den Sender«, erwidert Regina, »am besten für uns alle, am besten aber für dich!« Sie blickt Shane an. »Der Spanner könnte dich wegen tätlichen Angriffs anzeigen.«

»Tätlicher Angriff ist eine Sache«, werfe ich ein, »aber kaltblütiger Mord eine ganz andere.«

»Keine Angst.« Regina dehnt Nacken und Schultern. »Du brauchst nicht zuzusehen. Ich kümmere mich schon darum.«

»Ich möchte dabei sein und helfen.« Jim steht auf und stellt sich neben Regina. »Ich habe noch nie jemanden mit Absicht umgebracht. Das klingt nach einem krassen Trip.«

»Krassen Trip?« Ich balle völlig nutzlos die Fäuste. »Ihr Typen seid doch krank!«

»Mädchen, wir sind keine ›Typen‹.« Spencer folgt Jim und Regina zur Tür. »Begreife das endlich.«

Shane stellt sich ihnen in den Weg. »Tut das nicht.«

»Du glaubst echt, die kleine Speichelleckerin …«, Regina deutet mit dem Daumen über ihre Schulter auf mich, »… kümmert es, was mit dir passiert? Sie bekommt wegen Beihilfe eins auf die Finger; du aber wanderst in den Bau. In eine Zelle mit Fenster.«

Vielleicht zum ersten Mal, seit ich ihn kenne, richtet sich Shane zu seiner vollen Größe auf. Drohend überragt er den Vampir, der ihn verwandelt hat. »Wie hast du sie gerade genannt?«

Die heiße Wut in seinem Blick verunsichert Regina. »Ich versuche nur, dich zu beschützen. Das ist verdammt noch mal mehr, als sie tut.«

»Hier geht es nicht um mich.« Ich mache einen Schritt nach vorn und wedele mit Jolenes Visitenkarte, die Shane in Travis' Brieftasche gefunden hat. »Ich habe eine bessere Idee, eine, die ohne Blutvergießen abläuft.«

»Als ob das ein Vorteil wäre«, meint Regina. »Komm, wir gehen, Noah!«

»Können wir nicht wenigstens darüber reden?« Ich gebe mir alle Mühe, nicht so zu klingen, wie ich mich fühle: kurz vor einer Panik.

»Wenn wir 'n gehen lassen«, sagt Noah, der sich nicht von der Couch gerührt hat, »dann kennt Skywave die ganze Wahrheit über uns.« Er zieht die Schultern hoch und hält dabei die Arme noch fester vor der Brust verschränkt. »Aber ihn gleich umbringen – ne, Leute, das is' falsch.«

»Es ist auch gar nicht nötig.« Ich halte Travis' Kamera in die Höhe. »Ich kann alle Aufnahmen löschen!«

»Es könnte noch andere geben«, hält mir Spencer entgegen.

»Keins der Fotos ist ein echter Beweis dafür, dass ihr Vampire seid. Wir könnten behaupten, Shane hätte Plastik-Fangzähne benutzt, um sich einen Spaß zu machen.«

»Aber das erklärt nicht, warum er so schnell und stark ist«, wirft Jim ein. »Oder warum er dem Mann eins übergezogen hat, damit der seine Fangzähne nicht fotografiert.«

Shane reagiert wütend. »Na und, dann hab ich halt überreagiert. Du hättest genau dasselbe getan!«

Jim zuckt die Achseln. »Nein. Ich hätte ihn gleich umgebracht.«

»Genau.« Regina schiebt Shane mit erstaunlicher Leichtigkeit beiseite. »Zeit, euren halb erledigten Job zu beenden.« Sie will durch die Tür.

Hastig ziehe ich die obere Schublade der Anrichte auf und greife nach Franklins Arsenal angespitzter Bleistifte. Während ich auf Regina zuschreite, reiße ich die Schachtel auf.

Ehe die anderen auf die Idee kommen, ihr untotes Dasein zu verteidigen, werfe ich die Stifte, Dutzende davon, auf den Boden. Sie purzeln und fliegen, springen und rollen über den Teppich und unter die Möbel der Lounge.

Regina erstarrt. Sie glotzt die Stifte an, dann mich. In ihrem Blick sehe ich mehr Feindseligkeit, als ich sie einer kanadischen Staatsbürgerin je zugetraut hätte. Ein erstickter Schrei entringt sich ihrer Kehle, während sie gegen den Zwang in sich ankämpft. Regina umklammert den Türknauf. Doch dann, mit einem Satz vorwärts, lässt sie ihn los.

Sie fällt auf die Knie und kriecht über den Boden. Hastig klaubt sie Stifte zusammen, wobei sie leise vor sich hinmurmelnd mitzählt. Noah schaut ihr zu; seine Unentschlossenheit lässt ihn innehalten. Spencer und Jim schütteln mitfühlend die Köpfe, gehen aber weiter in Richtung Tür.

»Wagt ja nicht, ohne mich zu gehen!« Regina umklammert die Stifte so fest, dass sie einige einfach durchbricht. »Ach, scheiß drauf! Wo war ich? Siebenundzwanzig oder sechsundzwanzig?« Die Hand zittert ihr vor Wut, als sie die Stifte loslässt und mit dem Zählen und Aufsammeln noch einmal von vorn beginnt.

Ich wende mich an die anderen Vampire. »Wartet, bitte, und hört mir zu. Wenn wir unsere Karten jetzt richtig ausspielen, können wir diesen Travis zu unserem Vorteil nutzen.«

»Sei doch still, verdammt!« Regina ist den Tränen nahe. »So kann ich mich nicht konzentrieren.«

»Wenn wir die Chance haben, Skywave auszutricksen«, sagt Shane, »dann finde ich, sollten wir uns die nicht entgehen lassen.«

Die anderen beäugen ihn, blicken dann zu Regina, als ob sie versuchten herauszufinden, wer von beiden hier momentan das Sagen hat.

Schließlich schüttelt Jim den Kopf. »Viel zu großes Risiko. Kommt, wir machen den Spanner alle.«

»Nicht ohne mich!« Regina kriecht auf allen vieren unter dem Tisch herum, um auch noch die letzten Stifte aufzusammeln. »Dreiunddreißig, vierunddreißig … ich bin fast fertig! Fünfunddreißig …«

Jim öffnet die Tür. »Was zum Teufel?!«

Der Privatdetektiv sitzt zusammengesunken am Fuß der Treppe; sein Kopf lehnt am Geländer.

Ich mache einen Schritt rückwärts. »Das ist Travis.«

Regina schießt rasch wie ein Raubvogel an mir vorbei und auf den Detektiv zu. Sie packt ihn am Hemd und rammt ihm, ohne ihn erst schreien oder betteln zu lassen, die Fangzähne in den Hals. Shane bewegt sich erst jetzt, um sie aufzuhalten. Aber bevor er sie packen kann, schleudert sie Travis von sich fort auf den Boden. Sie würgt, hustet, spuckt wie eine Katze, die mit einem Haarball kämpft.

»Der ist ja schon tot!« Sie wischt sich angeekelt über die Lippen. »Igitt. Das ist, als beiße man in Wackelpudding.«

»Völlig unmöglich.« Shane kniet sich neben Travis. »Er könnte noch gar nicht kalt sein, außer er war bereits …« Er dreht Travis zu sich herum. Dabei werden zwei weitere punktförmige Male am Hals des Detektivs sichtbar. »… ausgesaugt.«

»Du hast doch gesagt, du hättest ihn nicht umgebracht«, sagt Spencer.

»Habe ich auch nicht. Ich habe ihn definitiv nicht gebissen!« Shane sucht mich mit seinem Blick. »Du warst doch dabei.«

Richtig. Aber auf Grund der Dunkelheit hätte ich die Wundmale an Travis' Hals auch übersehen können.

Shane deutet meinen zweifelnden Gesichtsausdruck richtig.

Er steht auf und blickt mir direkt ins Gesicht. »Ciara, ich hätte das gar nicht tun können. Es war nicht genug Zeit. Außerdem bringe ich keine Menschen um.«

Ich mache ein paar Schritte rückwärts, hebe abwehrend die Hände und versuche einen beruhigenden Ton anzuschlagen. »Du hast dich bedroht gefühlt. Er hat sich gewehrt, war's nicht so?«

»Wie kannst du nur glauben, ich würde so etwas tun und dich dann auch noch selbst belügen? Kennst du mich wirklich so schlecht?«

»Ey, Leute! Der ist nicht tot.« Jim hat sich Travis' Gesicht genauer angesehen. »Außer wir setzen die kleine Silbe ›un‹ davor.«

Er dreht den Kopf des Mannes so, dass wir alle seinen Mund sehen können: völlig blutbesudelt, Zähne, Zahnfleisch, alles – dies könnte eine Werbung für Zahnersatz sein.

Neugierig komme ich näher heran. »Könnte das nicht vom …«

Plötzlich schlägt Travis die Augen auf, wie ferngesteuert. Wir alle fahren vor Schreck zusammen. Ich allerdings bin die Einzige, die aufkreischt, als er seine Fangzähne entblößt.

Er krümmt und windet sich, wimmert und jault, als ob er Schmerzen hätte. Jim verstärkt den Druck auf die Schultern des Detektivs. »Schscht, ganz ruhig, Mann! Wir sind hier, um zu helfen.«

Travis reißt sich los, entkommt Jims Griff mit einer Leichtigkeit, mit der sich eine Fledermaus aus einem Spinnennetz befreien würde. Er springt mich an; ich habe nur Zeit für einen einzigen Schritt rückwärts, da hat er mich schon am Boden.

»Nein!« Ich strample; erfolglos bearbeiten meine Hacken den dünnen Teppich, während ich versuche, mich Travis' Griff zu entwinden. Mit einer Hand packt er meine Taille, mit der anderen presst er mir die Schulter auf den harten Boden. Blitzschnell wie eine Schlange stößt er zum Biss vor. Meinen letzten Atem nutze ich zu einem Schrei.

Shanes Gesicht taucht über uns auf. Er umschlingt Travis' Hals von hinten mit einem Arm, kann den Typen aber kaum von mir fortbekommen. Ich presse meine Hände gegen die Brust des Angreifers. Aber selbst Shane und ich zusammen sind nicht in der Lage, diese Kraft, die verzweifeltem Hunger entspringt, zu bändigen. In Travis' wässerig grünen Augen kann ich lesen, dass er wie ich ums Überleben kämpft, mit aller Kraft.

»Verdammt, hilf mir jemand!«, brüllt Shane, bekommt aber keine Antwort. »Verfluchte Scheiße, sie ist auf unserer Seite!«

»Und er ist jetzt einer von uns.« Regina taucht in meinem Blickfeld auf. Sie steht da, die Arme vor der Brust verschränkt. »Er braucht Blut.«

»Er bringt sie um!« Shanes Gesicht ist rot vor Anstrengung. Travis geifert jetzt; blutiger Speichel tropft mir in die Halsbeuge.

»Vielleicht aber auch nicht«, meint Spencer. »Und er stirbt in jedem Fall, wenn er nichts zu trinken bekommt.«

»Ja, Mann, und das ist ziemlich asozial«, bemerkt Jim, »erst jemanden zu verwandeln und ihn dann verhungern zu lassen.«

Schluchzend gurgle ich flehendes, unverständliches Zeug hervor.

»Ich schwöre euch«, keucht Shane, »wenn nicht sofort einer von euch ihn von ihr wegzieht, dann …«

Es kommt überraschend, aber ganz plötzlich wird Travis von mir heruntergerissen. Ich höre ein dumpfes Geräusch: etwas Schweres, das mit der recht weit entfernten Wand kollidiert. Ich hebe den Kopf und sehe, dass Travis benommen vom Sofa rutscht, auf dem vorhin noch Noah gesessen hat.

Monroe steht neben Shane und mir. Er blickt auf Shane hinab und versenkt die Hände in den Hosentaschen. »Dann was?«

Travis will sich erneut auf mich stürzen. Aber Monroe packt ihn mit nie gekannter Schnelligkeit und Geschick. Er nagelt Travis am Boden fest, wo der hungrige Neuvampir austritt und mit den Beinen strampelt. Zum ersten Mal überhaupt blickt mir der älteste von WVMPs Radiomoderatoren direkt in die Augen.

»Lauf!«

Stolpernd komme ich auf die Füße und hechte zur Treppe und hinauf, so gut und so schnell es nur geht.

Oben angekommen, erstarre ich. Ich starre auf die Eingangstür. Was oder wer Travis ausgesaugt hat, ist da draußen.

Ich schließe die Tür ab, greife mir im Vorüberlaufen von Franklins Schreibtisch eine Hand voll angespitzter Bleistifte und stolpere hinauf in Davids Büro.

Die Tür abzuschließen reicht mir nicht. Ich verrammele sie hastig mit zwei Stühlen und einem kleinen Tisch. Erst danach verkrieche ich mich unter Davids Schreibtisch.

Eine Minute lang oder vielleicht auch etwas länger höre ich nichts außer meinen schnellen, unregelmäßigen Atemzügen. Ich umklammere die Stifte und übe das Zustoßen.

Schritte nähern sich der Tür. Ich halte den Atem an.

»Ciara?«

Shane. Die Antwort bleibt mir in der Kehle stecken. Er ist einer von ihnen.

»Ciara, ich weiß, dass du da drin bist. Ich bin deinem Geruch gefolgt. Ich bin allein, du hast mein Wort drauf.«

»Wo ist er?«

»Sie haben ihn mit nach unten in unser Apartment genommen. Sie geben ihm Blutbankblut, um den ärgsten Durst zu stillen. Danach wollen sie bei einem Spender vorbeischauen, einem von denen, die viel Erfahrung haben.«

»Geniale Idee.« Die Worte muss ich gegen das Schluchzen hervorwürgen, das mir die Kehle eng werden lässt. »Warum sind sie nicht schon früher drauf gekommen, anstatt zu warten, dass er mich verschlingt als wäre er ihr liebstes Python-Haustier?«

»Keine Ahnung.« Shane schweigt einen Augenblick. »Aber ich glaube, sie fühlen sich jetzt echt mies deswegen.«

Ich schnaube. Das ist alles, was ich als Antwort zu geben gewillt bin.

»Darf ich reinkommen?«

Ich verkrieche mich noch tiefer unter dem Schreibtisch. »Ich glaube, ich kann Vampire nicht mehr ausstehen.«

»Ja, und mich auch nicht.«

Shane wartet in der eintretenden Stille geduldig, obwohl er das Schloss mit Leichtigkeit knacken und das Mobiliar beiseiteschieben könnte, um mich zu kriegen.

Endlich gehe ich doch zur Tür. Ich lausche angestrengt, das Ohr am Türblatt, ob ich noch andere als Shane vor der Tür hören kann. Nichts. Ich schiebe die improvisierte Barrikade zur Seite und öffne die Tür.

Shane bewegt sich vorsichtig, ganz langsam, so, als ob ich mich sonst erschrecken und davonlaufen könnte. Dann legt er seine Arme um mich. Ich zittere, meine Zähne klappern so heftig, dass ich Kopfschmerzen bekomme. Ich fühle mich wie nach unserem ersten gemeinsamen Abend, als Shane mich beinahe umgebracht hätte. Ich sollte mich aus seiner Umarmung befreien, nach Hause fahren, meine Sachen zusammenpacken und machen, dass ich von hier wegkomme, nur weg von ihm und seiner dreisten, übertrieben sensiblen Nase. Stattdessen ziehe ich ihn enger an mich und lasse das bisschen Wärme, das er zu geben hat, durch meine Haut in meinen Körper sickern, damit das Zittern endlich ein Ende hat.

Lange stehen wir so da, sagen nichts, bis ich das Offensichtliche in Worte fasse. »Du hast mir das Leben gerettet.«

»Monroe hat dir das Leben gerettet. Und Noah, der los ist, um Monroe zu holen.«

»Aber du hast mit dem Lebenretten angefangen.«

»Dann schuldest du mir wohl was.«

Mir werden die Knie weich, buchstäblich. Das Adrenalin, das Travis' Angriff in meinem Körper freigesetzt hat, ist aufgebraucht und ebenso die Energie aus dem dreifachen Mocca mit fettarmer Biomilch und eineinhalb Spritzern Kokosnuss-Sirup. Ich muss mich dringend hinlegen. Aber …

»Komm mit mir nach Hause«, biete ich Shane an.

Er entlässt mich gerade so weit aus seiner Umarmung, dass er mich ein Stück von sich schieben kann, um mir direkt in die Augen zu blicken. »So viel schuldest du mir nun auch nicht.«

»Ich möchte heute Nacht nicht allein sein.«

Er seufzt tief. Dann streicht er mir das Haar aus der Stirn und drückt mir einen Kuss dorthin. »Bist du dir sicher?«

»Ich bin mir noch nie so sicher gewesen. Aber, nun ja, ich habe einen Schock erlitten und leide unter Schlafentzug.« Ich blinzele ihn an. »Was die Liste der Dinge, deren ich mir sicher bin, ziemlich verkürzt. Das also macht's zu einer recht sicheren Sache.«

»Das wird es auch sein. Ich gebe dir mein Wort.«

Er nimmt mich bei der Hand und bringt mich nach Hause.

20

Fragile

Wir stehen vor der Haustür, durch die wir letztendlich hinauf zu meiner Wohnung gelangen werden. Mein Verstand hatte genug Zeit – clever wie er ist – alles, was in jüngster Vergangenheit an Schrecken über mich gekommen ist, in irgendeiner möglichst unerreichbaren Ecke zu verstauen. Auf diese Weise kann ich mich ganz auf die unmittelbare Zukunft konzentrieren, auf das, was mich am Ende der Treppe erwarten wird.

Ich vermeide Shanes Blick, als wir Seite an Seite die Treppe hinaufgehen. Wahrscheinlich habe ich Sex bei meiner Einladung nicht ausgeschlossen. Aber nach dem, was mir gerade eben erst widerfahren ist, weiß ich nicht, ob ich dafür wirklich bereit bin. Ich wünschte, ich hätte noch Wein da. Andererseits würde mir mit Sicherheit bereits ein einziges Glas den letzten Rest Bewusstsein rauben. Momentan ist alles, was mich noch wach hält, Energie, die aus Nervosität gespeist wird.

Vor meinem Schlafzimmer bleibe ich stehen und drehe mich zu Shane um. »Warum organisierst du dir nicht was zu trinken, während ich … ich meine, nicht … ähm, was zu trinken, aber aus dem Kühlschrank. Ich habe noch Eistee.« Ich gehe rückwärts in mein Schlafzimmer. Ich versuche einen verführerischen Blick. »Lass mir ein bisschen Zeit, mir was anzuziehen, das weniger nach In-den-Klamotten-wurde-ich-fast-umgebracht aussieht.« Ich ziehe schon die Tür zu.

»Ciara?«

»Ja?«

Shane reibt sich das Gesicht und zögert einen Moment. »Nichts Rotes, okay?«

Ah. Klar, verstehe. Deirdre trug Rot an dem Abend, als er von ihr getrunken hat. Er hatte ihr am Telefon gesagt, Rot sei gut. Gut, um den Durst anzustacheln.

Ich schließe die Tür.

Verdammt sollen sie sein, seine Raubtierinstinkte! Ich sehe nämlich ziemlich sexy in Rot aus. Ich wühle mich durch die Schublade mit den Dessous. Tigerstreifen? Leopardenflecken? Definitiv nicht – wahrscheinlich besser, Raubtier-Anspielungen zu unterlassen angesichts der Tatsache, dass ich vor weniger als einer halben Stunde beinahe Lebendfutter geworden wäre. Plötzlich wünsche ich mir, ich hätte bereits dem uramerikanischen Brauch für Bräute gefrönt – ohne die unvermeidliche Hochzeit danach selbstredend –, und einen Berg von Brautgeschenken bekommen. Dann besäße ich jetzt mit Sicherheit eine ganze Kollektion edler, aber hautenger, viel versprechender weißer Bodys.

Gleichzeitig finden mein Verstand und meine Augen die Lösung. Ich streife das passende Stück Bekleidung über, zünde ein paar Kerzen an und schalte die Lampe aus, ehe ich mich auf dem Bett drapiere. Als Shane klopft, bitte ich ihn herein.

Er öffnet die Tür und sieht mich auf dem Bett. Der Druck seines Gelächters treibt ihn beinahe rückwärts aus der Tür in den Flur hinaus.

»Herzlichen Dank«, sage ich. »Das schafft sicher die richtige Atmosphäre.«

Er kommt zu mir, alle Vorsicht und Anspannung sind vergessen, und setzt sich neben mich aufs Bett. »Du siehst aus wie eine Kriegerin, die als Siegestrophäe den Umhang des im Kampf erledigten Feindes trägt.«

»Jolene ist weit davon entfernt, erledigt zu sein.«

»Es dauert aber nicht mehr lange, und du hast sie erledigt.« Er folgt mit den Fingern den Buchstaben auf dem Top: Bride 2B. »Es gelingt mir nicht, dich als zukünftige Braut zu sehen, wer auch immer der Glückliche sein mag.«

»Wieso? Weil mir unschuldiges Weiß nicht stehen würde?«

Shane zieht seine Hand zurück und stellt mit der anderen das Glas Eistee auf den Nachttisch. »Weil du es nicht magst, gebunden zu sein.«

Ich bin zu müde für diese Art von Gespräch und erst recht für diese Art von Thema. »Aber, hey, sollte ich mich je verloben, habe ich immerhin schon das passende Top. Es heißt, das sei bereits die halbe Miete.« Ich lege meinen immer schwerer werdenden Kopf aufs Kissen. »Komm her.«

Er legt sich auf seine Seite des Betts, mit dem Gesicht zu mir. »Davon habe ich geträumt: dein Haar auf einem Kissen.« Er streicht mir übers Haar. Meine ganze Kopfhaut kribbelt. »Ich wünschte, ich könnte es bei Sonnenlicht sehen.«

»Ich mache ein Foto für dich. Das kannst du dann zu dem von meinen alphabetisch geordneten CDs tun. Und schon besitzt du deine eigene Ciara-Griffin-Fotostrecke.«

Diese Bemerkung bringt ihn auf einen ganz anderen Gedanken. »Dann ist Griffin dein richtiger Familienname?«

»Du glaubst, den habe ich mir zugelegt, um der Welt den Stinkefinger zu zeigen? Ein Wortspiel, passend zu jemandem, der sich anderer Leute Geld greift?«

»Ist es so?«

»Etwas in die Richtung. Halt still.« Ich strecke die Hand aus und fahre mit dem Finger die Linie seiner Nase nach. »Davon habe ich geträumt, seit wir uns das erste Mal begegnet sind.«

Shane schnaubt. »Du bist echt verrückt.«

»Nee, nur echt müde.«

»Wie heißt du denn nun wirklich?«

Mein blödes Grinsen ist wie weggewischt. »Das ist nicht wichtig. Ich bin nicht mehr dieselbe Person, die ich damals war.«

»Es ist ziemlich anstrengend, oder? Die Vergangenheit hinter sich zu lassen, meine ich.«

Ich antworte nicht. Ich hoffe, die letzte Bemerkung führt uns direkt zu Shanes Geschichte, zu der Geschichte, wie er zum Vampir wurde. Und doch: Ich weiß nicht, wie lange ich noch wach bleiben und dem beruhigenden Tonfall seiner Stimme widerstehen kann.

Als auch Shane schweigt, frage ich: »Wie warst du denn so, als du noch am Leben warst?«

»Wahrscheinlich nicht der richtige Kerl für dich.« Langsam fährt sein Finger die Linie von meinem Hals zu meiner Schulter hinunter. »Ich hatte Depressionen. Zeitweise war es ziemlich heftig.«

»Sind die Depressionen weg gewesen, nachdem du verwandelt wurdest?«

»Die depressive Grundstruktur ist ein Teil meiner Persönlichkeit und verschwindet daher nicht komplett. Ein Vampir zu werden verändert deine Persönlichkeit nicht. Aber es verändert deine Körperchemie. Meine Wandlung hat medizinisch gesehen den Auslöser für die Depressionen abgeschaltet. Ich war geheilt, wie ich von Diabetes oder einer Drogensucht geheilt gewesen wäre.« Sein Tonfall bleibt unbekümmert. »Was bei mir der Fall war.«

»Wow! Das ist heftig.«

»So wie ich mit mir umgegangen bin, war es ein Wunder, dass ich siebenundzwanzig geworden bin und immer noch meine Arme und Beine hatte.« Er lächelt schief. »Wenn ich nicht gestorben wäre, wäre ich mittlerweile tot.«

»Ich bin froh, dass du nicht tot bist. Ich meine, ich bin froh, dass du noch lebst … ähm. Ich meine, ich bin froh, dass es dich gibt.« Ich berühre seine Brust. »Wirklich froh.«

»Ich glaube, jetzt haben wir genug geredet.« Er fährt mit dem Finger meinen Hals bis zum Brustbein entlang. Zwischen meinen Brüsten endet die Fahrt. Ich schließe die Augen, um das

Gefühl auszukosten. Ganz plötzlich aber fühle ich mich eher wie bei einer Achterbahnfahrt, als würde ich fallen und wegdösen.

Ich reiße schnell die Augen auf. »Möchtest du ein bisschen Musik hören?«

Shane schüttelt den Kopf. »Alles, was ich hören möchte, bist du.«

Oh, er ist so romant…

Das Nächste, was ich höre, ist mein eigenes Schnarchen. Ich reibe mir die Augen und sehe Shane neben mir auf dem Rücken liegen.

»O Gott, bitte entschuldige! Wie lang habe ich geschlafen?«

»Etwa drei Minuten. Genug Zeit, um mit dir meinen Spaß zu haben. Dir hat's gefallen – gemessen daran, wie du dich hast gehen lassen.«

Ich kichere wie eine angetrunkene Fünfzehnjährige. »Können wir's noch mal versuchen?«

»Morgen vielleicht.« Shane zerrt an der Decke, bekommt sie nur schwer frei, weil ich darauf liege, und deckt mich dann damit zu. »Heute Nacht ist es wirklich besser, du schläfst.«

»Bitte geh nicht!«

»Nur die Sonne wird mich dazu bringen, dich allein zu lassen.«

»Stell den Wecker so, dass du nicht Feuer fängst, bitte«, murmele ich, schon im Halbschlaf.

»Habe ich. Und zusätzlich habe ich mein Handy gestellt – zur Sicherheit.«

Ich höre noch, wie Shane die Kerzen ausbläst und Jeans und T-Shirt auszieht. Ich würde gern die Augen öffnen, um ihn mir anzuschauen, aber die Erschöpfung liegt wie Blei auf meinen Lidern.

Shane schlüpft unter die Decke und zieht mich an sich. Seine Haut an meiner zu spüren sollte mein Blut zum Kochen bringen, sollte mich augenblicklich so scharf wie eine entsicherte Handgranate machen. Stattdessen kann ich an nichts anderes denken als daran, wie sicher und schön es sich anfühlt, ihn in meinem Bett zu haben und wie sehr ich ihn liebe.

Moment mal …

Ach, verdammt.

Mein Wecker schrillt los, begleitet von einem Piepen auf der anderen Seite des Zimmers. Dunkelheit liegt hinter dem Schlafzimmerfenster. Ein gewisser Jemand streckt seinen Arm über mich hinweg und schaltet den Wecker aus. Ich schließe wieder die Augen und hoffe, dass der Schlaf mich nicht verlässt.

Tut er auch nicht. Das Letzte, was ich spüre, ist ein Kuss auf meiner nackten Schulter und dann die Leere eines Bettes, das man mit niemandem mehr teilt.

Leuchtend gelbes Licht umgibt mein Schlafzimmerfenster, als ich das nächste Mal die Augen aufschlage. Der wieder zum Leben erwachte Wecker behauptet, es sei sieben Uhr dreißig. Ich haue auf den Aus-Knopf und drehe mich um. Mein Arm fällt auf das andere Kissen und berührt ein Stück Papier.

Dort, wo Shanes Kopf das Kissen eingedrückt hat, liegt eine handschriftliche Nachricht für mich:

Ciara,

ich habe deine Kaffeemaschine auf 7:20 Uhr eingestellt. Also sollte dein Kaffee jetzt fertig sein. Ich habe drei Stück Zucker in den Becher getan, du musst also nur noch eingießen und umrühren. Ich weiß, du magst deinen Kaffee stark und süß.

Shane

P.S.: Dave Matthews Band gehört unter D, nicht unter M. Ich bringe das heute Abend in Ordnung.

Der Geruch von frisch aufgebrühtem Kaffee treibt mich mittels meines darauf programmierten Geruchssinns aus dem Bett. Obwohl gerade einmal sieben Stunden Schlaf das aufgelaufene Defizit kaum wettmachen, fühle ich mich ausgeruht und energiegeladen genug, um mich geradewegs in die Küche zu begeben. Ich bemerke mit einer Spur von Erstaunen, dass ich diese Nacht neben einem Vampir besser geschlafen habe als seit Jahren.

Abrupt bleibe ich stehen. Ich stiere quer durch den Raum zur Kaffeemaschine hinüber, deren orangerotes Lichtchen voller Stolz verkündet, sie brühe gerade einen richtig guten Becher Lebenselixier. Aber mein Blick gilt nicht dem Kaffee. Gerade eben erinnere ich mich an den letzten Gedanken, der mir kurz bevor ich in Shanes Armen einschlief, durch den Kopf ging.

Dass ich ihn liebe.

Die Kaffeemaschine lässt einen letzten Tropfen des schwarzen Gebräus in die Glaskanne fallen, um den Moment der Erkenntnis hervorzuheben, den ich eben durchlebe.

Es ist nur Illusion, ein emotionales Trugbild, eine Begleiterscheinung meiner Erschöpfung und Dankbarkeit. Schließlich hat Shane mir das Leben gerettet.

Meine Füße schütteln die Erstarrung ab und tragen mich zur Kaffeemaschine. Ich will schon nach dem Becher greifen, da bemerke ich, dass ich Shanes Nachricht immer noch in der Hand halte. Doch anstatt den Zettel wegzuwerfen, nehme ich ihn in die Linke, die gegen meinen Willen das Stück Papier umklammert wie ein Heiligtum. Verärgert wandert mein Blick meinen Körper hinunter.

Zu allem Überfluss grinst mich auf meiner Brust höhnisch der Aufdruck *Bride 2B* an.

Hmm …

Jolene.

Travis.

Während ich mir Kaffee eingieße, wird mir langsam, aber sicher klar, dass der Mann, der mich zu töten versucht hat, am Ende unsere Rettung sein könnte.

Franklin begrüßt mich an der Tür zum Büro mit einem Stapel Teller und einer Hand voll Gabeln. »Gerade noch rechtzeitig. Seit geschlagenen fünfzehn Minuten sitze ich hier schon und habe diesen herrlichen Duft in der Nase.« Er entdeckt die Thermobecher in meinen Händen. »Sehr gut, Sie bringen Kaffee mit!«

»Ich muss unbedingt mit Ihnen und David sprechen.« Ich blicke an Franklin vorbei zu meinem Schreibtisch hinüber. Darauf thront etwas unter einer großen, länglichen Haube aus durchsichtigem Plastik. »Was zum Teufel ist das?«

»Ein Ölzweig augenscheinlich. Und wie ich hoffe, ein Ölzweig mit Schokoladengeschmack und Buttercreme-Glasur.«

Ich gehe zu meinem Schreibtisch hinüber und erwarte, dass das Ding jeden Moment explodiert. Der ›Ölzweig‹, so stellt sich heraus, ist ein riesiger Blechkuchen mit weißer Glasur und dem Etikett eines hiesigen Supermarkts, der rund um die Uhr geöffnet hat. Über die gesamte Breite prangt in grüner, aufgespritzter Zuckergussschrift eine Entschuldigung: ES TUT UNS LEID. Vier Initialen, mit einem dünneren Spritzbeutel geschrieben, erscheinen am unteren Rand: T, S, J und R. Seitlich darunter ein angedeutetes düster dreinblickendes Gesicht mit niedlich kleinen Fangzähnen.

Ich bekomme kaum den Mund auf. »Sie haben gestern Abend dagestanden und zugeschaut, wie jemand mich zum Abendessen verspeisen wollte, und um das wiedergutzumachen, kaufen sie mir einen Kuchen?«

»Können wir ihn jetzt anschneiden? Ich hatte noch kein Frühstück.« Franklin hebt den Plastikdeckel vom Kuchen. »Möchten Sie ein Endstück?«

»Ich will überhaupt kein Stück! Ich möchte überhaupt nichts von denen.«

David kommt zur Tür herein. »Was ist los? Oh, Kuchen!«

»Sie werden nicht glauben, was passiert ist.« Ich berichte haarklein von der Horrorgeschichte, die sich gestern Abend hier ereignet hat.

Franklin zeigt sich wie üblich unbeeindruckt. »Ich habe Ihnen doch gesagt, die Stifte würden sich noch als nützlich erweisen.«

David löst sich aus der Starre, in die mein Bericht ihn versetzt hat. »Warum haben Sie mich nicht gleich angerufen, als es passiert ist?«

»He, schön langsam. Ich war verdammt noch mal mehr als beschäftigt damit, nicht zur Fleischeinlage eines menschlichen Hamburgers verarbeitet zu werden. Angekommen?«

Mein Telefon klingelt. Ein Anruf aus dem Untergeschoss. Shane vergewissert sich, dass ich da bin – wie süß. Ich nehme ab. »Mein Held!«

»Es ist doch nur ein Zwanzig-Dollar-Kuchen«, höre ich Regina mir antworten. »Aber du hast ihn also bekommen?«

»Du …« Jedes Schimpfwort, das mir geläufig ist, versucht als Erstes über meine Lippen zu kommen, was mich sprachlos macht.

»Shane meint, ich sollte mich persönlich entschuldigen statt mit Süßkram.«

»Wie konntest du nur …«

»Also dann: Es tut mir wirklich echt Leid, dass ich einfach nur zugeschaut habe, während du fast umgebracht wurdest. Der Anblick hat mich gefangen genommen. Die Art, wie du geschrien hast …«

»Hör auf …«

»… du kannst dich glücklich schätzen, dass wir nicht alle die Beherrschung verloren haben und auch einen Schluck nehmen wollten.«

»Nach allem, was ich für den Sender und für euch getan habe, hättet ihr zugelassen, dass diese Bestie mir die Kehle herausreißt. Ich dachte, ihr wärt meine Freunde!«

»Das sind wir«, entgegnet Regina ruhig. »Aber wir sind eben auch Vampire. Wir sorgen füreinander.«

»Was habt ihr mit …«, ich kann den Namen meines Beinahe-Mörders nicht über die Lippen bringen, »… mit ihm gemacht?«

»Er ist hier unten, in unserer Obhut. Der arme Junge ist vollkommen erschöpft und unleidlich, ganz wie ein Baby, das nicht mehr die Brust bekommt, sondern nur noch das Fläschchen.«

»Ich hoffe, du hast Verständnis dafür, dass ich darauf scheiße. Hol ihn mir ans Telefon!« Ich habe nicht die geringste Lust, mit ihm zu reden, jetzt nicht und niemals. Aber ich brauche ein paar Antworten zum Thema Jolene und Skywave.

»Er ist noch nicht in der Lage, mit Menschen in Kontakt zu treten. Monroe, Spencer und Jim treffen gerade Vorbereitungen, um ihn bei der Suche nach seinem Blutvater zu begleiten.«

»Lass mich raten: Gideon?« Ich werfe David einen bedeutungsvollen Blick zu.

»Jep, der Wichser«, bestätigt Regina meinen Verdacht. »Das war der erste Angriff von seinen Leuten. Sie verlangen von uns, die Werbekampagne für den Sender zu stoppen.«

»Wenn Gideon so gefährlich ist, wieso wollt ihr Travis dann zu ihm bringen?«

»Sie gehören zusammen, zumindest solange Travis noch ein gerade erst verwandelter Vampir ist. Ist eine Vampir-Sache. Aber noch wichtiger ist, dass es höchste Zeit ist, mit Gideon zu verhandeln. Gideon lässt uns durch Travis bestellen, das nächste Mal lasse er eine echte Leiche so zurück, dass die Spur die Cops direkt zu uns führt.«

»Aber wäre das nicht auch ein Schlag ins Kontor, was Gideons eigenes Ziel angeht: das Geheimnis der Vampire zu wahren?«

»Klar wäre das ein Schlag ins Kontor für alle, aber vor allem und zuerst für uns. Das Ganze hat, finde ich, was vom Kalten Krieg. Wir müssen also für Entspannung sorgen, ohne gleich zu kapitulieren.« Im Hintergrund hört man Stöhnen und Gejammer. »Ich geh jetzt besser und kümmere mich um Travis. Sage Elizabeth, sie soll sich mit uns heute Nacht vor Gideons Ranch treffen.«

»Weswegen?«

Regina seufzt. »Für Abrüstungsverhandlungen.«

21

Bigmouth Strikes Again

Nie zuvor in meinem Leben bin ich in einem Mercedes gefahren, nicht einmal in einer so alten Kiste wie dieser. Selbst das hellbraune Kunstleder des Rücksitzes erweckt den Eindruck von Eleganz. Ich reiße mich heftig am Riemen, um nicht ständig darüber zu streicheln.

»Unsere Akte über Gideon ist ziemlich dünn«, erklärt Elizabeth David gerade, der auf dem Beifahrersitz Platz genommen hat. »Wir wissen nur, dass er über hundert Jahre alt ist, wahrscheinlich Amerikaner, und dass er draußen in den Appalachen, irgendwo am Fuße des Catoctin, eine Ranch hat. Sein Besitz scheint nicht weit entfernt von Camp David zu liegen. Es ist eine Art Rückzugsort für alte Vampire, die sich in der Gegenwart nicht mehr zurechtfinden. Bis jetzt hat er den Rest der Welt immer schön zufrieden gelassen. Die Art, wie er die Vampire, die ihm folgen, gegen jeglichen menschlichen Einfluss abschottet, grenzt sogar an Fanatismus.«

»Warum tut er das: sie von Menschen abschotten?«, will ich wissen.

»Es geht ihm um Reinheit, vermute ich. Um Überlegenheit.«

»Und was ist mit dir? Glaubst du auch, Vampire sind höher entwickelt als Menschen?«

»Nein, ganz bestimmt nicht.« Sie blickt zu David hinüber. »Wirklich nicht.«

Ich beuge mich vor. »Ich hätte gern gewusst, ob ich die verschiedenen Parteien richtig begriffen habe: Die Liga beschützt die Menschen vor den Vampiren, richtig?«

»Sofern es nötig wird, ja«, erwidert Elizabeth. »Aber wir schützen die Vampire auch vor sich selbst.«

»Manchmal unter Verlust ihrer Freiheit.«

»Nur wenn …«

»Bitte, ich möchte meinen Gedankengang zu Ende führen. Gideons Bande will auch nichts anderes als Vampire schützen. Aber Gideon und Co. wollen mehr als nur überleben. Sie wollen vollkommene Abgeschiedenheit und Freiheit. Sie sind sogar bereit, Menschen wie Travis zu töten, um ihre Wünsche durchzusetzen.«

Elizabeth wirft mir im Rückspiegel einen finsteren Blick zu. »So scheint es jedenfalls, ja.«

Mit einem Mal wird mir ganz anders; mein Magen-Darm-Trakt quält mich mit Übelkeit. Wir sind also gerade dabei, in das Reich eines Vampir-Überlebenskünstlers einzudringen, und zwar in Begleitung einer Person, die all das repräsentiert, was er hasst.

Es beginnt zu regnen, als wir die Ausfahrt nach Thurmont, Maryland, nehmen. In dem Augenblick, in dem wir in das Tal mitten in den Appalachen hineinfahren, wird das Signal von WVMP schwächer. Noahs Reggae-Melodien werden von Knistern begleitet, bis das Signal ganz abbricht und nur noch statisches Rauschen zu hören ist. Elizabeth schaltet das Radio aus.

»Ich habe schon den ganzen Tag darüber nachgedacht«, sagt sie, »und bin zu einer Entscheidung gelangt.« Sie hält inne und schaut erst David, dann mich an. Offenkundig genießt sie es, uns auf die Folter zu spannen.

Schließlich fragt David: »Zu einer Entscheidung worüber?«

»Darüber, ob ich den Sender verkaufe oder nicht. Ich tue es nicht.«

Ich traue meinen Ohren kaum. David schnappt nach Luft und fragt: »Warum nicht?«

»Zu verkaufen wäre genau das, was Gideon will. Ich verkaufe VMP, der ganze Werbefeldzug endet, und er gewinnt.« Ihre Hände umklammern das Lenkrad fester. »Das aber gefällt mir nicht, ganz und gar nicht. Also machen wir den Sender zum verdammt noch mal besten, den es jemals gab … und zwar mit Vampiren.«

»Und wenn er weiter gegen uns vorgeht?«, will David wissen.

»Jetzt, wo er seinen Zug gemacht hat, wird die Liga ein Team von Sicherheitsleuten abstellen, die den Sender schützen, bis Gideon … bis diese Bedrohung neutralisiert ist.«

Ich schnaube verächtlich. »Also musste erst jemand sterben, damit die Liga uns beschützt? Und es hätte, wie du weißt, ja nicht viel gefehlt und Travis hätte mich auch noch umgebracht.«

»Das tut mir leid.« Elizabeth schüttelt den Kopf. »Aber keine Polizeibehörde der Welt stellt Leute für eine Rundum-Bewachung nur auf Grund eines Drohanrufs ab. Denk doch nur an all die misshandelten Frauen, die umgebracht wurden, nachdem sie weitaus massiver bedroht wurden als wir von Gideon. Es fehlen einfach die Mittel, um die Welt für jeden zu einem sicheren Ort zu machen.«

»He, Ciara?« David dreht sich im Beifahrersitz zu mir um. »Gratulation! Sie haben es geschafft.«

»Nein, Gideon hat es geschafft.«

»Eigentlich nicht allein«, stellt Elizabeth richtig. »Ich würde den Sender nicht nur wegen Gideon behalten. Würde WVMP finanziell immer noch ausbluten, hätte ich nicht gezögert zu verkaufen.«

»Oh. Na dann – gut. Glaube ich.« Ich bin froh, dass keiner erwähnt, dass Gideon immer noch glücklich sein Eremitendasein führen würde, wäre meine umwerfend erfolgreiche Werbekampagne nicht gewesen. Und es gäbe einen toten Detektiv weniger. Oder untoten. »Was auch immer dich umgestimmt hat – danke, Elizabeth.«

Davids dankbarer – und zugleich auch bewundernder – Blick, mit dem er Elizabeth bedenkt, bedarf keiner Worte. Ich frage mich, was der Umstand, dass sie ihre Meinung über den Sender geändert hat, für Davids und ihre doch recht verworrene Beziehung bedeutet.

Elizabeth geht vom Gas und fährt ganz langsam weiter, während sie durch die nasse Windschutzscheibe auf eine Gruppe von Briefkästen starrt. Die Briefkästen sind alles, was man in der dunklen, von Bäumen gesäumten Straße erkennen kann. Elizabeth schaut auf ein Blatt Papier, das am Armaturenbrett hängt. »Hier ist es, jedenfalls laut unserer Akten.«

Wir holpern mit dem Mercedes über den steilen, unebenen Weg. Anfangs ist er noch asphaltiert. Aber als er uns in dicht bewaldetes Gelände führt, haben wir schnell Schotter, dann nur noch Matsch unter den Reifen. Ich sehe nichts als regenverschleierte Bäume.

Wir gelangen an einen hohen Maschendrahtzaun, der von Stacheldraht bekrönt wird. Elizabeth fährt den Mercedes vor bis zur kleinen weißen Box einer Sprechanlage. Sie kurbelt das Fenster herunter und drückt den Sprechknopf unter dem runden Lautsprecher. »Wir möchten mit Gideon sprechen.«

Nach einem kurzen Moment statischen Rauschens sagt eine männliche Stimme: »Haupttür.« Es ist zwar schwierig, das nach ein paar Silben zu beurteilen, aber ich bin mir ziemlich sicher, dass der Typ, dem diese Stimme gehört, nicht der Anrufer ist, der uns bedroht hat.

Das Tor schwingt auf. Wir folgen der schmalen Straße, die vor einem weißen Ranch-Haus mit auffallend breiter Front endet. Auf der überdachten Veranda steht ein einsamer Schaukelstuhl, der sich in den stürmischen Böen wiegt, die ums Haus pfeifen. Das Gelände vor dem Haus dürfte etwa vier Hektar groß sein; hinter dem Haus liegt etwas, das mich auf den ersten Blick an einen Spielplatz erinnert.

Einige Oldtimer, darunter Klassiker wie Jims blauer Dodge Charger, parken auf dem Grashang links vom Haus. Für den Mercedes findet sich dort auch noch ein Platz.

Elizabeth beugt sich nach vorn zum Handschuhfach auf der Beifahrerseite. Dabei streift ihr Arm Davids Knie. Schlagartig verändert sich sein Gesichtsausdruck: Er wirkt glücklich. Ach verdammt, gerade als ich dachte, er sei über sie hinweg, zieht sie wieder an der Angel. Aber zumindest hat er noch einen Job.

Elizabeth richtet sich wieder auf und bietet uns beiden Holzpflocks an. David nimmt einen davon.

»Ich sollte besser unbewaffnet bleiben«, meine ich. »Und ich weiß eh nicht, wie ich diese Waffe gebrauchen sollte. Außerdem werden die uns unter Garantie filzen.«

»Genau darum geht's«, entgegnet Elizabeth. »Ich möchte denen unmissverständlich klarmachen, dass wir es ernst meinen.« Sie packt mich beim Handgelenk und drückt mir das runde Ende eines Pflocks in die Hand. »Es ist überhaupt nicht schwer. Man muss den Pflock nur kräftig genug geradewegs ins Herz stoßen.«

»Ich weiß, ich weiß.« Am liebsten würde ich das Ding gleich fallenlassen. Aber Elizabeth umschließt immer noch meine Hand mit der ihren.

»Das ist nur die halbe Miete. Nach dem Zustoßen muss man den Pflock wieder herausziehen.«

»Wieso denn das?«

»Weil genau an der Stelle …« Elizabeth dreht den Kopf weg. »Erklär du es ihr, David.«

Auch er wendet den Blick ab. Er schaut aus dem Fenster, während er spricht: »Das ist die Stelle, an der die Lebensenergie aus ihnen herausfließt.«

»Beschönige es nicht.« Sie wählt einen Ton, der mindestens so scharf ist wie das Ding in meiner Hand.

»Nach dem Herausziehen des Pflocks«, verbessert sich David, »werden ihre Körper durch das Loch gesaugt.«

»Wie? Wohin denn?«

Elizabeth lacht auf. »Das ist die Frage, die uns alle ewig umtreibt, nicht wahr? In den Himmel? In die Hölle? In die immerwährende Leere?«

»Das meine ich nicht. Ich möchte wissen: Werden sie angesaugt und ihr ganzer Körper verteilt sich im Raum oder verschwinden sie einfach?«

David und Elizabeth tauschen einen Blick. Seine Miene ist von Schuld verzerrt, ihre von Bitterkeit.

»Irgendwas dazwischen«, erklärt David mir. »Beten Sie, dass Sie das nie miterleben müssen.«

Selbst durch die geschlossene Tür schlägt uns die Musik entgegen. Wir stehen auf der Veranda und spüren dumpf unter unseren Füßen den schnellen Rhythmus der Musik und das Schmettern von Trompeten. Durch ein Erkerfenster rechts von uns nahe der Tür können wir durch die dünnen Vorhänge Schatten sehen, die sich mit der Leichtigkeit von Akrobaten zur Musik bewegen.

Elizabeth hämmert gegen die Tür. Ein plötzlicher Windstoß peitscht den Regen in unsere Richtung. Wir sind nass; den Schaukelstuhl treibt es über die Verandabretter.

Die Tür wird geöffnet. Ein großer Schwarzer steht unter dem Türsturz. Er ist kräftig genug gebaut, um seinen pinkfarbenen Al-Capone-Anzug machohaft wirken zu lassen.

»Ich bin Lawrence«, stellt er sich vor. Seine Stimme ist so tief und durchdringend wie ein Nebelhorn. Ich komme nicht umhin, zu registrieren, dass dies weder der Mann ist, der den Drohanruf getätigt hat, noch der, der uns am Tor die Weiterfahrt erlaubte. Offenkundig delegiert Gideon gern Aufgaben an seine Handlanger.

Der Typ schiebt seinen Filzhut an der Krempe hoch und betrachtet uns. ›Uns‹ heißt in diesem Fall: Elizabeth. Der Blick, den er David und mir schenkt, ist der gleiche den man Hundescheiße zuwerfen würde, um nicht hineinzutreten.

Schließlich, nachdem er Elizabeth zusätzlich mit einem Blick, durchdringender als ein MRT, durchbohrt hat, nickt er ihr zu. Er streckt ihr seine dunkle Handfläche entgegen. »Her mit den angespitzten Ästen.«

Ich ziehe den Pflock unter meinem T-Shirt hervor und händige dem Riesen das Ding aus. Ich muss zugeben, dass ich erleichtert bin. Mit einer Uzi hätte ich mich wohler gefühlt.

Der Wohnbereich gleich hinter der Eingangstür ist größer, als ich gedacht habe. Man hat wohl die Wand zwischen diesem Zimmer und dem Esszimmer herausgebrochen, um diesen großen Raum zu schaffen. Einen Raum, in dem es vor Vampiren nur so wimmelt.

Einige swingen zum wilden, treibenden Rhythmus der Musik; andere bewegen sich um die Tanzfläche herum, haben Drinks in der Hand, Wein oder Blut, und rauchen Zigaretten in langen silbernen Haltern. Ihrer Kleidung nach sind diese Vampire mindestens so alt wie Monroe. Die Epochen sind bunt gemischt: Eine Frau mit einer Bob-Frisur und rotem Kleid im Stil der kecken Flapper der zwanziger Jahre tanzt Foxtrott mit einem Mann im Cut-Anzug und einem Bowler in schmutzigem Braun auf dem Kopf.

»Oh, verzeihen Sie mir!« Eine mollige junge Frau mit rot gelocktem Haar ist mir beinahe auf den Fuß getreten. Sie flitzt in ihrem Zigarettenverkäuferin-Outfit an mir vorbei und schlängelt sich zwischen Tänzern und Zuschauern hindurch, bringt auf einem Tablett bestellte Drinks und Zigaretten an den Mann oder die Frau. Ich bin mir ziemlich sicher, dass sie kein Vampir ist. Dafür wackelt sie auf ihren hochhackigen Schuhen viel zu sehr hin und her.

Trotz der Aura der Coolness, die die Vampire umgibt, wirken sie alle welk, verlebt, auf dem besten Weg, sich aufzulösen. Mit leeren Augen schauen sie uns an; sie bewegen sich, tanzen und unterhalten sich, als hingen sie in einer Endlosschleife sich wiederholender Gefühle, deren wahre Bedeutung sie schon vor langer Zeit vergessen haben. Ich kann den Gedanken nicht ertragen, die Vampire von VMP bekämen auch so kalte, tote Augen. Besser seltsam als katatonisch.

»Ihr werdet unten bereits erwartet«, sagt Lawrence, als er eine der Türen links von uns öffnet.

Die Treppe ist kaum beleuchtet. Ich kann nicht einmal die letzte Stufe erkennen, so dunkel ist es. Elizabeth schiebt sich an mir vorbei und geht die Treppe hinunter. Ich taste nach dem Geländer und folge ihr. Bei jedem Schritt zwinge ich meine Knie, nicht einfach unter mir nachzugeben. David ist nach mir auf der Treppe; Lawrence bildet das Schlusslicht.

Am Fuß der Treppe befindet sich ein typischer Untergeschossraum. Das einzige Licht hier wirft ein riesiger Fernseher mit einem winzigen Schwarz-Weiß-Bildschirm. Als sich meine Augen an die Lichtverhältnisse gewöhnt haben, erkenne ich Spencer, Monroe und Jim. Sie haben es sich auf Sesseln gemütlich gemacht, die vor dem Fernseher stehen.

Hinter dem schmalen Zweiersofa tigert jemand auf zittrigen Beinen auf und ab. Als dieser Jemand mich sieht, schlägt er sich die Hand vor den Mund.

Travis.

Einen Moment lang, während ich der Kreatur, die mich zu töten versucht hat, in die Augen blicke, wünsche ich mir, ich hätte den Pflock noch in der Hand. Aber seine zitternden Hände und sein angespanntes Gesicht sagen mir, dass er wie ein wildes Tier mehr Angst vor mir hat, als ich vor ihm habe.

Jim erhebt sich und nimmt Travis beim Arm. »Mach schon«, sagt er, »sag ihr, dass es dir leidtut.«

»Für Gequatsche haben wir keine Zeit«, knurrt Lawrence. »Gideon wartet schon.«

Durch Travis' Körper geht ein Ruck, als der Name seines Blutvaters fällt. Seine Miene verwandelt sich in erwartungsvolles Entzücken, wie bei jemandem, der im Begriff steht, einer Berühmtheit zu begegnen. Ich bemerke, dass er keinen Schnurrbart mehr trägt – wahrscheinlich, um besser trinken zu können. Er wirkt jünger und sogar halbwegs attraktiv.

Ich schaue mich im Raum um. Ich habe erwartet, Gideon säße hier irgendwo in einer Ecke. Aber wir werden aus dem Raum und zu einer weiteren Treppe geleitet. Sie befindet sich genau unter der, die uns aus dem Erdgeschoss hierhergebracht hat. Ich begreife, dass dies kein normales Ranch-Haus ist.

Wir folgen der Treppe ins nächste Untergeschoss. Im ersten Kellergeschoss hatte ein muffiger Geruch in der Luft gehangen. Hier hingegen riecht es trocken und geradezu klinisch sauber. Ich werfe einen raschen Blick den Flur entlang, von dem aneinandergereiht wie bei einer Perlenkette Türen abgehen. Die in die Decke eingelassenen Leuchten schaffen beinahe Lichtverhältnisse, wie Menschen sie bevorzugen.

Ehe wir die Treppe zum nächsten Geschoss hinuntersteigen, bleiben Elizabeth und Jim kurz stehen und schnuppern prüfend. Elizabeths Augen verengen sich vor Zorn, während Jim fasziniert wirkt. Ich berühre Elizabeth am Ellbogen.

»Es ist eine Farm«, raunt sie mir und David zu. »Ganz wie wir vermutet hatten.«

Seltsam, es riecht überhaupt nicht nach Farm – es riecht nicht nach Mist, Stall, Tieren, Stroh oder …

Oh-ha. Sie halten auf dieser Farm gar keine Tiere.

»Widerwärtig«, murmelt Elizabeth.

»Aber praktisch«, gibt Jim zu bedenken, als wir die ersten Stufen hinunter zum nächsten Tiefgeschoss nehmen. »Als ob man Zimmerservice genießen könnte, anstatt auswärts essen zu müssen.«

»Ach, wirklich, du möchtest gern hier wohnen?«, faucht Elizabeth ihn an. »Na dann, nur zu!«

»Ich bin viel zu jung für diesen Ort.« Jim senkt die Stimme. »Hier wohnen doch nur Spießer.«

Ich suche Davids Blick, um herauszufinden, ob wir uns darüber Sorgen machen müssen, als Teil des Viehbestands zu enden. David aber scheint mir eher wütend als ängstlich zu sein. Vielleicht sind die Menschen, die zum Inventar gehören, ja freiwillig hier. Kost und Logis im Austausch für Blutspenden könnte für jemanden, für den die Zeiten hart sind, durchaus ein guter Handel sein. Aber die Atmosphäre hier hat etwas von einem Gefängnis. Die Ranch erscheint mehr wie ein Spiegelbild der Ruhesitze, wie die Liga sie bereitstellt. Ich verspüre das unbändige Verlangen, an irgendeinem ganz anderen Ort zu sein.

Hinter uns plappert Travis pausenlos vor sich hin wie ein Kleinkind. »Eiszug. Langsam und vorsichtig. Nein, ich möchte kein Hühnchen.« Oder sowas in der Art.

Am Ende dieser längsten Treppe führt uns Lawrence nach rechts. Wir scheinen im letzten Untergeschoss angekommen zu sein – nicht, dass ich in dem kaum vorhandenen Licht viel sehen könnte.

Wir folgen einem schmalen, gemauerten Gang, gehen an offenen Türen vorbei. Diese gewähren uns Einblick in die von Kerzen erhellten Zimmer mit Gestalten, die sich auf ihren Betten winden und krümmen, ächzen und stöhnen. Selbst meine nicht sonderlich gute menschliche Nase meldet mir den Geruch von Blut. Ich verlangsame das Schritttempo so weit, dass Travis in mich hineinläuft. Er keucht auf und schreckt zurück.

Jemand nimmt mich bei der Hand. David. Ich seufze erleichtert auf und umklammere seine Hand mit aller Kraft. Seine Haut fühlt sich warm an, lebendig, weil er Hamburger isst, Salat und Schoko-Hörnchen. Und das ist alles, was zählt.

Vor uns auf der rechten Seite, fast am Ende des Ganges, tanzt der Widerschein eines Kaminfeuers an der Wand. Lawrence führt uns durch die Tür links gegenüber, die von zwei muskulösen Wächtern flankiert wird. Sie sehen aus wie Kanalratten auf Steroiden.

Ein kräftig gebauter Mann sitzt im Schneidersitz in der Ecke neben dem Kamin. Den Rücken hat er gegen die Wand gelehnt. Sein Gesicht wird von der Krempe eines zerbeulten hellgrauen Filzhuts beschattet. Die Flammen werfen ihr Licht auf einen vor langer Zeit einmal modern gewesenen Anzug mit passender Weste. Der Mann sitzt in sich zusammengesackt da. Dennoch erweckt seine absolute Reglosigkeit den Eindruck von Unnachgiebigkeit und Selbstkontrolle.

Lawrence schließt die Tür hinter uns. Von dem Moment an ist kein Laut mehr zu hören, außer dem Knistern der Flammen, dem Knacken der Holzscheite im Feuer und Travis' unregelmäßigen Atemzügen.

Der Mann im Anzug hebt den Kopf. David und ich fahren instinktiv einen Schritt zurück. Die Kälte, die jeden einzelnen Wirbel meines Rückgrats hochkriecht, lässt meine erste Reaktion auf Monroe rückblickend zu einem gelangweilten Gähnen werden.

Unter dichten, dunklen Augenbrauen besitzen die großen, pechschwarzen Augen des Mannes eine magnetisierende Kraft, wie man sie von Filmstars kennt. Dieser Blick erinnert mich an Orson Wells in Macbeth: Das Niveau geistiger Gesundheit dürfte etwa dasselbe sein. Das schwarze Haar trägt der Mann zurückgegelt, was die Makellosigkeit seiner elfenbeinfarbenen Haut nur noch unterstreicht – eine Hautfarbe wie Klaviertasten im Kerzenschein.

»Willkommen«, sagt der Mann, ohne dass eine Spur davon in seiner Stimme läge.

Sofort wirft sich Travis in den Schmutz des Bodens gleich neben dem Mann, der Gideon sein muss. Travis achtet nicht auf die Flammen, die nur ein paar Zentimeter von ihm entfernt im Kamin züngeln. Er presst die Stirn auf den Boden, dorthin, wo das Knie seines Blutvaters ist, und fleht ihn mit schnell gestammelten, zusammenhanglosen Worten an.

Im Gegenzug tätschelt Gideon dem Detektiv den Kopf. Travis zittert und stöhnt auf. Der alte Vampir gibt ihm einen Stoß; für ihn selbst ist es nicht mehr als ein leichter Schubser. Doch diese kleine, mühelose Handbewegung schleudert Travis durch den ganzen Raum und gegen die Wand auf der gegenüberliegenden Seite. Die anderen Vampire ziehen hörbar die Luft durch die Zähne ein.

»Scheißkerl!«, zischt Elizabeth Gideon an. Das war's dann wohl mit den Abrüstungsverhandlungen. »Erst verwandelst du ihn und lässt ihn ohne Nahrung zurück, und dann weist du ihn auch noch derart zurück? Was für ein Vampir bist du?«

»Wenn ich nicht nach euren Regeln handele«, erwidert Gideon in ruhigem Ton, »dann, weil ich einen guten Grund habe.«

»Und was für ein guter Grund sollte das wohl sein?«

»Er ist ein Exempel, ein Demonstrationsobjekt, wenn man so will.« Gideon streckt den Arm in Richtung Travis aus und krümmt ein einziges Mal auffordernd seinen Zeigefinger. Travis kriecht ungelenk wie eine Krabbe mit gebrochenen Beinen zu ihm. Als er seinen Blutvater fast erreicht hat, hält der ihm in eindeutig abwehrender Geste die erhobene Handfläche entgegen. Travis erstarrt, blickt seinen Blutvater flehend an. Am liebsten würde ich mich umdrehen und die nächste Wand anstarren. Denn ich fürchte schon, Gideon könnte seinem Abkömmling befehlen, den Kopf ins Feuer zu stecken. Travis täte es, zweifellos, wäre sogar glücklich darüber – die Bindung zwischen ihnen ist fast greifbar.

»Nett«, meint Elizabeth. »Eine Demonstration deines Sadismus – als ob wir dafür noch weitere Beweise gebraucht hätten.«

»Eine Demonstration meiner Macht.« Gideons starrer Blick ist unverändert auf Travis gerichtet. »Und eine Demonstration dessen, was wieder und wieder geschehen wird, wenn die Schikane nicht ein Ende findet.«

Irgendwo tief in meinen Eingeweiden wird es mit einem Mal ganz kalt.

»Dieser WVMP-Humbug«, fährt Gideon fort, »bei dem die Wahrheit als Lüge getarnt verbreitet wird. Die Menschen an ihrer eigenen Skeptik packen und vorführen. Der cleverste Betrug ist der, nicht zu betrügen.« Jetzt entlässt Gideon Travis aus seinem Blick, um mich anzusehen. »Nicht wahr, Ciara?«

Ich stammele Unverständliches; meine Kehle ist wie zugeschnürt. Mir ist, als sauge der alte Vampir mich mit jedem Atemzug in sich hinein.

»Das muss aufhören, ehe jemand zu Schaden kommt«, sagt er.

»Bei allem Respekt, Sir«, mischt sich Spencer ein, der neben dem zitternden Travis kniet, »aber jemand ist bereits zu Schaden gekommen.«

»Dann hilf ihm, wenn du in einer so wohltätigen Stimmung bist.« Gideon verscheucht sie mit einer Handbewegung. »Das Leben eines einzelnen Vampirs ist nicht von Belang für mich. Ich habe die Pflicht, das Wohl aller Vampire im Auge zu behalten.« Nacheinander bedenkt Gideon Elizabeth, David und mich mit einem Blick. »Manche Menschen werden sich von euren Werbespielchen nicht blenden lassen. Sie werden begreifen, dass es tatsächlich Vampire gibt. Und dann haben wir Krieg.« Gideon spreizt die Finger. »Oder ein neugieriger Hörer möchte nur allzu gern wissen, was geschieht, wenn einer eurer Freunde von Sonnenstrahlen getroffen wird oder Feuer zu spüren bekommt.« Gideon angelt sich einen brennenden Holzscheit aus dem Feuer und wedelt damit in Richtung Vampire. Die springen fauchend zurück. »Nur um einen etwas langweiligen Samstagabend aufzupeppen.«

Vielleicht hat Gideon damit sogar Recht. Vielleicht hat unsere Werbekampagne die Vampire tatsächlich in größte Gefahr gebracht. Vielleicht waren die Zeiten davor besser. Sicherer.

Dann aber muss ich daran denken, wie sich Shane in den letzten Monaten verändert hat, wie er gelernt hat, neue Musik zu mögen, ein Auto mit Kupplung zu fahren – wie er gelernt hat, wieder zu lernen. Wie glücklich er dabei wirkt, in dieser verrückten, großen, scheiß beängstigenden Welt von heute zu leben. Einem Heute, das ihn dazu bringt, seinen Blick aufs Morgen zu richten.

»Du hast Recht«, sage ich.

Gideons Augenbrauen schnellen in die Höhe, ziehen sich dann zusammen, als sei er überrascht oder aus der Fassung gebracht, weil ein Menschlein es gewagt hat, ihn anzusprechen.

»All das könnte passieren«, fahre ich unbeirrt fort, »trotz der Vorsichtsmaßnahmen, die wir ergriffen haben. Meine Freunde könnten sich alle – puff – in Luft auflösen, entweder durch eine böse Absicht oder auf Grund eines Versehens. Aber das Dasein eines Vampirs ist, ebenso wie das eines Menschen, immer risikoreich und unsicher.« Ich mustere die Wände hier in der Rückzugshöhle, die Gideon sich geschaffen hat. »Lieber sich im Licht als in der Dunkelheit verstecken.«

»Dies hier ist kein Versteck«, widerspricht mir Gideon. »Es ist eine Festung.«

Ich spreche weiter, leise, in sanftem Ton. »Und wozu ist eine Festung gut? Um die Dinge fernzuhalten, die einen ängstigen.«

»Um das fernzuhalten, was uns bedroht.« Seine Augen verengen sich zu schmalen Schlitzen, als er Elizabeth fixiert. »Ich habe gesehen, was sie tun«, Gideons Stimme bebt vor Zorn, »diese Menschen von der Liga und ihre Vampir-Dirnen.«

Elizabeth erlaubt sich keinerlei Regung. »Die Liga beschützt Vampire.«

»Indem sie uns zwingt zu gehorchen«, knurrt Gideon seine

Entgegnung. »Den Zielen der Menschen dienlich zu sein. Wir haben ein Recht auf Frieden.«

»Das hier nennst du Frieden?« Elizabeth zeigt zur Decke. »Menschen gefangen zu halten?«

»Unsere Gäste haben sich selbst dazu entschieden, hier zu bleiben«, behauptet er.

»Weil du dich zum Führer eines Kultes erhoben hast wie seinerzeit Jim Jones oder David Koresh.« Sie hält inne und schüttelt den Kopf. »Du weißt ja gar nicht, wer diese Männer sind. Du weißt nicht, wie rückständig deine Ideen sind und all das hier, weil du noch mitten in der Zeit des Ersten Weltkriegs steckst. Deswegen brauchst du und jeder andere Vampir die Hilfe der Liga.«

Diese talkshow-artige Vampir-Debatte bringt uns nirgendwohin. Ich mache einen Schritt nach vorn und wage mich damit näher ans Feuer als es jeder der Vampire würde. Wieder wende ich mich an Gideon. »Wenn du uns die ganze Zeit über beobachtet hast, weißt du doch, wie glücklich die Moderatoren des Senders den ganzen Sommer über waren. Sie leben wirklich und wahrhaftig in dieser Welt.«

»Möglicherweise auf Kosten des Überlebens«, sagt Gideon.

»Ist das nicht eine Wahl, die jeder von ihnen selbst treffen sollte? Du sprichst davon, frei von der Kontrolle durch die Liga zu sein. Aber man kann nie wirklich frei sein, wenn man sich seine Entscheidungen von seinen Ängsten diktieren lässt.« Ich höre meine Eltern durch mich sprechen, und irgendwo in meinem Kopf verwandelt sich das Zimmer tief unter der Ranch in ein überfülltes Zelt mit Kerzenlicht, Musik und Halleluja-Rufen. »Ich habe Menschen gesehen, die sich nicht trauten zu gehen, weil sie Angst hatten zu fallen. Ich habe gesehen, wie sie sich aus ihren Rollstühlen erhoben, ihre Krücken fortwarfen und einen Freudentanz aufführten, in dem Augenblick, in dem sie ihre Angst überwanden.«

»Solche kleinen suggestiven, manipulativen Tricks funktionieren vielleicht bei geistig schwachen Menschen«, knurrt Gideon, »aber Vampire sind keine Menschen.«

»Du hast Unrecht.« Ich zeige auf die drei DJs. »Tief in ihrem Inneren leben immer noch Menschen, ob sie das nun zugeben oder nicht.«

Gideon wirkt amüsiert. »Und wie lange kennst du die drei schon?«

»Lange genug, um zu wissen, dass sie an etwas glauben. Sie glauben mit jeder Faser ihres Herzens an die Musik. Sie glauben daran, ein Gleichgewicht zwischen dem Heute und dem Gestern finden zu können. Zum Teufel noch mal, sie glauben sogar, ich sei eine miese Pokerspielerin.«

»Warum sollte mich das beeindrucken?«

»Weil an etwas zu glauben das ist, worum es im Leben geht.« Daddy hätte diesen Satz sicher gemocht. Ich hole zum entscheidenden Schlag aus. »Gideon, bitte lass deine Angst hinter dir, sag ihr, sie soll ihre giftigen Klauen aus deinem Herz ziehen.« Ich deute auf das Feuer. »Es ist die Angst, die dich dazu getrieben hat, dich in dieser Ecke zu verkriechen: weil du es nicht wagst, jemandem den Rücken zuzudrehen. Dafür reicht dein Vertrauen in andere nicht. Angst hat eure Nachbarn in Camp David dazu gebracht, Bomben zu bauen und sich wie Maulwürfe vor dem Falken tief in der Erde zu verstecken. Und es ist Angst, die uns am Ende noch alle töten wird.«

In meinem Kopf kann ich sie hören: die Amen-Rufe, die mir entgegenschallen. Ich drehe mich zu Elizabeth um. Sie nickt nachdenklich und lächelt. Ich stelle mich neben sie und schaffe so eine einige Front. Yeah, Schwester.

Nach längerem Schweigen ergreift Gideon wieder das Wort. »Du glaubst, du wüsstest alles über Angst, meine Kleine?«

Er streckt Lawrence die Hand hin. Der legt ihm einen der Pflöcke auf die fordernd geöffnete Handfläche. Gideon fixiert mich mit seinem Blick, während er ausholt. Der Pflock schwirrt durch die Luft.

Ich schaue an mir herunter und sehe Blutstropfen auf meinem T-Shirt. Verfluchte Scheiße, hat er mich gerade gepfählt? Ich wünschte, ich hätte meiner Mutter eine Antwort auf ihre Mail geschickt.

Meine Knie verwandeln sich in Gelatine, als Schreie der Bestürzung rund um mich herum die kurz eingetretene Stille zerreißen. Jemand schluchzt immer und immer wieder das Wort ›Nein‹.

Ich greife mir an die Brust und will den Pflock herausziehen, und erst da begreife ich, dass keiner dort ist. Die Blutspritzer auf meinem T-Shirt deuten alle in eine, in dieselbe Richtung.

Auf Elizabeth.

22

Darkness on the Edge of Town

Ich drehe mich zu Elizabeth um. Sie liegt zusammengesunken am Boden, Kopf und Schultern in Davids Schoß, die Beine in Embryo-Haltung an den Körper gezogen. Die hintere Hälfte des Pflocks ragt aus ihrer Brust. Alles ist blutgetränkt. Elizabeth hat die Finger in Davids Hemd gekrallt.

»Z…zieh ihn raus. Bitte!« Sie hustet Blut, das ihr übers Kinn fließt. »Es tut so weh; es tut so schrecklich weh.«

Davids Gesicht ist nass von Tränen. »Ich kann nicht.«

»Bitte!« Ihre Stimme überschlägt sich, ein Ton, so hoch, dass er einem in die Knochen fährt. »Zieh ihn raus, David, o Gott, bitte mach, dass es aufhört.«

David beugt sich über sie, umfasst den Pflock. Ich sehe, wie sich seine Armmuskeln anspannen, dann aber erschlaffen. »Ich kann es nicht.« Er senkt den Kopf. »Nicht bei dir.«

Ich knie mich neben die beiden und greife nach dem Pflock, Davids Hand unter meiner.

Er packt den Pflock nun wieder fester, während er mich anschaut. »Du weißt nicht, was du da tust.«

»David!« Elizabeth stößt einen gurgelnden Schrei aus. Sie versucht zu husten, aber dadurch gerät nur noch mehr Blut in ihre Lunge. Sie verdreht die Augen, bis nur noch das Weiße zu sehen ist; sie schlägt mit den Armen um sich, ihre Nägel zerkratzen mir die nackte Haut auf den Unterarmen.

»David, sie hat schreckliche Schmerzen. Wir können ihr die Schmerzen nehmen.« Ich suche besseren Halt mit den Füßen, um mehr Hebelkraft aufwenden zu können. »Auf drei, okay?«

Sein Blick trifft meinen; da ist nur unendliche Qual. Dann schaut David wieder hinunter in Elizabeths Gesicht.

»Eins«, flüstere ich. Sie schaut mich und nicht ihn an. »Zwei.« Mach schon, Elizabeth, schenk ihm einen letzten Blick. Verschwende nicht dein letztes Augenlicht an mich.

Sie schließt die Augen, und als sie sie wieder öffnet, blickt sie David an.

»Ich liebe dich«, flüstert er.

»Drei!«

Mein eigener Schwung reißt mich nach hinten; den Pflock halte ich fest mit beiden Händen umklammert. Einer von Gideons Türwachen entwindet mir sofort die Waffe. Ich liege immer noch auf dem Rücken, setze mich aber jetzt auf und sehe, wie David Elizabeth auf dem Schoß wiegt. Er streichelt ihr Haar. Blut strömt aus der Wunde, aber sonst passiert nichts. Vielleicht hat Gideon ja ihr Herz verfehlt, oder vielleicht ist sie auch gar kein Vampir. Wenn ich so darüber nachdenke, habe ich nie ihre Fangzähne gesehen.

Schlagartig beginnt sie zu zittern, bebt am ganzen Körper. Es gleicht aber keinen Krämpfen, wie ich sie in meinem Leben schon gesehen habe. Es ist, als ob jedes Atom in ihrem Körper zu zittern begänne, bereit, den Platz mit einem Atom von der gegenüberliegenden Seite ihres Körpers zu tauschen. Sanft legt David Elizabeth auf den Boden, eine zärtliche Geste. Dann tritt er ein paar Schritte zurück. Er legt mir den Arm um die Schultern und bedeckt mit der anderen Hand meine Augen. »Schau nicht hin, Ciara, schau ja nicht hin.«

Ich schiebe die Hand fort, aber löse mich nicht aus Davids Umarmung. Die anderen, außer Travis und Gideon, haben bereits die Gesichter abgewandt. Ich kralle meine Finger, alle zehn, in Davids Arm und schaue zu.

Das Blut fließt zurück in die Wunde. Es rinnt hinein, wie Regen von einer Windschutzscheibe rinnt. Vielleicht schließt sich ja die Wunde von selbst, heilt, so wie die Kratzer auf Shanes Rücken verheilt sind.

Aber dann geschieht es. Die Wunde frisst Elizabeths Fleisch. Es wird in das Loch in ihrer Brust gesogen: erst das Fleisch ihrer Brust, dann das Fleisch ihres Bauches, dann – o Gott – Fleisch von überall her. Muskeln werden bis zum Zerreißen gedehnt, Knochen knacken und brechen, alles wird in dieses kleine, fünf Zentimeter große Loch in ihrem Herzen gesogen. Immer schneller – doch nicht schnell genug, um zu verhindern, dass ich sehe wie schließlich ihr Gesicht angesaugt und hinuntergezogen wird, als würde es von ihren Schädelknochen schmelzen.

Ich weiß nicht, ob etwas zu hören ist, während Elizabeths Körper kollabiert, weil ich außer meinem eigenen Kreischen nichts hören kann. David hält mir schließlich den Mund zu, und erst da erinnere ich mich daran, dass man in Gegenwart von Vampiren nicht schreien sollte.

Elizabeth schreit nicht, weil ihre Kehle in dem Schlund in ihrer Brust verschwindet, gefolgt von ihren Zähnen, ihrer Nase, ihren Augen. Ihre Augen starren ins Leere mit einem Ausdruck, von dem ich hoffe, dass es Erleichterung ist. Ihr Haar raschelt über ihre Bluse, während es in den Schlund gesogen wird. Zum Schluss schlägt sie mit Beinen und Armen um sich, ihre Finger kratzen über den Boden, während sie unerbittlich ins Vakuum gesogen werden.

Ein leises *Plop!*, und es ist vorbei. Stille folgt. David lässt mich los, und ich krieche in die nächste Ecke; mir dreht sich der Magen um.

Jemand mit weitaus mehr Kraft als David packt mich und hält mir den Mund zu. »Niemand kotzt auf Gideons Boden, klar? Schluck's runter oder erstick dran, deine Entscheidung.«

Mir schießen Tränen in die Augen, aber ich nicke. Eine der rattengesichtigen Türwachen ist es, der mich daraufhin loslässt. Und ich schlucke die rauchige Luft, würge und keuche.

»Das«, sagt Gideon und zeigt auf die Stelle, an der Elizabeth starb, »passiert keinem Menschen. Opfer von Flugzeugabstürzen zerreißt es vielleicht in unkenntlich kleine Stücke. Aber wenn man lange genug sucht und genau hinschaut, finden sich Überreste: ein Zahn, Ausscheidungen aus dem Darmtrakt. Die Leichen dieser Opfer existieren, selbst dann, selbst vermischt mit anderen Leichen oder Beton und Stahl. Aber Elizabeth ist nirgendwo mehr. Sie ist nichts.«

Ich starre auf den Haufen aus Kleidung und Schmuck, der übrig geblieben ist. Plötzlich begreife ich, dass nirgends Blutflecke zu sehen sind. Ich schaue mein eigenes T-Shirt an – sauber. Vor einer Minute noch ist überall Blut gewesen. Nicht einmal meine Hände tragen eine Spur von Elizabeths Sterben.

»Nichts«, wiederholt Gideon. Er beugt sich vor. »Verstehst du jetzt, was Angst bedeutet, Ciara?«

Ich umfasse meine Knie. Kalter Schweiß rinnt mir den Rücken hinunter; ich kann es spüren. Shanes Fangzähne, Reginas Hypnoseblick, selbst Travis' Wiedererweckung – das ist eine Sache. Aber das hier, das ist auf einer ganz anderen Ebene durch und durch falsch.

Etwas kann nicht einfach zu nichts werden. Das ist unmöglich. Doch es ist passiert. Gerade eben. Was kann sonst noch alles passieren? Es gibt keine Regeln, keine Grenzen, nichts, an dem ich mich festhalten könnte. Einen Herzschlag lang bin ich überzeugt, dass die Panik mich zerschmettert, und dass das, was dann von mir übrig bleibt im Boden versickert, dreißig Meter tief.

»Ihr alle dürft jetzt gehen«, sagt Gideon an David gewandt. Dann blickt er mich an. »Außer dir.«

Mir wird eiskalt ums Herz. Ich wimmere wortlos Protest. Ich will nicht zum gemolkenen Vieh werden.

»Nein«, erwidert David mit rauer Stimme. »Wir werden sie nicht hierlassen, damit du von ihr trinken kannst. Auf keinen Fall!«

»Ich werde nicht von ihr trinken.« Sein Blick ruht auf meiner Halsbeuge, während er spricht: »Nicht, wenn ihr mir den Beweis erbringt, dass dieser Werbefeldzug ein Ende hat. Morgen bei Sonnenuntergang.« Er betrachtet Travis wie ein Künstler sein fertig gestelltes Gemälde. »Oder ich werde mehr tun, als nur von ihr trinken.«

Ich erschauere, zittere am ganzen Körper. So wenig ich als Melkvieh enden will – noch weniger möchte ich Vampir werden.

»Auf gar keinen Fall.« David verschränkt die Arme vor der Brust. Er wirkt längst nicht mehr so gebrochen von Trauer und Schmerz wie noch vor einer Minute. »Sie darf gehen, und ich bleibe dafür hier.«

»Du hast, was den Sender angeht, Wichtiges zu regeln«, hält Gideon ihm vor. »Im Übrigen könntest du in deinem Zustand auf dumme Gedanken kommen, was meine Person angeht. Also bleibt das Mädchen.«

Jim drängt sich an David vorbei und stellt sich neben mich. »Ich bleibe bei ihr.« Er nimmt mich am Ellbogen und hilft mir auf. Ich suche seinen Blick. Sein Angebot überrascht und verwirrt mich.

Ein Lächeln huscht über Gideons Gesicht. »Ja, ich glaube du könntest nützlich sein.«

Lawrence macht eine Kopfbewegung in Richtung Tür. »Die Treppe hoch.«

Ich folge ihm und Jim in den Gang. Dann werfe ich einen Blick über die Schulter auf Davids tränennasses Gesicht. »Lass dich von Spencer nach Hause fahren, David«, bitte ich ihn. »Dir geht es nicht gut.«

»Ciara …«

»Ich mache keine Dummheiten.« Ich denke an das, was in den letzten zehn Minuten passiert ist. »Keine neuen Dummheiten.«

Jim und ich sind in einem nicht belegten ›Gästezimmer‹ eingesperrt. Das Mobiliar besteht aus einem Doppelbett mit gelbweißem Kopf- und Fußteil und einem passenden Nachttisch. Eine Wand ist mit Laminat getäfelt, die andere in einem zarten Rosa gestrichen.

Jim hat sich auf dem Bett ausgestreckt. Er starrt an die Decke und klopft mit den Fingern einen langsamen Rhythmus auf seiner Brust. Ich sitze zusammengekauert in der Ecke, die am weitesten vom Bett entfernt ist; jeder Muskel ist zum Zerreißen gespannt. Es sind zehn Minuten vergangen, seit Lawrence hinter uns die Tür abgeschlossen hat. Bisher haben wir noch kein Wort miteinander gewechselt.

Jim summt eine bekannte Melodie. Nach ein paar Takten kapiere ich, dass es *Norwegian Wood* von den Beatles ist.

»Begriffen?«, sagt er endlich. »Hier in diesem Zimmer gibt's keine Stühle – genau wie im Song.«

»Ha.« Ich starre die weiß lackierte Holztür unseres Zimmers an, als ob ich sie allein mit der Kraft meines Blickes geschlossen halten könnte.

»Ich hätte die Mieze nicht über mich lachen lassen.«

»Welche Mieze?«

»Die aus dem Lied. Sie lässt ihn abblitzen und lacht ihn aus.«

»Oh.« Ich blinzele – wie mir scheint das erste Mal seit mehreren Minuten. »Ich dachte, sie hätte sich ihm an den Hals geworfen, und er hätte sie abblitzen lassen.«

»Wie kommst du auf die Idee?«

»Weil er auf dem Teppich sitzt und nicht mit ihr auf dem Bett.«

»Sie sitzt doch gar nicht auf dem Bett, sondern zusammen mit ihm auf dem Teppich.«

»Aber sie hat bloß deshalb keine Stühle, weil sie ihn im Bett haben möchte.«

»Sie hat keine Stühle, weil sie in einer schäbigen Mietwohnung mit billigen Regalen aus Kiefernholz haust.« Sein Ton trieft vor Verachtung. »Das und nichts anderes ist das Holz aus Norwegen nämlich, das ›Norwegian Wood‹, klar?«

»Oh.« Es will mir nicht in den Kopf, dass ich mich über so etwas ausgerechnet jetzt unterhalte. »Dann ist es also bloß ein Lied über einen Kerl, der nicht zum Schuss gekommen ist? Meine Interpretation ist da viel interessanter.«

Er schnaubt spöttisch. »Erzähl das mal John Lennon.«

»John Lennon ist tot«, stelle ich mit Nachdruck fest. »Du weißt das, oder?«

Jim atmet langsam und hörbar durch die Nase aus, fast eine Art Seufzer. »Ja, das weiß ich.« Plötzlich setzt er sich auf. »Willst du wissen, was wirklich interessant ist? Interessant ist, warum du den Song so und nicht anders aufgefasst hast und was das über dich sagt.« Er legt den Kopf schief. »Hast du schon viele Männer mit deiner Auffassung von Sexualität verängstigt?«

»Nein.« Ich wende das Gesicht ab und reibe mir die kalten Hände. »Definiere ›viele‹?«

Aus dem Augenwinkel sehe ich, dass er mich anstarrt. »Gideon kann deinen Herzschlag wahrscheinlich selbst unten in seiner Höhle hören.«

»Granatengeil. Danke für die Info.«

»Was ich sagen wollte, ist«, er gräbt in den Taschen seiner Jeans herum, »dass du dich beruhigen musst. Und ich habe da genau das Richtige für dich!« Er entfaltet einen Plastikbeutel, der zwei bereits fertig gedrehte Joints enthält.

»Nein, danke.« Gott allein weiß, womit sein Stoff versetzt ist. »Ich ziehe es vor, bei Verstand zu bleiben.«

»Ah, damit du dann was machen kannst? Ausbrechen und fliehen?« Jim zündet sich einen der beiden Joints an und nimmt einen Zug. »Manchmal, Ciara, muss man akzeptieren, dass man keine Kontrolle über eine Situation hat. Und genau so ist das für uns momentan.«

Die Tür geht auf, und Gideon betritt unser Gefängnis, wie um die Richtigkeit von Jims These zu untermauern. Mit ihm scheint ein kalter Luftzug ins Zimmer zu dringen. Lawrence und die beiden anderen Arschkriecher folgen ihm. Einer der Typen in Schrankformat schleppt ein altmodisches, barockes Radio herein; die Art Radio, wie sie in den frühen fünfziger Jahren in jedem Wohnzimmer standen.

Ohne Jim auch nur einen Blick zu gönnen, geht Gideon quer durch den Raum auf mich zu, jeder Schritt so leise und zielstrebig wie der eines Löwen. Der alte Vampir fasst mich am Arm und führt mich zum Bett. Ich spüre die Kälte seiner Berührung, und ich spüre, obwohl seine Finger fleischig sind, seine Knochen durch das Fleisch hindurch, als ob er nicht Finger, sondern Raubvogelklauen hätte. Gideon zieht mich neben sich auf die Bettkante. Er nickt dem Lakaien mit dem Radio zu.

Der Leibwächter setzt das vorsintflutliche Riesending hart auf den Boden. Er dreht noch an den Knöpfen herum, da hören wir schon die düster-melancholische Melodie eines frühen Cure-Songs. Der einzelne Lautsprecher, den das wahrhaft antike Radio hat, lässt alles flach und hohl klingen. Meine Umgebung kommt mir noch fremdartiger vor als zuvor.

»Wow, Mann!«, meldet sich Jim zu Wort. »Das Signal des Senders ist mal ’ne Menge stärker als früher.«

Außerdem befinden wir uns auf einer Hügelkuppe, denke ich mir. Aber ich sage es nicht laut. Gideons Griff um meinen Arm schnürt mir förmlich die Kehle zu; ich bekäme gar kein Wort heraus.

Ich hasse den Typen. Nicht nur weil er Elizabeth umgebracht hat; dafür hatte er vielleicht bestimmte Gründe. Ich hasse ihn, weil er Elizabeth als Antwort auf meine Worte umgebracht hat. Wenn ich doch bloß meinen Mund gehalten hätte, vielleicht wäre dann nichts passiert.

Die Musik verklingt. Statt Regina ist es Shane, der auf Sendung ist. »Vierundneunzig Komma drei, WVMP. Zwanzig Minuten nach Mitternacht. Einen guten Abend, euch Drastic-Plastic-Hörern da draußen. Regina zieht heute Nacht um die Häuser, also übernehme ich mal früher als sonst. Beschwerdebriefe könnt ihr an … Augenblick, an wen? An Regina schicken? Nee, besser: steckt sie euch gleich sonstwohin.«

Ich bewundere ihn für seine Fähigkeit, auf Sendung alles am Laufen zu halten. Standzuhalten. Es ist Trotz, es ist Widerstand. Gern hätte ich den Lautsprecher berührt, um mich über die Schwingungen der Radiowellen mit Shane verbunden zu fühlen.

»Egal«, fährt Shane fort, »es scheint wohl, dass ein paar von euch – und ihr wisst genau, wen ich meine – diese ganze Vampir-Sache ein wenig zu ernst nehmen. Unsere Situation spitzt sich sozusagen gerade steil zu, wie die Kids es heute wohl ausdrücken würden. Na ja, vielleicht würden sie das. Also, und jetzt für alle da draußen zum Mitschreiben: ein und für alle Mal …«, er räuspert sich, was ich ihn auf Sendung noch nie habe tun hören, »wir sind keine Vampire. Okay. Weiter im Text. Dieser Song stammt nicht aus der Zeit, die meinen Musikgeschmack geprägt hat. Aber manche nennen den, der ihn geschrieben und gesungen hat, den Godfather of Grunge. Dieser Titel war einer der Lieblingssongs einer echten Freundin, die nicht mehr unter uns ist.«

Die ersten ruhigen Akkorde von *Running Dry* von Neil Young und Crazy Horse perlen aus dem Lautsprecher.

»Großartiger Song«, meint Jim. »Wette, den hat sich David gewünscht.«

Ich wende mich an Gideon, ohne ihn anzusehen. »Dann können wir ja jetzt gehen, richtig? Er hat's über den Sender bekannt gegeben.«

»Das ist ein viel versprechender Anfang, ja. Aber ich erwarte Beweise für ein dauerhaftes Engagement in dieser Sache.« Endlich lässt Gideon meinen Arm los und erhebt sich. »Ich kehre vor Sonnenaufgang zurück. Ich schlage vor, du schläfst bis dahin.« Er legt seine Fingerspitzen unter mein Kinn, was mir das Blut in den Adern gefrieren lässt. »Die kommende Nacht könnte lang werden.«

Gideon und seine drei Muskelmänner gehen; das Radio lassen sie laufen.

Neil Youngs langsames, getragenes Gitarrenspiel mit widerhallenden Akkorden, vereint sich mit einer klagenden Violine. Violine und Gitarre stützen sich gegenseitig wie Geschwister bei einer Beerdigung.

Ich habe immer angenommen, dass der Untertitel des Songs, *Requiem for the Rockets*, bedeutet, dass Neil Young ihn verstorbenen Freunden widme. Aber Shane hat mir gesagt, die Rockets wären die ursprüngliche Band gewesen, die dann schließlich als Crazy Horse zusammenfand. Ihr Requiem spricht also davon, das loszulassen, was man einmal war, um zu neuen Ufern aufzubrechen.

Was bedeutet, dass es mehr als eine Art von Tod in dieser Welt gibt.

Ich versuche Gideons Ratschlag zu folgen. Aber es gelingt mir nicht einzuschlafen. Obwohl Jim beide Joints geraucht hat, ist er alles andere als ruhig. Er geht im Zimmer auf und ab; er reibt sich unablässig über die Wangen, die Augen, den Mund – ein sicheres Symptom für Blutdurst. Immer wieder blickt er zu mir herüber, wie ich im Bett liege.

Na, großartig. Jetzt hat er den typischen Fressflash nach dem Kiffen.

»Denk nicht einmal daran!«, warne ich ihn. Nur das Gras, das ich passiv inhaliert habe, verhindert, dass mir vor Panik ein Blutgefäß platzt.

»Ich kann sie riechen.« Jim deutet auf die Lüftungsklappe der

Klimaanlage oben in der Decke. »Die anderen trinken, überall. Nur ich nicht.« Er wischt sich die Handflächen an den Jeans ab. »Es ist genau wie damals, kurz bevor ich starb. Da habe ich versucht, mich vegetarisch zu ernähren, um ein Mädchen zu beeindrucken. Alle anderen um mich herum, sämtliche meiner Freunde, haben weiterhin Burger und Steaks gegessen.«

Jemand rüttelt am Türknauf, dreht ihn dann. Die Tür geht auf, und Lawrence steht auf der Schwelle, neben ihm eine kleine, dralle Rothaarige. Ich erkenne in ihr das Zigarettenmädchen von der Party im Erdgeschoss wieder.

Sie strahlt Jim an. »Zimmerservice?«

»Vielen Dank, Mann«, seufzt er in Lawrences Richtung. Mit einem Ruck zieht Jim die Frau ins Zimmer und hinüber zum Bett.

»He, verdammt!« Mit einem Satz aus dem Bett sorge ich dafür, dass ich den beiden nicht im Weg bin. Ich suche wieder Schutz in der mir schon vertrauten Zimmerecke. Lawrence schenkt mir ein wölfisches Grinsen auf seinem Weg hinaus.

Das Zimmer füllt sich mit Lauten des Schmerzes und der Lust. Auf allen vieren krieche ich zum Radio hinüber und drehe die Lautstärke auf. Dann lege ich mich auf den Boden gleich neben den Lautsprecher, nutze meinen Arm als hartes Kopfkissen.

Shanes Stimme ist die Rettungsleine, an der ich mich festklammere, mein Lebensretter. Um mich herum gibt es sonst nur den Geruch und die Laute von Sex und Blutzoll. Shane scheint zu wissen, dass ich zuhöre. Denn er legt jeden seiner »letzten« Songs auf, die er immer am Ende seiner Sendung für mich gespielt hat. Über zwanzig Lieder sind es, alle aus den späten Achtzigern und frühen Neunzigern. Den Anfang macht *Hard to Handle*. Und ich bekomme ein weiteres Mal *I'm No Angel* von Greg Allman zu hören, Matthew Sweets *Girlfriend* und *Low* von den Crackers.

Mitten in Springsteens *Human Touch* herrscht plötzlich Ruhe im Raum. Die Tür geht auf. Ich werde aus meinem musikalischen Zufluchtsort gerissen.

Lawrence kommt herein und hebt das halb bewusstlose Mädchen vom Bett. Als er mit seiner Last das Zimmer verlässt, tritt Gideon, dieses Mal ohne Begleitung, herein.

Ich springe auf und flüchte mich auf die andere Seite des Bettes, als ob Jim – nackt, bekifft und übersättigt wie er ist – mich irgendwie beschützen könnte.

Gideon schließt die Tür hinter sich. »Setz dich.«

Sein Willen greift nach mir wie eine Hand. Ich setze mich aufs Bett und bedecke Jims Blöße mit der blutbefleckten Decke. Der rührt sich und dreht sich zur anderen Seite. Seine Augen bewegen sich hinter den geschlossenen Lidern. Offenkundig die REM-Phase seines Schlafes. So viel also zu meinem Ritter in der Batik-Rüstung.

Gideon hat sich auf der anderen Seite des Bettes niedergelassen. Ausnahmsweise versucht er gerade nicht, mich mittels seiner physischen Präsenz zu beeinflussen. Ich reibe mir die Arme, um die Kälte zu vertreiben, die von ihm ausgeht.

»Gib es schon zu«, sagt er. »Wir faszinieren dich.«

Ich bin nicht in der Lage, gleichzeitig zu sprechen und ihn anzusehen. Momentan jedoch hält er meinen Blick mit dem seinen gefangen. Diesem dunklen Blick entkommt man nicht.

Er grunzt und fährt fort: »Du würdest nicht für den Sender arbeiten, wenn wir für dich nicht eine Art Faszinosum wären. Hast du dich denn noch gar nicht gefragt, wie es wäre, eine von uns zu sein?« Er hebt drohend einen Finger. »Ehe du antwortest, solltest du wissen, dass ich eine Lüge noch besser von der Wahrheit unterscheiden kann als du.«

Ja, klar. Er kann schließlich meinen Herzschlag hören. Wahrscheinlich spürt er jede Schwankung meiner Körpertemperatur.

Ich räuspere mich und wende den Blick ab. »Klar habe ich mich das gefragt. Jeder tut das, selbst Leute, die überhaupt nicht an Vampire glauben.« Mit einiger Anstrengung kann ich ihm ins Gesicht sehen, wenn auch nicht in die Augen. »Aber ich beneide euch nicht. Ich mag den Sonnenschein, ich mag Essen. Außerdem möchte ich nicht meine Freunde und meine Familienangehörigen überleben.«

»Familienangehörigen?« Sein Blick gewinnt plötzlich an Schärfe. »Du stehst deiner Familie nahe?«

»Momentan nicht so sehr. Aber vielleicht eines Tages wieder. Wenn ich ein Vampir wäre, müsste ich sie für immer verlassen.«

»Nein.« Er steht auf und geht langsam auf und ab. »Mein Vater war ein Vampir. Statt uns Kinder im Stich zu lassen, hat er jeden von uns im Alter von dreiunddreißig Jahren verwandelt. Bei mir geschah das 1918.« Er streicht die braune Nadelstreifenweste glatt und mustert sie, als wäre sie ein Fenster in die Vergangenheit. »Im selben Jahr, allerdings einen Monat später, habe ich meinen Sohn verwandelt. Er hatte sich mit der Spanischen Grippe angesteckt und stand bereits nach einem Tag an der Schwelle des Todes. Die Entscheidung ist mir nicht schwergefallen. Er war erst fünfzehn; er hatte sein ganzes Leben noch vor sich.«

»Lebt dein Sohn hier mit dir auf der Ranch?«

Gideon lässt die Hände in den Hosentaschen verschwinden und betrachtet eingehend den Boden. »Er war immer ein widerspenstiges Kind, besonders aber nach seinem Tod. Ich habe versucht ihm beizubringen, dass er sich besser von Menschen fernhält. Über einige Jahrzehnte hinweg blieb er auch an meiner Seite, obwohl ihm das nicht sonderlich genehm war. Vor zehn Jahren dann hat er mich verlassen. Er ist nach Westen gegangen und hat Menschen gejagt, egal wen, wie ein tollwütiges Tier.«

Gideon dreht die Lautstärke des Radios so weit hinunter, dass fast nichts mehr zu hören ist. »Ich traf mit der Liga eine Übereinkunft, dass man ihn im Falle seiner Gefangennahme hierher zu mir brächte, wo ich mich seiner annehmen würde. Im Tausch dafür erlaubte ich der Liga, die Anlage hier einer Inspektion zu unterziehen. Sie sollte sich davon überzeugen, dass ich Menschen keinen Schaden zufüge.«

Gideon ballt die Hände in den Hosentaschen zu Fäusten. »Natürlich haben mich diese rückgratlosen Verräter aufs Kreuz gelegt. Einer ihrer Agenten hat Antoine in Memphis einen Pflock ins Herz gestoßen.«

Antoine? Mein Herz schlägt mit einem Mal heftiger. Memphis? David hat mir erzählt, Elizabeths Blutvater sei in Menschenjahren gerechnet noch ein Teenager gewesen. Aber das konnte doch nicht sein …

Gideon bleibt stehen. Er mustert mich genau. Dann aber nimmt er seine Wanderung durchs Zimmer wieder auf. »Sie haben behauptet, es sei ein abtrünniger Agent gewesen, der gegen ausdrücklichen Befehl gehandelt habe. Aber man war nicht bereit, mir den Namen des Mannes zu nennen. Ich konnte die Geschichte also nie nachprüfen. Ich hatte keine andere Wahl, als es für einen befohlenen Mord zu halten.« Er bleibt abrupt stehen und blickt mich an. »Jetzt weißt du, warum ich Elizabeth gepfählt habe, aus welchem Grund ich sie hierhergelockt habe.«

Er weiß, wer sie war. Er hat seine eigene … nun, was?, Enkeltochter mit einem Pflock durchbohrt?

Ich bemühe mich ruhig zu bleiben, versuche zu bluffen. »Ich dachte, du hast uns hierherbestellt, um den Sender zu bedrohen, bis er in der Anonymität verschwindet.« Ich habe solche Angst, dass sich meine Zunge bei dem Wort ›Anonymität‹ verhaspelt und es wie ›Animimität‹ klingt.

»Das auch. Ich habe eurem dummen und gefährlichen Werbefeldzug ein Ende gesetzt und Antoines Tod gerächt. Man könnte sagen, ich habe zwei Fliegen mit einem Pflock geschlagen.«

Ich senke den Blick, meine Gedanken rasen. Also hat er Elizabeth umgebracht, weil sie eine Liga-Agentin war, nicht wegen ihrer Verbindung zu seinem Sohn. Davon scheint er tatsächlich nichts zu ahnen.

Aber er könnte es herausfinden. Ich muss also unbedingt David warnen. Elizabeth und er wären nicht hierhergekommen, wenn sie gewusst hätten, dass Gideon der Blutvater von Elizabeths Blutvater war. Jemand ziemlich weit oben in der Liga muss sorglos geworden sein oder arrogant. Oder beides.

»Einen Penny für deine Gedanken«, sagt Gideon sanft.

Ich zittere und blicke weiter auf den Boden vor meinen Füßen. »Ich dachte nur gerade, dass ich nicht gewusst habe, wie dramatisch ein Vampirleben sein kann. Was Anthony zugestoßen ist, ist schrecklich.«

»Antoine.«

»Oh. Ja. Verzeihung.«

Gideons Schweigen scheint sämtliche Luft aus dem Raum zu saugen. Er kommt auf mich zu; er kommt näher und näher, bis seine Schuhe in mein Blickfeld geraten. Er ist jetzt keine Armeslänge mehr von mir entfernt.

Als er zu sprechen beginnt, klingt seine Stimme leise und sanft. »Heute wirst du erfahren, dass wir mit einigen wenigen Ausnahmen keine Monster sind. Vielleicht wirst du dich dann zum Bleiben entschließen.« Als ich nicht antworte, geht er in Richtung Tür davon. »Aber, Ciara – solltest du Fluchtgedanken hegen, bedenke eines: Wenn ich dich bei Sonnenuntergang nicht in deinem Zimmer finde, wird dein Gentleman und Freund hier gepfählt. Ganz langsam. Genieße den Tag.«

Kaum dass die Tür ins Schloss fällt und abgesperrt wird, setzt sich Jim kerzengerade im Bett auf.

Ich schreie vor Schreck auf und verschlucke mich beinahe an meinem eigenen Atem. »Ich dachte, du würdest schlafen.«

»Ich habe es vorgetäuscht, um das Überraschungsmoment nicht zu verlieren.«

»Es hat funktioniert. Jedenfalls bei mir.«

»Im Übrigen war dieses Mädchen dermaßen zugekokst, dass ich vielleicht nie wieder schlafen kann.« Mit zittrigen Händen fährt er sich durch die Locken. »Wir stecken in der Scheiße, oder?«

»Glaubst du, Gideon weiß, wer seinen Sohn umgebracht hat?«

»Nein, aber dass dein Puls bei der Erwähnung von Antoines Namen durchgedreht ist, könnte ihn misstrauisch gemacht haben.«

»Dagegen konnte ich nichts tun. Was sollen wir denn jetzt nur machen?«

Jim schaut sich suchend um. »Als Erstes sollten wir meine Hose finden.«

Ich angele sie aus einer Ecke. Während Jim in die Jeans steigt, mache ich mich auf die Suche nach seinem T-Shirt. Endlich entdecke ich es unter dem Bett – eines von den WVMP – das Herzblut des Rock 'n' Roll-Shirts.

»Wir müssen den Verkauf von den Dingern stoppen.« Ich reiche es Jim, der gerade den Reißverschluss der Jeans hochzieht. »T-Shirts, Auto-Aufkleber – alles vorbei.«

»Aber jetzt, wo Elizabeth tot ist, kann sie den Sender ja auch nicht mehr an Skywave verkaufen.« Jim zieht sich das T-Shirt über den Kopf. »Richtig?«

Mein Magen plumpst hinunter bis in die unmittelbare Nähe meiner Kniekehlen. »Elizabeth hat uns auf der Fahrt hierher gesagt, sie wolle gar nicht mehr verkaufen.«

»Hat sie das Skywave auch schon gesagt?«

»Ich bezweifele, dass sie die Chance dazu hatte. Es klang so, als sei sie gerade erst an dem Abend zu diesem Entschluss gekommen.« Ich sinke aufs Bett und schlage die Hände vors Gesicht. »Wenn sie keine direkten Erben hat, wird der Sender liquidiert und alle Vermögenswerte, sämtliche Aktivposten kommen zur Versteigerung.«

Shanes Stimme ist aus dem Radio zu hören. »Es ist Dienstag

Früh, fünf Uhr vierundfünfzig. Dank an alle, die angerufen haben, um uns zu unterstützen …«

»Liquidiert?«, fragt Jim mich. »Du meinst, der Sender wird …«

»… zu Bargeld gemacht, ja. Aber warte kurz, ich möchte das gern hören.« Ich gehe zum Radio hinüber und drehe die Lautstärke auf.

»… nach WVMP-Merchandise gefragt haben«, fährt Shane fort. »Tut uns leid, aber wir verkaufen nichts mehr. Also haltet fest, was ihr von dem Zeug habt. Ihr besitzt damit jetzt ein paar schöne Sammlerstücke.«

Jim packt mich an der Schulter. »Der Sender wird stückweise verkauft? Wie ein altes Auto, das man ausschlachtet?«

»So ungefähr.«

Jim flucht und geht wieder im Zimmer auf und ab. Ich beuge mich näher an den Radiolautsprecher heran, um Shanes Stimme auch über Jims Gemurmel noch zu verstehen.

»… eine offizielle Presseerklärung irgendwann später am heutigen Tag. Dann werden Details zu dem bestürzenden Vorfall genannt, der uns zu dem Entschluss gebracht hat, die Werbekampagne zu beenden. Also haltet in den Abendnachrichten nach unseren hübschen Gesichtern Ausschau.«

»All die Jahre, die ich da reingesteckt habe«, macht Jim seinem Ärger Luft. »Ich bin doch nicht nur ein verdammter Aktivposten!«

Ich drehe mich um, um ihm direkt ins Gesicht zu sehen. »Du bist sogar weniger als ein Aktivposten. Du bist nur ein Angestellter. Und könntest du bitte für zwei Sekunden die Klappe halten?«

Jim wettert immer lauter. Ich halte ein Ohr ganz nah an den Lautsprecher und halte mir das andere zu.

»Dieser letzte Song ist für die unter euch, die den herbeidämmernden Tag erwarten und sich fragen, ob dies unser letzter

Sonnenaufgang sein könnte. Das kenne ich, das habe ich schon wer weiß wie oft erlebt. Eltern, Prediger und Politiker denken immer, für die Jugend sei Rockmusik die Quelle jedweder Verzweiflung. Sie begreifen nicht, dass die Musik nur ein Spiegel ist. Sie vergessen außerdem, dass die Musik auch eine Quelle der Hoffnung sein kann, ein Grund, um am Leben zu bleiben.«

»Ich muss hier raus!« Jim rüttelt am Türknauf, dann hämmert er gegen das massive Holz des Türblatts. »He da, macht die Tür auf, verdammt!«

Ich halte das Ohr gegen den Lautsprecher gedrückt. Was, wenn das mein letzter ›letzter Song‹ ist? Ich denke daran, wie ich gestern Nacht in Shanes Armen eingeschlafen bin, und mit einem Mal habe ich nichts als Wut im Bauch. Wenn ich draufgehe und hatte nie Sex mit dem heißesten Freund, den ich je hatte, dann werde ich so was von angepisst sein!

Jim rammt die Faust gegen die Tür, dann die Schulter. Ich schließe die Augen und nehme die Stimme aus der Ferne in mir auf wie den Atem zum Leben.

»… Musik hat die wohl größte Energie der Welt. Ich hoffe, sie kann euch Kraft geben. Guten Morgen und …«

Jim packt das Radio, reißt dabei den Stecker aus der Steckdose und wirft den ganzen Kasten gegen die Tür. Das Radio zerlegt sich in seine Einzelteile; die Tür bleibt unbeeindruckt.

Ich starre auf die verstummten Stücke dessen, was eben noch die Rettungsleine war, die mich am Leben erhielt. »Du bist so ein Arschloch.«

Jim lässt seine Finger knacken und nickt. Er atmet jetzt ruhiger. »Aber ich bin ein Arschloch, das sich nun viel besser fühlt.«

»Hättest du nicht noch zehn Sekunden warten können?«

»'tschuldigung.« Er seufzt und lässt sich schwer aufs Bett fallen. »Weißt du, es ist gar nicht so schlimm. Also ein Vampir zu sein. Eigentlich ist's sogar 'ne ziemliche Schau.«

»War es Absicht bei dir? Vampir zu werden, meine ich.«

Er starrt an die Decke. »Schwer zu sagen. Es ist irgendwie passiert. Ich hab mich einfach nur treiben lassen, verstehst du?«

»An was erinnerst du dich?«

»Ich erinnere mich daran, dass die Doors auf der Bühne waren und spielten. Hat das ganze Konzert gedauert, bis ich tot war. Sie haben sich Zeit gelassen. Haben sich abgewechselt.«

»Die Doors?« Wer hätte das gedacht …

»Nein, die Vampire.«

Ich lege die Finger um das jeweilige andere Handgelenk und fühle meinen Puls. »Wie fühlt sich das an zu sterben?«

»Für mich war's total psychedelisch. Aber wahrscheinlich ist es nicht anders als bei jedem anderen Trip: Man bekommt das raus, was man reinsteckt. Ich meine: rein spirituell gesehen.« Jims Miene ist unergründlich. »Wenn's passiert, sorge ich dafür, dass es dir nicht wehtut.«

Ich lache auf; das Lachen klingt bitter. »Nicht wehtut. Nur tötet, schon klar.« Jim wirkt ehrlich betroffen. Also füge ich hinzu: »Aber danke, dass du bei mir geblieben bist und bleiben willst.«

Er winkt ab. »Das, was du unten in Gideons Höhle zu ihm gesagt hast – dass wir alle Menschen sind … war das ernst gemeint, oder war das nur Gerede?«

»Ich hab's ernst gemeint. Aber nach dem, was mit Elizabeth passiert ist, weiß ich nicht mehr, was stimmt und was nicht. Vielleicht hab ich mir umsonst den Arsch abgearbeitet.«

Diese Formulierung scheint Jim zu verwirren. »Na egal, jedenfalls danke dafür, dass du dich für uns eingesetzt hast.« Einen Augenblick hält er nachdenklich inne, dann funkelt er mich unter zusammengezogenen Augenbrauen an. »Dann bist du in Wahrheit also gar keine lausige Pokerspielerin?«

23

You Can't Lose What You Ain't Never Had

»Willkommen in Gideons Refugium! Du musst Ciara sein. Ich bin Ned. Ned Amberson. Willkommen in Gideons Refugium! Hatte ich das schon gesagt? Dann, weil du hier wirklich willkommen bist.«

Der kahlköpfige junge Mann mit den saphirblauen Augen schüttelt mir unentwegt die Hand. Sein fester Griff zeugt von Selbstbewusstsein, ist warm und daher hundert Pro menschlich. Lawrence steht mit dem Kahlkopf vor der Tür zu Jims und meinem Zimmer.

»Genau die richtige Zeit für einen kleinen Rundgang!« Ned gibt mir mit einer Geste zu verstehen, in den Gang voranzugehen. Derweil versetzt Lawrence Jim einen Stoß, der ihn zurück ins Zimmer befördert. Die Bewegung hat die arrogante Beiläufigkeit eines Türstehers, der einen nicht genug aufgestylten Kunden abwehrt. Dann schließt er die Tür ab, und die Proteste des jüngeren Vampirs sind nur noch gedämpft zu hören.

Ned plaudert fröhlich weiter, während wir an einer Reihe verschlossener Türen vorbeigehen. »Ich habe schon so viel über dich gehört. Ich bin überzeugt, du passt wunderbar zu uns. Und – was hast du so gemacht, ehe du hierhergekommen bist?«

Er redet, als wäre mein Beitritt zu dieser Gemeinde schon abgemacht. Typische Verkäufertaktik: Immer so tun, als ob der Kunde das Produkt bereits gekauft hat – und zuerst die Wahl hatte. Ich werfe einen Blick über die Schulter und sehe Lawrence uns im Abstand von wenigen Schritten folgen.

»Oh, keine Sorge«, meint Ned aufgeräumt. »Er wird uns nicht

überallhin folgen können. Die Sonne ist schon lange aufgegangen. Hier, möglicherweise möchtest du gern einen Abstecher hier hinein machen.« Er bringt mich zu einer Tür mit dem vertrauten Zeichen für Damen. Dankbar schlüpfe ich hinein.

Als ich wieder herauskomme, beginnt Ned seine Führung. Er geht rückwärts, während er spricht. »In diesem Stockwerk befinden sich, wie du ja schon weißt, unsere Gästezimmer. Singles auf der Westseite …«, er deutet hinter sich, »Paare und Familien auf der Ostseite.«

»Familien?«

»Kinder sind willkommen, ebenso Haustiere, jedenfalls solange sie keinen Ärger machen.«

»Die Haustiere oder die Kinder?«

Ohne auf meine Frage zu antworten, öffnet er eine Tür auf der linken Seite des Ganges. »Über ein Punktesystem können sich unsere Gäste nach und nach immer hübschere Zimmer erarbeiten.«

Ich werfe einen Blick in einen Raum, der so geschmackvoll eingerichtet ist wie eine Hotelsuite in einer Vier-Sterne-Unterkunft – verglichen mit dem Rattenloch, in dem Jim und ich momentan hausen. »Was meinst du mit Punktesystem?«

»Punkte für die Nahrung, die wir anbieten, ebenso für alle anderen Dienstleistungen wie saubere Wäsche, geputzte Zimmer, gepflegte Außenanlagen und Kinderbetreuung.«

»Klingt nach einer Kommune.« Oder einem Gefängnis. Ich frage mich, wer von den so genannten Gästen Nummernschilder stanzen darf.

Ned nickt, als hätte ich etwas besonders Tiefgründiges von mir gegeben. »Ja, genau, es ähnelt einer Kommune ungemein! Die Gäste unterstützen einander und unterstützen die Vampire im Tausch gegen ein Heim und ein Leben, das einen Sinn besitzt.«

Ich trete aus der Suite wieder hinaus auf den breiten Korridor. »Können die Gäste gesammelte Punkte auch wieder verlieren?«

Neds Fassade der Heiterkeit scheint einen Lidschlag lang zu schwanken. »Aber ja doch«, erwidert er. »Manche brauchen eben Zuckerbrot, andere die Peitsche.«

Mir schießt die Frage durch den Kopf, was wohl passiert, wenn jemandes Punktestand unter Null rutscht. Ich entschließe mich, mir die Frage zu sparen. Wenn ich diesen Ned auf meine Seite ziehen kann, kommt er vielleicht mit mehr Infos rüber – vielleicht mit etwas, das es mir ermöglicht, uns aus der Scheiße hier herauszuholen.

Wir gelangen an die Treppe. Zu meiner Erleichterung geht es nach oben, nicht nach unten. Aber Lawrence ist immer noch hinter uns.

»Wo schlafen denn die Vampire tagsüber?«, frage ich Ned.

»Im untersten Geschoss. Das ist aber nicht Teil dieser Führung.«

Am Treppenkopf angelangt, liegt das weitläufige Erdgeschoss vor uns. Auf einem kuschelig-kleinen Sofa rekelt sich ein Typ in meinem Alter in den Armen einer älteren Frau mit knallrot angemalten Lippen.

»Wir gehen weiter«, instruiert mich Ned. »Hier gibt's gerade einen kleinen Snack vor dem Zubettgehen.«

Die Frau beugt sich zum Hals des jungen Mannes hinunter. Erst da geht mir auf, dass es kein Lippenstift ist, der ihr die Lippen so rot färbt. Anstatt zu schreien, sitzt der Typ einfach nur da und schaut sich den allmorgendlichen Live-Talk *Regis and Kelly* auf dem Schwarz-Weiß-Gerät vor ihm an. Der Typ könnte genauso gut Blutspender beim Roten Kreuz sein.

Ned und ich steigen in den ersten Stock hinauf. Dieses Mal bleibt Lawrence am Fuß der Treppe zurück. Ich kann gerade noch beobachten, wie er mit ausgefahrenen Fangzähnen auf das kleine Sofa zugeht.

Ned hat es, mit mir im Schlepptau, plötzlich sehr eilig, die Treppe hinaufzukommen. Kurz bevor die nächste Tür hinter uns zufällt, höre ich Schreie aus dem Wohnzimmer im Erdgeschoss kommen.

Mir stellen sich die Nackenhaare auf. »Was war denn das?«

Ned zuckt mit den Schultern. »Mit dem Rang wachsen eben die Privilegien. Wie wär's mit Frühstück? Iss doch ruhig noch was, solange du es noch genießen kannst.«

Mein Magen rebelliert, was mir verrät, dass die letzte Mahlzeit, die ich genießen konnte, schon lange hinter mir liegt.

Ned führt mich in eine helle Küche. An der Theke sitzen eine Frau in den Dreißigern und ein Junge im Teenie-Alter beim Frühstück. Beide beobachten mich mit besorgten Mienen. Dann nehmen sie ihre Teller und verziehen sich auf die rückseitige Veranda.

»Keine Sorge, die Leute hier werden dich freundlicher aufnehmen, sobald du zu bleiben entschlossen bist. Nicht, dass sie dann noch eine Wahl hätten.« Mit übertrieben schwungvoller Geste öffnet Ned den Kühlschrank. Einen Kühlschrank, der so mit Nahrungsmitteln vollgestopft gewesen ist, habe ich seit dem Jahrtausendwechsel nicht mehr gesehen. Das war beim letzten Thanksgiving, das ich bei meinen Pflegeeltern verbracht habe. »Das meiste an Obst und Gemüse bauen wir selbst an«, erklärt mir Ned. »Auf diese Weise lassen sich die Fahrten zu einem der rund um die Uhr geöffneten Supermärkte unten in Frederick auf ein erträgliches Maß reduzieren. Die Vampire eskortieren uns nämlich, wann immer wir das Refugium verlassen.« Halb geht, halb schlittert er hinüber zur Theke und zieht eine Stoffserviette von einer großen Servierplatte. »Wir backen sogar unser eigenes Brot.«

Auf der Platte stapeln sich, sicher einen halben Meter hoch, Bagels. Ned greift sich einen und zerteilt ihn mit den Fingern in eine obere und eine untere Hälfte. Aha, gibt wohl keine Messer hier. Mir drängt sich sofort die Frage nach dem Grund auf: um Selbstmorde oder Morde zu verhindern? Oder beides? Ned trägt sein blaues Polohemd nicht in die Hose gesteckt. Daher kann ich nicht sagen, ob auch Gürtel verboten sind.

Ned mustert mich, während er noch mit dem Bagel beschäftigt ist. »Ich merke, dass sich die rechte Begeisterung bei dir nicht einstellen will. Sage mir doch bitte, was dir Gedanken macht.«

»Okay, es ist dieses ganze Ein-Vampir-werden-Ding. Das ist eben nicht mein Wunsch, wenn du verstehst.«

»Noch nicht! Noch nicht dein Wunsch.« Er steckt die Bagel-Hälften in den Toaster. Die ausgefransten Risskanten verhindern, dass die Hälften wie gewünscht in den Toasterschlitz gleiten. Ned muss mit einem Holzlöffel nachhelfen. »Es ist ein Privileg, von Gideon verwandelt zu werden.«

»Ich bin dem letzten Vampir begegnet, den er verwandelt hat. Gideon wollte ihn verhungern lassen. Er hat ihn weggeworfen wie ein benutztes Papiertaschentuch.«

»Seine drei Leibwächter«, fährt Ned fort, als hätte ich nichts gesagt, »Lawrence, Wallace und Jacob. Alle drei seine Abkömmlinge.«

»Und?«

»Du hast es doch eben unten im Wohnzimmer miterlebt. Sie dürfen haben, wen immer sie wollen, wann immer sie wollen – jedenfalls soweit die Regeln es erlauben.«

»Auch Vampire haben Regeln?«

»Wenn sie die nicht hätten, würden sie schon sehr bald ohne die Möglichkeit, sich zu ernähren, dastehen.« Er zählt sie mir an seinen Fingern auf. »Die erste Regel lautet, uns gesund zu erhalten. Niemand darf von ein und demselben Gast mehr als einmal in vierzehn Tagen trinken. Während dieser zwei Wochen tragen wir ein Amulett, das die Vampire von uns fernhält.« Ned zieht ein goldenes Kreuz unter seinem Polohemd hervor. »Die Juden tragen einen Davidstern, die Moslems einen Halbmond. Wiccas – davon gibt's hier jede Menge – tragen ein Pentagramm.«

»Was machen Leute, die nicht religiös sind?«

Ned lacht. »Kennst du nicht das geflügelte Wort: ›Im Schützengraben gibt es keine Atheisten‹?« Er beginnt wieder mit seiner Aufzählung der Regeln in Gideons Refugium. »Zweitens: Nach Ablauf dieser zwei Wochen ist es möglich, sollte ein Gast sich noch nicht wohl genug fühlen, nach einer Einzelfallprüfung eine Fristverlängerung zu erwirken. Einer der Vampire hat zu seinen Lebzeiten als Arzt praktiziert.«

»Aber wenn man sie nicht trinken lässt, verliert man Punkte.«

Ein Brizzeln kommt aus Richtung des Toasters – der Bagel steckt fest. Ned beugt sich über ihn und rüttelt und wackelt am Hebel zum Versenken der Toastscheiben. Endlich springen die Bagelhälften heraus. Um den Rand herum sind sie verbrannt.

»Wie ich schon gesagt habe: Man erweist dir eine große Ehre. Viele von uns träumen davon, Vampire zu werden.« Ned legt die Bagelhälften auf einen Frühstücksteller und öffnet den Kühlschrank. »Es dauert eine ganze Weile, so viele Punkte zusammenzubekommen. In den fünf Jahren, die ich hier lebe, hat es jedenfalls noch niemand geschafft.«

»Darf ein Gast das Refugium verlassen, wann immer er möchte?«

»Normal oder mit Schnittlauch und Zwiebeln?«

»Hä?«

»Den Frischkäse.« Neds Kopf taucht über der Kühlschranktür auf. »Für deinen Bagel.«

»Ich möchte keinen Bagel.«

»Aber ich habe ihn extra für dich gemacht. Warum hast du mir nicht gesagt, dass du keinen möchtest?«

»Ich dachte, du machst ihn für dich.«

Ned wirkt gekränkt. »Das wäre ja absolut unhöflich.«

»Dürfen die Gäste nun gehen, wenn sie möchten oder nicht?«

»Aber selbstverständlich dürfen sie das.« Ned schließt die Kühlschranktür. »Aber niemand möchte das.« Er klatscht die flache Hand auf die Theke. »Jetzt weiß ich's! Wie wäre es mit einer schönen Tasse Kaffee? Wir haben eine wunderbare nicaraguanische Mischung da.«

»Ich möchte wirklich nichts, danke.«

»Oh, jetzt habe ich's begriffen!« Ned nimmt sich einen Kaffeebecher und schenkt sich eine Tasse Kaffee ein. »Du vermutest, es könnte Gift im Spiel sein.« Er nimmt einen großen Schluck und leckt sich dann die Lippen. »Hmm. Gekocht mit Wasser aus Flaschen – genau das macht den Unterschied. Besonders hier draußen in der Wildnis – man kann ja nie wissen, was sich im Brunnenwasser so alles ansammelt.«

Ich spähe durch die große Schiebetür hinaus auf die rückwärtige Veranda. Ich kann den Sonnenschein förmlich riechen.

»Lass uns doch kurz rausgehen.« Ned trägt seinen Kaffeebecher in Richtung Tür. »Könnte deine letzte Gelegenheit für ein Sonnenbad sein.« Von einem Garderobenhaken neben der Tür fischt Ned sich eine Baseball-Mütze von den Chicago White Sox herunter. »Eines der Dinge, die mir am besten daran gefallen, ein Vampir zu sein, ist, dass man nicht mehr über so etwas wie Hautkrebs auf der ungeschützten Kopfhaut nachdenken muss.« Ned setzt sich die Mütze auf und schiebt die Terrassentür auf.

Morgendliche Schwüle hüllt uns ein wie eine Decke, als wir auf die schmale Holzveranda treten. Die Frau und der Teenie aus der Küche sitzen an einem runden, weiß lackierten Tisch aus Schmiedeeisen. Sie vermeiden es, mich anzusehen. Aber ich kann spüren, wie sich mir ihre Blicke in den Rücken bohren, als ich hinunter in den großen Hinterhof trete.

»Ellie ist freundlicher.« Ned zeigt mit ausladender Geste zum Spielplatz hinüber. Dort ist eine junge Frau dabei, einem Jungen Hilfestellung zu geben, der sich am Klettergerüst entlanghangelt. »Du hast es geschafft!« Sie reißt ihn in eine Umarmung und setzt ihn dann auf dem Boden ab. Das orangefarbene T-Shirt des Jungen rutscht ihm hoch, als er am Körper der Frau hinunter auf den Boden gleitet. Ich kann nicht anders: Ich halte sofort Ausschau nach Bisswunden. »Jetzt geh und spiel ein bisschen im Sandkasten. Mommy muss sich mit Neddy unterhalten. Versuch bitte, dieses Mal keinen Sand in die Hose zu bekommen, ja?«

Ned stellt uns einander vor. Ellie schüttelt mir die Hand. »Ein Neuzugang?«

»Über Gideon«, sagt Ned zu Ellie. Die Betonung liegt auf dem Namen ihres spirituellen Führers. Dann wendet Ned sich an mich. »Du kannst Ellie alles fragen, was dir einfällt.«

Ich suche nach einer Frage, die diplomatisch erscheint, deren Beantwortung mir aber neues Wissen liefert. »Wie hast du den Weg in Gideons Refugium gefunden?«

»Ich war auf Sozialhilfe angewiesen.« Sie steckt eine blond gelockte Strähne wieder unter die Plastikhaarspange, die ihr den Pony aus dem Gesicht hält. »Um genau zu sein, stand ich kurz davor, keine Leistungen mehr zu bekommen. Aber ich konnte einfach keinen Job finden. Ich bin Blut spenden gegangen, um Geld für Lebensmittel zu kriegen. Dort haben mich Gideons Leute aufgelesen.« Lächelnd lässt sie den Blick über ihre Umgebung schweifen. »Jetzt habe ich ein Dach über dem Kopf und genug zu essen, einen Ort, an dem mein Kind sicher ist, und ein Ziel im Leben. Und kostenlose Hepatitis-Impfungen.«

»Ein Ziel im Leben? Vampire mit Blut zu versorgen bedeutet ein Ziel im Leben zu haben?«

»Teil einer Gemeinschaft zu sein ist es. Etwas zur Gemeinschaft beizutragen.«

Ned schlürft seinen Kaffee. »Ellie gibt den Kindern hier Hausunterricht.«

Meine Gedanken rotieren. »Ihr habt hier eine Schule?«

»Wir können doch die Kinder nicht wie kleine Wilde aufwachsen lassen«, meint Ellie mit einem Lachen. »Obwohl ihnen das bestimmt sehr viel mehr Spaß machen würde.« Ihr Blick wandert zu ihrem kleinen Jungen hinüber. »Trevor ist natürlich noch zu klein. Aber wir haben hier sechs schulfähige Kinder, von sieben bis vierzehn Jahren.«

»Was passiert, wenn sie groß sind, volljährig?«, will ich von Ellie wissen. »Werden sie dann … Gäste?« Ich blicke Ned an. Mit einem Mal bin ich es leid, meine Feindseligkeit zu verbergen. »Oder wartet Gideon nicht einmal so lange, um von ihnen zu trinken?«

Ned umfasst den Kaffeebecher mit beiden Händen. Die Geste wäre eines Predigers würdig. »Gideon respektiert in hohem Maße Familie und Familienbande.« Ned neigt den Kopf ein wenig zur Seite. »Er hat mir erzählt, er hätte mit dir über seinen Sohn Antoine gesprochen.«

Mir ist klar, dass Ned mir auf meine Frage keine Antwort gegeben hat. »Was hat das mit diesen Kindern zu tun?«

»Ciara.« Ellie hakt die Daumen in die Gürtelschlaufen ihrer Jeans und schenkt mir einen milden, gütigen Blick. »Es ist in Gideons ureigenem Interesse, dass wir bei Gesundheit bleiben und glücklich sind.«

»Weil ihr alle dann besser schmeckt. Wie Biohühnchen.«

Die beiden Gideonisten blinzeln nicht einmal. Sie lächeln, höchst ausdauernd. Allerdings hat ihr Lächeln jetzt etwas Mitleidiges.

»Du wirst das alles sicher bald verstehen«, meint Ned.

Ich wende mich ab, ehe mir noch so ein Kommentar herausrutscht.

Die Frau und der Teenie sitzen nicht mehr auf der Veranda. Aber ein großer, sehr dünner Mann steht hinter der Scheibe der Schiebetür. Rasch wendet er sich ab und zieht sich in die relative Dunkelheit des Hausinneren zurück. Mehr als einen Schopf dichtes, weißes Haar habe ich nicht erkennen können.

Ich drehe mich wieder zu Ned um. »Wer war denn das?«

Er schaut an mir vorbei auf die Veranda. Dann zuckt er mit den Schultern. »Ich habe niemanden gesehen.«

»Ich auch nicht«, setzt Ellie mit fester Stimme hinzu. »Könnte ein Geist gewesen sein.« Sie lacht. »Aber keine Sorge, die tun nichts. Geister stören hier niemanden, und schon gar nicht die Vampire.«

Ich starre zur Verandatür hinüber. Geist oder nicht – und ich setze mein ganzes Geld auf nicht –: irgendetwas an dem Typen, und ich habe keine Ahnung was, hat mir nicht gefallen.

Nach dem Mittagessen, das ich nicht gegessen habe, und dem surrealsten Badminton-Spiel der Welt, bei dem ich nicht mitgemacht habe, liefert mich Ned wieder in meinem Zimmer ab.

Jim, so stelle ich fest, schläft. Er liegt auf der Seite des Bettes, die zur Tür zeigt, hat mir also reichlich Platz auf der sicherer erscheinenden Seite gelassen. Dieser plötzliche Anfall von Ritterlichkeit weckt gleich mein Misstrauen. Aber ständig in Angst zu sein hat meine Batterien ziemlich erschöpft. Zumindest für ein paar Minuten, ehe ich mich wieder in meine Ecke zurückziehe, will ich mich auf dem Bett ausstrecken.

Sobald ich auf dem Rücken liege, spüre ich, wie meine Beine und Arme schwer werden und tief in die herrlich weiche Matratze einsinken. Mir fallen die Augen zu. Vielleicht nicht so schlecht. Wenn ich jetzt ein bisschen döse, dann bin ich gleich viel wacher und schneller auf dem Sprung, wenn's nötig …

Ich fahre aus dem Schlaf hoch und bemerke, dass Jim mich beobachtet. Er liegt auf der Seite, den einen Arm unter dem Kopf, den anderen angewinkelt. Mir gelingt es gerade noch, einen Schreckensschrei zu unterdrücken.

»Was ist?« Ich stelle die Frage so ruhig, wie es mir nur möglich ist.

»Ich habe nachgedacht.« Mit Daumen und Zeigefinger fährt er eine Falte in der Bettdecke genau zwischen ihm und mir entlang. Keinen Augenblick lässt er mich dabei aus den Augen.

»Wenn du schon ein Vampir werden sollst, könnte ich dich verwandeln. Gleich jetzt.«

Ich zwinge meine Muskeln, nicht einmal zu zucken. »Lass nur, ist nicht nötig. Echt.«

Er zieht die Augenbrauen zusammen. »Dir ist Gideon als Blutvater lieber als ich? Du wählst ihn vor mir?«

»Nein.« Wahrscheinlich nicht. »Ich wähle das Leben, so abgedroschen das klingen mag.«

»Aber was, wenn David den erforderlichen Beweis nicht erbringt oder Gideon nicht zufrieden damit ist?«

»Das riskiere ich.«

»Okay.« Für die Dauer eines Lidschlags senkt Jim den Blick. Aber noch ehe ich wegschauen kann, richtet er seinen Blick auch schon wieder auf mich, schlägt mich damit in seinen Bann. »Ich hab's schon mal gemacht, weißt du?«

»Wie oft?«

»Öfter, als ich zählen kann.«

Ich kämpfe darum, langsam und gleichmäßig zu atmen. »Haben alle es gewollt?«

Jims Blick wandert zu einem Blutfleck auf seinem Kissen. »Manchmal«, sagt er leise, »passiert's, wenn ich trinke, dass ich ein bisschen … zu gierig werde.« Er schweigt einen Moment lang, damit die letzten Worte Zeit haben, einen bleibenden Eindruck in meinem schockierten Verstand zu hinterlassen. »Dann bleibt mir nur eines – sie entweder zu verwandeln oder sterben zu lassen.«

»Und wofür entscheidest du dich in der Regel?«

»Für das, was sich richtig anfühlt.« Jim nimmt meinen Arm und dreht die blasse Unterseite nach oben. Am liebsten hätte ich meinen Arm weggerissen. Aber ich weiß nur zu gut aus meiner Erfahrung mit Shane, was es mir einbringt, wenn ich mich wehre.

»Lass das.«

Ich bin selbst überrascht, wie fest und bestimmt meine Stimme klingt. Jim lässt meinen Arm los, entschuldigt sich aber nicht.

Ohne ihn aus den Augen zu lassen, schlüpfe ich aus dem Bett.

»Was stimmt denn nicht?«, fragt er.

»Du machst mir Angst.«

Jim streckt das eine angewinkelte Bein aus, dorthin, wo ich eben noch gelegen habe. »Ich?«

Er gibt sich unschuldig und überrascht. Ich denke daran, dass Jim Morrison auf der Bühne stand und sang, während Jim zum Vampir wurde. Jetzt scheint echt der Geist des Lizard King durch ihn zu sprechen.

Gerade in diesem Augenblick geht die Tür auf. Noch nie zuvor war ich so froh, Lawrence zu sehen.

»Sechs-Uhr-Nachrichten«, verkündet er.

Lawrence lässt Jim und mich den Gang hinunter und dann eine Treppe tiefer ins erste Untergeschoss marschieren. Auf der Mattscheibe des Fernsehers flimmern noch Werbespots, als wir dort ankommen. Ned winkt mir von der anderen Seite des Raumes aus zu. Ich schaue mich nach dem weißhaarigen Mann um, den ich am Morgen hinter der Schiebetür gesehen habe. Aber soweit ich das beurteilen kann, sind Ned und ich die einzigen Menschen unter etwa einem Dutzend anderer Existenzen hier. Außer Lawrence haben sich vor dem Fernseher die Frau eingefunden, die sich heute Morgen auf dem schmalen Kuschelsofa an dem jungen Mann gütlich getan hat, und Gideons andere Leibwächter, Jacob und Wallace.

Aber wo ist …

»Guten Abend.«

Ich fahre zusammen. Gideon steht genau hinter mir. Er muss uns unmittelbar gefolgt sein.

»Ich hoffe, du hast dich ausgeruht«, sagt er.

Unter Aufbietung meiner ganzen Selbstbeherrschung vermeide ich, eingeschüchtert zu wirken, als ich ein paar Schritte zur Seite mache. Jim legt beschützend den Arm um mich, eine beinahe brüderliche Geste. Vor ein paar Minuten noch hätte mir seine Berührung glatt den Magen umgedreht. Aber verglichen mit dem Rest hier (Ned eingeschlossen) wirkt Jim richtig menschlich.

Die Werbung hört auf, und die Nachrichtensprecher wenden sich, statt weiter befreundet zu tun, dem Publikum an den Bildschirmen zu. Ich kneife die Augen zusammen, um auf dem winzigen Bildschirm die Blondine zur Linken zu erkennen, Monica Soundso, die die neuesten Meldungen verkündet:

»Sie haben vorgegeben, Vampire zu sein. Aber jetzt tanzen sie zu einer anderen Musik. Letzten Monat hat ein hiesiger Radiosender einen bisher einzigartigen Twist aufs Parkett respektive die Radiowelle gelegt. WVMP – das Herzblut des Rock 'n' Roll.« Bilder von Spencer, wie er während der Party im Smoking Pig Musik auflegt, werden eingeblendet, während Monica ihren Text bringt. »Die Moderatoren, die jeweils eine Musiksendung zu einem Jahrzehnt Popmusik betreuten, hatten behauptet, echte Vampire zu sein. Michelle Sims ist für uns live in Sherwood.«

Die erste Kameraeinstellung zeigt den WVMP-Sendeturm. Dieser Shot reicht schon, und ich habe einen Kloß im Hals. Die Kamera fährt den Sendeturm hinunter. Die nächste Einstellung zeigt die Korrespondentin, wie sie mit David vor dem Sender steht. »Danke, Monica. Ich stehe hier mit David Fetter, dem Geschäftsführer von WVMP. Mister Fetter, Sie haben sich entschlossen, den Vampir-Werberummel auf dem Höhepunkt der Kampagne zu beenden. Warum?«

David fokussiert die Fernsehreporterin. »Wir haben uns mit ein paar Fans auseinandersetzen müssen, die die Sache ein wenig zu ernst genommen haben. Wir wissen ihren Enthusiasmus durchaus zu schätzen. In dem Moment aber, als man unsere Moderatoren unablässig verfolgte oder sie gar mit Pflöcken bedrohte, fanden wir es an der Zeit, die Kampagne zu beenden. Sicherheit geht nun mal vor.« Trotz seines ironischen Lächelns spricht David mit schwacher, blecherner Stimme. Das liegt nicht nur am Lautsprecher dieses antiken Fernsehers. Es ist noch nicht ein ganzer Tag vergangen, seit er einen Pflock aus der Frau ziehen musste, die er geliebt hat.

Die Reporterin zeigt hinauf in den strahlend blauen Himmel über ihr.

»Können Sie denn den Beweis antreten, dass die Moderatoren von WVMP keine Vampire sind?« Sie grinst verschmitzt in die Kamera. »Wie wäre es, wenn Sie die DJs für ein Interview herausbitten würden?«

David schüttelt den Kopf. »Momentan sind alle mit Produktionsabläufen innerhalb des Senders beschäftigt. Ein Moderator hat sehr viel mehr Arbeit, als nur die paar Stunden Text während der Sendung ins Mikro zu sprechen.«

»Das Ganze würde nicht länger als eine Minute dauern. Wollen wir doch mal sehen, ob wir nicht einen der Herrschaften für ein Interview herauslocken können.« Ms. Sims winkt dem Kameramann, ihr zu folgen, während sie schon auf die Tür zusteuert.

Davids Miene verdüstert sich, hellt sich dann wieder auf und wirkt mit einem Mal durchtrieben. »Warten Sie!« Als Michelle Sims sich zu ihm umdreht, neigt er den Kopf in ihre Richtung, als wolle er ihr ein Geheimnis anvertrauen. »Wollen Sie die Wahrheit hören? Die volle Wahrheit?«

»Aber selbstverständlich!«, antwortet sie, und ihre Augen funkeln.

»Uns bedrohen keine Möchtegern-Vampir-Jäger, die Pflöcke schwingen. Die eigentliche Gefahr geht von einer rivalisierenden Vampir-Gang aus, die in einem Bunker in der Nähe von Camp David lebt. Diese Vampire glauben, unsere Werbekampagne bedrohe die Anonymität, die den Vampiren das Überleben ermöglicht.«

Mir fällt der Unterkiefer herunter, und mein Mund formt ein großes O, wie in *O Scheiße*. Ich wage nicht, zu Gideon hinüberzublicken.

Einen Sekundenbruchteil lang starrt die Reporterin David verständnislos an, dann gluckst sie vor Lachen. »Faszinierend!« Sie schneidet eine Grimasse in die Kamera. »Erzählen Sie uns mehr darüber.«

»Das kann ich leider nicht«, erwidert David, »nicht, ohne uns alle in Gefahr zu bringen. Glauben Sie mir, man sollte sich mit diesen Leuten besser nicht anlegen.«

David dreht sich um, um zu gehen. Für ihn ist das Interview zu Ende. Michelle packt ihn am Ärmel.

»Warten Sie, und was ist mit …«

»Kein Vampir-Geplauder mehr. Es hat Spaß gemacht, aber jetzt ist es an der Zeit, dass sie wieder in ihren Särgen verschwinden.« Er schenkt ihr ein affektiertes Lächeln und zwinkert ihr zu.

Ms. Sims lacht und wendet sich wieder der Kamera zu. »Da haben Sie es: Eine Vampir-Mafia hat ihr Hauptquartier gleich neben Camp David. Aus Sherwood für Sie: Michelle Sims.«

»Danke, Michelle.« Die Nachrichtenmoderatorin im Studio zieht die Augenbrauen hoch, als sie den Co-Moderator anblickt. »Fällt das nun in die Zuständigkeit des FBI oder des Secret Service?«

»Wohl eher in die des *National Enquirer* oder eines anderen Boulevardblättchens«, antwortet er ihr. Beide brechen in schallendes Gelächter aus. »Nun zum Wetter. Lassen Sie uns doch einen Blick auf die …«

Ned schaltet den Fernseher aus. Aller Augen ruhen auf Gideon. Er streicht sich übers Kinn und starrt auf den leeren grauen Bildschirm, als ob er von dort noch Antworten erwarte.

Ich räuspere mich und bereite mich auf einen raschen Rückzug vor. »Nun, das war ein guter Witz.«

Schnell wie eine Kobra hat mich Gideon im Nacken gepackt und reißt mich an sich. Jim will ihn daran hindern, aber Wallace und Jacob halten ihn an den Armen fest.

Gideon hebt mich hoch, bis ich nur noch mit den Zehenspitzen den Boden berühre. Meine Knie verwandeln sich in Wackelpudding, und nur mein Zustand der Dehydrierung rettet mich davor, die Kontrolle über meine Blase zu verlieren.

Gideon drückt mir sanft einen Finger auf die Lippen. »Still jetzt«, raunt er mir zu, »ich denke nach.«

Er beginnt im Raum auf und ab zu gehen, zieht mich dabei mit sich. Ich will auf gar keinen Fall stolpern, aus Angst, er könne mich dann hochreißen und mir dabei das Genick brechen.

»Entweder ist es dumm oder brillant«, murmelt Gideon. »Aber was genau? Vielleicht beides. Sie haben gelacht, sie haben alle gelacht. Aber das haben sie schon immer getan. Und selbst wenn neunundneunzig lachen, könnte der Hundertste neugierig werden und nachsehen wollen …«

Keiner von Gideons Handlangern gibt seinen Senf zu den Überlegungen ihres Meisters hinzu. Gideon hat sich mit Ja-Sagern umgeben. Wenn er mich zum Vampir macht, werde dann auch ich eine seiner blinden Gefolgsleute?

Gideon murmelt immer noch vor sich hin. In meinem Nacken staut sich unter seinem harten Griff pulsierend das Blut. Ich spüre, wie er mit jedem Schritt wütender wird, mit jedem unverständlichen Wort, das er vor sich hinmurmelt. Seine Bewegungen werden eckiger; das Schritttempo zieht an. Er zerrt mich hinter sich her, bis ich rennen muss, damit mir der Kopf nicht vom Rumpf gerissen wird.

Plötzlich bleibt er stehen und blickt mich an. Nein, er blickt mich nicht an, er blickt in mich hinein. Der Blick aus seinen schwarzen Augen heftet sich zuerst an meine Schläfen, wandert hinunter zu meinem Hals und von dort bis zu meinem Brustkorb, dort, wo das Herz sitzt. Es ist genau wie damals, als Regina mit ihrem Fingernagel den Verlauf von Loris Adern nachgezeichnet hat. Meine Adern scheinen sich unter Gideons kaltem Blick zusammenzuziehen, als ob sie wüssten, dass man sich gleich an ihnen vergehen wird.

Ich bin Beute.

Gideon wiegt sich sacht im Rhythmus meines Herzschlags. Ganz langsam zieht er mich näher zu sich heran. Mit seiner großen Pranke drückt er meinen Kopf zur Seite; mein Halsansatz ist ihm jetzt bestens zugänglich. Mit trockenem Mund bringe ich ein leises »Nein!« heraus.

»Schscht.« Als er das sagt, kann ich seine Fangzähne aufblitzen sehen. »Es tut viel weniger weh, wenn man sich nicht dagegen wehrt.«

Mit den Lippen streift er über die Haut gleich unter meinem Ohr. Mich regiert jetzt allein der Instinkt, und ich stemme mich gegen Gideon. Es hat etwa so viel Erfolg wie der Versuch, ein großes Zugpferd von der Stelle zu bewegen, das nicht weiter will. Mit der freien Hand umfasst Gideon meine Taille und presst mir den Brustkorb ab.

»Halt still«, raunt er mir noch einmal zu.

Mein Körper gehorcht. Mein Verstand hingegen schreit tausendfach lautlosen Protest. Ich werde sterben. Jetzt. Ich denke an Shane, an meine Eltern und an Lori. Je eine Träne kullert mir die Wange hinab.

»Nein, nicht!«, brüllt Jim. Ich höre, was hinter mir geschieht, dass er sich freizukämpfen versucht.

»Noch eine Bewegung«, knurrt Lawrence Jim an, »und dich durchbohrt ein Pflock!«

Gideons Zunge leckt mir über den Hals, eine Schlange, die ihre Beute riecht. Auf halbem Weg hält die Zunge inne. Die Hitze seines Atems sehnt sich nach der Hitze meines Blutes, das Fleisch dazwischen Opfer der Feuersbrunst. An der Haut spüre ich, wie Gideon den Mund weit öffnet.

»Ähm, Meister?«, sagt eine dünne, aber dennoch klare Stimme hinter mir.

Gideon packt meinen Nacken fester. »Ja, Ned?«, zischt er.

»Fühlt Euch bitte ganz frei, mich zu korrigieren, aber vielleicht hilft es, einen genaueren Blick auf das Gesamtbild zu werfen – wie heißt es: ›Nicht das Ziel aus den Augen zu verlieren‹.«

Gideon steht reglos wie ein Fels. »Erkläre dich! Präzise und kurz.«

»Bitte ruft Euch noch einmal ins Gedächtnis, welches Ziel für Euch am Wichtigsten ist und was Ihr vorhabt zu tun, um dorthin zu gelangen. Wird da das Mädchen zu töten nicht die Wahl der Mittel verkomplizieren und schlussendlich sogar den Endzweck in Frage stellen?«

Gideons Finger zucken. Sie schließen sich enger um meinen Hals, um meinen Oberkörper. Schmerzerfüllt verziehe ich das Gesicht, als mein Fleisch zwischen meinen und seinen Knochen eingequetscht wird. Meine Rippen stehen kurz davor zu brechen.

Gideon knurrt wie ein wildes Tier und lässt mich einfach fallen. Ich schaffe es kaum, die Hände schützend vors Gesicht zu halten, ehe ich auf dem Boden aufschlage. Rückwärts auf allen vieren krieche ich fort von meinem Peiniger, hastig, will nur weg von ihm – obwohl ich nirgendwohin kann.

Jemand greift nach mir. Ich schlage um mich, aber Jim bekommt mich zu fassen. Er hilft mir auf die Füße, stellt sich zwischen mich und die anderen Vampire.

Gideon steuert auf Ned zu. Anstatt eingeschüchtert vor ihm zurückzuweichen, strahlt Ned den Vampir an, als käme der Papst auf Stippvisite bei ihm vorbei.

»Bring mir Ersatz«, grollt Gideon. »Sofort!«

Ned fischt das Kreuz unter seinem Hemd hervor. Gideon zögert. Ned zerrt an der Kette, will sich das Kreuz vom Hals reißen, tut es. Gideon nickt, packt Ned bei den Schultern und zieht ihn zur Treppe.

Ehe er die erste Stufe hinuntergeht, dreht sich der alte Vampir zu mir um. »Du glaubst, du seist auf der Suche nach Antworten.« Der Blick, mit dem er mich bedenkt, lässt mir das Blut gefrieren. »Glaube mir besser: Du willst diese Antworten nicht.«

Während Ned sich mit glückseligem Lächeln auf dem Gesicht mitschleppen lässt, wirft er sein Kreuz in meine Richtung. Es ist ein Reflex, aber ich strecke mich und fange es auf, ehe es Jim treffen kann.

Ein paar Sekunden später folgen die anderen Gideon und Ned. Nur Lawrence bleibt zurück. Er sitzt auf dem Sofa und schlägt eine alte Ausgabe des Life Magazine auf.

»Warum hat Gideon mich gehen lasen?«, frage ich ihn. Mein Mund ist trockener denn je.

»Du hast gehört, was er gesagt hat.« Ohne mich anzusehen blättert Lawrence die Seite um. »Manche Wahrheiten kennt man besser nicht.«

Das glaube ich gern, und ich bin auch nicht gewillt, diesem geschenkten Leben ins Maul zu schauen. Ich öffne die Hand. Da ist es, Neds Kreuz an der gerissenen Kette. Soll ich es behalten? Es wäre wohl geradezu undankbar, es nicht zu tun. Der Mann hat mir schließlich das Leben gerettet.

Ich rufe mir den Moment ins Gedächtnis zurück, in dem ich fast gestorben wäre, und alles, was mir in diesem Augenblick durch den Kopf ging. Es waren die Menschen, die mir viel bedeuten, die Dinge, die ich nicht die Zeit hatte zu tun.

Jim seufzt erleichtert und bewegt sich auf den Sessel zu, der ihm am nächsten ist. Ich bleibe hinter ihm und halte das kleine Kreuz hoch wie ein Schild. Als Jim sich umdreht, um sich in den Sessel zu setzen, zuckt er beim Anblick des goldenen Kruzifixes zusammen, entspannt sich aber sogleich wieder.

»Mann, einen Augenblick hast du mir einen richtigen Schrecken eingejagt.« Mit einem nervösen Lachen nimmt er mein Handgelenk und zieht meine Hand zu der Vertiefung, wo rechtes und linkes Schlüsselbein aufs Brustbein stoßen – genau dorthin, wo der Halsausschnitt seines T-Shirts endet. Das Kreuz berührt Jims Haut, ohne Wirkung zu zeigen.

Ich lege die Halskette auf eines der Bücherregalbretter. Schlagartig wird mir klar, dass an der Schwelle des Todes mein panisches Hirn neben dem Abspulen von Erinnerungen und Dingen, die ich bedauere, für eine Sache keine Zeit fand.

Für ein Gebet.

24

At Last

Es ist ausgerechnet Franklin, der kommt, um mich abzuholen. Lawrence winkt Jim und mir von der Veranda aus nach. Auf seinen Lippen liegt ein feines Lächeln, das mir sagt, wir würden ihn schneller wiedersehen, als uns lieb wäre.

»Ich düse dann mal rüber zum Sender.« Jim deutet zu seinem Wagen hinüber. »Muss um drei auf Sendung sein.« Er sucht in den Taschen seiner Jeans nach den Autoschlüsseln.

»Danke, dass du bei mir geblieben bist«, sage ich. »Glaube ich jedenfalls.«

Jim zuckt mit den Schultern und schlurft zu seinem Dodge Charger. Er streicht mit der Hand über Janis' Dach, als ob er seinem Auto versichern wolle, alles sei okay, Daddy sei wieder da.

Franklin schaut Jim hinterher. Dann wendet er sich mir zu. »Sind Sie okay?«

Ich schüttele den Kopf. »Aber ich möchte nicht darüber reden.«

»Gut, denn ich möchte auch nichts davon hören.« Er öffnet die Seitentür des Pick-ups und deutet auf eine Einkaufstüte aus Plastik, die auf dem Boden vor dem Beifahrersitz liegt. »Dachte, Sie würden vielleicht hungrig sein. Und durstig.«

Ich reiße die Tüte an mich und schaue hinein. Zwei Flaschen Wasser, ein Putensandwich und Knabberkram bis zum Abwinken.

Wehe, jemand spricht in meiner Gegenwart noch einmal schlecht von Franklin.

Franklin ruft kurz bei David durch, um ihn wissen zu lassen, dass ich nicht mehr in Gefahr bin, aber noch nicht bereit für einen Bericht über die Ereignisse. Nach mehreren Kilometern Fahrt und mehreren Minuten, in denen ich nichts anderes tue, als Essen in mich hineinzustopfen, lösen sich meine Gedanken vom Trauma der jüngsten Vergangenheit und richten sich auf die Gefahren der nahen Zukunft.

»Was wird jetzt aus dem Sender?«

Franklin runzelt die Stirn. »Im Büro hat Elizabeth kein Testament hinterlegt. Daher hat David vor, morgen Nacht ihre Wohnung in Rockville zu durchsuchen.«

»Warum denn nachts?«

»Sollte Elizabeth einen Safe haben, braucht David Shane, um ihn zu knacken. Hoffentlich enthält der Safe die Papiere, die wir brauchen, um den Sender auch nach ihrem Tod zu betreiben.«

»Aber sie war doch schon tot.«

»Es ist noch nicht lange her, dass sie eine neue Identität bekommen hat. Was die Bundessteuerbehörde angeht, ist sie jedenfalls immer noch am Leben. Früher oder später aber wird irgendein Geschäftspartner oder Kreditgeber, mit anderen Worten also niemand von uns, sie als vermisst melden.«

»Und dann kommen die Cops.«

»Und zuerst werden sie im Sender nach ihr suchen.«

»Was die Wohnstatt unserer Vampire mit einschließt.« Ich fahre mir mit der Hand übers Gesicht. »Und wir können sie nicht als vermisst melden, ohne den Sender zu verlieren. Er wird Stück für Stück verkauft, ganz wie Jim es schon gesagt hat.«

Der Gedanke an Jim bringt auch die Erinnerung an Gideons Besuch in unserem Zimmer zurück. Ich keuche auf. Fast hätte ich mich an den Chips verschluckt.

»Ich muss David anrufen. Sofort!«

Franklin klappt sein Handy auf, drückt die entsprechende Kurzwahltaste und gibt es mir.

David ist mit der Begrüßung gerade einmal bis zur Hälfte

gekommen, da platze ich schon heraus: »Antoine war Gideons Sohn.«

Franklin flucht. Der Pick-up schlingert beinah über die gelbe Highway-Markierung.

Von David auf der anderen Seite der Leitung ist nichts zu hören. Ich nehme das Handy vom Ohr und checke den Empfang. Drei von vier Balken. »David, sind Sie noch da?«

»Sie wollen mich wohl verarschen!«

»Er war nicht nur sein Sohn, sondern auch sein Abkömmling.«

Wieder folgt ein langes Schweigen. »Das glaube ich nicht.«

»Ich denke, er weiß nicht, dass Sie Antoine gepfählt haben, und auch nichts von Elizabeths Bindung an seinen Sohn.«

»Er hätte sie nicht mit einem Pflock durchbohrt, wenn er das gewusst hätte. Kein Vampir verletzt jemanden aus der eigenen Blutlinie.«

»Gideon hat offenbar kein Problem damit, Travis wehzutun.«

David ignoriert meinen Einwand. »Was haben Sie sonst noch von Gideon über Antoine erfahren?«

Ich gebe alles wieder, was mir der alte Vampir erzählt hat, von Antoines Menschenjagd bis hin zum doppelten Spiel der Liga.

»Sie weiß es also!« Davids Ton wird eisig. »Die Liga hat die ganze Zeit über gewusst, wer Gideon ist und hat uns nichts davon gesagt.« Er röchelt fast beim Atmen. »Wenn wir das gewusst hätten, wären wir nie dorthin gefahren, und Elizabeth würde immer noch hier sein.«

Ich weiß darauf nichts zu antworten außer: »Es tut mir leid.«

»Es ist nicht Ihre Schuld.«

»Wenn ich mein Maul nicht so weit aufgerissen hätte …«

»Gideon hat bloß nach einem Anlass gesucht, um Elizabeth zu töten und der Liga den Krieg zu erklären. Was ist sonst noch passiert?«

Ich berichte, wie ich beinahe als Appetithäppchen für Gideons Fangzähne geendet wäre. Meine Stimme bleibt dabei so ruhig, dass es mich erschreckt. Ich rede darüber, als wäre es jemand anderem und nicht mir passiert.

»Tut mir leid, das Interview«, entschuldigt er sich. »Ich bin in Panik geraten, als die Reporterin die DJs draußen in der Sonne sehen wollte.«

»Sie brauchen dringend ein paar Lektionen in Schlagfertigkeit. Aber Gideon reagiert nicht rational. Möglicherweise hätte er mich so oder so beißen wollen, ganz egal, was Sie gesagt hätten.« Wir fahren ins nächste Tal. Die Verbindung wird schlechter. »David, wir fahren ins nächste Funkloch. Rufen Sie bitte Shane an und sagen Sie ihm, dass es mir gut geht.«

Die Verbindung reißt ab, das Handy ist tot. Ich gebe es Franklin zurück.

Er schenkt mir ein bitteres Grinsen. »Ich kann das böse Ende dieser Geschichte kaum noch erwarten.«

Es ist nach halb elf, als Franklin mich vor meiner Wohnung absetzt. Ich greife nach der Tüte mit dem Knabberzeug, winke ihm zum Abschied noch hinterher und will zur Haustür.

Shit. Ich habe meine Handtasche, mit Schlüsseln und Handy, vor zwei Tagen in Elizabeths Auto liegen lassen.

»Stop!« Ich renne Franklins Pick-up hinterher und wedele wild mit den Armen. Aber es ist zu spät.

Ich seufze und gehe langsam in Richtung Haustür zurück. Vielleicht habe ich ja – Wunder über Wunder! – die Tür nicht abgeschlossen, oder vielleicht arbeitet mein Vermieter noch spät unten in der Pfandleihe.

Da öffnet jemand von drinnen die Haustür und tritt auf den Bürgersteig hinaus.

»Ciara.«

Shane sagt meinen Namen sanft, mit der perfekten Betonung.

Ich lasse meine wertvolle Last einfach fallen und sprinte in seine Arme. Seine Arme umschließen mich; er hebt mich hoch und drückt mich an sich. Lange Zeit sagt keiner von uns beiden ein Wort.

Schließlich spricht er, und seine Stimme ist nur ein Flüstern: »Ich dachte schon, ich sehe dich nie wieder.«

Ich löse die Umarmung und nehme sein Gesicht in beide Hände. »Doch, das wirst du, versprochen.«

Ohne mich herunterzulassen, öffnet Shane die Tür und schlüpft mit mir im Arm ins Haus. Er schließt die Tür hinter uns und trägt mich die dunkle Treppe hinauf.

Ich umschlinge seinen Hals. »Ich weiß, das klingt jetzt entsetzlich abgedroschen, aber ich habe dich vermisst.«

»Dann hättest du mir ’ne Postkarte schicken sollen.«

Es tut gut, zu lachen. Es tut gut, Shane zu umarmen. Es tut gut …

… all das zu tun, was auch immer wir jetzt noch tun werden.

Shane trägt mich in mein Schlafzimmer, das vom sanften Licht einer Lampe erhellt wird. Aus meiner Stereoanlage dringen ruhige Akkorde: die zweite Scheibe der Doppel-CD *The Essential Leonard Cohen*. Normalerweise zerreißt mir die düstere Melancholie dieses Albums das Herz. Aber heute Abend ist es genau die richtige Musik.

Shane legt mich aufs Bett und streckt sich dann neben mir aus. Seine Hand streichelt meinen Hals und meinen Arm, fährt dann meine Taille entlang zur Hüfte. Sein Blick folgt der Hand, als ob er nicht glauben könnte, dass ich wirklich da bin.

Endlich finden sein Blick und seine Hand zu meinem Gesicht zurück. Er betrachtet mich mehrere Sekunden lang. Ich warte darauf, dass er mich fragt, ob ich zu müde bin, zu verängstigt, zu traumatisiert für mehr. Doch offenkundig liest er mir die Antwort vom Gesicht ab.

Er nimmt mein Gesicht in beide Hände und küsst mich.

Jetzt bin ich an der Reihe, ihn zu berühren, überall, alles, was ich schon verloren glaubte.

Ich knöpfe Shanes Hemd auf. Darunter finden meine Hände die glatte, weiche Haut seiner Brust. Die Haut fühlt sich warm an. Ich versuche, nicht darüber nachzudenken, welche Spenderin er am heutigen Abend wohl besucht hat.

»Ich habe unseren Kühlschrank geplündert«, sagt Shane leise, »falls du dich fragst, warum ich mich so warm anfühle.«

Nur seine Haut sieht mein Lächeln. »Ich hab's gar nicht bemerkt.« Shane spannt die Bauchmuskeln an, als meine Lippen die Haut dort liebkosen. Es ist keine Überraschung für mich, dass er kitzelig ist.

Wir ziehen einander so langsam aus, wie es uns möglich ist. Nackt sieht Shane aus wie ein Mann, fühlt sich an wie ein Mann, riecht und schmeckt wie ein Mann. Wie ein Mensch.

Unsere Arme und Beine umschlingen einander, während wir uns auf dem Bett eng aneinanderschmiegen. Allmählich knistert die Atmosphäre im Raum vor Sehnsucht, aber auch Sorge. Ich lege meine Hand auf die Stelle von Shanes Brust, unter der sein Herz liegt. Das Bild von Elizabeths Sterben vermiest meine Gedanken wie ein ungebetener Gast eine Party.

Ich drehe Shane auf den Rücken und schwinge mich auf ihn. Ich will sein Schild gegen alle bösen Jungs auf dieser Welt sein. Sie sollen erst über meine Leiche gehen müssen.

Shane lässt die Finger durch mein Haar gleiten und lässt es dann wie einen Vorhang über sein Gesicht und seinen Hals fallen. »Davon habe ich immer geträumt. Dich über mir und dein Haar auf meinem Gesicht.«

»Von was außer meinem Haar hast du noch geträumt?«

»Davon.« Mit der Rechten umfasst er meine linke Pobacke, seine Fingerspitzen tasten sich vor, bis er meine Schamlippen berührt. »Und davon.« Mit der anderen Hand umfasst er meine rechte Brust und führt sie sich an die Lippen.

Ich stöhne auf, als die Berührung seiner Zunge mich durchfährt wie ein elektrischer Schlag. Bevor mein Verstand sich völlig abschaltet, sage ich: »Aber du hast das alles doch schon einmal gesehen. Du hast mich nackt vor dir gehabt an unserem ersten Abend. Erinnerst du dich?«

Er lässt den Kopf zurück ins Kissen sinken. »Ja, ich habe dich angesehen. Aber ich sah dich nur durch den Dunstschleier des Blutdurstes.« Mit dem Daumen umspielt er meine Brustwarze. »Jetzt sehe ich dich ganz klar vor mir.«

Ich verspanne mich. Ich möchte ihm am liebsten sagen, dass mich noch niemand wirklich gesehen hat. Ich möchte ihm sagen, dass er mich nicht mehr wollen würde, wenn er hinter die letzte Maske schaute. Aber er weiß ja, was ich war und was ich getan habe, und es interessiert ihn nicht. Oder vielleicht will er sich nicht dafür interessieren. Vielleicht belügt er sich selbst. Er hat nie den Teil von mir kennengelernt, der alles und jeden zu Spielgeld macht, zu etwas, das ich setzen kann, um zu gewinnen.

Der glückliche Ausdruck verschwindet aus Shanes Gesicht. »Was stimmt nicht? Und sag jetzt bloß nicht ›nichts‹.«

»Nichts. Alles ist okay.« Ich schiebe mein Becken ein Stück vor, damit er leichter eindringen kann. Shane hebt das Kinn. Erwartungsvoll öffnet sich sein Mund. Ich beiße sanft in seine Unterlippe, halte kurz still und nehme ihn dann in mir auf.

Shane hält den Atem an. Kurz mache ich mir Sorgen, das Ganze könnte schon an seinem Ende angekommen sein. Dann aber bäumt sich Shane mir entgegen und dringt tiefer, viel tiefer in mich ein. Er bringt uns beide zum Schreien. Ich verliere die Kontrolle über mich. Ich reibe mich an ihm, heftig und gierig, während ich seinen Hüftschwung im perfekten Rhythmus unter mir spüre. Es ist das erste Mal, seit ich ihn kenne, dass Shane der Schweiß ausbricht.

Mit einem Ruck wendet er das Gesicht ab und bedeckt mit dem Unterarm den Mund. Aber es ist schon zu spät.

»Versteck sie nicht.« Ich lege die Hand an seine Wange und zwinge mit dem Daumen seinen Mund auf. »Ich will sie sehen, von ganz nah.«

»Sei vorsichtig«, keucht er. »Sie sind scharf.«

Seine Fangzähne sind gebogen wie ein Rapier, laufen an den Enden sehr dünn und spitz zu. »Sie sind ganz anders als in meiner Vorstellung. Sie haben gar keine Ähnlichkeit mit den Reißzähnen eines Hundes.«

»Ich bin ja auch kein Werwolf.«

»Gibt's die etwa?«

Er grinst und kneift mich in die Oberschenkel. »Jetzt wirst du albern.«

»Sie ähneln eher den Zähnen von Katzen.« Mit dem Daumen fahre ich über den Rand des linken Fangzahns. »Das ergibt durchaus Sinn. Hunde zerreißen ihre Beute, um zu töten. Katzen durchstoßen das Rückenmark, ganz sauber.«

»Wow, Ms. Discovery Channel, Sie verstehen sich echt auf erotischen Dirty Talk.« Shane schwingt seine Hüften gegen meine und beobachtet mich dabei. Er versucht den Punkt zu finden, der mir den Verstand rauben wird.

»Schscht, halt ganz still.« Ich beuge mich vor und hauche einen Kuss auf seine Fangzähne, erst auf den linken, dann auf den rechten.

Shane zieht hörbar die Luft ein, ganz langsam. Dann atmet er ebenso langsam aus. Keinen Augenblick verlieren wir den Blickkontakt. »Was jetzt?«

Mit einem Mal weiß ich, was mir das Gefühl von Sicherheit schenken würde. »Shane, ich möchte nicht, dass du mich beißt. Niemals, verstehst du?«

»Das weiß ich.«

»Aber, wenn das geht, wenn es nicht zu viel verlangt ist … ich möchte, dass du so tust als ob.«

»So tue, als ob ich dich beißen würde?« Seine Pupillen werden schlagartig so weit, dass kaum noch etwas von der blauen Iris übrig ist. »Bist du dir sicher?«

»Ich bin mir sicher.«

Er spannt die Muskeln an, wirft mich auf den Rücken – es ist eine einzige fließende Bewegung, so schnell, dass es mir den Atem nimmt. Er packt meine Handgelenke, hält meine Hände über dem Kopf fest und dringt dann tief in mich ein. Raubtieraugen, nicht mehr Shanes Augen, beobachten mich, dunkel und wild.

Instinktiv bäume ich mich auf, versuche verzweifelt mich aus Shanes Griff zu winden. Er aber nimmt den Rhythmus meiner Bewegungen auf und macht ihn zu seinem. Jetzt hält er meine Handgelenke mit einer Hand. Mit dem freien Arm umfasst er meinen Schenkel oberhalb des Knies; mein Knie rutscht in Shanes Ellbogenbeuge, hängt dort fest.

Jetzt hat Shane mich vollständig unter Kontrolle. Er könnte mir die Knochen brechen, mich bis zum letzten Blutstropfen aussaugen, so wie Gideon es wollte. Ich verschließe meine Gedanken vor dieser Erinnerung und schließe meine Augen beim Anblick von Shanes Raubtiergesicht.

Mit seinem Kopf drängt er meinen zur Seite, damit er an meinen Hals gelangen und seine Zähne hineingraben kann. Seine Lippen streifen meine Kehle. Anstatt dass mir kalt vor Angst wird, fühlt sich meine Haut plötzlich so heiß an, als ob sich Shane an ihr die Lippen verbrennen könnte. Ich höre mich selbst »Ja!« stöhnen.

Unerwartet zieht Shane sich zurück. Vielleicht um zu verhindern, mich doch zu beißen. Mir schießt durch den Kopf, wir könnten das Spiel vielleicht zu weit getrieben haben. Aber in seinen Augen sehe ich keine Angst.

Da dreht mich Shane mit einer blitzschnellen Bewegung auf den Bauch, hebt mit einem Griff mein Becken etwas an und dringt mit einem einzigen kräftigen Stoß in mich ein.

Ich schreie.

Ich hatte nicht schreien wollen.

Er stößt noch tiefer in mich hinein, und von meinen Lippen löst sich der nächste Schrei. Ich krümme und winde mich unter ihm, ganz wie Beute es tut. Aber ich kann es nicht verhindern. Jeder Laut, jede Bewegung setzt ungeheure Energien in mir frei und treibt sie in Stößen durch meinen ganzen Körper. Jetzt still zu halten und nicht zu schreien würde mich zerreißen.

Als Shanes Zähne meinen Nacken berühren, weiß ich, dass er sie mir gern tief ins Fleisch treiben würde. Aber er wird es nicht tun. Dieses Gefühl der Sicherheit macht mich mehr an, als jede Gefahr es könnte. Ich bewege mich im Gleichklang mit ihm, ergebe mich, so erschreckend das ist.

Die Musik hört auf. Kein Laut außer unserem stoßweisen Stöhnen und dem Reiben von Haut an Haut ist zu hören.

Shanes Hand findet meine, die sich in die Matratze krallt. Seine Hand über meiner verflechten sich unsere Finger. »Ich werde dir nie wehtun, Ciara …«

Ehe ich das Versprechen zurückgebe – was ich ehrlicherweise sowieso nicht könnte –, steigert er seinen Rhythmus und nimmt mich mit hinauf zum absoluten Höhepunkt. Shanes Stöhnen wird zu einem lang gezogenen raubtierartigen Heulen. Mein letzter Aufschrei klingt vage wie sein Name.

Shane lässt sich erschöpft neben mich aufs Bett fallen. Ich drehe mich zu ihm und sehe, dass er schwer atmet und sein Gesicht schweißnass ist. Seine Augen sind geschlossen, und sein Körper erschauert wie meiner in lustvollem Nachbeben. Als Shane die Augen öffnet und mich ansieht, weiß ich, dass ich diesen Ausdruck von Dankbarkeit auf seinem Gesicht schon einmal gesehen habe: nachdem er von Deirdre getrunken hatte.

Nein, das ist nicht fair. Da ist etwas in seinem Blick, das über einen gestillten Hunger hinausgeht. Ich würde es nicht Liebe nennen wollen, er vielleicht schon.

Da wir zu sehr außer Atem sind, um zu sprechen, schweigen wir. Wir blicken uns einfach nur von unseren jeweiligen Kissen aus an. Schließlich streckt Shane den Arm aus und streicht mir eine Locke aus dem Gesicht. Danach lässt er die Hand auf meiner Schulter ruhen. »War es ungefähr das, was du dir vorgestellt hast?«

»Ziemlich genau sogar.« Ich rolle mich vom Bauch auf die Seite. Dabei rutscht Shanes Hand von meiner Schulter. Schnell lege ich meine Hand über seine, damit er nicht denkt, ich wolle mich ihm entziehen. »Ist es dir schwergefallen, nicht zuzubeißen?«

Mit der freien Hand streicht er sich das feuchte Haar aus der Stirn. »Es gab außer Blut genug anderes, an das ich denken konnte.«

»Gibt es denn ein Vampir-Äquivalent zu – du weißt schon, wenn Männer nicht zum Höhepunkt kommen, ihre Befriedigung zurückhalten?«

Shane lacht. »Es heißt ›Durst leiden‹. Aber wie schon gesagt: Ich hatte bereits getrunken, ehe ich hierher zu dir gekommen bin.«

»Deine Fangzähne sind trotzdem rausgekommen.«

»Manchmal führen die ein Eigenleben, nichts zu machen.« Er fährt sich mit der Zunge über seine jetzt menschlichen Zähne. »Aber es ist für einen Vampir nicht schwieriger, jemanden nicht zu beißen, als für einen Mann, sich nicht gleich über eine Frau herzumachen. Ein anständiger Vampir sollte nicht einmal auf die Idee kommen.«

»Und du bist ein anständiger Vampir?«

»Ich bin sogar ein verflucht guter Vampir.« Er zieht mich in seine Arme. Ich lasse es zu, obwohl mir eigentlich viel zu heiß für eine enge Umarmung ist. Shanes Blick wird ernst. »David hat mir gesagt, du wärst fast umgebracht worden.«

»Wenn dieser PR-Typ Ned Amberson nicht gewesen wäre,

wäre ich jetzt tot – beziehungsweise untot. Ich verstehe nicht ganz, was er mit dem ›Gesamtbild‹ gemeint hat und was das wiederum mit mir zu tun hatte. Gideon jedenfalls meinte, ich würde es nicht wissen wollen.«

Shane umarmt mich fester. »Ich bringe den Kerl um, wenn ich ihn je zu fassen bekomme.«

»Hast du denn schon einmal einen Vampir sterben sehen?«

»Nein.«

»Das willst du auch nicht, glaub mir. Ich wünschte, ich könnte dieses Bild aus meinem Gedächtnis bekommen.« Mein Blick geht über Shanes Schulter hinweg hinüber zum Nachttisch. »He, das da könnte mir dabei eine echte Hilfe sein.«

Shane rollt sich auf den Rücken und greift nach der Flasche Rotwein, die auf dem Nachttisch steht. »Ich habe die Flasche mal mitgebracht, für den Fall, dass du ein bisschen Entspannung nötig hast.«

Ich seufze genüsslich. »Meine Arme und Beine sind ganz herrlich entspannt, Gelee sozusagen, dank dir; und das eine oder andere Glas Wein wird sicher den Rest besorgen.«

Shane küsst mich und verschwindet mit der Flasche in Richtung Küche. Es stellt sich heraus, dass sein Hintern mit und ohne Jeans gleich nett anzuschauen ist.

Ich robbe aus dem Bett, um eine neue CD einzulegen. Meine Wahl fällt auf Fiona Apple – gut um Shanes Horizont noch ein bisschen zu erweitern.

Während ich die Leonard-Cohen-CD wieder in die Hülle packe, kann ich dem Impuls nicht widerstehen und stelle die CD an die falsche Stelle ins Regal, hinter Counting Crows. Erst danach husche ich ins Badezimmer.

Ich komme zurück, und Shane liegt wieder auf dem Bett. Er starrt an die Decke, die Hände hinter dem Kopf verschränkt. Die Bettdecke hat er bis zur Taille hochgezogen. Die Lampe ist aus; dafür brennen auf beiden Seiten vom Bett Kerzen (Sandelholz-Duft, nicht Würstchenpizza). Rasch werfe ich im Näherkommen einen Blick ins CD-Regal.

Leonard Cohen steht wieder da, wo er hingehört, und zwar zwischen Chumbawamba und Coldplay. Scham und Reue bringen mich regelrecht ins Stolpern. Rasch schlüpfe ich unter die Decke. Am liebsten würde ich sie mir über den Kopf ziehen.

»Hast du das mit Absicht gemacht?«, fragt Shane, ohne mich anzusehen.

»Es tut mir leid.«

»Warum?«

»Warum es mir leidtut?«

Er schweigt einen Moment. »Gut. Damit fangen wir an und arbeiten uns dann langsam vor bis zu dem anderen Warum.«

»Ich sollte dich nicht testen. Du bist schließlich keine Laborratte.«

»Und warum hast du es getan?«

»Um herauszufinden, ob du dich verändert hast. Du hast so viele neue Sachen gelernt, und du siehst wieder hoffnungsvoll in die Zukunft.«

»Deinetwegen.« Jetzt sieht Shane mich an. »Aber man kann nicht alles über Nacht erreichen. Manches wird sich auch nie ändern. So funktioniert's eben nicht.«

»Was funktioniert so nicht?«

»Geisteskrankheiten.«

Das Wort aus seinem Mund zu hören ist hart. Mir schießen Tränen in die Augen. »Sag das bitte nicht.«

»Aber es ist die Wahrheit. Ich weiß, dass viele Vampire unter Zwangsneurosen leiden. Die Welt verändert sich schneller, als wir begreifen können. Also suchen wir nach etwas, das wir kontrollieren können, einem Weg, die Dinge wieder zu ordnen.« Shane lacht leise. »Es ist der einzige Weg, sich gesund zu fühlen.«

Ich berühre seinen Arm. Im selben Moment aber zieht er den

Arm weg. Er greift nach dem ersten Weinglas. »Tu das nicht, Ciara. Bemitleidet zu werden ist etwas, was ich absolut nicht ausstehen kann.«

»Und was sonst noch? Nur, damit ich es weiß.«

»Eine Liste werde ich dir jetzt nicht geben.« Er reicht mir das Weinglas. Ich setze mich auf und nehme es ihm ab. »Es gehört zu den Freuden einer jeden Beziehung, herauszufinden, was den anderen komplett in den Wahnsinn treibt.« Er nimmt sich auch ein Glas und stößt mit mir an. »Jetzt sag mir etwas, was du nicht ausstehen kannst, und wir sind quitt.«

»Lakritze.«

»Noch was.«

»Lakritze und Religion.«

»Religion? Weswegen? Wegen deinen Eltern?«

»Ja. Nein. Das klingt so, als ob sie für alles verantwortlich wären, was meine Person ausmacht. Ich habe viel über Glauben und Religion nachgedacht. In der Schule schon habe ich Religion als Hauptfach gehabt. Irgendwann bin ich zu der Überzeugung gelangt, dass Religion nutzlos ist und gefährlich. Mir will nicht in den Kopf, warum die Menschen die Religion brauchen, um ihrem Leben einen Sinn zu geben. Ist das Leben selbst nicht genug?«

»Das fragst du allen Ernstes einen toten Kerl?«

Ich nehme einen Schluck Wein. »Das ist meine Meinung, nur meine – mehr nicht. Was ist mit dir? Ehe du zum Vampir wurdest, warst du da …«

»Ich war Katholik.«

»Oh.« Kurz überlege ich, ob das der richtige Moment ist, Shane nach seiner Geschichte zu fragen. »Aber als du Vampir wurdest, hast du quasi willentlich deinem Leben ein Ende gesetzt, oder nicht? Ist das nicht ein absolutes No-go für Katholiken – Selbstmord zu begehen?«

Shane sieht plötzlich sehr traurig aus. Ich fühle Bedauern wie einen Stich mitten ins Herz. Gleich, so kommt es mir vor, werde ich Elizabeths Schicksal teilen. Eingesogen von einem Loch wird sich mein Körper von Innen nach Außen stülpen, verzerrt und verdreht werden, bis er im Nichts verschwindet. »Du musst es nicht erzählen, wirklich nicht«, sage ich schnell. »Ich hätte nicht fragen sollen.«

»Doch, das darfst du und das sollst du auch.« Er legt seine Hand auf meine. »Und nein, ich muss nicht.«

Er nimmt ein paar Schlucke Wein. Ich warte darauf, dass er weiterredet. Nach einer Minute lehne ich mich gegen das Kopfteil des Bettes und trinke auch von meinem Wein. Ich warte. Nach gefühlten weiteren fünf Minuten geht mir auf, dass man geistig ziemlich unbewaffnet sein muss, wenn man mit einem Unsterblichen das Ich-kann-länger-warten-als-du-Spielchen spielt.

»Du musst was nicht?«

»Es erzählen.«

Shane sieht nicht so aus, als ob er sauer wäre. Aber er sieht auch nicht besonders entspannt und glücklich aus. Er sitzt einfach nur da und trinkt Wein, als ob ich gar nicht da wäre. Großartig. Erst mache ich ihn zur Laborratte für Gehirntests, und dann sage ich, er sei ein schlechter Katholik. Wie könnte ich ihn denn heute sonst noch vorführen?

Vielleicht wäre ein Themenwechsel nicht schlecht, um meinen momentanen Hang zu Fettnäpfchen zu brechen. »Hey, weißt du, worauf ich jetzt Lust hätte? Eiscreme!«

Wie erhofft, weckt Shane das aus seiner meditativen Erstarrung. Er schaut mich an, grinst schief und singt die erste Zeile von Mean Woman Blues.

Ich schlage die Hände vors Gesicht. »Ich hab's vergessen – ich hab vergessen, dass du nichts mehr schmecken kannst. Schon gut, vergiss es einfach.«

»Schon passiert.« Er stellt das leere Weinglas auf den Nachttisch. »Du hattest einen schweren Tag. Dir steht eine große Portion Eis zu.«

Schweigend ziehen wir uns an, jeder auf seiner Seite des Bettes. Ebenso hätte eine Mauer zwischen uns sein können. Ich erinnere mich daran, wie ich mich Shane anvertraut habe, ihm erlaubt habe, mit mir und meinem Leben zu machen, wonach ihm der Sinn steht. Was muss ich tun, damit er mir ebenso vertraut?

Außer aufzuhören, mich wie ein echtes Arschloch aufzuführen.

»Mein Auto steht noch auf dem Parkplatz vom Sender. Wir werden also laufen müssen.« Ich durchsuche die Taschen meiner Jeans nach Kleingeld. »Und meine Handtasche liegt in Elizabeths Auto. Du wirst also das Eis zahlen müssen. Tut mir leid.«

Er blickt auf. Er sitzt gerade auf dem Bett und zieht sich die Schuhe an. »Komm her.«

Mit wiegenden Schritten gehe ich zu ihm. »Bestehst du auf einen Vorschuss?«

»Nein.« Er nimmt mich in die Arme und küsst mich sanft. »Ciara, ich verspreche dir, dass ich dir meine Geschichte erzähle – eines Tages jedenfalls. Aber diese Nacht hier mit dir möchte ich nicht ruinieren.«

Meine Befürchtungen beginnen von den scharfen Kanten her langsam zu zerschmelzen. Ich versuche ein Nicken und ein Lächeln. Wir machen uns auf die Jagd nach Eiscreme.

Ich weiß, dass er Gründe hat, Gründe, die er nicht nennt, warum er mir seine Geschichte nicht erzählen will. Manche davon haben mit mir zu tun, andere nur mit ihm. Um all diese Hindernisse zwischen uns zu umschiffen, bedarf es einer sorgfältigen Choreografie, endloser Verhandlungen mit viel Fingerspitzengefühl und emotionaler Anstrengung.

Das ist der Grund, warum ich keine festen Beziehungen in meinem Leben wollte. Zu viel Arbeit.

Das Diner ist ein Meer aus kräftigem Violett, innen wie außen. Die Baltimore Ravens sind in der Stadt, zum diesjährigen Sommertraining. Also schmückt sich jedes noch so miese Etablissement, absolut jeder Laden in der Stadt, mit Dekoration in den Team-Farben, um Touristen anzulocken. Es wäre sicher ganz lustig, sich an einem der Nachmittage das Training anzusehen und ein paar Autogramme einzusacken. Ich drehe mich schon zu Shane um, um es ihm vorzuschlagen. Da fällt mir ein, dass wir tagsüber gar nichts zusammen unternehmen können. Na gut, Shane ist sowieso Steelers-Fan. Er würde seine Lieblingsmannschaft allerdings mit Pittsburgh-Akzent aussprechen: den langen Vokal kurz, als würden sie Stillers heißen.

Wir warten im Eingangsbereich, halten Händchen, wie jedes andere ganz normale Pärchen, das gegen Mitternacht auf der Suche nach einem postkoitalen Frühstück ist. Auch wir wollen Koffein und Kohlenhydrate, um neue Energie zu tanken.

Eine Kellnerin, ziemlich jung noch, mit einem Pferdeschwanz, der dynamisch wippt, bringt uns zu einer der Nischen. Shane setzt sich mir gegenüber, während die Kellnerin die Speisekarte auf den Tisch legt. Wir bestellen Kaffee, schwarz, und einen Banana Split.

Kaum ist die Kellnerin weg, stellt Shane die Füße auf meine Bank, einen rechts, einen links von mir. Ich lehne mich zurück und stütze die Ellbogen auf seine Stiefelspitzen. Die Neonbeleuchtung hier im Diner taucht alles in ein hartes, fluoreszierendes Licht. Es ist ein Licht, das die surreale Aura dieser Nacht nur noch unterstreicht, und das Gefühl hervorruft, außerhalb der Zeit zu leben. Morgen – ich meine heute später am Tag – werden wir uns mit einem ganzen Haufen von Problemen herumschlagen müssen. Hier und jetzt aber habe ich das Gefühl, mitten im ruhigen Auge des Orkans zu sein.

Ich fahre mit dem Daumen über Shanes linke Schuhsohle. »Bist du auch an den Füßen kitzelig?«

Seine Mundwinkel zucken. »Nein.«

»Du lügst. Ich werde ein bisschen mit ihnen spielen, wenn wir wieder im Bett sind.«

»Nur wenn ich das Gleiche mit dir machen darf.«

Ich zucke mit den Schultern. »Ich bin überhaupt nicht kitzelig.«

»Wahrscheinlich deshalb, weil dich nichts im Leben wirklich überrascht.«

War das eine Spitze gegen mich, gegen meine Art, alles hinzunehmen wie es kommt? »Überraschung ist nur ein anderes Wort für Enttäuschung.«

Die Kellnerin erscheint mit unserer Bestellung. Ich schaffe die Cocktail-Kirsche aus dem Weg und versenke den Löffel tief in der Eiscreme.

»Die nehmen echte Schlagsahne hier, nicht das Zeug aus der Sprühflasche.« Ich lecke den Löffel ab und erstelle im Kopf einen genauen Katalog der Stellen auf Shanes Körper, auf denen ich gern den einen oder anderen Klecks Sahne platzieren würde. Vielleicht bekomme ich ja eine Portion zum Mitnehmen. »Probier mal, bitte.«

Shane hat reichlich Minzschoko-Splitter auf dem Löffel, probiert zaghaft. Schnell steckt er den Löffel zurück. »Schmeckt wie diese Kautabletten gegen Sodbrennen.«

»Tja, wie schade. Dann gehört der ganze Eisbecher wohl mir.« Ich ziehe den Banana Split zu mir herüber und schlage zu. »Meine Eltern haben mir nach jedem Erweckungsgottesdienst ein Eis gekauft. Ich habe mir immer die exotischste Sorte ausgesucht, die ich bekommen konnte. Denn in der nächsten Kleinstadt, das wusste ich, würde es vielleicht wieder nur Schokolade und Vanille geben.«

»Dann war deine Kindheit also nicht nur schlecht.«

»Nein, solange ich klein war gar nicht.«

Shane nimmt die Füße von der Bank und beugt sich über den

Tisch zu mir herüber. »Was hast du an deiner Kindheit denn noch so gemocht?«

Ich werfe ihm einen misstrauischen Blick zu. »Darüber will ich heute Abend eigentlich nicht reden.«

Shane zieht den Eisbecher wieder zurück auf seine Seite und aus meiner Reichweite. Er greift sich den Löffel. »Für jede positive Erinnerung, von der du mir erzählst, bekommst du einen Löffel Eiscreme.«

»Aber es schmilzt doch!«

»Dann solltest du dich wohl beeilen.«

»Ankündigungszettel verteilen.«

Shane zögert, will mir den Löffel nicht geben. »Erklär es mir.«

»In den Kleinstädten war es meine Aufgabe, an den Straßenecken zu stehen oder von einem Laden zum nächsten zu gehen und den Leuten von dem Wiedererweckungsgottesdienst zu erzählen. Manchmal bekam ich von den Ladenbesitzern etwas geschenkt: Süßigkeiten, eine Blume, eine Tüte Chips. Weil ich so niedlich und fromm war.«

»Okay.« Shane füttert mich mit dem ersten Löffel Eis. Banane, Schoko-Nuss-Eis und Schlagsahne finden den Weg in meinen Mund. »Und weiter?«

»Die ausgelassene Stimmung. Wie auf einem Rummelplatz.«

»Okay, gut. Du bekommst einen Löffel für jede Einzelheit, die dazugehört.«

»Die Ausrufer, die die Bibeln, Tambourins und Gebetbücher verkauften.« Dieses Mal ist Minzschokolade auf dem Löffel. »Wie die Aufbauhelfer und die einheimischen Hilfskräfte zusammenarbeiteten, um das große Zelt aufzubauen.« Auf diesem Löffel gibt es von jeder Eissorte ein bisschen. Langsam kapiert Shane, wie man so einen Banana Split isst. »Die Leute aus der Stadt, die Stände aufbauen, wo sie Limonade, eigenproduziertes Kunsthandwerk und Spritzkuchen verkaufen.«

»Oh, an Spritzkuchen erinnere ich mich.« Er öffnet den

Mund und leckt sich über die Lippen. Bei der Erinnerung ist ihm offenkundig das Wasser im Mund zusammengelaufen. »Tu das auf die Liste der Dinge, die essen und schmecken zu können ich echt vermisse. Gut, mach weiter! Was noch?«

»Die Bekenntnisse.«

»Was meinst du damit?«

»Wenn die Menschen aufstanden und vor allen sagten, wie sie geheilt worden waren oder dass sie sündig gelebt hätten, bis ihnen die Gnade Gottes zuteil geworden war.« Ich bekomme den nächsten Löffel. »Einige Bekenner waren natürlich Anreißer oder besser gesagt Lockvögel, doch es gab auch echte Gläubige.«

»Lockvögel? Wie das?«

»Sie arbeiten mit dem Trickbetrüger zusammen. Sie übernehmen die Rolle der angeblich unbeteiligten Dritten, der Zuschauer. Beim Hütchenspiel, wie es auf den Straßen durchgezogen wird, wäre der Lockvogel der Typ, den du gewinnen siehst. Er soll dich, das Opfer, in Sicherheit wiegen. Der Herdentrieb. Bekomme ich einen Extralöffel für meine Lektion in Trickbetrug?«

Shane seufzt und gibt mir noch einen Löffel. »Nur wegen meiner unsterblichen Liebe zu dir«, brummt er.

»Wie bitte?«

Er schaut auf. »Wie?«

»Wegen deiner un-was?«

»Häh?«

Mit Augen, schmal wie Schlitze, blicke ich ihn an. »Was hast du gerade eben gesagt?«

»Wann eben?« Er hält mir den Löffel hin. »Mach schon, es tropft.«

Ich nehme sein Angebot an. Aber mir wird heiß und kalt dabei. Ich spule meine Erinnerungen noch einmal bis zu seiner Bemerkung zurück, nichts könne mich überraschen.

»Was sonst noch?« Shane bohrt mit dem Löffel in dem Eis herum. »Hier ist immer noch ein halber Banana Split, der gegessen werden will.«

Rasch reiße ich mich zusammen. »Ich erinnere mich an …« Tja, an was? Münzgeld stapeln, rollen und zählen, die ganze Nacht hindurch? Die Leichtgläubigen, hinters Licht Geführten dabei beobachten, wie sie in ihre baufälligen, heruntergekommenen Häuser zurückkehrten, ohne einen einzigen Cent in der Tasche? »An die Hoffnung in den Augen der Menschen.«

»Klingt nach was Großem. Erzähl mir mehr.«

»Normalerweise kamen die Menschen vom Leben gebeutelt in die Erweckungszelte, geschlagen mit schlechten Ernten oder ohne Arbeit, weil man ihre Fabrik geschlossen hatte. Aber sie brauchten nur ein paar Stunden meinen Eltern beim Singen und Predigen zuhören und zusehen, wie ihre Sitznachbarn auf der Bühne geheilt wurden. Dann gingen sie in dem Glauben nach Hause, einfach alles sei möglich.«

Shane füttert mich mit Eis. »Deine Alten, die waren schon welche, oder?«

»Mein Vater war der Beste in der Branche. Charmant, überzeugend, gut aussehend. Er hat es wie ein Magier gemacht, immer mit Ablenkung und Illusionen gearbeitet. Aber ohne meine Mom hätte er nichts erreicht. Sie waren wie Fred Astaire und Ginger Rogers. Zwei Hälften ein und derselben Person.«

Als der nächste Löffel Eiscreme kommt, drehe ich den Kopf weg. »Aber vielleicht war sogar ihre Ehe ein Teil der Show. Er hat sie seit zwei Jahren nicht mehr angerufen und ihr auch nicht geschrieben.« Mein Magen verkrampft sich. Der letzte Löffel Eis muss schlecht gewesen sein. »Auch ich habe keinen Anruf und keinen Brief von ihm bekommen. Dieser widerliche Arsch von einem Drückeberger.«

Shane legt den Löffel in den Becher zurück. »Bist du denn sicher, dass er noch lebt?«

»Man hätte uns als seinen nächsten Angehörigen mitgeteilt, wenn er gestorben wäre. Man hätte mich auch benachrichtigt, wenn er auf Bewährung draußen wäre. Immerhin habe ich ja gegen ihn ausgesagt.«

»Sie glauben, er wird sich an dir rächen wollen?«

»Ich an seiner Stelle täte es.«

Shane tauscht den Platz mir gegenüber gegen den neben mir. Den Eisbecher bringt er mit. »Hier, den hast du dir komplett verdient.« Er sitzt ganz nah neben mir, schlürft seinen Kaffee, während ich eilig das Eis auslöffle.

Um mich von Gedanken an meine Eltern abzulenken, wechsle ich das Thema. Selbstredend wähle ich eines, das zumindest nicht ganz so hässlich ist. »Für den Sender war es das jetzt wohl.«

»Jep. Uns bleibt nur die Hoffnung, dass wir in Elizabeths Wohnung ein Testament finden, in dem sie David alles hinterlässt. Aber dann müssen wir beweisen, dass sie tot ist. Das dürfte ohne Leiche ein bisschen schwierig werden.«

Ich knirsche mit den Zähnen. Es ist unfair, und sonst nichts. »Sie stand kurz davor, alles wieder ins Lot zu bringen. Wenn Gideon sie nicht gepfählt hätte, hätte sie die ganzen Verkaufsverhandlungen mit Skywave abgebrochen.«

Den Blick auf seinem Kaffeebecher, runzelt Shane die Stirn. »Wenn sie am Freitag nicht zu diesem Treffen erscheint, wissen die von Skywave, dass etwas im Busch ist. Früher oder später wird die Polizei Ermittlungen anstellen. Wir sollten uns wohl langsam nach einem neuen Zuhause umsehen.«

»Vielleicht können wir das Treffen noch verschieben. Aber das wäre nur kurzfristig eine Lö…« Der Atem stockt mir. Ich lasse den Löffel fallen, der klappernd erst auf dem Tisch, dann auf dem Boden landet.

Shane nimmt seinen Löffel und hält ihn mir hin. Aber meine Hand ist wie erstarrt. Mein ganzer Körper ist erstarrt, nur mein Verstand nicht – der dreht sich wie ein Kreisel.

»Ciara, ist alles in Ordnung mit dir?«

Ich packe Shane am Handgelenk, verschütte seinen Kaffee. »Ich weiß, wie wir den Sender retten können!«

25

I'm Not Like Everybody Else

Die Idee zu einem großen Betrug trifft einen eigentlich immer wie ein Geistesblitz, wie ein Knallfrosch, der einen aufschreckt. Der Rest ist sorgfältige Planung und braucht viel Zeit, um jedes Detail zu perfektionieren. Jeder Mitspieler des geplanten Betrugs muss seine Rolle einüben und beherrschen. Jedes Schlupfloch muss gestopft, jede Möglichkeit eines Rückschlags bedacht werden. Manchmal nehmen die Vorbereitungen für einen groß angelegten Betrug Wochen in Anspruch.

Leider bleiben mir keine Wochen. Ich habe nur Zeit bis übermorgen.

David und ich sitzen in Elizabeths Büro. Wir suchen nach jeder noch so kleinen Information, die sich zu dem Telefonmeeting mit Skywave am Freitagmorgen finden lässt. Glücklicherweise hat Elizabeth Notizen gemacht und ihre Dateien gepflegt. Ihr alter PC ist nicht sonderlich gut abgesichert. Als Betriebssystem ist Windows 95 installiert.

»Dann schauen wir doch mal: Vielleicht können wir uns noch ein bisschen Zeit verschaffen.« Ich reiche David einen Zettel mit einem Namen und einer Telefonnummer. »Rufen Sie Skywave an und fragen Sie, ob wir die Telefonkonferenz auf nächste Woche verschieben können. Sagen Sie der Sekretärin von dem Typen, Elizabeth sei krank.«

Ich lehne mich zurück, während David sich ins Labyrinth von Skywaves Telefonnetz begibt und sich von der Telefonzentrale bis zum Verantwortlichen für die Abwicklung des WVMP-Deals durchfragt.

Nach einem kurzen Gespräch drückt David auf Halten. »Vor nächstem Monat gibt es keine Möglichkeit für einen neuen Termin. Bis dahin hat bestimmt jemand anderes Elizabeths Verschwinden bemerkt. Dann hat unsere kleine Charade keinen Zweck mehr.«

»Dann sagen Sie ihnen, wir bleiben lieber bei dem ursprünglichen Termin.«

David hält den Hörer wieder ans Ohr. »Statt einer Verschiebung wäre es Ms. Vasser unter diesen Umständen lieber, den ursprünglich vereinbarten Termin beizubehalten.« David lauscht einen Augenblick; seine Augen weiten sich. »Oh, nein … ich meine, nein, ich fürchte, das geht nicht.«

»Was geht nicht?«, flüstere ich.

David schüttelt heftig den Kopf.

Ich beuge mich vor. »Was, verdammt, geht nicht?«

Er hebt einen Finger. »Einen Augenblick bitte«, sagt er ins Telefon. Wieder drückt er auf Halten. »Sie wollen ein persönliches Treffen«, sagt er mir. »Sie hätten da etwas, das sie Elizabeth gern zeigen würden. Es liegt auf der Hand, dass wir darauf nicht eingehen können.«

»Warum nicht?«

David fällt der Unterkiefer herunter. Dann schüttelt er langsam den Kopf. »Nein, Ciara. Das, woran Sie gerade denken, ist nicht zu machen.«

»Vielleicht doch. Sagen Sie den Skywave-Leuten, wir rufen zurück.«

Sobald er aufgelegt hat, greife ich mir das Telefon und wähle die Durchwahl zur Vampir-Behausung. Es klingelt ein paarmal, ehe abgenommen wird.

Shane nimmt ab. Er klingt verschlafen. »Ja-a?«

»Hi.«

»Hey!« Er seufzt – genau so hat sich sein Seufzen angehört, als ich in seinen Armen eingeschlafen bin. »Wie geht s dir?«

»Überdosis Koffein. Ist Travis da?«

Shane zögert. »Du rufst an, weil du mit Travis reden willst?«

»Ich erklär's dir gleich. Bleib einfach in der Nähe des Telefons.«

»Hier ist dann jetzt Travis.«

»Ja, Ma'am?« Travis' Stimme klingt wärmer und gefasster, als ich erwartet hatte.

»Hier ist Ciara.« Ich gratuliere mir selbst, dass ich nicht noch hinzugefügt habe: ›Die Frau, die du umbringen wolltest.‹

»Was kann ich für dich tun?«

»Eine Menge. Zuerst möchte ich wissen, ob jemand aus den Chefetagen von Skywave je Elizabeth persönlich kennengelernt hat.«

»Nö, nicht, soweit ich weiß. Aber es ist schwer, zu beweisen, dass etwas nicht passiert ist.«

»Die Fotos in deiner Kamera – waren das alle, die du gemacht hast?«

»Hab 'ne Menge schon auf den Laptop gezogen. Aber Skywave hat noch keinen Bit davon zu Gesicht gekriegt. Ich hab meinen Bericht noch nicht fertig gehabt, als ich, tja, trocken gelegt worden bin.« Für einen kurzen Moment verschlägt es Travis die Stimme. Dann fängt er sich wieder. »Hast du eigentlich noch meine Kamera? Die hätte ich gern zurück.«

»Hättest du Lust auf einen Ausflug nach Rockville?«

»Hab ich eine Wahl?«

»Danach fahren wir in deiner Detektei vorbei und sammeln ein, was du zum Arbeiten brauchst. Meines Erachtens gibt es keinen Grund, warum du, nur weil du jetzt ein Vampir bist, nicht weiter als Detektiv arbeiten kannst.«

»Ich hab da mehr auf 'nen Job als DJ gehofft. Könnte mit 'nem Country-Music-Programm auf Sendung gehen. Hab auch schon 'nen Namen, zum Beispiel …«

»Darüber sprechen wir ein andermal, okay?« Und zwar in der

ersten Pause eines Eishockeyspiels in der Hölle – sofern David in dieser Angelegenheit ein Wörtchen mitzureden hat. »Kann ich Shane noch mal haben und auch bitte etwas Privatsphäre?«

Travis lacht anzüglich und gibt den Hörer weiter. Shane fragt: »Und was jetzt?«

»Können wir Travis trauen?«

»Ich glaub schon. Wir haben uns schließlich gleich nach seinem Tod um ihn gekümmert, haben ihn gefüttert und ihm ein Zuhause gegeben. Die Phase des Übergangs ist schon ziemlich heftig. Und wir waren die ganze Zeit über für ihn da. Es ist ein bisschen wie bei kleinen Enten – wie heißt das doch gleich, wenn sie hinter dem ersten Geschöpf herlaufen, das sie nach dem Schlüpfen sehen?«

»Prägung.«

»Genau. Wir sind in gewisser Weise seine Mom und Dads, besonders nachdem Gideon ihn zurückgewiesen hat. Aber was hat Travis mit deinem ganzen schönen Plan zu tun?«

Rasch skizziere ich die Neuausrichtung meines Plans. Die meisten Ideen kommen mir erst, während ich spreche. David steht mitten in Elizabeths Büro und bekommt den Mund nicht mehr zu, während er zuhört.

Als ich fertig bin, stößt Shane einen leisen Pfiff aus. »Erinnere mich bitte daran, dich niemals wütend zu machen, okay?«

»Wir treffen uns alle bei Sonnenuntergang hier. Schlaf gut.«

»Wie ein Toter, versprochen.«

Ich lege auf. David stemmt die Arme vor mir auf die Schreibtischplatte und beugt sich drohend zu mir herüber.

»Das können wir nicht machen«, sagt er. »Elizabeth am Telefon zu spielen ist eine Sache. Aber das – das ist Identitätsmissbrauch.«

»Und warum soll sich das nicht machen lassen? Weil sie ein Vampir war, hat Elizabeth dafür gesorgt, dass keine Pressefotos von ihr existieren. Auf der großen Party im Smoking Pig hat sie nicht ein einziges Interview mit der Presse führen wollen.«

»Ich verstehe nicht, warum wir den Verkauf nicht einfach per Telefon oder Mail abblasen können.«

»Weil Skywave erstens misstrauisch und zweitens aggressiver in der Verfolgung ihres Ziels werden könnten, deswegen. Die Skywave-Leute werden denken, wir wären auf mehr Geld aus. Bis Elizabeth ihnen ins Gesicht sieht und sagt, dass sie absolut nicht gewillt ist zu verkaufen, werden sie nicht aufhören. Sie hören nicht auf, bis sie bekommen, was sie wollen.«

David lässt die Schultern hängen, als er begreift, dass ich Recht habe.

Er seufzt und geht in Richtung Tür. »Ich suche noch einmal im Internet und gehe alle meine alten Dateien durch. Ich will noch mal überprüfen, ob nicht doch irgendwo ein Foto von ihr existiert.« Auf dem Weg nach draußen streicht er mit der Hand an der Wand entlang, als ob sie etwas von Elizabeths Wesen berge.

Ich lehne mich in dem hohen Ledersessel zurück und fühle mich wie eine Königin auf ihrem Thron. Das glatte Leder erinnert mich an Elizabeths Mercedes.

Ich fische die Autoschlüssel von der Schreibtischplatte. Das Auto wird sich einsam ohne seine Fahrerin fühlen.

Shane singt R.E.M.s *(Don't Go Back to) Rockville*, während ich Elizabeths Mercedes ins Zentrum der weitläufigen Vorstadt lenke. David sitzt auf dem Beifahrersitz, Travis hinter ihm.

»Glauben Sie, Gideon trinkt von den Kindern, die auf der Ranch leben?«, fragt David mich.

Ich zögere. »Beweise habe ich dafür nicht. Aber sie haben mich dort auch nur sehen lassen, was ich sehen sollte. Wer immer mit mir geredet hat, war ein offiziell ausgewähltes Musterbeispiel für die Bewohner von Gideons Refugium. Sie haben immer nur gelächelt und den Anschein vermittelt, alles sei strengen Regeln unterworfen. Es war, als wäre ich in Disney World – alles sauber, alles niedlich.« Da blitzt plötzlich eine Erinnerung auf. »Bis auf diesen einen Typen – den sollte ich offenkundig wohl nicht zu Gesicht bekommen.«

»Wen?«

»Es war ein Mensch. Weißhaarig, männlich. Aber er war zu weit weg. Ich konnte sein Gesicht nicht erkennen. Sie haben behauptet, er sei ein Geist.«

»Ein Geist? Hmm. Vielleicht der Geist von jemandem, den Gideon getötet hat.«

»Jetzt klingen Sie wie Lori.«

»Sie glauben an Vampire, aber nicht an Geister?«

»Vampire habe ich schon mit eigenen Augen gesehen.« Mein und Shanes Blick treffen sich im Rückspiegel. In Gedanken setze ich, und zwar splitternackt, hinzu. »Jetzt, wo wir wissen, dass Gideon die kalte Präsenz war, die ich auf dem Parkplatz gespürt habe, bin ich noch weniger gewillt, an Geister zu glauben, als sowieso schon.«

David schweigt nachdenklich. Schließlich sagt er: »Etwas daran stört mich. Warum sollte Gideon Ihnen an Ihrem ersten Abend im Sender auflauern? Da hatten wir die Werbekampagne doch noch gar nicht begonnen.«

»Noah hat diese Frage auch schon gestellt. Vielleicht war da noch ein anderer alteingesessener Vampir, der mir aufgelauert hat.«

Shane hört auf zu singen. »Der sollte bloß nicht versuchen, dich anzufassen. Dem trete ich so was von in seinen uralten Arsch.« Er kehrt zur dritten Strophe zurück.

Ich beobachte ihn im Rückspiegel. Mit gedämpfter Stimme sage ich zu David: »Etwas war seltsam an Gideon und den Vampiren in seiner Umgebung. Sie scheinen keine Zwangsneurosen zu haben wie unsere.«

»Ihre Umgebung ist dermaßen reglementiert, dass sie solche Bewältigungsmechanismen wahrscheinlich nicht brauchen.«

»Sie waren alles andere als normal. Sie waren nur noch so etwas wie Schatten ihrer selbst und dabei irgendwie roboterhaft. Aber sie waren nicht, nun ja …«

»Bekloppt«, wirft Shane ein. Er leitet über zu Van Morrisons *Crazy Love.*

Ich halte vor dem todschicken Apartmentkomplex, in dem Elizabeths Wohnung liegt. David nimmt ein paar leere Sporttaschen aus dem Kofferraum. Wir gehen zum Eingang; Shane bleibt dabei immer zwischen den Menschen und dem nervös zitternden Travis. Dieser beobachtet uns wie ein Mensch auf Atkins-Diät einen Stapel Pancakes. Doch ohne die Kraft, die Verzweiflung und unbezähmbarer Hunger ihm gaben, ist er kein Gegner für Shane. Ich fühle mich deshalb sicher – wenn auch nicht gerade glücklich.

Elizabeths Eigentumswohnung im Souterrain sieht aus wie jede andere Wohnung eines aufstrebenden Spekulanten des Turbokapitalismus: Ledersitzgruppe, die Elektrogeräte in der Küche alle mit Edelstahlfronten und ein Hartholzboden, der nach einem Spiel Socken-Hockey schreit.

»Wow«, entfährt es David. »Als Mensch hat sie bei der Liga sicher nicht so viel verdient, dass sie sich ein solches Domizil hätte leisten können.«

Ein dumpfes Geräusch aus der Küche lässt uns alle zusammenfahren. Eine stattliche weiße Katze stolziert ins Wohnzimmer und faucht uns an.

David atmet erleichtert auf. »Ich wusste auch nicht, dass sie ein Haustier hat.«

Shane hockt sich hin und lockt die Katze mit leisen Miez-Miez-Rufen. Sie lässt sich dazu herab, zu ihm zu kommen, und er nimmt sie auf den Arm. Dabei wirft er einen Blick auf das Schildchen am Katzenhalsband.

»Wie heißt sie?«, will David wissen.

»Er. Es steht kein Name drauf. Ist nur eine Tollwutmarke.« Er greift unter das blaue Halsband und zieht es dem Kater über den Kopf. Dabei vermeidet er es, David anzusehen.

»Lass mich das Kätzchen haben«, bittet Travis.

Shane wendet sich ab. »Nein, du wirst ihn nur beißen.«

»Werd ich nicht!«

»Glaub mir ruhig. Es ist noch nicht so lange her, dass ich so jung war wie du jetzt. Du wirst alles beißen, was blutet. Und wo wir gerade davon reden …« Mit einer Kopfbewegung deutet Shane auf die Thermofeldflasche, die Travis wie ein Wanderer am Gürtel trägt. »Essenszeit.«

»Oh, ja. Danke.« Travis zieht den Strohholm einer Fastfood-Kette aus der Hemdtasche und reißt die Papierhülle auf.

»Gib mir den Kater.« David nimmt Shane das Tier ab. »Ich nehme ihn mit zu mir nach Hause. Aber zuerst suchen wir ihm hier was zu fressen.«

Ich schaue den Stapel Post durch, der auf dem Esstisch liegt. »Travis, wonach müssen wir suchen?«

Travis fährt zusammen, so unerwartet angesprochen, vor allem jetzt, wo er gerade mit Trinken beschäftigt ist. Er lässt den Strohhalm in die Flasche gleiten und wischt sich den Mund mit einem Papiertuch ab. Rasch wende ich den Blick ab, um die rote Blutspur auf der weißen Serviette nicht sehen zu müssen.

»Ähm, tja-ha.« Er streicht sich vorn übers Hemd. »Wahrscheinlich hat sie die wichtigen Sachen in ’nem feuerfesten Safe. Also schauen wir zuerst in den Schränken nach.«

Wir öffnen den Garderobenschrank gleich gegenüber der Küche, in der Shane und David immer noch mit der Suche nach Katzenfutter beschäftigt sind. Ich halte die Taschenlampe für Travis, der jetzt, wo er seinen Imbiss gehabt hat, ruhiger wirkt.

»Sollten wir nicht Handschuhe tragen?«, frage ich ihn.

»Nee. Niemand nimmt hier drin Fingerabdrücke. Ist ja kein Tatort.«

Ich blicke über die Schulter hinweg in die Küche. »Es wird einer werden, wenn David und Shane nicht das Vieh endlich in Ruhe lassen und uns helfen kommen.«

Travis kichert. »Du magst wohl keine Miezekatzen, was?«

»Ich bin mehr ein Hundemensch. Aber ich beneide Katzen um ihre Fähigkeit, so viel zu nehmen und so wenig im Tausch dafür zu geben.«

»Ich hatte 'nen Hund. Hat jetzt meine Ex. Wie das Haus.«

»Ist das der Grund dafür, dass du Country magst?«

Er zieht sich aus dem Schrank zurück. »Häh?«

»Kleiner Scherz. Tut mir leid wegen deines Hundes.«

»Jep, tja-ah …«, er kratzt sich am Bauch, »… schätze, ich krieg dann wohl so schnell keinen mehr. Versuchen wir's im Schlafzimmer.«

Shane hat das mitbekommen und gesellt sich zu uns. »Geht nicht gegen dich, Travis. Aber wir lassen neue Vampire nicht mit Menschen allein.«

Der Detektiv seufzt und nimmt einen Schluck von seinem Frühstück.

Elizabeth hat einen begehbaren Kleiderschrank. Für die meisten Frauen wäre dieses Ding der totale Hammer. Ich hingegen gebe einen Scheiß darauf, wie viele Paar Schuhe …

»O Gott!« Ich werfe mich vor dem heißesten Paar hoher roter Pumps, die ich je zu Gesicht bekommen habe, auf die Knie. »In denen würde ich fantastisch aussehen.« Ich suche den Markennamen. »Ferragamos! Oh, ich habe immer geträumt von einem Paar … ach, scheiße, sie haben die falsche Größe.« Enttäuscht werfe ich den Schuh auf den Boden. Er springt unter eine Reihe von Röcken und trifft etwas Metallisches.

Shane schiebt die Röcke beiseite, und ein Safe kommt zum

Vorschein, etwa einen halben Meter hoch, mit Zahlenschloss. »Ausgezeichnet!«

Ehe Shane das Ding unter den Röcken hervorzieht, sieht er noch, wie ich den anderen roten Pump fest umklammert halte. Verärgert über meinen östrogeninduzierten Ausbruch pfeffere ich den Schuh in die nächste Ecke.

»Vergiss, dass du das je gesehen hast, klar?«

Shane zieht den Safe aus dem Schrank und schiebt ihn hinüber zum Bett. Travis und ich schauen neugierig zu, wie er sich vor Bett und Safe kniet, einen Bleistift und ein Blatt Millimeterpapier aus seiner Gesäßtasche fischt.

»Wozu ist das gut?«, frage ich

»Ich zeig's dir, wenn ich fertig bin.« Er wirft uns einen Blick zu, der uns deutlich sagt: Wir sind als Publikum unerwünscht. »Das Ganze ist ziemlich langweilig und braucht seine Zeit. Geht und macht irgendwas anderes, okay? Aber seid schön leise.«

Wir gehorchen. Im Wohnzimmer mustert David ein Bücherregal unterhalb der großen hohen Fensterscheiben. Vor den Fenstern hängen schwere Vorhänge, die den Raum vollständig verdunkeln. David zieht ein paar Bände heraus, die sehr nach Feldhandbüchern der Liga aussehen. »Für den Fall, dass die Polizei hier herumschnüffelt«, meint er und lässt die Bücher in einer der Sporttaschen verschwinden.

Ich gehe hinüber zu einem deckenhohen Schrank an der Wand, die dem Esszimmer gegenüberliegt. Ich hole Elizabeths Schlüsselbund aus meiner Handtasche, suche den richtigen Schlüssel für den Schrank und schließe ihn auf. »Wow-oh-wow!«

Der Schrank beherbergt ein Waffenarsenal zur Vampirjagd: Kruzifixe, angespitzte Pflöcke, ein Langschwert und eine Armbrust.

Im untersten Fach liegt noch eine Waffe. Das Ding könnte

glatt als Requisite eines Invasion-Films der vierziger Jahre durchgehen.

Travis kommt näher. Argwöhnisch beäugt er die Pflöcke. »So 'ne Knarre wie die hab ich ja noch nie gesehen.« Er greift nach der Waffe aus dem untersten Fach. »Was für 'ne …«

»Nicht anfassen!«, schreit David seine Warnung.

Travis lässt die Waffe fallen. Ich springe zurück in der Erwartung, dass das Ding losgeht. Aber anstatt beim Aufschlag auf den Boden dumpf und schwer zu klingen, gibt es nur ein hohles, plastikmäßiges *Plock!* von sich. Ich bücke mich und hebe die seltsame Waffe auf.

David ist mit ein paar Schritten neben mir. »Das Ding feuert keine Kugeln ab.«

»Es ist aus Plastik.« Ich wiege es in der Hand. »Wie eine Wasserpistole.«

»Es ist eine Wasserpistole.«

Mein Blick fällt auf die beiden Flaschen mit Weihwasser, die im Schrank stehen. Ein Schachtel mit Latex-Handschuhen steht gleich daneben. Wahrscheinlich nötig, damit Elizabeth risikolos mit den Flaschen umgehen konnte.

Mit dem Fingernagel kratze ich über die raue Oberfläche der Waffe. Unter dem Schwarz erscheint ein kräftiges Pink. »Gibt es nicht ein Gesetz, das es verbietet, Spielzeugpistolen schwarz anzustreichen?«

»Für Operationen bei Nacht brauchen sie schließlich den Tarnanstrich«, erläutert David. »Außerdem würde ein Agent der Liga niemals eine gelb- und pinkfarbene Waffe tragen. Ist so ein Macho-Ding.«

»Kann man damit einen Vampir töten?« Ich richte die Waffe auf Travis. »Zum Beispiel den Vampir, der vor ein paar Nächten versucht hat, mir die Kehle aufzuschlitzen?«

Der Detektiv hebt die Hände und wird blass. »Ich hab doch schon gesagt, dass 's mir leidtut.«

»Nicht, soweit ich mich erinnere.«

David schiebt sich zwischen uns. »Töten würde es ihn nicht, aber ihm schwere Verbrennungen zufügen.«

»Das Ding ist nicht geladen.« Ich händige David die Waffe aus und grinse Travis böse an. »Übrigens funktionieren geweihte Waffen in meinen Händen nicht.«

»Weihwasser unterscheidet sich von Kreuzen.« David überprüft die Waffe und greift dann nach der Sporttasche, die er auf dem Esstisch deponiert hat. »Ihm wohnt deshalb Macht inne, weil es geweiht wurde. Die meisten Kreuze sind an und für sich nicht geheiligt; profaner Schmuck, der in irgendeiner Fabrik hergestellt worden ist. Ein Kreuz hat so lange keine Macht, bis es nicht im Glauben, im Vertrauen auf Gott eingesetzt wird.« David verstaut die Waffe, das Weihwasser und den passenden Trichter in einer Außentasche der Sporttasche. »Ein Vampir erholt sich niemals ganz von einer Weihwasserverbrennung. Es hinterlässt bleibende Narben.«

»Gut, dann benutze ich das Ding also nicht, um Shane ein bisschen nass zu spritzen.« Ich hebe das Schwert aus seinem Gestell im Schrank und ziehe die schmale, gebogene Klinge aus der Scheide. »Na, das ist mal 'ne hübsche Machete!«

»Das ist ein Katana. Ein japanisches Langschwert.« David nimmt es mir aus der Hand; der Blick, den er für das Schwert hat, ist ehrerbietig. Mit beiden Händen umschließt er das Heft. Er tritt in den freien Raum zwischen Esstisch und Sofa im Wohnzimmer. »Viele halten ein Katana für die perfekte Waffe.« David nimmt eine Verteidigungshaltung ein, bereit, dem imaginären Gegner zu begegnen. »Es ermöglicht dem Schwertkämpfer eine gewisse Reichweite, Kontrolle …«, er schwingt das Schwert pfeifend in einem großen Bogen durch die Luft, »… und Kraft.«

»Wann setzt man es ein?«, will ich wissen.

David blinzelt, kehrt in unsere Welt zurück. Er senkt die elegante Klinge. »Zum Enthaupten von Vampiren.«

Wir beide blicken Travis an, der noch ein bisschen blasser geworden ist. Mit dem Daumen deutet er in Richtung Flur. »Ich geh dann mal besser und schau, ob ich Shane helfen kann bei … irgendwas.«

Kaum ist er fort, lässt David die Klinge zurück in die Scheide gleiten. Sorgsam verstaut er das Katana in der Sporttasche. Es ist zu lang; der Griff ragt über den Taschenrand hinaus.

»Vermissen Sie es?« Ich reiche ihm so viele Pflöcke, wie ich greifen kann. »Vampire zu jagen?«

»Nein.« Die Antwort kommt verdächtig schnell. »Ich mag, was ich jetzt tue und möchte das auch weiterhin tun können.«

Zum Schluss reiche ich ihm die Armbrust und den Köcher mit Pfeilen. »Warum nur hat Elizabeth diese Waffen hier in ihrer Wohnung aufbewahrt? Man hätte sie doch jederzeit gegen sie selbst benutzen können.«

David nimmt mir die Armbrust ab. »Sie hat die Welt sicher vor Vampiren machen wollen, nicht anders herum.«

»Okay, und warum hat ein Vampir mit einer gehörigen Portion Selbsthass einen Radiosender aufgezogen?«

David hält mitten in der Bewegung inne, die Armbrust immer noch in der Hand. »Weil ich es wollte«, sagt er, ohne mich anzusehen. »Sie hat sich schuldig gefühlt, weil sie beinahe mein Leben beendet hätte.« Mit dem Zeigefinger fährt er den gebogenen Abzug der Waffe entlang. »Das Ganze war ziemlich kompliziert.«

»Yeah!«, jubelt jemand im Schlafzimmer.

Rasch versenkt David die Armbrust in der Sporttasche. Wir stürzen in Richtung Schlafzimmer, da reißt Shane auch schon die Tür auf. Er wedelt mit dem Millimeterpapier, das voller Linien und Kreise ist.

»Jackpot!«, ruft er und macht eine ausladende Geste zum Bett hin. Dort steht der Safe mit sperrangelweit geöffneter Tür.

Travis blättert sich durch einen Stapel Papiere hindurch. Er lächelt und reicht mir den ganzen Stapel. »Geburtsurkunde, Sozialversicherungsausweis, Pin-Nummern, Passworte. Alles, was du brauchst, um Elizabeth Vasser zu werden.« Er blickt David an. »'n Testament hab ich noch nicht gefunden. Aber vielleicht kann sich ja jetzt Ciara eine Kopie von Elizabeths Anwalt holen. Nur zur Sicherheit durchsuche ich auch noch den Rest der Wohnung.« Er macht sich auf in Richtung Eingangsbereich.

»Gute Arbeit«, lobe ich Shane. Ich bemerke, dass er eine kleine schwarze Schachtel, wie Juweliere sie zum Verpacken für Schmuck verwenden, in der Hand hält. »Was ist das?«

»Oh, es ist …« Shane reicht David die kleine Schachtel. »Es tut mir leid.«

David öffnet die Schachtel. Sein Gesicht fällt förmlich in sich zusammen. »Sie hat ihn behalten.« Er sinkt aufs Bett. »Ich kann nicht glauben, dass sie ihn behalten hat.«

»Ihr beide wart verlobt?«, frage ich ihn.

»Ungefähr eine Woche lang.« Er fährt mit dem Daumen die Kanten der Schachtel entlang. »Ehe sie verwandelt wurde.«

»Sie müssen ihr wirklich etwas bedeutet haben, wenn sie den Ring aufgehoben hat.« Ich setze mich neben David. »Ich glaube, sie würde wollen, dass Sie den Ring bekommen.«

David nimmt den Ring aus der Schachtel und hält ihn ins Licht. Die Rubine und Diamanten leuchten wie Funken. »Was soll ich mit dem Ring anfangen?«

»Ich könnte für Sie bei Dean einen guten Preis aushandeln.«

Er sieht mich an, als hätte ich soeben den Kater ertränkt. »Sie wollen, dass ich Elizabeths Verlobungsring versetze?«

»Denken Sie praktisch. Sie stehen vielleicht schon bald ohne Job da.« Ich halte die Dokumente hoch. »Elizabeth wird dem Sender aus dem Grab heraus eine Hilfe sein. Lassen Sie sich auch von ihr helfen.«

David betrachtet den Ring auf seiner Handfläche eingehend.

»Seit Jahren habe ich mir keinen Urlaub mehr leisten können. Es wäre nett, einfach mal nach Florida runterzufahren und meine Mutter zu besuchen.« Er schüttelt den Kopf. »Was rede ich denn da? Wenn Elizabeth gewollt hätte, dass ich den Ringe bekomme, hätte sie ihn mir zurückgeben können.« David steckt den Ring zurück in die Ringschachtel und legt diese wieder in den Safe. Er schlägt die Safetür zu und dreht das Zahlenschloss. Dann verlässt er mit steifen Schritten das Schlafzimmer.

Vorsichtig setzt Shane den Safe wieder auf seinen Platz im Schrank und arrangiert die Röcke neu, um ihn wieder hinter der Kleidung zu verbergen.

Ich folge ihm und deute auf das Millimeterpapier, das er immer noch in der einen Hand hält. »Was hat das ganze Gekritzel darauf denn zu bedeuten?«

Er entfaltet den Bogen. »Es ist ein bisschen kompliziert. Aber jede Nummer der Kombination gehört zu einem Rädchen innerhalb des Schließmechanismus. Dieser Mechanismus hat drei davon. Nachdem ich die Kontaktpunkte gefunden habe …«

»Durch Lauschen, ja?«

»Genau. Ganz wie im Film.« Shane erklärt mir das Verfahren, zeigt mir die Kontaktpunkte auf dem Blatt Millimeterpapier. Ich verstehe nicht alle seine Erklärungen, aber immerhin bekomme ich drei Zahlen mit: zwölf, dreiundvierzig und einundsechzig. Shane streicht die ersten zwei Anordnungen aus, was vier übrig lässt.

»Faszinierend. Irgendwann musst du mir das richtig beibringen. Ich zeige dir dann, wie man einen klassischen Kleinbetrug einfädelt.« Ich gehe Elizabeths Kleiderschrank durch. »Die glauben nie, dass ich Elizabeth bin, wenn ich mein übliches Billigmarkt-Zeug trage.« Ich hole ein eisblaues Kostüm von der Stange und halte es vor mich. »Steht mir das?«

»Sehr gut sogar.« Shane nickt beifällig, als er sieht, wie kurz der Rock ist. »Was wird das nun? Diebstahl?«

»Ich leihe es mir für die Besprechung aus. Aber zuerst muss ich es anprobieren.«

»Ich spreche nicht von dem Kostüm.« Shane hält den Bogen Millimeterpapier hoch. »Ich kann dir die Kombination sagen oder den Safe auch gleich für dich öffnen, wenn du den Ring so unbedingt haben willst.«

Erwischt. Ich werfe Shane einen indignierten Blick zu. »Warum sollte ich den Ring stehlen? Ich bin eine Trickbetrügerin, keine Juwelendiebin.«

Er streift mit der Hand meinen Arm. »Ich hab's begriffen, okay? Einen Betrug durchzuziehen gibt dir das Gefühl, lebendig zu sein, mehr als alles andere auf der Welt. Du fühlst dich stark, klug, überlegen.«

»Das stimmt n…«

»Wenn du wieder zurück in das Leben einer Trickbetrügerin willst – ich stehe dir nicht im Weg.« Er macht einen Schritt zurück. »Aber lüg mich nicht an, klar, Ciara? Spiel keine Spielchen mit mir. Nie, verstehst du?«

Er tritt aus dem begehbaren Schrank heraus und schließt die Tür hinter sich. Ich grübele über seine Worte nach, während ich mich ausziehe. Ich kann doch einen Betrug durchziehen und immer noch ein guter Mensch sein, oder? Ich ziehe die ganze Masche hier durch, gerade weil ich ein guter Mensch bin. Wie kann Shane es wagen, über mich zu urteilen, wo es sein Hintern ist, den ich hier zu retten versuche! Er braucht schließlich ein Zuhause; er braucht die Musik; er braucht ein Ziel im Leben.

Und David braucht dringend Urlaub. Das jedenfalls versuche ich mir einzureden, während ich den Safe öffne.

Nachdem ich mich umgezogen habe – tragischerweise bezieht sich das nicht auf mein Schuhwerk –, finde ich die Männer in Elizabeths Arbeitszimmer vor einer riesigen Wandkarte der Vereinigten Staaten von Amerika.

Shane sucht meinen Blick. »Und du denkst, ich wäre neben der Spur.«

Auf jedem Staat klebt eine Silbermünze. »Sie hat also Vierteldollar-Münzen gesammelt. Den Spaß machen sich viele.« Es macht mich traurig, dass Elizabeth nur bis Idaho gekommen ist, ehe sie gepfählt wurde.

David reicht mir ein Polaroid-Foto. Es ist eine Blitzlichtaufnahme bei Nacht von einem LKW der Firma *U-Haul*. Auf der Seitenverkleidung des LKWs sind unter der Aufschrift ›Kentucky‹ ein paar Rennpferde zu sehen. Unten auf dem breiteren weißen Rand des Polaroid-Fotos stehen feinsäuberlich mit Filzstift das Datum und der Ort der Sichtung.

Ich schaue hoch und sehe Reihen über Reihen Fotos, die *U-Haul*-LKWs mit den Symbolen der unterschiedlichen Staaten zeigen. Sie hängen alle an der Wand gleich neben der Karte.

»Okay, das ist wirklich neben der Spur.«

In diesem Augenblick klingelt es an der Tür. Mindestens eine geschlagene Sekunde lang gaffen wir uns alle mit offenem Mund an. Jeder von uns produziert vor Panik eine Nulllinie in seinem EKG – okay, nur die, die noch einen Herzschlag haben. Der Kater hat es eilig, aus Davids Armen zu springen und schießt den Flur hinunter.

»Die Waffen!« Barfuß wie ich bin, stürze ich ins Esszimmer. Das Klimpern von Schlüsseln ist von der anderen Seite der Tür zu hören. Ich packe die Sporttasche und reiße sie vom Tisch, gerade, als sich der Türknauf dreht.

Die Wohnungstür geht auf, und ein großer, muskulöser Typ mit Glatze und in schwarzer Uniform steht auf der Schwelle. Er wirkt nicht überrascht, mich hier vorzufinden. »'n Abend, Ma'am«, sagt er, dreht sich um und nickt jemandem hinter sich im Hausflur zu.

Durch die Tür tritt jetzt ein weißhaariger Mann – der Weißhaarige aus Gideons Refugium. Er schenkt mir ein breites Lächeln.

»Da bist du ja, Darling.«

Mir wird nahezu schwarz vor Augen, und ich spüre, wie meine Gesichtszüge völlig entgleisen. Meiner Kehle, eng wie eine Faust, entringt sich ein einziges Wort.

»Daddy?«

26

Crucify

Der weißhaarige Mann streckt mir die Hände entgegen. »Ja, lass dich anschauen – was siehst du erwachsen aus! Und dann auch noch in einem Kostüm.«

Alles, was mir zu tun einfällt, ist, die Griffe von Davids schwerer Sporttasche zu umklammern. Mein Instinkt rät mir, möglichst den Tisch zwischen mir und diesem … diesem Hochstapler zu lassen.

Als ob er meine Gedanken lesen könnte, sagt er: »Ich bin's wirklich. Dein verlorener Vater.«

Ich weiche zurück, umklammere dabei aber immer noch die Tasche. Als sie durch meine Bewegung vom Tisch rutscht, reißt mir das Gewicht die Griffe aus der Hand. Die Tasche knallt auf den Boden, Holz schlägt aneinander, Metall klirrt.

Ich reibe mir den gezerrten Muskel meines Unterarms. »Dad, was machst du hier?«

»Das ist eine lange Geschichte. Werde ich zur Begrüßung denn nicht umarmt?«

David und Shane stehen plötzlich neben mir, der eine rechts, der andere links von mir.

»Major Lanham?«, sagt David zu dem ersten Mann, zu dem, der nicht mein gottverdammter Vater ist.

»Jetzt: Lieutenant Colonel«, erwidert der Mann und deutet auf die silbernen Abzeichen auf seiner Schulter. »Schön Sie zu sehen, Fetter.«

Ich drehe mich zu David um. »Sie haben das gewusst?«

»Nein.« Abwehrend hebt David die Hände. »Okay. Man hat

mir gesagt, ich solle Sie einstellen, um jemandem bei der Liga einen Gefallen zu tun. Ich wusste aber nicht wem und warum.«

»Ciara.«

Als ich die Stimme meines Vaters höre, drehe ich mich zu ihm um.

»Ist das alles, was du nach acht Jahren zu sagen hast?« Er breitet die Arme aus. »Ich habe dich vermisst, mein Engel.«

Meine Kehle ist wie zugeschnürt. Ich möchte nicht zu ihm. Aber ich kann nicht anders. Sein einst rotblondes Haar ist jetzt weiß, was mich schockiert. Aber das Funkeln in seinen großen blauen Augen ist immer noch da: dieses Funkeln, mit dem er mir eine Gute-Nacht-Geschichte vorgelesen oder meine Mutter über die Menge im Erweckungszelt hinweg angesehen hat.

Wir treffen uns in der Mitte; er nimmt mich in die Arme. Seine gemütliche Leibesfülle ist Vergangenheit, stattdessen kann ich sein Schlüsselbein und seine Schulterblätter unter dem weichen Baumwollhemd spüren.

Ich schluchze los. Nichts zählt in diesem Moment, keine Vorwürfe, keine Fragen. Es fühlt sich sogar so an, als würden sie nie wieder eine Rolle spielen.

Mein Vater tätschelt mir beruhigend den Rücken. »Ist ja schon gut«, sagt er, »ich bin jetzt da. Niemand wird mich dieses Mal fortschicken.«

Ich hänge an seinem Hals, nachdem er mich längst losgelassen hat; ein eindeutiges Signal dafür, dass jetzt Schluss mit der Umarmung ist. Schließlich drückt er mich ein Stück von sich weg und wischt mir mit dem Daumen die Tränen von den Wangen. »Wein nicht mehr, meine Kleine. Alles wird gut.«

»Aber … aber warum?«

Colonel Lanham macht eine auffordernde Handbewegung in Richtung Wohnzimmer. »Vielleicht sollten wir alle uns setzen.«

Auf Beinen wie Gummi gehe ich auf die Mitte des Sofas zu. Kaum dass ich sitze, lässt sich mein Vater neben mir nieder. Zu meiner Erleichterung nimmt Shane den Platz an meiner anderen Seite ein. Über mich hinweg streckt er meinem Vater die Hand hin.

»Shane McAllister.« Sein Ton ist freundlich, aber kühl.

»Ronan O'Riley.« Dad schüttelt Shane die Hand und lächelt ihn an. »Sie sind ein Vampir, nicht wahr? Ich habe noch nicht viele gesehen, die so jung sind wie Sie. Sie halten sich gut.«

Shane nickt ihm bestätigend zu. Dann legt er die Hand neben mich aufs Polster des Sofas, und ich lege meine auf seine Hand. Nur, damit die Dinge von Anfang an klar sind.

Shanes Haut zu berühren lässt mich mein inneres Gleichgewicht zurückgewinnen. Ich rücke etwas von meinem Vater ab, dem Anschein nach, um ihn besser anschauen zu können. »Bitte erzähl alles von Anfang an.«

Mein Vater öffnet schon den Mund, aber Colonel Lanham übernimmt das Reden.

»Seit circa zwei Jahren ermittelt Ihr Vater für die Liga verdeckt in Gideons Refugium.« Lanham sitzt auf der Kante eines Sessels mit hoher Rückenlehne. Er sitzt kerzengerade da, als hätte er einen Besenstiel verschluckt oder balanciere Teller auf seinem Kopf. »Wir haben ihm bedingte Haftentlassung aus dem Bundesgefängnis im Austausch gegen Informationen und seine Hilfe bei diesem Einsatz angeboten.«

»Entweder das oder das Zeugenschutzprogramm.« Dad stößt mich mit dem Ellbogen an und zwinkert mir zu. »Das hier verspricht jedenfalls mehr Spaß zu machen, oder?«

»Was denn für Informationen?«, frage ich ihn.

Sein Lächeln verschwindet, stattdessen seufzt er tief auf. »Ich habe dir nie viel über deine Familie erzählt. Das geschah allein zu deinem Schutz. Hast du schon mal die Bezeichnung ›Traveller‹ gehört?«

»Das sind so was wie Zigeuner, richtig?«

Nachdrücklich schüttelt er den Kopf. »›Zigeuner‹ – so genannt zu werden, können die Traveller nicht ausstehen. In Irland, wo sie ursprünglich herkommen, nennt man sie Wandernde oder Reisende. Es sind Landfahrer, die hier in den Staaten im Süden und im Mittelwesten von Ort zu Ort ziehen und ihre Waren feilbieten.«

»Reisende, okay. Aber sie sind doch auch Gauner – oder etwa nicht?«

»Nein, die meisten nicht. Aber meine Familie gehörte zu den Besten der Besten.« Mein Vater schaut rasch zu Lanham hinüber, der die Stirn runzelt. »Zu den Schlimmsten, meine ich. Ich bin weg von meinen Leuten, als ich deine Mutter kennengelernt habe. Doch all die Jahre über habe ich Kontakt zu ihnen gehalten, habe ihnen Geld geschickt, wenn sie es brauchten. Die Bedingung war, dass sie dafür deine Mutter und dich in Ruhe ließen. Das haben sie auch gern getan – in ihren Augen seid ihr beide nämlich Außenseiter: Landvolk oder Sesshafte, wie sie es nennen würden.«

Während mein Vater spricht, bemerke ich Falten um Augen und Mund, die er vorher nicht hatte, und dass seine Hand zittert, wenn er mit ihr einen wichtigen Punkt seiner Ausführungen unterstreicht. Seine Haarfarbe ist nicht das Einzige, was sich in den letzten acht Jahren verändert hat. Aber nicht sein Stolz und sein großspuriges Gehabe – die sind, wie sie immer waren.

»Nun, egal«, fährt er fort, »ich wusste jedenfalls noch genug darüber, was meine Sippe so treibt und wo sie sich aufzuhalten pflegt. Daher war ich den Feds eine große Hilfe dabei, ihre Ermittlungen gegen sie wegen organisierter Kriminalität erfolgreich abzuschließen.«

Colonel Lanham räuspert sich. »Wir dachten, ein Auftrag wie dieser hier würde Ihren Vater reizen. Schließlich hat er so während seines Einsatzes Gelegenheit, in Ihrer Nähe zu sein und auch mit Ihnen Kontakt aufzunehmen.«

»Und da bin ich!« Dad breitet die Arme in einer für ihn typischen großen Geste aus und schnipst mit den Fingern, als ob er sich selbst aus dem Nichts herbeigezaubert hätte.

»Und was ist mit Mom?«, frage ich ihn.

»Was soll mit ihr sein?«

»Sie sitzt immer noch ein, ist doch so, oder?«

»Ja, natürlich. Ich habe sie immer vor dem Clan abgeschirmt. Also wusste sie auch nichts, was sie dem FBI hätte anbieten können.«

»Aber warum hast du sie nicht auch rausholen können? Warum ist sie nicht bei dir?«

Sein eines Auge zuckt. Er blickt zu Lanham hinüber. »Darüber reden wir später.«

»Hmm.« David, der gegen die Wand gelehnt dasteht, verschränkt die Arme vor der Brust. »Mister O'Riley, wie …«

»Bitte, nennen Sie mich Ronan.«

»Ronan. Wie sind Sie aus Gideons so genanntem Refugium herausgekommen?«

»Wir haben ihn herausgeholt«, erklärt Colonel Lanham. »Heute früh.«

Hitze schießt mir den Hals hoch ins Gesicht. »Wenn Sie ihn da rausholen konnten, warum nicht mich? Ich wäre fast umgebracht worden!«

Ohne den Kopf zu bewegen, gelingt es Lanham den Eindruck zu erwecken, er nicke. »Ihren Vater herauszuholen war eine von langer Hand geplante und gut vorbereitete Aktion. Im Handstreich jemanden zu befreien – was bei Ihnen nötig gewesen wäre – ist bei Kultgemeinschaften wie der von Gideon und seinen Anhängern immer riskant. So etwas kann eine Welle von Ermordungen oder Massenselbstmorden auslösen. Wir wollten kein zweites Waco auf unser Gewissen laden.«

Ich denke darüber nach. Es ist wirklich fraglich, was mit den ›Gästen‹ in Gideons Refugium, besonders den Kindern, passieren würde, wenn die Liga die Ranch stürmte.

»Für nähere Einzelheiten ist später noch Zeit.« Colonel Lanham erhebt sich mit einem tiefen Seufzer. »Sobald wir Sie in ein sicheres Versteck gebracht haben.«

»Wie bitte?« Ich überschlage, was ich noch alles vorbereiten muss bis Freitag und dem Skywave-Meeting. »Ich gehe nirgendwohin. Ich habe hier zu arbeiten.«

»Nur für ein paar Nächte, Darling.« Dad drückt mir die Hand. »Sie bringen dich dann morgens zum Sender und versichern sich, dass alles in Ordnung ist. Außerdem haben wir dann auch ein bisschen Zeit nur für uns beide.«

Das Meer aus Fragen erobert sich wellenweise meinen Verstand zurück. »Zuerst muss ich mit David und Shane sprechen.« Ohne meinen Vater anzusehen, stehe ich auf und gehe in Richtung Schlafzimmer. Shane bleibt an meiner Seite.

Hinter mir höre ich David zu Lanham sagen: »Behalten Sie den da im Auge, der ist noch ganz jung.«

Travis murmelt brüskiert: »So was – kein Respekt.«

David stößt im Schlafzimmer zu uns. Er versenkt die Hände in den Hosentaschen und wirft mir einen reumütigen Blick zu. »Ich schwöre, dass ich nicht gewusst habe, dass Ihr Vater mit der ganzen Sache zu tun hat.«

Er scheint die Wahrheit zu sagen. »Aber dieser Lanham – kann ich dem trauen?«

Shane schnaubt auf. »Ich würd's nicht tun. Der gehört zur Liga.«

»Er wird Sie nicht absichtlich in Gefahr bringen«, meint David. »Aber glauben Sie bloß keine Sekunde lang, er hätte Ihre Interessen im Blick! Alles dient bei diesen Leuten allein ihren eigenen Zwecken.«

»Na, dann hat mein Dad ja ein paar Seelenverwandte gefunden.«

David runzelt die Stirn und legt mir dann kurz die Hand auf die Schulter. »Sie haben eine zweite Chance bekommen für sich und Ihren Vater. Verplempern Sie die nicht.« Er geht und schließt die Tür hinter sich.

Ich wende mich an Shane. »Also, das ist nun mein Vater.«

»Der Typ, den du gestern Abend ›dieser widerliche Arsch von einem Drückeberger‹ genannt hast, wenn ich das so korrekt in Erinnerung habe.«

»Weil ich geglaubt habe, er hätte uns im Stich gelassen.«

»Und jetzt?«

»Er sieht so alt aus.« Ich starre auf den Fußboden vor meinen Füßen. »Das ist meine Schuld.«

»Er sieht nur alt aus, weil du ihn lange Zeit nicht gesehen hast. Menschen altern eben.«

»Nicht so schnell. Nicht wenn sie nicht im Gefängnis sitzen oder auf einer Vampir-Ranch.« Ich fahre mir übers Gesicht. »Wenn sie in zwei Jahren alle vierzehn Tage von ihm getrunken haben, macht das zweiundfünfzig Mal. Kein Wunder, dass er so dünn ist. Denkst du, er ist krank?«

»Er riecht nicht krank.«

»Du kannst riechen, wenn jemand krank ist?«

»Klar, ganz genau wie Tiere das können. Es hat den Vampiren vor Urzeiten geholfen, leichter Beute zu finden. Jetzt hilft es uns, Bisse mit Todesfolge zu vermeiden.« Er will mich bei der Hand nehmen, ich aber ziehe meine Hand zurück. »Was ist?«

»Nichts. Nur … es wäre halt schön, wenn du jetzt ein ganz normaler Kerl wärst.« Ich zucke zusammen, als ich mich das sagen höre. »Tut mir echt leid.«

Shane legt mir die Hände auf die Schultern und dreht mich zu sich herum, damit ich ihm ins Gesicht sehen kann. »Hör zu, eigentlich gebe ich nicht gern Ratschläge. Aber dieses Mal mache ich eine Ausnahme.« Seine Augen sind von einem eisigen Blau und sehr ernst. »Nur weil jemand dir das Leben geschenkt hat, heißt das nicht, dass du ihm dieses Leben schuldest.«

Ich nicke. Mir geht die Frage durch den Kopf, ob Shane das

von seinen Eltern oder von Regina gelernt hat – oder sowohl als auch.

Wir gehen zusammen den Flur entlang zurück zum Eingangsbereich. David ist in der Küche und sucht die Sachen zusammen, die er für den Kater braucht. Mein Vater steht im Esszimmer und betrachtet das Schildchen, das an dem Katzenhalsband hängt. Shane hat das Halsband auf dem Tisch liegen gelassen. Der weiße Kater streicht meinem Dad um die Beine. Dad schaut hinunter und lächelt.

»Hallo, Antoine. Wie geht's dir, Katerchen?«

In der Küche lässt David die Tasche mit dem Katzenfutter fallen. Die Dosen rollen heraus und kullern über die Steinfliesen des Küchenbodens. David kommt aus der Küche und sagt zähneknirschend: »Sie hat ihn Antoine genannt?« Er wirft einen Blick auf das Halsband und das Schildchen, dann blickt er Shane vorwurfsvoll an. »Du hast es gewusst. Du hast gesagt, es sei 'ne Tollwutmarke!«

»Ich wollte nicht, dass du dich aufregst«, erwidert Shane mit leiser Stimme und schaut rasch zu Lanham und meinem Vater hinüber. »Außerdem dachte ich, du würdest ihn nicht wollen, wenn du seinen Namen wüsstest. Der Kater braucht ein neues Zuhause. Und bei uns würde er keinen Tag alt werden.«

Mich beeindruckt Shanes still in die Tat umgesetztes Mitgefühl. Der Blick auf meinen Vater hingegen verrät mir etwas anderes. Er hat sich neben den Kater gehockt, um ihn zu streicheln. Sein Blick aber gilt David: Er ist messend, abschätzend.

Ich kenne diesen Blick gut. So sucht mein Vater die Schwachstelle einer Person, mit der er es zu tun hat.

Dads Blick wandert zwischen David und dem Kater hin und her. Ich kann förmlich hören, wie die Rädchen in seinem Hirn zu arbeiten beginnen. Er weiß, wer Antoine war und was er Gideon demnach bedeutet. Aber ahnt er bereits, was Antoine für David bedeutet? Wie lang wird es dauern, bis mein Vater das

Puzzle zusammengesetzt hat? Es ist vielleicht egal. Dennoch will ich es nicht zulassen.

»Bereit aufzubrechen, Daddy?«, setze ich mein Ablenkungsmanöver in Gang.

Sein Gesicht hellt sich auf, als er in meine Richtung schaut. Mit einem leisen Ächzen richtet er sich auf und bietet mir in einer galanten Geste den Arm an. »Dann lass uns mal gehen, Darling!«

Er hatte schon immer eine Schwäche für dieses ganze Daddy-Ding.

Zusammen mit Colonel Lanham geht es ins Versteck. Auf der Fahrt belassen mein Vater und ich die Gespräche daher lieber im Bereich zwangloser Plaudereien. Ich erzähle ihm vom College und was ich in meinem Job für Aufgaben habe. Er erzählt mir von seinem Leben in einem Gefängnis mit minimalen Sicherheitsvorkehrungen. Es klingt, als gleiche es Gideons Refugium – nur ohne den vierzehntäglichen Aderlass.

Aus einer von Bäumen gesäumten Straße fährt der Wagen in die Kiesauffahrt eines typischen Vorstadthauses. Und typisch wie das Haus ist auch die Vorstadt: Diese heißt Silver Spring, was weder von Frühlingsfreuden kündet noch das Geringste mit Silber zu tun hat. Das Garagentor öffnet sich automatisch, als wir darauf zuhalten.

Ich muss zugeben, dass ich ein wenig enttäuscht bin. Ich hatte Bewaffnete erwartet, die mit radioaktiven Rottweilern an der Leine vor dem Haus postiert sind. Ich kann nur hoffen, das Haus ist ein sichereres Versteck, als es den Anschein hat.

Lanham öffnet mir den Wagenschlag. »Im Schlafzimmer im ersten Stock sollten Sie alles finden, was Sie benötigen.«

Ich durchquere ein Wohnzimmer, gehe ein paar Stufen zu einer einladend-behaglichen Küche hinauf. Einmal um die Ecke, und ich stehe vor einer weiteren Treppe. Es ist Neugier und die Lust am Neuen, die mich anspornt. Also greife ich nach dem Geländer und stürme hoch. Das einzige Haus, in dem ich je gelebt habe, war das meiner Pflegeeltern. Davor waren es hauptsächlich Motel-Zimmer, und danach Schlafsäle und kleine Mietwohnungen.

Im obersten Stock befindet sich ein großes, hübsches Zimmer, gemütlich eingerichtet. Das Bett ist breit und niedrig. Eine verblichene Patchwork-Steppdecke liegt darauf ausgebreitet. Die Luft steht im Zimmer. Daher stelle ich den Deckenventilator an; seine Flügel sind aus dichtem Korbgeflecht. Im Schrank finde ich T-Shirt und Jeans, die ich gegen Elizabeths Kostüm tausche.

Als ich die Treppe hinunterrenne, zieht sich ein Mann in schwarzem T-Shirt und schwarzen Hosen in den Schatten eines der Schlafzimmer zurück. Ich begrüße ihn mit einer lässigen Handbewegung.

»'n Abend, Ma'am.« Dem schneidigen Ton seiner knappen Begrüßung nach verbietet sich ein Plausch wie von selbst.

Ich nehme mir eine Flasche Mineralwasser und ein Eiersandwich aus dem Kühlschrank. So bewaffnet begebe ich mich hinunter ins Wohnzimmer. Mein Dad schaut sich Jay Leno im Fernsehen an und löffelt Frühstücksflocken aus einer Schüssel.

Als er mich so lässig gekleidet sieht, strahlt er übers ganze Gesicht. »Na, so siehst du gleich viel mehr nach meiner Ciara aus.« Er klopft mit der flachen Hand auf das Sofakissen neben sich.

Ich aber lasse mich stattdessen in einem der Sessel nieder. Ich brauche etwas mehr Abstand von ihm, um ihn das zu fragen, was ich vorhabe. »Du hast vorhin versprochen, mir zu erzählen, warum Mom nicht bei dir ist.«

Vor Überraschung zuckt er mit dem Kopf ein Stück zurück. »Hey, was haben wir dir über netten einleitenden Smalltalk beigebracht? Seit wann bist du so direkt?«

»Sag es mir einfach.« Ich probiere ein Lächeln. »Bitte.«

Er stopft sich den Rest Flakes in den Mund, tupft sich mit einer Papierserviette die Lippen ab und stellt die Schüssel fort. »Zuerst solltest du wissen, dass das ganze Haus verwanzt ist.«

Ich beiße in mein Sandwich und tue so, als ob überwacht zu werden mich nicht störe.

»Macht nichts«, fährt mein Vater fort. »Die Liga weiß sowieso schon alles, was ich dir jetzt erzähle.« Er stellt den Fernseher stumm und lehnt sich mit einem Seufzer ins Sofa zurück. »Ich konnte deine Mutter nicht ins Zeugenschutzprogramm bekommen, weil sie nicht mit mir verheiratet ist.«

»Mhmpf?« Das Sandwich ist ein trockener Klumpen mitten in meinem Rachen. »Ihr habt euch scheiden lassen?«

Er legt eine Hand auf die Brust, als ob ihn meine Frage mehr schockiert hätte als mich seine Eröffnung. »Scheiden lassen? Nein. Herr im Himmel, nein! Wir waren nie verheiratet.«

»Was?!« Ich schüttle das Sandwich drohend in seine Richtung. »Willst du mich jetzt verarschen?«, frage ich mit vollem Mund.

Seine Augen werden groß. »Achte auf deine Sprache, Ciara.«

Ich versuche zu schlucken. »Bin ich denn deine richtige Tochter? Bin ich Moms Tochter?«

»Selbstverständlich bist du das!« Er hebt beide Zeigefinger. »Lass es mich dir erklären. Als ich achtzehn war, habe ich ein Mädchen aus einem anderen Traveller-Clan geheiratet. Das war eine arrangierte Ehe. So wird das oft unter meinen Leuten gehandhabt. Das Mädchen war erst fünfzehn.«

»Bah.«

Er ignoriert meinen Einwand. »Deine Mutter und ich lernten uns kennen, da waren wir beide zweiundzwanzig. Ihre Großmutter war eine meiner, äh, Kundinnen.«

»Du hast sie über den Tisch gezogen, willst du damit wohl sagen.«

»Mit der üblichsten aller Maschen.« Er vollführt ein paar

Gesten, wie Hypnotiseure sie gern benutzen. »Such dir einen älteren Mitbürger, überzeuge ihn davon, dass das Dach seines Hauses dringend reparaturbedürftig ist, biete an, die Arbeit sofort zu übernehmen und verschwinde mit seiner gesamten Barschaft.« Er grinst. »Deine Mutter hat mich auf dem Weg aus der Stadt gestellt und … nun, tja …«

»Hat dir einen Tritt in den Hintern verpasst.«

»So in etwa. Eine Woche später habe ich alles hinter mir gelassen, um mit ihr zusammen zu sein – meine Sippe, meine Religion, mein Heim.« Er lächelt schelmisch und schnippt mit den Fingern. »Nachdem ich das Dach ihrer Großmutter repariert hatte.«

»Warum hast du dich von deiner ersten Frau dann nicht scheiden lassen?«

»Sie hätte abgelehnt, sich scheiden zu lassen. Die Traveller sind streng katholisch.« Er seufzt tief. »So hat man uns erzogen. Scheidung ist da ein schreckliche Sünde.«

Mir brennt förmlich eine Sicherung im Kopf durch. »Schlimmer als Ehebruch?«

»Aber ja. Ich wäre exkommuniziert worden.«

»Gerade eben hast du gesagt, du wärst für Mom zu einem anderen Glauben übergetreten. Was hat dich das dann noch interessiert?«

»Wenn man als Katholik geboren wird, besonders bei meinen Leuten, dann bist du Teil des Ganzen. Von diesem Ganzen mit Gewalt getrennt zu werden ist so, als verlöre man einen Teil seiner selbst.«

»Ich begreife immer noch nicht, warum das wichtiger ist, als die Frau zu heiraten, die man liebt.«

»Ich erwarte auch nicht, dass du es verstehst. Wir haben dich im Glauben der Pfingstbewegung erzogen, im Glauben deiner Mutter. Für dich wie für die meisten Menschen, die zu unseren Erweckungsgottesdiensten kamen, ist in Sünde zu leben schlimmer als eine Scheidung. Und das genau ist der Grund, warum wir es niemandem erzählt haben.«

Ich winke ab. »Glaub ja nicht zu wissen, an was ich glaube und an was nicht. Was mich angeht, ist einzig und allein die ganze Lügerei schlimm daran.« Zumindest, bis mir der nächste Gedanke wie ein Blitz ins Hirn fährt. »Hast du Kinder mit deiner Ehefrau?«

»Nein, habe ich nicht.«

Mit zusammengekniffenen Augen schaue ich meinen Vater an. Ich wünschte, ich könnte zurückspulen und seine Antwort auf Anzeichen einer Lüge abklopfen. »Vier Jahre lang wart ihr zusammen, und sie ist nie schwanger geworden? Ich gehe davon aus, dass Verhütung nicht stattgefunden hat – ist ja auch eine Sünde.«

Er zupft sich am Ohr und wird rot. »Das sind mehr Einzelheiten, als ich bereit bin, mit meiner Tochter zu besprechen.«

»Warum habt ihr mir die Wahrheit nicht schon gesagt, als ich noch ein Kind war?« Ich habe die Frage kaum gestellt, da kenne ich schon die Antwort. Meine Eltern befürchteten, ich könnte mich verplappern. Dann wären sie als scheinheilige Heuchler entlarvt worden.

»Bitte verzeih, dass wir es dir nie gesagt haben. Es kam während des Prozesses heraus. Aber du durftest ja nur für deine Aussagen in den Gerichtssaal.« Er macht eine Pause, um die Dramatik zu steigern. »Schließlich warst du die Hauptbelastungszeugin gegen uns.«

Mit einem Mal ist das Sandwich wieder von Interesse für mich. »Sie haben mich dazu gebracht auszusagen. Im Zeugenstand durfte ich nicht lügen.«

Ich spüre den Blick meines Vaters auf mir, während ich ganz nebenbei die Sesamkörner von der Kruste des Mehrkornbrots picke. Aus irgendeinem Grund habe ich die noch nie gemocht.

Mein Vater schweigt. Das Schweigen ist ohne jeden Zweifel anklagend.

Ich war nicht nur die Hauptbelastungszeugin; ich hatte meine Eltern verpfiffen. Von mir kam der anonyme Hinweis, der die polizeiliche Untersuchung erst ins Rollen brachte.

Wenn ich die Fernbedienung in die Finger bekommen könnte, würde ich den Ton des Fernsehers wieder anschalten. Dann wäre dieses bedrückende Schweigen gebrochen. Auf dem Schirm ist in der *Tonight Show* eine Band zu sehen, die ich nicht kenne. Die Sängerin trägt eines dieser traditionellen hawaiianischen Kleider, einen roten Mu'umu'u.

Ich spüre immer noch, dass mein Vater mich beobachtet. Er wartet auf ein Geständnis. Jetzt kapiere ich endlich, warum Shanes Schweigen gestern Abend so an meinen Nerven gezerrt hat. Ich bin es leid, vor Gericht zu stehen.

Ich drehe mich um, um meinem Vater direkt in die Augen zu sehen. »Wirst du die nächsten acht Jahre so weitermachen?«

»Womit?«

»Damit, nicht mit mir zu reden.«

Er stemmt sich aus den Polstern hoch. »Ich habe verdeckt ermittelt. Ich hatte mit niemandem draußen Kontakt.«

»Zwei Jahre lang, ja. Die sechs Jahre davor, während du gesessen hast, ist aber auch kein Anruf gekommen, kein einziger – und auch kein Brief!«

»Du hast auch nicht angerufen. Nicht ein Mal. Geschrieben hast du nicht. Und besucht hat mich meine Tochter, mein eigenes Kind, auch nicht.«

Mein Magen verkrampft sich unter dem anklagenden Ton, den mein Vater anschlägt. »Von hier nach Illinois ist es ein ziemlich weiter Weg.«

»Deine Pflegeeltern wohnen eine Stunde Fahrt vom Gefängnis entfernt. Und ich weiß, dass sie dir angeboten haben, dich zu fahren.« Er hebt die Stimme, seine Worte zerschneiden die Luft zwischen uns. »Während der ganzen achtzehn Monate bevor du aufs College gegangen bist, hast du mich nicht ein Mal besucht. Nicht ein Mal.«

»Weil du nie angerufen hast.«

»Ach, und warum war es meine Sache, dich anzurufen? Du warst doch diejenige, die mich hat einbuchten lassen.«

»Und deshalb war es wichtig für mich, dass du mich anrufst. Um mir zu sagen, dass du mir vergibst.« Meine Stimme bricht beim letzten Wort.

Mein Vater wendet das Gesicht ab. Er kann die Worte nicht sagen.

Meiner Kehle entringt sich ein Flüstern. »Mom hat mir vergeben.«

Seine Kiefermuskeln spannen sich an. »Ja, sie war immer gut darin. Anders als wir beide, du und ich.«

Ich betone jedes Wort einzeln. »Ich bin nicht wie du.«

Er hebt den Kopf, um meinem Blick zu begegnen. »Du bist ganz genau wie ich. Wir tun anderen weh, selbst wenn wir es nicht wollen. Aber wenn wir es mit Absicht tun …« Sein Lächeln ist sowohl stolz als auch diabolisch. »Die Liga hat mir von deinem letzten Ding berichtet, das du gedreht hast. Ein wahres Meisterstück!«

Meine Hände um das Sandwich verkrampfen sich. Eiersalat quillt zwischen meinen Fingern hervor. »Ich brauchte das Geld fürs College.«

»Das brauchen die Kinder dieses Typen auch.«

»Hör auf damit!«

»Ciara, wir beide tun, was wir tun müssen.« Mein Vater kommt zu mir herüber und setzt sich auf die Lehne des Sessels. »Der Mann war gierig wie jeder, der auf eine derart simple Masche hereinfällt. Er wollte schnell reich werden. Er hat seine Frau betrogen, Herr im Himmel! Er hat es verdient, verstehst du? Alles.« Dad seufzt, senkt den Kopf und legt die Hände auf die

Knie. Seine ganze Körperhaltung spricht von Niederlage. »Ich wünschte nur, du hättest für die Sache nicht deine Tugend aufs Spiel gesetzt. Deine Mutter und ich haben bei deiner Erziehung viel Wert auf Anstand gelegt.«

Ich lehne mich über die andere Sessellehne, um mehr Distanz zwischen uns zu bringen, und schnaube laut. »Was hat Sex mit Anstand zu tun?«

Mein Vater antwortet nicht. Er hebt nur den Kopf, mit einem Gesichtsausdruck, als ob ich Suaheli spräche.

Ich fordere ihn mit Blicken heraus. »Ich habe meine Kindheit damit verbracht, euch dabei zuzusehen, wie ihr Menschen bestehlt. Die meisten waren nicht habgierig, sondern nur leichtgläubig. Wie sollte diese Erziehung einen anständigen Menschen aus mir machen?«

Mein Vater erhebt sich. Mit einer Geste, die Geringschätzung ausdrückt, sagt er: »Ungeachtet dessen bin ich dagegen, dass du dich mit einem Vampir triffst.«

Der plötzliche Themenwechsel bringt mich ins Schleudern. »Was?!«

»Ich habe zwei Jahre mitten unter ihnen verbracht. Das Einzige, was diese Vampirbrut kümmert, ist die Befriedigung ihrer eigenen Bedürfnisse.«

»Shane ist anders.«

»Vielleicht ist er das jetzt. Noch. Denn es ist nur eine Frage der Zeit, bis er sich in ein Monster verwandelt.«

»Nicht, wenn ich was dagegen tun kann!«

»Aber das kannst du nicht.«

Diese Diskussion werde ich jetzt nicht mit ihm führen. »Ich bin erst vierundzwanzig. Ich bin noch nicht auf der Suche nach einem Ehemann.«

»Ja, und eines Tages, wenn du ihn tief verletzt hast, wird er sich nicht wie ein geprügelter Hund davonmachen so wie dein letzter Kerl.«

»Hier geht es nicht um den Typen, den ich abgezogen habe. Und hier geht es auch nicht um Shane.« Ich stehe auf und suche Augenkontakt mit meinem Vater. »Sag es schon, Dad! Ich habe dich hintergangen. Aber du hast dann genau dasselbe mit deiner ganzen Sippe gemacht.«

Er misst mich mit einem herablassenden, kalten Blick vom Kopf bis zu den Füßen. »Ja, ich habe alles über Loyalität bei der Meisterin gelernt.«

Mir wird eng um die Brust. Ich sollte nicht zulassen, dass er das mit mir tut. Ich sollte mich nicht schuldig fühlen. Es sollte mich nicht kümmern, wie tief ich diesen intriganten Soziopathen, der lügt, wenn er den Mund aufmacht, verletzt habe.

Dennoch schießen mir die Tränen in die Augen. Sofort ist mein Vater bei mir und nimmt mich in den Arm.

»Ciara, es tut mir leid. Ich habe es nicht so gemeint.« Er streichelt mir den Rücken, macht mit der Hand kleine, beruhigende Kreisbewegungen. »Mein Engel, bitte wein nicht mehr.« Seine Stimme klingt rau, als ob er selbst gleich die Fassung verliere. »Es ist nicht deine Schuld, dass ich ein Gauner bin. Du hast nur getan, was du für richtig gehalten hast.«

»Ich habe nicht gewusst, dass sie dich fort in ein richtiges Gefängnis schicken würden.« Ich mache mich los und wische mir die Tränen ab. »Ich dachte, du würdest eine Geldstrafe zahlen müssen oder ein paar Tage in einer Zelle im örtlichen Sheriffbüro verbringen. Ich wollte doch nur, dass Mom und du damit aufhört und wir ein ganz normales Leben führen können.«

»Ich weiß. Du hast nicht wissen können, was für ein großes Kartenhaus du da zum Einsturz bringst.« Dad angelt sich die Taschentuchschachtel, die auf dem Beistelltisch steht, und gibt sie mir. »Du hast keine Ahnung von dem ganzen Rattenschwanz gehabt, der da dranhing: Versicherungsbetrug, Anlagebetrug, Identitätsmissbrauch.«

Das letzte Wort stoppt schlagartig meinen Tränenfluss. Ich

wische mir so fest mit dem Papiertaschentuch über die Augen, dass es an den Wimpern ziept. Zeit, mein Hirn wieder auf den Boden der geschäftlichen Tatsachen zu holen.

Ich werfe einen Blick auf die Uhr. »Ich sollte jetzt ins Bett und schlafen. Morgen habe ich jede Menge zu tun.«

»Ciara, setz dich bitte noch einmal hin – wenigstens für eine Minute.«

Ich setze mich, dieses Mal neben meinen Dad aufs Sofa. Allerdings lasse ich genug Abstand; wir berühren einander nicht.

Er faltet die Hände. »Ich möchte dir helfen.«

»Mir helfen wobei?«

»Ich weiß, warum du mit deinen Freunden in dieser Wohnung warst.«

Mein Gesicht bleibt unbewegt, während *verfluchte Scheiße!* durch meine sämtlichen Neuronen schießt. »Wir haben bloß aufgeräumt.«

»Und die Papiere dieser Frau zusammengesucht, damit du ihren Platz einnehmen kannst.«

»Haben wir nicht.« Mir fallen die Wanzen ein. »Und sprich nicht so laut.«

»Die Liga weiß von eurem Plan. Es interessiert sie nicht. Eine Sache wie diese fällt nicht in ihre Zuständigkeit.«

»Es interessiert sie nicht, wenn ich mich als eine ihrer Agentinnen ausgebe? Nicht, dass ich das ernsthaft vorhätte.«

»Kurzfristig ist alles, was die Liga interessiert, Gideon. Ich habe ihnen genug Beweise geliefert. Es reicht, um mir – und dir – für lange Zeit ein Leben in Freiheit zu garantieren.«

»Was denn für Beweise?«

»Fotos. Unterlagen sowie schriftliche Protokolle.« Er zupft am Ärmel seines Hemds und blickt in eine andere Richtung. »Spuren am Körper.«

Ich zucke zusammen. »Haben sie dich oft gebissen?«

»Im üblichen vierzehntägigen Abstand. Normalerweise habe

ich mich an dem Tag ein bisschen schwindelig gefühlt und mir war übel. Aber die restliche Zeit über war's nur halb so schlimm.«

Der Entschluss ist rasch gefällt: Ich werde das Fragespiel, ob gebissen zu werden sich gut anfühlt, gar nicht erst mit meinem Vater anfangen.

»Also: Erzähl mir von deinem Plan«, fordert Dad mich jetzt auf. »Freitag ist der große Tag, ja?«

»Woher weißt du das?«

»Elizabeths Büro ist verwanzt. Auch ihr Telefon. Und nein, David weiß davon nichts.«

Ich zögere. Dad weiß eh schon von der Sache. Ich setze also nichts mehr aufs Spiel, wenn ich mit ihm über den Plan spreche. Und ich kann seine Hilfe wirklich gut gebrauchen. Bestimmt habe ich nicht alle möglichen Fallstricke bedacht. Den Sender zu retten ist wichtiger als mein Stolz.

Und was den Stolz angeht, der ist das Kryptonit eines jeden Ganoven: Ein nicht unerheblicher Teil von mir möchte mit der geleisteten Arbeit angeben. Ich möchte meinem Vater gern beweisen, was ich alles gelernt habe, ihm zeigen, was aus mir geworden ist.

»Also gut.« Ich greife wieder nach dem Sandwich. Mit einem Mal bin ich wieder hungrig. »So soll's laufen.«

27

Everybody Wants to Rule the World

2. August
8 Uhr morgens

Ein namenloser Liga-Agent fährt uns zum Sender. Es fühlt sich seltsam an, eine Straftat unter der Beobachtung eines Mannes in Uniform zu planen. Aber was mein Dad mir erzählt hat, ergibt durchaus Sinn: Einen Konzern der Kommunikationsbranche an die Wand zu spielen sind Peanuts verglichen mit der Möglichkeit, Gideon festzunageln. Okay, tatsächlich geht es um einen richtig großen Sack Peanuts. Aber die Liga interessiert sich nicht für Erdnüsse, egal in welchen Mengen. Also dann …

Die Eingangstür zum Sender ist wie üblich verschlossen. Ich klopfe.

»Geh hinten rum!«, sagt eine Stimme, die ich als Shanes identifiziere.

Ich führe Dad zur Kellertür auf der Rückseite des Gebäudes. Durch die Tür geht es einen engen, fensterlosen Gang entlang zur Lounge, von der eine Treppe nach oben führt. »Damit sie nicht gebraten werden«, erkläre ich meinem Vater.

Wir gehen die Treppe hinauf und finden Travis an meinem Schreibtisch vor. Er sitzt dort vor einem Laptop, einem Farbdrucker und einer Klebemaschine. Shane und David stehen hinter ihm. Franklin sitzt an seinem eigenen Schreibtisch, einen Vorrat an angespitzten Bleistiften in Reichweite.

Shane kommt auf mich zu. »Ciara, was macht er hier?«

Ich gehe ihm entgegen. »Dad wird uns bei der Sache helfen.«

»Du hast es ihm erzählt?«

»Er wusste bereits davon.« Ich sehe zu David hinüber. »Die Liga hat Elizabeths Büro und Telefone verwanzt.«

David verzieht das Gesicht und stößt keuchend den Atem aus. »Was ist mit meinem Büro? Und unten?«

»Ich weiß es nicht«, sagt mein Vater, »aber ich könnte es prüfen, wenn Sie möchten.«

Davids Schultern fallen vor Erleichterung in eine entspannte Position zurück. »Vielen Dank. Lassen Sie uns in der Lounge anfangen.«

Als die beiden die Treppe hinunter und außer Hörweite sind, wende ich mich an Shane: »Du könntest ein bisschen freundlicher zu meinem Vater sein.«

»Er schaut mich an wie einen Zirkuslöwen, der im Begriff ist auf seinen Dompteur loszugehen.«

»Oh-ha. Ich bin also dein Dompteur respektive deine Dompteuse?« Ich packe ihn am Halsausschnitt seines T-Shirts und ziehe seine Lippen zu meinem Mund hinunter. »Dann sollte ich wohl die Peitsche holen und einen Stuhl.«

Travis räuspert sich. »Wär nett, ihr beide könntet die Zungen aus dem Hals des anderen nehmen und euch die Datei hier mal anschauen.« Ein paar rasche Mausklicks, und er zeigt uns die Druckvorschau einer Doppelseite. Auf der einen Seite ist ein heimlich gemachter Schnappschuss der echten Elizabeth zu sehen. Es folgt eine Liste mit mehr oder weniger Wissenswertem über sie. »Alles, was wir tun müssen, ist, die richtigen Informationen gegen die falschen auszutauschen.«

Ich ziehe Travis' Digitalkamera aus meiner untersten Schreibtischschublade und drücke sie Franklin in die Hand. »Ich bin bereit für meine Großaufnahme, Mr. DeMille.«

Auf dem Parkplatz schießt Franklin ein paar Aufnahmen von mir, wie ich so ausgefallene Sachen mache wie zu meinem – was heißt Elizabeths – Mercedes hinübergehen. Um zu simulieren, dass ich mich unbeobachtet fühle, überprüfe ich den Zustand meiner Zähne im Seitenspiegel.

Schon bald gesellen sich David und mein Vater zu uns. Franklin macht daraufhin auch noch ein paar Schnappschüsse von David. Ich lasse derweil meinen Blick über den Waldrand schweifen. Ich suche nach den Agenten der Liga, die dort, wie ich weiß, patrouillieren. Aber selbst im hellen Licht der Morgensonne kann ich sie in ihren grünen Camouflage-Uniformen für Tageseinsätze nirgends entdecken. Ich bezweifle, dass Gideon wirklich einen Menschen schicken würde, um den Sender observieren zu lassen. Wahrscheinlich sind wir also bis zum Einbruch der Nacht sicher.

Dad steht neben mir, nachdenklich die Hand am Kinn. Er beobachtet David.

»Hören Sie beide auf damit«, sagt er plötzlich. »Ich habe eine bessere Idee.«

Augenblicklich beendet David die Charade, die ihn lässig im Alltag zeigen soll. Er dreht sich zu meinem Vater um, als erwarte er Befehle von General Patton höchstpersönlich.

»Ich weiß jetzt, was dieser ganzen Masche gegen Skywave fehlt.« Er legt der Dramatik wegen eine Sprechpause ein. »Gefühl!«

Ich frage, was er damit sagen will, und weiß, kaum habe ich den Mund aufgemacht, dass ich das noch bereuen werde.

»Diese Skywave-Leute«, sagt er, »werden nicht glauben, dass Elizabeth ihre Meinung aus finanziellen Gründen geändert hat. Denn immerhin wollte sie dem Sender nur höhere Einschaltquoten verschaffen, um ihn dann für einen höheren Preis verkaufen zu können.« Dad zeigt auf David. »Was aber, wenn sie plötzlich einen guten Grund hätte, den Sender zu behalten?«

»Das kapiere ich nicht«, sage ich, obwohl ich es längst begriffen habe. Ich möchte nur nicht diejenige sein, die es meinem Boss erklärt.

»Hört mir einfach zu.« Meine Vater schaltet in den Verkaufsmodus – nicht, dass er von dem je weit entfernt wäre. »Wegen einer Beziehung den Sender behalten zu wollen, wäre ein plausibles Motiv für Elizabeths Sinneswandel. Sie würde ja schließlich ihrem über alles geliebten Schatz nicht den Job wegnehmen wollen.«

David schaut meinen Dad an, dann mich – und das mit mehr als einem Hauch von Angst im Blick. »Dann spielen wir ihnen also vor, wir gingen zusammen aus.«

Ich atme hörbar aus. »Nein, ein bisschen mehr als das.« Ich taste in meiner – ich meine: in Elizabeths Handtasche herum und fische die kleine schwarze Schmuckschachtel heraus.

David kommt drohend auf mich zu. »Sie haben den Ring gestohlen?«

»Ich hatte vor, ihn Ihnen zu geben, wenn Sie endlich zur Besinnung gekommen wären und ihn genommen hätten.«

Er reißt mir die Schachtel aus der Hand und öffnet sie. Er scheint erleichtert zu sein, als er sieht, dass sie nicht leer ist.

»Ein gut eingefädelter Betrug lebt von den Details.« Ich nehme den Ring aus der Schachtel, die David immer noch in Händen hält, und stecke ihn mir an den Finger. »Wir machen ein Foto davon, wie ich den Ring hier trage, und vielleicht noch, wie wir Händchen halten.«

»Das ist brillant, Darling!« Dad strahlt mich an. Ich spüre, wie ich rot werde, so stolz bin ich. »Aber besser, du wartest bis zum Meeting morgen, ehe du den Ring in der Öffentlichkeit trägst und die Verlobung bekannt gibst. Das ist ein gutes Ablenkungsmanöver.« Dad wedelt mit der Hand in unser beider Richtung. »Ihr beide solltet noch für einen Kuss posieren. Davon machen wir ein Foto!«

Mein Lächeln ist wie weggewischt. »Aber er ist mein Boss!«

»Nein, du bist sein Boss – jedenfalls in unserer erfundenen Realität.«

»Unserer? Wann ist das Ganze denn zu *unserem* Trickbetrug geworden?«

»Als ich ihn mit meinen Vorschlägen verbessert habe.« Dad macht eine Kopfbewegung in Richtung Sendergebäude. »Die Leiche wird's schon verstehen.«

Mir klappt der Unterkiefer herunter, als ich begreife, dass er damit Shane meint. Einen Moment lang finde ich meine Stimme nicht wieder.

Schließlich hebe ich zitternd die Hand und zeige auf den Sender. »Geh!«

»Kleines, ich hab's nicht so gemein…«

»Sofort!« Ich drehe ihm den Rücken zu. Im Augenblick kann ich nicht einmal seinen Anblick ertragen.

Der Kies der Auffahrt knirscht unter den Schuhen meines Vaters, der den Rückzug antritt. Das Geräusch entfernt sich in Richtung Sendergebäude. Ich blicke David an. »Es tut mir leid.«

»Was denn?«

»Das, was er mit seinem Vorschlag erreichen wollte. Er hat seine Gründe, das weiß ich. Er will nicht, dass Shane und ich zusammen sind. Also versucht er mich in die Arme eines anderen Mannes zu treiben. Aber ich bin nicht irgendeine Zigeunerkuh, die sich von Mom und Dad den Ehemann aussuchen lässt.«

»Ich bin sicher, Ihr Vater möchte nur, dass Sie glücklich sind.« David steckt die Hände in die Hosentaschen. »Und wie machen wir's jetzt?«

»Machen was?«

»Na, den Kuss.«

Ich schnaube auf. »Das machen wir nicht. Das ist doch blöd.«

»Ist es nicht. Sie haben doch selbst gesagt: ›Ein gut eingefädelter Betrug lebt von den Details.‹ Ein Schnappschuss von uns, wie wir uns küssen, wird die Verlobung glaubwürdiger machen. Die Skywave-Leute hätten dann schon im Kopf, dass wir ein

Paar sind … äh, dass Elizabeth und ich ein Paar sind. Die Verlobung käme dann nicht so überraschend für sie.«

Ich reibe mir die Schläfen und wünsche mir, er hätte Unrecht. Ich hätte selbst darauf kommen müssen. Vielleicht wäre ich es auch, wenn ich nicht so angefressen wegen meines Dads gewesen wäre.

»Sie haben Recht.« Entschlossen, mich wie ein echter Profi zu benehmen, gehe ich zu Elizabeths Wagen hinüber. »Am besten bringen wir's gleich hinter uns.«

David ist mir gefolgt. Jetzt stehen wir beide vor dem Mercedes und schauen drein wie zwei Idioten, zumindest ein paar Sekunden lang. »Okay, ich frage jetzt noch mal«, bricht David den Bann. »Wie wollen wir's machen?«

Ich zucke mit den Schultern. »Augen zu und durch?«

»Seid ihr zwei jetzt so weit?«, ruft Franklin von der anderen Seite des Parkplatzes zu uns herüber.

»Halten Sie einfach drauf, Franklin, bis wir Ihnen sagen, Sie sollen aufhören, okay?«, rufe ich zurück. Dann beschäftige ich mich wieder mit David. »Stellen Sie sich einfach vor, ich wäre Elizabeth.«

Seine tiefgrünen Augen werden traurig.

»Aber nicht unglücklich dreinschauen«, setze ich hinzu. »Denken Sie bitte daran: Wir haben uns soeben verlobt.«

Ich hebe meine Hand, um den Ring zur Schau zu stellen. David nimmt meine Hand und fährt mit dem Daumen über den Diamanten. Dutzende von Gefühlen werden in seinem Gesicht lesbar. Der laue Wind, der bisher geweht hat, steht plötzlich still. Neben dem Klicken vom Auslösen der Kamera höre ich ganz plötzlich meinen eigenen Herzschlag. Mein Herz klopft ziemlich heftig.

»Ich habe sie wirklich geliebt«, murmelt David.

»Ja, ich weiß.« Ich kann mich gerade noch zügeln, ihn nach dem Warum zu fragen.

»Aber es wird Zeit, die Vergangenheit zu begraben.« Er legt die Hand über den Ring. Dann sucht er meinen Blick. »Können Sie mir dabei helfen?«

Ich würde jetzt gern den Blick abwenden, die Verbindung kappen, die sich zwischen unseren allzu menschlichen Augen aufbaut. »Hängt davon ab, was Sie unter ›helfen‹ verstehen.« Ich ziehe ihn näher zu mir heran; er hält immer noch meine Hand mit dem Ring. »Wenn Sie damit meinen, ob ich Ihnen einen letzten Moment mit ihr verschaffen kann ... Ihnen die Chance geben kann, sich von ihr richtig zu verabschieden ... dann ja.«

Davids Fingerspitzen liebkosen meine Wange. Dann zieht er mich eng an sich. »Leb wohl«, flüstert er.

Seltsam, ich habe erwartet, der Kuss würde zögerlich. Stattdessen treffen seine Lippen meine mit einer Selbstverständlichkeit, als hätten wir uns bereits tausend Mal geküsst. Als der Kuss länger wird, macht mich Davids Sehnsucht ganz schwindelig. Ich habe das Gefühl, eine Welle reißt mich mit sich fort und ich könnte ertrinken.

David zieht mich in eine noch engere Umarmung, Körper an Körper. Ich kann ihn nicht von mir wegdrücken; es passt nicht einmal eine Hand zwischen uns. Also reagiere ich, wie Elizabeth es wohl hätte tun sollen. Ich erwidere Davids Leidenschaft und sorge dafür, dass er sich in diesem Moment nicht wie ein liebeskranker Trottel fühlt. Während er mich gegen das Auto drückt und mir mit den Fingern durchs Haar fährt, geht mir anderes durch den Kopf. Ich hoffe – und fürchte gleichzeitig, niemals das Objekt einer solchen Liebe zu werden: einer Liebe, die einen Mann in die Knie zwingt und dafür sorgt, dass er sich nicht mehr erheben kann.

Ganz plötzlich werden Davids Lippen hart, sein Mund verspannt. Er atmet tief durch die Nase ein. Dann schiebt er sich von mir fort, seine Augen glitzern.

»Okay?«, wispere ich.

»Ja.« Er fährt sich über den Mund und räuspert sich. »Ich glaube, das lief ganz gut.«

»Ich auch.« Ich versuche, die beiden Worte zu zwitschern, leicht wie ein Vögelchen, um der Situation ihr Gewicht zu nehmen. Mein Gesicht fühlt sich an, als ob ich in der Sauna gewesen wäre.

Ich gebe Franklin das verabredete Zeichen. Dabei verspreche ich mir selbst im Stillen, nie wieder an diesen Kuss zu denken.

David zögert: »Ähm …«

»Nein.« Ich lege ihm abwehrend die Hand auf die Brust. »Keine Ähms. Lassen Sie uns das einfach … vergessen, okay?«

David nickt rasch. »Gute Idee.«

Ein Auto rumpelt die Kiesauffahrt hoch auf uns zu und schickt eine Staubwolke zu den Bäumen hinauf.

Lori.

Sie macht sich nicht die Mühe, einzuparken. Sie bremst, würgt den Motor ab und springt aus dem Wagen, direkt vor mir.

»Wo zum Teufel hast du gesteckt? Seit geschlagenen drei Tagen rufe ich dich ständig an!« Sie knallt die Tür hinter sich zu. »Ich war in deiner Wohnung, und irgendein dämlicher Vollhorst sagte mir da, ich solle mich um meine eigenen Sachen kümmern. Was verflucht noch mal geht hier ab?« Sie macht einen Schritt zurück und mustert mich von oben bis unten. »Und was verdammt hast du da an?«

Ich nehme sie bei der Hand. »Das mit dem Telefon tut mir leid. Ich bin als Geisel genommen worden, und dann war der Akku leer, und ich hatte noch nicht die Zeit, ihn aufzuladen.«

»Als Geisel? Bist du okay? Und noch mal: Was zum Teufel hast du da an?«

Ich zögere. Lori weiß von den Vampiren, aber sie weiß nichts über meine Vergangenheit. »Ich habe morgen eine sehr wichtige geschäftliche Besprechung.«

»Oh.« Loris Blick wandert erst zu David hinüber, dann zu Franklin, der gerade zu uns herüberkommt. Sie dämpft die Stimme. »Hat es irgendwas mit deinen, deinen … du weißt schon zu tun?« Mit Zeige- und Mittelfinger macht sie eine vage an Fangzähne erinnernde Geste.

Über Loris Schulter hinweg sehe ich, wie mein Dad zu uns hinüberschlendert. Ich packe Lori am Arm und ziehe sie in Richtung von Elizabeths Auto. »Pass auf, ich erklär dir alles beim Mittagessen, okay?«

»Ist es nicht ein bisschen früh für …?«

»Hallo, junge Frau!«

Lori dreht sich um und lächelt meinen Vater an, der sich uns nähert. »Guten Tag.«

»Sie müssen eine von Ciaras Freundinnen aus dem College sein«, sagt Dad, der Ton aalglatt.

Lori schüttelt die ihr entgegengestreckte Hand und stellt sich ihm vor. Ich stehe daneben und hoffe, die Erde tut sich vor mir auf und verschlingt mich als morgendliches Appetithäppchen.

»Erfreut, Sie kennenzulernen«, sagt mein Vater zu Lori. »Ich bin Ciaras Vater.«

Für einen kurzen Moment wirkt Loris Gesicht leer. »Oh, ach ja. Sie meinen, Sie sind ihr Pflegevater.«

Dad wendet sich an mich. »Darling, was hast du deiner Freundin denn erzählt?«

»Dass du tot bist.«

Lori keucht auf. »Wie?«

Ich nehme Lori am Arm und führe sie in Richtung Sendergebäude. »David, ich mache eine längere Kaffeepause, ja?«

»Wartet mal«, sagt mein Vater. »Sagen Sie, Lori: Haben Sie zufällig ein bisschen Schauspiel-Erfahrung?«

9 Uhr 45
Meine beste Freundin Lori, meine unschuldige, hübsche, witzige Lori, das einzige redliche und lautere Wesen in meinem ganzen verdammten Leben, hat sich in ein Monster verwandelt.

Zusammen mit Dad stehe ich auf dem Parkplatz und begutachte, wie sie mich spielt. Sie schiebt den Minirock in den Bereich Mikrorock und flirtet mit David; sie sitzt auf dem Fahrersitz meines Autos, trommelt zu imaginärer Musik auf dem Lenkrad herum und wippt mit Kopf und Oberkörper; im Großen und Ganzen benimmt sie sich wie ein echter Vollidiot.

Dad war auf die großartige Idee gekommen, Ciara Griffin, die Leiterin der Marketing-Abteilung, müsse ihre Chefin Elizabeth zu dem Meeting morgen unbedingt begleiten. Ich muss zugeben, dass ein größerer Stab um Elizabeth herum durchaus Eindruck schinden wird und Elizabeths Position stärken dürfte. Aber trotz Loris Enthusiasmus, meine Wenigkeit wirklichkeitsgetreu darzustellen, ist sie eine blutige Anfängerin. Und trotz der offenkundigen Qualitäten meines Dads in Sachen Betrug beginne ich ihm die Verbesserungen meines Plans übel zu nehmen. Ich fühle mich wie ein Kind, das doch nur ein bisschen Hilfe beim Naturwissenschaftsprojekt wollte und plötzlich kein Projekt mehr hat.

Ich starre Dad drohend an. »Wenn Lori deswegen in Schwierigkeiten gerät …«

»Es war doch ihre Entscheidung, ganz allein ihre. Und schau doch nur, wie viel Spaß sie hat.«

Er hat Recht. Nach einer ersten Welle der Entrüstung, weil ich ihr meine dunkelsten Geheimnisse vorenthalten habe, hat sich Lori ziemlich rasch mit meiner kriminellen Vergangenheit und Gegenwart arrangiert. Wenn ich eine Straßen- oder Bankräuberin wäre, würde sie anders reagieren. Aber irgendwie glauben immer alle, Betrüger seien hammergeil.

Wahrscheinlich weil es stimmt.

10 Uhr 15

»Dein Vater hat sich das ausgedacht, nicht wahr?«

»Ja. Aber ich muss zugeben, dass es eine Verbesserung des ursprünglichen Plans ist.«

Shane steht hinter der Lehne von Davids leerem Schreibtischsessel. Von dort aus trifft mich ein vor Zorn lodernder Blick. Ich habe Shane hierhergelotst, weil ich ungestört mit ihm über den Kuss reden wollte. Weder Franklins noch Travis' Scherze wären dem Gespräch förderlich gewesen. »Wo ist dein Vater jetzt?«

»Draußen. Er bringt Lori die Feinheiten der Rolle *Ciara Griffin* bei. Ich hab's nicht länger mitansehen können. Außerdem wollte ich, dass du das Ganze von mir erfährst.«

Shanes Miene ist verschlossen; seine Haltung bedeutet Abwehr, die Arme sind vor der Brust verschränkt. Als er mich jetzt ansieht, hat sein Blick etwas Eisiges. »Warum? Was ist denn großartig passiert?«

»Nichts. Nichts Großartiges. Ich meine, nichts, was wirklich von Bedeutung wäre.« Ich fahre mir mit den Fingern durchs Haar. »Wenn ich nervös wirke, dann nicht, weil ich gefühlsmäßig involviert gewesen wäre. Ich wusste nur einfach nicht, wie du reagieren würdest.«

»Du denkst also, dass ich eifersüchtig bin?«

»Ein bisschen, ja.«

»Meiner selbst nicht sicher?«

»Nein«, beeile ich mich, richtigzustellen, »nur sehr sensibel.«

Shane kommt einen Schritt näher. Damit drängt er mich gegen die Schreibtischkante. »Wolltest du mich wütend machen?«

»Nein.«

Seine Lippen umspielt ein durchtriebenes Lächeln. »Gut. Weil es dann verdammt mehr Spaß machen wird, gleichzuziehen.«

11 Uhr 15
Ich stiere auf Travis' PC-Schirm. Zu sehen gibt es *Meine Fotogalerie*, vom echten und vorgeblichen Ich.

»Gebe ich mich wirklich so lasziv?«, frage ich Lori.

»Ja«, antwortet Franklin.

»Aber jetzt wisst ihr ja alle, woher ich's habe.« Ich blicke hinüber zu Davids geschlossener Bürotür. Dad ist dort drinnen und schmeichelt sich bei meinem Boss ein. Ein paar Stunden haben gereicht, und sie sind beste Freunde. David sehnt sich wahrscheinlich nach einem Vaterersatz, da sein Vater ja früh gestorben ist. Mein Vater wiederum ist gern jedermanns Freund. Immerhin wäre es ja möglich, dass er diese Freundschaften eines Tages zu seinem Vorteil nutzen könnte.

Wenigstens sind die beiden mir so aus den Augen.

Ich klicke das beste Foto von Lori/mir an und ziehe es auf den vorbestimmten Platz in Travis' Bericht. »Wir drucken das aus und binden es. Und dann lassen wir es per Boten um genau fünf Uhr zu Jolenes Bossen bringen.«

»Und was ist mit Jolene?« Lori blättert durch den Bericht. »Wird sie uns bei dem Meeting morgen nicht erkennen?«

Ich blicke auf die Uhr. »Travis hat vereinbart, Jolene seinen Bericht heute Nachmittag zu übergeben. Die Absprache stammt natürlich noch aus einer Zeit, in der er sich im Tageslicht aufhalten konnte. Wahrscheinlich ist er gerade dabei, Jolene anzurufen, um ihr Folgendes zu stecken: A – habe es unerwartete Entwicklungen gegeben, die er in seinen Bericht aufnehmen wolle, und B – sei sein Auto kaputt. Daher bleibt Jolene nur, um fünf zu seinem Büro zu kommen, wo Leonard, sein Griesgram von Partner – hinreißend verkörpert von Franklin –, sie mit dem Originalbericht erwarten wird.«

Franklin nickt. »Aus mir schleierhaften Gründen ist Ciara der Meinung, Jolenes und meine Persönlichkeit würden ganz wunderbar miteinander harmonieren.«

»Jedenfalls gut genug, um einen Drink zu nehmen, während ihr beide auf Travis wartet. Der, so will es die Geschichte, ist nämlich noch zu Fuß auf dem Rückweg vom Copyshop, und zwar mit den Zusatzinformationen, die von ihr gewünscht wurden. Jolene bekommt also den alten, ursprünglichen Bericht gezeigt – den, der die echte Elizabeth und die echte Ciara zeigt. Der Bericht steckt in diesem Umschlag.«

Franklin hebt Beweisstück A hoch.

»Und was sind das für Zusatzinformationen, die sie Travis hat beschaffen lassen?«, fragt Lori.

»Travis hat ihr angeboten, ein paar echt schmutzige Details aus dem Leben meiner Wenigkeit auszugraben.« Ich lehne mich in meinem Stuhl zurück. »Weißt du, das wichtige beim Betrügen ist zu wissen, welche Schwächen das Opfer, also die Zielperson, hat. Jolenes Schwachstelle bin ich, oder genauer gesagt: ihre abgrundtiefe Abneigung gegen mich.«

»Du hast ihren Junggesellinnen-Abschied verdorben«, wirft Lori ein. »Aber wie lange wird sie sich damit begnügen, herumzusitzen und auf Travis zu warten, anstatt einfach den ursprünglichen Bericht mitzunehmen?«

»Genau so viel Zeit, wie es braucht, bis sie weggetreten ist.« Franklin schüttelt die Flasche mit einem verschreibungspflichtigen Beruhigungsmittel. »Das wird ihr dabei helfen, dass die Zeit für sie wie im Flug vergeht.«

»Wie lange hält die Wirkung denn an?«, fragt Lori mich.

»Bis zu einem Zeitpunkt, an dem unser Meeting längst vorbei sein wird.«

»Du willst sie für volle zwölf Stunden unter Drogen setzen?«

»David wird die ganze Nacht ein Auge darauf haben, dass es ihr gesundheitlich gut geht. Einen Teil der Wache übernimmt Shane, damit David ein bisschen Schlaf vor unserem großen Meeting bekommt.«

Lori hält ein Foto von dem Kuss hoch. »Shane und David die

ganze Nacht miteinander allein? Da würde ich gern Mäuschen spielen.«

Ich reiße ihr das Foto aus der Hand. »Diese Sache ist zu jedermanns Zufriedenheit geregelt und damit aus der Welt geschafft.«

»Und was passiert dann bei Sonnenaufgang?«

»Franklin wird da sein, wenn Jolene aufwacht. Nur wird er nicht mehr derselbe Mann sein.«

»Hi, ich bin Frankie!« Franklin schaltet übergangslos in den *Ein-Käfig-voller-Narren*-Modus. »Ach, es tut mir ja so leid, die ganze Sache mit der Party meines Bruders Leonard. Hach, die geraten aber manchmal auch aus dem Ruder! Sie können wirklich von Glück sagen, dass niemand die Cops alarmiert hat. Lassen Sie mich Ihnen einen Kaffee holen. Mit Süßstoff, richtig?«

Ich springe ein und übernehme die Rolle der schwer angeschlagenen Jolene. »Wa-aas? Wie? Was ist passiert? Warum reden Sie so komisch?«

»Ich fürchte, Zuckerstück, Sie hatten ein bissel zu viel Karamellikör. Jedenfalls den Fotos nach.«

Ich gehe hinüber zu Franklins Schreibtisch. »Was denn für Fotos?«

Franklin reicht mir die Digitalkamera. Ich tue so, als klickte ich durch die auf der Kamera gespeicherten Bilder und japse plötzlich auf. »Oh. O Gott! Bin ich das? Wer ist der Typ auf dem Foto?«

»Keine Ahnung, nein wirklich. Aber der Junge hat einen ausgesprochen hübschen Hintern. Hat er vielleicht auch von mir gesprochen, meinen Namen fallen lassen?«

»Sie haben mich unter Drogen gesetzt!« Ich gebe vor, die Kamera gegen die Wand zu werfen. »Und das, genau das, halte ich von Ihren dämlichen Spielchen!«

»He, wissen Sie, was so eine Kamera kostet?«

»Nicht so viel wie *Sie* ein Prozess.«

Franklin hebt abwehrend die Hände hoch. »Das sollten Sie

besser mit Travis besprechen, wenn er zurückkommt. Da er die Bilder schon runtergezogen hat, gibt's da sicher ein bissel Verhandlungsspielraum.« Franklin wirft der vorgeblichen Jolene einen Blick unter langen Wimpern hervor zu. »Außer Sie werden woanders erwartet.«

Ich/Jolene schaue erschrocken auf die Uhr. »Meine Besprechung! Geben Sie mir den Bericht, los, los!«

»Und Sie wollen wirklich kein Tässchen Kaffee? Ich habe diese Costa-Rica-Mischung entdeckt – da könnte ich mich reinsetzen, wirklich.«

»Leonard, hören Sie mit dieser Böser-Zwilling-Nummer auf und geben Sie mir den verdammten Bericht!«

Franklin reicht mir einen anderen Umschlag. Er sieht exakt so aus wie der, in dem der alte Bericht gesteckt hat. Vor Empörung zuckt er mit den Schultern. »Ach, was sind wir heute Morgen aber auch ein dünnhäutiges Zicken-Prinzesschen.«

»Und … Cut!« Ich verbeuge mich und spreche dann wieder mit meiner normalen Stimme zu Lori. »Ohne den geschlossenen Umschlag zu öffnen, rennt Jolene zu ihrem Auto und fährt wie eine Wilde davon. Aber in der Nacht hat Noah den größten Teil des Benzins im Tank abgesaugt, und Jim hat den Schwimmer im Tank manipuliert, sodass die Nadel der Tankanzeige auf halb voll stehenbleibt. Sobald Jolene das Benzin ausgeht, irgendwo auf der Landstraße zwischen hier und der nächsten Stadt, wird sie versuchen, im Büro anzurufen. Aber leider, leider ist der Akku ihres Handys leer, weil die ganze Nacht hindurch *Tetris* damit gespielt oder das Wetter in Hongkong abgefragt wurde. Seltsamerweise ist auch noch der Ladeadapter dafür verschwunden.«

»Warte mal 'ne Sekunde!«, unterbricht mich Lori. »Warum muss Franklin seinen eigenen Zwilling spielen? Ist das denn nötig?«

»Nur um Jolene noch mehr zu verwirren und sie wütend zu machen. Je emotionaler sie reagiert, desto schneller verlässt sie Travis' Büro und umso weniger kommt sie auf die Idee, den Bericht zu lesen. Denn jetzt hat sie im Umschlag nur noch einen Bericht mit leeren Seiten.«

Lori nickt. »Und so verpasst sie das Meeting.«

»Sie verpasst das Meeting und wird wahrscheinlich noch gefeuert. Travis hat noch am Morgen seine Detektei aufgelöst und ist sozusagen auf und davon. Also kann Jolene niemanden für den Schaden verantwortlich machen. Weil Travis aber die Nacktfotos von ihr hat, wird sie die ganze Sache nicht weiter verfolgen lassen, um ihre frisch geschlossene Ehe zu retten.«

»Wow!« Lori legt den halb gegessenen Donut in die Schachtel zurück. »Du willst sie so richtig fertig machen, was?«

»Oh ja.« Es bringt nichts, Reue zu zeigen, wo keine ist. »Aber das ist reine Selbstverteidigung. Sie kann es ja schließlich kaum erwarten, uns alle nach der Übernahme durch Skywave zu feuern.«

Lori sieht aus, als ob sie sich ganz und gar nicht wohl fühle. »Und darum ist es okay?«

»Ja.« Ich durchquere das Büro, ziehe einen Stuhl heran und setze mich neben sie. »Ich habe mein ganzes Leben lang ziemlich viel Scheiße gebaut. Diesen Sommer aber, und das ist das erste Mal in meinem Leben, bau ich Scheiße zu einem guten Zweck. Die Vampire hier wollen nichts, als eine dahingestellte Tatsache hinterfragen. Sie wollen es nicht hinnehmen, dass ihre Zukunft ein schleichender Verfall sein soll. Sie wollen im Jetzt zu leben versuchen. Ich will nicht, dass irgendjemand ihnen diese Chance nimmt. Und niemand vermasselt mir die Gelegenheit zur ersten guten Tat in meinem Leben!« Ich nehme mir einen unberührten Donut aus der Schachtel. »Und schon gar nicht so eine pferdegesichtige Bitch wie Jolene.«

Mein Telefon klingelt. Travis ist dran, der mir verkündet, er habe mit meiner Nemesis wegen des verspäteten Berichts telefoniert. Wie vorhergesehen, war Jolene erst angepisst, dann bester Dinge, als sie hörte, es ginge um Informationen, mit denen sie mir eins auswischen könnte.

Ich lege auf und wende mich an Lori. »Ich kann verstehen, wenn du bei der Sache nicht mitmachen willst. Aber ich brauche deine Entscheidung jetzt. Also: Bist du dabei?«

Lori starrt auf das Bild von ihr/mir in Travis' Bericht. Sie schluckt schwer. »Ich bin dabei.« Sie legt den Bericht beiseite. »Also: Wer spielt den Typen mit dem süßen Hintern auf den Nacktfotos mit Jolene?«

Franklin kichert. »Sagen wir's mal so: Shane wird heute Nacht seine Foto-Revanche bekommen.«

12 Uhr

David, Lori und ich belegen einen Tisch im hiesigen Diner und gehen das Skript durch. Dad ist, halb willkommen, mit von der Partie, um Hilfestellung zu geben. David und ich spielen die zentralen Parts. Lori unterstützt uns; sie hat den klassischen Part des Lockvogels. Sie soll die ganze Inszenierung realitätsnäher wirken lassen – oder ›wahrhaftiger‹, wie Lori selbst es nennt. Sie scheint die Aufgabe zu mögen, die Zielpersonen einzuwickeln. Das sind in diesem Fall Alfred Bombeck und Sherilyn Murphy. Die beiden gehören zum Management von Skywave und sind zuständig für die Übernahme von WVMP. Travis' Nachforschungen geben mir ein paar Einzelheiten in die Hand, die ich gegen die beiden nutzen kann: Murphy hat ein Wolfsrudel im Yellowstone Nationalpark ›adoptiert‹, und Bombeck glaubt, die New York Yankees seien das fleischgewordene Böse.

Elizabeths Notizen und Mails zeigen Murphy und Bombeck als Team, das mit ihrem Gegenüber guter Cop/böser Cop spielt. Einer der beiden (Bombeck) betreibt Panikmache, um die junge Eigentümerin des Senders innerlich auf Distanz zu ihrer Firma zu bringen. Gleichzeitig spielt Murphy mit Elizabeths Bedürfnis nach ökonomischer Sicherheit und setzt die Argumente ein, dass der Sender in den richtigen Händen wachsen und gedeihen würde.

Eigentlich sind die beiden Trickbetrüger, selbst wenn ihnen das nicht bewusst ist. Ich hingegen bin überzeugt davon, dass es ihnen bewusst ist.

13 Uhr 30

Im Straßenverkehrsamt warte ich in der Schlange vor dem Schalter. Ich bin bereit für meinen ersten Identitätsmissbrauch. In der Werbung für Kreditkarten, so geht es mir in der Warteschlange durch den Kopf, werden Straftäter, die einen solchen Identitätsmissbrauch begehen, als sadistische Hedonisten dargestellt: Sie freuen sich diebisch über die Beute, die sie mit dem guten Namen ihrer Opfer machen. Ich sage mir selbst, dass ich nicht so bin. Ich sage mir, dieser Diebstahl diene einem guten Zweck. Ich sage mir, dass es keinen anderen Weg gibt.

Ich überzeuge mich selbst. Es fällt mir nicht schwer.

»Nächster!«

Ich trete an den Schalter heran. Ich ziehe vor der von Langeweile geplagten Schalterbeamtin eine Trauermiene. »Ich habe meinen Führerschein verloren.«

»Wurde Ihnen die Fahrerlaubnis gestohlen?«, fragt sie. Der Tonfall verrät, dass die Antwort sie gar nicht interessiert.

Ich seufze und schaffe es, zu erröten. »Nein. Ich war gestern Bungee-Springen, draußen in Washington County. Sie kennen doch sicher diese große Schlucht da, oder?« Die Schalterbeamtin blinzelt abwartend. »Egal. Jedenfalls war mein Führerschein in der Brusttasche meines T-Shirts. Er ist aber nicht mehr mit mir nach oben gefedert. Wahrscheinlich ist er jetzt schon die halbe Chesapeake Bay hinunter und im Atlantik, wenn ihn nicht eine Forelle verschluckt hat.«

Die Beamtin hat bereits eine Nummer gezogen und schiebt

diese zusammen mit einem Blanko-Formular über den Tresen. Ich danke ihr verdrossen und begebe mich in den Wartebereich. Über eine elektronische Anzeigetafel an der Wand laufen die neuesten Nachrichten und ein bisschen Klatsch und Tratsch über angesagte Bands und Musiker. Die geistlose Banalität dieser Musik hätte die Moderatoren unseres Senders dazu gebracht, ihre Blutcocktails nur so in sich hineinzuschütten.

Mit einem unmissverständlichen *Ping!* wird meine Nummer aufgerufen. Die Beamtin hier ist eine athletische Brünette in den Dreißigern. Sie scheint heute ihre Glückspillen eingeworfen zu haben.

»Guten Morgen!«, säuselt sie. »Was kann ich für Sie tun?«

Ich erzähle ihr meine traurige Bungee-Sprung-Geschichte. Sie gibt daraufhin ihre eigenen Extremsporterfahrungen preis, während sie die Informationen von Elizabeths Geburtsurkunde und ihrer Sozialversicherungskarte abtippt.

»Ich kann einfach nicht genug von diesem Adrenalin-Rausch bekommen«, bekennt sie glücklich. »Aber Sie wissen ja, was ich meine.«

Mein Herz schlägt mir bis zum Hals; alle meine Sinne sind um das Zehnfache geschärft. »Vollkommen.«

Auf Nachfrage händige ich ihr mehr Belege zu meinem Wohnort aus, als sie benötigt, inklusive eines Zwanzig-Dollar-Scheins für die fällige Gebühr.

»Stellen Sie sich bitte an diese Wand und lächeln, okey-dokey?« Sie summt einen Song von Blue Öyster Cult mit, der durch den Lautsprecher dudelt. »Fertig? Sagen Sie nicht ›Cheese‹, sondern: ›Morgen ist Freiiitag‹!«

Fünf Minuten später nehme ich Elizabeths neuen Führerschein in Empfang. Den Führerschein ziert ein Bild von mir, auf dem ich aussehe, als hätte ich einen Putenknochen verschluckt.

Ich bin zurück im Spiel. Ich winke der Beamtin zu und schenke ihr ein breites Lächeln. »Morgen ist Freitag!«

14 Uhr 15
Ich benutze Elizabeths Kreditkarte, um mir ein Paar anständige neue Schuhe zu kaufen. Für das Meeting natürlich. Sie passen zu Elizabeths Kostüm.

17 Uhr 45
Der Robo-Typ von der Liga fährt mich und meinen Vater wieder zum sicheren Versteck.

17 Uhr 52
Franklin schickt mir eine SMS:

UND AUF EX

28

Money For Nothing

3. August
5 Uhr 54

Ich wache auf, als Jim mit *It's Only Rock 'n' Roll* der Stones seine Sendung beendet. Der Song gibt mir den Kick, den ich brauche, um aus dem Bett zu springen und den Tag des Triumphes zu beginnen. Unter der Dusche singe oder eher brülle ich den Stones-Klassiker dreimal hintereinander aus vollem Hals.

Ich ziehe Elizabeths eisblaues Kostüm an und springe die Stufen hinunter in die Küche. Dort sitzt mein Vater vor einer Tasse Kaffee und der Zeitung von gestern. Er ist immer noch in Morgenrock und Hausschuhen.

»Wünsch mir Glück.«

»Das brauchst du nicht.« Er blickt mich über den Rand seiner Lesebrille hinweg an. »Ich wünschte, ich könnte dabei sein.«

Ich sause an ihm vorbei zum Kühlschrank. »Und, was hast du heute so vor?«

»Gideon-Zeugs erledigen.«

»Ich hoffe, die beeilen sich langsam und nehmen diesen Wichs… diesen Typen bald hoch. Das Haus hier ist ja ganz nett, aber ich möchte lieber wieder in meine eigenen vier Wände.« Ich nehme eine Flasche Orangensaft und eine Packung mit Muffins heraus. »Oh, Muffins aus Honigweizen. Meine Lieblingssorte.«

»Glaub mir: Ehe du dich versiehst, ist es vorbei.«

»Und was dann? Wirst du hierbleiben oder wird dich die Liga irgendwo anders hinbringen?«

»Schwer zu sagen. Aber was ich dich die ganze Zeit schon fragen wollte, Ciara: In welche Kirche gehst du im Moment?«

Ich stecke den Muffin in den Toaster und drücke den Hebel hinunter – mit mehr Schwung, als nötig gewesen wäre. »Ich gehe in keine Kirche.«

»Dann hast du eine rein private Beziehung zu Unserem Herrn aufgebaut, ohne Gemeinde?«

Ich schnaube. »Komm schon! Du glaubst den ganzen Scheiß doch selber nicht.«

»Hey, was habe ich dir gesagt? Achte auf deine Worte!«

»Gott verdammt noch mal, Dad, deine Tage als Prediger sind vorbei. Du kannst aufhören, so zu tun als ob.«

»Ich tue nicht so als ob.«

»Hast du's schon verdrängt? All die Jahre über hast du mit Mom die Menschen nicht geheilt, sondern ausgenommen. Ihr habt sie zum Narren gehalten, sonst nichts.«

»Ihr Glaube war echt«, entgegnet mein Vater, »und das war es, was sie geheilt hat.«

»Aber euer Glaube war es nicht.«

»Vielleicht anfangs nicht.« Dad senkt die Stimme und fährt in ernstem nüchternen Ton fort: »Aber wenn man eine Rolle sehr lange spielt, wird sie schließlich ein Teil der eigenen Persönlichkeit.«

»Mit anderen Worten: Tu so als ob, bis du's bist? Das werde ich gleich mal probieren. Eines Tages bin ich ein reicher Vampir, dem ein Radiosender gehört. Vielleicht schieße ich ja auch noch ein Stück in die Höhe. Ich wäre schon immer gern etwas größer gewesen.« Ich lasse den Toasterhebel hochschnellen, bevor der Muffin fertig ist. Ich will nur noch raus hier.

»Ciara, ich weiß, du bist verbittert wegen all der Lügen, die du glaubst, von deiner Mutter und mir gehört zu haben …«

»Die ich *glaube*, gehört zu haben?«

»… aber mach nicht Gott dafür verantwortlich.«

»Können wir ein anderes Mal darüber reden? Ich muss mich jetzt wirklich auf meinen Auftritt konzentrieren.«

»Sicher doch, mein Schatz.« Er lehnt sich zurück, faltet die Zeitung zusammen und legt sie fort. »Ich möchte nur, dass du eines weißt: Egal was passiert, ich bin stolz auf dich.«

Ich drehe mich zur Küchenzeile um und fummele ungeschickt mit der Butterdose herum. Mein Blick trübt sich, und das Messer in meiner Hand verfehlt den Muffin und buttert stattdessen meinen Daumen. »Sag mir das, wenn der Tag heute vorbei ist, okay? Vorausgesetzt du musst mich nicht auf Kaution aus dem Knast holen.«

Ich blinzele die Tränen weg – selbstverständlich nur, um meine Wimperntusche vor dem Zerfließen zu retten. Dann streiche ich die Butter ordentlich und wie es sich gehört auf den Muffin. Den Teller mit dem Muffin stelle ich vor meinen Vater auf den Esstisch.

»Da – du bist sowieso viel zu dünn.« Ich beuge mich vor und küsse ihn auf die Stirn. »Ich rufe dich an, sobald das Ding gelaufen ist.«

Als ich an ihm vorbei will, greift Dad nach meinem Handgelenk. Sein Gesicht ist sonderbar ernst. »Viel Glück, mein Engel.«

»Ich dachte, Glück bräuchte ich nicht.« Auf dem Weg zur Garage winke ich ihm noch einmal zu. Dort wartet mein Chauffeur von der Liga auf mich. Etwas will mich dazu bringen, über die Schulter hinweg zurückzuschauen, aufs Haus und auf meinen Vater. Ein Kind auf dem Weg zum ersten Tag im Kindergarten täte das sicher.

Ich gehe strikt geradeaus, drehe mich nicht um, gehe weiter auf mein Ziel zu. Eine Frau auf ihrer Mission.

8 Uhr 25

Das Verwaltungsgebäude der regionalen Niederlassung von Skywave befindet sich im Nachbarstaat, in Virginia. Wie ein gläserner Godzilla dominiert es die Vorstadt-Skyline. Möglichst selbstbewusst schreite ich darauf zu, mein Gefolge im Schlepptau; das Muskelpaket von der Liga folgt diskret in einigem Abstand. Es gelingt mir, dem Drang zu widerstehen: Ich gaffe nicht die glitzernde Glasfassade hinauf wie ein Tourist am Empire State Building. Ich bin nicht zufällig hier; ich soll hier sein; ich habe hier zu tun – nämlich meine Rolle zu spielen.

Mein Name ist Elizabeth Vasser. Ich wurde in Evanston, Illinois, am 19. Juli 1970 geboren. Ich habe mit einem magna cum laude mein Studium der Psychologie und Kriminologie an der Universität Chicago absolviert. Ich spiele Racquetball, wenn auch nur mäßig gut, und habe einmal einen Skee-Ball-Wettbewerb auf der Strandpromenade von Wildwood, New Jersey, gewonnen. Geschicklichkeitsspiele sind also eher mein Ding als Ballsportarten, die die Handhabung eines Schlägers beinhalten. Was ich nicht ausstehen kann: Männer, die in der Öffentlichkeit fluchen, und Menschen, die das Wort ›schizophren‹ in der Bedeutung von ›zwei Seelen in meiner Brust‹ benutzen.

Mein Name ist Elizabeth Vasser.

8 Uhr 30

»Guten Morgen, Ms. Vasser. Willkommen bei Skywave.« Der junge blonde Assistent der Geschäftsleitung streckt mir zur Begrüßung die Hand entgegen, während er noch über den Marmorboden der Empfangshalle zu mir eilt.

»Vielen Dank.« Ich schüttle ihm die Hand. Mein Händedruck ist warm, die Handfläche trocken. »Darf ich Ihnen meinen Mitarbeiterstab vorstellen? Das ist David Vetter, mein

Geschäftsführer, und das Ciara Griffin, die Leiterin der Marketing-Abteilung.«

Seine Aufmerksamkeit ruht etwas länger auf der letztgenannten Person, ehe er sich wieder mir zuwendet. »Ich bin Jonathan, Sherilyn Murphys Assistent. Sie dürfen mich Jon nennen«, setzt er in Loris Richtung noch hinzu. »Ms. Murphy hat mich gebeten, Sie hinauf zum Konferenzraum zu geleiten.«

Jonathan führt uns einen breiten Gang entlang, den Gold- und Platinplatten als Wandschmuck säumen. Ich fange Loris Blick auf, die gerade Jonathans Hintern begutachtet, und schaue sie warnend an. Es ist ja schließlich nicht so, dass sie sich verabreden könnten, eingedenk der Tatsache, dass er glaubt, sie sei ich.

Im recht großen Aufzug mit Messinggeländer läuft auf einem Bildschirm das Musikvideo einer neuen Country-und-Western-Band. Im obersten Stockwerk betreten wir einen luxuriös ausgestatteten Konferenzraum. Die Wände sind gepflastert mit signierten Fotos von Größen der Musikbranche.

Zwei leitende Angestellte erwarten uns. Papierstapel, die nach Verträgen aussehen, flankieren die beiden. Zwischen ihnen liegt ein einzelner Fensterbriefumschlag. Eine Brünette in einem echt scharfen Outfit erhebt sich, um uns zu begrüßen. Ich schätze sie auf Ende dreißig. »Guten Morgen! Ich bin Sherilyn Murphy. Wir haben bereits miteinander telefoniert.« Sie deutet auf das Revers meiner Kostümjacke. »Oh, wundervolle Brosche!«

Ich taste nach der Silberbrosche. »Danke. Ich habe ein Faible für Wölfe.«

»Wirklich? Oh, ich auch! Sie haben etwas Magisches, finden Sie nicht?«, schwärmt sie. Es klingt, als seien Wölfe so etwas wie Rockstars, mit denen sie bei entsprechender Gelegenheit sofort ins Bett steigen würde.

Ein grimmig aussehender Mann, wohl irgendwo in den Fünfzigern und mit beginnender Glatze, gesellt sich zu uns. »Alfred Bombeck. Schön, dass Sie es einrichten konnten.«

»Ich muss allerdings gestehen, dass es mir heute Morgen schwergefallen ist, aus dem Bett zu kommen.« Ich blinzele mehrfach hintereinander, so als würden mir die Augen brennen, und lächele David an. »Wir waren noch spät auf. Um nichts in der Welt wollten wir verpassen, wie die White Soxs die Yankees in den Extra Innings fertig machen.«

Bombecks Miene hellt sich schlagartig auf. »Wie fanden Sie das Ende des vierzehnten Innings?« Seine Augen werden schmal vor sadistischem Vergnügen. »Ich habe es genossen, dass diese Scheißkerle schon im Bullpen demoralisiert wurden.«

Jonathan bietet uns Kaffee und Plundergebäck an, das auf einer Anrichte dekorativ arrangiert ist. Wieder einmal widerstehe ich – dieses Mal dem Angebot von Nahrungsmitteln, die mich nichts kosten. Ich nehme nur eine kleine Tasse Kaffee, ehe ich mich setze. Drei äußerst teuer wirkende Füllfederhalter sind neben den Verträgen aufgereiht wie Soldaten auf Fahnenwache.

»Ihr Sender hat es diesen Sommer ja auf seltsame Weise zu allgemeiner Bekanntheit gebracht«, kommt Murphy zum Geschäft. »Der Werbegag mit den Vampiren war recht erfolgreich.«

Bombeck räuspert sich. »Seltsam, aber erfolgreich.«

»Wir haben die Sache mit unserer Marketing-Abteilung bereits abgeklärt«, fährt Murphy nach dem Einwurf ihres Kollegen fort. »Wir werden die Vampir-Strategie nach der Übernahme weiterführen. Mit unseren eigenen Moderatoren natürlich.«

Um zu verbergen, wie sehr ich diese Leute für alles hasse, wofür sie stehen, schenke ich ihnen ein sanftes liebes Lächeln. »Um Ihre wertvolle Zeit nicht weiter zu verschwenden, sage ich es rundheraus: Wir haben uns entschieden, Ihr Angebot abzulehnen. Ich möchte den Sender nicht mehr verkaufen.«

Den beiden Skywave-Menschen fallen fast die Augen aus dem Kopf. Bombeck poltert: »Wie bitte? Es ist keine Woche her, da haben Sie es gar nicht erwarten können, unser Geld einzustreichen!«

»Wenn sich die Umstände verändert haben«, schnurrt Murphy, »können wir, da bin ich sicher, nachverhandeln und eine neue Vereinbarung treffen.«

»Die Umstände haben sich geändert, ja.« Ich strahle David an. »Wir haben vor, den Sender unseren Kindern zu hinterlassen.« Ich ziehe meine linke Hand unter dem Tisch hervor. »David und ich werden heiraten.«

»O Gott!«, kreischt Lori auf ihr Stichwort hin. Sie springt auf, wobei ihr Stuhl rasch wegrollt, stürzt um den Tisch herum und umarmt erst David, dann mich. »Ich freue mich ja so für euch beide!« Sie packt meine Linke und zieht sie näher vor ihr Gesicht. »Ich habe den Ring ja schon vorhin bemerkt, aber wollte nichts sagen. Herrje, ich habe ihn halt für einen einfachen Partnerschaftsring gehalten, wie Männer sie gern in der Vor-Verlobungsphase ihren Freundinnen schenken. Ihr wisst schon: Wenn sie keine Verpflichtungen wollen, aber die Freundin trotzdem behalten möchten.« Lori umarmt mich noch einmal und wispert mir ins Ohr: »Wie mache ich mich?«

»Großartig«, wispere ich zurück. Mit normal lauter Stimme sage ich: »Vielen lieben Dank, Ciara. Es ist schön, dass wir deinen Segen haben.«

Murphy hüstelt. »Glückwunsch! Aber ich bin überzeugt davon, wir können Ihren Kindern ein noch besseres Erbe verschaffen.«

»Anlässlich der gestiegenen Popularität des Senders haben wir uns erlaubt, unser Angebot ein wenig anzuheben.« Bombeck schiebt den Fensterumschlag über den Tisch zu mir hin. Durch das Sichtfenster lese ich: ›Zur Auszahlung an Elizabeth Vasser.‹

»Danke, aber nein.« Ich will den Umschlag wieder zurückschieben. Aber Bombeck verhindert es, indem er die Hand auf den Umschlag legt.

»Schauen Sie sich die Summe doch bitte einmal an«, sagt er. »Sie wollen doch Ihre Augen nicht vor einem lukrativen Geschäft verschließen.«

In meinen Händen juckt es, den Umschlag zu öffnen, nur um einen Blick zu riskieren. Der bessere Teil meiner Urteilsfähigkeit sagt: Denk nicht einmal daran! Ich schiebe den Umschlag jetzt mit mehr Elan von mir. »Es tut mir leid, aber der Sender ist für mich von unschätzbarem Wert und daher mit keiner Summe zu bezahlen.«

Murphy schaltet sich ein; sie lächelt gezwungen. »Wir verstehen das. Aber wenn das Geschäft nicht zustande kommt, wird die Chefetage von uns wissen wollen, ob wir auch alle erdenklichen Anstrengungen unternommen haben, um Sie zu überzeugen. Wenn wir denen gestehen müssen, dass Sie noch nicht einmal einen Blick auf die gebotene Summe geworfen haben, könnte das unsere berufliche Situation im Konzern außerordentlich verkomplizieren.«

Ich wäge das Risiko, den Scheck anzuschauen, gegen die drohende Gefahr ab, die Skywave-Leute ungehalten zu machen. Wenn ich die beiden wirklich in Schwierigkeiten bringe, könnten sie Elizabeths Sinneswandel eingehender unter die Lupe nehmen wollen. »Gut, dann sagen Sie mir, wie viel Sie bieten.«

»Es steht auf dem Scheck«, bemerkt Murphy ruhig.

Ich weiß genau, wozu das führen soll. Zahlen zu sehen, eine Summe aufgeschrieben zu sehen zusammen mit meinem/Elizabeths Namen, hinterlässt mehr Eindruck als das Hören einer abstrakten Zahl. So tickt das menschliche Gehirn nun einmal. Sofort beginnt man zu überlegen, was man mit all den Nullen vor dem Komma anfangen könnte. Ich will den Umschlag von mir fort schieben.

Aber mehr noch als alles andere möchte ich hier raus und das Ganze hinter mir haben. Die Sache läuft einfach zu glatt. Ein Trickbetrug ohne Haken ist ein Trickbetrug kurz vor dem Auffliegen. Vielleicht ist ja der Scheck der Haken, die Bodenwelle, auf die ich warte.

Der Umschlag ist verschlossen. Ich reiße ihn auf. Der Scheck ist aus hübschem, rotmeliertem Papier, das herrlich zu den Rubinen in meinem Ring passt.

10 Millionen Dollar.

Ich bin Elizabeth Vasser. Wenn dieser Tag heute seinem Ende zugeht, habe ich einen Pass mit diesem Namen und meinem Bild darin. Wenn diese Woche ihrem Ende zugeht, bin ich in Neuseeland. Wenn sich die nächste Woche ihrem Ende nähert, ist der Scheck eingelöst und das Geld auf einem sicheren Auslandskonto. Ich werde nie mehr arbeiten müssen. Nie mehr Ramen-Nudeln vom Billig-Chinesen essen, nie mehr schrottreife Autos fahren und Schuhe mit Löchern in den Sohlen tragen.

Ich ermögliche den Vampir-DJs für Jahre ein sorgenfreies Leben. Vielleicht können sie einen neuen Sender aufbauen. Lori bekommt von mir genug Kapital, um ihre Geschäftsidee von der Geister-Tour durch Sherwood zu verwirklichen. Ich unterstütze Dad und Mom, sobald Mom aus dem Gefängnis raus ist, und die beiden müssen nie wieder jemanden betrügen. Das Elendsbarometer dieser Welt sinkt schlagartig ab.

Mir zittern plötzlich die Hände. Ich blinzele heftig, um den Bann zu brechen, in den mich das viele Geld geschlagen hat. Mein Zögern schwächt unsere Position. Wenn Skywave denkt, Elizabeth sei für Geld zu haben, werden sie nie aufhören, ihr Angebote zu machen.

Wunderschönes Neuseeland. Das *Herr-der-Ringe*-Land.

Und dann schlägt es bei mir ein wie ein Blitz. Diesen Scheck anzunehmen bedeutet für nichts etwas zu bekommen – der Reiz für jedes Opfer. Und wer spielt diese Rolle in diesem Spiel?

Außer …

Eine wütende Stimme hallt von draußen, vom Korridor, zu uns herein. Die Tür zum Konferenzraum wird mit solcher Vehemenz aufgestoßen, dass sie gegen die Wand kracht. Herein kommt die verschwitzte und zerzauste Personifizierung der Wut.

Jolene.

Mit dem Finger zeigt sie auf mich; ihre Hand zittert wie bei einem Alkoholiker auf Entzug. »Ciara Griffin, ich verspreche dir, ich bringe dich um!« Sie greift in ihre Handtasche und holt – puh, nein, keine Waffe – den Bericht von Travis heraus.

Ich blicke Lori an, deren Gesicht Panik verrät. Ich hab's doch gewusst: Sie eignet sich nicht für ein schmutziges, gefährliches Spiel wie dieses. Ich stehe auf und spreche Jolene an. »Entschuldigen Sie bitte, Miss, kennen wir uns? Und warum nennen Sie mich Ciara?«

Jolene starrt mich an. Eine Locke ungewaschenen Haars fällt über ihr rechtes Auge. »Was meinst du … Selbstverständlich kennen wir uns! Du hast mir mein Top geklaut!« Ihre Stimme überschlägt sich; Jolene wird hysterisch. »Ich wette, dieser Leonard oder Frankie oder wie auch immer der Scheißtyp nun wirklich heißt, ist ein Freund von dir! Er ist in das Büro meines Detektivs eingebrochen. Er hat mich unter Drogen gesetzt und Nacktfotos von mir gemacht. Du hast ihn an meinem Auto herumfingern lassen, damit ich das Meeting verpasse. Doch du hast wohl nicht damit gerechnet, dass mir der Sprit ausgerechnet vor einer Tankstelle ausgeht!«

David steht nun ebenfalls auf und legt beschützend einen Arm um mich. Der Blick, den ich Murphy und Bombeck zuwerfe, zeugt von Hilflosigkeit. »Ich begreife nicht, was diese Person da redet. Arbeitet sie für Sie?«

Lori keucht auf und packt mich am Arm. »Das ist die Frau, von der ich dir erzählt habe – die Stalkerin, die mich ständig verfolgt!« Lori springt auf und starrt Jolene an. »Hören Sie auf, mich zu verfolgen, oder ich rufe die Polizei!«

Jolenes immer noch von Beruhigungsmitteln benebelter Gesichtsausdruck verändert sich. Statt Empörung zeigt ihre Miene jetzt Verwirrung. »Aber Sie sind nicht Ciara. Sie sind diese Kellnerin! Warum behaupten Sie, sie zu sein?«

»Niemand behauptet hier irgendetwas – außer Ihnen offenkundig!« Ich nehme meine Handtasche und zücke meine Brieftasche. »Ich kann mich jederzeit ausweisen.« Ich halte Elizabeths neuen Führerschein mit meinem Bild den beiden Skywave-Menschen unter die Nase.

Murphy winkt abwehrend. »Das ist wirklich nicht nötig, Ms. Vasser. Jolene, bitte gehen Sie zurück in Ihr Büro. Wir reden über die Angelegenheit, sobald Ms. Vasser und ihre Mitarbeiter uns verlassen haben.«

»Aber das ist nicht Elizabeth Vasser!« Jolene klatscht den Bericht auf den Tisch und reißt dann den Umschlag auf. Ein dickes Konvolut aus nichtssagend grauem Packpapier rutscht auf den Tisch. »Sehen Sie selbst! Lesen Sie das, da steht die Wahrheit.«

Murphys Blick verrät Nervosität. Mit gedämpfter Stimme sagt sie zu Jolene: »Das Material habe ich bereits seit gestern.«

»Wie bitte?« Jolene schiebt das umfangreiche Dokument in die Richtung ihrer Chefs. »Nein, das hier ist der Bericht. Ich habe den Detektiv angeheuert. Warum sollte er Ihnen den Bericht zusenden?«

»Möglicherweise deshalb, weil ich es war, die seine Schecks unterschrieben hat?« Murphy befeuchtet ihren Zeigefinger und blättert durch die Seiten. Sie legt die Hand an die Stirn, als überfiele sie gerade eine heftige Migräne. Dann schlägt sie das Konvolut zu. »Da steht nichts.«

»Ich habe den Bericht gestern selbst gesehen.« Jolene greift nach dem gebundenen Konvolut und blättert so heftig durch die Seiten, dass manche herausgerissen werden. »Wie können die Seiten plötzlich leer sein? Es war alles da: die richtige Elizabeth, die richtige Ciara – wo ist das alles hin?« Jolene läuft tiefrot an.

»Moment mal!« David braucht nur ein paar Schritte nach vorne. Sogleich schlägt er das Deckblatt des Berichts auf. »Sie haben jemanden engagiert, der uns ausspioniert? Ein höchst zweifelhaftes Geschäftsgebaren, das Sie da an den Tag legen!«

»Alles im Rahmen des Gesetzes, das kann ich Ihnen versichern.« Bombeck wirft Murphy einen eindringlichen Blick zu. »Dieser Privatdetektiv hat doch eine gültige Lizenz, oder?«

»Das jedenfalls hat man mir versichert.« Murphy funkelt Jolene an. »Aber ich fürchte, man hat mir viele Dinge gesagt, die nicht der Wahrheit entsprechen.«

Das klingt wie mein Stichwort für den Abgang.

»Ich kann nicht glauben, dass ich meinen Sender beinahe an Ihren Konzern verkauft hätte!«

In einem Anfall vorgetäuschter Melodramatik zerreiße ich den Scheck in winzige Stücke und stecke diese zurück in den Umschlag. Meine Finger zittern vor Zorn, als ich den Umschlag zerknülle. »Guten Tag!«

Jonathan fasst sich rasch und steht bereit, um uns durch die andere Tür hinauszugeleiten – die Tür, die weiter von Jolene entfernt ist. Wir gehen den langen, breiten Korridor entlang. Ich nehme mich sehr zusammen, um nicht loszurennen.

Eine Stimme hallt durch den Korridor. »Das ist noch nicht vorbei, Ciara!«, kreischt Jolene. »Hörst du mich? Das ist noch nicht vorbei!«

Lori drängt sich enger an mich. »Elizabeth, diese Frau macht mir wirklich Angst!«

Jonathan legt die Hand über die Augen, als ob ihn die Peinlichkeit der Situation überwältige. »Es tut mir aufrichtig leid. Sie ist neu hier und hat offenkundig die Skywave-Standards, was die Kundenpflege angeht, nicht verinnerlicht.« Beinahe im Flüsterton fügt er hinzu: »Ich bezweifle ernsthaft, dass sie am Ende des Tages noch hier sein wird.«

Ich stecke den zusammengeknüllten Umschlag in meine Handtasche und verkneife mir ein Lächeln – ist besser so.

29

Wicked Game

»Einen Toast!« David hebt seine Bierflasche über der Mitte des Picknick-Tisches in die Höhe. »Auf Ciara.«

Alle außer mir – das heißt, die sechs Vampire und drei Menschen, die auf Davids hinterer Veranda sitzen – lassen die Flaschen heftig aneinanderklirren. Wir haben sogar Franklin und Monroe davon überzeugen können, an unserer kleinen Party teilzunehmen. Mein Liga-Bodyguard hingegen hat darauf bestanden, für sich zu bleiben und vorne Wache zu schieben.

»Nein«, widerspreche ich. Ich hebe meine Flasche und schaue David an. »Auf Elizabeth.«

Sein Lächeln ist von Kummer und Dankbarkeit gezeichnet, als er mit mir anstößt und dann trinkt.

»Auf uns alle!« Ich hebe meine Stimme. »Wir waren der Hammer.«

Rufe wie »Hört! Hört!«, »Genau!« und »Scheiße, ja!« schallen durch den Hinterhof im Zwielicht. Durch die offene Schiebetür können wir Noahs Reggae-Sendung aus der Anlage hören. Die heiter beschwingte, mitreißende Musik passt bestens zur Stimmung unserer kleinen Feier. Der nächste Nachbar sitzt mehrere Kilometer entfernt von Davids Haus auf seiner Farm. Also können wir beruhigt voll aufdrehen.

Die vier von uns, die noch essen, haben sich Lätzchen aus Papier umgehängt, um sich vor den Spritzern beim Knacken der gekochten Krabben zu schützen. Shane scheint Spaß daran zu haben, mit einem Holzhammer die roten Panzer zu zerschmettern. Er sitzt rechts neben mir und lässt mir das nächste saftige

Stück Krabbenfleisch zukommen. Ich schiebe es mit dem Finger auf meinem Teller hin und her, ohne es zu essen.

»Ich dachte schon, alles sei vorbei, als Sie den Umschlag mit dem Scheck aufgemacht haben«, meint David über sein Bier hinweg.

Lori schlägt sich die Hand vor die Brust und setzt hinzu: »Mir ist das Herz stehengeblieben. Und ich konnte deine Gedanken in meinem Kopf hören: Nimm das Geld und mach, dass du fortkommst!«

David wischt sich die Hände an einer Serviette ab. »Und jetzt, wo wir hier alle versammelt sind, wie wär's? Erzählen Sie uns, wie viel Skywave geboten hat?«

Ich schüttele den Kopf. »Nein, keine Chance. Ich sag's nicht.«

»Zwei Millionen?«

Ich richte meine kleine Gabel auf ihn. »Das Spiel spiele ich bestimmt nicht mit.«

Alle um den Tisch Versammelten stellen ihr Bier auf den Tisch und durchbohren mich mit Blicken. Sie warten.

»Fünf Millionen«, gebe ich daraufhin nach.

Franklin stößt einen leisen Pfiff aus. »Und Sie sind einfach gegangen. Sie haben jetzt Elizabeths Identität. Sie hätten das Geld behalten können.« Er blickt sich am Tisch um. »Selbstverständlich nachdem Sie uns einen Anteil zugestanden hätten, damit wir den Mund halten.«

Ich nicke. Mit dem Daumen male ich Linien auf der beschlagenen Bierflasche. Aber mein Magen signalisiert mir, keinen weiteren Schluck aus der Flasche zu nehmen: zu viel Aufruhr in meinen Eingeweiden. Ich kann den Scheck immer noch vor mir sehen, wie ich ihn in der Hand halte und er mich anfleht, ihm ein neues Zuhause zu geben.

David steht auf und räuspert sich. Nicht noch mehr Trinksprüche, hoffe ich.

»Ciara, in Anbetracht der großartigen Arbeit, die Sie diesen Sommer geleistet haben, möchte ich Ihnen das hier überreichen und hoffe, Sie nehmen es an.« Er reicht mir eine schmale schwarze Schachtel aus Hartplastik, wie man sie in Geschenkläden findet.

Meine Übelkeit nimmt zu, als ich den Deckel der Schachtel öffne. »David, das ist doch wirklich nicht nö…«

Ein Namensschild zum Aufstellen befindet sich in der Schachtel. CIARA GRIFFIN steht dort zu lesen und in kleineren Buchstaben darunter: LEITERIN DER MARKETING ABTEILUNG.

»Ich verstehe nicht.« Ich suche Davids Blick. »Wofür ist das?«

»Für Ihren Schreibtisch.«

»Sollte es dann nicht heißen: Praktikantin der Marketing-Abteilung?«

»Nicht, wenn Sie die Stelle annehmen, die ich Ihnen hiermit anbiete.«

Mein Blick wird starr vor Überraschung. »Was ist mit dem Studium?« Meine Stimme klingt belegt. »Mir fehlt immer noch ein Jahr bis zum Abschluss.«

»Sie können die Kurse halbtags besuchen, auch am Vormittag, wenn's nötig sein sollte. Ich bin sicher, Elizabeth wäre froh darüber, ihr Geld zur Erstattung von Studiengebühren einzusetzen.«

Ein richtiger Job. Ein fester Freund. Stabilität. Die Aussichten für den Rest meines Lebens nehmen mich gefangen – wie in einem gepolsterten Schraubstock. Ich bekomme kaum noch Luft.

»Was sagen Sie dazu?«, fragt David.

»Ich …« Die Buchstaben auf meinem Namensschild verschwimmen, werden wieder klar, verschwimmen erneut. Wer zum Teufel ist überhaupt Ciara Griffin?

Jeder am Tisch beobachtet mich mit freudiger Erwartung. Lori grinst übers ganze Gesicht. Shane mag ich gar nicht erst anschauen.

»Ich muss darüber nachdenken.« Mein Blick wandert über den Tisch auf der Suche nach meinem Handy. »He, was haltet ihr davon – wir laden meinen Dad hierher ein.«

»Warum das denn?«, fragt Shane.

»Das ist eine großartige Idee.« David deutet mit einer Handbewegung auf den Haufen Krabben auf dem Tisch. »Es gibt reichlich zu essen. Wie blöd von mir, dass ich nicht gleich daran gedacht habe, ihn einzuladen.«

»Ich geh eben rein, da ist's ein bisschen ruhiger.« Ich greife mir das Handy und stehe auf.

»Ich komme mit«, verkündet Shane. »Wir brauchen sowieso noch mehr Bier.«

»Der extra Kasten steht die Treppe runter im Vorratsraum«, weist David ihn an. »Gleich am Ende des Gangs.«

Shane folgt mir in das kombinierte Ess-/Wohnzimmer, dann zur kurzen Treppe. Ich warte, bis wir in der zentralen Diele des Hauses sind, von der aus man zu den verschiedenen Etagen kommt, ehe ich mich zu Shane umdrehe.

»Es ist schlimm genug, dass dieser Typ von der Liga ständig um mich herumkreist. Jetzt du auch noch. Vertraust du mir etwa nicht?«

»Dir vertraue ich. Deinem Vater allerdings nicht.«

»Ebenso wenig wie ich.«

Shanes Blick ist skeptisch. »Du benimmst dich heute Abend ziemlich seltsam. Du isst nichts, du trinkst kaum. Was ist los?«

Ich wende den Blick ab. »Restnervosität, das ist alles.«

Shane studiert mein Gesicht. Sein eigenes Gesicht wirkt wie versteinert. Er weiß, dass ich lüge. Bisher habe ich ihn noch nie angelogen. Aber ich kann ihm nicht sagen, was ich getan habe. Nicht, solange ich mir nicht selbst sicher bin, dass ich es wirklich bis zum bitteren Ende durchziehe. Meinen Vater anzurufen wird mir helfen, mich zu entscheiden. Glaube ich.

»Ich hole dann besser mal das Bier.« Shane trottet davon, die wenigen Stufen hinunter, die vom ebenerdigen Eingangsbereich ins Souterrain führen. Ich folge ihm. Dabei klappe ich mein Handy auf und suche nach der Nummer meines Vaters. Seine Nummer auf eine Kurzwahltaste zu legen wird ein großer Schritt in unserer rundumerneuerten Beziehung sein.

Shane geht den dunklen Gang, der an die Treppe anschließt, entlang. Ich muss das Licht anschalten, um etwas zu sehen. Ein weißes Aufblitzen erschreckt mich kurz, bis ich begreife, dass es Kater Antoine ist. Er ist an mir vorbeigeschossen, Shane hinterher. Am Ende des Gangs öffnet Shane die Tür zu einem Raum mit Betonwänden und -boden. Der Kater streift um seine Beine. Endlich habe ich Dads Nummer gefunden und drücke auf *Anrufen*. Im Vorratsraum sehe ich die Heizung und eine Reihe von ordentlich aufgeräumten Regalen. Darauf befinden sich vor allem Heimwerker-Utensilien wie Werkzeug, Farbe und Gartengeräte – Dinge, die mir so vertraut sind wie Ausstellungsstücke in einem Museum. Shane entdeckt die beiden Bierkästen unter der Werkbank.

Mein Fuß stößt gegen etwas Weiches, im dem es metallisch klirrt. Die mir schon bekannte Sporttasche.

Endlich, nach dem fünften Klingeln etwa, geht Dad an sein Handy. »Ciara?«

»Hi, Dad.«

Ein gedämpftes, dumpfes Rascheln folgt. Wahrscheinlich hält Dad das Handy jetzt ans andere Ohr. »Was willst du? Ich meine, wie geht's meinem kleinen Mädchen?«

Mein Daumen findet den Weg zur Gesäßtasche meiner Jeans und schiebt das Stück Papier dort tiefer in die Tasche. »Wo bist du?«

»Oh.« Seine Stimme klingt ein bisschen höher als zuvor. »Unterwegs.«

»Greif dir deinen Liga-Robot und komm hierher. Wir feiern gerade ein bisschen.«

Shane schiebt die Bierkästen über den Betonboden.

»Eine Party also? Wie nett«, sagt Dad. »Im Sender?«

»Nein, bei David zu Hause.«

»Bei David? Bei ihm zu Hause?«, platzt Dad heraus. Im Hintergrund ist das Quietschen von Reifen zu hören.

»Jep. Du magst doch sicher gekochte Krabben, oder? Wir haben jede Men...«

»Ciara, verschwinde da! Raus aus dem Haus!«

»Aber warum?«

»Gideon ist auf dem Weg dorthin.«

Mir dreht sich der Magen um. »Gideon verfolgt mich? Er kommt hierher?«

Shane springt auf und schaltet das Licht aus. Er nötigt mich, mich auf den Boden zu hocken. Dann schleicht er zu dem Souterrain-Fenster des Vorratsraums, das den Blick nach vorne vors Haus ermöglicht.

Die Stimme meines Vaters klingt atemlos. »Er will nicht dich. Er kommt wegen David.«

»Warum?«, flüstere ich.

»Wegen Antoine.«

Kalte Angst kriecht mir die Beine hoch. Ich zwinge mich, langsam zu sprechen. »Woher weiß Gideon, dass David Antoine getötet hat?«

»David hat es mir erzählt.« Die Stimme meines Vaters wird hart. »Ich habe es Gideon erzählt. Es tut mir leid, mein Engel.«

Eine Träne tritt in mein linkes Auge. »Daddy, nein ...«

»Bitte verlass das Haus sofort. Lauf!«

Mit einem großen Schritt ist Shane vom Fenster bei mir und nimmt mir das Handy aus der Hand. »Ronan, sie sind schon da. Gideon und drei andere, alle bewaffnet. Rufen Sie die Liga an!«

Er klappt das Handy zu. »Sie sind schon in der Einfahrt«, flüstert er mir zu. »Einer ist auf dem Weg zur Eingangstür; der Rest geht ums Haus herum zur Veranda.«

»Der Liga-Agent ist vorn an der Tür. Er wird …«

Ein lautes Klacken aus Richtung Eingang ist zu hören; es klingt wie ein schwerer Tacker. Der Kater flitzt hinter die Heizung, um sich zu verstecken. Shane gibt mir ein Zeichen, auf dem Boden hocken zu bleiben. Er selbst schleicht wieder zum Fenster. Ein Schatten huscht vorbei, und gedankenschnell gleitet Shane außer Sicht neben das Fenster.

Vorsichtig späht er hinaus, der Gestalt hinterher, die eben vorbeigehuscht ist. »Ich vermute, einer der Vampire hat gerade deinen Leibwächter ausgeschaltet. Jetzt sind alle auf dem Weg nach hinten.«

Ich drehe mich zur Kellertür mit Fenster um, die in den Garten und zur Veranda führt. Drei Gestalten huschen vorbei, dann eine vierte. Ich höre Befehle und Schreie, dann das Trampeln schwerer Schritte auf den Treppenstufen zur Veranda.

Lori kreischt auf. Ich hole mühsam Atem und versuche, es ihr nicht gleichzutun.

Shane legt den Finger an die Lippen und bewegt sich auf die Kellertür zu. Ich höre, wie die Schiebetür der Veranda geöffnet wird und Schritte über uns.

»Sie treiben alle im Haus zusammen.« Shane greift nach der Sporttasche und zieht den Reißverschluss auf. »Du solltest dich jetzt besser durch die Kellertür in Sicherheit bringen, ehe sie das Haus durchsuchen.«

»Keine Chance! Das sind meine Freunde da oben.«

»Ich brauche etwas mit Reichweite«, murmelt Shane. Er kramt die Pflöcke aus der Tasche und legt sie fort. Er ist sehr vorsichtig dabei, damit sie nicht auf den Betonboden oder gegeneinander klirren. »Na, bitte!« Er holt die Armbrust hervor.

Ich öffne die Seitentasche und ziehe die Weihwasser-Pump-Gun hervor. »Sind fünfzehn Meter Reichweite genug?«

Shane nickt und legt die Armbrust beiseite. »Und keine Kollateralschäden auf menschlicher Seite.«

Ich taste nach dem Trichter und wende mich von Shane ab, um die Wasserpistole zu befüllen. Ich öffne eine der Glasflaschen aus der Sporttasche und gieße den geweihten Inhalt in die Ladekammer der Pistole.

Ein weiterer Tackerschuss von oben, gefolgt von einem weiteren Schrei. Die Flasche entgleitet mir, so erschrocken bin ich. Weihwasser schwappt aus der fallenden Flasche und tropft mir aufs Knie. Shanes Hand schnellt vor, um die Flasche aufzufangen; aber keinen Lidschlag später, gerade noch rechtzeitig, reißt er die Hand zurück. Ich schnappe mir die Flasche, ehe sich ihr Inhalt vollständig auf den Betonboden ergießt.

Schritte. Den Schritten nach sind es zwei Personen, die die Treppe ins Souterrain hinuntertrampeln. Ein Krachen und ein qualvoller Schrei dringen aus dem Gang vor dem Vorratsraum zu uns herein. In Windeseile gießc ich den Rest aus der Flasche in den Behälter der Wasserpistole und schicke den Inhalt einer zweiten Flasche gleich hinterher. Das Wasser reicht vielleicht für zwei, maximal drei Schuss; keiner von der Art, die tödlich sein dürfte. Aber mit der Armbrust wäre bei meiner Schießerfahrung das Risiko für David, getroffen und verletzt zu werden, ebenso hoch wie für Gideon.

Shane steht mit blankgezogenem Katana vor mir. Die Klinge reflektiert das goldene Licht, das von der Verandabeleuchtung durchs Fenster der Kellertür fällt. Er blickt zu mir herunter. Ich nicke. Unser Schlachtplan ist klar.

Zweimal pumpe ich Wasser in den Lauf der Waffe. Im Gang ist es jetzt still. Geräuschlos dreht Shane den Knauf der Tür zum Vorratsraum und öffnet sie. Während er die Tür aufzieht, halte ich den Atem an. Ich fürchte, die Tür könnte in den Angeln quietschen und uns verraten. Als ich vorsichtig durch die halb geöffnete Tür in den Gang spähe, begreife ich, dass das keine Rolle mehr spielt.

Am Fuß der Treppe, am gegenüberliegenden Ende des Gangs,

hält Gideon David auf den Boden gedrückt; sein Mund ist bereits an Davids Hals.

Mit der Waffe im Anschlag trete ich in den Gang hinaus und ziele. Gideons Blick schnellt zu mir herüber. Das dunkle Haar hängt ihm wirr ins Gesicht, dessen untere Hälfte ist von Davids Blut durchtränkt.

Ich drücke ab.

Gideons Aufheulen mischt sich mit dem Zischen von Wasser, das heftig erhitzt verdampft. Gideon fährt sich übers Gesicht. Die Haut auf seinem Gesicht hat sich schwarz verfärbt und raucht wie ein Marshmallow im Lagerfeuer. Geblendet springt der alte Vampir auf die Füße und stürzt auf mich zu. Mit der Schulter rammt er die Wand. Von oben hört man Rufe. Ich pumpe wie wild, um die Waffe wieder zu laden.

Shane springt zwischen uns. Aber mein Finger hat schon den Abzug gedrückt. Dieses Mal ist es Shanes Schrei. Er zieht den zischenden, schmorenden Arm zurück, um mit dem Katana auszuholen. Er schlägt zu.

Im selben Moment aber hebt Gideon den Arm, um den Schlag abzufangen. Die Klinge trennt ihm mit sauberem Schnitt den Arm am Ellbogen ab. Das abgetrennte Glied kommt klatschend auf dem Boden auf, während Gideon mit der verbliebenen Hand Shane am Hals packt.

Gideon nagelt Shane mit hartem Griff an der Wand fest und drückt zu. Mit seiner Kraft könnte er Shane mit einer einzigen Bewegung den Kopf abreißen.

Ich feuere meine letzte Ladung ab.

Als das Weihwasser Gideons Gesicht trifft, faucht der auf und fällt auf die Knie, ohne Shane loszulassen. Die Wunde am Stumpf seines linken Arms schließt sich bereits.

Shane rammt seinen Ellbogen unter Gideons gesunden Arm. Dessen Griff lockert sich so weit, dass Shane sich ihm entwinden kann. Wütend brüllt Gideon auf und schlägt mit dem gesunden Arm wild nach seinem Gegner. Aber Shane hat das Schwert schon wieder erhoben.

Da taucht auf der Treppe hinter Shane Gideons Leibwächter Lawrence auf. In der einen Hand hält er eine Pistole, in der anderen einen angespitzten Pflock. Er hebt beide Waffen.

Die Katana-Klinge sirrt durch die Luft. Gideons Kopf wird von seinem Hals getrennt, fällt auf den Boden und prallt gegen die Wand, rollt ein Stück weiter und bleibt dann liegen. Aus einem verkohlten Gesicht starren mich weiße Augen an.

»Nein …« Lawrence greift sich an die eigene Brust. Er fällt auf die Knie, im selben Augenblick, als Gideons kopfloser Körper auf dem Boden zwischen dem abgetrennten Arm und dem abgetrennten Kopf aufschlägt. In zwei Fontänen spritzt das Blut aus seinem Halsstumpf gegen die weißen Wände. Noch ehe ich einen Schritt zurückweichen kann, fließt mir Blut über die Füße, benetzt meine Knöchel.

Shane wirbelt zu Lawrence herum, bereit, noch einmal zuzuschlagen. Als er sieht, dass sein Gegner wehrlos ist, lässt er die Waffe sinken und starrt hinunter auf die sich krümmende Gestalt. Von oben aus dem Haus hören wir dumpfe Aufschläge, drei an der Zahl.

Ich lasse die Wasserpistole fallen und stürze auf Shane zu. »O Gott, ich habe dich verbrannt! Ist es schlimm?«

»Ich werd's überleben.« Er tritt Lawrences Waffen aus dessen Reichweite. »David sieht aber schlimm aus.«

Blut strömt aus den Wunden an Davids Hals und durchtränkt den Teppich, auf dem er liegt. Ehe ich auch nur einen Finger rühren kann, kommen Spencer und Franklin die Treppenstufen hinuntergerannt. Spencer hat Davids Rettungssanitäter-Ausrüstung bei sich.

Schon kniet Spencer neben David nieder und öffnet die Tasche. Er reißt gleich mehrere Päckchen Verbandsmull auf und presst sie gegen Davids Halswunde.

»Leg seine Beine hoch!«, weist Spencer mich an. Dann untersucht er die Wunde kurz, ehe er den Mull wieder fest draufdrückt. »Sieht aus, als habe Gideon Davids Jugularvene angekratzt. Glücklicherweise. Ein paar Millimeter weiter wär es die Halsschlagader gewesen. Wenn wir die Blutung stoppen und ihn in ein Krankenhaus schaffen, wird er's überleben.«

»Ich rufe gleich einen Krankenwagen.« Franklin holt sein Handy hervor.

»Nein«, haucht David. »Keinen Krankenwagen.«

Franklin lässt den Blick über den blutüberströmten Schauplatz schweifen – ein Tatortszenario, das die umfangreichsten polizeilichen Ermittlungen in der Geschichte des ganzen Countys nach sich ziehen würde. »Können wir ihn nicht ins Krankenhaus bringen?«

Spencer nickt. »Ich begleite dich. Wir können ihn bewegen, sobald ich die Blutung gestoppt habe.«

Franklin springt auf und ist schon auf der Treppe. »Ich fahre den Pick-up vor die Eingangstür.« Er wirft einen letzten Blick auf das Blutbad. »Genau das ist der Grund, warum ich Vampir-Partys meide wie die Pest.«

Auf dem Weg nach oben kommt Franklin Jim entgegen, der auf dem Weg zu uns nach unten ist. Er hält ein metallisch aussehendes Kabel in der Hand.

»Monroe und Regina vertäuen gerade die beiden anderen Leibwächter. Die sind umgefallen wie Fleischhälften im Schlachthof.« Er begutachtet Gideons zerteilten Körper, dann Shane. »Ich wusste, dass du's drauf hast.« Mit dem Fuß stößt er Lawrence an, der am ganzen Körper bebt und zittert und so wirkt, als sei er halb bewusstlos.

»Was ist mit dem los?«, fragt Shane.

»Dasselbe, was mit dir passiert, wenn Regina ins Gras beißt.« Jim zieht Lawrence die Arme auf den Rücken und verschnürt die Handgelenke mit dem Kabel.

»Anscheinend sind das alles Abkömmlinge von Gideon«, sagt Spencer.

»Sind sie«, bestätige ich. »Aber warum wurde er noch nicht ins Nichts gesogen?«

»Das Herz muss erst ausbluten«, erklärt Spencer. »Beim Pfählen geht das ziemlich schnell. Aber beim Abschlagen des Kopfes dauert das eine Weile.«

Wie in Zeitlupe erhebe ich mich und stelle mich neben Shane. Gideons Blut hat aufgehört zu fließen. Während wir zuschauen, beginnt es: Sein Körper verdreht und verzerrt sich, wird in den Halsstumpf hineingesogen.

Ich schlage die Hände vors Gesicht. »Shane, das willst du nicht mitansehen.«

»Ich muss«, antwortet er, seine Stimme ein Flüstern. »Ich bin dafür verantwortlich.«

»Genau deshalb solltest du dir das nicht antun.« Ich ziehe an seinem Arm. Shane aber widersetzt sich mir. Zu unseren Füßen beginnt Lawrence zu ächzen und zu stöhnen; es schüttelt ihn. Seine Schreie hallen von den Wänden wider. »Shane, bitte!«

»Geh, wenn du willst.« Shanes Blick bleibt auf Gideon geheftet. »Ich bleibe.«

Gideons Kopf rollt über den Boden, wird in den Strudel gesogen, der von der Leiche ausgeht.

Von oben hören wir Travis' schrilles Schreien. Das Heulen, das er ausstößt, scheint keiner menschlichen Kehle zu entstammen, aber es ist auch nicht animalisch. Es ist noch nicht einmal etwas dazwischen. Es klingt, als käme es direkt aus der Hölle. Ich presse die Hände auf die Ohren und taumele die Treppe hoch.

Mitten im Wohnzimmer liegt der Detektiv in Fötushaltung auf dem Boden. Er reißt an seinem Hemd und stößt ein hohes, rostig klingendes Kreischen aus. Monroe kniet neben ihm und versucht seine Handgelenke zu fassen zu bekommen. Er spricht leise und beruhigend auf den jungen Vampir ein. Ich bemerke an einem blutroten kreisförmigen Fleck, dass Monroe selbst am Bein verwundet ist. Allerdings hat die Blutung schon aufgehört. Wahrscheinlich wurde der älteste von unseren Vampiren beim Angriff von Gideon und seinen Leuten angeschossen. Lori hat sich in einer Ecke verkrochen und zusammengekauert; das Gesicht birgt sie in den Armen.

Wallace und Jacob, beide ebenfalls Gideons Abkömmlinge, winden und krümmen sich, schreien, während sie auf den Bäuchen liegen; die Hände sind ihnen auf den Rücken gebunden. Regina bewacht die beiden, nur unzureichend mit zwei Pflöcken bewaffnet. Zwei langläufige Pistolen mit Schalldämpfern liegen auf dem Esszimmertisch. Das Radio läuft immer noch, der schwungvolle Reggae taub und blind dem Drama gegenüber, das sich hier abspielt.

Regina blickt nervös zu Travis hinüber. »Das da ist die Kehrseite davon, Gideon erledigt zu haben.«

Travis' Augen treten ihm aus den Höhlen; die Haut am Hals scheint sich über seiner Kehle zusammenzuziehen und ihm die Luft abzuschnüren. Er rollt sich auf den Rücken; er krampft wie ein vergifteter Käfer.

Aber am schlimmsten ist, was unter seinem zerrissenen Hemd passiert: Die Haut über seinem Herzen dehnt und spannt sich, als ob unsichtbare Hände sie von seiner Brust schälen wollten. Ein riesiger Bluterguss bildet sich dort – wie eine Blutlache unter einem Mordopfer.

Franklin kommt durch die Haustür zurück ins Haus gestürzt. Sein Pick-up steht mit laufendem Motor auf der Wiese gleich vor der Veranda. Ich folge Franklin wieder hinunter ins Souterrain, erleichtert, etwas tun zu dürfen.

Sichtlich wacher stöhnt David auf, als Spencer ihn hochhebt. Den Anweisungen nach halte ich Davids Kopf gegen Spencers Schulter gedrückt. Franklin hält derweil den Druck auf die Wunde aufrecht. Ich wage nicht, einen Blick auf Shane und das zu werfen, was von Gideons Leiche noch übrig ist. Die Sauggeräusche, das Zischen und Rascheln von Gewebe auf Gewebe, das Knacken von Knochen reicht mir.

»Ciara …«, haucht David, als wir ihn vorsichtig die Treppe hoch zum Eingangsbereich und durch die Haustür manövrieren.

»Nicht sprechen!« Wir kommen an meinem Liga-Bodyguard vorbei. Er liegt ausgestreckt in der Vorgartenbepflanzung; im Licht der Außenbeleuchtung ist das saubere Loch mitten in der Stirn gut zu erkennen. »Oh, nein!«

»Was?«, keucht David.

»Nichts von Belang«, beruhigt ihn Franklin.

Da ich immer noch wie befohlen Davids Kopf stütze, klettere ich als Erste rücklings auf den schmalen Rücksitz von Franklins Pick-up.

David hebt eine Hand. »Wollen Sie den Job nun oder nicht?«

»Schlechter Zeitpunkt für so eine Frage.« Ich nehme seine Hand und lege sie ihm auf die Brust. »Mein Vater hat Sie an Gideon verkauft.«

David schließt die Augen. »Hätt's ihm nicht erzählen sollen.«

»Nein, Sie hätten ihm nicht trauen dürfen. Aber das tut jeder. Sie sind bloß der Letzte in einer langen Reihe von …« Ich entschließe mich, den Satz unvollendet zu lassen.

»… Idioten«, flüstert David.

Spencer öffnet die Tür auf meiner Seite und gibt mir mit einem energischen Wink zu verstehen, auszusteigen, damit er meinen Platz einnehmen kann.

Ich klettere raus, drehe mich aber noch einmal zu David um. »Hey, das Ganze hat ein Gutes: Wir können wieder das Herzblut des Rock 'n' Roll sein.«

David reckt, schwach wie er ist, einen Daumen hoch. Ich sehe es gerade noch, bevor Spencer die Tür zuschlägt. Ich springe vom Wagen zurück, der sofort losprescht. Im selben Moment sehe ich aus den Augenwinkeln, wie sich etwas zu meinen Füßen bewegt. Ich blicke hinunter, um gerade noch mitzubekommen, wie Gideons Blut von meinen Schuhen zurück ins Haus gesaugt wird. Es gleitet durch das Fliegengitter vor der Tür und verschwindet drinnen.

Mir werden, wieder einmal, die Knie weich. Aber Travis' Schreien bringt mich dazu, in Bewegung zu bleiben, anstatt wie angewurzelt dazustehen. Ich renne zurück ins Haus und treffe auf Shane, der gerade die Treppe hochkommt. Sein Gesicht ist blasser denn je.

»Er ist nicht mehr«, flüstert er heiser. Er sieht an sich hinunter und registriert, dass er immer noch das Katana in der Hand hält. Sanft entwinde ich es ihm. Dabei vermeide ich es, mir die Brandwunden auf seiner Haut anzusehen. Ich nehme ihn bei der Hand, und gemeinsam gehen wir ins Wohnzimmer.

Travis stößt ein langes Heulen aus, das von sämtlichen Wänden des Hauses widerzuhallen scheint, ehe es verklingt. Dann ist er still und liegt reglos da. Plötzlich, einige Sekunden sind vergangen, holt er tief Luft, dann noch einmal. Schwer muss er nach Atem ringen. Jacob und Wallace sind bewusstlos.

Regina kniet sich neben die beiden, um nach ihnen zu sehen. »Die sind okay, leider. Ich hätte sie pfählen sollen, solange sie bei Bewusstsein waren. Es jetzt zu tun, wäre unsportlich.« Ein lautes *Plock!* ist von unten aus dem Souterrain zu hören. »Hm. Offenkundig ist Jim anderer Ansicht.«

Wenig später kommt Jim die Treppe hochgeschlendert. Er hält die Armbrust in der einen, einen noch blutigen Pflock in der anderen Hand.

Er bemerkt, dass alle ihn anstarren. »Was denn? Ich fand's scheiße, wie der Kerl mich die Nächte im Refugium herumgeschubst hat. Okay, ich habe halt meinen Stolz, ich geb's zu – auch wenn ihr das schlimm findet.« Am Kopf der Treppe angelangt, macht er die Armbrust schussbereit und visiert Wallace und Jacob an. »Soll ich die beiden anderen auch erledigen?«

»Nein«, sagt Shane. »Hier hat es genug Tote für einen Tag gegeben.«

»Wohl noch nicht ganz.« Regina hat sich neben Travis gehockt, der zusammengesackt auf der Seite liegt. »Ich fürchte, unser kleiner Freund hier wird's nicht schaffen. Er ist zu jung und zu schwach, um den Tod seines Blutvaters zu überleben.«

»Außer …« Monroe hebt den Blick und schaut mich aus dunklen Augen an, dann wandert sein Blick hinüber zu Lori. Sie sitzt immer noch zusammengekauert in ihrer Ecke.

Ich mache einen Schritt nach vorn. »Gibt es etwas, was wir tun können, um ihn zu retten? Dann sollten wir es zumindest versuchen.«

Jim kichert los. »Du wirst deine Meinung bestimmt ändern, wenn du hörst, wie.«

Ich blicke zu Travis hinüber, der nach Luft schnappt wie ein Fisch auf dem Trockenen. »Ich weiß, was es ist.« Ich schließe die Augen. »Ich mach's.«

Sekundenlang herrscht völlige Stille im Zimmer. Dann sagt Regina: »Ist dir wirklich klar, dass es weder um einen Smoothie noch um eine Fußmassage geht?«

»Ja, das ist mir klar.« Ich suche Shanes Blick. »Ich hätte aber nichts dagegen, wenn das die Belohnung wäre.«

»Ciara, bist du sicher, dass du das tun willst?« Shane kommt zu mir herüber. »Das ist immerhin der Typ, der versucht hat, dich umzubringen.«

»Dafür konnte er nichts. Und jetzt ist er einer von uns.«

Im Kopf spule ich zurück und höre mich die Worte ein zweites Mal sagen: *einer von uns*. Bin ich denn eine von uns? Es dürfte jetzt acht Jahre her sein, dass ich das letzte Mal zu jemandem gehört habe und es ein *Uns* für mich gab.

»Unter einer Bedingung allerdings«, wende ich mich an Shane. »Du musst es sein, der mich … du weißt schon.«

Shane nimmt mich bei der Hand. »Wir gehen hoch in Davids

Schlafzimmer.« Er blickt zu Travis hinüber. »Jemand von euch bringt ihn hoch. Beeilt euch!«

»Ich kümmere mich darum«, bietet Jim an.

»Du – nein!« Ich hebe abwehrend die Hand. »Ich und entspannt in deiner Gegenwart – unmöglich.« Ich schaue zu Monroe hinüber, ohne seinem Blick zu begegnen. »Bitte.«

30

Inside Out

»Licht an oder aus?«, fragt Shane.

Statt zu antworten, ziehe ich an der Schnur der Lampe, die gleich über Davids Bett an der Wand hängt. Der Rauchglas-Schirm sorgt für gedämpftes Licht.

Shane tauscht eines der Kopfkissen durch ein zusammengefaltetes dunkelbraunes Handtuch aus. »Um Travis zu retten, müssen wir schnell an Blut kommen. Ich nehme mir also den Hals vor. Ist das okay für dich?«

»Ist das denn ungefährlich?«

»Klar.« Shane berührt meine Kehle. »Ich punktiere die äußere Drosselvene. Sie ist relativ dünn, verläuft oberflächlich, also direkt unter der Haut. Es wird nicht sehr wehtun, ich versprech's. Da sind keine Muskeln, durch die ich hindurchmüsste. Es wird keinerlei Probleme geben, solange du schön still liegen bleibst.«

Ich nicke und hoffe, dass ich nicht ohnmächtig werde. Ich lege mich auf meine rechte Seite, den Rücken zur Bettmitte gewandt. »Gideon wollte mich auch in den Hals beißen. Aber da hab ich gestanden, nicht gelegen.«

»Ach, echt?« Shane streckt sich mit dem Gesicht zu mir ebenfalls auf dem Bett aus. »Interessant.«

»Warum?«

»Ich erklär's dir später. Bist du dir immer noch sicher, dass du das hier durchziehen willst?«, fragt er noch einmal.

Ohne die Schwerkraft, die es im Brustkorb hält, ist mir das Herz doch glatt bis in den Hals gerutscht. »Nein. Aber ich wäre echt ein Miststück, wenn ich jetzt kneifen würde.« Ich berühre seinen Mund. »Und du, wirst du in der Lage sein … du weißt schon?«

»Loszulegen? Klar. Fangzähne sind wie Husten – sie können unabsichtlich hervorkommen sowie absichtlich.« Er öffnet den Mund, und da sind sie. Ich zucke zurück, ein paar Millimeter nur, und stoße gegen Travis, den Monroe gerade neben mir aufs Bett gelegt hat.

»Hab keine Angst.« Mit dem Finger hebt Shane mein Kinn. »Atme einfach tief ein und aus, ganz langsam, und schau mir in die Augen.«

Ich gehorche und spüre augenblicklich, wie ich falle. Shane benutzt denselben hypnotischen Blick wie damals an unserem ersten Abend, draußen vor der Bibliothek. Da hatte er mich von seinem monströsen Wesen überzeugen wollen. Seit diesem Augenblick hat er sich mehr als nur menschlich mir gegenüber verhalten. Jetzt aber ist das Blau seiner Augen ein Ozean, der mir Wunderbares zu erleben verspricht, sofern ich es wage und in ihn hineintauche.

Mein Herzschlag wird langsamer. Meine Muskeln erschlaffen. Meine Lippen öffnen sich. Shane beugt sich vor, und ich spüre seine Lippen auf meinem Mund. Die Lippen sind weich und warm, seine Zunge erkundet eher, als Verlangen zu zeigen. Meine Haut wird warm vor lang unterdrückter Sehnsucht; mein Körper schmilzt dahin, um sich mit Shanes Körper zu vereinen.

Seine Lippen wandern weiter, liebkosen meine Haut am Kiefer, erreichen schließlich meine Kehle. Seine Zunge sucht nach der Wärme meines Pulses. Ich zucke nicht einmal. Ich habe keine Angst. Ich schaffe das. Ich werde wahrscheinlich nicht einmal schreien.

Plötzlich durchfährt ein scharfer Schmerz meine Kehle. Ein elektrischer Impuls rast als Echo meine Wirbelsäule hinauf und schlägt in meinem Gehirn ein.

Ich schreie auf – zumindest ein bisschen.

Shanes Hand umfasst meine Taille, um mich ruhig zu halten. Mit der anderen Hand streichelt er mir den Nacken. Ich konzentriere mich allein auf die Berührung seiner Finger. Ich fokussiere mein ganzes Bewusstsein auf das bisschen Haut dort. Besser darauf, als auf das Fleisch, das gequält protestiert.

Shanes Kehle entringt sich ein tiefes Knurren, wie damals bei Deirdre. Ich erinnere mich genau daran: Damals hatte ich mir gewünscht, ihm auch diesen Laut entlocken zu können.

Er fährt seine Fangzähne wieder ein. Der Schmerz lässt ein wenig nach. Etwas Warmes läuft mir den Hals hinab. Shane fängt das Rinnsal mit der Zunge auf und atmet tief aus.

»Was mich angeht, wäre es besser, du hättest nicht so viel Spaß daran«, erinnere ich ihn.

Er blickt mir direkt in die Augen. »'tschuldigung.« Er legt die Hand auf meinen Hals, wahrscheinlich um das Blut aufzufangen. Dann greift er über mich hinweg nach Travis, wie ich annehme. »Komm her, trink!« Dann aber seufzt Shane und lässt sich zurück ins Bett fallen. »Er ist schon zu weit weg.« Er nickt Monroe zu. »Halt ihn irgendwie aufrecht.«

Erneut beugt Shane sich über meinen Hals. »Ich muss ihm das Blut direkt einflößen wie einem kleinen Vogel. Sobald er wieder zu sich kommt, kann er dann selbst trinken.«

Shane presst den Mund an meinen Hals. Dieses Mal gelingt es ihm, sich seine Ekstase nicht anmerken zu lassen. Ich spüre, dass er die Wunde selbst gar nicht berührt, sondern nur das Rinnsal aus Blut schlürft, das sich aus ihr ergießt.

Ohne das Blut zu schlucken, setzt Shane sich auf und beugt sich über mich, wo Monroe Travis stützt. Shane nimmt das Gesicht des halb bewusstlosen Detektivs in die Hände und küsst ihn. Über die Zunge, die er dem anderen Vampir in den Mund schiebt, lässt Shane das Blut in Travis' Rachen fließen.

Wenn es nicht mein Blut wäre, würde mich der Anblick wahrscheinlich ziemlich antörnen.

Shane beendet seinen lebensspendenden Blutkuss, hebt Travis' Kinn und streicht ihm über die Kehle. »Schlucken, Mann, schluck schon, verdammt!«

Travis' Lider flattern, und er leckt sich über die Lippen, schluckt und holt tief Luft. Monroe und Shane seufzen gleichzeitig vor Erleichterung auf.

Shane rollt mich auf den Rücken. Ich spüre Travis' Gewicht neben mir auf dem Bett.

»Schön langsam, mein Junge«, murmelt Monroe. Kalte Lippen berühren meinen Hals, wo immer noch Blut aus der Bisswunde rinnt. Jetzt tröpfelt es nur noch unregelmäßig wie bei einem undichten Wasserhahn. Ich verziehe das Gesicht, als das Saugen an der Wunde neuerlich Schmerz verursacht.

Shane tätschelt mir das Knie. »Bin gleich wieder da.« Er rennt ins Badezimmer, aus dem dann Geräusche kommen, als gurgle jemand. Ich schließe die Augen und warte auf Shanes Rückkehr.

»Das war sehr aufmerksam von dir«, sage ich, als er wieder neben mir sitzt.

Er zuckt mit den Schultern. »Ich betrachte mich gern als sensiblen New-Age-Vampir.« Er begutachtet, welche Fortschritte Travis macht. Dann sagt er zu Monroe: »Du solltest vielleicht unten mal nachschauen, ob Regina und Jim nicht noch jemanden zerstückelt haben.«

Monroe verlässt wortlos das Zimmer. »Schon komisch«, sage ich zu Shane. »Ausgerechnet die beiden Typen, die mich vor Travis gerettet haben, sorgen jetzt dafür, dass er von mir trinken kann.«

»Tja, Ironie des Schicksals.«

Ich verspüre ein heftiges Verlangen nach ein bisschen Smalltalk. »Wie geht's denn Deirdre so?«

»Gut, soweit ich weiß. Sie ist jetzt Jims Spenderin. Ich habe dir ja schon letzten Monat gesagt, dass ich kein Blut mehr von anderen Frauen trinke.«

»Das galt doch nur, wenn ich einwillige, deine feste Freundin zu sein.«

»Vorauseilender Gehorsam.«

»Oh.« Eigentlich würde ich mich jetzt wunderbar leicht und wohlig fühlen, würde nicht gerade ein Vampir an meinem Schlüsselbein nuckeln. »Hast du denn als Ersatz für sie ein paar nette Kerle gefunden?«

»Ich habe jetzt Kontakt zu einem echt coolen Tpyen aus Pittsburgh. Wir haben Treffen vereinbart für die Nächte, in denen die Steelers *Monday Night Football* spielen. Er hat Kabelfernsehen.«

»Ist er niedlich?«

»Er ist dreiundsechzig.«

»Oh-ha. Ich meine: oh.«

Wie ein Messer fährt plötzlich Schmerz in meinen Körper. Mir schießen Tränen in die Augen, und ich schreie auf.

»Hey!« Shanes Arm schießt vor, greift sich Travis und zieht ihn ein Stück von meinem Hals weg. »Was haben wir dir über das Saugen beigebracht?«

»Verzeihung«, krächzt Travis, beschäftigt sich dann aber wieder damit, an meinem Hals zu lecken.

Ich wische mir die Tränen ab und unterdrücke das Bedürfnis, aufzuspringen und davonzulaufen. »Was ist denn falsch daran zu saugen?«

»Es kann dazu führen, dass die Wunde einreißt und sich leichter infiziert.«

Mein Magen schlägt Purzelbäume, und mir wird speiübel und schwindelig zugleich. »Schnell, erzähl mir eine Geschichte, sonst muss ich gleich kotzen.«

Shane legt sich zu mir. Ich kann ihn nicht sehen; denn dazu müsste ich den Kopf drehen. Das aber täte ziemlich weh. Also starre ich lieber an die Decke.

»Ich erzähle dir vom fünften April 1995.«

Meine Augen weiten sich. »Ich hab nicht unbedingt *die* Geschichte gemeint.«

»Willst du sie jetzt hören oder nicht?«

Ich berühre Shanes Brust. »Nur wenn du sie mir wirklich erzählen möchtest.«

Er atmet mehrmals durch, setzt an, holt nochmal tief Luft. »Ich habe nicht mehr leben wollen«, beginnt er schließlich. »Die Gründe sind eigentlich gar nicht so wichtig. Im Grunde war mein Leben im Arsch. Die Medikamente, die ich bekam, waren die falschen. Dieselbe traurige Geschichte wie bei einer Million anderer Depressiver.«

Ich schließe die Augen und höre zu. Es ist wie sonst, wenn ich seine Stimme übers Radio gehört habe. Nur dieses Mal ist das, was er erzählt, wirklich allein für mich bestimmt. Selbst Travis schlürft seine Blutdosis respektvoll leiser, wie es scheint.

»Da habe ich Regina kennengelernt«, fährt Shane fort. »Sie hatte sofort Verständnis dafür, dass ich diese Scheiß-Welt verlassen wollte; sie verstand den Schmerz, zu dem alles geworden war, was ich kannte. In ihr war es genauso schwarz wie in mir.« Er lacht auf, Sarkasmus pur. »Jedenfalls habe ich das damals echt geglaubt. Sie war schließlich ein Vampir, in ihrem Inneren musste es schwarz sein, oder?«

»Das sollte man annehmen, ja.«

»Ich habe dagegen angekämpft. Ich war seit Jahren nicht mehr in der Kirche gewesen. Trotzdem habe ich gebetet. Ich bat um die Kraft zu leben, um ein Zeichen, dass ich noch ein Teil dieser Welt wäre, hierhergehörte. Aber nichts passierte. Also bat ich Regina, mich zu töten.« Shane fährt mir mit den Fingern durchs Haar, massiert mir die Schläfen. »Schätze mal, ich hätte mir eine zuverlässigere Methode aussuchen sollen.«

»Als Selbstmordmethode find ich's irgendwie cool.«

»Und irgendwie sinnvoll. Wenn ich schon abtreten wollte, warum mein Blut nicht jemandem geben, der es braucht? Allemal besser, als damit mein Wohnzimmer zu besudeln und darauf zu warten, dass die alte Dame von nebenan sich über den Gestank beschwert.« Shane hält inne. »Außerdem hat Regina mich vorher schon gebissen. Es hat sich unglaublich angefühlt. Da hab ich halt gedacht, dass es eine ganz großartige Methode ist, um endgültig den Abgang zu machen.«

Ich frage mich ernsthaft, warum Vampirbisse nicht denselben Effekt auf mich haben. Vielleicht sind sie wie jede andere Droge – manche Leute werden high davon, anderen dagegen wird einfach nur schlecht.

»In der besagten Nacht«, erzählt Shane weiter, »hat Regina mehr getrunken als jemals zuvor. Mein Herz hat gemeint, es müsse das Schlagzeug-Solo aus *Wipe Out* spielen. Mich hat das nicht gekümmert, weil ich meinen Körper verlassen würde. Ich war einfach nur glücklich.

Das Nächste, woran ich mich erinnere, ist, dass sie mir Blut in den Mund gespuckt hat. Ich wollte mich abwenden, es ausspucken, denn ich wusste, was das hieß. Aber ich habe es schließlich doch geschluckt. Von dem Moment an war alles anders. Es gab Licht statt Dunkelheit, Hunger statt Leere. Ich habe mir Regina gepackt und von ihr getrunken.«

»Warum hast du das getan? Du wolltest doch sterben.«

Shanes Fingerspitzen streichen über die Innenseite meines Arms. »Aber dein Körper will leben. Ein Magen erbricht Gift. Schnittwunden an den Handgelenken schließen sich wieder. Es muss schon Heftiges passieren, damit diese Maschine sich abschaltet.«

Ich frage mich, wie oft Shane wohl versucht hat, sich umzubringen. Mein Leben war auch nicht immer ein Ponyhof, aber ich wäre nie auf die Idee kommen, den Tod als Alternative zu wählen.

»Vielleicht hatte Regina schon länger vorgehabt, mich zu verwandeln. Aber das würde sie niemals zugeben. Sie behauptet jedenfalls steif und fest, sie habe es nicht ausgehalten, mich sterben zu sehen.«

Ich kann Reginas Impuls sehr gut nachfühlen. Nachdem ich Elizabeth und Gideon habe sterben sehen, plane ich ernsthaft, Shane in einen Rollkragenpullover aus Kevlar zu stecken. »Regina hat dir das Leben gerettet.«

»Ich wollte den Tod«, sagt Shane bitter, »und sie ein Schoßtier.«

Gott, ich liebe diesen Mann. Ich will alles tun, um zu verhindern, dass er noch einmal in diese Dunkelheit zurückkehrt.

Ich öffne schon den Mund, um Shane meine Liebe zu gestehen. Aber Travis nutzt diesen herzzerreißend kitschigen Moment, um einzuschlafen und lautstark zu schnarchen.

Shane blickt zu ihm. »Sein Gesicht hat wieder mehr Farbe. Gut. Ich denke, er wird's doch schaffen.« Er greift nach dem Päckchen Verbandsmull, das auf dem Nachttisch bereitliegt. »Haben Sie Dank für die edle Spende, Ma'am. Ehe Sie gehen, bedienen Sie sich bitte reichlich an Saft und Keksen.«

»Was ist passiert, nachdem du verwandelt worden bist?«

»Regina brachte mich zu einem altgedienten Spender. Da habe ich zum ersten Mal das Blut eines Menschen getrunken.« Shane setzt sich auf, reißt das Päckchen Mullbinden auf und drückt mir eine Lage gegen die Wunde am Hals. »Schlagartig ging es mir besser.«

»Ach, so gut war es?«

»Es war, als hätte ich mit einem Mal gefunden, wonach ich so lange gesucht habe. Mit Blut verhält es sich wie mit vielen anderen Drogen. Aber es macht dich stark, nicht schwach. Den ganzen anderen Vampirleben-Scheiß – nie mehr die Sonne sehen, kein Essen mehr genießen können, Spender finden, umschmeicheln und ficken, die man eigentlich nicht mag – all das macht Bluttrinken wieder wett.«

Ich schiebe seine Hand weg und halte den Mull selber. Ich

drücke viel fester zu, als er es gewagt hat. »Dann warst du also glücklich, nachdem du zum Vampir wurdest.«

»Scheiße, nein. Regina und ihre Freunde mussten bei mir Wache halten, damit ich mich nicht umbringe. Sie haben mich gezwungen, Blut zu trinken und haben mich jeden Tag vor Sonnenaufgang in einen Sarg eingenagelt. In einen Sarg, Herr im Himmel!« Er lässt meine freie Hand nicht los, auch nicht, als er sich wieder neben mir ausstreckt. »Schließlich hat mich die Liga zur Rehabilitation in eines ihrer Schutzhäuser gesteckt, damit ich dort auf die Beine käme. Zwei Jahre später ist David aufgetaucht und hat mir den Job hier beim Sender angeboten. Die Liga-Idioten wollten mich nicht entlassen. Sie meinten, ich sei noch nicht so weit. Also habe ich mich selbst entlassen – sozusagen. Ich habe mich geweigert, wieder zurückzugehen, weil ich schließlich doch etwas gefunden hatte, wofür es sich zu leben lohnt.«

Ich umfasse seine Hand und drücke sie. »Ich bin froh, dass Regina dir ein neues Leben geschenkt hat.«

Shane legt seine Stirn an meine Schläfe. »Ich auch«, flüstert er. »Jetzt.«

Er küsst mich zärtlich. Ich lasse meine Hand seinen Arm hinaufgleiten, ziehe sie aber hastig zurück. Ich hatte seine Brandwunden ganz vergessen. Ich schaue auf den Arm und keuche auf.

»Sie sind geheilt, deine Brandwunden – nichts mehr zu sehen!«

Shane setzt sich auf und dreht den Arm mit der glatten, intakten Haut im Licht der Lampe hin und her. »Wow!«

»Seltsam. David hat mir gesagt, Weihwasser hinterlasse immer Narben.«

»Ja, das stimmt auch. Aber da ist nichts.« Er starrt mich an. »Das muss dein Blut gewesen sein.«

»Aber wenn Blut Weihwasser-Wunden heilen könnte, hätte das doch längst jemand herausgefunden.«

»Ich meine nicht irgendwelches Blut, Ciara. Ich meine deins.«

Sein ehrfürchtiger Blick lässt mich schaudern. »Was soll denn an meinem Blut so besonders sein?«

»Gute Frage.«

Rasch überprüfe ich die Mulltupfer. Die Blutflecke dort wirken in meinen Augen ganz normal. »Hätte ich gewusst, dass mein Blut dich heilen kann, hätte ich dich sofort davon trinken lassen.«

»Besten Dank.« Verwundert schaut Shane sich ein weiteres Mal seinen Arm an. »Ich werde darauf zurückkommen, wenn du mich das nächste Mal mit Weihwasser beschießt.«

»Aber es hätte etwas sehr Romantisches, ganz wie bei *Buffy* und *Angel*.« Jetzt ist es so weit, ich falle ins Delirium.

»Wie bei wem?«

»'ne Fernsehserie. Nach deiner Zeit. Wir können uns die DVD-Boxen ausleihen, wenn du auf den neuesten Stand kommen willst.«

»Wir haben bestimmt reichlich Zeit dafür, wenn die Nächte erst länger werden.«

Plötzlich kann ich es mir vorstellen. Mit Shane vor dem Fernseher kuscheln mit einem Becher Cider. Mit der ganzen Vampir-Gang vor Davids Kamin chillen – die Menschen näher am Feuer, als die anderen –, nett plauschen und sich wegen der Frage fetzen, wer der Talentierteste von den Beatles war.

Dieses Mal fühlt sich die Zukunft nicht wie eine Schraubzwinge oder eine Zwangsjacke an.

Plötzlich klopft es an der Tür. Shane legt sich rasch wieder hin und versteckt seinen geheilten Arm unter der Decke. »Wer ist da?«

Regina öffnet die Tür gerade genug, um den Kopf hereinzustecken. »Die Liga ist da. Ein bisschen spät, aber immerhin früh genug, um beim Aufräumen zu helfen. Seid ihr dann so weit?«

»Wir sind fertig, wir erholen uns nur noch ein bisschen.« Shane deutet auf den schlafenden Travis. »Er wird in ein paar Stunden noch einmal trinken müssen. Aber er hat's gerade eben noch geschafft.«

»Armer Kerl.« Das Mitgefühl ihn ihrer Stimme klingt echt. »Was ist mit dem Sonnenkind? Wie geht's ihr so?«

»Ich bin auch hier, Regina«, sage ich, »und ja, mir geht's gut.«

»Gut. Dieser Colonel will nämlich ein Schwätzchen mit dir halten.«

Ein paar Sekunden später höre ich Colonel Lanhams Stimme von der Tür her. »Ms. Griffin, Ihr Vater hat uns gerufen.«

Ich schließe die Augen, weil mir wieder schwindelig wird. »Wo ist er?«

Lanham zögert. »Ich hatte gehofft, Sie könnten mir das sagen.«

Ich reiße die Augen auf. »Er hat sich verdrückt, ist raus aus der Stadt?«

»Leider ja. Als er uns anrief, dachten wir, sein Leibwächter wäre immer noch bei ihm. Daher haben wir den Anruf nicht zurückverfolgt.« Lanham kommt ins Zimmer, so nahe ans Bett, dass ich ihn sehen kann, ohne den Kopf zu bewegen. »Aber wir finden ihn. Einer unserer Agenten ist heute Abend hier ums Leben gekommen. Es hätten wegen seines doppelten Spiels noch mehr Menschen sterben können.«

»Hat er gesagt, warum er es getan hat?«

»Nein. Erst jetzt wissen wir, dass er als Doppelagent für uns und Gideon tätig war, wahrscheinlich schon seit einer geraumen Zeit. Irgendwann hat er also die Seiten gewechselt. Vielleicht hat Gideon mehr gezahlt als wir.«

Mein Blick wird hart. »Er hat die Seiten nicht gewechselt. Es gibt nur eine einzige Seite für ihn: seine eigene.« Netter Zug, Daddy.

»Was ist mit dem Sender?«, fragt Shane den Liga-Mann.

»Soweit es uns betrifft, kann Elizabeth ruhig weiterexistieren und damit der Sender auch. Die Liga wird das eigentliche Ziel von WVMP – nämlich euch sechs Vampire hier von der Straße fernzuhalten – weiterhin unterstützen.«

»Danke«, sage ich und frage mich, wie lange wir die Steuerbehörden wohl an der Nase herumführen können. »Darf ich jetzt, wo Gideon tot ist, wieder nach Hause?«

»Sicher. Wir haben ja jetzt zwei seiner Leute aus der Führungsriege in unserem Gewahrsam. Es dürfte uns also nicht schwerfallen, sein so genanntes Refugium auszuheben.«

»Darauf sollten Sie lieber nicht setzen. Die Leute dort wollen genau da sein, wo sie sind. Es wird immer wieder einen neuen Gideon geben.«

»Nichtsdestotrotz werden wir nichts unversucht lassen, damit Ihr Leben wieder in normalen Bahnen verläuft.« Er sieht uns drei auf dem Bett ausgestreckt liegen und scheint über seine letzten Worte noch einmal nachzudenken. »Relativ gesehen.«

31

Come as You Are

»Du wirst immer besser darin.«

»Ich bin ein ausgezeichneter Fahrer«, sagt Shane in bester *Rain-Man*-Manier, während er in den zweiten Gang schaltet.

Ich blicke zurück zu Davids Auffahrt. Überall stehen die schwarzen Vans der Internationalen Liga zur Überwachung und Steuerung untoter körperlicher Entitäten. Glücklicherweise wird hier draußen auf dem Land dieser ganze Tumult nicht sonderlich Aufmerksamkeit erregen. Andererseits wäre es viel schwieriger gewesen, David zu überfallen, würde er in der Stadt wohnen. Die Lage ist bei Immobilien einfach entscheidend.

Leider reichen diese Gedanken nicht – ebenso wenig wie das anhaltende Schwindelgefühl mitsamt der Mattigkeit –, um mich vom Grübeln über das niederschmetterndste Ereignis dieses ereignisreichen Tages abzuhalten.

»Danke, dass du nicht gesagt hast, du hättest es ja gewusst.«

Shane konzentriert sich darauf, in den dritten Gang zu schalten, ehe er antwortet. »Das muss ich dir auch gar nicht sagen. Das weißt du schließlich selbst.«

»Ich habe mir eingebildet, ich wäre dieses Mal vorsichtiger mit Dad. Ich dachte, ich würde nicht so viel Gefühl investieren. Niemals wäre ich auf die Idee gekommen, er könnte uns an Gideon verkaufen. Es erklärt aber alles – beispielsweise warum Gideon mich schon am ersten Abend beim Sender beobachtet hat. Und warum er mich nicht zum Vampir gemacht hat.«

Shane wirft mir einen langen Blick zu. Dann lenkt er den Wagen von der Schotterpiste auf die geteerte Landstraße. »Er wollte dich nicht zum Vampir machen. Er wollte dich umbringen.«

»Woher weißt du das?«

»Er hat dich aufrecht stehend beißen wollen. Das kann eine Luftembolie verursachen und führt zu Herzstillstand oder einem Schlaganfall. Du hättest nicht lange genug gelebt, um verwandelt zu werden.«

Weil ich einen Brechreiz erwarte, fasse ich vorsorglich nach dem Türgriff. Normalerweise führen nämlich Worte wie ›Luftembolie‹ oder ›Herzstillstand‹, selbst aus dem Kontext herausgerissen, bei mir automatisch dazu, dass ich mich hinlegen möchte. In diesem Fall reicht es, ein paarmal tief Luft zu holen, und die Übelkeit weicht dem Gefühl, glücklich und am Leben zu sein.

»Was war eigentlich der letzte ›letzte Song‹, den du für mich gespielt hast, in der Nacht, als ich auf Gideons Ranch festgehalten wurde? Unser, äh, Empfang war plötzlich weg.« Ich lasse lieber unerwähnt, dass Jim das Radio gegen die Tür geworfen hat.

»Ich spiel's noch mal am Schluss der nächsten Sendung.«

»Sag es mir doch einfach.«

»So funktioniert das nicht. Wie fühlst du dich?«

Der plötzliche Themenwechsel lässt mich seufzen. Ich werde schon noch bekommen, was ich von ihm will. Aber er bestimmt, wann. »Es tut ein bisschen weh, wenn ich den Kopf bewege. Ansonsten ist alles okay.«

»Gut. Aber das ist nicht, was ich wissen wollte.«

Vor uns schießt ein Kaninchen über die Fahrbahn. Auf halbem Weg ändert es seine Meinung und springt zurück ins hohe Gras.

»Ich fühle mich dumm. Ich habe gewusst, dass mein Vater mich anlügt. Ich dachte aber, es ginge nur um seine Frau, und darum, ob er mit ihr Kinder hat oder nicht. Ich hätte einfach alle

Teile des Puzzles zusammensetzen sollen, dann wär's klar gewesen.«

»Du musstest viele Dinge im Kopf behalten. Schließlich musstest du den Trickbetrug vorbereiten.«

»Ich hätte David vor meinem Vater warnen müssen. Dad hat ein ausgesprochenes Talent dafür, aus anderen Geständnisse herauszuholen.«

»Menschen fühlen sich eben besser, wenn sie ihre dunkelsten Sünden mit jemandem teilen können. Sie fühlen sich erleichtert.«

Shane hat Recht. Jetzt, wo die Stunde des Adrenalins und des Heldentums vorbei ist, liegt mir das, was ich am heutigen Tag getan habe, wie ein Stein im Magen. Ich kann es ungeschehen machen. Aber der Stein in meinem Magen wird erst verschwinden, wenn ich es Shane beichte. Selbst auf die Gefahr hin, ihn zu verlieren.

Mein Handy klingelt. Franklin.

»Schätze, Sie möchten gern informiert werden«, sagt er. »David geht's gut. Er bleibt über Nacht im Krankenhaus. Aber er braucht keine weiteren chirurgischen Eingriffe.«

»Was haben Sie den Ärzten erzählt, das passiert ist?«

»Dass David von einem Pitbull angegriffen wurde.«

»Haben die Ihnen das geglaubt? David ist immerhin der Typ, der behauptet, einen Vampir-Sender zu betreiben.«

»Spulen Sie mal zurück und hören sich den letzten Satz noch einmal ganz in Ruhe an. Das dürfte Ihre Frage beantworten.«

Nach zwei Monaten beim Sender habe ich glatt vergessen, wie lächerlich das klingt: Vampire als Radiomoderatoren! »Kann David sprechen?«

»Er schläft momentan. Ehe es ihn umgehauen hat, hat er mir aufgetragen, Sie Folgendes zu fragen: Wollen Sie den Job beim Sender?«

»Ich sehe euch alle dann am Montag.«

»Das beantwortet eigentlich nicht die Frage, ob …«

Ich lege auf. »Es ist jetzt offiziell«, erkläre ich Shane, »wir haben unserem Boss das Leben gerettet.«

»Genau der richtige Zeitpunkt für eine Gehaltserhöhung!«

Wir halten an der Ampel, wo die Straße zu Davids Haus auf den Highway führt. Im roten Lichtschein betrachte ich Shanes bandagierten Arm. Darunter liegt glatte, gesunde Haut – der Verband soll uns nur vor unliebsamen Fragen der anderen schützen.

»Es muss eine einfachere Erklärung für deine völlige Heilung geben. Vielleicht habe ich einen seltenen Rhesusfaktor oder so was.«

Shane wirft einen Blick auf seinen Arm. »Die Verbrennung war so schlimm, dass sie nur einen Augenblick lang wehgetan hat. Danach war der Arm taub. Das spricht für eine Verbrennung dritten Grades. Es hätte eigentlich Wochen dauern müssen, bis die Wunde heilt. Und es wären hässliche Narben geblieben. Aber der Arm sieht aus, als wäre das alles nie passiert. Irgendetwas hast du gemacht.«

»Mein Vater ist überzeugt davon, dass der Glaube Menschen zu heilen vermag – ihr eigener oder der eines anderen.«

»Okay, vielleicht ist das möglich. Aber keiner von uns beiden hat erwartet, dass es mir von jetzt an besser geht.«

»Außerdem habe ich keinen Glauben.« Ich zeige auf den Aufkleber, der am Wagen vor uns die Stoßstange ziert: *Die Ewigkeit? Du hast die Wahl – Raucher oder Nichtraucher.* »Ha! Solange bis ich wirklich tot bin, wähle ich Raucher. Apropos rauchen: Ich hätte jetzt wirklich Bock auf eine Zigarette. Ist das eine Nebenwirkung vom Gebissenwerden? Dann sollte das jemand unbedingt Philip Morris verraten.« Ich blicke zu Shane hinüber, dessen Gesicht mit einem Mal sehr ernst wirkt. »Das war nur ein Scherz.«

»Du glaubst tatsächlich nicht daran? Weder an den Himmel noch an die Hölle?«

»Nein, das tue ich nicht.« Es gelingt mir, die Verachtung, die ich dem Glauben entgegenbringe, mir nicht am Tonfall anmerken zu lassen. »Ich glaube an nichts von dem …« Überrascht schnappe ich nach Luft. »Shane, das ist es!«

»Ist was?«

»Es war nicht mein Glaube, der dich geheilt hat. Es war mein fehlender Glaube, der das bewirkt hat. Ich bin ein Werkzeug der Entheiligung!« Das macht mich zufriedener, als es eigentlich sollte.

Shane lacht. »Warte mal. Du willst mir allen Ernstes weismachen, dein Skeptizismus wirkt wie ein Weihwasser-Neutralisator? Das ist wirklich zum Lachen!«

»Unterschätze niemals die Macht des Spotts.«

Shane schüttelt den Kopf. »Hey, Mann, das ist ja der Bringer, wie Jim sagen würde.« Die Ampel schaltet auf Grün. Wir biegen auf den Highway ein, hinunter in Richtung Sherwood.

Genau da kommt mir ein noch viel besserer Gedanke. »Vielleicht habe ich dich jetzt für immer verändert. Vielleicht habe ich dich immun gegen alles Heilige gemacht.«

»Das wäre cool.«

»Dann kannst du wieder in die Kirche gehen.«

»Wer sagt denn, dass ich das will?« Er wirft mir einen raschen Blick zu, ehe er sich wieder auf die Straße konzentriert. »Na, vielleicht an Ostern und Weihnachten. Aber wie finden wir heraus, ob du mich auf Dauer immunisiert hast, ohne mich noch einmal zu verbrennen?«

»Gute Frage. Wir könnten eine klinische Studie machen und Freiwillige dafür mit einer Annonce im Lokalblatt suchen.«

Shane lacht wieder, verstummt aber plötzlich. »Ich kann den Verband nicht ewig tragen. Die anderen werden es bald merken.«

»Was soll's? Ich mutiere bestimmt nicht zur Vampirapotheke auf zwei Beinen. Mich hat so ein Vampirbiss nicht gerade in Ekstase versetzt.«

»Ich weiß. Das macht dein Opfer nur noch größer.«

»Bitte lass das. Ich bin weiß Gott keine Heilige.«

»Du stehst zu deinen Freunden. Mir reicht das.«

Ich antworte nicht. Ich weiß, dass sich das Gegenteil leicht beweisen lässt.

Endlich sind wir da, gleich bin ich wieder in meinen eigenen vier Wänden. Das erste Mal seit letztem Sonntag benutze ich die Schlüssel zu meiner eigenen Wohnung. Als ich unten die Haustür aufmache, wird die Post von heute unter dem Gummiabschluss des Türblatts mitgeschleift.

»Ich nehm's schon.« Shane hebt den Umschlag auf und reicht ihn mir. Auf dem Umschlag steht mein Name in einer Handschrift, die ich am liebsten nicht mehr kennen würde.

Das Schwindelgefühl kehrt zurück. Es hat nichts mit dem Schock oder Blutverlust zu tun. Ich lasse mich auf die unterste Stufe der Treppe sinken.

Shane betätigt den Lichtschalter, und das erste Mal seit Monaten flammt das Deckenlicht auf.

Ich blicke hinauf zur Lampe. »Mein Vermieter hat endlich die Birne gewechselt.«

»Wer weiß. Vielleicht ist auch nur dem Typen von der Liga bei der Überwachung deiner Wohnung langweilig geworden.« Shane setzt sich neben mich. »Soll ich dir den Brief vorlesen?«

Ich schüttele den Kopf und reiße den Umschlag mit dem Daumen auf. Es erinnert mich heftig an den Augenblick, an dem ich den Skywave-Umschlag mit dem Scheck geöffnet habe.

Die Worte sind in großer Eile aufs Papier gekritzelt, wahrscheinlich auf so etwas wie einem Türblatt oder einer anderen vertikalen Unterlage geschrieben – immer wieder ist dem Stift die Tinte ausgegangen.

Ciara,

als Erstes: ich habe dich nicht hintergehen wollen. Tatsächlich dürfte meine Verbindung zu Gideon das Einzige gewesen sein, was deinen Tod verhindert hat, als du ihm in die Hände gefallen bist. Aber es tut mir leid, dass ich dich belogen habe. Jede einzige Lüge tut mir leid.

Sie werden mich so schnell sie können wieder in Gewahrsam nehmen. Dann wandere ich wieder ins Gefängnis, wahrscheinlich für den Rest meines Lebens. Falls das passieren sollte, bitte, bitte, komm mich besuchen! Vergib mir.

Die letzten beiden Zeilen sind mit solcher Vehemenz unterstrichen, dass der Stift sich durchs Papier gedrückt und es hier und da durchlöchert hat. Mir wird eng um die Brust.

Die restlichen Zeilen sind kaum lesbar.

Als du noch klein warst, habe ich dir von dem Fluch erzählt, der auf unserer Familie lastet. Ich habe damals gesagt, es sei die Überzeugungskunst; unsere Fähigkeit, jedem alles aufschwatzen zu können und alle dazu zu bringen, noch mehr davon zu wollen. Das war eigentlich als Scherz gedacht, weil die Überzeugungskraft als begehrenswertes Talent gilt.

Aber jede Gabe ist auch ein verkappter Fluch. Denn schließlich passiert es, und uns gehen die Opfer zum Hintergehen aus. Dann sind die Einzigen, die wir noch über den Tisch ziehen können, die Menschen, die wir lieben.

Dad hat offenkundig nicht mal mehr die Zeit gehabt, den Brief zu unterschreiben. Das Blatt Papier war eilig und schief zusammengefaltet und beim Hineinstecken in den Umschlag zerknittert worden.

Ich gebe den Brief Shane zu lesen. Ich stütze den Kopf in die Hände, während er liest.

Als er fertig ist, sagt er. »Du bist nicht wie er.«

Aus dem Augenwinkel blicke ich ihn an. »Erinnerst du dich noch daran: Du hast gesagt, du würdest mich gern jeder einzelnen Schicht entblättern, bis du zur echten Ciara vorgestoßen bist?«

»Auf dem Schreibtisch von Loris Boss. Ich erinnere mich daran, oh ja.«

Ich hebe den Kopf. »Ist dir je der Gedanke gekommen, das, was du unter der letzten Schicht finden würdest, könntest du nicht mehr wollen?«

»Woher willst du denn wissen, dass ich die richtige Ciara nicht schon gefunden habe?«

»Glaub mir: Das hast du nicht.« Ich hole tief Luft und atme langsam wieder aus. »Aber du wirst es gleich.«

Ich greife in die Gesäßtasche meiner Jeans und ziehe einen anderen Umschlag hervor. Im Tausch gegen Dads Brief drücke ich Shane nun diesen in die Hand. Der Blick, den er mir zuwirft, verrät seine Verwirrung. Dann öffnet er den Umschlag und zieht den rosafarbenen Scheck von Skywave heraus.

10 Millionen Dollar.

Ich halte den Atem an, während Shane auf die vielen Nullen starrt.

»Nein …« Er schüttelt den Kopf. Keinen triumphierenden Zynismus sehe ich in Shanes Zügen. Seine Augen verraten, dass er verletzt ist und bestürzt. Und das verrät mir alles: Er hat bis jetzt an mich geglaubt.

Seine Stimme wird zu einem Flüstern. »David hat doch erzählt, du hättest den Scheck zerrissen. Noch bei dem Meeting.«

»Ich habe einen Scheck zerrissen, ja. Ich hatte den Scheck noch in der Tasche, mit dem Travis bezahlt worden ist – zusammen mit seiner abgelaufenen Lizenz. Das waren schließlich die Beweise dafür, dass Skywave uns hat observieren lassen. Und es hätte ja sein können, dass wir das gegen sie einsetzen. Ich habe die Schecks vertauscht, als Jolene in die Besprechung geplatzt ist.« Aus meiner Tasche hole ich den dritten und letzten Umschlag. In ihm befindet sich der zerrissene Scheck. »Was ich zerrissen habe, war ein Scheck über 846 Dollar und 50 Cent.«

Shane starrt auf die zehn Millionen Dollar, lange. Dann drückt er mir den Scheck in die Hand. »Geh. Verschwinde damit. Ich erzähle es niemandem.« Er stützt die Ellbogen auf die Knie. Er sieht mich nicht an. »Und ich möchte auch keinen Anteil für mein Schweigen.«

»Shane … das war nicht der Grund, warum ich dir den Scheck gezeigt habe.«

Jetzt sieht er mich an, sein Blick verrät, wie aufgewühlt er ist. »Ich kann nicht mit dir gehen. Ich kann mich nicht in ein Flugzeug setzen, ich kann auch kein Schiff besteigen. Wir könnten zwar versuchen, eine Innenkabine zu bekommen, aber manchmal machen die auf Schiffen während des Tages Feuerübungen.«

»Wenn ich dich mitnehmen könnte, würde ich auf der Stelle von hier verschwinden …«

»Und ich würde dich auf der Flucht nur unnötig Zeit kosten.«

»… aber ich kann es nicht, also tue ich es nicht.«

»Du hast ein neues Leben verdient.« Shane hält inne. »Warte … was tust du nicht?«

»Von hier verschwinden.«

Seine Augen werden schmal wie Schlitze. »Du würdest zehn Millionen Dollar und ein neues Leben nur für mich aufgeben?«

»Nein, nicht nur für dich. Ich gebe es für den Job auf, für den Sender und für diese ganze gestörte Familie, die die Munsters wie die Cleavers aussehen lässt.« Ich halte den Brief meines Vaters hoch. »Aber vor allem bleibe ich meinetwegen.«

»Sag mir eins.« Shanes Ton ist so ernst, dass es mir kalt den

Rücken hinunterläuft. »Hast du die ganze Zeit geplant, uns zu betrügen?«

Langsam und hörbar atme ich aus. »Nein – außer vielleicht beim Pokern. Und da auch nur ein bisschen. Was alles andere angeht, war ich auf eurer Seite. Immer. Ich habe ja auch gar nicht gewusst, dass die Skywave-Leute mir beim Meeting einen Scheck überreichen würden. Aber sobald ich ihn in der Hand hatte, hat der böse, dunkle Teil meines Ichs ihn nicht mehr hergeben wollen.«

»Dieser Teil deines Ichs ist nicht böse. Es gefällt ihm einfach nur, Leute hereinzulegen. Aber genau dieses Ich hat den Sender gerettet.« Shane nimmt meine Hand. »Und es ist dieses Ich, das ich liebe.«

Mir fällt der Unterkiefer herunter, und ich vergesse glatt zu atmen.

»Das ist natürlich nicht der einzige Grund, warum ich dich liebe«, spricht Shane weiter. »Ich mag auch das Ich von dir, das sich um streunende Hunde kümmert, und das, was mich spontan entflammen kann – also, im übertragenen Sinne.«

Ich nehme sein Gesicht in beide Hände. Ich will ihm allein mit Blicken zeigen, wie wichtig es für mich ist, dass er mich liebt, weil ich bin, wie ich bin, und nicht *obwohl* ich so bin. Für den Fall, dass Blicke nicht genug sind, sage ich die drei Worte. Ich wispere sie atemlos zwischen Küssen. Ich wiederhole sie, immer schön im selben Rhythmus. Ich wiederhole sie, bis sie nicht mehr fremd in meinen Ohren klingen.

Shane legt den Arm um mich. Unter meiner Kleidung fühle ich mich nackt und bloß, ungeschützt. Ich zucke vor Shanes Berührung zurück, die als Reaktion darauf noch viel zärtlicher wird. Seine Hände gleiten meinen Rücken hinauf, finden die unverletzte, bisslose Seite meines Halses, mein Gesicht. Meine Haut fühlt sich unter seinen Händen an wie Seide, die sanft, beinahe ehrfürchtig berührt wird.

»Komm!« Shane steht auf und zieht mich auf die Füße. Anders als meine Knie fühlt sich mein Kopf nicht watteweich an. In ihm herrscht energiegeladene Klarheit. Als wir zusammen die Treppe hinaufsteigen, weiß ich, was ich zu tun habe.

Ich bleibe vor der Tür zu meinem Schlafzimmer stehen, während Shane hineinschlüpft.

»Du wolltest doch meinen letzten ›letzten Song‹ für dich hören«, erklärt er. »Den ich für dich aufgelegt habe, als du auf Gideons Ranch warst.« Shane geht zu dem CD-Regal hinüber. Weil er mir die Sicht versperrt, kann ich nicht sehen, welche CD er herausnimmt. Die typischen Geräusche verraten mir, dass er die CD aus der Hülle genommen, in den CD-Player gelegt und auf *Play* gedrückt hat.

Applaus, dann eine weiche Stimme. »Good evening. This is off our first record.«

Die ersten Akkorde, nur mit akustischer Gitarre, von *About a Girl* erklingen. Es ist der erste Song, den Shane und ich uns zusammen angehört haben – ehe er mich gebissen hat und ich ihn getreten habe. Ich lache. Nie zuvor hat mich Nirvana in eine derart fröhliche Stimmung versetzt.

Shane kommt zu mir und ein ironisches Lächeln umspielt seine Lippen. »Hast du etwas Rührseliges erwartet, nur weil du in Lebensgefahr gewesen bist?«

»Komm mit.« Ich habe den Scheck und den Brief meines Vaters in der Hand, als ich Shane hinter mir her ins Badezimmer ziehe. Ich greife nach dem Streichholzbriefchen, das neben der Kerze mit Erdbeeraroma liegt.

»Nein!« Shane nimmt mir den Brief meines Vaters weg und steckt ihn in die Tasche seines Flanellhemdes. »Eines Tages wünschst du dir vielleicht, du hättest diesen Brief noch.«

Ich nicke und frage mich, ob ich es eines Tages leid sein werde, dass er immer Recht hat.

Ich klappe das Streichholzbriefchen auf. Meine Hände

sind schweißnass, und dementsprechend schlecht eignen sich meine Finger dazu, etwas festzuhalten. Es ist sogar schwierig das Streichholzbriefchen zu halten, während ich versuche ein Streichholz anzuzünden. Es gelingt dennoch.

Ich lege den Scheck ins Waschbecken. Das ist der Moment, in dem ich nicht mehr weitermachen kann. Die Flamme frisst sich das dünne Streichholz herunter, sodass ich mir die Finger verbrenne. Ich lasse es fallen, und es landet noch rauchend auf dem Rand des Waschbeckens. Shane wartet geduldig.

Beim zweiten Streichholz geht mir alles bereits leichter von der Hand. Meine Hände zittern nicht mehr. Sie sind sogar so ruhig, dass sie erstarren, als es Zeit wird, das Streichholz fallen zu lassen und den Scheck zu entzünden. Stattdessen zünde ich die Kerze an. Die vielen Nullen nehmen meinen Blick gefangen.

»Geld bedeutet Freiheit«, erkläre ich Shanes Spiegelbild. »Dieses Geld ist der Betrug, der alle anderen Betrügereien unnötig macht. Mit zehn Millionen Dollar könnte ich für den Rest meines Lebens ehrbar bleiben.«

Shane verzieht das Gesicht zu einem schiefen Grinsen. »Zum Glück kostet es nichts, böse zu sein, und darin bist du besser.« Seine Fingerspitzen streichen über meine Schulterblätter. »Mach Schluss mit dem Theater und verbrenn das Ding endlich.«

»Okay, okay.« Als Nirvanas Song *About A Girl* in die letzte Strophe geht, zünde ich das dritte Streichholz an der Kerzenflamme an. In der einen Hand halte ich das Streichholz, in die andere nehme ich den Scheck.

Ich fühle mich an der Grenze zu einer Freiheit, die ich mir selbst mit zehn Millionen Dollar nicht erkaufen könnte. Aber wer weiß? Vielleicht können minus zehn Millionen Dollar sie mir erkaufen. Ein geringer Preis, um sich von einem Fluch zu befreien.

Flamme und Streichholz treffen auf Papier. Es fängt in allen Farben des Sonnenaufgangs Feuer. Die Menge applaudiert.

Die Welt der Gestaltwandler hat viele Gesichter ...

Laurell K. Hamilton
NACHT DER SCHATTEN
Ein Anita Blake Roman
Aus dem amerikanischen
Englisch von
Angela Koonen
416 Seiten
ISBN 978-3-404-16588-9

Anita steht mehr denn je zwischen den Stühlen: Nachdem sie von einem Werleoparden verletzt wurde, zeigt sie Anzeichen einer Mutation. Ihr Liebhaber Richard, der Anführer des Werwolf-Clans, fordert sie weiterhin als Lupa an seiner Seite, doch aufgrund der Verwandlung wollen die Werwölfe sie nicht akzeptieren. Und auch die Werleoparden stellen Ansprüche an Anita. Plötzlich steht diese vor einer weitreichenden Entscheidung: Auf welche Seite wird sie sich stellen? Wem gehört ihre Treue? Und wird sie Richard nun für immer verlieren?

Bastei Lübbe Taschenbuch